伏 野 地

高宪圣◎著

团结出版社

图书在版编目（CIP）数据

伏野地／高宪圣著． －－北京：团结出版社，
2023. 6
　ISBN 978 - 7 - 5234 - 0054 - 8

　Ⅰ. ①伏… Ⅱ. ①高… Ⅲ. ①长篇小说－中国－当代
Ⅳ. ①I247. 5

中国国家版本馆 CIP 数据核字（2023）第 044903 号

出　　版：团结出版社
　　　　　（北京市东城区东皇城根南街 84 号　邮编：100006）
电　　话：（010）65228880　65244790
网　　址：http：//www. tjpress. com
E－mail：65244790@ 163. com
经　　销：全国新华书店
印　　刷：北京荣泰印刷有限公司
装　　订：北京荣泰印刷有限公司

开　　本：170mm×240mm　16 开
印　　张：25
字　　数：436 千字
版　　次：2023 年 6 月　第 1 版
印　　次：2023 年 6 月　第 1 次印刷

ISBN：978 - 7 - 5234 - 0054 - 8
定　　价：88. 00 元

题记：土地上种出来的因果，都有它的生长周期，明灭是有定数的。

引　子

混沌初开，苍雷炸裂。

一股清流从青藏高原的盆地凹处喷薄而生，浴岩浆烈火，吮天地精华，以浅吟低唱清澈婉转的旋律，拉开奔流入海的恢宏序幕，四野由宁静逐渐嘈杂，旅途由孤寂变得浩瀚，呼朋唤友，引泉纳渠，昂首阔步地在神州大地上滚滚向前，跨峡谷、转松岗、穿平原、越森林，呼啸而过，一路奔腾，气势如虹。

大河裹挟着漫天飞舞的黄沙泥土，呼喊着苍劲拙朴的深情古腔，宛若一条巨龙摇曳着灵动的身躯，在中原大地上曲折盘旋，摇头摆尾，奔腾万里，飞沙走砾。龙鳞撩动滔滔河水，向两岸田园村舍肆意泼洒，过境之地，抑或墙楣倾覆，屋舍倒伏，稼穑漂毁，牲畜泯没，千百年治理日复一日，民生艰难。

岁月轮回，人民当家，民生得到最大重视，一代又一代共产党人，尊百姓意愿，治黄河之本，顺百姓所盼，兴水利，改良田，黄河成为造福百姓的幸福河，所经之地，如沐甘霖，五谷丰登，民心安宁，一派祥和。

升腾的水雾，滋润了一方水土，把这片土地上人们的勤劳与创造、梦想与追求带向远方，浪花飞溅，泥浆沸腾。

黄河，一路急缓有度地踏着音乐般的节奏，奔流入海，拥抱广阔梦想，汇入容纳百川的绝美境地……

上千年来，黄河两岸发生了许多惊天动地的曲折故事，伴随着杨柳姜姜的长堤美景，浓香如酒的乡情乡音，火红浓烈的炽热梦想，与历史的车轮同轨同步，一往无前，描绘了一幅幅波澜壮阔的宏伟画卷。

无论是山原遍野的青草，苍拙盘曲的大树，紫红甜蜜的冬枣，金黄健硕的庄稼，还是炊烟袅袅的村舍，都与黄河有着千丝万缕的联系，都与黄河一样，拥有着淳朴而自然、亲切而平和、果敢而坚韧的健康底色。

在离黄河不到五十公里的一个山村院落里，暖暖的阳光洒满小院，孤身一人住进敬老院的赵荣进老汉并不觉得孤单，他每日与前来探望的人翻来覆去地咀嚼他的往事，过五关斩六将是赵老汉的保留篇目，他一天能颠过来倒过去讲很多遍，把他年轻时候当大队书记、生产队长带领群众整修大寨田、办社队企业的"丰功伟绩"一遍一遍地讲给别人听。但是，就是不愿讲自己在开会讲话的时候被人哄下台那一节，使我们的故事也只能是从他叱咤风云的年轻时期讲起。

1970 年秋末的一个早上，时间大约六点来钟，龙怀村中间的一棵大槐树哆哆嗦嗦地摇晃了一阵，树杈上吊着的一口大铁钟"当当当当"地响了几十下，出早工的青壮年社员开始往大槐树下集中。

二十八岁的生产队长赵荣进抽完了用旱烟叶塞满铜锅子的一袋烟，手持烟杆，"啪啪"，在露出脚趾头的布鞋底子上磕净了烟灰，拿出工分册，清了清嗓子，说道："开始点名了，点不上名的扣两分工。"

"傅长劲。"

"到"。

"周一本。"

"到。"

"朱四九。"

"到。"

"吴荷花。"

……

点到吴荷花的时候，没有人答"到"，赵荣进提了提气，声音高了不少分贝，大声喊"吴荷花"，还是没有人答应。

这一下，赵荣进有点急眼了，昨天放工的时候说得好好的，今天早上六点点名，点上名的分二斤地瓜干，当天工日记全工，点不上名的扣两分工，好说歹说，还是有早上起不来的，赵荣进气急败坏地说："扣她两分工。"

记分员耿发财刚要往工分册上记，吴荷花的公公、老社员王永振挎着筐子跑到树跟前，边喊着："来了来了。"

"你咋来了？"赵荣进一看是五十多岁的王永振，就问："昨天放工的时候说的是第二天早上年轻的整劳力出工，你一个半劳力，八点上工也不晚，荷花呢？"

王永振张口喘着气，问赵荣进："你先别问荷花，我问你，大队长，昨天放工的时候说明早六点点上名的，分每人十斤地瓜干，是不是按人头来的？"

"是啊，咋了？"赵荣进纳闷地问："这是大队革委会决定的。"

"那就好，"王永振抓起筐子里刚蒸熟的枣，分给跟前的社员，把筐子递给跟前的本家党员王永美，"给大伙分分。"

王永振回过头来，对赵荣进说："今天早晨荷花来不了了，她坐月子了，俺添孙子了。"

此刻吴荷花的家里，全家人正忙得不亦乐乎，大锅烧水，小锅炖鸡，木柴烧炕，把个家弄得热气腾腾的。吴荷花躺在炕上，浑身无力，看了看右手边刚出生的婴儿，不由轻轻扒开婴儿的双腿，嘴角露出疲惫而又幸福的笑容："是个男娃。"然后，伸手揽在怀里，心满意足地睡着了……

赵荣进可不听王永振的一面之词，当即安排小队长傅长劲："你马上回家去，叫你媳妇儿去吴荷花家看看是不是真的生了，别让王永振把咱们哨逛（山东方言，骗人的意思）了"。

说完，赵荣进扭过头，冲王永振咬牙切齿地说："和我玩心眼儿，整不惨你算我输。"

王永振胸有成竹地说："你抓紧给我分地瓜干，我等米下锅。"

一溜小跑回来的傅长劲，手里拿着半张单饼，连呼哧带喘地跑到赵荣进跟前："生了，生了，是个带把的，刚擀的单饼，我抓了一张就回来了"。

赵荣进听了个明明白白，但装作没听见的样子，转身指挥到齐的男劳力："齐唱，'大海航行靠舵手，大海航行靠舵手'，预备，唱！"

众人齐唱，王永振紧了紧裤腰，站直了身子也跟着唱起来。

一曲唱罢，赵荣进拿起镰刀就要走，王永振抓住要上工的赵荣进："别走啊，地瓜干咋领？"

赵荣进一看，搪塞道："回来再说吧！"

王永振抓住赵荣进袖子不放："别啊，家里还等这口吃的呢！"

赵荣进一看，实在是没辙了："找会计老周写单子，拿着单子找仓库保管大根子，去领十斤的地瓜干吧！"

黎明前的小村，被一阵"噼里啪啦"的鞭炮声吵醒，早早起床出门，提着尿罐子往生产队氨水池里倒夜尿的邻居，路过王永振家门的时候，发现王永振家大门上，挂上了一副用竹条做成的弓箭，上面缀上了一条二指宽的红布，红布的下垂端，系上了两个方口的制钱，大家一看就明白了，人家王永振家添人进口，生男娃了。

吴荷花翻了翻身，对在一旁咧着嘴笑的丈夫王丰收有气无力地说："浑身没有劲，给我弄口吃的。"

接生婆五姑走了进来："先别吃东西，喝红糖水，下来奶再说，丰收，抓紧冲红糖水给你媳妇儿喝"。

正说话间，王永振背着半口袋地瓜干走进院子，高兴地喊："这下好了，有吃的了，这孩子命里有吃的，带着口粮来，煮地瓜干吃。"

王永振媳妇儿接了装地瓜干的口袋，高兴地说："这孩子有福，断不了奶吃了，刚才我听说，咱东邻老孙家也生了个男孩儿，他分上地瓜干了吗?"

"不知道，够呛，赵荣进办事儿那么倔，说是天一亮，出工的上了坡，就算今天了，今天生的孩子就分不上了，甭管了，有咱娃吃的就行。"

事情虽然过去了半个世纪，但过去经历的一切，像放电影一样重现在眼前，让人回想起来，陡然生出无尽的伤感惆怅和无奈。

第一章

巍峨连绵的长白山脉，曲折盘桓百余里，植被葱茏，树木浓密，山上中草药物丰裕，林中獾兔野珍繁多。山下分布着大大小小十七个村庄，村子挨得很近，小路相通，鸡犬相闻。

龙怀村是长白山醴泉乡的一个不大不小的村庄，因长白山蜿蜒崎岖，像一条长龙，而这个小村子，就在这条长龙的怀抱之中，所以，人们就顺势给这个村子取名叫龙怀村。全村两千口人，一千来亩地，要命的是这一千亩地零零星星，有平原的良田，也有山坡的拐子，这种地在山坡上，一年到头靠天吃饭，下点雨，庄稼就能长点，不下雨肯定是颗粒无收，种子都得搭进去，老百姓对种这样的地方是有一搭没一搭，根本不指望这个，大年三十打了个兔子——有它没它一样过年。

老百姓的口粮田，在长白山北侧，一马平川的平原地带，开阔平坦，地肥水足，地里也有水井，每年都能有个好收成，老百姓指望这一片土地打点粮食，解决吃饭的问题。

一条道路斜插过来，几个零星的村庄，在龙怀村西侧，有一片不大的宽阔地带，大约二三百亩，西边是从长白山脉流域自然冲下的一条水脉，名叫"卧狼沟"。

阴森荒凉的卧狼沟。

每每夜里，住在村子里的人们总能听见饿狼哀嚎的凄厉声音，胆小的人被吓得浑身发抖。整个村子被狼嚎搞得鸡犬不宁，人人提心吊胆。青壮年劳力不信这个邪，夜里悄悄提着油灯、扛着钢叉和自制的土枪，在坡沟里蹲守，遇到狼来，便大声吆喝，"呼呼呼呼"一通枪响，老远处就把狼吓跑了。

狼是不能一枪打死的，尤其是狼群出没的地方，打死一匹狼，是一件不得了的事情，其他的狼会疯狂地报复，后果不堪设想。放上一通土枪，吓它一跳，狼会知趣地逃到山里，自己收敛起来，不再造次。狼若回头，不是报恩，就是报仇。就这样，反复几次，野狼便少了踪迹，卧狼沟两侧安稳了许多。这片平坦的土地，人们就给它起了个名字"伏野地"。

伏野地，充满传奇而又神秘的一个地方。

秋天的雨，不知什么时候就下了起来。开门上学的时候，九岁的王前进迷迷糊糊的，感觉头沉。王前进的父亲王丰收干了一天农活，浑身酸痛，对王前进说："顶上那个化肥袋子，去刘正旺那里打上一针再去上学吧！"

王前进双手抱着母亲缝制的粗布书包，头顶化肥袋子出了院门，往南邻当赤脚医生的刘正旺家走去。刘正旺是村里的老医生，会打针会输液，是四邻八舍都竖大拇指的好医生，脾气好、医术高，人缘不错。

门口的泥巴路被雨水冲得稀里哗啦，王前进露出脚趾头的千层底，里外都灌满了泥浆，一通砸门，把睡得正香的刘正旺吵醒。他很不情愿地开了门，转身呼呼跑到屋里，房间里，一盏刚接上的十五瓦的白炽灯泡，发出玉米一样黄澄澄的光芒……

"嗞……"刘正旺用空针把小药瓶里的药水抽出来，"趴下，扒裤子！"王前进乖乖地趴在刘正旺的凳子上，刘正旺用沾了酒精的药棉擦了擦王前进的屁股，手一按，顺势把针头扎进王前进的屁股蛋上，用棉球摁了几秒钟，然后说"好了！"

黑屋子、土台子，里面一群泥孩子。

昏暗的教室里传出孩子们大声的读书声："白日依山尽，黄河入海流，欲穷千里目，更上一层楼。"

王前进一坐到自己的座位上，语文老师安金川就点名："王前进，你起来背诵一遍"。

王前进一站起来，上身那件由黄军装裁成的肥大上衣，已经被雨淋得水印斑驳，引得同学们哄堂大笑。王前进倒不管这个，清了清因感冒咳嗽而发紧的嗓子，大声地朗诵道："白日依山尽，黄河入海流，欲穷千里目，更上一层楼。"

班里学习成绩最好的，是班长朱丽英。朱丽英突然站起来，带头拍起了手，对穿着寒酸的王前进，给予极大的鼓励。同学们也被朱丽英突如其来的举动惊吓了一跳，随后，噼里啪啦的掌声响了起来。王前进感激地看了一眼朱丽英，此刻，朱丽英正瞪着两只水汪汪的眼，一眼不眨地看着王前进。王前进只觉得脸红耳热，脑袋瓜子"嗡"的一声，一下子空白了，不知道什么原因，感冒也莫名其妙地好了很多。

一日三餐是要回家吃的。说是餐，其实是好不容易凑合起来的杂得不能再杂的东西，加清水放点盐蒸熟了，把肚子勉强填个半饱而已。有青青菜、苦菜叶子，有榆叶槐叶，能称得上粮食的，就是攥在手里也就有一把的玉米碴子。

一口七印的大锅，放在土坯垒就的锅头上，灶膛里的棉花柴"噼里啪啦"地响着，蹦着火星，大锅里放着一个用方木做成的"亚"字形箅子框，剥净的玉米秸结得密密实实，用刀把箅子切割成圆形，放在大锅的中部，底下是新汲上来的井水，箅子上头放上用菜叶和面碴硬揉成团的疙瘩，等到水开锅沸，菜叶和玉米面依然透出丝丝缕缕的香味，让孩童馋羡不已。

王前进顺着泥巴道跑回家的时候，母亲荷花刚掀开锅盖，一个个裂开口子的菜团团，冒着热气，张着大嘴，欢快地冲王前进笑着……

刚抓起一个热气腾腾的大菜团，王前进就觉得热辣辣地疼，烫得他两只手倒换来倒换去，荷花赶紧递给他一双筷子，从一边插到菜团里说："慢点，拿着筷子吃，别烫着。"

王前进歪着脑袋，龇着牙，一小口一小口地啃着菜团子，王丰收扛着一只竹耙子，斜挎着一只荆条编成的筐子跨进了家门，筐里密密麻麻地装了一大筐树枝树叶。闻到了饭香，王丰收高兴地说："一到饭点，就浑身没劲，来，我也尝一口。"说着，便搂过王前进，满是胡茬的脸贴上王前进的小腮，顺势啃了一口菜团子，边咽边嘟囔着说："挺香，孩子吃了长大个。"

王前进从村部出来，恼火得不行，本来想去给自己的老师打个电话，没想到村里新安装的唯一的长途电话机，竟被村干部用木头盒子封住了键盘，只留下话筒可以接听电话。王前进拿起话筒，左瞅瞅右看看，就是没法外拨打电话，气得一下子扣到话机上，气鼓鼓地往家走。

初中毕业以后没考上高中的王前进本身心里就窝了一股子恼火。原本想跟他的老师说一下，怎样进行复课，或者找一下门路，看看还有什么出路。朱丽英铁定要去县高中就读了，这下他跟朱丽英的距离越拉越大了。班上还有一个叫周华的女生因为是非农业户口，她的父母已经把她送到了县里的技校了，说是毕业以后，就能进县里的棉纺厂工作，成了国家的正式工人，就可以领工资了。所有的这些，让王前进都羡慕得不得了。

王前进决定骑着他父亲那辆大金鹿自行车，去县城找他的老师，周端阳。

一路走着还算顺利，刚进了县城，王前进骑着大金鹿想提速，两只脚倒腾着轮番用力，就听见"吱嘎"一声，自行车就走不动了，王前进跳下来一看，车链子从后轮齿轮上掉下来，把车轮缠住了，王前进又气又急，满脸的汗水，哗哗直淌。

王前进在人生泥泞的道路奋力挣扎，在探索，在心底深处声嘶力竭地呼喊："我的路在哪里？"尽管前途渺茫、不知所措，王前进依旧在奋力拼搏着。

县城的一块空地上，一座三层楼房拔地而起，这就是齐邹县的重大民生工程——齐邹影剧院。

费了九牛二虎之力拾掇好自行车链条，王前进在路边的槐树上擦了擦手，把链条上的机油抹干净，然后继续跨上自行车，小心翼翼地往前驶去。

骑行到齐邹影剧院门口的王前进，被《少林寺》的巨幅海报深深地吸引住了：清新昂扬的画面、色彩斑斓的衣着，让人耳目一新。尤其是李连杰那矫健的身姿，脸上决不服输的表情，深深地感染了王前进。他从李连杰坚定的目光中，看到拼搏奋斗与希望，自己暗暗地下决心，也要发奋努力，混出个样子来。

理想很美，但现实让人很狼狈。王前进看了看自行车，又看了看手里的纸条，这个地方离自己的老师周端阳家还有五六里路，周老师住在县实验中学生活区，妻子是实验中学的英语老师。王前进准备骑上自行车，去老师家。

正在这时，一只手从旁边抓住王前进的自行车把："去哪儿？"

王前进吓了一跳，一回头，不知道什么时候，周华出现在跟前。

"你咋在这里呢？"王前进怯怯地、小心地问周华。

周华倒是没有王前进那般羞涩，大方地说："俺小姨领俺去县技校报名了，让俺学纺织。"

王前进羡慕地说："那么念上两年毕了业，就能去县棉纺厂上班了？"

齐邹棉纺厂是县里的支柱企业。位于县城东部，于一九八二年四月建成投产，总资产将近两千万元，以产品好、技术精、服务优，在国内纺织行业站稳了脚跟。这家工厂主要经营纺纱织布、色织布、印染布、服装加工、室内装饰、机械设备、仪器、仪表，企业干部职工三千多人，一年的产值将近两个亿，利税九百多万，是县里响当当的纳税大户。

周华一看王前进情绪低落，便鼓励他说："明年你再努力一把，肯定会考上高中的。"

王前进无可奈何地说："我实在是不愿意复读了，高中又没处要我，愁死我了，我去找周老师帮我想想办法。"

"今天先别去了吧，俺姨给了我两张《少林寺》的电影票，是农机厂里分给厂领导的，俺姨父不是县农机厂副厂长吗，原先他俩要来看电影，俺姨父今天晚上加班，说是研究播种机，以后用机器播种，就不用耩子和人晃晃悠悠地播种庄稼了，他们没时间来看了，俺姨说让我来看看……"

"让你一个人来看两个人的电影吗？"王前进纳闷地问。

"切，"周华冲王前进摆了摆手，让他俯耳过来，拿出两张一寸宽三寸长的电影票，悄悄地低声说，"两毛钱一张，俺姨说这电影票很难淘换，现在卖到五毛钱一张了，让俺找个人卖掉！"

"噢！"王前进这才明白，"原来是这么回事啊，那你在这儿卖吧，我先走了啊！"说完，王前进推起自行车就走。

"别走啊！"周华一把拽住王前进。

王前进一回头，纳闷地说："我在这也没啥用啊。"

"今天你先别去周老师家了，咱俩在这里看《少林寺》吧。"

周华一句话说出口，让王前进大惊失色。

在1985年，那个封闭的窗户刚刚打开的年代，一个青春少年，被一个豆蔻年华的女孩约着去看一场电影，那其中的情感，真的是无法言表。

王前进被吓得依靠在电影院门口的大槐树上，双手紧紧握住车把，头摇得像拨浪鼓一样："不行不行，让人看见多不好，再说你小姨让你给她把电影票卖了，你回去怎么交差？"

旁边一对二十来岁的年轻人，刚从售票处无精打采地走过来，一听王前进说"把电影票卖了"，呼的一下子跑到周华跟前，伸手就要抢电影票："给我，我出两块钱！"

八月刚立秋，晚上乌云遮月，清风徐徐，周华闪过伸来抢票的手，顺势一把拽住王前进的胳膊："快走吧，电影马上就开演了！"

吃完晚饭的王丰收，刚把小方桌收拾完，想点一袋旱烟过过烟瘾，朱四九一脚踏进了门："点着灯不关门，跑了金和银。"

朱四九接过王丰收递过来的玉米皮编成的圆墩子，晃晃悠悠地坐了下来，问王丰收："前进呢？干啥去了？"

王丰收在鞋底上磕了磕旱烟袋锅，叹了一口气说："去县城了，谁知道找谁去了！高中又没考上，种地又不顶个人使，自己懒得还不想干活儿，爱咋的咋的，我不管这个。"

"不管可不行，半大小子正是难管的时候，得好好开导开导他，要不，让他跟我学开拖拉机的吧？"朱四九早年在县农场学了拖拉机驾驶，是村里的技术人员，在老少爷们儿眼里，属于"能人"。生产队处理拖拉机和农机具，采用喊价杠价的办法拍卖，他吆喝了一嗓子，二百块钱买了一台旧"泰山25"方向盘式拖拉机，生产队让他交钱，他双手一摊，耍起了无赖："我哪有这么多钱啊！不卖给我，别人也没有买的，这玩意儿咱村没有会捣鼓的。"

朱四九这句话说的是真的，驾驶拖拉机，是个技术活儿，没经过正儿八经的学习，还真的操作不了。朱四九仰仗着手里的技术，搞专业垄断，硬生生地强买了拖拉机。但生产队的队长和会计也不是吃素的，逼着朱四九写了欠条和保证书，承诺一年之内挣了钱，慢慢地把账还清，不能让他不清不楚地占了村集体的便宜。

"明天回来我问问他，开拖拉机能挣着钱吧？你从生产队买的那台破拖拉机，三天两头就要修，挣点钱不够买零件的。"王丰收挖苦地说。

"你外行了不是？"朱四九不无得意地说，"我能从生产队不花钱买了拖拉机，你还不相信我的能耐？"

"相信！"王丰收用烟锅敲敲木板桌子，连讽带刺地说："你坑蒙拐骗、耍无赖的本事是挺有两下子的。"

"别说这个，挣钱就行，咱村里都包产到户了，家家都种地，收庄稼拉粪还是拖拉机快，拉一趟庄稼收五块钱，一季庄稼就能把买拖拉机的钱挣回来了"。朱四九的"小算盘"打得够精明的。

"你想得挺妙啊，拉一趟庄稼五块钱？都是本庄本院的老少爷们儿，你挺好意思的啊！"王丰收对朱四九动不动就从挣钱上想问题十分不满："小心让钱蛰了手。"

第二章

看完电影《少林寺》，已经是晚上八点多钟了。王前进推起自行车"呼呼"地往家跑去。一拐弯，就听见"咔嚓"一声，自行车链子又掉下来了，王前进气得把自行车靠在树上，在四周寻找着修自行车的铺子。

修自行车的铺子，是一个专业技术机构，铺子门口往往要挂上一个废旧不用的车圈，作为招揽自行车修理的"幌子"，看见幌子，才算找到修车的地方。

王前进左找右找，怎么也没有找到这样的修理铺子，想去远一点的地方找，又怕自行车被人偷走，王前进一时被弄得没了主意，蹲在地上，一筹莫展。

"咋了？这是？"周华突然出现在王前进面前，"扎了轮胎了吗？"

王前进抬起头："链子断了，这回麻烦大了。"

周华倒是满不在乎，反而一副有点高兴的样子，说："正好正好，今天晚上在俺姨家住下吧，明天早上修好了车子你再回去。"

"那可不行！"王前进斩钉截铁地说，"俺娘在家可不放心，再说，在你姨家住下，多丢人。"

"这有啥丢人的？再说，你这样子也没法回去了，你提着前头的车把，我抬着后轱辘，咱先把自行车抬到俺姨家去再说，你要是实在非回家不可，就骑俺姨夫的大凤凰回去，明天再给他骑回来，得给他爱惜着点。"周华一股脑儿地把办法给王前进说出来。

很明显，城里的孩子见多识广，知道的事儿多。王前进一看也没有别的办法了，只好双手把自行车的前把抬起来。周华抬起了自行车后面的轱辘，紧跟在王前进的后面。两个人一前一后艰难地走着。

走了几步，周华好像突然间发现了什么："不用这么抬着走啊，前边的轱辘又没什么事，就是后边的轱辘缠住了，你往后边来，我把着前面的车把，你倒挺会找窍门。"

王前进一边把车把交给周华，一边傻乎乎地笑了笑，说："直接把我弄蒙了，你来前边……"

王前进和周华走到周华小姨家的时候，周华的小姨孙月梅一边在门口来回地跺着脚，一边东瞅西看地等着周华回家。一看见周华，孙月梅就着急地说："哎呀，你去哪啦？我和你姨夫在这儿等你好半天了。可急死我了，以后你出去的时候，一定要告诉我。这个男孩子是谁呀？"

"是我的一个同学，"周华说，"哎呀，别提了，我在半路上碰见了王前进，他的自行车链子断了。"

"咋谁也没说一声呢，哎呀，你这孩子，别说了，不早了，快洗洗脚，准备休息吧。"孙月梅说。

王前进就说："不行，我还得回家去呢，要不我娘就一直等着我，她肯定不放心的。"

就这样，王前进骑着孙月梅的那辆二六的坤式自行车，趁着月亮还没有被乌云遮住的那会儿工夫，一阵风似的往家跑去。

送走了王前进，周华钻进了自己的小屋休息去了。孙月梅也回到自己的卧室。孙月梅的丈夫、市人民医院的骨外科大夫郭宝东问她："谁呀？"

"华子的一个同学，自行车坏了，先休息吧，你明天上午还有手术呢！俺三舅这个手术你可上点心啊！"

郭宝东翻了翻身："知道了，行了行了，睡吧！"

一个人在屋里的周华却翻来覆去的，怎么也睡不着了，她脑海里在放电影似的一遍一遍地播放着和王前进在电影院里看电影《少林寺》的情景……

周华拉着王前进的手进了电影院，整个影院里面黑咕隆咚的。这时，走过来一个打手电筒的人，问他们是第几排。周华拿出了两张电影票，是十五排的八号、十号。周华拉着王前进的手走到了手电筒指引的那个地方，沿着两排座位中间狭窄的过道往里走。王前进一下子不小心触碰到了周华软软的小胸脯上，被吓得一抽手。两个人肩并肩地坐在了座位上，这时电影《少林寺》正式开始了。

周华心满意足、满脸春风地回头看了看忐忑不安的王前进，王前进也不好意思地看了看周华，两人便安安静静地看起了电影。

躺在床上翻来覆去的周华，心里对王前进有一股莫名其妙的冲动，她喜欢王前进的那份羞涩，喜欢王前进的那一种淳朴。

看电影，作为现在一种非常正常的文艺活动，人们已经司空见惯。但在1986年那个刚刚开放的时候，看电影是男女之间交往的一个信号和开始。一般来说，只要哪个小伙子跟哪个姑娘去看电影了，十有八九在别人的眼里，两个人就是在处对象呢。毫无疑问，周华也在深深地为自己的行为和想法，感到羞涩和好奇。

赵荣进从大队部出来，顺着黑咕隆咚的王家胡同往家的方向走。

王家胡同只有三四米宽，住着十来家姓王的人家，中间有一棵长得茂密粗壮的国槐树，树下有一口不知何年何月打成的水井，光滑的青石板铺成水井的井台，井水清冽甘甜，滋养着村里的一众百姓。人们就根据胡同的名字，把这眼泉井称为"王家井"。

王家井的东边有一户人家，宽阔的大门，能容纳一辆马车进出，墙上还有两个拴马桩，看得出早些年是一个大户人家，这家的主人，就是王前进的爷爷王永振。

大队书记赵荣进走到王家井的时候，正碰上从齐邹城看完《少林寺》回家的毛头小子王前进。

王前进放下扛在肩上的自行车，"嘭"的一声，赵荣进被吓了一跳，问："你小子胡弄啥？这么大动静！"

"四爷爷，车链子断了，我从庄头上扛回来的。"赵荣进在村里干支书，兄弟四人，他排行老四，王前进按农村辈分，喊赵荣进"四爷爷"。

"你小子初中毕了业，有啥想法？是回来种地，还是复课再考？咱村里小学，胡三子生病了，教不了学生了，你要是愿意给他代课，让你爹明日来找我。"

"行行行，四爷爷，你不来家里坐坐了吗？"

"啥时候了，快回家睡觉去吧！别忘了刚才和你说的话。"

说完，赵荣进头也不回地走了。

王前进顺着大门的门缝，伸进两根手指，一点一点地把木门闩从大木门的插口里头拨拉出来，蹑手蹑脚地进了门，又从里头把大门闩插好，悄悄地走到北屋的侧房门口，突然，听见他父亲王丰收咳嗽了一声，接着传来严厉又充满关切的质问声："咋才回来？不知道我和你娘等着你吗？"

"车链子坏了，急死我了，你抓紧睡觉吧，累坏了！"说完，王前进钻到屋里睡觉去了。

睡到日到三竿的王前进，是被他爹王丰收掀开被子叫起来的。

"到底咋了？"王前进睁着惺忪的两眼问王丰收。

"还咋了！"王丰收非常着急地问王前进，"昨天晚上回来的时候，咱大队书记跟你说了让你当民办老师的事情了吗?"

"说了,咋了?"

"咋了?"王丰收着急地说,"今天早晨我上东坡去挖谷子的时候,人家赵荣进看见我了,问我和你商量了没有。你到底愿不愿意当这个民办老师,人家这么大大的一个大队书记,为你的事这么上心,你昨天晚上怎么不告诉我?"

"昨天晚上实在是太困了。"

王丰收接着问:"那你打不打算当这个民办老师?"

王前进说:"干也行,反正闲着也是闲着,我主要还是想明年复课,再考一年。"

"别考了,先干着这个民办老师再说吧。"

说到这里,王丰收突然又想起了朱四九找他,让王前进跟他学开拖拉机的事。

"那天晚上,朱四九来找我,说让你跟他学着开拖拉机,挣钱多,你琢磨琢磨,你是愿意开拖拉机,还是愿意当这个民办老师?反正咱得找一条出路,得学一门手艺才行啊!"

"我不干那玩意儿,"王前进说,"油脂麻花的,浑身脏兮兮的。"

王丰收说:"那好,那我就去找大队书记,让你去当这个代课老师。"

说完,王丰收顺手拿起在桌子边上放着的两瓶景芝白干大曲酒出了门,去找大队书记赵荣进了。

大梦谁先觉。

王前进一觉睡醒的时候,就到了中午吃饭时间了。王前进刚在石槽里头洗了把脸,洗了洗头,一回头,看见他的父亲王丰收领着大队书记赵荣进走进了家门。

王丰收抢着对儿子说:"前进,快,快,你四爷爷来了!"

又回过头去,对王前进的母亲说:"抓紧,快把那只鸡杀了炖上,炒上俩鸡蛋,我买了一个鱼罐头,一包兰花豆,还有一个苹果罐头,我跟四叔喝点酒,你快点拾掇。"

这时的王前进,一看就明白了,今天中午,王丰收把赵荣进请到家里,是给王前进请客,让王前进去当这个村里的代课老师,今天中午的安排,就算是对赵荣进给王前进安排这个差事的一个酬答和感谢。

洗完了头,王前进搬了一个马扎,就坐在了那张木桌子旁,临近门口的那个地方。

王丰收拿了一把锡壶，就像现在用的沙漏一般用锡做的酒壶。把打来的地瓜干酒倒在了锡壶里头，又从桌子底下摸出来几只小的酒盅，用毛巾把那酒盅擦了擦，从锡壶里倒上了一小酒盅的酒，拿一根火柴"嗞喇"一下子把酒点燃，然后手提着锡壶的上端，把酒壶的底部，放在酒盅上来回地筛酒。

一边筛酒，王丰收一边讨好地对赵荣进说："四叔啊，这一次你可真的给孩子办了件大好事啊，别的孩子不想种地，争着去当这个民办老师，还去不了呢，你还是想着咱家的孩子，真是应该好好感谢您呀。"

赵荣进一副除了天大就是他大的样子，说："在咱村里，我只要说话，一个唾沫就砸一个坑，咱咋说的咋办，丰收，你跟着我混了这么多年了，你说，啥时候咱村里头不是我说了算？让孩子当个民办老师这点事，我还办不了吗？"

王丰收像捣蒜一样点头："是是是，还是四叔您的水平高啊，在咱这个乡里，谁不说您的水平高啊！甭说咱村里，就是你上乡里、上公社里头说句话，那也是相当管用啊！"

一听王丰收说到这里，赵荣进豪气冲天地说："那是，你这话算是说到点子上了，我实话告诉你吧，昨天，我上公社里头，去找李书记，就说咱庄东头那十几座坟，公社里想用那块地盖一座变电站，需要迁坟，我就跟他说，别小看这几座坟，动谁家的祖坟，谁就跟你拼命，一座坟，你得给人家补贴上十块钱。你想一想啊，十块钱买多少粮食啊！你说这几十座坟，是这几户人家的，包括赵老九、李大巴他们几家人，就可以给他们家几十块钱，你说他们能不高兴吗？"

王丰收高兴地附和："那是那是，现在一块钱都能买好几斤粮食了，他们肯定高兴，高兴还来不及呢。"

赵荣进一边和王丰收喝酒，一边眼睛就往坐在炕沿上纳鞋底的王丰收媳妇吴荷花的脸上瞟，酒酣耳热的赵荣进，眼睛刀子似的，在吴荷花的白花花的脖子上、细腰上不停地划拉，更要命的是，时不时地，吴荷花还冲他笑一下，劝他："四叔，孩子的事儿你多费心，多喝两杯啊！"

心猿意马的赵荣进，虽然心里痒得难受，但毕竟是在人家的家里，人家的男人和孩子还守着，他也不敢造次。于是，喝了一会儿酒就急着往家赶。

快出王家胡同的时候，赵荣进就听见"哗啦哗啦"的水声，原来，一个小媳妇正弯着腰从王家井里打水。小媳妇一弯腰，白花花的一截腰身就呈现在赵荣进的眼前。赵荣进伸手一把，就摸着了那个媳妇的小腰，吓得小媳妇"哎哟"一声。小媳妇一回头，原来是赵荣进，就说："你干吗呢，让人看见多不好！"赵荣进说："看见怎么啦，看见还敢把我怎么样？"小媳妇对赵荣进说："俺家那口子去生产队里喂牲口了，一会儿就来家。你要是想俺的话，明天晚上早点来。"

一句话说得赵荣进心花怒放，又伸出手，在小媳妇儿的胸前抓了两把，心满意足地说："明天晚上等着我，我早点来。"

第三章

朱四九还真的拿让王前进跟他学习开拖拉机当了回事。这一天上午，朱四九开着他的拖拉机，"腾腾腾腾"地就到了王丰收家门口。王丰收正好挑着一担子柴火到了家门口，就问朱四九："你这是要到哪里啊？"

朱四九说："到你家里来啊，让你看看我的拖拉机多好啊，让你的孩子前进，跟着我开拖拉机，要多实惠有多实惠，现在，村里的老少爷们都让我给他们运庄稼，上田里拉粪。我现在手里的活都忙不过来了。"说着，朱四九轻轻地弯下腰，神秘地趴在王丰收的耳朵上说，"光是今天上午，我就挣了14块钱了。"

王丰收因为儿子当民办教师的事情大体有了眉目，就不屑于与朱四九商量让孩子再跟他学拖拉机的事情，搪塞地说："啊，孩子上县城去找他的老师了，没在家，回来的时候，我再和他商量商量，你先去忙着吧。"

朱四九就急切地说："我可是给你机会了啊，让你跟孩子好好地商量商量，你要是不想干的话，我可找别人了啊。"

这一天，王前进真的收到了村小学校长李四友托人捎来的一个口信，说是让他到学校一趟，王前进就感觉到，他当民办老师的事情，可能有眉目了。王前进赶紧放下手里的锄头，没顾得上吃饭，就呼呼的一阵小跑，跑到了学校，正好碰见了在学校门口锁大铁门的李四友，就问："咋了？"

李四友操着一口山东的方言问王前进："你咋才来呢？"

王前进说："我刚得到消息，村南头的眯缝眼老师跟我说的，叫我抓紧来找你一趟，说你找我有事。"

李四友就问他："我找你有事，你还不知道是什么事情吗？你心里还没数吗？今天，咱大队书记赵荣进来找我了，说是你想当民办老师，让我跟你说一说，这个民办老师，可不是是个人就能当的，你能干得了吗？你愿意干这个活吗？一个月才5块钱的工资。"

王前进赶紧地说："啊，行行行，你看，我高中没考上，干体力活我又干不了，5块钱就5块钱，我得先干着。"

李四友本来想把当民办老师这事给他的外甥留着，不承想大队书记赵荣进把这件差事应了别人，让王前进这小子拣了个便宜，就没好气地说："行行行，你愿意干，明天你就来吧，你来试试吧，要干得了就干，干不了你就回家，该干啥就去干啥的。"

王前进满心高兴地说："那我啥时候来啊？"

李四友说："你如果想干的话，明天早晨你早点来，替老师们打打水，那个水桶就在办公室里，得到学校西边那个大井上去提水，多提点水，帮助人家老师烧好开水，做好上班前的准备。"

说完，李四友就问王前进："你家里有钟表吗？"

王前进摇了摇："没有钟表，怎么了？"

李四友说："没有钟表，你怎么掌握时间啊？明天早上七点前，你就得赶到学校，你怎么掌握时间，咋能知道是七点呢？"

王前进就说："没事没事，我有办法，我家里墙上的小喇叭6点50分准时唱'东方红，太阳升'，开始预告节目，中央人民广播电台开始播节目，那墙上的小喇叭一响，我就开始穿衣服起床，就往学校跑，耽误不了事。"

李四友一听，这样的办法也是非常可靠的，就跟王前进说："行行行，你明天早晨小喇叭一响的时候，就赶快起来到学校里来，早到学校帮着老师们干点活，你年纪轻轻的勤快点。"

说着话的工夫，李四友就用铁链子把学校大门锁紧了。王前进就跟在李四友的后头往村里走，李四友嘱咐他："明天早晨你来的时候啊，要带一个蒲团来，因为老师们坐的那个座位，是用泥巴垒起来的，坐在上面时间长了，就有点凉，你得放一个蒲团，别冻得闹了肚子。"

王前进就说："行行行，俺娘昨天刚编了两个玉米垫子，我拿一个来就行，还需要拿什么东西？"

李四友说："不用了，明天来的时候，我给你一支钢笔，给你个本子，你就可以给学生上课了。"

就这么简单，王前进当民办老师的事，算是说定了。

虽然说，王前进对当民办老师一事，感觉并不是很理想，但是，就当时来说，应该算是比较体面的一个差事了。

　　赵荣进这几天也是愁得不得了。大队委员张玉生这天晚上悄悄地来到他的家里，给他送了两条菊花牌香烟，还有一条大黑鱼。

　　赵荣进就问他："你到底有什么事情啊？"张玉生就说："我就觉得，孩子年龄大了，咱得给他批划个宅基地，给他盖个房子了。"

　　赵荣进说："咱们都是村干部，你要是开了这个头，还有其他的群众，这个找那个找的，人多得很，要是划宅基地的话，就得一起考虑考虑。"

　　张玉生说："行啊，要是这定不下来的话，咱们就开个会，找个合适的机会一起说一说。反正不管咋说，你是咱村的大队书记，现在都听你的，你在这村里的威信这么高。"

　　张玉生说完这话，赵荣进的积极性一下子就上来了："你这个说法是对的，村里不能没有主啊。咱这么着，明天早上的时候，咱们先到村东头那片地里看一下，你相中了哪一块地方，咱们到时候划分宅基地，就提前做个阄，你就抬到那个地方了。"

　　张玉生高兴地说："这个办法好，这个办法好！"

　　张玉生说："能挑着前面的几个号，怎样做那个阄，才能保证心想事成呢？"

　　赵荣进就说："你傻吧，你准备那个小纸条的时候，不是一共 30 户吗？你就准备 29 个，你提前写下一张条子，把那个条子写上 1 或者 2，你就放在你手里，抓阄的时候，你把手里的那个，放进去再抓出来，不就行了吗？实际上还是在你手里。"

　　张玉生一伸大拇指说："哎呀，还是书记的办法高明，给我解决了大问题。"

　　赵荣进说："跟着我干，吃不了亏吧。"

　　张玉生一个劲儿地点头："那是那是，哎呀，还是您的办法高明啊，有您给我当这个主心骨，心里就是踏实啊。"

　　赵荣进和张玉生商量好了这个办法以后，第二天，领着村里其他几个干部，一起到了村东头大东崖，走过来迈过去量了一下，那片地大约有 20 来亩，要是每户用三分地的话，除了合巷跟大街，划上三十几户人家是没有问题的，这样，就形成了一个新的小村。

　　王前进回到家里的时候，正赶上他的母亲往木头方桌上放新蒸熟的玉米面窝头，如果放在往日，王前进一看见玉米面的窝头就怵头，因为，玉米面窝头比较粗糙，吃起来的时候嗓子眼不那么好受。但是，没有办法，也只能用玉米面窝头，就上青青菜煮的稀粥，然后就着一根白萝卜咸菜。能吃饱就不错了，这已经算是非常好的生活状态了。

王前进回家的时候，一看见玉米面窝头就感觉香气扑鼻，颜色鲜艳，今天，他终于能上学校当民办老师了，有人逢喜事精神爽的感觉。

王前进刚要伸手去拿窝窝头，就听见这时候大门"哗啦"的一声响了。王丰收扛着锄头，背着一只用柳条编成的筐，里面盛满了树枝和树叶，走进了家门。

王前进吆喝："快吃饭吧，快吃饭吧！"

王丰收说："咋了？我看你今天挺高兴的，是不是当代课老师的事情有眉目了？"

王前进就说："是啊，是啊，让我明天去上班了。校长李四友说让我拿着一只蒲团子，唉，还要带着一支钢笔，钢笔咱家没有啊，我得去买一支钢笔。"

王丰收说："钢笔我有啊，钢笔我有，去年给生产队记账的时候，村里会计李玉生给了我一支，你用水把那个塑料管里的墨清洗清洗，明天就能用了。"

说完，王丰收拉开了他的那张三抽桌子，从桌子下面的一个木头匣子里头，找出来一只蓝色的钢笔。

王前进将钢笔拿在手里，喜欢得不得了，翻来覆去地看，根本就不再想着吃那个窝窝头了。

这个时候，王前进的娘，也将锅里的青菜稀粥舀到了碗里，就喊他爷俩说："啥呀，你爷俩别弄了，抓紧过来吃饭吧。"

就这样一家人坐在桌子边上，正准备吃饭，就听大门一响，王丰收说："不用猜，肯定是朱四九来了。"

话音还没落下，朱四九就来到了桌子跟前，毫不客气地就坐在了饭桌边，伸手拿了一只窝窝头，掰了一块，塞到嘴里："挺香的，今天我来也不白吃你的，看我给你带什么来了。"

王丰收说："你肯定有好东西，你家里有拖拉机，你赚了不少钱，赚了不少的昧心钱吧，你。"

朱四九说："你说这话就没意思了，我赚钱，现在政策也是允许我这么干的，我怎么干也是国家法律支持的。"

说着，朱四九从怀里掏出来一瓶桂花牌甜酒，神秘地对王丰收说，"你瞧瞧，没见过吧，九毛多一瓶呢，我是用粮票换来的，咱俩喝一杯尝尝吧。"

王丰收说："好了，我去拿两个茶碗。"

两个人就一人一杯地斟满了桂花酒，慢条斯理吸溜吸溜地喝着，一边胡吹海侃地在那里神聊。

朱四九对王丰收说："现在，你根本就不懂，种地开始用拖拉机，你觉得有点贵，不如你用牛或者人力省钱，但是，拖拉机多快呀，要是人干，两天也干不完，用拖拉机，一个钟头就能干完了，不比你两天的工夫值钱啊！"

王丰收说："是啊，是用拖拉机快，但是，我如果用一个钟头的时间，就把这些活干完，那剩下的两天我干什么呀？反正我又没有别的事情干。"

朱四九就说："没别的事情干，你可以给我帮忙啊，你可以给我帮忙收拾收拾机器零件，帮我看看拖拉机，我每天也可以给你开上三五块的钱，你还能另外挣点钱呢！"

王丰收说："我可不给你去当这样的短工，我嫌丢人"。

朱四九就说："这有啥丢人的？挣钱还丢人吗？"

王丰收说："跟你去，行是行，我跟你学拖拉机行，开拖拉机行，我要是给你打下手，当短工伺候人，这我可丢不起人。"

朱四九就说："我说是吧，让你跟我干活，你不干，非要学拖拉机，这东西可不是三天两天就能学会的，再说你这点文化，也理解不了啊，你说让孩子王前进跟我学，这倒可以，你又舍不得孩子出这样的苦力，你还能挣了大钱吗？"

王丰收就说："行行行，我种完了我的这块地，把我的小麦种上，有时间的话，我就去给你帮忙，那样行了吧？"

朱四九就说："别啊，那时候你是有空了，但是，人家种地的都种完了，我的拖拉机也没有活干了。我用的，就是你这十天八天的时间。"

王丰收说："我那两亩地怎么种上啊，给你打工，我哪来的工夫去种我的地？"

朱四九一撇嘴："你怎么这么笨呢？你跟着我干，给拖拉机帮忙，跟我合伙成了伙计，你那点地，我趁着晌午头，给你搭搭手，不就把它给种上了吗？"

王丰收说："是啊，你抽个时间就能把地给我种上，我给你打工挣的那点钱，又顶了你用拖拉机给我种地的费用，合着我还是白给你干啊。"

朱四九被王丰收绕来绕去的，绕得不得了，就说："啊，行行行，我白给你种上行不行？你白用我拖拉机行不行？我也就是因为和你关系好，咱俩是老朋友、老兄弟、老哥们儿，我帮你一把，别人，我还不稀罕用他们呢。"

王前进吃了一个窝窝头，就到了自己的屋里头，拿着那只蓝色的钢笔，在脸盆里舀了一瓢清水，"咕嘟咕嘟"地把钢笔的墨囊里头洗刷得干干净净。

第四章

周华去县棉纺厂上班的消息，传到了村子里。这时的王前进正在给学生上课，讲着"白日依山尽，黄河入海流。欲穷千里目，更上一层楼"。

正在讲课的王前进，突然看见眯缝眼老师神秘地出现在窗口，冲他摆了摆手，让他出来一趟。王前进就和班里那十来个学生打了个招呼："同学们先看一下书，我出去一趟。"

出了教室，王前进直奔站在大树跟前的眯缝眼老师："快说，上着课呢，啥事啊？"

眯缝眼老师就问他："你是不是有一个同学叫周华？"

王前进说："是啊，她是龙窝村的，不是咱村的，有事吗？你咋突然想起她来了？"

"周华去县棉纺厂上班了，你知道不知道？"

王前进说："知道不知道的，有你啥事儿啊？我们都好长时间没有联系了，咋了到底？"

眯缝眼打他的棉衣口袋里掏出了一副套袖，用印染布做成的一副套袖，对王前进说："周华让人给你捎来的。"

王前进就纳闷地问："是谁捎来的？"

眯缝眼就神神秘秘地笑了笑，说："你就别问是谁捎来的了，反正是人家做了一副套袖，知道你在村里当了民办老师了，天天趴在黑板上写着粉笔字，怕你的衣服袖子上沾满了粉笔沫子，就给你做了一副套袖，让你套上。你看人家多关心你呀！这个周华是不是对你有意思啊？她个子多高啊？那姑娘长得漂亮不漂亮？"

王前进一听这个就烦躁地说："我现在正上着课呢，还漂亮不漂亮！我们都好长时间没见面了，你就说是谁捎来的吧。"

眯缝眼这才对王前进说："我不是今天上县里去参加培训班了吗？我教育局的一个同学，是周华的一个亲戚，是周华让这个亲戚，打听着咱们乡有老师去县里开会的时候，给你捎回来的，你看人家多用心啊，你真得珍惜这段情啊。"

王前进这才伸手接过套袖，套在自己的小胳膊上甩了甩手，说："嗯，挺好挺好，我先去给学生上课了，我还没讲完呢。"

说完，王前进回去上课了，教室里又传出"白日依山尽，黄河入海流"的读书声音。

下课的时候就快下午五点了，眯缝眼老师悄悄地问王前进："哎，前进老师，你先别回去，别急着回家呀！"

王前进把书本放在那张木桌上，拍了拍手上的粉笔末，回头问眯缝眼老师："咋啦，有事吗，你待会儿管饭吗？"

眯缝眼老师就跟王前进说："今回你真说对了，今天晚上别回去了，咱在这里喝酒。"

王前进说："我不会喝酒，我根本就没喝过酒。"

眯缝眼老师就跟王前进说："哎呀，一开始谁都是不会喝的，喝上一两回，你就学会了，你现在已经参加工作，成了老师了，你就应该学着喝酒了。"

王前进一看，实在是拗不过眯缝眼老师，就说："好好好，我给你伺候伺候客人，我先烧点水。"

一张厚厚木板做成的小方桌，放在了教师办公室的中间，眯缝眼老师不知从哪里拿出了一个苹果罐头和一个五香鱼的罐头，放在了小小的方桌上，然后又拿了一个铁锅放在教务办公室的炉子上，舀了一小勺子卫生油，滴滴答答地放进了烧红的锅里，就听见"嗞啦"的一声，香味铺满了整个办公室，眯缝眼老师又放上了一个红红的辣椒，顿时，整个办公室里香气扑鼻。眯缝眼老师把早已切好的、鲜嫩水灵的一颗大白菜放进锅里炒起来，让人一看就垂涎欲滴，王前进从来还没见过这么丰盛的一顿饭。

这时，眯缝眼老师对王前进说："别傻愣着，来帮我翻一下锅。"说完就把手里的那把铁勺交给了王前进。王前进坐在炉子跟前的一个马扎上，轻轻地一边往里推，一边翻着锅里的白菜。

一大锅白菜慢慢地就炒熟了，越炒越少，看着也就是还一大碗的样子。就在这时候，听见门外有自行车响的声音，接着就听见"砰"的一声停自行车的声音，然后，就看见一个人推门走进了学校办公室，手里头还拎着两瓶兰花大曲白酒。

王前进睁了睁眼，仔细看了看，可了不得了，这不是大队书记赵荣进吗？

一下子，王前进说话的声音有点颤抖："四爷爷，您、您这是……"

赵荣进一看见王前进紧张的样子，心里头顿时一阵满足，就故意地说："咋啦，孩子？啊，不欢迎我来吗？"

王前进紧张地说："啊，咋能不欢迎您呢，我是从来还没和您这么大的干部在一起吃过饭呢。"

你别看王前进年龄不大，但是，这句话说得还是非常关键，让身为大队书记的赵荣进很是心满意足。

白菜炒好了，放在了桌上，加上原先放好的那两个罐头，另外，还有两个咸鸭蛋，被切成了四瓣，一看这局面就是准备喝酒的。

眯缝眼老师跟赵荣进说："四叔，咱准备喝酒吧。"

赵荣进说："稍等稍等，还有个人没来呢。"

"嗯，谁呀"？眯缝眼问。

赵荣进就说："你甭管了，一会儿你就知道了。"

说话的工夫，就听见门儿"吱咕"的一下子，妇联主任竹花悄无声息地走进了学校办公室的门。

"哟，这菜都准备好了吗？开始喝酒吧，你们喝吧，我又不喝酒。"

赵荣进说："你不喝酒，你来干吗呢？"

竹花说："你不是说今天晚上再商量一下学校领导班子的事吗？"

刚说完这句话，赵荣进立马给竹花使了个眼色："你嘴咋这么快呢？谁告诉你说是商量这事的，就是让你来喝酒的呢。"

四只小茶碗满上酒的时候，喝酒才正式拉开了序幕。四个人一边喝着酒，一边有一搭没一搭地说着话。

王前进根本就没喝过这么烈的酒，喝了一口明显呛着了，嗓子眼冒火，急忙说："啊，不喝了，不喝了，我真的撑不住，受不了啊。"

赵荣进说："不喝咋行呢，你现在成了大人了，成了老师了，你就得在社会上喝酒啊，不喝酒你怎么跟人家相处啊，现在在外面跟人家相处，哪有不喝酒就办成事的？"

赶鸭子上架，实在是没有办法，王前进也只得按照赵荣进说的，一小口一小口地、痛苦地喝着那一茶碗白酒。

酒过三巡。

眯缝眼看着满面绯红的竹花。竹花含情脉脉地看着大队书记赵荣进。眯缝眼就趁热打铁地对赵荣进说："咱原先说的那件事，你得想办法给我操操心了。"

赵荣进说:"啥事啊,就给你操操心?"

眯缝眼就说:"啥事?你忘了,今年收麦子的时候,我叫竹花跟你说过,等这个李四友退休以后,你得跟公社教育组说说,让我干这个小学校长。"

竹花也随之说:"啊,对啊对啊,当时,你已经答应人家了。"

赵荣进一听竹花随着眯缝眼说话,就好奇地问:"咋了?你俩好像是一伙的了。"

眯缝眼一看沟通方法出了问题,赶紧调整策略,找台阶下:"不能说俺俩是一伙,咱们都是一伙的,我们都听您的,您是我们的头儿。您说您放着好好的一个位置不让我干,您还能让别人干吗?别人干了,他能这么听您的吗?我干和您干还不是一个样吗?都是您说了算的。"

赵荣进一听眯缝眼说完,就话中有话地说:"你要是这么说我就放心了,你要是这么说的话,我还可以考虑考虑,还能想办法给你争取一下,你要是在背后不听我的,和别人乱搅和在一起,那我可饶不了你。"

眯缝眼一下子就听明白了,赵荣进的意思是让自己跟他绝对保持一致。他就急急忙忙地跟赵荣进解释:"你误会了吧,竹花是谁,你还不知道吧,竹花是俺对象的表妹,你说她现在在村里给你当兵,我有事找她,让她帮我给你说说,她能不给我帮忙吗?最终还不是你拍板,你说了算吗?"

赵荣进这才听明白:"啊,原来你俩是这个关系,我咋不知道呢?"

这么一解释,误会基本上消除了,竹花就对赵荣进说:"你咋不知道呢,姨家不是长白山那个会仙村的吗?俺姨父就是哥家那嫂子的舅舅。"

"哎呀,我的老天爷!"赵荣进一听,这关系也挺复杂的,听着好像是根本就八竿子打不着的亲戚。

现在的情况就是这样,别看是远的根本不着边际的亲戚,到了关键的时候,用得着的时候,就把这种关系说得很近,其实说白了,就是互相利用的关系。

赵荣进听明白了,就提出要求:"以后听我的就行,那你俩跟我喝一杯。"

眯缝眼就抢着给赵荣进端起酒:"四叔,我给你端起酒杯来,敬你一杯酒。"

这时候王前进才明白,原来,眯缝眼今天晚上约竹花给他帮腔,实际上是想当这个小学校长啊。这下,他心里就纳闷了:现在这个李四友不是干得好好的吗?冷不丁地插上这么一杠子,是不是不合适啊?但是,这时候的王前进,心里也转了一个弯儿:这事也不能说,我就在这儿听着,一句话也不能多掺和。

喝了将近两杯白酒的时候，酒劲基本上就上来了，赵荣进说："我出去解个手。"冲着竹花还瞟了一眼，就走出了办公室的门。赵荣进在离办公室门口不远的那棵杨树底下，哗哗哗地来了那么一泡，然后边提溜着裤子边走进办公室，又坐在马扎上对竹花说："咱俩喝一个吧，我跟你喝一杯。"

竹花说："我可不喝，我又喝不了酒。"

"锻炼啊，你不喝酒？你在村里干妇联主任，公社里，啊，现在叫乡里了，来来往往这么多人，事情这么多，你不喝酒怎么行啊？少喝点。"

竹花说："你们说得再好，我也不能喝，我喝完了咋回家看孩子呢！"

赵荣进一听竹花说不喝，控制欲和权威欲就激发出来了，让人喝酒的欲望又上来了，就跟竹花说："那不行，咱今天把话说到这里，如果你不喝上一杯，你表哥当校长的事儿，我可就不管了。"

话说到这份上，事情就麻烦大了，不喝吧，成了不给表哥帮忙，喝吧，实在受不了，竹花只能硬着头皮上了。

喝了半杯酒的竹花，两腮烧得通红，身上像是爬满了虫子似的，非常难受，赶忙说："不能喝酒了，这么晚了，咱得抓紧回去。"

说着，竹花起身就往外走，赵荣进忙拿起刚做好的、从染房里染成青色的一件小棉袄，就往外走，一边跟眯缝眼说："行了行了，我们走了，你快收拾收拾吧。"一边歪歪扭扭地往外走，到办公室门口的时候，双手抓住他自行车的车把，用脚打车撑的时候，车身忽地晃了一下。竹花赶紧搂住他的左胳膊，然后赵荣进一步三晃地慢慢地走出了学校的门口，往村里走去。

王前进陪着喝了一晚上的酒，觉得腮红耳热、口干舌燥，浑身都不舒服。但是，这还不是最要命的，最要命的是，他见识了一个在学校里根本没有见过的场面，根本理解不了的一个经历，他真的无法理解，这么好好的一个校长，怎么还有人要把他弄下去，然后自己想干呢？他真的无法理解，一个村的大队书记成天这么喝酒，难道真的这就是他的事情吗？他真的无法理解，为什么今天晚上一个妇联主任，一个长得如花似玉的女人，来参加这样一个场合呢？

今天晚上经历的一切，让王前进大开眼界，他实在是不理解，社会真的是看见的这个样吗？

话说周华到棉纺厂上班的第一天，就遇到了一件非常令人高兴的事情。

眉清目秀，长得非常水灵可爱的小周华，因为是非农业户口，被招工招到了县棉纺厂，当了一名纺织工人。车间主任大老牛一眼就相中了这个姑娘，就问寒问暖的，了解周华的情况："姑娘，你家是哪里的？从哪里毕业的？"

周华说："俺是醴泉乡的，初中刚念完。"

大老牛就说："啊，挺好的呀，你在县城里头有亲戚吗？"

周华说："俺姨家是这里的，俺姨父呢，在县医院当医生，俺姨就在厂里头当工人呢。"

大老牛一听周华的姨在厂里当工人，就问："你姨是谁呀？"

周华说："俺姨在印染车间呢，当车间副主任。"

大老牛说："哦，你说的是孙月梅啊！"

周华说："对呀，那是俺姨呀。"

大老牛说："这可不是外人了，你、你叫我叔叔就行了，我跟你姨，俺们是好朋友，找对象了吗？"

周华脸一红，说："没呢，我刚从学校毕业，今年才17岁呢。"

大老牛像是自言自语，又像是对周华说的："那就好，那就好，好了，你先分到那个纺纱车间吧，跟着孙师傅学学。"

说完，大老牛把一个正在整理纺纱小推车的女纺织工叫过来："孙师傅你过来一下。"然后，指着周华对孙师傅说，"这个姑娘就交给你了，以后就是你带着她，让她跟着你学。"

孙师傅上下打量了一下周华，抬头看了看大老牛就笑了笑说："好了，这姑娘条件不错，跟我走吧。"

周华跟着五十岁左右的孙师傅，走到了车间门口的一个小房间里面，小房间是一间更衣室，孙师傅拿出了一副套袖和一件蓝粗布织成的工作服，递给了周华说："这是工作服，上班的时候要穿这样的衣服。"周华接过工作服，一看面料非常结实，款式也比农村的衣服要时髦得多，更重要的是，工作服上印着"齐邹棉纺厂"五个烫金的字，这可是成了国家正式工人的身份和象征，让周华的优越感顿时油然而生。

换好工作服，孙师傅就把周华领到一架纺车跟前，这是一台新的纺织机器，孙师傅就说："从现在开始，你就在这里，跟着这台机器来回地跑，看着哪根线头断了，从机器上面跳出来，你就喊我一下，然后，我过来换一下，时间长了，你就知道应该怎么做了，你就学会了。"

周华说："好，我就在这儿盯着，有事我就叫你。"

孙师傅把周华安顿到工作岗位上，临走的时候，还冲着周华说："你好好干吧，有你的好日子。"

周华不知道的是，车间主任大牛师傅把她安排到孙师傅的跟前，一来呢，是为了让她学习技术，还有一个重要的原因，就是大牛师傅的儿子小牛在县无线电厂当工人，二十四五岁了还没找对象，大牛师傅一看见周华水灵灵的样子，就非常喜欢，是在替他的儿子找对象呢。

第五章

刚上完课的王前进接到了周华捎来的一副套袖，心里头酸溜溜的，对周华的思念，顿时如潮水一般，莫名其妙地涌上心头，五味杂陈，感到心里很不是滋味。但是，现实就是这么残酷，有城里户口的，就到城里头去上班了，一个月拿着五六十块钱的工资。没有城市户口的，就只有去拼命地学习，考不上的，就只能在家务工了，种地成为唯一的生存方式。像王前进这样，能当个民办老师的，一来是有一点工资，二来还算是干着一个文化活，也算是村里的一个文化人，能让人看得起。但是，不管怎么说，比起城里的正式工人来，那是天差地别了，如果说，王前进对周华还有什么想法的话，那简直就是天方夜谭了。

除了一副套袖之外，周华在给王前进的东西里头，还塞了一封信，告诉王前进自己进了棉纺厂，当了工人了，也回想了两个人在一起的那些快乐美好的时光。

眯缝眼老师不知什么时候就到了王前进的跟前，悄悄地在背后看了王前进手里的周华写给他的信，突然说："哎呀，了不得呀，你同学在棉纺厂当工人了吗？"

王前进吓了一跳，就说："你一惊一乍的，干吗呢！做贼似的！"

眯缝眼就问："这是谁家的孩子？哪里的？当了正式工人，那前途无量啊。"

王前进就说："当个工人咋了？当个工人还有什么前途无量啊？"

眯缝眼就悄悄地对王前进说："你是不知道，这个棉纺厂里面的东西多了去了，在棉纺厂当工人，有的家里头都有一两万呢。"

王前进大惑不解地问："咋有一两万呢？哪来的那么多钱？"

眯缝眼神秘地告诉王前进："他们厂里有的是棉花，有的是布头，每天下班，悄悄地拿点布头回家，日积月累，就积了不少东西，这可是个好单位呀。"

王前进说："那哪行啊，这不就是偷吗，那还了得吗？"

眯缝眼告诉王前进："现在都啥时候了，谁弄着算谁的，现在都包产到户了，土地都成个人的了，还这么保守啊，啥办法能挣到钱，就用啥办法，你傻呀，你。"

听到这里，王前进心里"咯噔"一下子，那可不得了，这是犯法，我得嘱咐一下周华。

眯缝眼就对王前进说："你去找你的同学，行是行，再是，我告诉你一件事情，你问一下，他们那里要不要棉花，如果要买棉花的话，咱把咱村里的棉花收起来，卖给他她的厂里，就能挣不少钱呢。"

王前进听了自言自语地说："这倒是个办法，但是，收棉花也需要钱，没钱咋干买卖？抽空我先问问周华再说。"

在县城齐邹一中读高一的朱丽英，突然想起来要给王前进写一封信。

齐邹一中坐落在范仲淹幼年读书的齐邹县，1931 年，梁漱溟在这里搞山东乡村建设研究院，同时建了"齐邹中学"，1959 年就被评为省重点中学。学校文化底蕴深厚，教学理念先进，教风严谨，学风淳厚，管理规范，教学质量一流，多年来一直享有较高的社会声誉。

但是，最要命的是，这个学校只有 12 个教学班，高一高二高三各 4 个班，文理科各 2 个班。每个班 50 名学生，一个年级才从全县招收 200 个学生，对于有 40 万人口的齐邹县来说，能考到这个学校念高中的，都是各村凤毛麟角的好学生、高才生，朱丽英就是从醴泉初中，一路过关斩将考上高中的，让四邻八舍羡慕不已。

这天晚上，朱丽英本来感觉不出饥饿，不大愿意吃晚饭，但又怕不吃夜里会饥困，就从食堂里打了两毛钱的豆角，吃了半块玉米面和小麦面和成的卷子，心里总隐隐约约觉得好像有什么事情，又说不出到底是什么事情，反正就是疙疙瘩瘩不痛快。

这时，邻班的一个同学，拿了一只篮球，"嘭嘭嘭嘭"地跑了过来，朱丽英一看好像王前进的身影，便脱口而出："王前进！"

打篮球的男同学，听到喊声停了下来："你好，同学，我可不叫王前进，我是周猛，高二（1）班的体育委员，你呢？"

朱丽英不好意思地笑了笑："对不起啊，看错人了，我是高二（2）班的朱丽英，你打球吧，我得回教室了。"

这时，朱丽英才明白，原来王前进才是自己心口上的那块石头，得赶紧回去，给王前进写封信。

说完，朱丽英急忙往教室跑，就听见打篮球的周猛在后面喊：“明天晚上来打球啊！”

回到教室的朱丽英打开了几张信纸，双手托着腮，在想：应该给王前进说点什么呢？

“王前进同学：你好……”

刚写了一行，朱丽英就不知从哪儿下手，应该说些什么。突然，朱丽英就想到，王前进的学习成绩还是不错的，应该好好地复习一年，考上高中将来才会有更大的出路，想到这里，朱丽英的思绪就来了，接着写道：

“虽然这次考高中，你的成绩不理想，落榜了，但是，你平常成绩很好，家庭虽然困难，只要念好了书，就会有更好的出路，一定要加油，千万不要就此止步，将来你肯定会考上大学的，一定要继续好好地读书。”

写到这里，朱丽英实在是写不下去了，她实在想不起应该用哪些语言，来安慰王前进。朱丽英双手托着腮，两根手指之间还夹着一支笔，歪着头向窗户外看去。

突然，她发现窗户上有一个人影在晃动着。朱丽英仔细地看了看，原来是刚才打篮球的周猛。这时的周猛在冲着朱丽英摆手，朱丽英就看了看跟前的同学，犹犹豫豫地站起身来，走出教室，问周猛：“你咋上课时间到这儿来了呢？”

周猛从口袋里掏出了一个信封，递给了朱丽英，说：“你看，这是不是你的？我看到上面写着‘王前进’三个字呢。”

朱丽英这才发现，她从学校门口的小卖部买的一个信封，丢在了篮球场，被周猛捡到了，给她送到了教室。

这是一个普通的牛皮纸做的信封，是朱丽英花两分钱从学校门口的小卖部买的，准备给王前进寄信用的。当时，朱丽英一边思考着怎样给王前进写信，一边在篮球场上散步，在遇到周猛的时候，说话的工夫，就丢在篮球场了。

朱丽英感激地对周猛说：“谢谢啊，我得赶紧回去上课了。”

周猛冲着朱丽英说：“好的好的，你去上课吧，有空的时候到篮球场去找我，我喜欢打篮球。”

周华自打进了棉纺厂，当了工人，生活条件一天比一天好了，很明显，比在学校里念书的时候，条件强多了。念书的时候，初中生一天三顿饭，是从家里带来的，用小竹筐背着，里面盛的是咸菜和窝窝头。

进了棉纺厂，成了正儿八经的纺织工人，一下子每月就有了固定收入，自己是国家正式工人，自豪得很。早晨和中午在厂里吃饭，厂里有大食堂，在食堂里吃的是白胖胖的大馒头，还有白菜炖肉的大锅汤，有时候还有炸油条。这条件，让周华感到了满足和幸福。

中午吃饭的时候，周华和纺织车间的几个小姐妹一起，端着一个铝制的长方形饭盒，去食堂里打饭，正好半路上碰见了大牛师傅。大牛师傅非常热情地问周华："怎么样，厂里的伙食还可以吧？"

周华高兴地说："很好，谢谢你啊，大牛师傅。"

大牛师傅也高兴地冲周华摆了摆手，说："那就好，你快去忙吧，厂长找我，我去厂长那里有点事儿。"

批划宅基地的事情，让老百姓闹得沸沸扬扬。

明天就要采取抓阄的办法，批划宅基地了。这一天晚上，王前进的父亲王丰收才听说明天有这么一档子事儿，心里就犯嘀咕：我儿子王前进初中也毕业了，今年已经16周岁了，很快就到了找媳妇儿的时候，我现在还住在胡同里头，一套旧房子，还是老一辈传下来的，祖孙三代住在这样一个老房子里头，我得找村里，给我批一块新的宅基地，也给儿子盖上一座新房子，将来孩子好找媳妇儿。

想在这里，王丰收决定去找赵荣进说道说道。

刚迈进赵荣进家的门，王丰收就听见赵荣进家的堂屋里头有人说话，还有"叮叮当当"筷子敲碗的声音，不用说，肯定是家里有人在喝酒吃饭。

王丰收就这样进了赵荣进的家门，一推门，原来是村会计周一本和妇联主任竹花，还有两个村民，在赵荣进家里喝酒。王丰收一看，赶紧说："我还真不知道家里有喝酒的，你们先喝着，我回去拿瓶酒来。"

赵荣进就说："不用拿了，不用拿了，你快坐下喝点吧。"

王丰收心想：今天晚上，我到这儿来找他，是有事情的，我怎么能空着手来呢？就赶紧说："你们先喝着，我回去一趟，马上就回来。"

说完，王丰收赶紧从赵荣进家里出来，说是要回家拿瓶酒，但是，王丰收家里哪有整瓶子的白酒？于是，王丰收拐弯走进了高家胡同，到了代销点里面，跟代销点里的刘老虎说："你先赊给我一瓶桂花酒，我今天晚上有事。"

刘老虎说："这一瓶桂花酒就是一块钱，你买这酒干啥用啊？挣这一块钱，你费老大劲了。"

王丰收就说："啊，你甭管了，甭管了，你快抓紧给我吧，这酒我今晚有用处。"

从刘老虎的代销点里拿了一瓶桂花酒，王丰收就抓紧往赵荣进家里赶。

赶到赵荣进家里的时候，那几个人基本上就快喝完酒了，正准备上饭："哎呀，你来得正好啊，抓紧喝一杯，喝一杯，咱们就吃饭了。"

王丰收就说："我在家吃了，你们吃饭吧，我给四叔买了一瓶酒啊"。

赵荣进虽然喝了一点酒，脸上红扑扑的，但是，他也能看出，王丰收专门给他买了一瓶桂花酒，就对王丰收说："买这干啥？这酒这么贵。"

王丰收就说："正好有喝酒的，我就出去买了一瓶，你们能喝就喝了，不喝就放在四叔家里，抽空的时候来了人再喝"。

几个喝酒吃饭的人看着王丰收那样子，不像是放下酒就走，肯定是有事情想跟赵荣进说，就吃了一口饭，抹了抹嘴说："我们先回去了，有事你在这说吧。"

赵荣进就嘱咐他们几个，明天早晨的时候，早一点上东坡，带上皮尺，带上早已砍好的那些木头橛子。再是，准备好抓阄的那些小纸团，抓了阄以后，就给用木橛子给他砸好边界，这块宅基地就是谁家的了，弄得清清楚楚的。

几个村干部一边走，一边答应："行了，行了，您甭管了，明天早晨，我们早去准备好就可以了。"

就这样，那几个村干部一边抹嘴，一边心满意足地回家去了。这时候赵荣进就问王丰收："咋了，你来还有啥事啊？"

王丰收就试探性地跟赵荣进说："四叔啊，有件事得跟你商量一下。"

赵荣进说："有啥事你直接说吧"。

王丰收挪了挪马扎，凑到赵荣进跟前说："我听说明天咱们村里要划宅基地。"

赵荣进就说："是啊，你有啥想法呀？你家里有宅基地。"

王丰收就赔着笑脸对赵荣进说："您说的是不差，我家里是有宅基地，但是你看，我那宅基地在胡同里头，一共才二分多地，四间房子，我那小子王前进今年也十七了，初中毕业了，没几天就到了找媳妇的时候，你说在胡同里头那个小宅子，能找得着媳妇吗？"

赵荣进摆了摆手说："那不行啊，你家里有宅基地就不能再划了，要不人家群众攀比，都找我，那怎么受得了？这一波划宅基地的，都是孩子长大成人了，快结婚了，家里又没有宅基地的。"

王丰收就跟赵荣进说："四叔，您看这样行不行？孩子也大了，也快到了找媳妇的时候了，再说了，您知道我家的这个情况，俺三弟不是在县棉纺厂里当工人吗？他没有宅基地，他虽然是在县棉纺厂当工人，但是，户口还在咱村里，他回家的时候，还是住在俺那一座老宅子里，住不开啊，能不能以老三的名义申请一处宅基地？"

王丰收这一下子，给赵荣进出了个难题。赵荣进仔细琢磨了琢磨，说："你王丰收心挺多呀，你说的这个理由，还真是能够考虑。"

王丰收一看赵荣进心里动弹了，就赶紧趁热打铁地说："咱这么着，老三那边呢，我跟他说好了，叫老三要这个老宅子，你给我批个新宅基地，我给前进早晚娶媳妇用。"

赵荣进犹犹豫豫，还是没有明确地表态。王丰收一看，这是在等他给点表示呢，就主动地说："咱这么办，老三回来的时候，我让他从棉纺厂里给你带上一匹布来，这样行了吧。"

赵荣进一听，好了，这下可以成交了，就说："行，那你明天早晨去的时候，跟人家村里的那几个干部也说道说道，让人家知道，你是给老三申请的宅基地，再是，你明天批划完了宅基地，你得上县城跟老三说，别让老三不知道这事儿是谁给他办的，答复人情也不知道是冲谁答。"

王丰收说："好好好好好，你只要能给他批这块宅基地，他肯定会高兴，你放心吧，布的事我肯定给你办好。"

第六章

这天下午放学的时候，眯缝眼对王前进说："今天晚上陪我去办点事儿。"

王前进说："我能帮你办啥事啊？我又不懂。"

眯缝眼就对王前进说："你不懂没关系，你就跟在我后头帮我拿那东西就可以了。"

放了学，学生都回家了，眯缝眼冲着王前进神秘地摆了摆手，让王前进进了他的宿舍。王前进抬眼一看，就看见眯缝眼的床上放着一摞东西，就问："这是啥呀？"

眯缝眼让王前进凑到跟前，说："你闻闻。"

只见床上有三包东西，是用毛桃纸包着的，被一根用纸粘成的线捆扎得结结实实。王前进趴在跟前用鼻子闻了闻，一股甜丝丝的香味就冒了出来。

王前进说："我闻着一股姜味，还有糖的味道，是不是红糖啊？"

眯缝眼说："你小子鼻子挺尖的，就是红糖，我让我外甥从县城给我淘换的。"

王前进说："你淘换这个干啥用啊？你家里又没有坐月子的。"

红糖，在那个年代是一种比较奢侈的高档消费品，一般的家庭，没有特殊情况，是不会买这东西的，只有谁家的媳妇生了孩子，坐月子，用红糖来发发汗。所以，王前进认为红糖唯一的用处就坐月子用的，除此就没有别的用处。

眯缝眼就神秘地对王前进说："你小子傻了吧？你没看出来，这东西非常难淘换，今天晚上你陪我去咱大队书记赵荣进家里一趟。"

王前进就说："去那里干啥？他又不坐月子。"

眯缝眼看了看王前进，笑了笑说："看来你小子真是个雏啊，啥也不懂，跟我学吧。"

晚上，王前进跟着眯缝眼在学校里吃了饭以后，眯缝眼就让王前进抱着那三袋红糖，他自己手上提着一大桶酱油，就走到了赵荣进的家门口。

走到了赵荣进家门口，王前进就问："来这干啥呀？又有啥事啊？"

眯缝眼就说："你忘了，上次赵荣进答应我，让我干小学校长的事还没给我办呢，咱今天晚上就来办这事。"

王前进就说："那你自己来就可以了，我来陪你来干啥事啊？我又不干这个。"

眯缝眼说："你小子占了便宜还卖乖是不是？我让你跟着，跟大队的干部熟悉熟悉，以后有啥事可好办，这个你还看不出来吗？"说着话的工夫，两人就走到了赵荣进的屋门口。

敲门进去以后才发现，赵荣进根本就不在，家里只有赵荣进媳妇儿在收拾着碗筷。

"俺四叔去哪儿了？"眯缝眼就问赵荣进媳妇儿。

赵荣进媳妇儿说："刚出去，走了还没有一会儿的工夫，你俩咋来了呢？"

眯缝眼忙着和王前进把手里的东西放到了赵荣进家的方桌上，就跟赵荣进媳妇说："俺四叔没在家，我们就回去了，我给四叔从城里淘换了点红糖，还有一桶酱油，没事我们就回去了"。

赵荣进媳妇儿一看，拿了这么些东西，心里喜得不得了，但嘴上却说："哎呀，你们拿这些干啥，你们拿回去吧，拿回去吧！"

既然东西已经拿来了，哪岂有拿回去的道理，再说，事还没办成呢，眯缝眼就赶紧说："好歹淘换来了，又不多，您和四叔平常多喝点红糖水，这东西发汗。"

说完，眯缝眼就拉了拉王前进的袖子往外走。王前进还回头看了看放在桌上的三包红糖，似乎还能闻见红糖发出的丝丝诱人的甜味。

赵荣进从家里出来并没有走远，在家里吃完饭，顺着王家胡同拐了一个弯就到了村妇联主任竹花的家里。

竹花家里也是刚吃完饭，竹花的丈夫孙子宝一看见大队书记赵荣进走了进来，就说："你俩商量事吧，我上铁木厂看大门。"说着就往外走。

赵荣进就说："啊，铁木厂里那么些东西，你快去看看吧，省得进去小偷，别没了东西。"

这时的竹花，一边弯着腰忙着拾掇桌子上的东西，收拾碗筷，一边和赵荣进说话："你咋来了呢？今天有事吗？"

赵荣进就说："你琢磨着这几天咱给村里这 30 多户划的宅基地没啥问题吧，没有找麻烦的吧？"

竹花说："没有啊，我觉得这次咱弄得不错呢，这两天有上你家给你送东西的没有？如果有送面的，也给俺点，俺家快揭不开锅了。"

赵荣进慢慢地伸过手来，轻轻抚着竹花弯着的腰，她露出来一截白花花的腰肢。

冷不丁一下子，竹花没注意，吓了一跳，撒娇似的说："你干吗呢？吓了我一跳。"

赵荣进没羞没臊的，嬉皮笑脸地说："你这小腰可真白呀。"

竹花回过头来朝着赵荣进含情脉脉地说："又不是没见过，咋这么猴急？"

这时，竹花已把桌上的东西收拾完了，转过头，刚要凑到赵荣进的跟前，就听见自家的大门"哗啦"的一声响了，就听见外面一个女人的声音吆喝着："竹花在家吗？"

这一声喊把竹花跟赵荣进的好事就给搅了。竹花赶紧答应着，双手在衣裳上擦着洗碗留下的水珠，就喊着："三嫂、三嫂，我在家呢。"边走边出了门。

三嫂一看见竹花就问："明天早晨，你家那铁耙还用不用？我用一下你家的铁耙子，去搂一下那个麦沟。"

竹花一心想把三嫂打发走，就一口答应下来："行啊行啊，你先用吧，你先用吧。"

说着，竹花就到厨房前的一间柴草房里，拿出一个铁耙，递给了三嫂说："三嫂你不上屋里去坐坐吗？"

三嫂说："嗯，没事就去坐坐吧"。

说完，就想往竹花的屋里闯，竹花就看了看大门口说："刚才那大门口谁在说话？"

这突然的一句话，把三嫂说蒙了："是不是你三哥找我了，那我抓紧回去吧。"

让三嫂弄得这么虚惊一场，竹花吓出一身冷汗，心想：好歹把这个三嫂给打发走了。

王丰收抓阄拾到了29号，批划了一块新的宅基地，高兴得不得了。用一瓶桂花酒换来从天上掉下来这么大的一个馅饼。但是，赵荣进跟他说："宅基地是给你弄了，那一匹涤卡布你得抓紧给我弄来，我有用，那一匹涤卡布我得答复一下乡里和几个村干部的人情，让人家别说出别的来。"

说到就得做到，更何况事情人家给办成了，王丰收就赶紧去县棉纺厂找他的三弟王丰产。

王丰收从赵荣进家里借了一辆金鹿自行车，高高兴兴地从家里出发了。

王丰收沿着醴泉乡到县城里的一条窄窄的土路骑，路边的小白杨摇曳着身姿，树叶发出"哗哗啦啦"的声响，小河里的溪水，流淌着快乐的浪花。王丰收的心里也是充满了喜悦，心想：孩子上学校当老师了，宅基地也批了，也有了新房子的宅基地，多好的事情啊，老天爷真的是眷顾我们。顿时感觉到自己在村里也有能力、有威信，也能让群众瞧得起，心里无比地自豪和骄傲。

王丰收骑着金鹿自行车到了棉纺厂，找到了老三王丰产的时候，就基本上到了中午。王丰收就蹲在老三的宿舍门口等着他。

王丰产今年27岁，在厂里上班也上了8年，从厂里找了一个当幼儿教师的对象，在厂里安了家。王丰产从车间里出来，一边摘着套袖，一边往宿舍门口走，老远就看见他的哥哥王丰收坐在门口，就赶紧跑了过去说："哥，你咋来了呢，家里有事吗？"

王丰收说："天大的好事，你快开门进去说吧。"

王丰产和他的哥哥推门走进了宿舍，有两个工友，已经在宿舍了，王丰产就跟那两个工友说："你俩帮我去食堂打点饭，多打两个馒头，我哥来了，一块在这儿吃。"

工友就伸手接过王丰产递过来的饭盒，推开宿舍的门，去食堂打饭了。

"哥，到底有啥事啊？你抓紧跟我说吧。"王丰产跟端起茶缸喝水的王丰收说。

王丰收放下茶缸，用手抹了一把嘴："你先别着急，我跟你说，这几天我办了一件天大的喜事啊，你得给我帮忙。"

王丰产就对王丰收说："那你说吧。"

王丰收就对弟弟说："这几天咱村里划宅基地了，我找了咱村大队书记赵荣进，跟他要了一块宅基地。"

王丰产就问哥哥："咋要的？好事啊！"

王丰收就说："咋要的？我是以你的名义要的，我就说我弟弟王丰产，虽然在县棉纺厂当工人，但是他的户口还在村里呢，逢年过节他回家，俺兄弟俩，六七口人，还是和我们住在一个老宅子里，他根本没有宅基地啊，得给他划一块。"

王丰产说："我可不要，我要这干啥用啊？我又不回家住。再说，我又没那么多钱盖房子，我在这里，平常上下班都在厂里，我对象也在这里上班，我可不回去，我不要。"

王丰收说："你傻呀，你侄子前进现在都17岁了，没几天就要娶媳妇，你虽然不要宅基地，我在新划的宅基地给他买点砖，找个木匠打一下房架，盖上一座房子，不就能给你侄子找个媳妇了吗？"

王丰产说："啊，好啊，你想的这法子挺好啊，那你盖就行了。"

王丰收说："咱说好啊，咱哥俩把这件事情先定好，虽然是以你的名字，向村里申请的，要的这块宅基地，但是，实际上这一块宅基地，就是给你侄子盖房子找媳妇用的，有了宅基地，有了房子，找媳妇，人家才能有跟的。"

王丰产就说："行啊行啊，你看着弄吧，你别跟我商量这个了，我还有空商量这个吗？"

王丰收就说："得商量，咱把话说到前头，老家这个房子，早晚是你的，逢年过节回家的时候，这个房子就给你，临时，东头那间留给你，回家的时候，你在那一间住。新批的这宅基地就分到我名下了，我就给前进盖新房，明年我就给他盖。"

王丰产根本就对这宅基地不感兴趣，他本来已经到厂里上班了，对象也在厂里的幼儿园当幼儿教师，已经把家安顿好了，他根本也不愿意再回农村，再说回农村的宅基地盖这么一套房，也得花上一万多块钱，他也没有这么多钱，所以说，宅基地的事儿，王丰收认为是件大事，但对王丰产来说，是无所谓的事情，甚至是有不如没有。

王丰收说："不对呀，你有你的宅基地，实际上，新批的宅基地就是给你的，但是，你不要，新批的宅基地你不愿意盖，我就拿来给前进盖了，那么，老家就是你的。"

王丰产说："行啊行啊，别唠叨了，你看着办吧，你翻来覆去地唠叨这件事，你到底想干什么？"

王丰收这才把想说的话说出来："我跟你说，你还得帮帮忙，给我办件事，我已经答应了人家赵荣进了，宅基地的事，人家给办成了，你得给我从厂里弄上一匹涤卡布，他要回去给村里的那几个干部，还有乡里管房产的干部，报答一下人情。"

王丰产一听，这个麻烦大了："我上哪儿给你弄一匹布，你知道一匹布有多少啊，得多少钱啊？"

王丰收说："不就是一匹布吗，能要多少钱啊？"

王丰产就告诉哥哥："这样一匹布是 30 米，一米是 4 块钱，30 米就是120 块钱，我现在一个月的工资才 60 多块钱，这就得要我两个月的工资，就算是我想给你买上这么一匹布，还不一定能买得着，现在统购统销，还得找车间主任，还得找销售科长批条子，即使能买到，这俩月我喝西北风去？"

王丰收说："这么着吧，既然这个事呢，我已经答应了给人家赵荣进弄一匹涤卡布了，我既然说了就不能不给人家办，再说，宅基地的事人家已经给办成了，咱这样，前段时间我给朱四九跟车，他的拖拉机不是给村里的乡亲们拉庄稼吗？我给他装车跟车，拉庄稼卸货，挣了一百多块钱，这样，我给你出上一百块钱，你把这布的事儿给我办妥了"。

说完，王丰收真的从他的口袋里掏出了一卷钞票，里面有一块的、五块的、十块的，最大的是十块的，数了数，大约是二十七八张，一共一百块钱。

王丰产一看，既然这样，也没有别的办法了，就说："不是你给我出上100 块钱，我要你这 100 块钱啥用啊？我又不要宅基地，行行行，明天我想想办法吧，去找找俺们车间主任，让俺们车间主任再找一下销售科长，看看能不能买得到这样的布，如果买不着涤卡布，那黄军装那颜色的布能不能行？"

王丰产说："行啊，怎么不行啊，现在正流行呢，只要是新出的布就行。"

王丰产说："现在黄军装这布料，也是专门生产的，不是涤卡的就是涤纶的，反正料子是不错的。"

王丰收说："好了，咱就这么定了，我吃一口饭就回去了，你该上你的班，就上你的班，三几天的时间，你给我把这事弄好，你如果有时间，就给我送回去，如果没时间的话，我就过来拿。"

王丰产说："这么远的路你甭来拿了，这个星期，我三五天的时间，把这事办妥了的话，我就给你送回家去。"

王丰收说："好了，咱就这么说准了，好了，先吃饭。"说完，王丰收拿起一只白白胖胖的大馒头，伸手拿了一块红萝卜咸菜，"嘎嘣"咬了一口，心满意足地吃起饭来。

第七章

下班的时候，周华被师傅孙淑英叫住了，说是今天晚上，牛师傅让她们到他家里去吃饭。

突如其来的饭局，让周华一时不知道如何作答，周华就问孙师傅："为啥上牛师傅家吃饭？"

孙淑英就说："牛师傅是咱车间的老师，他让咱去他家吃饭，是很大的面子，咱就去吧，我给他买点东西。"

周华就说："那我得回家去跟俺娘要点钱，或者是去拿点什么东西的，我身上没带钱。"

孙淑英说："不用不用，我从门口的经销点给他买点桃酥糕点什么的就行。"

初出茅庐的周华实在是不知道，像这种情况该如何应对："那我得给家里捎个信，今天晚上就不回家吃饭了，家里人还等着我呢。"

孙淑英就说："甭给家里捎信了，你反正在厂里上班，都知道你住在宿舍里了，吃完饭以后，咱们早点回去就可以了。"

就这样，周华下了班，到棉纺厂的职工浴室里，洗了洗澡，换上了平常穿的红花连衣裙，把工装叠得整整齐齐地放在了她的衣柜里面。当她从女职工浴室里出来的时候，孙淑英早已经在门口等着她，还推着一辆崭新的飞鸽牌的自行车。

周华一看见那辆飞鸽牌自行车，眼睛一亮："哇，你从哪儿弄的这么辆自行车呀？我啥时候也能买上一辆，这自行车真漂亮，多少钱？"

孙淑英不无自豪地说："二百多块呢，我也是托人要的票，才买上的这自行车。你好好干，攒点钱的时候，也让牛师傅给你托人买一辆，买自行车都得托人。我听说，牛师傅去年买的那辆自行车，是凤凰的呢，两边都有手刹。"

周华伸手握住了飞鸽自行车的车把，捏了捏手刹，晃了晃车轮，左看右看喜欢得不得了。周华心想：我啥时候也能买上这样一辆崭新的小轮飞鸽自行车呀？

孙淑英骑上自行车，周华坐在自行车的后座上，两个人很快就到了棉纺厂家属院牛师傅的家。

牛师傅的小院是棉纺厂里面给他安排的职工家属院。大门是一扇面积不大的铁门，进了铁门以后是一条三米来长的过道，北边有一排五间大北屋。小院的西侧有一排房，是用作厨房和储物间的。孙淑英推着的自行车就放到了储物间里面的墙边上，非常小心地把后撑砰地一下子支起来。然后，两个人手里提着给牛师傅买的桃酥和两条长盒的饼干，就走进了牛师傅的房子。

还没等他俩进门，牛师傅就已经从他的屋里头跑出来，一边走一边喊着"欢迎欢迎"，脸上洋溢着快乐的笑容。

周华和孙淑英走进了客厅里面，有一圈小小的沙发，沙发的前面摆上了一张一米多长、八十厘米宽的茶几，沙发的北面有一个三抽橱子，橱子顶上放着一台黑白电视机，是当时流行的星河牌。电视机里的费翔正活力四射地演唱着"冬天里的一把火"。一个青春似火的小伙子在台上扭来扭去，唱着劲歌，顿时，把整个房间的气氛一下子炒得火热，周华两只眼睛瞪得大大的，看着屏幕上英俊的费翔，心潮澎湃。

这种生活的冲击，对周华来说是非常巨大的，这样的城市家庭，跟农村的小院布置，简直就是天壤之别，农村的小院一进门看见的就是柴火，老远就能看见养的牛羊，还能听见猪圈里老母猪"哼哼"的声音，气味复杂，生活条件非常艰苦。而这里则不同，一个不大的小院，有着高档的电器，电视里播放着最流行的歌曲，跳着最时尚的舞蹈，令周华目不暇接。

周华被眼前的家庭的陈设深深地震撼，再看茶几上，一会儿就放上了花花绿绿的糖果。尤其是那一种什锦的绵糖，放在嘴里软软的，甜甜的，是周华从来没有享受过的美味。

就在周华愣神的工夫，老牛师傅就轻轻地喊着周华的名字："周华啊，抓紧过来准备吃饭了。"周华回过头来的时候，就发现在客厅的东侧，还有一个不大的房间，房间里面有一张圆形的桌子，桌子四周是一把一把带着靠背的木椅子。桌子上摆满了丰盛的菜肴，有新炒的鸡蛋，有一种叫兰花豆的东西，还有一个罐头喷香的五香鱼，甚至还有一个蚕蛹，据说是从北京捎过来的，就这样的菜肴，让周华大开眼界。

准备吃饭了。牛师傅的儿子，在无线电厂工作的牛兵走进了餐厅。牛兵1. 78 米的个头，上身穿着一件蓝色涤卡上衣，脚上穿着一双走路"咔咔"响的皮鞋，一张英俊的脸上，五官清秀儒雅，棱角分明。

周华回过头来，一看见一个英俊的青年，悄悄地坐在自己的跟前，吓了一跳。孙淑英笑着对她说："这就是牛师傅的公子啊，牛兵，在无线电厂当师傅呢，这台收音机，现在百货大楼里头卖得很火，就是他厂里生产的，现在是抢手货呢。"

牛兵也看见了五官清秀的周华，心里头"咯噔"了一下，情窦初开，两颗年轻的心怦然一动。吃饭的时候，牛兵有一搭没一搭地给周华夹菜，有说有笑，气氛融洽。

时间过得真快，一顿饭很快就吃完了。孙淑英说："我还要到车间里头去转转，把今天的生产计划表送过去，"就问周华，"你是跟我一起去呢，还是自己回宿舍呢？"

周华说："我想回去洗洗衣服，你自己去吧，我想早点回去。"

这时，牛兵就对周华说："哎，正好，我要去小卖部，把这些酒瓶子给小卖部送过去，换一袋洗衣粉回来，咱俩一块走吧。"

齐邹棉纺厂的夜晚，到处是昏暗的、发着淡淡黄色光芒的路灯，一排排绿树在路灯的照耀下，摇曳着身姿，飘摆的树叶发出了非常轻柔温和的"沙沙"的声音。

牛兵手里头拿着四个啤酒瓶子，在前面走着，周华跟在牛兵的后面，两个人悄悄地走在棉纺厂的路上，牛兵回过头来，看着羞涩的周华不知所措地摆弄两只手，说："怎么啦？你冷吗？"

第一次和一个男孩子走在夜晚的街道上，周华感觉到十分紧张和羞涩。

到了厂门口的经销点，牛兵把手里头拿着的啤酒瓶子交给了售货员，说："用这四个啤酒瓶子换一包红糖吧。"

售货员说："行，嗯，好，可以换一包红糖。"

牛兵把毛桃纸包的红糖递给周华，说："睡觉之前喝点红糖水，胃里暖和，解乏。"

周华看了看手里头沉甸甸的红糖，心里暖融融的，感觉到这个男孩子心倒是挺细的，一丝丝爱情的暖意瞬间占满了她的心房。

周华抬头，脸蛋红扑扑的，朝着牛兵笑了笑，说："谢谢你了，那我回去休息了啊，你快回家吧。"

说着，周华转过身，慢慢地朝自己的宿舍走去，走了五六步，回头看了看，牛兵还站在经销点的门口，深情地望着他。周华的脸上浮现一层红晕，羞涩地笑了笑，回过头，朝自己的宿舍跑去。

爱情来得这么突然，周华一下子蒙了，有点不知所措。

宅基地批划下来了，自己达到了目的，也跟自己的弟弟说好了，要在这一块宅基地上盖房子，给自己的儿子将来娶媳妇用。

王丰收高兴是高兴，但是问题又来了，宅基地是划下来了，但是，房子用什么盖呢？钱从哪里来呢？王丰收还是决定和村支部书记赵荣进商量商量。

这一天晚上，天上挂着一轮圆月，四周稀疏的星星也眨巴着眼睛，好像给王丰收鼓着劲儿，让王丰收心里头有了劲儿，去找村支部书记赵荣进。

王丰收走到赵荣进家的时候，正看见赵荣进在自己家小院当中放上一张木桌子，看样子，是刚吃完饭。赵荣进就在小桌子上泡了一壶茶，一边吸吸溜溜地喝着茶，一边用烟杆抽着旱烟。

赵荣进一看见走进家门的王丰收，就用旱烟袋的烟锅敲了敲木桌子，算是表示了欢迎："坐下吧，呵呵，一块喝点茶吧。"

王丰收就毫不客气地坐下来，然后倒上了一茶碗茉莉花茶，就开门见山地和赵荣进说起有了宅基地以后，盖房子的事情。

王丰收说："宅基地是划下来了，我想着过个一两年，给孩子把这房子盖起来，你给我合计合计，我咋盖才合适呢。"

赵荣进就说："你小子想要宅基地，给你划了宅基地了，你还想怎么着，你咋盖合适，总而言之，应该按照村里的规划来啊，该高的地方你就高起来，该矮的地方你就不能盖高了，要不四邻八舍出不去水，他们不得找你闹吗？你得按照一定的规矩来。"

王丰收脑袋跟捣蒜一样："是是是，这个我还不明白吗，我就说咱这宅子咋盖呢？"

"该咋盖就咋盖，"赵荣进一瞪眼，"找上几个小伙子，给你家打上两天土坯，土坯晒干了的时候，你不就能盖了吗？你可千万记住啊，你小子别小气，人家这些年轻人给你家里打土坯的时候，一定要给人家馏上两个卷子，做一个白菜汤，炖上点豆腐，要不年轻人打坯，这么累的活，没有力气怎么给你干？"

但是，王丰收心里可不是这样想的，王丰收年轻的时候在公社窑厂干过，还学过拖拉机，他心里头想的是，这次给孩子盖房子，要盖红砖到顶的，现在砖房是一个潮流，用砖砌的房子，一个是美观，再一个就是结实，关键是将来的发展方向，孩子住上这样一间漂漂亮亮的、档次非常高的房子，好找媳妇儿。

想到这里，王丰收就试探性地和赵荣进商量说："我是寻思着公社窑厂啊，已经烧开红砖了，你琢磨着……"

王丰收话还没说完，"啥？"赵荣进一听，嘴巴张得大大的，莫名其妙地看着王丰收，"红砖，你家哪来的钱呢？你想买红砖，你知道现在红砖多少钱？一块红砖就是四分钱，咱村里头那个大队办公室想翻修一下，想用红砖，村里都不舍得买呢。"

王丰收一听，赵荣进不想让自己把房子盖得漂漂亮亮的，就认为自己没有钱，也盖不了这么好的房子，就试探性地对赵荣进说："是啊，四叔，你又不是不知道，我在公社窑厂里头，有几个同学，原先跟我一块在县农机厂学的是拖拉机和烧砖的技术。我寻思着让他们跟厂长说说，给我从他厂里头赊两万块砖，先把房子盖起来，我挣了钱再慢慢还。"

一句话惊醒了梦中人，聪明透顶的赵荣进，这么大村子都理得这么有头有绪，他能听不出这里头有什么门道吗？赵荣进突然就感觉到，这里头有赚钱的买卖。他就冷不丁地问王丰收："你在公社窑厂有这么多的朋友，你琢磨着咱村里要是建一间砖厂，能不能建起来？现在你不知道，公社书记找了我好几次了，让我在咱村里办社队企业，我正愁着咱们没有项目呢，你琢磨琢磨，咱建这个砖厂能不能行？"

王丰收被赵荣进的这一番话，吓得目瞪口呆。

赵荣进看见王丰收的这种表情，认为他是在怀疑能不能建得起这样一间砖厂，村里有没有钱能够支撑这么大的项目，就笑眯眯地问王丰收："你就说说你有没有能力干，当这个厂的技术员，把这间砖厂建起来吧。"

王丰收说："那敢情好了，我学的是拖拉机技术，我有几个朋友他们是专门建砖厂的，有烧砖的，有切砖坯的，还有专门进行遮晒的，几个人学的加起来就是全套的。"

赵荣进眼睛里闪着晶莹的光芒，极高兴地说："那你就回去合计合计，咱村里就建这样一间砖厂，你看到了没有？咱村的南坡有一块地方，土质非常好，地势非常高，比四周高出来不少，咱就用那块地方的土，砌成砖坯，把它烧成红砖，老百姓现在住的大多数都是土坯的房子，如果都翻新砖房的话，那咱村里面就能赚不少的钱，村里的老少爷们也能到砖厂去做点活，挣点钱，至于你家里这点小房子，如果咱村砖厂生产出红砖，还能没有你用的砖吗？那你的功劳可是大大的，你又把家里的房子盖了，对你来说可是太合算了，这件差事，你合计合计，你愿不愿意干？"

王丰收说："合计？这样的账还用算吗？"王丰收是一万个愿意，"关键是建砖厂不是一点半点的钱，不是三百两百就能办得了的。公社建窑厂的时候，光设备和砖窑就用了四万多块钱，连职工宿舍和食堂办公室加上变电站的话，一共花了八万多块钱呢。"

赵荣进就问王丰收："那你合计一下，咱村要是在那个地方建砖厂的话，投资大约投多少钱？"

像这样的账，王丰收是张嘴就来。王丰收当即就给赵荣进算了一笔账："咱村要在那个地方建砖厂的话，大约要比公社的砖厂多花一万块钱，因为啥呢？咱没有路，得从那个地方修上一条路，再是得建一个新的变电站，有了电才能使变速机、发动机正常运转。"

赵荣进就说："现在这个供电也不是很正常啊，有时候说停电就停电了，没那么多电，那咋办呢？"

王丰收说："发电机，我在县机校的时候就学的发电机，用柴油发电的技术，买上一台4125的发电机就基本能够厂里使用。"

赵荣进说："发电机多少钱？哪里有生产发电机的？"

王丰收说："济南就有一个生产厂家，专门生产低压发电机，我们可以到那里去买，这样一台发电机的话大约就得一万多块钱，烧柴油的，我们还得有专门买柴油的地方，这个渠道，你得跟公社的领导商量商量，让他给批点平价的柴油。"

越说事情越复杂，越说事情越多，赵荣进就陷入了深深的思考之中。

有些事情就是这样，不去想操作的时候，实际上一个人是清闲和安逸的，如果想干一件事情，这件事情的来龙去脉，发展方向和应该动用的一些资源，还有存在的问题，就一股脑儿地涌上来。赵荣进想着：这还真不是一个人两个人就能解决的问题，必须在村班子上开会商量商量，然后成立一个小组，专门负责运作管理这样一件事情。

想到这里，赵荣进就跟王丰收说："这样吧，你回去抓紧把今天晚上我跟你说的这件事情写写，写一个计划，大约就是买砖机花多少钱，买柴油机花多少钱，得需要多少工人，盖多少房子，建砖窑大约得花多少钱，还需要哪些设备，哪里有卖的。把你知道的也给我写一写，我好合计合计，在村里头开个会，商量商量怎么样把这个厂子建起来，我好去找公社书记，然后该贷款的我让公社的领导给我去贷款，我负责把钱弄来。"

王丰收心里是高兴得不得了，这可是了不得的大事，如果这件事情操作好了，把厂子建起来，那下半辈子的收入就有了来路了。

两人一拍即合。

竹花走进村委办公室的时候，赵荣进正好在写着什么东西。

赵荣进一看见竹花就高兴地说："你不是想让我给你对象找一个好差事吗？我给他想了想，终于整明白了。"

竹花就问："啥好事啊？"

赵荣进说："让他跟着王丰收学开拖拉机。"

竹花就好奇地问赵荣进："咱村里连台拖拉机都没有，咋跟着他学啊，咱村原先那台拖拉机不是已经卖给朱四九了吗？"

赵荣进瞥了竹花一眼说："卖给朱四九的那是一台，是老式五零拖拉机，咱下一步就要买新拖拉机了，买了新的拖拉机，王丰收原先在县拖拉机厂干过，下一步就让你对象跟着王丰收学这个拖拉机。"

"咱村里不是刚把那台旧拖拉机卖了吗？咋又要买新的呢？"

赵荣进就笑了笑说："你甭管了，你就让你对象等着开拖拉机吧。"

第八章

这天晚上周华刚下了夜班，一看手表，已经是十一点了，就拿起自己的一个布兜，拍了拍身上的线头和尘土，就推着她那辆自行车往宿舍走去。周华推起自行车，伸出右脚把自行车的车撑打开，刚要推着走，一抬头，看见车棚的门口有一个人，正笑眯眯地看着自己，周华突然吓了一跳。

周华仔细看了看，原来是牛兵。

"黑更半夜的，你咋来了呢？"周华嗔怪地问牛兵。

牛兵双手藏在后面，好像拿了一个东西，笑眯眯地对周华说："今天晚上我也在厂里加班了，俺厂里研究了一个新玩意儿，送给你一个，你看看怎么样。"

牛兵从背后拿出来的这个东西让周华眼前一亮，原来是一台精致的袖珍收音机。收音机大约有七八厘米宽，十二三厘米长，红颜色，上面还有天线，拔出来大约有二三十厘米长的样子。这可是个稀罕的东西。在那个年代简直就是一个宝贝儿。

周华高兴地说："你从哪儿弄的？这得多少钱？"

牛兵一看周华非常高兴，自己也是从里到外透着一股兴奋，就自豪地说："这就是俺厂生产的。俺们无线电厂是第一次生产这样的小型收音机，能收听十几个台呢。"

说着，牛兵就拉着周华的胳膊，坐在了厂区一棵大杨树下的一排连椅上。牛兵轻轻地打开了收音机的开关，把音量调得稍微高了一点，收音机里头传出播音员响亮清脆的声音："中共中央、国务院决定对改革开放领导小组进行调整，大力推进经济改革……"

一个小小的戏匣子能发出这么清脆的声音，简直让周华兴奋得不得了。

牛兵就对周华说："送给你，作为给你的一个礼物吧。"

周华惊喜地说："送给我这个好吗？这得多少钱？"

牛兵说："你不用管了，就是送给你了，你晚上一个人在宿舍的时候听一听，里面有唱歌的，有讲故事的，可好了。"

说着，牛兵拉住周华的手，就把收音机放在了周华的手里，然后，把周华的手往自己的身上轻轻地拉了一把，就要伸手搂住周华的脖子。

就在这时候，远处射来了一束手电筒的光，不用问，肯定是厂里查夜的来了，两个人只好不舍地分开。

周华轻声地说："我得回宿舍了。"

牛兵说："那我送你回去。"

两个人就起身轻轻地往周华的宿舍走去。

朱四九找人帮他开拖拉机，可实在是找不到人。没有办法了，朱四九就让他刚念完初中的儿子朱小军跟着自己学着开拖拉机，干起了给村里乡亲们拉庄稼拉肥料的活。

赵荣进对朱四九一心围绕着自己转的做法，实在是看不惯。给谁家拉庄稼，也得收人家三块几块的钱。

有一次，赵荣进让他给村里生产队里拉了一车尿素，朱四九要收村里十三块钱。当时赵荣进就问他："你现在用的拖拉机本来就是村里的，是村里卖给你的不假，现在村集体的、公家的一片地要上化肥，让你去拉一趟化肥，你还收13块钱，你不收这钱还能咋了？"

朱四九不管这个，理直气壮地说："当初村里卖给我拖拉机的时候，你也没少算钱啊，再说是别人没有买的，我才把这台拖拉机给你收拾下来的，村集体现在要拉化肥，我为什么不要钱呢？又不是你自己，如果你自己家里盖房子，让我去给你拉点东西，我肯定不会要钱，连柴油钱我也得搭上，再说我的车，还有我和儿子，俺俩人一干一天，累死累活的，还得烧柴油，还得修车，我指着这个养活一家人呢。"

赵荣进被气得摆了摆手，说："行行行，由你去吧，不就是十三块钱吗？给村里记账。"

朱四九说："那不行啊，给村里记着，明天我还得打柴油呢，车里没油了，你让村会计给我结了吧，我明天还得干活呢。"

赵荣进冲他摆了摆手："去找周一本的吧，他是村会计，让他把钱给你吧，你小子纯粹是掉到钱眼儿里了"。

朱四九非常高兴地走出了赵荣进的家门，然后转身对赵荣进说："你在家等着啊，今天晚上你别出去了，一会我还回来。"

赵荣进不耐烦地说："你赶快走吧，你还回来，你回来干啥？一会儿我有事。"

"别别别，你先别出去啊，"朱四九就对赵荣进说，"你千万别出去，我一会儿回来，找你还有别的事儿呢，你等我一会儿啊，我先去找周一本把账结了。"

村会计周一本的家在村南头。因为村南头住着不少人家，村会计周一本就开了一个经销点，卖着油盐酱醋烟酒糖茶，还有老百姓用的一些日常用品。周一本一边管着村里的账目，一边经营着这个小经销点，改善家里的生活。平常去村里工作，他的妻子就经营着这个经销点，晚上回来的时候，周一本也帮助妻子忙活忙活。

朱四九找到周一本家里的时候，周一本正好给村东头的大哑巴用油提子打着酱油。

"你咋上这儿来了呢？"周一本就问朱四九，"有啥事吗？"

朱四九就说："我上四叔家里去了，支书让我来找你，把昨天给生产队里拉那车尿素的车费结了。"

周一本问："一共多少钱？"

朱四九说："一共十三块钱。"

"跟赵荣进书记说好了吗？"

朱四九说："说好了，不说好我能上这儿来找你吗？"

周一本放下了酱油提子，把油瓶子交给了大哑巴，回过头来就对朱四九说："咱上北屋里说吧。"说完就领着朱四九到了堂屋里头。

周一本伸手掏出一串钥匙，把三抽桌最东边的一个抽屉锁打开，抽屉拉出来，从里面拿出一摞白色的便笺纸，撕下一张，交给朱四九，说："你得给我打一个条子，就说是给生产队里拉化肥的运费，共计十三元整。我得拿着这个单子入账，村里的钱都得有账目。"

朱四九说："我哪会写这东西啊，我会写这个东西，我不当会计了吗，我还用开拖拉机？你就赶紧给我写，你写好了以后，我在上面按个手印行不行？"

周一本说："那不行，我给你写了，你还以为是我把钱拿走了，人家将来查账的时候不找我吗？反正，你写不了单子，我是不会给你钱的。"

朱四九说："你看看，给生产队干点活就这么麻烦，干活耽误的工夫，都不比来找你结个账耽误的时间长。

正说话的工夫，村妇联主任竹花来到了周一本的经销点里，要拿一包红糖，说是肚子不得劲。

朱四九老远就看见了竹花，就吆喝着竹花："哎，竹花、竹花，先过来给我帮个忙。"

竹花一边捂着肚子，一边往周一本的堂屋里走："啥事啊？"

朱四九说："昨天我给生产队里拉了一车化肥，十三块钱的运费，叫我给他打个单子，我又写不了，你帮我写个单子，我好让他给我结了运费。"

竹花说："我写的字歪歪扭扭的，可不好看啊。"

朱四九就说："没事没事，你长得这么好看，字还能写孬了吗？你写吧写吧。"朱四九就抬头问了问周一本，"咋写呢？你快给竹花说说，让竹花写了，我在上面按个手印就行了。"

实际上，竹花写这样的单子轻车熟路，三下两下就把他的运费单子给他写好了，朱四九就用周一本早已准备好的印泥，在那十三块钱和他姓名的上面，各按了一个手印，这就等于把手续办完了，交给了周一本。周一本从抽屉里头数出来几张钞票，两张五块的三张一块的，数了数，二五一十、十一、十二、十三，正好，就交给了朱四九说："好了，给你。"

手续办完了，竹花就要走，朱四九喊着竹花说："哎！竹花，你先别走，我跟你商量个事。"

竹花回过头来，眉头一皱，说："哎呀，我还得拿包红糖回去喝喝，喝一碗红糖水，肚子疼。"

朱四九说："这不，一下子我也有钱了，待会儿呢，我从这里买点罐头、兰花豆，看看有没有猪头肉，咱上赵荣进书记家里喝酒去吧，我来的时候跟他说了，他在家等着我呢。"

周一本一听，朱四九要用刚算出来的运费，从他家里买东西，顿时脸上也露出了高兴的表情，就对朱四九说："你小子挺会来事儿啊。"

朱四九就白了周一本一眼，说："咋啦？你以为我是一个掉到钱眼里的人吗？从你这儿买瓶酒，再买一点肉和罐头什么的，今晚咱三个一块到书记家里去吃饭，也得感谢感谢人家书记，这么长的时间一直照顾我的生意，我的拖拉机，还指望着你们几个村干部给我安排活儿呢。"

周一本一直以为朱四九是一个认钱不认人的人，没想到朱四九这家伙还是一个人精，考虑得很是全面，不由得心里对朱四九产生钦佩和赞服。

竹花皱了皱眉头，说："我不去了吧，我确实肚子不大得劲儿。"

周一本就说："没事，你先喝，我先给你拿一包红糖，你在这里喝上一碗红糖水，我给你切上点姜丝就好了，然后咱一块去书记家吃饭吧。"

朱四九赶紧说："那红糖钱我一会儿一并给你，算我的了，八毛钱一包，我一块给你买了。"

话说到这个份上，竹花再不去的话，显然不合适了，于是竹花就说："那你先给我拿包红糖来，我弄点红糖水，先喝上一碗，哎呀，肚子受凉了。"

这一通操作下来，也就到了傍晚，应该吃饭的时候了，朱四九和周一本赶紧到经销点里去拿了十根麻花、一个苹果罐头、一块猪头肉，还有两瓶醴泉大曲酒，三个人就有说有笑地向赵荣进的家走去。

走到赵荣进家的时候，一推门，赵荣进的媳妇刚拉开那张原木方桌，放上一盆刚炖出来的狗肉，一阵香气就扑面而来。那盆狗肉刚刚放到桌上，赵荣进就拿了一个马扎坐在了方桌边上。这时朱四九、周一本和竹花三个人推门进了他的小院。

赵荣进说："你三个人怎么一块来了呢？都挺会赶这个饭口啊，正吃饭的时候呢，你们三个就来了"。

朱四九就说："四叔，你再想偷着吃好东西，不告诉我们，不好吧，刚才走的时候，我已经告诉你了，我一会儿算完账就回来。"

周一本抬头看了看书记，说："这回这小子大出血啊，给他算的十三块钱的车费，全部买了酒买了肉，还另外还多出了十块钱，这家伙这回表现不孬啊。"

竹花也抢着说："我买红糖的那八毛钱也是四哥给我出的。"

这么一说，赵荣进倒是对朱四九有了一点好印象，就对朱四九说："哦，你小子还挺排场的哈。"

赵荣进回过头对妻子说："抓紧给他们三个拿马扎呀，让他们坐下，再拿几只茶碗来。"

赵荣进的妻子很明显早已习惯了家里出现这样的场面，人来人往的，经常有来喝酒蹭饭的，非常麻利地拿了茶碗，还拿了赵荣进平常喝酒用的锡壶，准备将高度白酒筛一下，热乎乎的好喝。

周一本打开一瓶白酒，想往锡壶里面倒酒，然后加热筛一筛，刚说了这样的一个想法，朱四九就说："哎呀，不用麻烦了，别再用那个老办法热了，干脆咱们就用这个小茶碗喝，慢慢地喝就行了，一口一口地喝。"

朱四九这样一说，赵荣进就说："行行行，咱就用茶碗喝吧，我再去拿瓶高度的酒，我还有两瓶好酒呢，尖庄特曲，正乡副乡，四特尖庄，前几天公社的李书记来喝酒，给我拿来的，一般人喝不着，我喝了一瓶，还剩下两瓶。"

就这样，菜摆上桌了，酒也满到茶碗里了，准备喝酒，竹花摸了摸肚子，也不那么难受了，看见场面其乐融融的，被气氛感染，也来了兴头。

周一本就问："咱怎么喝呀？"

朱四九说："咱用茶碗，咱六次喝上一茶碗。"

竹花说："我可不能喝，我刚才肚子很难受呢，不能喝酒，你们喝吧，我喝点狗肉汤就行。"

酒过三巡，气氛越来越融洽，朱四九对赵荣进一口一个四叔地叫着，一会儿站起来给赵荣进敬酒，一会儿忙着给赵荣进夹猪头肉，让赵荣进心里好不畅快，心想：村里头的人都说朱四九是邪头怪脑的，看他今晚这样，对我还是忠心耿耿的，说明我在群众中的威信还是高的，老百姓对我是俯首帖耳的。

酒喝得也差不多了，大家都是以为是朱四九为了感谢大队党支部给他找了这么多的活，来专门感谢大队书记的。

突然，朱四九站起来，端起了给赵荣进斟满酒的茶碗，对赵荣进说："四叔，我得单独再敬你一个酒。"

赵荣进满心欢喜，心里一阵得意，但又是表面上不能露出过于高兴的样子来，就问朱四九："咋又给我端呢？刚才不是给我端酒了吗？不是已经给我敬酒了吗？是不是又有啥事啊？"

朱四九就对赵荣进说："四叔，你要是这么问的话，我心里有想法，我可全给你说了。"

赵荣进听朱四九这么一说，心里也吓了一跳，就说："你说吧，今天晚上就让你说，说个够。"

朱四九就对赵荣进说："四叔，我想入党，在咱村里，我看着就是你带领着这帮党员，和村的几个干部，死心塌地地为群众办实事，你说我开拖拉机也能挣两个钱，就是挣两个钱，也是您让我开着拖拉机才走上这条道的，我不跟你走，我跟谁走，对不对？我现在要不跟着你紧密一点，你说我还有出路吗？我就是想入党。"

周一本酒已经喝得不少了，酒劲也上来了，说话已经不再过脑子，听了朱四九的话，就直来直去地说："你想入党？我还不知道你咋想的吗？入了党，你小子就想当村干部，你当村干部我们上哪儿去，你不光有钱，又能糊弄，你想得挺妙啊你！"

朱四九虽然喝的酒不少了，但是，他心里有的事得说出来，他心里有的话都讲出来，再一个，今天晚上他拿出钱来，请村书记和他们几个人吃饭，是有目的的，朱四九就赔着笑脸说："周一本，你少来这一套啊，你是党员，你能干，我为什么不能入党啊？我入了党，我踏踏实实地跟着四叔干，不是好事吗？再说你们几个干得好好的，在群众中威信这么高，我能上里面去掺和吗？"

赵荣进突然听着朱四九和周一本的这一番话，心里不由打了一个冷战，原来朱四九这小子后面存着埋伏呢，表面上朱四九是忠心耿耿的，一直在听赵荣进的话，实际上，他慢慢地渗透，想入党，他什么目的？入了党，他就是想当村干部，这个村就是他说了算，要钱有钱，他家里本村亲戚也不少，这个可不能由着他。赵荣进心里暗暗地打着小算盘。

竹花在一旁坐着没有吱声，两只眼睛瞪得大大的，她也没想到，这喝酒，喝着喝着能喝出这么一个幺蛾子来。

还是赵荣进经历的事情多，见多识广。赵荣进接过朱四九端过来的酒杯，扫视了在座的每一个人，答非所问地说："酒量还行不行？来，咱把这杯酒干了吧。"

周一本咬着牙说："干就干了，你这茶碗里头的酒还有半碗，朱四九的酒还有不少呢，他能干得了吗？"

刚说到这里，朱四九端起酒杯，就问赵荣进："咱这酒还是两次干了吧，这一下子还真受不了呢。"话音刚落，赵荣进端起酒杯，一仰脖子，哗的一下子，就把剩下的半杯高度的白酒灌到了嘴里。赵荣进一口气喝了半杯的高度白酒，呼的一下，酒劲就上来了，只看见赵荣进伸了伸脖子，伸了伸胳膊，喘了一口粗气，就在这时，突然他屁股底下的马扎不知怎么歪了一下，赵荣进整个人呼的一下子，就倒在了地下。几个人被吓得一下子都站起来，忙着过来拉赵荣进起来，赵荣进的媳妇也从堂屋里跑出来，急匆匆地说："又咋了？肯定又喝多了。"

就这样，几人七手八脚地把赵荣进抬到了屋里，赵荣进的媳妇一边拍打，一边伸手拿过脸盆，脸盆里早已放下半盆的凉水，接着就看见赵荣进哗哗地吐了，把刚喝的酒，还有吃的那些东西，吐到了脸盆里头，赵荣进媳妇儿一边嘟囔着："你看你，让你少喝，你慢点喝，又喝醉了吧。"一边就把赵荣进放到了炕上，把赵荣进的鞋子脱下来。赵荣进躺在了床上，闭着眼睛，呼呼大睡了。

赵荣进媳妇儿端着那一脸盆吐出来的污秽，就到猪圈里去倒了，剩下了朱四九、周一本和竹花，再喝酒是没有啥意思了，就往各自家里走，竹花在后面嘟嘟囔囔："早知道你们喝酒喝成这样，今天晚上俺说啥也不来了。"

这时已是晚上八九点钟了，夏秋时节的龙怀村，知了早已经在大树上睡着了，树上的鸟儿也宿窝了，只有天空上一轮明月，还在安静地照着这个小村庄，小村庄的人们都在各自的家里，安安静静地休息了。

朱四九和周一本、竹花三个人走了以后，赵荣进的媳妇就把家里的大门闩住了，回到了堂屋，赵荣进正坐在炕边，喝着媳妇儿早给他准备好的茶水。

赵荣进有气无力地问媳妇儿："都走了？"

媳妇说："都走了，你咋又喝成这样了，咋又喝这么多呢，没见你们喝多长时间啊，咋了这是？"

赵荣进气呼呼地说："朱四九他娘的还想入党呢，想得挺妙"。

第九章

牛兵从无线电厂出来，手里攥着两张《庐山恋》的电影票，骑着一辆飞鸽自行车，兴冲冲地去周华的宿舍找周华。

当牛兵跑到周华的宿舍门口的时候，老远就看见周华在宿舍门口和一个人不停地说着话。走近一看，原来是周华的哥哥。牛兵一看见周华在跟人谈话，就没敢到跟前，只好偷偷地躲在一棵树的后面，听着两人说话。

周华的哥哥就说："明天你抓紧回家吧，咱娘病得不轻呢，刚从县医院里回去。"

周华就问："哥，咱娘到底是咋弄的？"

"还咋弄的呢，"周华的哥哥说，"上东坡去干活的时候，从那大土堆上摔下来了，把腿摔断了。"

"咋没住院呢？"周华着急地说。

"住院哪来的钱呢？我用那个小平板车把娘送去卫生院里，找大夫给接了一下，用竹板子把腿绑住了。得在家静养上三个月，伤筋动骨一百天呢。我先回去了啊，你抓紧向厂里请个假，明天回家一趟，在家待两天吧，咱娘老是念叨你。"

说完，周华的哥哥骑着自行车就回去了，周华在后面一个劲儿地叮嘱："哥，你骑车慢点。"

看着周华的哥哥走远了，牛兵这才从大树后面悄悄地走到周华的跟前，把刚要进宿舍门的周华吓了一跳："你咋来了呢？你咋总这样呢？蹑手蹑脚的，跟做贼一样。"

周华因为母亲伤了腿，心情不好，便没好气地冲着牛兵发起了牢骚。

牛兵赶紧哄周华："你看你说的，我这不是今天晚上约你来去看电影《庐山恋》吗？电影票我都买好了。"

周华气呼呼地说："还看电影！我得回家看我娘，我娘伤着腿了。"

牛兵说："我都听见了，明天我陪你去好不好？咱今天晚上去看完电影，明天早上你骑我的自行车回家，我给你买点东西。"

周华气呼呼地说："你说我还有心情去看电影吗？你怎么这么烦人呢？"

牛兵说："今天晚上你怎么也是不可能回家的了，你自己在宿舍里面也是想三想四的，我又不能在这里陪着你，咱干脆去看完电影，你回来休息。"

"我还得去找俺的车间主任请个假呢。"周华说"我要是不请假，明天就得扣我四块钱。"

牛兵一看周华正在气头上，就问："你车间主任也在咱厂里的宿舍里住吗？要不我陪你一块去跟他说一声吧。"

周华一看在一旁低声下气，陪着自己的牛兵一脸的笑容，自己也觉得再这样心烦意乱的，也不好了，就缓和了一下语气，对牛兵说："俺们车间主任就是接替你爸职务的孙淑芳"。

牛兵说："啊，你说的是芳姨呀，她就住在俺们房子东边的那个胡同里边，我陪你去跟她说一声，走吧。"

周华到宿舍里换了一件紫红色的上衣，又把宿舍门锁上，跟在牛兵的身后，两个人一前一后，去找孙淑芳请假，明天周华要回老家一趟。

两人正好碰见孙淑芳出门，要去看电影。

牛兵说："可巧了，我们也要去，家里老娘伤着腿了，周华心情不好，不乐意去呢，我正在做动员呢。"

孙淑芳一看周华跟牛兵相处得很好，自己心情也非常高兴："去吧去吧，明天回家去看你娘，再说你娘腿伤是硬伤，又不是什么大不了的事情，你不要着急，这样的硬伤需要慢慢养好，今天晚上咱们先一块去看电影吧。"

这一下倒是帮了牛兵的忙，牛兵高兴地说："对呀对呀，咱们一块去吧。"说着牛兵就把自行车车头调过来，让周华坐在了自行车的后座上，自己踩着脚蹬从前面把腿伸过去，骑在自行车上，高高兴兴地往齐邹电影院跑去。

县城的道路也不是那么宽敞，路灯在有气无力地发着微弱的光。牛兵骑着他的飞鸽自行车，心情舒畅地奔跑在柏油铺的辅路上。一会儿一只手抓着把，另一只手就伸去拉住周华的手，让周华搂住自己的腰。周华被吓得一下子又把手缩回去，牛兵就说："你搂着我的腰，骑车的时候不安全。"周华又悄悄地伸出双臂，不好意思搂住了牛兵的腰。

说话的工夫，牛兵骑着自行车经过了一个小沟坎，自行车上下颠簸了一下，瞬时，周华就紧紧地搂住了牛兵，把头歪靠在牛兵的背上，表情复杂，既对未来的幸福生活充满了憧憬，又对眼前家里遇到的困难充满了担忧。

为了在村里建砖厂的事情，赵荣进找到了乡党委书记李志海。

这时的李志海正好在自己的办公室里。办公室非常简陋，有一张三抽桌，是木质的，还有两张皮沙发，沙发中间有一个小的茶几，茶几上放着一个有茶花的茶盘，茶盘上放着茶壶和五六个小茶碗。

李志海看见赵荣进走了进来，就高兴地说："咋了，赵书记又有什么高兴的事啊？我看你脸上的表情不错呀。"

赵荣进放下了手里的皮包，从皮包里头掏出了两瓶齐邹特酿，还有一条眼下最时髦的时代香烟。

"这是要干啥呀你？你肯定有什么事情，要我给你解决吧，要不然，你还给我买酒？"

赵荣进就说："嗨，甭说这些没用的了，李书记，今天中午咱哥俩喝点，你抓紧让食堂里的师傅给炒俩小菜吧。"

李志海说："别让食堂的师傅弄了，干脆我让办公室的秘书到桥头饭店给你报上四个菜吧。"

赵荣进一听，书记要从饭店里报菜招待自己，这面子可大了，就高兴地说："好了，你安排人抓紧报菜吧，菜钱呢，送菜来的时候，我支，你就放心吧，我来掏钱。"

乡党委书记李志海就说："行啊，谁掏钱也一样啊。"边说着边走到了办公室的门口喊了一声，"小高，你过来一下。"

乡党委办公室的门"吱嘎"的一下子就开了，从里边跑过来一个二十岁的小伙子，就跑到了李志海的跟前说："书记，有什么事情啊？"

李志海就对小高说："你到桥头饭店报上四个菜，十块钱的就行，你看他能做四个菜，还是能做四个菜一个汤，让他做好了以后，抓紧送过来，赵书记来了。"

小高答应一声转身就要走，李志海叫住他说："稍微等一会儿的时候，你把财政所的大老张和民政所的老金也叫过来一块喝酒。"

小高赶紧一溜小跑地就去桥头饭店报菜了。李志海就从他办公室的墙角拿来了一张小方桌，放平支稳，凑到沙发跟前，然后又拿了两个马扎，放在了桌子的旁边，桌子上面放上了茶壶，沏上了茶，这样看起来，就非常像招待客人的样子了。

李志海从他的三抽桌里掏出了一瓶兰陵大曲，就对赵荣进说："这是前天上县里开会，乡镇企业局的孙局长给我的，今天你有口福，咱先喝了我这瓶再说。"

说话沏茶的工夫，民政所的老金和财政所的张所长也来到了李志海书记的办公室。财政所长大老张就对李志海说："李书记，刚才我过来的时候，刘乡长在他的办公室了，还叫他一声吗？"

李志海："还用说啊，叫吧叫吧，我还以为他上县城里开会了呢，我正找他呢，让他过来，你快去喊他一下。"

大老张转身出去喊乡长刘光明了。这时候，李志海就问赵荣进："你来到底有啥事啊？是不是趁菜还没来的这点工夫你说一下？"

赵荣进说："不急，待会吃饭的时候，详细地跟你说说也不晚。"

李志海就说："那先说吧，我等着听呢！"

赵荣进就说："我们有想法了，我们想在村南边的那个土场里面，建一个窑厂烧砖，作为村集体的一个项目。你给我们琢磨琢磨，看看怎么样做，要是能行的话，你得给我们支持，帮我们想办法把这个项目弄起来。"

李志海就说："好事啊，我还以为啥事呢。"

赵荣进又说："还有个事，你得给我帮个忙，我儿子快高中毕业了，大学是肯定考不上了，你得给我想个办法，叫他到乡上来干点工作，给我安排安排，让他有一个好的出路。"

李志海说："你这一下子，冷不丁的，又是给你上项目，又是给你安排孩子工作，你今天就拿了两瓶齐邹特酿，你自己不嫌寒碜啊，就这么点面子，不出血啊？"

赵荣进笑着打着哈哈说："现在不是没有钱吗？要是项目办成了，挣了钱，你放心，我给你买一辆摩托车，买一辆 K90 的摩托车。以后你回老家的时候骑摩托车就行，不用再骑土管所那个偏三轮了。"

"你说得挺好啊，我还不了解你，事情办成了，你就忘了，咱先商量办项目的事，待会儿刘乡长来了，你重点跟他说一下这件事情，还有财政所的那个大老张，他跟县里财政局的人非常熟悉，如果需要钱，让他给你跑的话，他肯定能从上面跑来资金。"

就听见"突突突突"的一阵摩托车声响，桥头饭店送菜的来了，骑着大红 125 摩托车的一个小伙子，停了在李志海办公室前面的大杨树跟前，把摩托车后面的一个埄篓斜靠在杨树上，篓子两边就放着一摞盘子，用铁架子兜着，里面装着四个菜一个汤，另外一个篓子里还有两捆啤酒。

送菜的小伙子从篓子里头把菜和啤酒小心翼翼地提到了李志海的办公室里，左手放下了啤酒，右手放下了铁篓子，就从里面拿出菜，一道一道地放在了桌子上，有一道黄瓜拌猪头肉，有一道炒西红柿，有一道炒蘑菇，还有一道炸小鱼，做了一盆丸子汤。

"今天中午这菜挺丰盛啊！"赵荣进一看，就问送菜的小伙子，"今天中午这菜多少钱？我给钱。"说着，就从他的黑皮包里拿出来十块钱。小伙子说："四个菜一个汤是十二块钱，另外加上两捆啤酒是六块，一共是十八块钱。"

赵荣进给了小伙子二十块钱，就直接说："剩下的两块不用找了，你待会有时间的话，再拿包烟来就行了。"

小伙子说："好嘞，我待会就给你送烟来。"

丰盛的酒菜准备好了，人也到齐了，马上就要开始喝酒了。李志海一看这茶碗需要刷一下，就喊小高过来："快点，抓紧把这茶碗洗一下。"

小高麻利地把当作酒杯的茶碗洗干净，放在了桌子上，想悄没声息地退出去，因为现在还不到中午饭点的时间，他还需要在办公室里守一段时间的电话。

李志海就说："小高，待会儿下班的时候，你过来吃饭就可以了，我们先喝酒了啊。"

茶碗满上了酒，李志海、赵荣进、财政所长大老张、民政助理老金，还有乡长刘光明五个人开喝了。

刘光明就问李志海："书记，怎么喝呢？"

李志海说:"怎么喝?还是老办法呀,就是六次干一杯,六六大顺嘛,我带三次,咱们喝上半杯,你再带上三次,咱就把这一杯酒干了。"

赵荣进本来今天来找书记是有事情要解决的,于是非常爽快地说:"好了,开始喝吧。"于是五个人觥筹交错,很快就把第一杯酒喝完了。

斟第二杯酒的时候,大老张就有点草鸡了,大老张身材魁梧,肚子很大,胖胖的,体重二百多斤,本来一喝酒就喘不过气来,就说:"我喝白酒真的不行了,我喝点啤酒行不行?"

赵荣进就不干了:"你是财政所长,我还找你有事呢,你不喝酒我怎么找你呢?那不行啊,我还得敬个酒呢。"于是就抢过大老张的茶碗,给大老张满上了白酒。

书记、乡长坐在屋子的里侧,算是上首的位置,财政所长和赵荣进一边一个,民政所长老金就坐在了席口的那个位置,也就是挨着门口的那个位置,随时准备给客人们斟酒倒茶。

第二杯酒倒满了以后,赵荣进就说:"这杯酒我得感谢书记、乡长,还有你们财神爷、民政的大神,我请你们还请不来呢,得亏是李书记约你们,我才能请得上你们,我还有事情麻烦你们帮忙呢。"

说到这里,赵荣进端起酒杯来对李志海和刘光明说:"书记、乡长今天都在这里,咱这样行不行?表一表我的态度,我这次来是为了跟书记、乡长汇报,我们村要上项目,咱这一杯酒两次干了,也是我赵荣进要把这件事办好的一个态度,也希望各位领导对我们大力支持。"

说完,赵荣进一扬脖子,一下子就喝了半杯。

刘光明是从县里派下来的干部,三十七八岁,眉清目秀,文质彬彬的,本来是不大喜欢喝白酒,但是,跟着李志海书记在乡镇工作,就得适应乡镇的环境和习惯,于是劝赵荣进说:"哎呀,你这个喝法呀,我们是真的受不了啊,咱这样行不行啊?赵书记,你这不喝了一半嘛,我分两次喝一半,我酒杯不放下,行不行?"说这话的时候,刘光明已经是满脸通红,明显是不胜酒力了。

赵荣进看到了刘光明这样,也顺坡骑驴地说:"刘乡长,您根据自己的酒量喝,再说咱是哥们儿感情,关系没得说,你如果看着大老赵实在,你就喝,你如果看着大老赵不实在,你就甭喝了。"

话说到这个份上,不喝也不行了,刘光明咬紧牙关闭着眼睛,喝了一半,随后大老张和老金也跟着喝了一半。

李志海一看,这一下子喝得挺猛,酒劲儿开始上来了,就赶紧拿起筷子说："吃点菜压压，吃点菜，这个喝法是太急了。"

说到这里，李志海突然好像想起什么事儿一样，就对赵荣进说："赵书记，你来不是有事跟刘乡长，还有财政所的老张说嘛？你大体地说一下你的思路吧，看看大家怎么样能帮你。"

喝了不到两杯白酒，正好到了豪言壮语的时候，赵荣进就眉飞色舞地说起了。他准备用村南边一百亩的黄土地建一个砖厂，那里土质优良，交通方便，就把他的想法絮絮叨叨地向各位领导说了一下。

赵荣进话音刚落，大老张就说："我说你小子今天中午怎么跟疯了似的，就拿李书记压我们吧，拿李书记的菜就等于请了我们吗？你说吧，你到底有什么想法？"

赵荣进干脆地说："咱就说白了吧，我现在建这个窑厂，面前最大的困难就是钱，你得给我想办法倒腾资金，简单地说，今天我就是来要钱的。"

听到这里，乡长刘光明这才明白赵荣进的意思和李志海专门叫他来的目的，就接着话茬儿说："村里建砖厂，上项目，乡里应该是支持的，县里也有文件精神，但是，你考虑一下，你怎么设计，怎么建设，你那里又没有技术员，又没有设备，你怎么搞啊？"

赵荣进说："这个乡上的领导不用操心，我现在的想法就是，只要乡里同意我建这个厂子，然后想办法给我解决资金这一块，我就能把这个厂子建起来，要技术员，我已经找好技术员，要设备，我们的技术员已经写信打电话跟这砖机制造厂和拖拉机厂都联系了，我们已经预定了设备，我们到时候去人再进行洽谈。"

李志海在这个节骨眼上当即说话，抓紧跟上表态，以起到推动作用："这样的话，公社窑厂建设的时候投了八万块钱，现在你这个窑厂至少也得十万块钱，你村里面能拿出多少钱吗？"

"一分钱没有，"赵荣进干脆地说，"村集体原来那几台拖拉机和旧农机具，卖的时候没卖仨核子俩枣，卖的钱都在平常的时候，给村里树电线杆子、修桥用了，账上几乎没有钱。"

刘光明就纳闷地问："那你建设这么大的工程，做这样一个窑厂的话，大约得十万块钱，你的钱怎么解决？"

"找你呀，这不今天就找你要钱吗？"赵荣进就直接干脆地对乡长刘光明说，"你得管，你是咱们乡长，你给我从上面争取资金，还是从银行里面帮我贷款，只要把钱打到我们村里账上，我就有办法把这个项目弄起来，只要是打到我们村里的钱就是我们的钱，我们就能够把这个资金用活，把厂子搞起来。"

说到这里，每个人似乎都遇到了难题，在关键的一个环节上，有了一个短时间的停顿和思考，李志海就说："老金，你民政所没啥救助款、救济资金吗，救灾资金什么的，咱能不能用用啊？"

老金就说："有是有，可是买盐的钱用在打油上能不能行啊！"

刘光明就说："哎呀，还说这个钱那个钱的干啥，只要是钱，打到财政所的账上，就是我们乡里的钱，钱上面还有记号吗，哪张钱写的是干这个的，哪张钱写的是干那个的，是不是？大老张。"说完，刘光明看了看财政所长大老张。

他俩当时一声附和，说："那是，甭管哪里的钱，只要是打到我们乡财政的账上，书记、乡长只要签了字就是咱的钱。"

李志海就问："老金你这款还有多少啊？"

老金就回答："还有两万。"

李志海说："行，从你那里头用上一万，那个谁，光明乡长，上县里边去问问分管的县长，看看能不能给他解决点企业专项资金。"

说到这里，李志海就对财政所长大老张说："你不是跟银行的人熟悉吗？你让农行跟信用社的那几个头头看看项目，我们要建乡村企业，村里面要建一个砖厂，帮老赵贷个五万六万的。"

大老张说："昨天晚上我刚和农行的王主任一块吃饭，王主任说了，现在上面是有政策，是扶持乡镇企业，但是，一般的就贷个三千五千，大额的贷款，如果超过三万，是需要单位担保的。书记，既然你是这样一种态度，如果乡政府担保的话，我估计贷个五万，甚至十万块钱也没有问题。"

李志海转过头来对赵荣进说："听见了吗？你今天中午花了十块钱，炒了这四道菜，解决了多大问题！你办企业不就是用十万块钱吗？今天中午就给你解决了，你回去偷着乐吧，你抓紧组织班子、找人，该买设备的买设备，该选厂址的选厂址，你就干起来吧。"

"这可是天大的好事，"赵荣进真的没想到就是一顿饭的工夫，就干了这么件大事，就接着说："那咱剩下的这半杯白酒一次干了吧，我也谢谢书记、乡长，还有你们这两尊大神，帮我解决了这么大难题。"说完，端起酒杯一扬脖子干了个底朝天。

平平常常的一顿饭，有滋有味地吃完了，财政大老张和民政老金都回各自的办公室里休息了。所谓的办公室，既是办公室也是休息室，里面有一张单人木床，上面放着被褥，忙时工作，业余时间休息。现在的工作就是这样，上午上一头午的班，然后呢，喝完酒以后就睡觉，一直睡到自然醒，不管谁敲门，睡够了觉再说。

临走的时候，赵荣进就悄悄地跟乡党委书记李志海说："李书记，我还给你带来了两块布料，是最新的涤卡，你让弟妹啊，找人给你裁上两条裤子吧。"说着赵荣进就从他的黑色提包里拿出了两块黑颜色的涤卡布，布是崭新的，从县棉纺厂刚买来的，透着布料的清新气味。李志海一看也是喜欢得不得了："好，涤卡布好，放在这里吧。"

赵荣进一看李志海很高兴，就趁热打铁，悄悄地对李志海说："孩子的事，早晚你也想办法给我安排一下，可别忘了，只有把孩子安排好了，我才能安心地干点事业。"

李志海就冲他摆了摆手："行了，行了，你放心吧，没事，他现在不是还在学校吗？如果不念书了，你就过来找我，现在派出所联防队还招人呢，到时候，我就把他安排到联防队，干联防队员不就行了吗？"

赵荣进一听书记交了实底，语无伦次地说："那可好了，那敢情好了，到时候我再来找你，我先回去了啊。"

李志海就嘱咐赵荣进："回去的时候骑车慢一点啊，你喝的也不少了。"

赵荣进边推起自行车，把他的黑皮包挂在了自行车的车把上，边朝着李志海摆了摆手，絮絮叨叨地说："好了，你回去吧，回去休息吧，我要回村了。"

第十章

周华骑着自行车回到家的时候，正好她的三个姑姑，云秀、云清和云霞，都在家里陪着周华的母亲。

周华母亲的腿摔得骨折了，在医院里做了固定就躺在了床上，上半身还奋力地坐在床上，看见周华回到家，就苦笑着说："你看看，我这样成了累赘了。"

周华说："你到底咋弄的呀？平常不是挺注意的吗？"

周华的母亲说："咋弄的？就是上东坡栽那个地瓜苗，挑着水，碰到一块石头，踩滑了，从上面摔下来了，腿摔在一棵树上。"

大姑云秀就说："伤筋动骨一百天，你就沉住气在家静养吧，让俺哥哥给你熬点骨头汤喝。"

周华的母亲就说:"唉,没事没事,不是什么大不了的事,养上一段时间就好了,我还有八双棉鞋没上帮子呢,我正好借在床上养病的空,上上鞋帮,做好那八双棉靴子,天快冷了。"

这就是农家妇女,一个普普通通的农家女人,即使是身体有病了,也得想着法子给孩子准备衣物,一点闲空都没有,一年到头忙活着家里的事情。

周华从口袋里掏出来三十多块钱,一张是十元的,还有几张五元的,就把钱塞在娘的手里,说:"这是三十块钱,先放在你这里,平常让俺爹给你买点骨头熬汤,买点鱼什么的,你尽快地好起来,拿药的时候,这钱你先用着,我发了工资的时候再给你拿回来"。

周华的母亲就问她:"你怎么吃饭啊,你在厂里面吃饭不得花钱啊?"

周华说:"没事没事,我还有粮票,我还有钱。"

说到这里,周华的母亲就对云秀说:"你不是有事要跟华子说吗?你不是说给华子介绍了一个对象吗?你跟她说说呗。"

周华的大姑云秀就坐在了周华的跟前,周华的母亲就坐在床上静静地听着,云秀给周华说:"咱们村原先的村主任的儿子大鹏,今年当兵回来了,虽比你大了一点,但是,那孩子真的有出息,在村里头弄了一个电磨,在那里给老百姓加工粮食,一个月就挣三四百块钱呢,又能干长得又顺溜,我看着挺好的,华子,我想跟你说说这个媒,人家家里也托我了,让我给他保这个媒,你啥时候有空去跟人家孩子见一面呗。"

"啥?我这次回来还有相亲的任务,我跟人家根本就不认识,我去跟他见啥面啊?"

云秀说:"你跟他不认识,见了面你不就认识了吗?你从学校里毕了业,就上了棉纺厂当工人了,你才见几个人,你才认识几个人啊,现在你不早找对象,好的男孩子就让别人给抢去了。"

"抢就抢呗,"周华说,"反正我又不抢。"

其实,周华心里头有了牛兵,不想再节外生枝,怕惹出别的麻烦。

但是,周华的母亲却不知道,仍不依不饶地说:"你咋跟你大姑这么说话呢!你反正是从县城回来了,今天晚上去你大姑家里一趟,跟人家孩子见一面,如果行,那就跟人家处处,如果不行呢,就算了。关键是人家托你大姑一阵子了,你大姑如果给人家牵不上这个线,她给人家咋交代呀?"

周华非常纳闷地问娘:"那您的意思是牵不上线还赖上俺大姑吗?这么说,我是非去不可吗?"

周华的二姨也随声附和，说："那是，男大当婚，女大当嫁，你这么大个姑娘了，十九了，能不找个好婆家吗？再说了，人家老村主任的孩子，家里还做着买卖，每年还收入那么多的钱，多好的人家呀。你大姑这是好意，怕好人家找了别的女孩子，你挑不着是不，给你留着的，你得支你大姑个人情，今天晚上快去看一下吧。"

周华闭着眼睛，一脸的哭相："哎呀，我的娘啊，怎么你们考虑那么多呢，我天天上这班累得要死要活的，好歹回来看看俺娘，俺娘的腿只要没事，我也就放心了，我在家跟俺娘睡上一个晚上，明天早晨我还得去上早班呢。"

云秀就赶紧催着说："你如果明天早晨上班，那我这就回家，去通知人家大鹏，让大鹏早点到我家去，待会你洗把脸，打扮得干干净净漂漂亮亮的，你可早点去啊，我让人家在我家里等着。"

"好吧，那我吃了饭就去啊。"周华无可奈何地应答着。

云秀说："别吃了饭去，晚上就那么点时间，你干脆洗一把脸，抓紧上我家去吧，要是你俩谈成了呢，就在我家吃，要是谈不成，你早点回来跟你娘吃饭也可以啊。"

思来想去，这样的办法也算比较妥当的办法了。母亲看了看周华，期待地冲她摆了摆手，说："你抓紧洗洗吧。"

"洗啥呀，我脸上又没啥东西，啊，好了好了，你先回去吧，待会儿我就去。"说完，周华冲着云秀摆了摆手。

不看不知道，一看吓一跳。

周华的大姨云秀就在村南头，是一个不大的四合院，周华的大姨父在公社摩托配件厂里面当车工，专门加工摩托车配件。周华的大姨一家在村里也算得上富裕的好家庭，条件不错，所以才和村主任的关系非常近。

周华去的时候，大鹏已经在云秀家里等着了，桌子上有两包用着毛桃纸包好的块糖，还有一盘瓜子儿。

见了面才知道，大鹏不是别人，原来是周华上的初中的一个高年级同学。虽然不是一个年级的，但那个时候大鹏在班里，在学校里面，粉笔字写得非常好，每次出黑板报的时候，都是大鹏踩着一条凳子在教室的外墙上给学校出黑板报，并且用着各种颜色的笔，还画上了鲜花房子，画得栩栩如生，非常漂亮，在学校里是一个响当当的有名的人物。

一见面，周华就对大鹏说："是你呀，你现在干啥了？"

大鹏也认出来周华是和自己同一个初中的的同学。当年周华不仅模样长得乖巧，而且能歌善舞。早就听说她到了县棉纺厂里当了一名工人，今天一见，果然上了班的女孩子跟在学校里不一样。今天的周华穿着一件漂亮的碎花上衣，一条涤纶的裤子，脚上还穿了一双绣着花的布鞋。尤其是那两条马尾辫子，不长不短地在身后背着，一晃一晃的，透着一股成熟女性的味道，朝气蓬勃，芬芳四溢，大鹏一看简直是喜欢得不得了。

周华一看见身材高大、脸上白白净净、英俊的大鹏也感到非常意外，就对大鹏说："这两年你到底干啥了？"

大鹏说："还干啥呢？考高中又没考上，当兵回来，又没有别的出路，在村里面弄了一个推粮食的磨，就在村里给乡亲们推粮食、磨粮食呢。"

磨粮食这种工艺，现在已经不大常见了，但在当时是家家户户必须要有的一个生活过程。如果不是用电磨进行加工，把收好的庄稼磨碎了以后，做成面再使用的话，就得用石碾，把粮食放在碾盘上，用石磨子一圈一圈地，以手工的办法磨碎。相比较起来，电磨实在是效率高，磨得还干净。

周华一听大鹏也有自己的挣钱门路，就说："那很好啊，每天能挣不少钱吧。"

大鹏神秘地对周华说："一百斤粮食就收四块钱加工费，一天能磨六七百斤，就能收入二十多块钱，一个月就能挣五六百块钱呢。"

这个数字可把周华吓了一跳："那你可了不得，俺们在厂里当工人一个月才一百多块钱呢，像我刚去了三个月，从实习的工人里面刚出师，才一个月一百二十块钱，临时工和季节工一个月才五六十块钱呢。"

大鹏笑了笑，说："你们工人多好啊，有那么宽敞的厂房，一天三顿饭，有专门做饭的食堂，穿着漂漂亮亮的衣服，干着国家大企业的活，让人多羡慕啊，你们是国家正式工人呢，我们磨饲料、磨面的，就是农民，跟你们是真的没法比啊。"

周华听了大鹏的一番赞扬，心里也像开了花一样："你说的是不假，但是，我们只是吃国家饭，我们的东西都是国家的，不如你，还有两台钢磨，还有自己的生意，干起来多不容易呀。"

大鹏说："还不是多亏国家的政策好吗，让咱们老百姓能够干点小打小闹的生意，能够养家糊口。"

周华和大鹏你一言我一语，来来往往地说着话，很快就到了傍晚的时候了。周华的大姨云秀一看，俩人谈得挺投机的，就悄悄地在厨房里给他们擀了一点面条煮了，放上了一点菜叶，还放上了一个鸡蛋。一会儿就端到了饭桌上，对着房间里的两人说："行了，你俩出来吃饭吧。"说完，云秀看了看二姨云香，心里充满了莫名其妙的成就感，两人对视，笑了一下，心想：看来这俩孩子有戏。

在屋子里的周华、大鹏听见了外面的人喊他们两个吃饭的声音，抬头一看，外面的天已经黑了，才感觉到两个人已经谈了很长的时间了。周华就对大鹏说："时间不早了，我得回去了，明天我还得赶回厂里呢。"说着周华站起来就要往外面走，大鹏就对周华说："这么着吧，你如果赶着走，我送你一件礼物吧。"

周华说："好啊好啊。"

其实，周华不知道，在农村的相亲里面有一个非常重要的环节，就是如果这个姑娘跟男孩相中了，男孩要送给女孩子一块手帕，手帕里面要放着十块钱，或者是二十块钱，如果姑娘没相中这个男孩子的话，就不会收取这块带有定情信物意义的男孩子送给她的手帕。

大鹏说完就伸手从口袋里拿出来一块崭新的绣着红牡丹的手帕，那块手帕是白色的，中间有一朵鲜艳的红牡丹。

周华接过那一块手帕，双手一抖，里面就掉出来十块钱。大鹏赶紧捡起来，把钱递给了周华。

周华就问："这里面怎么放着钱呢？"

鹏说："这钱也是给你的，你买一副手套或者是买双袜子吧。"

"不用不用，"周华说我有工资，"我不需要钱，这手帕我要了，真的很好看，你看这朵牡丹，多么鲜艳，多么好看。"

说着，周华把那块手帕又叠起来，叠得四四方方的，装进了自己的口袋里，对大鹏说："钱你收着吧，你挣钱也不容易，我现在上班也有工资。那我就回家了，明天早上我还要回厂里上班呢，你也早点回家休息吧。"

两个人从里屋走出来的时候，就看见饭桌上已经摆上了碗筷，每个人一碗面条，还有一个鸡蛋，桌子中间还有切好的胡萝卜条，面条碗里还冒着热气。

大姨云秀就跟周华说："啊，时间不早了，你俩就在这里吃一口吧，我跟你二姨，咱们一块吃。"

说是一起吃饭，实际上面条和鸡蛋就是周华和大鹏碗里有，云秀和云香的碗里面只有少量的面条，还有切成方块的窝窝头和其他的面食。

云秀就说："今天中午馏的那个棒子面卷子还有，俺俩泡着吃饱了就行，你俩快吃吧，你俩吃完了以后，还有事情呢，大鹏晚上还要推磨，周华回去跟你娘说说话，明天早晨你就回厂里上班。"

这时周华和大鹏两个人对视了一下，才感觉到云秀和云香她们的良苦用心，家里并不宽裕，但还是把奢侈的面条和鸡蛋让他们吃了。他们俩就一边心事重重地一口一口地吃着面条，一边看着云秀和云香。而云秀和云香，并不觉得生活苦，反倒觉得，把他们两个年轻人撮合在一起，是非常幸福和成功的一件事。

第十一章

时间过得真快，朱丽英马上就念高中二年级了。这天下午放学以后，朱丽英坐在操场的草坪上，静静地看着周猛在那里和同学们打篮球，她旁边放着周猛的衣服。

球场上的周猛一会儿如蛟龙出海，一会儿如武松打虎，动作优美舒展，生龙活虎一般。

中间暂停的时候，周猛跑到了朱丽英的跟前。朱丽英赶紧站起来，端起了他那个写着"为人民服务"的大茶缸给周猛，说："喝点水吧，你看你身上的汗都把背心浸透了。"这时的周猛身上的坎肩背心，蓝色的两条带子搭在了肩上，已经湿得透透的，周猛的额头上还在渗着细细的汗珠。

周猛接过朱丽英递过来的大茶缸，喝了两口水，对朱丽英说："没事没事，活动活动出出汗，晚上吃饭还能吃得下去。"

朱丽英说："你那粮票还够吗？我再给你两张粮票吧，我还有。"

周猛赶紧说："不用不用，没事，家里边又给我送了点粮食来，刚给食堂送去，我练体育吃得多，俺父母怕我吃不上东西，他们宁愿饿着，也把家里种的粮食给食堂送来，咱们真得好好念书，没事，你要是不够的话，我还有呢。"

朱丽英就说："我够，我的粮票和饭票还不少呢，走吧，咱们去吃饭吧。"说着，朱丽英就一手把周猛的衣服拿起来，一手接过周猛递过来的茶缸，慢慢地向食堂走去。

走进食堂，就看见一溜的三四个厨师，前面摆上了几种菜品，还有一个大桶，盛的是玉米粥。朱丽英就走到一个师傅跟前递上她的饭盒，要打一份肉炒白菜。玉米粥是免费喝的，朱丽英就用她的茶缸，打了半缸的玉米粥，还买了一个玉米面的卷子。

买完了以后，朱丽英递上了二两的粮票，收粮票的师傅一抬头看见是朱丽英，仔细地端详，说："你是龙怀村的吧。"

这句话把朱丽英吓了一跳，朱丽英说："是啊。"

"你是朱四九的那个闺女吧？"

朱丽英说："对呀，你是？"

厨师答道："咱是一个村儿的，以后吃饭的时候，到我这儿来打饭就行了。"

说着厨师伸手拿起勺子，舀了半勺子的豆腐，准备放到朱丽英的菜缸里，朱丽英就顺手拿过周猛的缸子来，说："你把菜打到他的缸子里吧。"

厨师抬头看了看朱丽英和身材魁梧的周猛，笑了笑，又把勺子伸进了菜盆里，舀了满满的一勺子豆腐放在了周猛的饭缸子里。周猛回头看了看朱丽英，深情地笑了。

打完饭的朱丽英和周猛心满意足地往外面走，就听见厨师又喊住了朱丽英："闺女，你老长时间没回家了吧？"

"是啊，咋啦？"朱丽英问。

"你还记得你有个同学叫王前进吗？他现在在村里面当小学老师，教得可好了，我那个儿子就是在他班里，一个劲儿地夸他，作文讲得可棒了。"

朱丽英若有所思地说："是吗，那可是好事，咱村里有个好老师，能教出一批好学生来，让咱的学生多考县城里的学校，那样将来孩子们才能有出息呢。"

厨师说："是啊，是啊，你们快去吃饭吧，我、我先忙了啊。"

回到教室的朱丽英，一边用勺子拨拉着碗里的菜，一边脑海里又浮现出与王前进在一起学习的场景，和看着周猛打篮球的画面交替出现，浮想联翩，心烦意乱。

就在这时候，班主任申老师走了过来，轻轻地敲了敲朱丽英的桌子："咋了，是想家了还是咋了，抓紧吃饭吧，晚上还有自习呢。"

朱丽英看了看孙老师，忙站起来说："没事没事，嗯，我有点走神了，我抓紧吃饭。"

花开两朵，各表一枝，周华跟大鹏相亲的事到底咋样了呢？

吃完了面条，说是吃完了面条，其实周华和大鹏都没舍得把那碗面条吃完，两个人吃了几筷子就说吃饱了，得回家了，大鹏是先回去的，说是要去磨坊加工粮食，还有人在等着他干活呢，就走了。

大鹏走了以后，周华的大姨云秀和二姨云香就赶紧问周华："你看这孩子咋样啊？"

周华因为急着回家，就脱口而出，说："挺好啊，大鹏，个子高大威猛，多好啊，咋了？"

云秀就一脸高兴地趴在周华的肩膀上问："这么说的话，你就是相中了，那你俩处对象这事儿，我就跟大鹏家说你同意了。"

周华就说："这哪跟哪呀，咋就就相中了？俺俩只是刚才在这里聊了一会儿话，根本就没说处对象的事。"

云秀就问周华："那人家大鹏给你的小手帕，你收了没有啊？"

周华说："收了，他给我那副那块小手帕，上面还绣着一朵红牡丹，多好看啊。"说着，周华就从口袋里掏出来那一方大鹏给她的刺绣的手帕。

云秀就高兴地说："那就成了，现在的相亲，女孩子只要收了男孩子的手帕，就说明同意跟人家男孩子处对象了。我这就跟人家说了啊，说是你相中了人家的大鹏了。"

周华一脸无可奈何地说："俺俩根本就没说这事，人家大鹏说要送我一件礼物，我一看这小手帕挺好看的就收了，根本就没说处对象的事，你咋这么多事呢？我们愿意处对象的时候，我们不会自己处啊？我们又不是不认识，俺俩是同学。"

云秀说："那我不管你们商量没商量，只要你收了人家的小手帕，我就得给人家回个话，这样我对人家村主任也有个交代了。"

周华拿起自己的外套就对云秀说："哎呀，由着你吧，反正我回家了啊，俺娘还在家等着我呢。"

第十二章

朱丽英奶奶是村里有名的裁缝，村里的男女老少有点体面的布料，做个体面的衣裳，都要去找朱丽英的奶奶，朱丽英的奶奶也非常乐意地为四邻八舍的老少爷们服务，尤其是一到了春节前，朱奶奶的裁缝店，就格外的忙。

这一天的下午，村党支部书记赵荣进和王丰收找到了朱丽英的奶奶，手里拿着两块崭新的涤卡布料。

朱奶奶就问赵荣进："你从哪儿淘换的这布料啊？这料子不错呀。"

赵荣进回头看了看王丰收，高兴地说："从县棉纺厂找人弄的，这料子还可以吧。"

"这料子好啊，"朱奶奶说，"你们打算是做褂子呢，还是做裤子啊？这么好的料子，做裤子就有点浪费了，最好是做个中山装，涤卡的褂子好看得很呢，你以后出去办什么事也体面。"

赵荣进说："你用尺子先量一量这布料，看看能不能做褂子，如果做褂子不够的话，俺们就每人做一条裤子。"

朱奶奶麻利地把布料展开铺在了案子上，然后又用尺子量了量，就说："可以做一件褂子、两条裤子。"

王丰收就抢着说："那就做上一件褂子、两条裤子吧，我要一条裤子就行，那褂子和另外的一条裤子，你比着咱赵书记给他量量做好就可以了。

布料是王丰收弄来的，因为让村里给他宅基地。王丰收到县城里找在县棉纺厂上班的弟弟王丰产，让他给淘换来了。赵荣进不好意思地看了看王丰收，说："下一步咱要建厂子，你还得跑外面去联系业务，没件好褂子也不是办法，要不先给你做吧。"

王丰收说："不用不用，我穿的这件黄军装是前年王丰产当兵回来的时候给我的，还挺新的，我只做一条裤子就行了。"

就这样，朱奶奶拿了一条软尺，给两个人从肩膀一直量到腰，然后量了裤长，准备给他们做衣服。

赵荣进就说："那俺俩先回去了，什么时候来拿呢?"

朱奶奶说："咋弄也得四五天了，四五天以后你过来问一下吧，要是没有别的急活了，我就赶紧给你们做出来。"

赵荣进说："好吧，好吧，那我们先回去了啊。"

从朱奶奶的裁缝店里出来，回去的路上，赵荣进就跟王丰收说："建砖厂的事儿，乡领导同意了，咱现在主要的问题就是外出联系人买设备、买机器了。这件差事就交给你去办了，如果你觉得自己一个人出发不安全的话，我让村再给你配上个人，和你一起去，你们去的时候，让周一本从村里给开一封介绍信，要不，直接让大队副书记周一本跟你一块去。让周一本带着点盘缠，别到了那个地方住不了旅馆。"

王丰收问："那啥时候去看设备。"

赵荣进就说："那你跟周一本先商量一下，你俩一起去，再是，你跟公社窑厂的那帮师傅，不是以前有联系吗？你跟他们联系一下，看看怎么去，去的话约上一个跟你们一块去也行。"

王丰收没有想到，这建砖厂的事儿，说来就来了，还真的让赵荣进拿着当回事了，这下子他学的那点本事就有了用武之地了。王丰收心里想着，刚做上了一件新的涤卡裤子，还是要穿得稍微体面一点，媳妇儿吴荷花正给他做新布鞋，两三天才能做好，做裤子得三四天的时间，想到这里，王丰收就跟赵荣进说："待个四五天再去吧，我这几天跟公社窑厂的那几个技术员再联系一下，咱们村里有没有电话？公社窑厂有一部电话，我先用电话跟生产砖机的那个厂子联系一下。"

实际上，赵荣进没有看透，王丰收之所以晚两天出发，是为了等他那双新鞋和新裤子，从他的话里头听出来，王丰收确实是为了村里的砖厂进行的计划和打的谱。赵荣进一听，确实应该提前联系一下，和师傅们多考虑一下，这样比较周全。赵荣进就说："那你趁着这几天的时间先跟厂家联系一下，公社窑厂有一部电话，再一个是公社经委也有一部电话，你可以到那里去用电话联系一下。"

王丰收看了看赵荣进的脸，试探性地说："好的，那我这几天家里的事情就不能干了，我就只能一心扑在这个事情上了，我也就没有别的收入了。"

赵荣进一下子就听明白了，就说："啊，你小子总是想着自己的那点小九九，你就放心吧，早晚算工资的时候，把你这几天一起开会，商量建砖厂的时间，和你出发的时间，都给你按正常上班时间算，给你把工资列出来就行了。到时候，咱们一起合计合计，工资是按一个月一百块钱，还是按一百二十发"

这时，王丰收心里是这样想的，他每次出差、和村里干部商量建砖厂的事情，有钱拿的，等于有了工资，比起在家种庄稼强多了，种上一季的庄稼，有了收成，卖了庄稼才能见收入，更不用说有的年头，天旱无雨，根本就没有收成。

想到这里，王丰收就挺高兴地说："好了，四叔，你就甭管这些事了，我这几天就到公社窑厂，联系一下，准备好了以后我再跟你说。"

第二天一大早，周华给自己的母亲把馒头蒸好，就对躺在床上养病的母亲说："娘，今天我得上班了，爹在家，你一定好好待着，休养一段时间就会好的，下个礼拜如果有时间，我就再回来，如果没时间的话，我就再过一个礼拜回来。"

周华的母亲就赶紧说："你还是抓紧上班吧，上班要紧，我在这里又没有其他的事情，就是静养，反正是啥活也干不了了，就得辛苦你爹了。"

周华的爹正在门口，拿着铁锨在铲外面地面上的东西，听见娘俩说话，放下铁锨走进了屋里，对周华说："你抓紧上你的班吧，家里还指望着你挣钱呢。"

周华拿起了自己用布做的一个背包，就对躺在床上的娘说："那我先回去啦。"

"好了，你先回去吧，在厂里好好干啊，尊重人家领导，别和同事闹别扭，在外边要照顾好自己。"

听完娘的一通唠叨，周华把房间的门打开，就要往外走，这时周华的娘就赶紧叫住她："华子啊。"

周华转过头问："咋了，娘，还有事吗？"

周华娘就问："昨天你大姨和你二姨说，你跟人家大鹏谈得挺顺利的，你觉得咋样啊？那孩子咋样啊？如果能行的话，你心里头得有点数。"

说到这里，周华才想起来，闹了半天，昨天还有这么一档子事儿呢，自己觉得就是应付了一个差事，给大姨云秀一个面子，去跟那个大鹏见了一面，没想到家里的人还当真了呢，就搪塞道："啊，知道了，那个大鹏子是我的一个同学，要是有啥事，他就找我，你们就不用管了。"

出了家门口，周华就急匆匆地赶到了村头，因为这里是乡里通镇上的一条主路，有半个多小时一趟的班车，从乡上到城里，车票是九毛钱。

周华站在当作站牌的树底下，等了足足有半个多小时，也没见车来，正在这时候，就看见不远处"突突突突"地来了一辆拖拉机，到了周华跟前，就"吱呀"的一声，刹住了车。

周华一看，原来是大鹏在拖拉机上。大鹏老远就看见了周华在那里等车，就拍打了一下拖拉机的驾驶室，招呼周华上拖拉机。周华就问大鹏："你这是要去哪里呀？大鹏。"

大鹏伸手就把周华拉上了拖拉机的车斗，接着靠在周华的耳边，说："我的钢磨，里面的齿子坏了，我要去县城农机公司买一个磨盘，然后回来把电磨修好才能干活呢。正好供销社拉货的拖拉机要去县城拉化肥，我就跟着人家一块去了，你这是要回厂里上班吗？"

周华和大鹏肩并肩地坐在拖拉机车斗里的一块长长的方木上，那块方木是供销社拉化肥的时候，作垫木减震用的。

大鹏坐在车斗里，和周华一边说着在一起上学的趣事，一边说着家里的情况，两个人交流得非常快乐。公路两边的树木，随着拖拉机"突突突"的声音，飞快地倒退着，两个人心情愉快，蓝天白云，树上鸟鸣啾啾，公路两侧的小河里流淌着快乐的山泉水，生活真的很幸福。

龙怀村离齐邹县城只有 13 公里，说着话的工夫，他们就到了县棉纺厂了。

周华老远就看见牛兵骑着他那辆飞鸽牌自行车在自己的宿舍门口在等着。于是，她就急急忙忙地从拖拉机上跳下来，冲着大鹏摆了摆手，就朝着牛兵跑去。

拖拉机上的大鹏老远就看见周华坐上了牛兵的自行车，就敲了敲驾驶室的玻璃窗，对司机说："走吧，咱们到农机公司去吧。"

虽然说大鹏忙着去农机公司买配件，但是，他还是很纳闷，怎么还没到厂里，就有人等着她呢？

坐上牛兵的自行车的周华，着急地对牛兵说："快点骑，今天早上给俺娘蒸了一锅干粮，来得有点晚了，又没有车，好不容易搭了辆拖拉机过来，你先抓紧把我送到厂里面，我先去车间里上班。"

牛兵就说："好了，你可要抱紧我啊，我可要快点骑了，别耽误了你上班"。

周华连呼哧带喘的，跑到车间的时候，车间班长孙淑芳正好在查岗，一看见周华就鼻子不是鼻子，脸不是脸地说："你干啥呢，你咋今天迟到了呢，那车床都转起来了，这样不耽误事吗？"

就在这时候，车间主任大老牛正好走到了周华的纺车跟前，孙淑芳一看见大老牛来了，就不再说什么了，大老牛冲着孙淑芳挤了挤眼，意思是说自家的孩子别批评了，周华现在正跟自己的儿子谈恋爱呢，你就少说两句吧。孙淑芳一看，车间老主任大老牛是这个态度，也不再说什么了，就催着周华说："你快戴上你的套袖，抓紧把那线头整理一下吧。"

周华也看见了大老牛过来了，就不好意思地把书包放在了小房间里，戴上了套袖，又把头发扎起来，戴上了防尘的帽子，麻利地干起活来。

第十三章

这天下午，王前进刚从教室里上完课出来，突然发现教室门口站着一个人，原来是从齐邹中学回来的朱丽英。

王前进拍了拍手上的粉笔末，冲着朱丽英摆了摆手，说："你咋来了呢？"

朱丽英说："今天星期五，学校提前放了一会儿假，让我们回家拿点东西，星期六下午，我们就得回学校上课。我听说你在这上课教得挺好的，学生们都挺喜欢你。"

"干啥都得认认真真地干出个样子来，"王前进说，"反正不如你念高中有出息，在这里代课当民办老师，也得认认真真地教学生，毕竟现在我们的孩子们都非常不容易，能从这里考出去上高一级的学校，才有希望。"

王前进和朱丽英边说着话，边走到了学校的一间器具室的门口，王前进说："进来这屋里坐一下吧，我们这些老师都在一个大办公室里，每个人一张小桌子、一张凳子，人很多，嗯，也没法说话，咱们来这仪器室里说一会儿话吧。"

朱丽英环顾了一下这个所谓的仪器室，放的是小学里最珍贵的教学仪器，有地球仪，有试管，还有大的三角尺量角器。到处摆得满满当当的，在仪器室的一角，还有一些学生演出用的大鼓、铜锣、快板、二胡、手风琴等乐器，这么小的地方，甚至有一架脚踏的风琴。

王前进用手中的套袖擦了一下一条长凳子，让朱丽英坐在上面，自己站在门口跟朱丽英说话："你在学校怎么样啊？你现在已经上高二了吧？高中的课程挺深奥的，你能不能跟上啊，在班里当什么职务啊，是当班长啊，还是学习委员啊？"

朱丽英抬起头，两只眼睛含情脉脉地看着王前进，轻轻地说："啊，现在高中的课程实在是太难了。我已经有一个月没回家了，时间真的是太紧了。我当不了班长，我现在在班里当文艺委员呢，读高一的时候，文艺委员还能组织文艺活动，让同学们唱唱歌什么的，自打上了高二，根本就没有文娱活动了，所以，我这个文艺委员是有名无实，根本没什么用处。"说完，朱丽英抬起头来，问王前进，"你呢，你现在在学校里教什么课呢？"

王前进拍打了一下手里的书本说："除了数学，其他的课程我全教了，语文、体育、唱歌、美术，都是我教的课。"

朱丽英说："你们还教美术和体育啊。"

王前进自豪地说："原先是不上美术和体育的，学校的学生只上语文和数学，到了小学五年级的时候才有地理和历史。但是，现在我接了这个班的班主任以后，我就发现小孩子有一些天性没有发挥出来，我就在每周的课程表上按照原先的计划，该上体育的时候，我就让他们出来在院子里跑一圈，然后拔河呀，一起打打篮球啊，就当上上体育课。因为这事，校长还批评了我一顿呢，原先根本就不上体育课，课堂时间都让语文和数学老师占用了，他们就抢着这点时间。"

朱丽英笑了一下，说："你会的还挺多呀，美术课你会上吗？"

王前进眉飞色舞地跟朱丽英说："我怎么不会上啊？我上美术课的时候，教孩子们写美术字，孩子们认认真真的，写得可端正了。"

说着话的工夫，两个人渐渐地忘了时间，就听见教师办公室门口大树上，吊着的那个铸铁钟"当当当当"地响了一阵，到了学生放学的时候了。

王前进忙对朱丽英说："你先在这里坐一会儿，我得先让学生放学回家。"

朱丽英站起来跟在王前进的后面，说"我陪你一块到你的教室里看一下孩子们吧。我挺羡慕你们这些当小老师的，我就站在你跟前，我不说话，你安排学生放学就行了。"

王前进说："那可不行，那成啥了？"

朱丽英说："没事没事，我就站在你教室门口，远一点的地方，我不到你教室里去，我远远地看着你怎么让学生站队回家的，学生们走了以后咱再回去。"

时间非常紧迫，根本容不得王前进再考虑别的了，他就对朱丽英说："好的，赶紧走吧。"随手把门给带上了。

就这样，朱丽英远远地看着王前进在教室门口喊了一声"放学了"，只见学生们从教室里像小鸟一样地飞了出来，站在教室门口的那棵大树下，整整齐齐地排成了两行，一个十一二岁的小男孩站在了队伍的前面喊着："立正，向前看齐，向左转，齐步走。"然后孩子们背着各自的书包，快快乐乐回家了。

学生们放学回家了，因为学校的老师都是本村的，他们都认识朱丽英，十分好奇地看着朱丽英站在王前进跟前，小心局促的样子，不由得浮想联翩：哎呀，这个姑娘是不是相中了这个男孩子了？这个王前进福气不小啊。

朱丽英一脸幸福和羡慕地看着王前进努力地工作的样子，热辣辣的感情涌上了心头。她默默地跟在王前进的身后，往村子里走去。在往常，这个时间点，王前进放了学，就到村子东头的山坡上去打猪草，然后回家喂猪，喂完猪以后，等着在庄稼地里干活的父母回家，母亲回家做好饭，吃了饭，然后一家人就休息了，周而复始，每一天都是这样。

但这天朱丽英来了，王前进心里有好多话想对朱丽英说，但嘴上却说："你也赶紧回家吧，明天你还得返回学校呢。"

朱丽英两只眼睛水汪汪的，看着王前进，说："不着急。我这一段时间总是想起你，担心你有什么事情，你没什么事吧？"

王前进说："没事没事，我现在状态挺好的，你好好上你的学，准备考大学吧，我就是这样了，当个民办老师教好孩子，挣钱什么的，以后慢慢来吧。"

就这样两个人有一搭没一搭的，实在想不起有什么共同的话题可以交流。说着话的工夫，朱丽英的父亲朱四九从街上走来，突然看见两个孩子在一起说话，就喊了朱丽英一声："英子，你还不回家，赶紧收拾一下，刚才你娘找你还找不到呢，你明天还得上学呢。"

两个孩子被吓了一跳。朱丽英慌忙地对王前进说："那你先回家吧，我下次回来的时候再去找你。"

王前进很纠结，看了看朱丽英，又回头看了看朱丽英的父亲。朱丽英的父亲正在怒气冲冲地看着王前进。王前进十分胆怯地回过头来，然后背着他的小布包急促地往家里走去。

这是一个秋天的晚上，窗外已经没有叽叽啾啾的鸟鸣，只有几只蟋蟀的声音，天上的月亮发出了淡淡的柔和的光，四周的空气是那么温暖湿润，王前进一个人躺在炕上，翻来覆去的，怎么也睡不着。他在想着今天下午和朱丽英在一起的点点滴滴，感受着朱丽英火辣辣的眼光，和对他传递出的各种信息，他能感受出来朱丽英对他充满了深情，还沉浸在他们一起念初中的那个十分美好的回忆中。

但是，现实又是那么残酷，还不能怪罪朱丽英父亲那犀利的冷漠，和看不起的眼神，现实摆在自己眼前，就是因为没有考上高中，只能在村里当一个民办老师，这还算是一份比较体面的、所谓的文化人的工作。而朱丽英是高中生，高中毕业极有可能考上大学，端上铁饭碗，成了国家干部，跟自己就天差地别了，自己怎么珍藏这段美好的感情，都是自己的事情，和朱丽英已经再也没有可以交集的缘分了。

想到这里，一阵酸楚莫名地袭向王前进，他心里非常难受，而又无法对任何人倾诉，翻来覆去辗转反侧的，根本睡不着。王前进睁着大大的眼睛，望着农村土屋顶上的那根木梁和两根椽子，自己在心里嘶喊着：我什么时候也能出人头地，混出个名堂来，顶天立地地干出点事业，让人瞧得起，我怎样才能够成功，我的未来在哪里？

从小娇生惯养的朱丽英回到家里，一点都不耐烦，就看见母亲从锅里舀上了一碗一碗的面汤，还有一截的胡萝卜咸菜，这在农村来说已经是非常高端的饭食了。朱丽英的父亲就喊着她的名字："英子，抓紧来吃饭吧。"

朱丽英却莫名其妙地冲着她的父亲发火："吃饭吃饭，你就知道吃饭，刚舀出来的面汤这么热，待会吃饭不行吗"？

朱丽英的母亲就看了看她，说："这闺女咋了？这一点面还是我跟你爸攒了好长时间的，快趁热吃吧。"

朱丽英坐在木头方桌的旁边，伸手去端那个陶瓷碗，用手一碰着碗的时候，被烫了一下手，"哎哟"了一声，就说："你看看碗多热，待会吃。"说完，朱丽英就回到了她的北屋里面，坐在炕沿上，一个人静静地发呆。

朱丽英的母亲赶紧跟了过来，伸手摸了摸朱丽英的额头，说："没事啊，不烫啊。是不是你爹说你什么了？心里不痛快呀，没什么事吧，有啥事跟我说。"

朱丽英也意识到自己这么发了一通莫名其妙的火，实在是不应该的。在学校这么长时间了，刚回到家里，就因为看见王前进，有些话没有说透彻，让自己的老爹给揪回来了，心里不痛快，又把火发在了父母身上，确实是非常不合适的。她一抬头看见自己的娘，这么心疼地在跟前问寒问暖，就觉得自己有点过了，就对娘说："娘，没事，我刚才回来吃的饭有点烫了，没别的事，没事没事，你放心吧。稍微等一下我就过去吃饭，我整理一下，我找一下我原先的本子和笔，看看还有没有可以用的，如果能用的话我带回去学校用。"

朱丽英的母亲就说："那你快点啊，你爹那脾气你可知道，还是快点过来一块吃饭吧。"

朱丽英就说："好的，好的，我马上就过去。"

就在这时候，大门"哗啦"地一响，走进了一个人，原来是王前进的父亲王丰收。

朱丽英的父亲朱四九本来正因为王前进和朱丽英的事儿心烦，偏偏这个时候王前进的爹来了，一看见王丰收，就没好气地说："你咋来了呢？有啥事啊，当初让你的儿子跟着我学开拖拉机，你不让他学，你现在有什么事情啊？"

王丰收一看见桌子上摆好了碗，肯定是还没吃饭，就说："你先吃饭，我吃过饭了，你边吃饭我边跟你说，有点事情得商量商量。"

朱丽英的父亲朱四九就问："啥事啊？你说吧，嗯，我晚点吃，刚舀上，碗里的面汤也确实挺热的，刚才都烫着英子的手了。"

王丰收就问："英子回来啦？"

这时在里屋跟母亲说话的朱丽英听见王前进的父亲来了，就对母亲说："不知道找俺爹有啥事，出去看看吧。"

朱丽英一听王前进这个名字，就赶紧走出来，坐在了小方桌前，挑起了一根面，一边吃一边听着家里的大人讲话。

王丰收就对朱四九说："跟你商量个事，你不是开拖拉机挺专业的吗？你不是在县农机学校里专门学过拖拉机吗？现在呢，咱大队书记赵荣进跟我商量，说是要建砖厂，现在我已经跟横州市那边制砖机械厂的人打电话联系上了，他们正在给我们准备制砖机。"

朱四九对拖拉机项目是挺感兴趣的，他本身就非常喜欢这种技术活，一听王丰收说这个内容，认为王丰收思想转过弯来了，想弄这个拖拉机了："我说咋样啊，当初我就跟你说，让前进跟我学拖拉机，还能多挣两个钱，你现在想明白了吧，当民办老师还能发了家不成？"

王丰收就说："我现在搞得的这个机器，跟你弄的这个拖拉机，不是一码事，我弄的这个机器是造砖厂使的，要制造出合格的砖坯来，然后建起窑来，把砖坯烧成红砖。"

朱四九就说："你弄你的砖机就行了，烧你的红砖吧，这跟我有啥关系，我就是一个开拖拉机的。"

王丰收一瞪眼，跟朱四九说："外行了不是，我今天来找你，就是为了解决这个问题。"

朱四九就问："啥问题啊，我能帮你解决啥问题？我就是一开拖拉机的，别的我又不懂，柴油机我懂。"

王丰收说："这就对了，我来找你，就是为了解决柴油机的问题。"

朱四九这下纳闷了，说："你砖厂制砖机有了，砖窑有了，把砖烧出来不就行吗？"

王丰收就说："是啊，你说得倒是简单啊，制砖机把砖制出来，用啥制啊，用嘴吹吗，说说就能把砖制出来吗？"

朱四九就说："现在不是有高压电了吗？你把电接上，用电机不就把砖机运转起来了吗？"

王丰收一听，朱四九上了道了，思路对头了，就对朱思九说："是啊，你现在这么想，是挺明白的了，是用电机就能带动砖机运转，把那黏土生产成为一块一块的土坯，然后放进砖窑烧，砖就能出来了。但是，现在你还不明白吗？咱现在这个电楼子（配电室）的电正常？一天断电好几回，一个月里有半月根本就没有电。你家安电灯安得这么早，今天晚上你家里是有电，为啥平常还要准备好蜡烛呢？"

说话的工夫，朱四九家里的电灯泡真的突然就没电了，院子里顿时一团漆黑。

黑灯瞎火的，王丰收就趁着月光添油加醋地说："你看看你看看，说什么来什么，咋样，没电了吧？"

朱四九就气呼呼地说："说没电就没电，吃饭还能吃鼻子里头吧，没事儿。"

话音刚落，电灯又突然地亮起来了。

王丰收说："就是要解决这个问题，怎么在没有电的情况下，砖机也能正常地运行。要不摊子都支好了，车子也准备好了，人也上去了，没有电怎么干活？"

朱四九在机械行业是个行家，脑袋瓜一转就说："这很好解决，用柴油机发电。"

王丰收一听，朱四九这回是上了他的道了，不由得心花怒放地对朱四九说："对呀，柴油机，谁能鼓捣得了啊？"

朱四九一听才明白，王丰收给他编了一个圈套让他钻进去，于是就单刀直入，说："这还不简单吗？买上一套4125的柴油机，然后配上发电的设备，把柴油机开起来，把发出的电接到砖机上，如果外线停电，马上启动柴油机发电，就能保证砖厂的正常生产了，这还有问题吗？"

王丰收说："你真是高手，要不怎么说你在柴油机上是个专家呢！"

朱四九摆了摆手，把最后的一碗面汤，用筷子扒拉到嘴里面，又夹了一块红萝卜，"嘎嘣"地咬了一口，一边嘟囔着把碗放在桌子上，一边说："你甭给我戴高帽，你就说让我干啥活吧。我实话告诉你，你千万别扯上我一根腿，我不会跟你去弄这个砖厂，我没那时间，我现在开着我的拖拉机，给四邻八舍的乡亲们拉点东西，就能挣不少钱，我的小日子就非常好过。"

王丰收说："你想得美，还让你掺和我们这个项目？现在正在论证，我们建设的是一个大项目、大企业，你想来我们还不要你呢。"

朱四九就说："啊，那正好啊，你找我干啥呢？你跟我说这个有什么用处，找我来炫富吗，逞能吗？"

王丰收就说："找你来给我帮个忙，你不是对柴油机有研究吗？你觉得我们这个砖机得用多大功率的柴油机，从哪里买这个柴油机，你给推荐一下。"

朱四九斩钉截铁地说："柴油机用4125型的就可以，潍坊柴油机厂就有，离我们又不远，你可以抽时间去看看。"

王丰收觉得这一下就解决了难题，伸着大拇指对朱四九说："你还真是个高手，你咋知道得这么多呢？这下行了，我抽空到潍坊柴油机厂去看一下。"

朱丽英在一旁坐着，听朱四九跟王丰收说着建砖厂的事情，两眼炯炯有神，就问王丰收："是不是干砖厂挣了钱，就让你家王前进上学念书，将来念个技校或者是高中什么的，回来好帮你们干厂子？"

王丰收看了朱丽英一眼，搪塞地说："那再说吧，厂子八字还没一撇呢。"

说完，王丰收就跟朱四九打着哈哈，说："那你先忙着啊，我得到赵荣进家里去，跟他说说买柴油机发电的事。"刚出门又回头问朱四九，"你要是没事，跟我一块去跟他说说吧。"

朱四九就说："我不去，我又不跟你们掺和这个，你自己去吧。"

王丰收就死拉硬拽地对朱四九说："咱俩一块去吧，要不去潍坊买柴油机，我也不懂，到时候我还得拖着你一块跟我去买。"

朱四九一看拗不过王丰收，就说："行行行，好了，我陪你去赵荣进家吧。"

其实，一提起柴油机，朱四九的热情就上来了，他也担心王丰收说不明白，自己去一趟，能和赵荣进交代清楚。

王丰收跟朱四九一块出了门。朱丽英的母亲就对她说："你快拾掇一下你的东西，早一点休息吧，明天早上你不是还要回学校吗？"

朱丽英若有所思地点了点头，然后对母亲说："你在家忙你的就行了，我出去一趟啊。"说着朱丽英出门去了。

第十四章

王丰收刚从伏野地里给玉米锄完草回到家，村党支部副书记周一本就跑到了他的家里来，说："你赶紧洗把脸，到咱村书记家里去。"

"去干吗的，今晚上有什么事情啊？"

"你快洗洗，抓紧去吧，你别啰唆了。"周一本说。

王丰收一边在那个圆铁脸盆里头洗手，顺手抹了一把脸，一边问周一本："到底啥事啊？催得这么急。"

周一本对王丰收说："今天晚上乡党委书记李志海，要到咱村书记家里吃饭，你这会儿抓紧过去，是赵书记让我来叫你的。"

王丰收这才明白，是让他去给村支部书记赵荣进陪客人，就对周一本说："咱去陪客，得给他拿点东西，俩大人空手去好吗？我家里可没好酒什么的。"

周一本伸手拽着王丰收就说："你甭管了，待会儿咱们从村里的经销点走，从经销点里拿上两瓶酒，将来我在村里给你报销了就行了，你甭管了，村里在代销点有账。"

王丰收说："那敢情好了，那我去就直接是白吃了。"

两个人赶到赵荣进家里的时候，赵荣进的媳妇儿正在用那个铁锅炖着一只大公鸡，那个公鸡的香味透出锅盖飘满了整个小巷，香气四溢。

不一会儿，就听着一阵自行车铃的声音，乡党委书记李志海和乡长刘光明推着两辆崭新的凤凰自行车，走进了村支部书记赵荣进的家里。

"哇，这炖的鸡挺香啊。"两人一进赵荣进的家门，就看见一张方木头方桌，摆在了院子的中间，因为是秋后的天气，晚上非常凉爽，又夹杂着一点暖暖的秋风，秋高气爽，让人感到清爽舒服。

说话的工夫，周一本就抢着给乡党委书记李志海把自行车的后撑打住，一边接过了李志海从车把上提下来的两瓶四特白酒，一边说："还真是俺们赵书记说的正乡副乡，四特尖庄，现在这四特酒很难买呀。"

乡长刘光明也从他的自行车后座上把绳子解开拿下来一个纸箱子，对赵荣进说："这是李书记让我给你买了一个电饭锅，花了一百多块呢，这李书记对你可真够意思啊。"

李志海接过话茬，对双手抱过电饭锅的赵荣进说："现在这电饭锅煮饭，又干净又卫生，速度还快，你让嫂子给你熬点稀饭看看，方便得很啊。"

赵荣进满心欢喜地把电饭锅放在了一边，就赶紧把书记、乡长让在了方桌的跟前，随后，管区书记何二奎也走进了院子里，他的自行车后面还有两捆新出的琥珀啤酒。

赵荣进就问李志海："李书记，还有没有人过来？"

李志海说："没有了，就我们仨。"

于是，赵荣进赶紧招呼媳妇和王丰收，还有周一本去厨房里面端菜。

一盆下水肉，还有一锅炖的大公鸡，用一个陶瓷盆就端上了桌子。

刘光明一看见桌上就俩菜，对赵荣进说："今天晚上就这俩菜吗？有点小气了吧。"

赵荣进说："别急啊，你稍微等一会儿，饭店里报上菜了，一会儿就能送过来。"

说着话的工夫，就听见门口传来一阵摩托车声响，村里小饭店送菜的来了。

只见送菜的小伙子，双手提着两个菜篓子，一个菜篓里四个菜，底下一个盘子盛的菜，上面又用另外一个盘子盖着，怕菜洒了，然后，再放另外一个菜，再用一个盘子盖在上面，就这样四个菜用八个盘子，左手四个菜，右手四个菜，一共上了八个菜。里面有炸鱼，有鸡腿，有兰花豆，麻花拌黄瓜，肉炒蘑菇，还有一个是炒鸡蛋，反正菜品是不少。一会的工夫，就把小木头方桌摆得满满当当的。

开始喝酒了，李志海和刘光明坐在了桌子的北侧，是上首的位置。

李志海首先发言，说："这次我跟乡长来呢，只有一个目的，你们村的砖厂在项目上面已经批下来了，资金也给你协调了，贷款从明天开始，你们村里头就应该拿出主要精力来，把这个砖厂的手续跑完，把贷款批下来，我们应该做的事情就这些了，剩下的就是你们的事儿了，该建厂房就建厂房，该进设备就进设备。"

赵荣进心花怒放，心里头十分感激乡党委书记和乡长对他的大力支持，但口头上说："我们这么干工作也是为了您，不就是为了你明年当上县长吗？我们把项目干好了给你脸上贴金，增光添彩，你往上爬也爬得快啊。"

话糙理不粗。李志海听着这话觉得非常舒服，但是口头上还要批判："你怎么能这么说，我给你跑来了贷款，跑来了项目，我还要反过头来感谢你，对不对？你请个客，不就是杀了一只大公鸡让我们吃饭吗？我们给你办了这么多事，还给你买锅，你挺合账啊，我说老赵。"

赵荣进赔着笑脸说："甭管咋说，咱都是想弄个厂子，挣了钱给村里头修修路办点事，也让周围的老少爷们有点活干，有点事儿干，家家户户也能多挣点钱。"

刘光明接过赵荣进的话茬说："对！你这话说得有水平，咱李书记这次来的目的，就是给你加油鼓劲，剩下的活儿，你就抓紧干吧。"

赵荣进用手指了指周一本和王丰收，意思是让他俩赶紧把酒满好，周一本和王丰收把酒满上以后就坐在一旁，一言不发的，老老实实地听着书记、乡长和村支部书记在那儿聊天。

赵荣进就说："酒满上了，咱喝酒吧。"

李志海说："喝酒行是行，今天晚上你拿了三瓶酒，我呢，拿了两瓶酒来，今天晚上咱们六个人，一会就把这五瓶酒干掉，这才能显示出咱们这感情。"

"谁怕谁呀，喝吧！"赵荣进满心欢喜地说。

闲话少说，酒过三巡。每个人都喝得差不多，赵荣进就说："该表示的也表示了，我跟乡长也喝了，跟管区书记二奎也喝了，李书记，咱咋喝呢？"

李志海这时候正喝得高兴，就跟赵荣进说："咱俩划拳，一戳一，谁输了谁喝。"

赵荣进正值壮年，酒量又大，再说项目有了眉目，心里高兴，正是酒量大的时候，就说："喝就喝呀，谁怕谁呀，来吧，哥俩好啊，五魁手啊……"

气氛越来越融洽，感情越来越深厚，一场有滋有味的酒就这样从傍晚一直喝到夜里十点左右。李志海酒足饭饱，心情是非常愉悦，就跟赵荣进说："咱今天晚上到这儿吧，酒喝得不少了。"

第二天，乡里召开农村党支部书记大会，赵荣进赫然发现乡长刘光明的左脸上贴了一块白色的胶布。开完会，赵荣进悄悄地问乡长刘光明："乡长，这脸咋弄的？"

刘光明白了赵荣进一眼："咋弄的，昨天晚上上你家摔的，回来的时候骑自行车，你村里那个水沟实在太窄了，根本就没看见，自行车一下子就栽进去了，把我脑袋磕在那水沟边的树上了，借着这次给你村里弄了这么多钱，你抓紧把村里的水沟都拾掇拾掇，太不安全了。"

回到村里，赵荣进就把周一本和王丰收叫到了村委办公室，说："你俩抓紧去潍坊吧，把潍坊柴油机和横州的砖机先定下来。"

周一本就说："我不得待在村里边办贷款吗，我去了贷款谁去办呢？还有，得找经委主任，让他给乡里打一个申请书，说是建砖厂的申请书。"

王丰收就接着说："这样吧，你让朱四九跟我去吧，朱四九这家伙对柴油机非常内行，我那天也跟他说了，你让周一本通知一下朱四九，让他跟我去跑一趟潍坊，看看设备，他懂的。"

赵荣进一听要让朱四九去，不大满意地说："朱四九这家伙云山雾罩的，不大靠谱啊。"

王丰收就接着解释说："他是有点胡吹海嗙，但是，买机器这件事，还真的非他不可，咱村里就数他最懂这个东西。"

赵荣进就转过脸对周一本说："那你就抓紧跟他说一下，你就说是我定的，让他跟王丰收去潍坊，先把那个发电机定好，然后，从那里直接坐车去横州，把那制砖机定下来，看看什么时候能发过来。"

周一本一听，这样的安排应该最为妥当的，就说："好的，我现在就去跟他说。"

刚要走，赵荣进又叫住周一本，说："明天你抓紧把建砖厂的申请给经委送过去，我跟那边打好招呼了。再是，银行的贷款，乡里的李志海书记也跟银行的主任定好了，明天上午咱俩去，把贷款解决了，你今天记得抽时间，先去给我和你刻一个手章，银行贷款需要手章。"

周一本听完，就说："好，我这活还不少呢，那我抓紧去了啊。"

赵荣进就对周一本说啊："朱四九那里，你不用管了，你抓紧去写申请，写完申请去乡里面交上，然后去刻手章吧。至于朱四九那里，待会儿我到村里一趟，回家的时候，我顺路去跟他说一下就行了。"

王丰收就对赵荣进说："要不朱四九那里，你也不用去了，我直接跟他说，就说是你让我去找他的，让他和我一起去横州定砖机和去潍坊定那个柴油机。"

赵荣进说："行行行，你跟他直接说就可以，你俩出去就是公差，出去吃饭住宿，一切的费用从村里出，你定好什么时间出发，提前到周一本那里去，先拿上一千块钱，不够的话，就多拿点，穷家富路，别在外边受罪，钱不够了没地方淘换。"

第十五章

回到棉纺厂的周华，很快就把大鹏跟她见面相亲的事情忘记了。

晚上下班的时候，牛兵在周华的厂门口等着周华下班回家。周华在更衣室换好了衣服，走出车间门口就看见牛兵骑着他那辆飞鸽自行车在等着她。

周华就问牛兵："今天你们没有上班吗？"

牛兵高兴地说："今天上班了，我告诉你一个好消息吧。"

周华说："什么好消息啊？我看你今天挺高兴的。"

牛兵就问："周华，明天，你能不能向车间里请一天假或者倒一个班？"

周华问："怎么了？有什么要紧的事吗？"

牛兵神秘地对周华说："今天咱们厂南边那块空地上，已经扎起了一个大棚，里面有马戏团的表演，明天去看马戏团吧"。

周华说："马戏团，咱没有票啊，那票得多少钱啊？"

"不贵。"牛兵从口袋里掏出来两张神州马戏团的戏票，在周华的眼前晃了晃。

看到牛兵手里的戏票，周华心里也是痒痒的，非常想去，但是，周华本来就已经请假了，想回老家去一趟，看看娘。于是，她就对牛兵说："请假我是请假了，我想回家去看看娘，看看娘的腿好了没有，老长时间了，娘腿脚不太方便，我也不放心。"

还是牛兵机灵，马上就说："要不咱这样，明天早上，咱早一点回你老家，去看看老人，看完了以后抓紧回来，你在十一点，最晚十二点就回来，咱看下午场行不行？"

那样的话，时间就太紧了，周华犹犹豫豫地说："要不咱就先看完，下午再回去也行。"

牛兵说："行呢，怎么也可以啊，反正票买了，上午下午看都行。"

周华犹豫了一下就说："甭了，要是先看完了马戏团下午再回去，在老家待上一下午，回来的时候天就黑了，那样更不安全，我还是头午回去吧，要不明天你陪我回去一趟吧。"

牛兵听周华说让他陪着回家，感到非常意外，也感到非常兴奋，说："好啊，俺三姑刚买了一辆雅马哈摩托车，我明天借她摩托车骑着，和你一块回老家去一趟吧，那玩意可快了。"

周华自然知道公路上跑的摩托车是一个什么样的状态，就满心欢喜又忐忑不安地看着牛兵说："那东西你骑得了吗？"

牛兵就说："骑得了，骑得了，哎呀，跟骑自行车没多大区别，就是用脚使劲一蹬，然后就打起火来了，慢慢地挂上挡，它就往前跑。"

周华说："要骑那玩意儿，咱可得小心点。"

说着话的工夫，牛兵骑着自行车，周华坐在自行车的后座上，两个人就到了棉纺厂和周华宿舍中间的一排小饭店的门头房。

牛兵说："你也别回去吃饭了，咱在这家小饭店里一个人一碗豆腐汤，再吃个火烧，就等于晚饭了，别回去做了，也别回去打饭了。"

说着，牛兵就把自行车停在了一家小饭店的门口，伸手就把自行车的车锁，"嘎嘣"一下子锁住，把钥匙拔出来，左手拽住周华就进了小饭店，找了一个小方桌，点了两碗豆腐汤，要了两个火烧，一人一个，有滋有味地吃起了晚饭。

在吃饭的当口，跟前还有两桌在吃饭的、本厂里的工人，有个工人就认出了周华："哎，这不是纺纱车间的那个厂花嘛？"接着就眉来眼去地抢着跟周华打招呼，周华白了他一眼，就装作没看见的样子。牛兵就一把拉过周华来，让周华坐在里面，自己坐在外面，周华背对着那几个年轻的小子，两个人就急匆匆地吃起饭来。那几个人看着人家周华不理他，也觉得无趣，吃完饭悻悻地走了。

周华和牛兵两个人急匆匆地吃完了豆腐汤，就往小饭店的门口走。

这时邻桌的一个小伙子，站起来就跟周华说："你不是棉纺十三车间的吗？"

周华耐着性子回答："是啊，你是谁？我怎么不认识你啊？"

那个小伙子就很谦虚地进行自我介绍："我是你车间的收货员啊，每次你们生产出来的棉纱，一箱一箱的，都是我开着车去拉货的，每次我戴着口罩，戴着防尘帽，你可能看不太清楚。"

周华这才想起来："哦，你是那个小林师傅啊，那次我们的棉纱纸箱子坏了，还是你用那个捆扎绳给我们捆起来的，谢谢你啊。"

小林师傅赶紧说："啊，没关系，我经常在各个厂各个车间里拉货，这是我们应该做的，你们吃完了吗？"

这时小林师傅才发现周华跟前的牛兵，就问周华："这是你对象吧？"

周华脸红了一下，对小林师傅说："别瞎说，还没定呢。"

说到这里，牛兵就赶紧拉着周华的胳膊说："咱们先走吧。好了，小林师傅您吃饭吧，你忙吧，有空的时候咱再聊啊。"

一出了饭店的门口，牛兵就对周华说："你咋认识这么多人呢？这是谁呀，怎么跟他聊个没完？"

周华一听，牛兵是吃醋了，笑了笑，对牛兵说："你咋啦？人家跟我先说的话，我又不认识他。原先人家给我们帮过忙，说句话还怎么啦？你还真小气。"

说着话的工夫，两人就到了周华的宿舍门口了。周华就说："你抓紧回家吧，明天早晨咱们一起回去。你回家还得准备准备，看看人家摩托车能不能借，如果不能借的话，我就骑自行车早一点走。"

牛兵就说："没事没事，肯定能借，如果俺三姑的摩托车她自己要用的话，我爸爸他的一个同事还有辆摩托车，在我们家放着呢，他们在我家楼上住，因为住楼房，没有地方停摩托车，就把他的摩托车放在我们家小院里来。如果三姑那一辆不能借的话，我就骑我爸爸同事的这辆，咱们明天早上几点走啊？"

周华就说："明天早晨咱们早一点走吧，六七点走，我回家去待上两三个小时，下午就有空余时间了。"

牛兵还有话没说完，就问："周华，明天早上我是把你送到家门口就回来，下午再去接你，还是我陪你一直在你老家呢？"

周华吓了一跳，说："那还了得，你如果一直陪着我，那在我家里算什么呀？再一个说了，你骑着摩托车，也不能到我家门口，一进村我就得找个没人的地方下来，我自己走回家去。"

"那我去哪儿了？"牛兵问。

周华就问："牛兵，平常我骑自行车一个小时就能到家，你骑摩托车还用得了半个小时的时间吗？"

牛兵说："顶多半个小时吧。"

周华就对牛兵部署："咱这么办，明天早上你把我送到村头，我自己回家，待上两个小时，上午九点半的时候，你再到我们小学门口等着我，我到那里找你，你再骑着摩托车把我接回来，好不好？"

牛兵说："好好好，你看这多麻烦。那你先休息吧，我早回去准备准备，我也给你家老人买点东西吧，厂门口里有一个用铁桶烤鸭的，十三块钱一只，我给老人买上一只。"

周华说："不用不用，我给她买就行。"

这天晚上，高二的朱丽英在上晚自习，高二（4）班的班主任曲庆岩走进了教室，说起了学生分科和组建学校艺体班的事情，动员同学们根据自身的情况选择文科班、理科班和艺术体育专长班。因为朱丽英是高二（4）班的文娱委员，很自然地就选了艺体班，因为朱丽英唱歌唱得比较好，声音清脆嘹亮，自然很受同学和老师们的好评。爱打篮球的周猛也分到了高二（4）班，这让朱丽英喜出望外。

这是一个非常美好的夜晚，分好班以后，班主任老师就回办公室备课去了。教室里，朱丽英带领同学们学唱《让我们荡起双桨》和《在希望的田野上》两首新歌曲。朱丽英在讲台上一边挥舞着双手，一边含情脉脉地看着身材魁梧的周猛在跟着学唱歌曲，一脸的深情。

朱丽英在讲台上看着同学们学得挺起劲儿，也基本上快学会了，就说："同学们，大家全体起立集体唱一遍《在希望的田野上》，好不好？"

就在这时候，班主任老师曲庆岩走进了教室，冲着朱丽英摆了摆手，那意思是让朱丽英按照她原先的计划继续组织同学们唱歌。朱丽英一看见班主任曲庆岩站在了讲台上，自己的劲头就更足了，就对同学们说："全体起立，大家精神抖擞地唱一遍《在希望的田野上》，我先开个头：'我们的家乡……'预备唱！"

同学们都跟着唱起来了："我们的家乡，在希望的田野上……"

同学们铿锵有力嘹亮的声音传遍了整个校园。唱完了一遍，班主任曲庆岩也感到非常自豪和骄傲，就说："咱们找一个同学站起来，来一个独唱好不好？”

同学们都说：“好。”

曲庆岩站在讲台上，眼睛环视了一圈教室，就冲着最后一排一个长得眉清目秀的、个子高高的小伙子说：“你来。”

非常幸运，这个被曲庆岩点名站起来唱歌的人就是周猛。

同学们一个劲儿地起哄，周猛没有办法，就站起来，苦笑了笑，说：“曲老师，我跟着大家一块唱还行，我自己独唱根本不行，我五音不全。”

一句话说出来，惹得同学们哄堂大笑。

曲庆岩也跟着笑了笑，说：“没事，你根据你学习的情况唱，唱不会的话，让朱丽英再教你一遍。”

朱丽英站在讲台上，看着教室最后一排站起来的周猛那么勉强，那么害羞腼腆，不好意思开口唱，就对曲庆岩说：“要不这样吧，老师，我跟周猛同学一块唱好不好？”

朱丽英大方地说出这句话，同学们一阵叫好，连起哄带鼓掌。

曲庆岩就把周猛叫到了讲台上，说：“你、你上讲台来和朱丽英一块唱一遍《在希望的田野上》。”

实在没有办法，只好赶鸭子上架了，周猛就红着脸走到讲台上。朱丽英说：“来，我起个头，‘在希望的田野上’，预备起。”

于是，周猛就一边看着朱丽英的脸，一边跟着朱丽英的节奏，好不容易地算是把这首歌唱了下来。而朱丽英却满心欢喜，自己总算和周猛在一起表演节目了。

第十六章

朱四九跟着王丰收坐上了公共汽车，两个人找了靠窗的位置坐下。王丰收就问：“朱四九，介绍信装你的书包里了没有啊？”

朱四九白了王丰收一眼，低声地说：“还用你嘱咐？出来没有介绍信，到那里连个住宿的地方你也找不到。我另外还让周一本给了咱几张空白的呢，需要用的时候，你再写就行。”

王丰收说：“我就知道找你错不了，还是你小子贼心眼多。”

两个人坐在自己的座位上。这时车上的售票员就走了过来，边走边说：“这趟车是到齐邹县汽车站的啊，一趟车是两块钱。”

朱四九说："两块啊，这么贵吗？原来不是九毛吗？"

车上的售票员就说："还九毛啊，现在这公共汽车都转包给个体户干了，你知道买这么一辆车多少钱吗？十好几万呢!"

朱四九歪头看了看王丰收，王丰收从他的学生蓝中山装里面，掏出来一张五元的票子，递给了售票员，说："有没有车票？给我们两张车票，俺俩是一起的。"

售票员就说："车票今天没有了，你俩回来坐车的时候一块给吧，再说了，现在上哪儿报销去？你俩还要车票!"

朱四九一边拉了拉王丰收的胳膊，示意他坐在座位上，一边说："行了行了，不要了。"

公共汽车行驶在坑坑洼洼的通往齐邹汽车站的道路上。王丰收就跟朱四九嘀咕："你看看人家个体户，都买得起这么好的大汽车了，咱们村办个砖厂还真的是非常必要的，你说咱一个村能干不起一个厂子来吗？"

说着话的工夫，汽车就到了一个叫十里铺的站牌边，十里铺的站牌下面有两个中年人，抽着烟，其中一个戴着一顶蓝灰色的帽子，就上了公共汽车，这时候公共汽车的驾驶员就扯着嗓子喊了一句："大家看好自己的包啊，注意保管好自己的物品。"

不用说，机灵的人都知道，这是提醒大家注意扒手的意思。

两个中年人上了车，车上已经坐满人了，两个人看了看车上的乘客，就站在了朱四九和王丰收的座位前，他俩的跟前有一根立柱顶着车顶，然后有一根横梁，上面挂了一些吊环。

两个中年人就拉了那个吊环，站在了朱四九的跟前。

车子一路颠簸，在行走的过程中，前面有一个深坑，车子一晃悠的工夫。朱四九就"哎哟"了一声。原来朱四九怕被小偷偷走他口袋里的钱，就把手伸在衣服的兜里，然后使劲地从里面攥住口袋里的钱。两个扒手借着车颠簸的机会，伸出小刀从外面划朱四九的口袋，一下子就把朱四九的手指头划破了，朱四九"哎哟"了一声，从里面伸出手来，就看见手上滴滴答答地渗出了血。

朱四九刚要大声地吆喝，王丰收一下子就拽住他，抬头就看见那两个中年人恶狠狠的眼睛。

王丰收靠在朱四九的耳朵边问："钱没丢了吧？"

朱四九点点头。

王丰收使劲地拽了拽朱四九，把朱四九拽到车座位的里边，就说："没事了，别说了。"

说话的工夫，车辆到站了，那两个中年人就灰溜溜地下车了。

车子重新启动了，驾驶员就边开车边对朱四九和王丰收说："没丢了钱吧？"

朱四九说："钱是没丢了，可是让那小子用刀片把我的手给划了。"说完，抬起手让车上的乘客看了看，他一只手摁着那个被划了的指头，指头有一道血印。

驾驶员就跟他俩说："你就知足吧，说明你俩还比较机灵，在平时，换作老年人和女同志，那钱早让他们给偷走了。你俩一上来，我就看见你上面的口袋里鼓鼓囊囊的，肯定装了不少钱吧。"

朱四九说："还装什么钱呢，钱不多，还有村里给我们开的介绍信，你看看，让他给划破了。"

驾驶员就跟他俩开玩笑，说："待会儿到车站你俩找点糨糊，把介绍信后面用糨糊再贴上一张纸条，凑合着用吧，要不然回去又来不及了。"

王丰收拉了拉朱四九的胳膊，抬起头来对驾驶员说："幸亏你提醒了那一下子。"

这个驾驶员是常跑这一路的，非常熟悉这条路上的情况，就跟乘客说："他俩一上来我就跟大家打了招呼了，还有谁被偷了？"

就在这时，王丰收后面座位上的一个中年妇女突然"哇"的一声，放声大哭，说："俺的包让他给划了，俺里头的六十块钱让他给偷走了，那是俺去给孩子交学费的钱，可咋办啊？"

事情就是这么麻烦，一看见那个大嫂哇哇地哭，王丰收就起了恻隐之心："赶紧报警吧，找警察给你解决吧。"

汽车驾驶员轻轻地说了一句："让警察来给你处理得到猴年马月，那麻烦大了，你甭管了，我下去以后再回来的时候，如果那俩小子在车上，我跟他俩说把钱还你，要不然我就让警察把他俩逮进去。"

那个大嫂就止住了哭声，说："待会儿，我再跟着你的车回来吧，没准能碰上那俩家伙，让他们把钱还给我就行。"

说着话的工夫，汽车进站了，刚一开车门，王丰收和攥着手指头的朱四九就赶紧搂着自己的书包下了车，去找通往横州市的公共汽车。

一问售票员，通往横州的公共汽车是上午10点才发车的，现在是早上7：30，这三个小时到哪儿去呢？于是王丰收就和朱四九说："咱到门口的那个包子铺先吃点包子，垫补垫补吧。"

汽车站门口有一溜露天的小吃店，有卖包子的，有卖煮鸡蛋的，有卖烧饼的，同时还有免费供应的玉米粥。

两个人就找了一个卖包子的小吃店，找了两个马扎坐下来，说："来一笼包子，两碗玉米粥。"

小吃店的老板正忙得不得了，就伸手递给他俩一笼包子："一笼包子15个，3块钱，玉米粥自己拿碗去舀，那边有咸菜，自己用筷子夹点。"总之，除了包子是递过来的，其他的都得自己动手。朱四九就说："行啊，反正咸菜不要钱，咱吃他一点咸菜吧，多喝他一碗玉米粥。"

两个人吃完了早餐，百无聊赖地在门口的小卖部里逛了半天，一看时间差不多了，快九点半了，就抓紧到营业厅里去买到横州的票。买完了票，王丰收就跟朱四九往大厅里走，嘱咐朱四九："你可要把账记好，咱从老家来到这个地方花了多少钱，吃饭花多少钱，坐车花多少钱，将来的话，咱得跟村里报账，我的脑袋记不大住这些东西，你小子精明，你把账记得清清楚楚的。"

车来了，就听见车门"咣当"的一下子打开了，里边的乘客"呼呼隆隆"的一下子就挤了出来，这时候前门打开了以后，乘客等得好不耐烦了，也一股脑儿地钻到了车跟前。好不容易挤上了通往横州市的公共汽车，王丰收就跟朱四九说："你把你的书包放在屁股底下，看紧了，我先打个盹，可困死我了，今天早上起得太早了。"

牛兵骑着雅马哈125大摩托车"腾腾腾腾"地把周华送到家门口的时候，天刚蒙蒙亮，村里的老少爷们刚打开大门，往外面处理家里的垃圾，有的提着尿罐，到庄稼地里去倒尿。

周华一推开自己的家门，周华的父亲刚刚起床，就问她："你咋这么早就回来了呢？"

周华说："我来家走一趟，就待上一头午，我下午还有事呢，得回去。"

周华的爹看见了骑着摩托车送周华来的牛兵，说："这是你同事吧，还是你领导？让他快来家坐坐吧。"

牛兵赶紧说："不了不了，周华要回家，我正好要骑摩托车去买点东西，她走得急，我就赶紧把她先送回来了，我先回去了。"

周华就冲牛兵摆了摆手。牛兵急着要把着摩托车拐弯往回走。因为牛兵本来骑这么大的摩托车也不太熟练，又加上在周华的门口，又是大石头又是大树的，三拐两拐摩托车就往外边歪了，歪在树上，把牛兵的手就夹住了，疼得牛兵咧着嘴，"哎哟"地叫出声来。

刚走进家门的周华，听见牛兵的声音，就赶紧和她的父亲出来一看，原来是牛兵被摩托车给绊倒了。两个人赶紧把摩托车给他竖起来，让牛兵站起来。这时，牛兵的手指头被夹出了血，周华就赶紧说："啊，你快来家吧，我找块布给你包一下。"

周华的父亲就说："要不上卫生室去打一针破伤风吧，让刘正旺给你包一下。"

牛兵实在非常不好意思，歉疚地说："啊，这摩托车我不大熟悉，太长了，拐弯的时候没倒过脚来。"

这时，周华的母亲也听到了声音。经过了两个多月的静养，周华母亲的腿伤基本上好了，能够站起来拄着拐杖慢慢地行走，一听见周华的声音就赶紧拄着拐杖来到了屋门口，对周华说："让那孩子到家里坐坐吧。"

牛兵赶紧说："不了不了，大娘，我回去还有别的事呢。"

牛兵把摩托车停好，对周华说："你在家吧，我到中午的时候再过来接你，反正我也不是很忙，我去买点东西，回去放到厂里边，我就没事了。"

说完，牛兵就把摩托车后座上的烧鸡，还有苹果什么的，给周华拿下来，递到了周华的手里。

周华的父母非常清楚，在这样一个节骨眼上，能够送周华回家的，肯定是和周华有特殊关系，或者有特殊感情的人。他们知道，自己的姑娘这么大了，肯定有小伙子追求，他们两个人也非常清楚，要不然周华的姑姑云秀抢着给她说媒，她咋不答应呢？大鹏的事情，她们那么积极和支持，为啥还是打动不了周华呢？今天看见了身材高大、眉清目秀的牛兵，周华的父母眼前一亮，城里的孩子看着就是干净文雅有劲头。

想到这里，周华娘就对周华说："你这次回家还有别的事情吗？"

周华说："没事，就是来家看看你，你没事就好，我陪你在家待上半天。"

周华娘就说："别待上半天了，你到家了，也看到我跟你爹了，你俩就放心吧，你还是让人家小伙子骑摩托车把你捎回去吧，省得来回跑，路上也不安全，再说，我跟你爸也没啥事儿。"

听了这一句话，牛兵倒是不着急走了，他觉得周华娘还是非常通情达理的，就说："那我在门口等一下，你跟大娘说会儿话，我再把你捎回去吧。"

周华一听，这倒好了，就对牛兵说："那我就在家待一会儿，拿两件衣裳，你在门口稍等我一下啊。"

周华爹就跟牛兵说："你把摩托车停好，来家坐一下吧。"

牛兵说："大爷你忙去吧，不了不了，我在这等一下周华就行了。"

周华赶紧跑到屋门口，把自己的母亲搀到了屋里，说："你不用这么着急地到处跑，你还是把腿养好了再说。"

周华娘就对周华说："这小伙子是你们厂里的吧？"

"不是，他是无线电厂的，就是出收音机的那个厂子。"

娘就问周华："上回你姑姑给你介绍大鹏，你咋没说这事呢？"

周华说："哎呀，不是还没定下来吗？"

娘就问周华："他家是哪里的？"

周华就不耐烦地说："哎呀，你甭管了，到时候就跟你说，现在啥事没有，行了吧，我拿两件衣服就回去了啊。"

周华娘心里十分矛盾，既想让孩子在家多待一会，把事情问一个清清楚楚，又看到牛兵在门口等着，就催着周华说："你快拿点衣服回去吧，我跟你爹也没事，你放心吧，不用急着回来。"

周华拿好了自己的衣服，把衣服搭在自己的左胳膊上，就往外走，边走边对自己的娘说："我就回去了啊。"

周华娘就对她说："你先别走，我跟你说，一个女孩子在外面一定要保护好自己，再说了，你打算跟哪个男孩子好，要抓紧定下来，别今天一个、明天一个的，这样不好，让邻居们、乡亲们说三道四。"

周华一听就急眼了："哪有今天一个明天一个？都没影的事呢，我走了啊。"

这时是早晨七八点钟，天刚蒙蒙亮，早晨的微风暖洋洋的，太阳也刚跳出了地平线，山上的树苗摇曳着青春的舞姿，小河里流着淙淙的、快乐的山泉水。牛兵骑着摩托车载着漂亮青春的周华跑在曲曲弯弯的山路上。

摩托车沿着往南的山路，走进了大山深处的一个名胜古迹，醴泉乡的雕窝峪。

这雕窝峪是隋朝末年农民起义的遗址，它是东南到西北方向的一条山峪，峪宽大约十六七米的样子，长满了参天的茂密的大树，还有潺潺流水的小溪。雕窝峪的大门里面有一个塘坝，呈弯月形，塘坝的南边是一个点将台，当年王薄在这里起义，举旗挥舞，带领将士们推翻隋王朝的第一把火，就是从这里燃起的。

这里不只是历史悠久，而且自然风光十分秀丽，悠久的历史文化和优美的自然风光，浑然融为一体。

周华就问牛兵："你咋知道有这么个地方，咋到这里来了呢？"

牛兵深情地对周华说："前段时间，我跟同事们到这里来过，为了测试这个地方能不能接收到我们无线电厂收音机的信号。我就发现你们这个地方风景可真的是好。反正咱今天回去就是看马戏团，票是下午的，离中午吃饭还有段时间，咱们在这里玩一会儿吧。"

说着，牛兵伸手拉过了周华的手，就坐在了潜龙涧峪口的一块平板石上。

这是周华第一次跟一个男孩子，到一个陌生的旅游景点相处，心情非常忐忑不安而又激动万分，她知道牛兵对她的感情已经升华到一定的阶段。而自己又无法确定这样的开始是不是可以，未来到底是什么样子，实在是没法想象。

就在这时候，周华感觉到牛兵拉着她的手，使劲地攥了攥，周华抬头看了看牛兵，只见牛兵两只眼睛含情脉脉地看着周华，周华的胸膛里面就好像打起了鼓，激动万分，心都要跳出来了。

这时候，牛兵突然伸手抱住了周华，在她的耳边轻声地说："周华，我喜欢你。"

顿时，一股暖流传遍了周华的全身，让周华浑身瘫软，顿时，脑子里一片空白，不知道发生了什么，也不知道外面的世界到底是什么样子了。

周华就觉得两片滚烫的嘴唇吻上了自己的脸颊，周华也不自然地伸手紧紧地抱住了牛兵。

爱情的春天真的来到了。

慢慢地，周华冷静下来，抓住了牛兵还要往别处搂抱的手，就问牛兵："手指头没事了吧？"

牛兵也控制了一下自己，伸出手来让周华看："你用那白布包了一下挺管用的，现在应该好了，我拿出来你看一下吧。"

周华说："先别看，还是包着吧，回去的时候上卫生室让他们用紫药水给你抹一下，结了痂，过两天就好了，那咱们回去吧。"

牛兵拉着周华的手，意犹未尽，眼里充满着爱恋，说："走吧，咱们回去吧，回县城去看马戏团。"

第十七章

早晨上班以后，乡党委书记李志海，组织全体机关干部和村党支部书记学习关于进一步解放思想，加快民营经济发展的有关文件。同时，李志海又安排说："龙怀村的窑场已经建起来了，分管企业的钱副乡长要经常地去看一下。"

这一天，赵荣进正在给砖厂里的技术员和厂长们进行分工。周一本负责厂里的财务，包括仓库的保管，王丰收负责机械维修和车辆的管理。赵荣进是村里的书记，又是他挑头把这个砖厂建起来的，就自己担任厂长，同时还安排了一个管生产的副厂长，负责砖机的正常运行和土坯的晾晒。

这一天晚上，在齐邹中学念书的朱丽英在教室里上自习，周猛突然出现在朱丽英教室的窗口，隔着玻璃冲着朱丽英摆了摆手，朱丽英站起来，悄悄地从教室的后门出去了。

"干啥呢？你不在教室里自习，你去哪了？"朱丽英问。

"老师让我来喊你，叫你到办公室去一趟。"

"去干啥呢？"朱丽英问道。

"去了你就知道了。"周猛说着，伸手拉住了朱丽英的胳膊。

朱丽英怕别的同学看见，用力地甩了一下手，说："干吗呢？"

说着话的工夫，两人就到了老师办公室的门口，敲了敲办公室的门，就听见曲庆岩在里面喊道："进来吧。"两个人规规矩矩地站在了曲庆岩的办公桌前。曲庆岩说："县里呢，准备搞中学生艺术节，我们班商量着推荐你俩去艺术节上演唱《外婆的澎湖湾》，或者是《北国之春》什么的，你俩准备一下。"

朱丽英说："我可不去，我还得考试呢。"

曲庆岩说："你不去哪能行，你是班里的文艺委员，再说咱班就你唱得最好，你不去能行吗？"

这次，周猛的积极性倒是非常高，就劝朱丽英："去吧去吧，我唱的还不如你唱的好，我也跟着你，咱俩一块去吧。"

朱丽英吞吞吐吐地说："我主要是怕耽误了学习，眼看就要期末考试。"

周猛也感到非常奇怪，这可不是朱丽英以前的态度，以前只要是有文艺活动，尤其是有周猛陪她参加的活动，她肯定是非常积极，那么这次到底是为了什么呢？为什么朱丽英不愿意参加这样的活动呢？

不明白到底是怎么回事的周猛一个劲儿地劝说着朱丽英，朱丽英才勉强答应下来，说："好吧，既然老师说了，咱就回去准备准备吧。"

曲庆岩就说："你俩先在这里给我唱一段吧，我听听"。

于是，朱丽英和周猛对视了一下就唱了起来："晚风轻拂澎湖湾，白浪逐沙滩，没有椰林缀斜阳，只是一片海蓝蓝……"

就这样，朱丽英轻轻地张开了樱桃小嘴，低声地哼唱着："晚风轻拂澎湖湾，白浪逐沙滩……"唱得细腻动听，并且身子随着旋律的变化，摇摇摆摆，婀娜多姿。

曲庆岩干脆地说："就是你了，你就准备参加这个艺术节吧，没有人比你更合适的了，就这样，周猛跟着朱丽英，配合一下学唱学唱，争取在全县的艺术节比赛中取得好成绩。"

一首歌还没听下来，曲庆岩就把这事给定了，就这样，朱丽英实在是推也推不掉了。

这砖厂的效率还真是非常地高，砖厂的第一批红砖一共出窑了两万多块，一下子就被新翻修房子的村民们抢购一空了。

这一天晚上，美滋滋地在家喝着小酒的赵荣进就听见大门"当当当"地响了，接着走进来一个人，赵荣进仔细看了看，心想：谁呀？我怎么叫不上名呢？

来人不是别人，正是王丰收的表兄弟，邻村武官庄的张春林。

赵荣进仔细看了看，说："哦，我想起来了，你不是在派出所当联防队员吗？"

"对呀，赵书记，你这记忆力真好。"

"那咱俩得喝点酒啊，吃饭了吗？我让你嫂子给你去买点五香肉什么的。"

张春林抢着说："没事没事，不用不用，咱俩就这白菜汤喝点就行。"

说着话的工夫，赵荣进就拿了一个茶碗，给张春林倒了一杯酒，放在他的跟前，又拿过来一双筷子在胳肢窝里拧了两下，算是擦了筷子，交到了张春林的手里："说吧，今天来有什么事啊？"

张春林你别看他今年只有二十七八岁，这小伙子的脑瓜好使得很，他初中毕业以后就没有再读书，而是托人进了派出所，当上了联防队员，成了有头有脸的人物，尤其是穿了一身的蓝治安服，威风凛凛的。哪个村里有打架的，哪个村里有赌博的，派出所里一共三四个干警，实在是忙不过来，联防队员就担负起维持一方秩序的重要责任，因此，这些联防队员是非常吃香的。赵荣进虽然是一方的老支部书记，但是，他看到手里有权势的人也得让上三分。

张春林就非常谦虚地说："赵书记，实不相瞒，我来就是给你添点麻烦的。"说着，就从桌子底下拿了两条烟放在了赵荣进的跟前，这是张春林通过一个特殊渠道，专门给赵荣进淘换来的。

赵荣进一看那两条烟，是红茶花的，眼睛一亮，说："这烟可不好买呀，你从哪儿淘换到的呢？"

张春林一看，这法子非常有效，就得意地、神秘地说："你甭管从哪儿来的，反正是好烟，实话跟你说吧，我们干联防的，经常治那些歪门邪道，那些走私的、投机倒把的，还能弄不着点好烟吗？"

赵荣进高兴地说："你小子心也挺贼的，直接说吧，到底有什么事儿？"

张春林一看形势对自己十分有利，赵荣进也非常高兴，就单刀直入地说："给我批点砖，我快娶媳妇了，房子还不行，我得翻修一下我的房子，给我批上三万块红砖，我把房子重新翻盖一下。"

赵荣进一口就答应下来："行啊，这没问题啊，咱砖厂就是生产砖的。"

张春林一看赵荣进二话没说就答应下来，心里头也踏实了，就对赵荣进说："赵书记，那咱爷俩干了这杯吧，您是老前辈、老书记了，我敬你一杯，谢谢你了。那我啥时候来拉砖呢？是您找个车把砖头给我送到村里？"

赵荣进一听，张春林这是急着要一批砖，马上就摆了摆手，说："你要砖没有问题，给你优惠也没有问题，给你把砖头送到村里也没有问题，但是现在没有砖。"

张春林紧追不舍地问："那啥时候有？下一个星期有没有？"

赵荣进摇了摇头，说："没有。"

张春林问："那下一个月有没有？"

赵荣进说："没有。"

张春林一听就耐不住性子了，说："那不行，我都跟村里的一帮瓦匠说好了，再过两个礼拜我就要动工盖房子了，现在我的老房子已经拆了，我在邻居家借了一间房子住。如果不给我批砖头，我用什么盖？"

赵荣进为难地说："关键是现在厂里头只有六万块砖，但是人家都交上预付款了，都排上号了，下个月的砖都给人家排上了，你如果想要砖，得到10月份才能行。"

张春林一听直摇头，说："10月份我要砖头什么用啊，阴历十月份，进了冬季了，天寒地冻的，我怎么盖房子？我那个时候买了砖头，把钱压在这里，我攒一堆红砖看着好看吗？那不行，我下星期就要砖头，最多5天我就过来拉砖。"

赵荣进说："你拉砖头，我从哪儿给你弄呢？现在我手底下只有这几万块砖，公社的刘书记托我给他留出 10 万砖来，他老家要修房子，你说这砖头我能不给他留出来吗？东洼子村的刘大河书记，他说他的土房要裱一下，就是把那土坯的墙面，外面用砖垒上一层，大约需要两万块砖，我能不给他留出来吗？"

张春林一听就说："你给这个留出来，给那个留出来，我都不管，但是我的砖呢？再说了，你说邻村的刘大河书记，他儿子因造假酒那事现在还在派出所处理着呢，还没处理完呢，他有什么心思盖房子？我不管你怎么说，先把砖给我匀出来，我得把房子拾掇起来。"

说到这里，赵荣进倒是有了办法，他听说刘大河书记的儿子造假酒，在章丘卖假酒的时候，让当地派出所的人给逮住了，逮住以后，托人让齐邹市的公安机关去领了人，现在就关在齐邹市看守所，正托人找咱们派出所的这一帮干警和联防队员给他处理，他现在实在是没有心思修房盖屋。他就冒出一个想法来，如果他跟刘大河商量一下，说张春林要提前用这一批砖，刘大河明摆着是不敢得罪这个张春林的，因为如果张春林在这个关键的时候不给他说好话，反而给他出什么坏点子，弄什么馊主意的话，那还了得！于是，赵荣进就看了看张春林："咱先说到这里吧，明天后天咱们再见个面，这几天我尽量地帮你协调一下，看看能不能先匀出两三万块砖来让给你，你先把主房盖起来，你放心，嗯，砖厂里头咱有拖拉机，到时候把砖给你送过去就行，运费你也不用另外付了，你如果想请客的话，给我买两瓶好酒就行了。"

话说到这个份上，这酒喝着就有滋有味的，张春林拍了拍屁股站起来，说："赵书记您是场面人呢，要这么说的话，咱以后这关系处起来还有啥问题？以后甭管有啥事，你找我就行了。"说完张春林就从他骑的摩托车上拿下了一只塑料编织袋，里面鼓鼓囊囊的。

张春林从塑料编织袋里头掏出来一件黄颜色的军大衣，这军大衣可是难淘换的好东西，让人穿起来精神抖擞。赵荣进一看见张春林拿出来的黄大衣，捧在手上，爱不释手："啊，你小子挺场面呀，从哪儿弄的?"

张春林高兴地说："本来是我们联防队每人发了一件大衣，前段时间县公安局搞比武大赛，我们联防队出了 6 个小伙子去比武，结果呢，是比了个全县第二名，每人奖了一件黄大衣，我就寻思着你又是忙村里的事，又是忙砖厂的事，来回地跑，骑着摩托车，风刮雨淋的，送一件黄大衣，也算是表表我对你的心意。"

说到这里，赵荣进实在没有别的选项了，高兴地对张春林说："行了，你的事你甭管了，到时候我找你吧，你不用再来找我了，我近几天就把这砖的事给你安排好。"

从赵荣进家里出来，虽然事情已经办妥了，赵荣进也已经答应了，但是张春林却怎么也高兴不起来，他深深地觉得，现在这个世道办点事情真的要付出很大的心血，要豁出血本，不花钱真的办不成事呀。想起为了办这样一件事情，又是给赵荣进送大衣，又是给赵荣进送香烟，自己花钱不少，心疼得很。但是，张春林又劝自己：不管咋说，事情已经答应了。自己住上新房子的美梦就要实现了。

一连好几天的工夫，牛兵到周华的车间门口等她，没有等到她，牛兵心里头就暗暗地着急：这闺女到底干啥去了呢？

周华到底去了哪里？牛兵越想越觉得不对劲，决定到周华的老家去看一看。

在周华的老家，周华的父亲在跟周华说话："你看看人家大鹏家的条件多好，他爹原先就是村主任，他还在村里开着一个钢磨，给村里的老百姓磨面粉、饲料，常年挣着钱，是多么让人眼红的家庭啊！你小姨让你跟人家处对象的事，你是怎么跟人家说的？"

周华本来在厂里跟牛兵若即若离地谈着恋爱，加上大鹏插了这一杠子，心里头乱作一团麻，不知道自己该怎样选择，陷入了困境。

牛兵骑上摩托车就去了醴泉乡的龙怀村，在半路上从一个卖苹果的摊位上，买了5斤又大又红的苹果。甭管怎么说，到周华的老家去找她，不能空着手吧。牛兵心里有事儿，骑摩托车也是忽快忽慢，眼睛一走神，在接近龙怀村的村头的一条水沟，跨越的时候摩托车一滑，歪了地下，那一兜的红苹果，咕噜咕噜地就滚到了水沟里，牛兵的腿上也磕掉了一块皮，鲜血顺着小腿不停地往下流，疼得牛兵龇牙咧嘴。牛兵坐在公路边，跟前是那辆他刚刚扶起来的摩托车。心里不免又气又恼：看来今天真的不宜出门啊，事情做起来怎么这么不顺心呢？

这条水沟是灌溉庄稼用的，这块土地是龙怀村主要的口粮田。感冒回家养病的周华，这几天身体逐渐地好起来，就跟着母亲去地里浇玉米。谁知就在这个时候，牛兵骑着摩托车路过了水沟，偏偏在这里摔了一跤。周华听到玉米地边有摩托车摔倒的声音，还有人喊疼的声音，就急匆匆地从玉米地里扛着铁锨往路边跑，走到跟前才发现原来是牛兵。

一看见是牛兵，周华心疼了，一下子蹲下来，双手按住了牛兵腿上摔破的地方，问："怎么了这是？"说着周华从口袋里掏出了一条小手帕，就使劲地按在了牛兵的伤口处。

周华抬头看着牛兵痛苦狼狈的样子，又生气又心疼："你咋来了呢？你这是要去哪儿？"

牛兵说："我还去哪儿？我已经在你厂门口等你三天了，你回家也不跟我说一下，我还以为你怎么了呢。"

周华一边摁着牛兵的伤口，一边说："没怎么着啊，前几天我在厂浴池里洗澡，出来以后天下雨了，因为淋了雨，感冒了，浑身发烧，我就回来了，在老家待了两天。"

牛兵抬头看了看周华，关切地问："没事吧，感冒不要紧吧？"

周华说："不要紧了，不要紧了，好了，今天你来了正好，我坐你的摩托车，咱俩一块回县城就行了。"

说着话的工夫，周华的母亲也来到了公路边上，一看见牛兵就说："这孩子，这是咋了？"

牛兵就要站起来跟周华的母亲说话，一使劲腿上的伤口又疼了一下，龇牙咧嘴地说："哎呀，大娘，没事没事，唉，就是一点皮肉伤。"

周华娘对周华说："既然这孩子来了，你跟他回家去做饭，吃了饭再走吧。"

牛兵说："不用不用，我们回齐邹城吃就可以了。"

周华拍了拍身上的土，说："就算是今天晚上回县城，我也得回家换换衣服，我的包和衣服还在家里呢，咱们回家吧。"于是回过头来就对娘说，"娘，剩下的那两沟你自己在这里浇吧，我跟牛兵先回去拿衣服了，直接回县城了啊。"

说着话的工夫，公路的一头有一个小伙子，骑着一辆崭新的28大杠的凤凰自行车，飞一般地过来了，周华定睛一看，原来是大鹏。

大鹏老远就看见了周华，赶紧下了自行车，就问周华："这是咋啦？"

"啊，"周华说，"没啥，我跟俺娘来浇地呢，厂里的一个同事来接我回去，在这里摔了一跤。"

说着，周华一边把牛兵拿来的苹果在水沟里洗了洗，一边放在了她随手拿着的网兜里，顺手拿出来一个递给大鹏，说："你也吃一个吧。"

大鹏摆了摆手，说："我不吃，我到前边去看看，俺村那块地里浇水，有一台抽水机抽不上水了，我过去看一下，我给它维修一下。"

刚要走的大鹏突然看见了牛兵腿上绑着的那块小手帕。原来，这块手帕正是大鹏跟周华相亲的时候送给周华的。大鹏看见了，心里很不是滋味。大鹏作为情窦初开的年轻人，他很清楚在这样一个时间和地点，能出现一个男孩子，让周华这样照顾，他们的关系肯定是非常不一般的。大鹏一看这个男孩子跟前的摩托车，就明白了他的身份和财力，一看就是城里孩子的打扮，想想自己，高中都没有考上，自己在村里干着推磨加工的粗活儿，两人之间的差距是很明显的，和这个男孩子比起来，自己确实土里土气的。他原来心里存在一丝幻想，想让周华答应跟他交往的事情，现在看来，是没有多大的希望了，想到这里，大鹏的心情非常低落。

周华拍了拍裤脚裤管上的土，和推着摩托车在路上掉头的牛兵说："你先把摩托车推到前面去，我把水管子再给我娘顺到另外的一沟，免得我们走了，她自己还得跑过来跑过去的，咱能替她干点活，还是尽量替她干点活吧。"

说着，周华看见推着自行车就要走的大鹏，也跟大鹏说了一句说："大鹏，你抓紧去修拖拉机吧，我们要回县城了，你去县城买零件的时候，有空就到厂里找我玩啊。"

大鹏一看这个架势，周华是要跟着骑摩托车的牛兵回县城，自己心里像打碎了五味瓶，很不是滋味，但是，给人家修抽水机要紧，就对周华说："你们走吧，走吧，我去给人家修抽水机了啊。"说着，一抬腿骑上自行车走远了。

牛兵在一旁看眼里，就对周华说："这孩子是不是对你有意思啊？我看他两眼直勾勾地看着你。"

周华就打趣地说："哪有啊？还两眼勾勾地看着我，我发现你才是两眼直勾勾地看着我呢。"

第十八章

赵荣进听说王丰收和晒砖坯的女孩子乱搞男女关系的事儿，顿时气不打一处来，便要找王丰收兴师问罪。

王丰收一气之下不在砖厂干活了，自己买了一辆农用运输车，准备跑运输，给四邻八乡的送物料、拉庄稼，干个体运输，像朱四九一样干个体，逍遥自在。

这一天中午，王丰收刚从平度拉了一车废旧轮胎，送到了浒洙村的橡胶厂里，赚了200多块钱，心里美滋滋的，喝了点酒，就躺着在家里睡着午觉，就在这时候，听见大门"吱呀"地一下子响了。

王丰收一边抬头看了看外头，一边起身披上了自己的上衣，用脚把那双解放球鞋趿拉上。一开门原来是砖厂的副厂长，也是村里的副书记周一本。来到了家里，王丰收就问他："你不在厂里头忙活，来这干啥？"

周一本就对王丰收说："还来干啥，咱大队书记让我来找你啊，厂里离了你不行了，现在那台4125柴油机缺了机油，化了瓦了，你看看咋弄啊，厂里现在没人能修得了这东西。"

王丰收一听，说："这还不简单吗？化了瓦就换瓦呀，如果是曲轴被瓦搓了，就要磨轴或者换一条新曲轴，曲轴那得到横州或者是济南去买，咱们这里没有。"

周一本立马说："这麻烦大了，关键是厂里没人会修这玩意啊，还得你去拾掇拾掇啊。"

王丰收一听，原来是让他去修这4125柴油发电机，直接摇了摇头，把头晃得跟拨浪鼓似的，说："我哪有空修这个呀？我现在用我的车跑运输，还有好多货没拉进来，我跑一趟运输就挣二三百块钱，我去给你修这东西，又不是一天半天就能修好，我的损失谁来赔啊？我光给你帮忙了，我的日子咋过呀？"

周一本说："你不能总是考虑自己，村里的砖厂有事了，你有这个修柴油机的技术，你不去修，让谁来修啊？"

王丰收说："我可没有这时间，你找拖拉机站那几个师傅，找朱四九，他也能修，看他们有没有空，让他们给你帮忙修一下就行了，我跟人家平度那边说好了，明天后天我得去把货拉回来。"

周一本就说："还找朱四九呢，那小子说话更难听，猪八戒扔铁耙，直接不侍候，我听你这个意思，是不是还得给你点报酬啊？"

王丰收说："给我钱，我也没有时间给你修，没空！我得干我的活呀，你厂里头挣的钱也不给我，你厂里一年挣那么多钱，分给我一分了吗，我凭啥去给你们打短工啊？"

周一本听王丰收没有活口，就气呼呼地对王丰收说："合着你那意思就是，给你钱也不去修，就跟村里的砖厂没有关系了。"

王丰收听周一本把话说到这个份上，也没好话了，没好气地说："反正我现在是干个体的，国家允许，让我干的，我不能种了你的地荒了我的田，我去给你帮忙，白给你干了活，我的事情咋办呢？反正我就是这么个态度。"

周一本一听，实在没有松动的意思，这家伙是王八吃秤砣——铁了心了，就气呼呼地对他说："依着你吧，你愿意干就干，你不愿意干就不干，反正是厂里的事情，村里老少爷们儿的事，你就看着办吧，那我走了。"

周一本走了以后，王丰收也陷入了深深的思索之中，虽然现在允许私营经济了，村里男女老少都各人忙各人的了，在厂里打工的，每月也能收入几百块钱，自己贷款买农用车跑运输，每月也能收入一两千元，虽然收入是没有问题的，但是人心确实离村集体越来越远了，村里发生什么事情，需要用到自己的时候，和自己的事情发生矛盾冲突的时候，首先考虑自己的日子怎么过，自己的生意怎么做，还真的就是跟村里的事情没法调和。就拿眼前的这件事情来说吧，自己是有拖拉机柴油机的维修技术，村里的砖厂遇到困难了，自己去帮一把，维修一下，确实是应该的，但是，目前存在的困难就是自己跟平度市的厂家已经联系好了，要去把人家的废旧铁屑拉出来。一来是能完成和人家厂里头签订的合约，给人家把废料处理掉；二来自己也能多赚点钱，就是因为这个时间点和村砖厂的柴油机维修发生矛盾冲突了，自己就不能为村里服务了，这样就惹得村里的干部非常不满意。

想到这里，王丰收还是下定了决心，村里的干部不满意就不满意吧，反正，我自己的事情我是不能耽误的，村里还可以找拖拉机站上那几位老师傅帮他们维修。

马上就到了晚饭的饭点了，王丰收就赶紧把锅里蒸的玉米面和地瓜面的大饼子捞出来，放在了用玉米秸编成的圆垫子上，然后拿了一块胡萝卜咸菜，准备吃晚饭。

刚要吃饭，在村里当民办老师的王前进回到了家，王前进哼着小曲儿进了家门，正好王丰收因为和周一本弄了这么一出，自己心烦得不得了，就问王前进："你在学校里怎么样了？"

王前进因为这段时间在学校里表现得优秀，经常被乡教育组的组长表扬，感到非常高兴，就兴奋地说："在学校里挺好的，现在，乡教育组正在对我们学校进行视导，在教学生广播体操呢。"

王丰收说："别再弄那广播体操了，你说你这么大了也应该找个对象了，邻村的这些年轻人都找媳妇了，都娶媳妇了，你说你还这么耗着，你等人家那些考上大学在城里头上了班的，你能高攀得起吗？你干脆抓紧找个姑娘成个家吧，你三姑给你介绍的那个姑娘就不错的。"

王前进心里头装着朱丽英，怎么也放不下，就对王丰收说："不着急。再说了，人家朱丽英还在念着高中，将来前途无量，上了大学肯定是会当了国家干部的。"

周华倒是一开始对王前进有点意思，但是，王前进跟周华根本就不来电，思来想去，王前进也是一筹莫展。

正说着话的工夫，周一本的姑娘周小月就来到了王丰收的家里。

王丰收正拿起一块面饼，刚要吃饭，看见走进家门的周小月，就问："小月你干吗来了？"

周小月说来找他父亲，让他回家吃饭。

周小月今年18岁，说话轻言慢语，长得白白净净的，身材非常苗条，皮肤白皙，窈窕动人。但是，周小月读了几年的小学就不再读书了，跟着他的父亲在地里种庄稼，风刮雨淋也没能让这个漂亮的周小月脸上有痕迹，这让人觉得非常奇怪。

周小月看见了坐在桌子旁的王前进，眼睛里闪出喜悦的光芒："前进哥哥，你不是在学校里当老师吗？"

王前进赶紧放下手中的面饼和咸菜，站起身来说："是啊，小月，你干啥呢？"

周小月的眼睛里闪过了一丝慌乱，就把脸撇在了一边，说："我来找俺爹，让他回家吃饭。"

王丰收说："你爹找我说了一会儿话，刚回去，现在差不多到家了。"

周小月赶紧扭过身去，慌乱地说："那我回家了。"说着就急忙地往门口走，突然被脚下的一个马扎绊了一下，扑通一下摔在了天井里。

王前进赶紧过去把她扶起来："哎呀，这是怎么了？没事儿吧？"王前进伸手去扶周小月的腰，一伸手就觉得软乎乎的，像是一根柳条一样，一下子就把她抱起来了。周小月赶紧站直了腰，整理了整理衣服。王前进双手像烫着一样，赶紧缩了回去。

周小月说："没事没事。"急忙往外跑，因为走得急，又差点把头磕在门框上。王前进赶紧跟在周小月的后头，在门口看着周小月，不一会儿走远了，走了十几米的时候，就看看周小月又回过头来看了一下，王前进冲她摆了摆手，就回家吃饭去了。

吃完饭以后，王前进躲在了自己的小屋里，准备第二天教育组要来视导的一份材料，顺手给小学生们批改作业，抬起手来去拿笔的时候，突然发现自己的手有点颤抖。王前进就陷入了对刚才的场景的回忆中，就是这只手，搂住了周小月软绵绵的、嫩嫩的、柔柔的细腰，那种感觉是从来没有过的，就像是一缕清风，从脸上划过，又像是一湾清泉从手上轻轻地流过，这个感觉让王前进产生一种莫名的冲动。

作业实在是看不下去了，王前进站起身来，披上了一件学生蓝粗布织的衣服，跟自己的娘打了个招呼，说："我到村南边去凉快凉快。"

王前进沿着村里的小路，就到村南头的小河边去乘凉，让他大吃一惊的是，他走到小河边的时候，老远就看见了一个姑娘站在一个石家子上。

"周小月！"

"前进哥哥，你咋来了呢？"周小月看见王前进就莫名地兴奋，跑到王前进跟前。王前进从来没有和一个女孩子有这么近距离的接触，就闻着一股清香，冲进了自己的鼻孔中。

"没事没事，大晚上的，早了也睡不着觉，出来凉快凉快，你在这干啥呢？"王前进就跟周小月搭讪起来。

"俺娘去东坡浇地还没回来呢，我在这儿等她，俺爹说让我等她一会儿，俺爹在厂里，说晚上要开会记账，回不来。"

"那你一个人在这里一定得小心一点，晚上黑灯瞎火的。"

"你在这儿陪我等她一会儿吧，前进哥哥。"

"行，反正我也没事。小月，你平常在家都干啥呢？"

周小月说："没干啥，反正就跟着俺娘，有时候去种地。俺爹说过两天让我到砖厂里去给他帮忙，说是管仓库，仓库里有些物品什么的，还有发货，就是让我去干这些活儿。"

"这个差事好，风刮不着，雨淋不着的，还能抽空看点书学点东西。"

"你觉得行吗？前进哥哥，你要是觉得行，我就去干这个活。"

"咋不行呢？咱这边又没有别的门路，只要有个地方能挣点钱就很好了，幸亏你爹在厂里头当副厂长，还在村里当官，有这样的门路。我要是不干这个民办老师，我都不一定有这样的机会呢。"

周小月一听王前进支持她到砖厂里头当仓库保管员，心里非常高兴，就兴奋地对王前进说："你是老师，你们知识分子满肚子都是文化，有那么些小孩子喜欢你，多好啊。"

王前进听了周小月的话，心里也是美滋滋的，就说："哎呀，整天带着一帮孩子，也是挺麻烦的。"

说话的工夫，老远就听见远处一种"哦吼哦吼"的喊声，周小月一听，说："是俺娘回来了。"

在山区农村有这样一个习惯，晚上如果有家里的人回不来，需要到路上去接的话，是不能够喊人的名字的，也不能喊人的称呼，只能是站在高处，"哦哦哦哦"地吼，这么大声地喊，被喊的人就能够听见，是自己的亲人在喊，顺着叫喊的声音就能回来了。周小月老远就听见是她母亲在呼喊，意思是：家里有人在等我吗？我要回去，我马上就要到家了。

周小月一听是娘的声音，就站起来也同样地喊了两声，"哦哦哦哦哦"，告诉母亲是她在这里等着。

听见远处也回了两声，周小月就转过头去对王前进说："俺娘回来了，我这就放心了。"说着，就要跳下石冢子，去接母亲。可是一下那块石头走得有点急，脚崴了一下子，就把跟前的王前进抱住了。

一个明月高悬的晚上，四周的树的叶子沙沙地响着，小河里流着幸福的山泉水，四野的庄稼飘来了清香，一派农家喜乐融融的画面，就是这样一个晚上，一个美丽的少女拥抱了一个英俊的少年。

王前进低下头，看着怀里清秀的脸庞，就心疼地问周小月："没事吧，小月？"

周小月的脸上流下了两行清泪，紧紧地抱住王前进，声音颤抖地说："前进哥哥，我喜欢你。"说完，把滚烫的嘴唇紧紧地贴在了王前进的脸上，亲了一口。

不远处，周小月的娘赶了过来。周小月赶紧地跑过去，跟着娘回家了。只留下王前进一个人站在河边静静地发呆，他怎么也弄不明白，难道说一个人的爱情就这样突然地、莫名其妙地、没有任何征兆地降临了吗？明天晚上，周小月还上这个地方来吗？

第十九章

这一天晚上，赵荣进请乡党委的组织委员张雨信到家里喝酒，就跟竹花说："晚上上我家来吃饭，叫上周一本，乡政府的几个领导要过来，你早一点去我家，帮你嫂子忙活忙活。"

竹花就说："好的，我这就去吧，还用到小卖部里买点别的东西吗？"

赵荣进说："啊，不用买了，家里头都有啊。"

竹花说："要不再买上几罐扎啤吧，现在非常时兴喝那个用罐装的扎啤。"

赵荣进就说："行啊行啊，去买上一桶吧，再买上两个鱼罐头，一块记到村里的账上就行了。"

竹花说："好了，我这就去。"

傍晚的时候，一阵自行车铃声响起，乡党委组织委员张雨信和伏野地管区的书记刘赫森来到了赵荣进的家里，同时跟来的，还有乡政府办公室的一个文书小朱。

酒满上了，一桌小菜也端上了，众人就开始吃喝了。

张雨信今年40岁左右，是从部队当兵回来转业的领导，原先在部队是当营长的，按理说是正科级，到地方一般就按副科级给安排实职的领导岗位，但是他本人呢，还是享受正科级的工资，所以说在乡镇政府里头也是说话比较有分量的人物。另外，张雨信虽然官儿不大，但是，他管着发展党员的事情，再加上张雨信为人豪爽，把部队的作风又带到了地方上，做事雷厉风行，所以在村干部里头有很高的威信。遇到村干部，找他想发展个党员的时候，他总是一拍胸脯，梁山好汉一般地说"包在我身上"，非常仗义。今天晚上赵荣进请张雨信喝酒，目的不言而喻，就是给他发展党员。

酒用小茶碗满上了，赵荣进知道张雨信的脾气，就故意含含糊糊地问："张主任啊，今天晚上咱这酒怎么喝？"

张雨信直了直腰，把马扎往桌子跟前凑了凑，大大咧咧地说："还怎么喝？老办法呀，六口一杯，喝完这一杯，然后咱们开始打圈，谁有什么意思，咱就单独干一杯，你老哥这几年还不知道我的脾气吗？有什么事情咱就用酒找平。"

赵荣进一听张雨信的态度，顿时心花怒放，就故作姿态欲盖弥彰地说："今天请你们来，喝酒就是喝酒，啥事也没有，你别以为今天请你来又要给孩子入党啊，还是给别人办事啊，你放心，今天没有这样的任务，你就放心地喝酒吧。"

刘赫森知道赵荣进要做什么，也知道赵荣进的花花肠子多，但是，刘赫森是这片的管区书记，他管着伏野地这一片的六个村，所以，他还是要替赵荣进说话，帮着赵荣进把事情办好。刘赫森想到这里，就打趣地对赵荣进说："你看看，你看看，你这是说的啥话呀？你说让我们来喝酒，没有什么任务，你又说是你儿子入党的事，你咋那么多事啊？你就不会喝了酒以后再说吗？"

赵荣进一听，这是把话都挑明了，不能再往下说这个事情了，只能喝酒，大家都心照不宣了，就赶紧赔着笑脸说："都怨我，咱今天晚上就喝酒，不提别的事情。"

就这样，赵荣进端起酒杯就说："那咱们开始喝吧，6次，干了这杯。"说完一仰脖子，把杯里的白酒就喝了1/3。也许是因为刚才说的话太透彻太痛快了，赵荣进喝起酒来也是痛快得很。

闲话少说，酒过三巡，就这样两杯白酒下了肚子，这时豪言壮语就上来了，张雨信就对赵荣进说："刚才你说的事，你就甭管了，到时候我就安排人给你办。"

刚说到这里，妇联主任竹花扭着腰身就走到了组织委员张雨信跟前，哎哟了一声就说张主任啊，你也不能这么偏心，人家赵书记都干了4年了，发展党员只给他一个指标啊，我也要求入党，加入了共产党，在群众中树立一下威信，更好地给群众服务。"

　　赵荣进没想到竹花冷不丁地闹了这么一出，眼睛就白了竹花一下子，就用手摆了摆，赶紧制止："竹花今天没有这个任务，甭在这乱套了，你抓紧坐下，抓紧坐下来。"

　　竹花因为和赵荣进有那层不明不白的关系，所以说起话办些事来，也不过多迁就赵荣进，有时候还使点小性子，就对张雨信说："张主任来一回很不容易，我提这个申请不过分吧。"

　　张雨信的酒正在兴头上。竹花走到他的跟前，端起他的酒杯，一条胳膊往张雨信的身上靠。张雨信被弄得心里痒痒的，就说："不过分，放心吧，我这次把你的事情一并给解决了。"

　　事情说到这个份上，赵荣进只好顺水推舟地说："你看看你看看，咱请人家张主任来吃个饭，没想到给人家添了这么大的麻烦。"

　　有时候说话就是这样，越是低调退缩或者说越是急流勇退，一些事情反而越往好的方向发展。张雨信一听赵荣进说得这么谦虚，就大大咧咧地说："没事，放心吧，只要竹花把这杯白酒干了，那你入党的这件事情就放心好了，我给你办成。"

　　竹花也没想到张雨信来了这么一招，十分为难，抬头看看赵荣进，端起那杯酒，就给赵荣进的杯里倒了一半。

　　张雨信说："那不行，你喝半杯这事就没有希望了，你必须喝完这杯，要不，这事我可不管了啊。"

　　赵荣进一边怜香惜玉地把自己杯里的酒又给竹花倒上了一点，一边对张雨信求情，说："这样吧，让她把这大半杯酒喝了就不赖呀，平常她不喝酒啊。"

　　说完，赵荣进一口替竹花喝了半杯。竹花一看，实在没有办法了，就端起茶碗里剩下的酒，捏了捏鼻子，闭上眼睛，一下子就灌到了嘴里，"哇"地喊了一嗓子，太辣了，引得大家是哄堂大笑。

　　就这样，一场各取所需的小酒其乐融融地喝下来。周一本也见缝插针地跟张雨信喝酒，跟管区的书记喝酒，你来我往，气氛融洽。总而言之，喝得酩酊大醉，痛快淋漓。三个人从赵荣进家里走出来的时候，推自行车都是歪歪扭扭的。赵荣进就对周一本说："你别忘了去送张主任他们一下，在路上陪着他们，千万别摔了跟头，不然明天就不好交代了。这些领导明天还上班呢，一定要照顾好。"

朱丽英跟周猛终于高三毕业了。

高考结束的那一天晚上，朱丽英在学校的体育场上找到了打篮球的周猛。周猛老远看见朱丽英，就连呼哧带喘地跑过来，一边用背心擦着额头上的汗，一边问道："怎么了？朱丽英。"

"明天我就回老家了，这次要是考不上，我可嫁给大鹏了。"

"别啊，考上考不上的，你都等着我，我念完体校就回来找你。"

"拉倒吧你，前天你没看电影《人生》吗？男人一旦出人头地，马上就会变心的。"

"哪能呢！你等我就行。"

"那咱可说好了，我可真的等着你了，不管地老天荒了。"朱丽英说。

"我也是，等你等到海枯石烂。"说完，周猛一把将朱丽英拉到怀里，使劲地亲了朱丽英的腮一口："啊！真香。"

"去你的，来人了，咱们走吧。"朱丽英看到篮球架下走过一个人，赶紧和周猛分开，两人一前一后地各自向宿舍走去。

赵荣进想给他的儿子入党的事情，不知怎的让王丰收知道了，赵荣进就想着肯定是周一本偷偷地把这个消息给王丰收说了。肯定不会是妇联主任竹花跟他说的，因为竹花跟赵荣进是一伙儿的，她能够把这样的消息透露给别人？

王丰收知道了，可闹腾得不得了，当天晚上就拎着两瓶扬州大曲还有一条茶花烟，去了赵荣进的家里。

赵荣进就问他："你这是又弄的哪一出啊？你现在跑你的车不是好好的吗？你还有什么事情要办？"

王丰收说："我来了求你两件事，你得给我帮忙。"

赵荣进就说："你甭来这一套了，你就直接说吧，你要干什么事？"

王丰收说："我的车呢，经常得拉一些货回来，铁屑和废旧轮胎什么的，家门口啊，实在是放不下了，家里的院子里也盛不开，我寻思着就在伏野地那个地方，你给我划一块地，我租村里三亩或者是两亩的土地，盖一个院子，盖一个厂子，拉了货来呢，我就把货放在那个厂子里头，我再盖上几间房子，就在那里住，这就等于是做买卖的一个地方，村里要租赁费呢，我就交点钱。"

赵荣进说："现在的土地这么紧，那个地方可不好弄，都分到小队里头了。"

王丰收就开始给赵荣进戴高帽："分小队里头还不都是你说了算吗？你是咱村的书记，就是咱村的皇帝，谁不听你的呀？你想办法给我办好这事就行，其他的我不管。"

赵荣进明白王丰收的为人，知道这小子这几年跑车挣了不少钱，就直接对他说："跟人家小队的说是行，但是乡里头土管部门也得给人家打招呼。"

王丰收就直接说了："需要钱是不是？你就说找乡里的人办事，喝酒得需要多少钱就行了，明天我给你把钱拿过来。"

赵荣进一看不用拐弯了，就说："你明天先给我拿上2000块钱吧，我去乡里边给你问问。你还有啥事啊，你不是说有两个事吗？"

王丰收说："还有个事，你得想办法。我听说你现在活动着想给你儿子入党，你得想办法把王前进入党的问题一并给解决了。王前进现在在村里头干着民办老师，也是认认真真地工作，也是你安排的，都是你的人，你得一块想办法给他办了。"

赵荣进直接给他否了，说："这不行，发展党员不是一下子就能发展好几个的，成熟一个才能发展一个。"

王丰收一听赵荣进不同意，马上就急了："你儿子能发展，我儿子为啥不行啊？我不管你成熟一个发展一个，你儿子成熟我儿子就不成熟？要成熟你就得让他俩一块成熟，同时就给他俩办了。你说，你喝酒托人需要钱，我明天一定给你拿过来，你也甭拐弯抹角了，我干脆点，明天给你多拿1000块钱来，我给你拿3000块钱过来，你把这两个事儿想办法给我一块解决了。"

没等赵荣进再给他解释什么，王丰收放下那条茶花烟和那两瓶酒就站起身来往外走："咱说好了，明天早上，我一早就把钱给你拿来，你想办法抓紧去给我办这两件事。"

赵荣进一听，王丰收这小子说话虽然有点冲，办事却是挺上道的，也非常靠谱，一说有困难，他就知道事情应该怎么办，但是，令他又气又恼的是，这家伙说话不客气，总是单刀直入，就直接对王丰收骂道："你小子，就是这么倔，啥事都依着你，你不知道现在办事情多么难，求人办事，哪有说咱想怎么着就怎么着的？"

王丰收听着赵荣进的话里面有门儿了，就赔着笑脸说："我不管这么难那么难，我也不管怎么办，我也不管你去求谁，反正我有难题，需要解决，我就找你，咱村里头你是老大，你说了算，在咱村里就是个皇帝，我不找你找谁呀？我找别人也给我办不了啊，咱就这样说好了啊，我走了。"

说完，王丰收就走了。

其实，赵荣进心里也暗暗地高兴，主要是因为在村里干了这么多年的书记，给村民办事的时候，这个村民给他拿点鸡蛋，那个村民给他拿上几包挂面，送点小礼，小打小闹，总是感觉不解渴，根本解决不了实际问题，王丰收这小子做生意挣点钱，来求自己办事，就琢磨着不从他身上揩点油水，找谁去揩呢，不从王丰收身上弄点钱，从谁身上弄？想到这里，赵荣进也暗暗地佩服自己高超的协调本领和驾驭能力。

第二十章

朱丽英和周猛终于高中毕业了。朱丽英以她甜美的嗓音心想事成地考上了齐鲁音乐学院声乐系的本科。周猛经过努力，也考上了齐鲁师范大学的体育专业。三年的苦读没有白费，真是让人非常激动，通知书来了的那一天，朱丽英到齐邹一中去拿录取通知书，正好在学校门口碰见了也是到学校找老师、在操场打完球要回家的周猛。

朱丽英一看见周猛就高兴地喊起来："周猛！"

周猛回过头来，看见了满面春风的朱丽英就问："朱丽英，你也终于考上了，怎么样？心里挺高兴的吧？"

"高兴，你呢，你不是也去了体育学院吗？"

今天一大早，赵荣进骑着摩托车就来到了伏野地管区书记刘赫森的宿舍。

刘赫森虽然说是管区的书记，但是，他是大学毕业的一个年轻干部，成家以后，在县城安了家，媳妇儿在县房管局上班，刘赫森呢就在管区里头腾出了一间不大的办公室作为他的宿舍。

赵荣进骑着他的摩托车，"砰砰砰"地来到了刘赫森的宿舍门口。刘赫森就从宿舍里走了出来，一看赵荣进的摩托车上大包小包地捆满了东西，就非常满意地说："这次，你去找张雨信主任，看来是势在必得呀。"

赵荣进就胜券在握地说："那是，有你掌舵，我亲自出面，还有不行的事儿吗？来，上面这个微波炉是给你的，下边那个是给张主任的。"

刘赫森一听就赶紧推辞："我不要，我不要，这东西挺复杂的，再说，我要这东西又没啥用处，我平常在食堂吃一口饭就行了。"

赵荣进就从摩托车上把绳子解开，把上面的一个纸箱子给刘赫森搬到了办公室里，对刘赫森说："你在家里用得着，加热很快，方便。我告诉你啊，别在办公室放的时间长了，让别人看见了不好。"

刘赫森指着赵荣进摩托车上的东西，问："这是啥？"

赵荣进说："这是一袋子小米儿，咱们就说串门送了一袋小米儿，其他的东西是捎带的。"

刘赫森拿下了小米，说："其实，其他的东西才是主要的，看这样子，这次你是下了血本啊，是非把这事儿办成不可啊。"

赵荣进就说："那是，有你亲自出面，不看僧面还看佛面呢，你马上就要提副乡长了，张主任他也得给你一点面子。"

刘赫森赶紧摆了摆手，说："你别说这个，千万别守着张雨信主任说这个，千万别说我马上当副乡长了，如果这么说，他就不给你办了，咱们还是尊重着他点，去人家家里找人家办事，还是低调点好。"

"好了，那咱们就走吧。"刘赫森说着，从管区的办公室里骑出了他的一辆大踏板木兰摩托车，上面还放了一箱白酒。

赵荣进就说："你不用给他拿酒了，我都给他准备好了。"

刘赫森说："我空着手去也不大好吧，再说，现在我是管区书记，人家是乡党委的领导。"

赵荣进说："您甭管了，咱到前面刘家直道那个路口的时候，有卖水果的，我从那个地方给他买上两箱水果，放在你车上，咱一块去就行了。"说着，两个人高高兴兴地出了管区大门，朝着张雨信家的方向走去。

赵荣进骑着一辆崭新的铃木摩托车赶到张雨信家里的时候，张雨信家的桌子上已经摆了满桌子的菜。张雨信赶紧从屋里迎出来，一边帮着赵荣进把摩托车上的东西拿下来，一边说着："来就来吧，来我这里就是为了喝酒，你咋买这么些东西呢？"

赵荣进这次到张雨信家喝酒的目的是不言而喻的，大家都心照不宣，赵荣进的儿子想入党，张雨信主任正在给他搞着政审，赵荣进到张雨信家里去走一走，顺便送上一点所谓的土特产，是非常顺理成章的。

赵荣进从摩托车的后座上拎下一袋小米，说："这是咱醴泉寺山坡地上种的谷子，也给你捻好了，黄澄澄的小米，营养价值可高了。"

张雨信高兴地说："我就喜欢这东西，这就是咱庄稼人的宝贝儿。"

小米拎下来以后，赵荣进又把后座的一个纸箱子搬了下来。

"嗯?"张雨信装作不高兴的样子,"这是什么,小米是在地里长的东西,你拿来就行了,箱子里的是啥呀?"

赵荣进故作轻松地说:"人家给我买了一台微波炉,说是这东西热个馒头什么的,速度挺快的,两三分钟的时间就能解决,我又用不着,你说在我家里有什么用处啊,直接给你送过来算了。再说了,这东西用一回还得费上一度电,我家里哪有那么多的电费呀?"

张雨信一听就明白了,这微波炉是高科技呀,现在这东西非常难淘换,是很时尚的高档家用电器。他心里不由一阵高兴,但嘴上却说:"啊,合着弄了这么个东西,你家里怕用电花钱,弄到我这里来,我用的时候用我的电,你是不是还得给我支点电费?"

气氛非常融洽,越说哥们儿感情越好,赵荣进就说:"那是应该的,必须支电费,应该的。"就在张雨信把那台微波炉抱过来交给他妻子的时候,赵荣进顺手把摩托车车把上的提包拿了下来,和张雨信一起往堂屋里走去。

情况就非常简单了,坐下就准备喝酒,赵荣进就从他的那个黑提包里头拿出来一瓶茅台酒,故作神秘地说:"这瓶茅台酒我可是存了好几年了。"

一旁陪着的管区书记刘赫森就说:"一瓶茅台酒够谁喝呀!干脆点吧,今天中午就喝会仙老白干,这瓶茅台酒呢,就留着张主任来个别的客人的时候,人少的时候喝,今天咱们六七个人,一瓶酒,够谁喝的?喝上瘾来了,你只拿了一瓶,你家里再没有茅台酒吗,咋拿一瓶呢?这么小气呢。"

赵荣进赶紧说:"怨我怨我,实事求是地说,我就这一瓶茅台酒了,多了我也没有啊。"大家高兴得哈哈大笑。

赵荣进一听管区书记说的在理,就明白了他的意思,这么好的酒,确实不应该在这么多人的场合喝,就顺坡下驴地说:"对对对,你说得对,先把这瓶酒放起来,咱们就喝会仙老白干,这一瓶酒,也不够一人一茶碗的,留着人少的时候再喝。"一桌子人都明白了,实际上,就是变相给组织委员张雨信送了一瓶茅台酒。

这时,张雨信的媳妇儿把最后一道小鱼汤端到桌子上,高兴地对赵荣进说:"你看,老大哥你来就来吧,你又是带小米又是带啥的,以后这样俺可不叫你上俺家来啦。"

说着,张雨信媳妇儿就顺手摸起桌子上的红茶花香烟盒,抽出一支递给了赵荣进。赵荣进接过来,高兴地说:"弟妹是个明白人啊,你看我这坐下半天了,没有一个人让我抽根烟。"

说到这里,赵荣进又打开了他的黑皮包,从里面拿出了一条555牌的进口香烟。这让在座的人眼前一亮，这香烟可真是一个稀罕东西。

赵荣进麻利地打开了那条555牌香烟，拿出来一包，说："大家抽一支这烟，尝尝是一个什么滋味，前段时间，我外甥上香港去倒腾了一批，从那边捎过来的，那咱抽一包，剩下的就给张雨信主任。"

在座的人都看得非常明白了，今天这桌酒实际上就是为赵荣进一个人准备的，赵荣进也把功课都做足了。张雨信看着赵荣进，又是送烟又是送酒，还送微波炉，这用意是不言而喻，大家心照不宣，其实就是为了他儿子的事儿，就这么简单的事，谁也不在场面上说，就喝酒。

在醴泉乡担任党委组织委员的张雨信，是部队转业回来的一个干部，老家是在邻乡的明礼镇。每天下午下了班，他骑着摩托车回老家，然后早晨从老家再骑着摩托车赶到单位上班，在当时，摩托车已经算是非常高档的交通工具。

实际上，有些话看似是藏着掖着，不在喝酒的时候谈论，但是，想着想着，喝着喝着，就不自然地露了出来，这也是喝酒比较高的一种境界。

喝酒的工作正式开始了，酒杯端起来，叮叮当当的，是那么悦耳，酒香四溢，情绪高涨，整个场面是深耕细作，满院芬芳。

张雨信不一会儿的工夫就喝得渐入佳境。酒过三巡，菜过五味的时候，管区书记刘赫森，心里一直挂念着赵荣进的事儿，虽然说那台微波炉是别人送给赵荣进的，赵荣进送给张雨信的，实际上，人家赵荣进也可以自己送一台微波炉给张雨信，单独办这个事儿，他知道，按现在这个物价，这样一台微波炉就得花一个半月工资。人家赵荣进对自己也说得过去，得给人家说点好话，把这个事情给他促成，想到这里，刘赫森就端起酒杯对张雨信说："张主任咱们喝一杯吧，您为了村里的这些事情，为了我在这里当这个管区书记，也操了不少的心，您看大事小事让您一直这么惦记着，跑前跑后的，我得敬您一杯。"

这话正反听起来都是那么舒服，张雨信就说："你小子起什么哄啊，你是大学毕业生，今年才30多岁，年纪轻轻的就干了管区书记，将来是前途无量。"

一听到这里，刘赫森赶紧插话，把张雨信要继续说下去的话打住："我就是您的一个小学生，您怎么安排，我就怎么办，村里的书记老大哥们，他们都是我的老师，你也是我的老师，不管咋说，我就是为村里的书记们服务，为您和镇上的领导们跑腿。您说赵荣进书记这么大年龄的一个老大哥，又是为了村里建企业，又是为了村里的发展，操碎了心，我能不配合？再说，您对这个村又是这么熟悉，又格外关照，说什么我都得单独地敬您一杯。"

说完这番话，刘赫森伸手就把张雨信眼前的酒杯端起来，恭恭敬敬地站起来，端在了张雨信的面前。张雨信就赶紧地接过来，脸上抑制不住地露出一副高兴的表情，就说："没那么复杂，就是兄弟哥们在一起，有啥事商量着办，有需要我办的事我就去办，有需要你们办的事你们就去办，谁办这个事情合适，就让谁去办，这样多好啊，甭弄这些废话，来来来，咱俩先喝了这杯，咱两次吧，一次这么一杯酒，大约二两，一次喝二两酒，确实也受不了，咱两次干了吧。"

说完，张雨信一仰脖子，就把杯里的酒喝了一半，你甭说，还是部队转业的干部作风硬朗，喝起酒来真的是毫不含糊。刘赫森一看张雨信把酒喝了一半了，赶紧喝完了，放下酒杯伸出手来示意张雨信夹口菜吃。

赵荣进一听刘赫森的这一番话，明显是顺着自己意图来的，不由得暗暗地看了刘赫森一眼，流露出佩服感激的目光。突然，张雨信沉不住气了，就跟刘赫森和赵荣进说："你俩呀，也甭弄这个双簧，还以为我看不出来吗？不就是为了你村里发展的一个党员的事吗，你说这个事还算个事吗？哪用兴师动众专门到这里来，有事情咱在乡里边商量商量，不就办了嘛，根本没这必要，你们太客气了。"

听到这里，赵荣进算是放了心，看来这事肯定是没有问题的。赵荣进突然想起了村里的王丰收还给他送了 3000 块钱，说要让他给当民办老师的儿子办好入党的事，就着这个话头，赵荣进趁热打铁地对张雨信说："哎呀，张主任，您要不说这事啊，我都不敢提，不光是原先咱定的那孩子入党的事，俺村里那个正在学校里当老师的王前进，表现得非常优秀，积极要求入党，你说不发展他吧，村里的老少爷们对他评价挺好，你说发展他呢，咱村里没这么多的党员发展指标，愁得我这几天根本就睡不好觉。"

这时候，酒劲儿正在兴头上，张雨信一听就为了这么点事，大手一挥，说："这事你找我呀，不就是增加一个党员指标的事吗？你甭管了，下星期我就去县委组织部，我再去找那几个领导，跟他们再要一个指标不就行了吗？"

赵荣进一听，还有意外收获呢，就赶紧端起酒杯说："刘书记，我陪你和张主任把这酒干了吧。"

刘赫森赶紧端起来酒杯对张雨信说："张主任，您对我们管区，对我们这边的各个村，这么关照，俺俩说啥也得敬您一个，这酒我得先干为敬了。"

话音未落，赵荣进先把酒干了，然后轻轻地，又略带一点声音地把酒杯就放在了桌子上。刘赫森一看赵荣进把酒干了，也一扬脖子喝了个干干净净。

张雨信的虚荣心和权力欲得到了满足，这场酒喝下来，那真是有滋有味，情深意浓，春风得意，意犹未尽。

第二十一章

周华下了夜班，走到了厂门口，按照惯例，牛兵这时候应该骑着他那辆摩托车，在周华的厂门口等着。

但是，左等不来右等不来，等了一会儿，周华就寻思着肯定是牛兵晚上有事，或者是在厂里加班，就自己拎着一个小布包，沿着公路的路牙石，从树底下一步一步地往宿舍走去。

这时候，一个急匆匆骑自行车的人影从周华的身边掠过，周华一看，认出是跟牛兵在一起的一个工友，张军。

周华就下意识地大喊了一声："张军。"

张军双手捏着自行车的车把，"吱溜"的一下子，紧急地停了下来，回头一看，原来是周华，就急匆匆地说："你还不知道吧。"

周华一头雾水，也非常着急地问张军："咋了，知道啥？"

张军急匆匆地说："哎呀，你快抓紧上自行车吧，我和你一块去，我和你一块去看看吧。"

"到底咋了？"周华感觉到事情不妙，隐隐约约觉得有什么不好的事情发生。

张军就直接对周华说："牛兵在厂里，不是焊那个收音机里的焊丝吗？焊丝的温度太高，把眼睛烧坏了，现在眼睛看不见了，在县医院住院了，咱们赶紧去吧。"

"娘呀，这还了得，"周华说，"走走走，咱们抓紧走。"

周华和张军赶到县医院的时候，牛兵已经在县医院的急诊室，周华就看见牛兵使双手捂着眼睛，一个人蹲在墙角，用头使劲地碰着墙壁，样子是非常痛苦。周华赶紧跑过去搂住牛兵的头。牛兵一下子就嗅到了周华身上的味道，知道是他心上人来了，放声"呜呜"地痛哭起来。

医生走进来了，说："用电焊伤着眼睛，要抓紧用药水清洗，家属留下，其他人就不要停在这里了，我要抓紧给病号用药，抓紧清洗眼睛，用药以后让病号静养。"

就这样，周华在张军半拽半推的情况下出了手术室，周华泪眼婆娑，一阵一阵的眼泪止不住地往下流，泪珠砸在医院走廊的地板上，像窗外的雪花一样，摔成好几瓣。

坐在县医院走廊的连椅上，周华就问张军："像这样的情况，哪里的医院治疗得最好？"

张军就一脸疲惫地睁了睁眼，说："还用说吗，肯定是省城的医院啊，省立医院。"

县医院走廊里的连椅，外边比里面稍微高一点，是用铁板做成的，在外面喷涂了一层深绿色的防锈漆，每一张连椅能坐三四个人，坐的时间长了屁股就硌得慌，再一个是位置比较低，跟站着的人说话就有点费劲，所以，张军坐了一会儿就直接蹲在了墙根前，和周华说话。

周华就琢磨了琢磨："说，那咱赶紧把牛兵转院吧，转到省会济南的医院吧。"

张军年龄大点，在厂里工作时间长，有些经验，就对周华说："咱得稍等一下，看看牛兵家里人是一个什么态度。你现在只是和牛兵谈恋爱，不能算是家里人，别给人家做主，没看见牛兵的父亲和他叔叔在找医生，忙前忙后地跑着吗？"

周华对张军说："那咱们也过去看看吧，听听医生到底是咋说的。"

"走，走吧，咱也去看看。"

说话的工夫，牛兵的父亲和主治医生就走了过来，张军和周华赶紧站起来，周华就抢着问："咋样了，没事吧牛兵？"

主治医师眉头一皱："现在不敢说，嗯，要保险的话转院，去济南吧，我有个同学在那边。"

牛兵的父亲就问主治医生："去济南的话，咱们医院有没有救护车可以送过去？"

主治医生为难地摇了摇头，说"咱医院里是有几辆救护车，但只是在本县之内接送病号的，如果出县城的话，你最好就找分管的院长说一声"。

牛兵的父亲想了想："不用这么费劲了，我干脆到医院门口找一辆出租车，你把你济南那个同学的电话号码给我，到那里的时候，我想办法找他。"

主治医师说："我同学就在省立医院的五官科当大夫，你去的时候，跟他说是我介绍过去的，抓紧走吧，越快越好，现在已经给病号滴了眼药，也清洗了，再做进一步的治疗的话，我怕我们这里的仪器设备和医疗水平达不到，孩子这么年纪轻轻的，你还是抓紧去济南吧。"

牛兵的叔叔也跑过来了，手里头提着一个书包，就对牛兵的爸爸说："钱我已经准备好了，咱们抓紧走吧，车就在楼下等着呢，我叫个车来了。"

周华就一下子站在了牛兵爸爸跟前，说："那我要去，我去照顾他。"

牛兵的爸爸被周华的这个突然举动吓了一跳，说："你还得上班呢，孩子，你回去上班吧，家里头有人去。"

周华斩钉截铁地说："不行不行，我必须得去，我在家也放不下心呢。"回过头来，周华就对张军说："你到俺厂给李淑芳说一下，替我请上几天假，就说我去照顾病号，我跟着去济南了啊。"

在家忙着用钢磨磨粮食的大鹏，时间一长就琢磨出里面的门道来了。大鹏发现，村里人加工的粮食有黄澄澄的颜色，也有的发黑，有的粮食颗粒饱满，味道是香气扑鼻，有的粮食发霉发黑，味道闻起来也不是那么清爽，大鹏就问："这到底是怎么回事呢？"老乡们谈起来的时候，就说："那些喷香的、清爽的、颜色好看的，都是在那些灌溉条件比较好的地块上生长起来的。那些庄稼颗粒饱满，看起来就非常好看，粮食也非常好吃，营养价值也非常高。相反，有一些地块是山坡地，靠天吃饭，天上下多少雨，地下上就有多少水分，庄稼就能吸收多少水，就长成啥样，如果一年一个月或者是二十天不下雨的话，庄稼在生长期内就受到非常大的影响，成长起来的庄稼，也不是那么颗粒饱满，个头也比较短小，甚至有的在青苗状态下就已经干枯了。还有一种情况就是庄稼是长起来了，吸收了一点水分，却突然供应不上了，这样的庄稼结出的粮食颜色是非常难看的，颗粒也不那么饱满，所以也就不是那么清香。"

这个信息让大鹏分析起来，里头的门道确实大，大鹏就跟给他帮忙的社会叔商量，说："你琢磨着这个钢磨，我要是把它承包给你，你自己能不能干得了啊？"

社会叔听了大鹏的这一句话，吓了一跳，问："你把这钢磨给了我，你干啥去啊？现在买卖这么好，咱一天都挣100多块钱了，怎么？你不想干了吗？你交给我，我当然能干得了，你还不知道吗？你婶子在家没有多少事儿干，你妹妹初中毕业了，就等着找婆家呢，俺三口人干这点活，还不是非常简单吗？"

大鹏一听，就解下腰间的围裙，对社会叔说："那这样好了，我把这钢磨转租给你了，一年你就给我一万块钱，剩下的，挣多少钱都是你的了，电费也是你出，修钢磨换皮带修刀闸都是你负责的，你出钱，我就要一万块钱就行了。"

　　这个账是非常简单的，实际上大鹏从村里承包这个钢磨的时候，定的是每年给村里头五百块钱，当时村里弄这个钢磨，本来就是公益性的，也不打算挣多少钱，没想到的是，越做越红火，越干生意越多，社会叔这个账算起来比较简单，就是每天挣一百，一年就是三万块钱，如果给大鹏一万块的话，自己还能挣个两万左右，除了阴天下雨下雪不干活的话，一年至少也能挣个一万块钱，自己既不投资，也不用添设备，接手就赚钱，这可是一件天大的好事。

　　大鹏一看，社会书非常愿意接手这个钢磨的事儿，心里的想法又丰满了很多，接着就跟社会叔说："咱这样，社会叔，你接手这个钢磨不要紧，咱首先写一个单子，把这个算作一个合同，我把这个钢磨承包给你了，你得给我先交五千块钱押金，我拿着这五千块钱，一个是我放心了，再是这五千块钱我有别的用途，我要干别的买卖。"

　　社会叔一听，又高兴又纠结，说："写个合同没有问题，我保证到年底给你一万块钱，但是，你让我现在就给你五千块钱，我从哪儿弄钱？要不咱这样，我少给你点，我从亲戚朋友那里给你借上一千块钱，行不行？"

　　大鹏想了想，说："一千块钱太少了，一千块钱对我来说确实不够，这样吧，我也不逼你了，你想办法给我两千块钱，剩下的，我再找我爹和我同学战友想想办法，行不行？"

　　既然话说到这个份上，社会叔就没有别的理由再犹豫了，说："行，我再到妮儿她姑那里去借，借上她五百，再到我拉不平家里借上五百，我给你凑上一千，一共先给你两千块钱，剩下的年底结清。咱可说好了，就这钢磨，你可千万不能再承包给别人，说给我就给我了，我回家跟家里人商量商量，我就领着他们干起来。"

　　大鹏说："咱咋说的咋办，咋定的咋干，你放心，踏踏实实地干就行了。"

　　话说大鹏和社会叔把钢磨的事定好以后，想着得回家跟他的爹说一下。

　　大鹏等着他爹回家吃饭的时候，就跟他爹说："我得跟你商量个事。"

　　大鹏爹就说："啥事啊，你说吧。"

　　大鹏说："我把钢磨承包给社会叔了，我不干了。"

　　大鹏爹就说："你咋不干了呢？这买卖多好啊，一年就挣两三万块钱，身不动膀不摇，风刮不着，雨淋不着，多好啊。"

　　大鹏就给爹分析："你是光看见推磨这么简单的事儿了，每年能挣三万块钱是不是啊？我把这钢磨承包给社会叔了，每年，社会叔给我一万块钱的承包费，我既不用交电费也不用买柴油，也不用维修，这一万块钱是纯收入。"

大鹏爹就说："是啊，是挺好啊，但是，你自己干就能挣三万，现在你承包给人家你才挣一万呢，再者说，你剩下的时间去干啥呢？"

大鹏一看，他老爹的思路不是那么开阔，就跟他分析："我这段时间跟咱庄里的老少爷们儿分析了，为啥有的庄稼好，有的庄稼不好，有的庄稼颗粒饱满，有的庄稼长粒子那么小，颜色也不好看呢。"

大鹏爹是老庄稼把式："这还用说吗？有水浇上的，庄稼就长得好，浇不上水，庄稼就长不好啊。"

大鹏说："这就是问题的根源，咱这么干——"

大鹏爹就问他："咋干？"

大鹏就跟他分析说："我把钢磨承包给社会叔，每年他给我交这一万块钱，我现在呢，先让他给我交上一部分承包费，我再从我的同学朋友那里，想办法再借点钱，我买上五个抽水泵，放在咱村里闲置的那些机井里面，谁家的庄稼浇不上水的时候，没法灌溉的时候，我就用咱的抽水泵给他们浇地，一个小时五块钱，就把一亩地给他全部浇一遍，一年的话能浇五遍，也就是说，一年下来，一亩地就挣二十五块钱，咱这个村里浇一遍地就能挣一万块钱，老百姓的庄稼还增加了收成，咱也能每年挣个五六万块钱，你说这不是一个账吗？"

不说不知道，这一算账，还真把大鹏的老爹吓了一跳。

"那你打听了没有啊？这样一个电动的抽水泵大约得多少钱？"

"六百块钱一个，五个抽水泵三千元，然后买上两千块钱的电缆，用的时候就把电缆线挂在那个高压线上，下面安上块电表，用多少电给村里交多少电的电费就行了。"

大鹏爹仔细想了想，说："行，这办法行，说干就干，得抓紧弄。"

大鹏就对爹说："现在的困难就是缺钱，你得想办法给我帮忙凑两个钱，另外呢，你得和村里的电工说说，浇地的时候让他们帮着去安一下电，拾掇拾掇电缆，到时候，我买点小菜，买点酒，请请人家，让电工们喝点酒，不让他们吃亏。"

大鹏又说，"电工家里浇地的时候，我少算他两个钱也行。"

大鹏爹听了大鹏一番话，心里头是由衷地感慨：还是年轻人脑袋瓜子活呀，我当了这么多年的村主任都没想到这些。

第二十二章

王前进入党的事情终于摆上了日程。这天傍晚赵荣进来到了王丰收的家里，一看，只有王前进的娘、王丰收媳妇儿吴荷花在水井跟前，用一个大石槽子"呼哧呼哧"地洗着衣服，就跟王丰收媳妇说："孩子的事儿呢，打了招呼了，丰收回来的时候让他找我，我跟他说说。"

王丰收媳妇儿赶紧就说："四叔，你别走了，今晚上你在这里吃饭吧，我去叫前进他爹就行了，他在东坡锄地呢，我估计快弄完了。"

赵荣进一看王丰收没在家，也不好意思一个人在这里待很长时间，就说："他回来的时候让他找我吧。"

说完，赵荣进出门走了，王丰收媳妇儿赶紧在腰间的围裙上擦了把手，就跟着赵荣进走到了门口，对赵荣进说："四叔啊，一会前进他爹回来的时候，我让他去喊你，待会我擀韭菜饼，你到俺家来吃晚饭，吃后晌饭啊！"

赵荣进摆了摆手："再说吧，再说吧，我先回家了。"

王丰收媳妇儿麻利地洗完了衣服，把洗干净的衣服一件一件地晾在了两头拴在墙上的一根铁丝上面，把洗衣服脏了的水，倒在了墙跟前的一条阳沟里，双手在腰间系着的围裙上擦了擦，就听见大门"吱呀"地响了一声，王丰收回来了。

王丰收媳妇赶紧接过王丰收肩上扛着的锄头，对王丰收说："孩子的事有眉目了，刚才大队书记荣进叔来了，要找你说说。"

"他干啥去了？"王丰收问。

"说是回家去了，我刚才留他在这吃饭，给他擀韭菜饼吃，他说让你回来就去找他。"

王丰收在铁脸盆里洗了把手，用那个织得方方正正的老粗布手巾擦了把脸，就对媳妇说："你赶紧洗韭菜擀韭菜饼，我去找四叔，待会我让他到咱家吃饭，剩下的菜，我去咱村经销点买点就行了，你赶紧把那只老母鸡也给杀了，先炖上老母鸡，然后再擀饼。"

王丰收媳妇儿赶紧说："好的好的，你快去找他吧，我先杀鸡擀菜饼。"

王丰收风风火火地赶到赵荣进家里的时候，村支部副书记周一本和竹花正在他家里喝水，三个人嘀嘀咕咕地在说着什么。

一看见王丰收迈步进了门，赵荣进就说对竹花说："我说咋了，我说一会儿，这小子就来了，一听说给他家里办的好事，他肯定是非常积极的。"

王丰收一听，肯定是有好消息，就说："四叔，咱甭在这里说了，我媳妇在家里杀鸡炖鸡、擀韭菜饼，一会儿咱们都到我那里去吃，今晚上咱爷几个好好喝点酒。"

赵荣进说："喝点酒就行了啊，你家里有啥好菜啊？不行，从我家里拿，前天西洼子的张书记来我家的时候，还给我拿了两盒五香鱼罐头，我今晚上给你拿一盒五香鱼，鲳鱼的。"

"那敢情好了。"

周一本在一旁调侃道："你看见没有，也就是到你家里，才给你拿这么好的罐头，我给他当兵，当了这么多年了，到我家喝酒也没给我拿一瓶好罐头啊。"

竹花也在一边帮腔："那是啊，就是看着你顺眼。"

王丰收知道这俩人在故弄玄虚，在玩钓鱼游戏，赶紧说："别弄这个了，咱可说好了啊，我就回家等着了，待会儿，你三个一块去我家喝酒，我先去经销点买点东西。"

说到这里，赵荣进突然卖起了关子，说："今天晚上俺们就不去了，跟你说归说，管区的刘赫森和供电站的站长还要到我家来喝酒呢，我把他俩都叫过来了。"

王丰收就问："他们来几个人？"

赵荣进说："请他们两个来，是为了咱们村里顺电的事，咱村里原来那个生产队的厂房里头，老是冒火，怕把那个棚子给烧着，我让管区的刘书记约了一下供电站的那个站长，今天晚上来喝酒，顶多三个人，他们两个再加上一个电工。"

王丰收就说："这不正好吗，他们三个加上咱们四个不就才七个人吗？七八个人正好一个场合，你就别在家里头安排了，又是做饭，又是烧水的，一块到我家去，正好，我多买点菜一并招待了。"

赵荣进要的就是这种效果，要不然本来是他家里有客人，如果他愿意在他家里招待的话，他家早就应该"叮叮当当"的，把那种烟火气燃烧起来，他要的就是王丰收替他把这两个客人给招待了，还故作姿态地说："我再给你拿两瓶酒，就算你替我请客了。"

王丰收就说："行啊，你酒也甭拿了，我有我的办法，我有酒，我再从经销点里拿两瓶酒就可以了。"

说到这里，王丰收突然就跟周一本说："周一本，你和我到经销点去买点东西吧，我自己拿不了，我们再买点啤酒什么的，你和我一块去，四叔和竹花，你们俩等着管区刘书记和供电站的人，他们来了的时候，你俩一块去我家，我让周一本跟我去买点菜。

周一本这小子脑袋瓜子也非常灵活，一看这是给赵荣进和竹花留点说话的时间，就说："好的，我陪你去买东西。"说着，两个人就从赵荣进的家里出了门，直奔村中间的为民经销点走去。

村中间的这个经销点经营了好多年，是一个专门供应村里日常百货等生活用品的一个商店，原先是村里的一个代销点，代销点一个门是朝东的，那是专门进货用的，往外卖货的是大约一个平方米大小的窗户，买东西的时候人们要趴在那个窗户上，说买什么东西，或者是打多少酱油，或者是打多少酒，然后把瓶子递进去，里面的人给打好了，再递出来，是这样的一个办法。随着这些年村里经济条件的变化，那个代销点已经完全不能满足村里的生活需要了，村里就把那个代销点承包给了刘清兵，让他负责经营，刘清兵呢，干了好几年，手里头也有点积蓄了，就把那个房子重新修了一下，大门建得比较宽敞，这一下子让四邻八乡的群众购买欲望大大地提高，生意也越来越红火，里面除了日常用的油盐酱醋以外，还有布匹鞋袜笔墨纸张，甚至有了四季的蔬菜瓜果梨桃。

周一本陪着王丰收进了经销点的门，一眼就看见了门口刚进货的两桶新鲜的琥珀啤酒，就高兴地对王丰收说："丰收，咱今天晚上就先弄一桶琥珀啤酒尝尝咋样？"

王丰收说："行是行，琥珀啤酒这么大的桶，你负责扛着啊？"

周一本说："好了，我扛着就我扛着，我负责扛啤酒，剩下的东西你拿着。"

于是，王丰收又买了两盒苹果罐头，还有花生米，还有一包兰花豆。

刘清兵就对他说："刚进货的还来了两包火腿肠，你俩要不要？"

王丰收说："要啊，要，拿过来吧。"

买好了东西，周一本双手提了提那桶啤酒，王丰收手里提了其他东西，刚要走，刘清兵就问："周一本，今天晚上买的东西是给村里记账啊，还是怎么的？"

王丰收听了这话，心想：如果能给村里记账，让公家出钱，那好事。他就顺坡下驴地说："你不是说今天晚上是请管区的书记和供电站的站长吗？"

周一本一听也没有别的选项了，就对刘清兵说："啊，今天晚上是管区里和乡里头来人啊，你就记到咱村里的账上吧，一共多少钱？"

刘清兵用柜台上的一个算盘"啪啦啪啦"地打了一阵，就说："一桶啤酒是三十块，罐头两个十块，另外加上火腿是三十五，这样今天晚上一共是六十五块钱。"

周一本刚把那个啤酒桶扛在了肩上，用头冲着刘清兵晃了晃，对刘清兵说："记上吧，记村里账上吧。"

刘清兵就拿出了一个本子，把啤酒和买的其他东西记在上面，就对周一本说："你慢点走啊，你在这上面给签个字啊。"

周一本就顺手拿起了一支笔，在本子内空白行的最后，签上了"周一本"三个字，还加了括弧，标注"供电所来人"。

走在路上，刚琢磨过来的周一本嘟嘟囔囔地对王丰收说："我说你小子怎么这么积极地约着我，让我和你来买东西，合着是今天晚上，你就光出了你家的那张桌子，买菜买酒，都是公家的事了。"

王丰收说："你这么说就没意思了，我家里还炖着老母鸡呢。"

周一本和王丰收到家的时候，王丰收的媳妇儿早已把宰好、洗干净的老母鸡放在了铁锅里，把木柴点燃，然后小火慢炖，整个小院子里头香气扑鼻。只见王丰收的媳妇儿，麻利地把擀的菜饼放在了那个铁鏊子上，"嗞嗞啦啦"地烙着菜饼，那个架势，真的让人馋涎欲滴，食欲大增啊。

王丰收把他的那张木方桌摆在天井中间，四周摆上了一圈的马扎，这阵势看来今天晚上要大喝一场了。

不一会儿的工夫，赵荣进领着管区书记刘赫森和供电所的石所长就来到了王丰收的家里，不出意料的是赵荣进的手里头还拎着两瓶齐邹大曲。

这刚出厂的齐邹大曲，酒精度数 42 度，是用深井打出来的水酿造的，在当地是非常有名气。

赵荣进把两瓶齐邹大曲放在了木头桌上，又把手里的五香鱼的罐头递给了王丰收，王丰收顺手交给媳妇儿，让她把这罐头打开放在盘子里。

王丰收媳妇说："哟，这罐头还是铁罐头呢，我还没弄过呢，这可是个稀罕玩意。"竹花赶紧就抢过去，说："我会我会，我来我来。"竹花轻轻地在那个铁罐头的四周用刀划了一道痕，把刀尖伸进去，轻轻地一别，就把罐头盖打开了，然后倒在了一个盘子里，端在了桌上。

其他的小菜也被放在了盘子里，陆续地端上了桌。

王丰收媳妇对王丰收说："那老母鸡啊，还得稍微地炖一会儿，你去看一下，熟了没有。"

王丰收一边用一个盘子盛着锅里炖的老母鸡，一边喊着："啊啊，熟了熟了熟了，我尝了一块，煮烂了。"

说完，王丰收一边嘴里品尝着一块鸡肉，一边把盛着老母鸡的盆子就放在了木桌的中央，这样一桌子菜就上齐了。

按照农村的风俗，桌子的里侧，是客人坐的位置，也就是通常说的上首。赵荣进就把管区书记刘赫森和供电所的所长让在了上首的位置，一边拿起他拿来的两瓶齐邹大曲，开始往酒杯斟满了酒。周一本和王丰收也抢着替赵荣进满上酒。赵荣进就坐在靠近刘赫森的一侧，周一本、王丰收和竹花就坐在了其他的次要的位置，一场小酒宴就开始了。

还是按习惯来，一杯酒六次干了杯，然后就到了开始交叉喝酒的时候了。王丰收就觍着脸对赵荣进说："四叔，是不是给我给个机会？我提一杯，敬一下大家。"

赵荣进说："行啊，你提吧。"

刘赫森就说："别提了，咱们少喝一杯吧，咱们单独表示一个就可以了。"

赵荣进就劝刘赫森："咱不管咋说，今天晚上是在王丰收家里喝酒，就让他做一回东道主，提一个酒吧。"

王丰收就站起来，又拿起酒瓶来把在座的各位的酒杯斟满，然后说："甭管咋说啊，今天管区书记上我家来喝酒，镇上的供电所长上我家来，对于我来说是蓬荜生辉呀，我得感谢各位领导给我赏光啊。"说到这里，王丰收就说，"我提议咱们两次喝一半酒。"

刘赫森赶紧摆手说："啊，不行不行，这么喝受不了，咱就随意，表达一下感情吧。"

王丰收说："那不行，要不这样，我两次干杯，你们大家随意，我就不管了，你们如果看着我们村里赵书记的面子，能给我这个面子呢，就多上一点，如果不给我这个面子呢，就少上一点。"说完，王丰收"咝溜"一下，就喝了一大口。

这话赵荣进听起来也是非常舒服，甭管咋说他是一村之主，就劝刘赫森："你赶紧，你年纪轻轻的，又不是不能喝酒，再说咱到人家老王家里来了，人家老王这么用心，对咱们这么热情，尤其是你，人家尊重你是镇上和管区的领导，尽量多上一点。"

酒是越喝越透，话是越说越明，说着说着，刘赫森还是说到了给赵荣进的儿子和王丰收的儿子王前进入党的事情上。

刘赫森端起酒杯对王丰收说："我跟你说吧，老王大哥，这一次来你家里喝酒，你还真的不吃亏，你不知道人家赵荣进书记为了你儿子入党的这件事，费了多大劲，求了多少人，好不容易把这事说得有了眉目了。"

王丰收一听，对方是不打自招，还没打算问这事呢，刘赫森就主动地说起来了，心里也非常高兴，就支棱着耳朵仔细地听："那这事儿咋弄的啊？刘书记。"

刘赫森端起酒杯来，说："你先把这酒干了，我才能告诉你。"

王丰收说："我干了你也得干了，咱是老小兄弟，咱是哥们儿，你不能因为是在我家里，你就欺负我，让我多喝。"

刘赫森说："不是我欺负你，是你酒量大，你说我能喝得了这么多酒吗？你干了，我喝一半行不行？"

说到这里，王丰收一下子伸手把刘赫森的酒杯端起来，刘赫森被吓了一跳，问："你要干吗呢？"王丰收把刘赫森酒杯里的酒，往自己酒杯里倒了一些，然后端给了刘赫森。刘赫森伸手接过来，王丰收说："这样行了吧，咱哥俩把这酒干了。"说着，一仰脖子，把酒喝了个干干净净。

刘赫森一看，王丰收基本上算是满满的一杯白酒，留给自己的还有三分一多一点，自己再不喝，实在是说不过去，也就把酒喝了。

喝完了酒，刘赫森继续把该说的话说完："老王大哥，你这事可真是办得敞亮啊。"

王丰收这时一伸手，冲刘赫森抱了抱拳："咱今天晚上就是喝酒，就是说兄弟感情，别的事情，啥事我也不管了，有你和俺赵书记办，我有啥不放心的，我还不知道吗？你们就是为了老百姓，为了这个村，给咱们实实在在地办事，我刚才喝这个酒，你就看出来了，我是真心实意地感谢你。"

坐在一旁的竹花听出来了，哦，合着刘赫森的意思，就是赵荣进的儿子和王丰收儿子的入党问题解决了，压根就没说她的事儿，于是站起来对刘赫森说："刘书记，我得敬一个酒啊。"

刘赫森说："我刚喝完，我哪有那么大的酒量啊，待会儿行不行啊？"

竹花就说："待会喝行，但是不喝不行，我在听着，刚才你说的话那意思，合着这次入党就是俺书记和王前进这事能解决，我这事给我研究了没有啊，啥时候给我办？"

刘赫森说："这次指标还真是要不过来，没那么多，你沉住气，下一次就给你解决。"

"下一次？"竹花一听不乐意了，"下一次是哪一次？咱不是说好了这次一块办吗，一块解决吗？这不对啊。"接着就冲着赵荣进鼻子不是鼻子脸不是脸地说，"你咋能这样呢，啥事光想着你自己吗？"

赵荣进伸出手摆了摆，冲着刘赫森示意不要继续说下去了，转过脸去对竹花说："你懂啥呀？啥事不得有个先有个后啊，会给你安排的，你着啥急？"

竹花这时候小性子上来了，说："我不管，你给他俩办，我没有意见，但是，我得跟他俩一块办，要不然我不干，我、我跟你没完。"

赵荣进一看，好好的一场酒中间杀出了程咬金来，没有办法了，就赶紧说："好好好好，给你解决，你先别吵了，行不行？"

刘赫森一看竹花在不依不饶地跟赵荣进胡搅蛮缠，就对他俩说："你俩先别吵了，我有办法了，明天我考虑好了以后，再跟你俩说，今天咱就是喝酒，先甭说这事儿了。"

一听这话，竹花站起来扭了扭腰肢，走到了刘赫森的跟前，伸手绕过了刘赫森的脖子，就把他的酒杯端起来，对刘赫森说："那我可得敬你一杯。"

这时，王丰收的妻子吴荷花端着盘子，往桌子上放菜，看见了竹花搔首弄姿这一幕，冲着竹花一撇嘴，一副很不屑的样子。

刘赫森被吓得慌里慌张地站起来，说："这是干吗呢？我又不是端不起酒杯来，我喝我喝。"

第二十三章

"这项工作应该狠抓猛抓。"赵荣进正在村里给全体党员开会。

因为今天镇上有来参加会议的人员，所以，赵荣进让王前进给他写了一篇讲话稿，他比着念，但赵荣进文化程度有限，认字有限，又加上王前进手写的讲话稿字迹潦草，念到这里，一看，有一个字不好辨识，犹豫了一下，这个字到底念什么呢？赵荣进就重新念了一遍："这项工作应该狠抓、猛抓、23抓"，他又停了停，仔细琢磨了琢磨，"不是23抓，还是个'巧抓'来的"。

赵荣进把手写的"巧"字念成"23"，惹得参加会议的领导哄堂大笑。

赵荣进一看，比着稿子念是肯定会出洋相的，干脆放下那两张纸，直接用大白话给群众讲起话来。

"咱村这几年明显是沾了政策的光，生活越来越好了，你说咱村里就这五六百户，家家都有挣钱的门路，村里有了企业，哪家没有三个两个的劳力在厂里上班呢？哪个家庭每年不收入个万儿八千的？这在咱四邻八乡属于好条件，生活属于最好的状态。大家说，是不是这么个情况？就是不在厂里上班，开拖拉机的，开三轮车的，出去劈铁的，扒轮胎的，倒腾粮食的，是不是都发了家，都赚了钱了？所以说，我们一定要感谢共产党的恩，感谢社会主义的恩，坚定不移地跟着村党支部走，这样大家的日子就会越来越好，生活就会越来越好，你看看，打从去年到现在，就是前头带厦子的翻新房子，咱村就有10来户了，你看一下这房子多宽敞，住起来多方便。"

说到这里，赵荣进看见了王丰收，就指着王丰收说："就说王丰收吧，他开着拖拉机，给乡亲们拉庄稼，给地里上化肥送种子，农闲的时候还出去拉一些废旧的轮胎废铁屑卖给四周的加工厂，每年都收入个七八万块钱，多好的日子，他儿子还在学校里当着老师，像这样的家庭，在我们村是越来越多，日子是越来越红火，大家说是不是？"

群众听到这里，心里热辣辣的，一阵阵掌声响起来，此起彼伏。

大鹏的生意一下子就火了起来。

大鹏一开始买了10台抽水泵，把村南边山坡地上的水井里头都放上了抽水泵，然后把电线挂在村头的电线杆上，这样，村南边的山坡地都成了水浇田，原先每亩地一年也收获不了三四百斤粮食，这一下子，一年就打一千多斤的粮食，收成翻了一番多，这可了不得，这在农村庄稼人的眼里头，是个大事儿，庄稼是老百姓的命根子，一下子能生产这么多，粮食都吃不完了，老百姓打心眼里高兴。更重要的是，以前靠天吃饭，庄稼不去收吧，地里确是长着庄稼，去收庄稼吧，那个庄稼还不如草长得好。现在好了，浇地也不用那么费劲，每次浇地的时候，就跟大鹏说好了，一早一晚，电把子往上一推，水就顺着水管子呼呼地流出来了，又快捷又干净。

不光是老百姓心里头高兴，大鹏心里头更高兴，因为每浇一亩地，大鹏就能收入五块钱，交上两块钱的电费纯收入就是三块，一天交上十亩就是三十块钱，一个月就挣一千多，这是一个抽水泵的收入，也就是说大鹏这一下子，投上这十台抽水泵，一个月就挣一万块钱，一年的收入就是十万块钱，这还了得！

十万块钱，就相当于乡里今年刚买的、书记乡长坐的、那辆黄色越野吉普车的价格。

大鹏越干越带劲，越想心里头越美。大鹏突然发现，王丰收就有一个挣钱的好脑筋，有一次，大鹏跟趁空去浇地的王丰收请教："你说，咱村里还有啥好生意干，你玩车，你的车每年能挣多少钱？"

一说到这里，王丰收心里头一阵窃喜，悄悄地对大鹏说："咱村书记赵荣进，四叔，说我一年能挣四五万块钱，其实，他根本不知道，除了给老乡们拉庄稼以外，我主要是跑聊城青州，还有日照，最远的，到了威海呢。"

大鹏一听这么远的距离，感到无比广阔和遥远，这世界太大了，就迫不及待地问王丰收："你到这些地方去都是干啥的呀？"

王丰收十分高兴，悄悄地对大鹏说："你小子不知道吧，青州和威海那个地方，有很多的车，那些车倒下来的废旧轮胎，都当成废品扔在那个垃圾堆里，我去的时候就把那些废轮胎收回，拉到咱这地方，分割了再卖到桓台、广饶，那些地方有很多轮胎加工企业，这一倒腾，能挣不少钱呢。"

大鹏说："那合着也就是你出上车，搭上一点柴油钱，收了这些旧轮胎等于白赚了。"

王丰收白了大鹏一眼，说："你想咋的？你也想买车玩车吗？要不你这浇地的活儿交给别人干，买辆汽车，跟着我干吧，咱买辆大的汽车，咱干就干大的。"

大鹏一听王丰收愿意带他干，激动得不得了，说："那好啊，咱可说好了啊，我真的准备买车了，买了车就跟着你混。"

王丰收一听，这孩子当真了，就对大鹏说："别啊，你别听我的，你说你爹在村里头当了那么多年干部，这投机倒把的活，你也不能干，再说了，你娘身体不大好，你还得在家照顾她。你这样，我给你出一个点子，你干点别的买卖，肯定能挣大钱。"

大鹏就伸手晃了晃王丰收的胳膊，说："丰收叔，你快点给我说说，我干啥能挣钱。"

王丰收又卖关子，说："我给你出个点子，既耽误不了你用抽水泵给老少爷们儿浇地，还耽误不了挣别的钱，不浇地的时候，你就能做别的生意。"

大鹏就说："那到底是啥买卖呀？你快给我说呀。"

王丰收卖够了关子，这才跟大鹏说："你知道我买的那些废铁屑卖了给谁吗？"

大鹏问："卖给谁了？"

王丰收说："卖到河北了，河北省有一些小企业，就是一家一户有一部空气锤，咱村原来生产队里就有那么一台空气锤，通上电以后，空气锤'吭哧吭哧'地来回砸，把这些废铁屑加温，加到一定程度就能打出一个圆悠悠的钢球来。"

"那打了钢球以后卖到哪儿呢，谁要这钢球啊，打了钢球就能挣钱吗？"

王丰收说："傻了吧，这些钢球打好了以后，你知道水泥厂吗？水泥厂，还有一些国家的机械厂，他们都用这种钢球来打磨其他的机械，粉碎石子，你明白吗？这些钢球生产出来以后，就卖给这些国家的企业，本来你收的铁屑300块钱1吨，打出钢球你就能卖2000块钱1吨，除了电费和人工费，1吨你至少能挣1000块钱。"

"我的老天爷！"大鹏一听，"这数字可了不得，那么你觉得多长时间能打一吨呢？"

"一天能打5吨。"王丰收说。

"5吨？"

大鹏一听这个数字，嘴张得大大的："也就是说一、一天就能挣5000块钱吧，那还了得了，咱村里的砖厂一天也不一定能挣5000块钱啊。"

王丰收说："你别管咱村的砖厂能不能挣这么多钱，钢铁上的买卖，就是挣钱多，要不信你就试一试，你打听打听。"

"打听？我上哪儿打听啊，我打听就打听你呀。"大鹏刚说到这里，抬头一看，浇水的那地里有一沟已经浇到头了，水已经漫出来了，就赶紧说，"我抓紧去看看水，抓紧换上一沟，再浇另一沟。"

说完，两个人连蹦带跳地扛起镢头，跑到水泵的跟前，把一沟土脊子挪到旁边一沟，把水又引到另外一沟，又开始了新的一沟地的灌溉。

第二十四章

周华在县医院照顾牛兵，好长时间没有回家了。虽然向厂里请了假，但时间不短了，车间主任也让人给周华捎信，说是应该到厂里去上班了。

这一天，牛兵爸爸就对周华说："现在兵儿的情况就是这样，眼睛一天两天也好不利索，你还是回厂里上班吧。"

周华说："我不去上班了，我等牛兵眼睛好了再说。"

躺在病床上的牛兵听见了周华和爸爸在走廊说话的声音，就轻轻地喊了一声："周华，你过来，我跟你说个事儿。"

说完，牛兵从病床上欠起了身子，往上挪了挪，周华赶紧把枕头垫在了牛兵的后背上，关切地问："咋了？有啥事啊？哪里不舒服？"

牛兵眼睛蒙着纱布，从脸上的表情仍然能够看得出来，他是非常痛苦、焦急和内疚，他轻声地对周华说："你不要在这里陪我了，还是回去上班吧，车间里不上班，时间长了，厂里就要处分你了，那就更麻烦了。"

"大夫说你再有个三五天就可以出院了，我在这儿再陪你三五天吧。"周华一脸的疲惫，但还是强打精神装出一副轻松的样子。

牛兵说："你不能在这儿了，那天那个教授对我说了说，我的眼睛就是好了，视力也是非常低，需要佩戴眼镜，你心里也有个数啊，我可能……如果我们走下去，你肯定要陪我受一辈子的委屈。"

周华说："先别胡思乱想了，没那么严重，只要能好，戴眼镜有什么要紧的？"

牛兵还在做周华的思想工作："你先回厂里去上两天班吧，长时间不上班，确实是很麻烦的，我现在也没有什么事情，有我爸爸在这里陪我两天，我上个厕所什么的都能照顾自己了。"

周华听牛兵一而再、再而三地劝自己回厂里上班，就说："要不我回去洗洗衣服，明天去厂里上一天班，如果能请假，我就再回来，如果不能马上请假，我就上两天班，休班的时候我再过来。"

"那样最好，你收拾一下东西，早一点回去吧。"

周华说："今天还早，我想坐公共汽车回老家去一趟，我老长时间没回老家了。"

牛兵无可奈何地长叹了一口气："我也没法骑摩托车陪你回老家了，路上你可要小心，别骑自行车，这么远，坐公共汽车吧。"

周华说："那好吧，我先回去了，你可一定要好好地保重自己。"

朱丽英考上大学的消息，让村里炸了锅，成为村里头号大新闻，一个女孩子能考上大学，可不得了。朱丽英家里来来往往的客人和亲戚朋友就多了起来。

晚上，朱丽英的一帮亲戚，还有几个村干部都在家里面准备喝酒，要给朱丽英祝贺一下考上大学，就在准备吃饭的时候，大门"当当"地响了一阵儿。

"谁呀？"朱四九就问了一下，说话的工夫，就看见周一本扛着半只猪肉来到了朱丽英的家里。

竹花一个劲儿想入党的事情，赵荣进和刘赫森虽然答应下来了，但这事怎么办呢，两个人也是一筹莫展，决定还是得和张雨信商量商量。于是，赵荣进就找到了管区书记，在刘赫森的办公室里，刘赫森就给张雨信打了个电话，不一会儿张雨信骑着摩托车就到了伏野地管区的办公室。

张雨信对赵荣进说："干脆这么办吧，你儿子不是到了派出所干联防队员了吗？那就在派出所支部入党，不占你村里的指标了，那样，你村里呢，还是两个党员指标，你就把这两个党员的指标给王前进和竹花，这不就解决了？要不然，你给王前进办了，没给竹花办，她跟着你干工作干了这么多年，能不和你闹吗？"

赵荣进一听，这办法好啊。这么一弄，儿子入党还不是在自己村里入的，而是在派出所党支部入的，自己对村里党员也有个交代，并不是自己以权谋私，那更重要的是，倒出一个指标来，也能给竹花一并解决了这个问题，这样倒是让他心里的一块心病得到了化解。

"这样的话，咱下一步怎么走啊？"赵荣进就问张雨信。

张雨信说："这就很简单了，这次呢，县里给了我们10个入党的指标，其他的给乡直单位，还有机关党支部，你们村就给你两个，给派出所一个，派出所这个呢，就内定给你儿子，这样不就行了吗？"

赵荣进就说："行是行啊，就这样，其他的事情不用管了，我就在家等着了，你什么时候让我开会，我就开会，给他们解决。"

张雨信说："还不行，我还得和乡党委书记汇报一下，看看他还有别的安排没有，他要是再给其他的支部安排，说不定你的指标就不够了，就真得等到下一次。"

赵荣进一听："那不行啊，那还了得吗？竹花还不得给我闹得天翻地覆吗？干脆吧，我跟你一块去跟李志海书记说一下。"

实际上，张雨信就是在等着赵荣进给他说这句话，就说："行啊，去吧，明天早晨一上班，你到我办公室，咱俩跟乡党委书记说一下。"

赵荣进犹豫了一下，说："咱就这么去说吗？"

"那咋说啊？"张雨信问。

"咱这么办，"赵荣进对张雨信说，"你约一下李志海书记，让他到我家里喝酒，趁他来喝酒的工夫，咱顺便给他提一下就行了，如果他不来呢，咱就再到他办公室说。"

张雨信说："咱这么办吧，我呢，给他打个电话，我办公室里有刚安的程控电话，如果他在家，咱们就到他家里去一趟，如果他不在家，我就打到他办公室，看他在不在办公室，他如果愿意到你家里吃饭，咱就约他来，他如果不愿意来，咱就上他家里找他，反正他就在镇上住。"

这么办还行，赵荣进一听，确实应该这么沟通，不由得冲着张雨信伸了一个大拇指。

张雨信说完，就要给乡党委书记李志海打电话，刚拿电话又犹豫了一下，说："咱这是在管区刘赫森书记这里，这个电话，我琢磨着还是让刘赫森打吧，要不然我用你的电话一给书记打，他一接看见电话号码是管区的，他还以为咱们在这里嘀咕什么事呢，让刘赫森给他打，如果他确定要到老赵家吃饭，或者到刘赫森这儿来吃饭，那么你们就说是给我打电话让我赶过来的。"

现在的乡镇政府，乡镇党委书记是一把手，抓全盘的，其他的党委委员都要围绕着党委书记干工作，维护一把手，所以说党委委员都非常尊重和维护党委书记，有些事情，反倒不如其他的一般干部找党委书记说话随意，所以，张雨信反而非常谨慎，就让刘赫森打这个电话。

刘赫森伸手拿过电话来，拨通了乡党委书记在乡政府家属院的家里的电话，不出意料接电话的人就是乡党委书记李志海。

"书记啊，今天你在家干什么呢？"刘赫森非常谦虚地问道。

"啊，有几个村里的负责同志在我这里玩呢，喝茶呢，有事吗？赫森。"

"啊，没啥事，今天正好是周末，嗯，寻思着约你到我们管区来吃个饭呢，再说老赵呢，赵荣进，他也说要请你吃个饭，老长时间没见你了，想一起喝点酒。"

"那你们不用麻烦了，也别再买这个弄那个地张罗了，你跟老赵一块到我家来吧，我家还有几个客人，正好给我帮忙拾掇拾掇，陪一下客人。"

听到这里，刘赫森回头看了看张雨信和赵荣进，张雨信和赵荣欣赶紧冲他点了点头。刘赫森说："好的，书记，那一会儿我们就过去，我们是买点水果呀，还是准备点酒啊？"

就听见电话那头的人说："啥也不用准备，这边菜什么的都准备好了，你们抓紧过来吧。"

刘赫森刚要把电话放下，就听见电话里面的声音又问："你们今天晚上不是要约着喝酒吗？你们那边还有谁呀？"

张雨信把电话里面的声音听得清清楚楚，就冲着刘赫森摆了摆手，刘赫森就对着电话说："我们还没约人呢，我们原先寻思着，你要来的话我们就约一下组织委员张雨信。"

张雨信一听刘赫森这么说，冲着他点了点头，非常满意，就听见电话里的声音说："你把雨信也叫过来吧，你给他打个电话，就说我叫他一块来我家吃饭。"

那这事就妥当了，怎么说也是非常合理的，并且让书记认为他们三个人没有在一块商量事儿。

刘赫森在电话里把话说完，就问张雨信："你觉得这办法怎么样？"

张雨信说："你小子够机灵的，行呢，咱们晚点走，不能马上就过去，如果咱们现在去书记家的话，他就会认为，我们是在一块嘀嘀咕咕商量事儿的，咱这样，我呢，先回镇上的办公室，你们骑着摩托车买点东西，到了书记家里的时候，如果书记问我为什么还没到，你就说还没给我打电话，去办公室跟我说，我再过去。

赵荣进一听，竟然这么麻烦，就说："哎呀，你就是想得多，就是好摆个谱，哎呀，行行行行，我们，那我先去买东西，跟刘赫森书记先过去了。"

没承想，赵荣进和刘赫森赶到乡党委书记李志海家的时候，张雨信已经到了，正忙着端盘子端碗呢。刘赫森就赶紧放下手里的东西，和张雨信一起去厨房里端盘子拿碗拿筷子，中间张雨信就跟刘赫森说："我回来的时候，刚到乡政府门口，李书记家的嫂子正好出去买东西，给我打了个招呼，说让我过来，我就赶紧过来了。"

赵荣进刚一坐下，乡党委书记李志海就说："老赵啊，我正想找你，镇上要建新学校，相中了伏野地南边那块地了，你琢磨琢磨，想个办法，跟群众说说，咱镇上得征了那块地建一所新学校，你觉得没啥问题吧？"

赵荣进正愁着儿子入党的事情，还有很多的事情需要党委书记李志海点头，一听，正好有事儿求自己，两厢情愿互相照顾的事儿，就赶紧地表态："啊，没问题，你看着安排吧，你说用多少，在哪一个位置，你定好了以后，我在党员会上，跟党员群众说一声。但是，你得想办法，村里头你得多补点钱，老百姓就指望这点地吃饭呢。"

李志海说："那倒没有问题，你放心吧，明天我叫乡长和管区的刘赫森他们去找你，你们先到现场看一看那块地，看看有多少，建学校合不合适。"

赵荣进点头答应得这么痛快，他自己是有想法的，一来，他的孩子入党的事，还得指望着乡党委的书记，二来，赵荣进一想建学校肯定用砖头啊，就当即向党委书记提了一个想法："刘书记，把学校建在俺们村，用俺们的地，让老少爷们受点损失，大家做点贡献没问题，但是建学校的时候，咱们村里头有个砖厂，用砖的时候得让我们村的砖厂给学校供应，用劳动力干活的时候，得尽量用俺们村的老少爷们，让他们干点活，挣点钱。"

话说到这个份上，其实就是一句话的事，乡党委书记李志海说："这个还有问题吗？没问题，你放心大胆地做群众工作就行了。"

第二十五章

晚上，赵荣进刚吃了晚饭坐在小方桌跟前喝茶，"当当当"的一阵敲门的声音响起，大鹏走进了他的家门，胳肢窝里头夹了一条香烟。

"咋了大鹏？"赵荣进一看这小子来就是有事儿。

"我寻思着有个事儿，得和您商量商量。咱村原先的那个机械厂，不是有一台废旧的空气锤嘛，我想买了那个空气锤，我收点废铁屑，在咱村头上打毛球呢。"

"打毛球？"赵荣进问，"你打了毛球卖给谁呀？你在哪儿打呀？"

"我这不是跟您商量吗？您把那个废空气锤卖给我，还得想办法给我找个地儿啊，找个地方给我建一个小厂子，打钢球啊。"

说着，大鹏就把胳肢窝里夹的那条烟放在了木头桌子上。

那空气锤已经好几年没用了，那是生产队里修机械的时候用的，其实也没干多少活，还挺新的，买的时候花了3000多块呢。

"你便宜点卖给我就行了，反正是村集体的东西。"

"那可不行，"赵荣进说，"村里也不是我一个人说了算，将来也得给村里记个账。"

"我将来挣了钱发了家，还能忘了你吗？"大鹏从口袋里掏出来500块钱，放在了桌子上那条香烟的底下，对赵荣进说，"反正是村里不用的东西，卖废铁也不过卖上二三百块钱，我给村里交上200块钱就行了，将来有个账，你能有个交代就行了。"

赵荣进扒拉了一下香烟下面的钱，自己心里有个数了，就对大鹏说："200块钱有点少，你这样吧，明天到村里找周一本，去交上300块钱吧，你就说是我答应的，交上300块钱以后，你找个车，让周一本给你拾掇拾掇，把仓库里面的东西倒出来，给你把空气锤找出来，仓库里东西挺多的。"

大鹏双手一摊："还是不行啊。"

赵荣进问他："咋了，咋还不行呢？我300块钱卖给你这个空气锤，不是很便宜了吗？连废铁都不如，你小子别不知足，很合算了嘛。"

"我买了这空气锤，我放在哪里，我还没个地方放呢。你得想办法给我弄块地，我得建个小厂子，还得顺电方便的地方。"

赵荣进一听，这小子得寸进尺，就问他："你说，你愿意在哪里，什么地方合适？你弄个空气锤，"轰隆轰隆"的，响声那么大，在村子跟前，白天就算了，黑夜里吵得老少爷们儿睡不成觉，那庄里的老百姓能答应吗？你得离村庄远一点。"

"我琢磨了一下，我相中了伏野地，北边有一个桥，那桥边上有大约两亩大的一个地方，一块三角形的地，也长不了多少庄稼，你把那一块地皮给我，我先弄个篱笆院墙把它圈起来，盖上两间敞篷房，我在里面就打这个毛球，再说，那个地方离村庄远点，那跟前还有一条卧狼沟，排个水什么的还非常方便，那地方行不行？"

赵荣进心里一想，原来这小子已经琢磨好了，是有备而来的，就说："你小子都已经侦查好了，还有不行的？咱可说好了，那个地方，是离公路非常近的一块地，交通非常方便，离高压电线也很近，用起电来也非常方便，你小子算盘打得挺好，但是，批地安电这些都是需要钱的，没有钱，上面就会查，你也没法干。"

大鹏一听，这要求非常简单啊，就是钱不到位，赶紧表态，说："不管咋说，你只要同意把这块地给我，你说啥时候给我砸橛子方盘子，我就准备好钱，你说大约得交多少钱吧，我心里有个数，我好去准备。"

砸橛子、方盘子，是农村划宅基地的时候用的一种方法，就是说在确定了位置和面积的时候，要用皮尺量出来，用木橛子把四至确定好，这样，在建设的时候，就以这个为标准。砸橛子就是确定四至，确定这个事情的过程就叫方盘子，一般来说，如果到了这一步，这个事情就已经办成了。

赵荣进心想，这小子是想大干一场啊，可不能轻饶了他，总不能拿条烟拿上几百块钱就把这事摆平，太简单了，想了一下，就想狮子大开口地，让大鹏知难而退，就说："咋弄也得 5000 块钱，你占地得有占地费用，安电得有用电管理费，还有工商的质检的，这些部门都要打点，你不打点好了，你还有办法干下去吗？"

大鹏说："好，这样吧，我明天先想法给你准备 3000 块钱，你先给我运作，你啥时候说行了，给我方好盘子，我就找周一本去吊那个空气锤。吊了空气锤拉过来，我好放在这块地上，然后，我再盖车间棚子。如果地弄不好，我买了这空气锤也没法用啊。"

赵荣进说："合着你小子干点生意，想做点事情，我得给你往里头搭钱了啊，先这样吧，你明天先给我准备 3000 块钱，那 2000 块钱，我先给你垫上，如果 3000 块钱够了，我就不再找你了，如果 3000 块钱不够呢，还需要办什么事情的话，我先给你出上行不行？也算是你小子干一回企业，我给你帮个忙，将来赚了大钱得请我喝酒啊。"

大鹏说："那是那是，我就知道您对我是最照顾的了，没有您，我还真的是啥也干不成。"

说到这里，大鹏就问赵荣进："那明天你啥时候上乡里头去问这土地的事？我先给你拿钱来。"

赵荣进就说："这个不急，我明天去的时候，需要花钱，我家里有啊，我先给你垫上，你就明天后天有空的时候，甭管我在家不在家的，你给我放在家里就行了。"

就这样，大鹏轰轰烈烈地干空气锤加工钢球的项目，就要开始了。

牛兵眼睛好多了，但是，不能再在医院里住下去了，硬伤已经恢复得没有问题了，就是视力已经降到了左眼0.8，右眼是0.3了，看东西非常模糊，并且眼睛容易干涩、疲惫，甚至，有时候看东西久了还有点疼痛感。医生的意思是，不能再在医院里长时间住院，得回家静养，再就是需要佩戴眼镜。

一脸内疚的牛兵，非常地自责地对坐在跟前的周华说："你看你这么年轻，要陪着我受这个罪，你如果有什么想法的话，我对你也没有什么意见。"

周华拉住牛兵的手说："我一个姑娘家，自打到这个厂里上班，你和你一家人对我照顾得这么好，我感激还来不及呢，难道说遇上了这么一点事情，就要动摇我们这两年的感情吗？"

牛兵听了周华的这一番话，感动得眼泪直流，于是，赶紧用手帕把闭上的眼睛擦了又擦，双手按着眼睛，脸上一副非常痛苦又复杂的表情。

周华说："你别这样，别这样，你本来很好的身体，又没有别的毛病，就是眼睛临时出了点状况，大不了无线电厂的活咱不干了，咱到厂里干点其他的事情，工资高一点低一点都没事儿，我每个月都能挣钱，咱肯定会生活得好好的。"

王前进在学校里正上着课呢，突然被眯缝眼就喊出了教室："你过来，有事和你说。"

一看到眯缝眼紧张兮兮的神情，王前进吓了一跳，问："到底有啥事呢？"就赶紧和教室里的学生们说，"同学们上一会儿自习啊，把课文《愚公移山》再读一遍，待会儿我就回来，班长先管一下教室的纪律，大家认真自学啊，不要随意走动。"

出了教室的门，王前进急切地问眯缝眼："咋了？有啥急事啊？"

眯缝眼神秘地说："咱校长李四友，我听说得了脑病，去住院了，要从咱学校里的老师里头找一个，代替李校长主持工作，你小子挺有戏啊，我听说咱村大队党支部推荐了你呢。"

"你闹吧你，"王前进听眯缝眼说得挺邪乎的，就说，"我才上了几天班？我能干得了这活？"

"你别说这个，都知道你爹跟大队书记赵荣进关系好，有好事还能忘了你？肯定是你爸给你托人办的这事。"

"你拉倒吧你，俺爹一天絮絮叨叨的，就不愿让我干这个，总想让我回家跟他跑车挣钱，当老师挣一个月的钱，也不如他一天挣的钱多。"

"那我不管，你小子要是真的当了校长，可别忘了我啊。"眯缝眼无不抑郁地对王前进说。

王前进说："你该忙啥就忙啥吧，你别拿这没有的事耽误工夫，还有帮孩子在等着上课呢，我去上课了，你快忙你的吧。"

也别说眯缝眼的话是捕风捉影，八字没一撇，这一天上午十一点多，突然地，有三个人来到了王前进所在村里的小学。走在前面的就是村党支部书记赵荣进，后面还有两个，王前进隐隐约约地觉得见过面，好像就是镇上的两个干部。

在学校办公室坐定以后，赵荣进就指着王前进说："今天来就是为了你的事，有两个方案，我们来跟你碰个头。"

赵荣进一说完，在一旁的眯缝眼抬头看了看王前进，用嘴努了努，那意思是：你小子，看看我说得对不对？

王前进就说："行啊，你是村里的当家人，你咋说我咋办，有啥安排你就说吧。"

赵荣进就单刀直入地说："本来呢，咱村小学校长李四友不是生病了吗？现在得有个人代理一下校长，主持一下学校的工作。"

说到这里，眯缝眼朝王前进看了看，王前进也非常诧异地朝着眯缝眼看了看，意思是说：你咋知道的，咋会有这事儿呢？

不料，赵荣进话锋一转，指着在场的另外两位领导说："现在的情况是这样的，你也看到了这两位，是乡里的领导，今天来呢，是跟你对一下头，乡里文化站，需要一个写材料的，你前段时间不是在报纸上发表了两篇文章吗？乡里头的干部发现你写的材料还是可以的，就是来征求一下你的意见，你是去干还是不干？"

这架势来的可是挺突然的，眯缝眼也吓了一跳，原来，比小学代理校长还要大的馅饼，直接毫无预兆地就砸了下来。听到这里，眯缝眼就抬头示意了一下王前进，意思是：这么好的事情，赶紧答应下来吧。

这突如其来的消息，信息量是非常大的，王前进一时还真的拿不定主意，就吞吞吐吐地说："这上乡里干，是干啥呀？是咋干的啊？"

乡里的干部就说："干呢，就是到文化站跟着跑跑腿写点新闻报道，哪里有文物考察什么的，给人家拿点工具，总之就是干临时工，工资也不高，这个主意你可得拿好了。"

王前进抬头看了看赵荣进，就说："我还真的是不好拿这个主意，要不，我回家晚上跟俺爹和俺娘商量商量再说，行不行？"

乡里的两个干部也笑了笑，看了看赵荣进，说："让他们商量好了，以后跟你说，你再告诉我们就行，行就抓紧定下来，不行我们再去别的村里头找个人干这差事。"

说到这里，赵荣进就陪着乡里的两个干部往外走，一边走一边说："今天晚上到我家吃饭吧，吃完饭再回去吧。"

乡里的干部就说："不了不了，我们回去，今天晚上还要开会呢。李书记说让我们来跟你对个头，问一下，行与不行，你要抓紧，咱得给他回个话。人家李书记照顾你，和你关系好，有些事情先跟你商量，这个你要心中有数啊。"

赵荣进说："知道知道，那就在这里吃个饭吧，晚上咱哥几个喝点酒，我又没啥事儿。"

乡里的干部就说："不了不了，我们就抓紧回乡里了啊，你也回家吧，我们等你信儿了啊。"说完，骑上自行车走了。

第二十六章

大鹏的空气锤真的就安好了，还真的像模像样地在伏野地那块三角形的地方，建起了一个不大不小的工厂，这令村里的老少爷们儿刮目相看。

大鹏厂子开业的那一天，赵荣进兴高采烈地提前来到了他的厂子里，邀请了村里有头有脸的人物，还有乡工商所和镇上的几个干部为他站台撑腰，十分光彩。

大鹏给来参加典礼的嘉宾，每人准备了一个黑色长方形手包当礼品，这在当时是非常时髦的，这个手包的一侧还有一个圆形的眼儿，是准备装大哥大的，大哥大有一根天线，可以从窟窿眼里伸出来，手包里头放上了一把折叠的小伞，作为来参加典礼的嘉宾的礼物。

中午的时候，安排了一家饭店，供嘉宾用餐。这家饭店，虽然档次并不那么高档，但里面还有个套间，装了卡拉OK，大家高兴的时候可以唱一嗓子，关键是还有美女服务员可以陪着唱歌喝酒。喝了一会儿酒，大鹏劝着来参加开业典礼的领导唱卡拉OK，一会儿这个唱《潇洒走一回》，一会儿唱《心雨》，唱得不亦乐乎，一派和谐。

酒足饭饱了以后，赵荣进回到家里，美美地睡了一下午觉，一觉醒来，就是傍晚时分了，赵荣进的儿子赵一鸣回到了家。

赵荣进酒醒了以后，仔细地分析了一下村里的情况，原先以为他在村里建了一间砖厂，每年能赚个二三十万的钱，能当村里的大哥大，没人能比得了他，但是，现在看来，市场放开了，个体企业谁想干谁就干，没有什么门槛了，这里上个空气锤，那里上个什么果酒厂，那边上个炼油厂，村里呼呼啦啦地上了好几个小企业，关键是听起来，每个企业每年都赚了不少的钱，还真的是动摇了自己在村里的核心地位。赵荣进心里暗暗地想着，必须在眼下的情况下再往上推一把，使自己村里第一大户的位置毫不动摇。

儿子赵一鸣回家，一直不怎么高兴，让赵荣进心里非常没有底，就问他的儿子："你这是咋了？"

赵一鸣说："你现在没看出来吗？市场都放开了，人人都做生意，你说我在联防队干吗？这个联防队长每个月就三百多块钱，一年就是三四千块钱，这个收入太低了，我实在不想干了，要不我回家，跟他们一个样，干个小企业吧。"

赵荣进说："你懂啥呀，干小企业，还非得辞了职回来干吗？你在派出所联防队干联防队长，多少人能用得着你啊？他们谁不巴结你？干企业的也好，干个体的也罢，有什么违法的事、不规矩的事，还不得托你给他办吗？再者，你如果想和人合伙办一个小企业，咱村里你相中哪块地，咱就用哪块地，愿意在哪个地方干，咱就在哪个地方干，你捎带脚的不就把企业干起来了吗？挣了钱还是你的，这叫骑着驴好找驴，你如果辞了这个公家的差事，想干的时候可就没有了。"

赵一鸣一想，父亲说的话也对，就说："我前段时间就看好了派出所南边的一块地，我想把那块地包下来，在那里干一个企业，和大鹏的厂子不远，西边有一条水沟，有些废水什么的就直接排进去了，还省一些麻烦。"

赵荣进就说："那好说呀，我给你把那块地办下来。再说，现在国家也不允许砖厂大面积地取土了，还要求恢复地貌，砖厂那片地也行，要不你把那片地包下来，如果临时没有什么用处，咱就栽上树，有用处的时候咱再干个企业。"

赵一鸣就说："行，伏野地那块地咱该怎么办就怎么办。你没看见咱村南边的山上有一片果树吗？我想跟人合伙弄一个果酒厂。"

爷俩的这番对话，质量是非常高的，也点出了赵一鸣努力的方向，目前的情况是赵荣进正好干着村里的书记，手里有权，砖场停止取土以后，半死不活的，在那里放了老长时间了。赵荣进的想法就是跟村里提出来，他一个人把这个砖场承包过来了，然后儿子在那片地上建果酒厂，那是好事啊，他和乡土管所沟通了一下，一下子就能办两件大事。

想到这里，赵荣进就热血沸腾，觉得要为自己干一点大事，但是冷静下来以后，赵荣进又仔细想了想，自己去办这两块地，也需要不少钱啊，前几年是攒了几个钱，包括砖厂的利润，包括给别人办事，人家给送的礼金，但是，这样的钱毕竟是有数的，批地这么大的事情，可不是一千两千块钱的事情，那钱怎么来呢？

赵荣进想了半天，羊毛还是出在羊身上，村里大大小小的事情，自己辛辛苦苦地在操心，成年累月地为别人办事，到了自己的事上反而没有钱了，那只有一个办法，就是给别人办事的时候，捎带脚也把自己的事办了。

你别说，赵荣进的想法还真是非常现实，这说话的工夫就有送上门来的。

王丰收走进赵荣进的门，赵荣进就知道他来的目的了，赵荣进就问他："你来干啥？是不是还想要那块地？"

王丰收说："是啊，你没看见人家大鹏厂子都开业了，我那块地咋还没给我弄下来呢？"

赵荣进嘴一撇，冲着王丰收说："你那块地？哪块地是你的？再说你那块地，你只是嘴一撇，想怎么说就怎么说，你想要哪块地，你没出钱，人家土管所就能给你批手续吗，没出钱，那块地就能成了你的吗？你想得挺妙啊，你光想着凭我跟人家熟络，用我个人那点威信，就能不花钱给你解决这事吗？这毕竟是解决地的问题，这是大事，你想得挺美呀。"

王丰收一听，赶紧赔笑脸："四叔四叔，我知道，这事怨我，我跟你说了一次，就没再找你，你得想办法给我办了这事。人家大鹏这厂子一开业，你看多红火，车来车往的，生意做得也好，也像样子了。我的车拉了货，老是没处停，你得想办法给我解决这事。"

赵荣进就反问道："没钱咋解决？空嘴说空话吗？我就两个肩膀扛着一个脑袋瓜子，跟人家说这事吗？"

"我知道我知道，"王丰收一听，赵荣进单刀直入说到钱上了，就从兜里掏出来一个用小手帕包着的东西，递到了赵荣进的跟前，"四叔，这是5000块钱，你先想办法给我摆平这事。"

赵荣进眼皮连抬也没抬："5000块钱，5000块钱能办这么大的事吗？你知道人家大鹏花了多少钱？"

王丰收说："我听说了，人家大鹏就是花了5000块钱。"

"5000块钱，人家大鹏跟你说花了5000块钱，是告诉你，他自己少花了钱，办了大事，显得有场面，你根本不知道，人家大鹏为了这事买的酒，买的烟，请客花的钱呢，人家给办这事的，买了好几个高压锅呢，再一个，5000也不够啊。"

王丰收一听就明白了，这是说钱不到位，就是杠杠也画出来了，就还差5000块钱呢，就对赵荣进说："你先用这钱帮我周旋着，我想办法再准备5000块钱，三几天我给你拿过来，你千万尽快帮我办妥了，现在那块地好几个人在瞄着，别让外人占了去。"

赵荣进一听，心里更有数了，但仍然故作姿态地说："占不占依着你，谁办了手续是谁的。现在国家提倡发展个体私营经济，大家只要不违反国家的法律法规，想干什么就干什么，怎么赚钱就怎么干。前天我到乡里开会了，直接明确了，先发展后规范，先上车后买票，你只要能挣钱，国家法律没有明确的规定说不让干，你就可以干。但是，批地也好，干什么企业也好，是必须经过国家有关部门的批准才行，不是说你想干就行，那块地还能跑了吗，明摆着在那里，你敢拉上砖去盖房子吗？你敢把那庄稼毁了吗？你没那胆子，因为国家还没允许你干。"

听了赵荣进这一通的政策课，王丰收思想豁然开朗，也明白了这一问题的根源在什么地方，就赶紧说："啊，四叔我就托付给你了，你想办法把这事给我办了，我呢，忘不了你对我的恩，忘不了你对我的照顾，行了吧，过三几天我就把钱给你拿过来。"

赵荣进心里头暗暗地有一点满足，正愁着自己想要的那块地，活动经费没法解决，正好王丰收就送上门来，连哄带吓的，让王丰收掏上一万块钱，我用王丰收的这一万块钱，把我那块地和儿子赵一鸣想要的那块地，一并给解决了，正好自己还不用往里搭钱，还能把事情办了，还能让王丰收感恩戴德的，记着自己的恩情，你看这是多好的事情，赵荣进暗自心喜。

但在表面上，赵荣进还不能让王丰收看出来，就摆了摆手，对王丰收说："啊，你先抓紧去吧，你回去忙你的吧，这几天我就到乡里，找人家这些个部门，不光是批的地，你办工商营业执照，我也得给你找人，还有你弄了这个厂子，你不得顺电吗，不得顺水吗，我不得给你找供电所的人和水利站的人给你解决吗？你以为你办这么一个小企业，非常省劲吗？这里头好多部门管着呢，你抓紧回去忙你的吧，我协调好了就告诉你下一步怎么办。"

"好的。"王丰收转过身走了。

刚要走，赵荣进把王丰收叫住了："丰收，你稍微等一下，我跟你说个事儿。"

"啥事啊？四叔。"王丰收赶紧停下脚步转过头来问。

"那天乡里来了两个领导啊，到学校去找你儿子王前进了，说是要把他抽到文化站，去做文化干事，你回去和你儿子商量商量，昨天人家又问了，你看看，你儿子愿意去你就抓紧，我得回人家一声，如果不愿意去呢，就还让他在村里当民办老师。"

"这孩子咋没给我说呢？我回去问问他，问他一下，这是好事啊。"边说王丰收边走出了赵荣进的家门。

其实，王丰收说的这5000块钱解决承包村里土地建企业的事情，他是有调查研究的，他已经在前面做足了文章，了解了大鹏和村里其他的那几个炼铝盒子的和收酒瓶子的承包户的情况了，大约就是三五千块钱，但是，现在赵荣进突然说5000块钱办不了，可能性也存在，想占地的人多了，这乡里头和村里头安排不过来，想多收点钱，这是应该的，再说了，现在这个形势，谁经手办点事情，能自己往里头搭钱，咋也得赚点酒钱，这是说得过去的，但是，这次这个老狐狸又多要了5000块钱，王丰收心里被弄得不痛快，如果不办吧，看见村里这么多办小企业的眼馋，再说了，村里的地就这么多，自己现在不趁着年富力强能干的时候，占下一块地方，将来如果办企业想用地的时候就没有了，自己再找，可能用现在这个钱就解决不了。

王丰收心里多少有一点释然，自己就想：不管咋说，把事情办了就是好汉，如果计较临时的这一点吃亏沾光，事情就办不了，那么自己以后的路是越走越窄，怨不得别人，还是怨自己。想到这里，王丰收思想更加坚定，回去马上筹钱，一定得把建企业占地的事情解决了不可。

第二十七章

竹花哭哭啼啼地找到赵荣进家的时候，赵荣进早晨刚起了床开了大门，一看竹花这样子，赵荣吓了进一跳，问："咋了这是？"

竹花拉着赵荣进的衣袖，走进了赵荣进的家，说："啊，快进来说吧。"

走进了赵荣进的堂屋，竹花拿了一个马扎，擦了一把眼泪坐下来，赵荣进的媳妇儿这时候也从里屋里走了出来，一边走，一边拿了一把木梳，梳着头发就问："大早晨的，竹花这是干啥呢？咋能哭成这样呢？是谁这么厉害，把你弄成这样的？"

竹花就说："啊，你别提了，了不得了，你抓紧找个人问问吧。"

赵荣进一边穿上袜子，提上他那双锃亮的皮鞋，一边问："到底啥事儿？"

竹花就说："你别提了，今天夜里俺家的那口子不是在家造假酒嘛，让工商所的连酒带人给带走了。"

"带哪里了？这种事情是工商所管的吧，工商所扣假酒，还带人走吗？你可看清楚了，是不是工商所的，有派出所的人吧？"

"哎呀，反正是呼呼隆隆一大帮人，拉了30多箱酒，还有一些商标什么的，也给拿走了，俺当家的孙子宝也被带走了，现在不知道去哪儿了，你想办法给问问。"

"你沉住气，没啥大不了的事，天不是没塌下来吗？"赵荣进说着从床头上摸过来一个新鲜武器，"这是我刚买的大哥大，还是托乡政府的人给我办的号码，这东西比座机好用多了，可以装在口袋里，不管走到哪里，随时都能打电话，用起来真方便。"

竹花一看，是一个非常新鲜的玩意儿，自己也看不清上面的字码，就说："你赶快给我联系联系吧。"

赵荣进手拿大哥大，看着墙上的电话号码，"噌噌噌"地按了一阵，就问："啊，李所长啊，今天夜里到俺村里来执行任务了吗？"

电话那头的人说："啊，是啊，你那边有几个造假酒的，让俺们局里集中行动，给端了。"

赵荣进一听，对上号了，就回头看了一眼竹花，接着问电话里的人："现在人和货都在哪里呢？"

电话那头的人就说："在县工商局执法中队呢。"

赵荣进一听找到了下家，就问："你说这事咋处理啊？总得给他处理一下子。"

李所长就在电话里跟赵荣进说："你这么办，你去乡里，找个领导一块来，咱一块去工商局，你出面，你就说老百姓干点事也不容易，再说现在政策让干买卖，但是不让他干假货，老百姓不太懂这个东西，罚他点钱就把他放了，这就行了啊，但是，你得找个人，局里的领导才能给你面子。"

赵荣进就说："我去找你，请客吃饭啊，还是给人家买点东西，咱俩给他办了这事不行吗？还非得找镇上的领导出面吗？"

李所长就说："那可不行，你不琢磨琢磨，咱俩去了，给他说好了罚他多少钱，如果人家再找了乡里的领导给他说情，工商局那边是给他面子还是不给他面子？如果不给乡领导的面子，以后工作不好协调，如果给他面子吧，人家就违反规定，你不如干脆上乡里头，看看哪个领导分管经济发展，你就让他出面，咱们一块去，一次性就给人家解决了。"

"哦，"赵荣进若有所思地说，"原来是这么回事，那你说咱去的时候，是给人家买点东西拿条烟啊，还是请人家吃个饭啊？"

电话那头的李所长说："吃饭都是小事，买点东西也是小事，你干脆先拿上 5000 块钱，咱去的时候，如果罚 5000 块钱，咱就给他交上 2000 块，看看人家能不能看面子少罚 3000 块，咱帮他这么处理，不行再说。如果人家说让交钱给他罚款处理，咱们手里没有钱，怎么给他解决？你提前做点准备吧。"

赵荣进说："那我啥时候去找你啊，你啥时候有空啊？"

"宜早不宜迟，"李所长说，"这样的事情不能拖，你还是抓紧吧，夜长梦多，你一拖，时间一长了，人家就不给处理了，直接交公安了，你的人还在人家手里呢，那更麻烦，一会儿你抓紧来吧，我在工商所等着你，咱们骑着我的偏三轮摩托车一块去。"

"好的，你等着我吧。"赵荣进说。

赵荣进跟工商所的李所长确定好以后，回过头来对竹花说："我跟人家李所长说好了，你的人就在县工商局执法中队呢，你先准备 5000 块钱，我这里有烟，我给你拿上一条烟，今天去给你把人要回来，去处理一下。"

竹花一听还需要这么多罚款，就说："我哪里有这么多钱啊？我手里还有3000 块钱，剩下的你先给我出上，等俺当家的回来以后，我再还你，你先帮我快去处理处理吧。"

赵荣进媳妇儿一听，嘴一撇，就说："那合着俺们老赵给你处理事，还得给你垫钱啊？"

竹花就回了一句，说："啊，谁让俺跟着他工作呢，俺家有困难就找他，他在村里说了算，不找他找谁呀？"。

赵荣进赶紧说："行了行了，我今天先去给你办这个事吧，你先把那3000块钱给我，不够的话，我先给你出上。"

给别人办事，替别人垫钱，是村支部书记解决问题的一贯做法。

人命关天，赵荣进说完，往他平常用的那个黑皮包里放上了一条烟，骑着摩托车，就出门了。

晚上回到家的王前进，正和父亲王丰收说乡政府让他去乡里文化站工作的事情。王丰收就给王前进分析："现在反正你在这干也明白了，一个月四五十块钱，到乡文化站工作，一个月能多挣十块钱，五六十块钱，当然和人家干买卖的、干企业的是没法比，咱家里我在家玩车辆、办企业就行了，你最好还是找一个有点出息的活，不在乎挣多少钱。"

王前进就说："成天早晨上班，下午下班的，这样的差事，实在拴得慌，不如自己做点小买卖，跟着你跑车干企业，自由过瘾。"

"你这孩子考虑问题还是有点目光短浅啊，在乡政府工作，那是什么地方？那是乡领导部门，指挥部、司令部啊，那里是咱乡里头最大的领导工作的地方，将来如果干得好，肯定有大的发展，你还是去干这个差事吧，家里的生意呢，我来做，又缺不了你钱花。"

就这么着，爷俩终于商量出了一个一致的意见。

正说着话的工夫，周一本的姑娘周小月来找王前进。王丰收一看，说："小月姑娘来了，你俩有啥事就赶紧说说吧，我还得到村里头去找一下小月的爹，我去找找周一本说说村里运费的事情。"

小月就说："嗯，俺爹在村书记赵荣进爷爷那里呢"。

王丰收接着话茬就说："行行行，我去村书记那里找他。"

说是去村书记那里找周一本，实际上王丰收明白得很，看样子这个周小月是相中王前进了，他一看见周小月来到家里，就专门给他俩留出时间来，让他俩说点悄悄话。王丰收打心眼里也喜欢周小月这个姑娘，也恨不得他儿子尽快找个媳妇儿成个家。

王丰收一出门，王前进就拉着周小月来到了自己的屋里，打开了电灯就问周小月："怎么了？小月，有事吗？"

周小月从怀里掏出了两个大鹅蛋，就递给了王前进，说："我听爹说你要到乡里头工作了。"

　　王前进轻描淡写地说："还没定住呢，我觉得去干这样的工作赚钱太少了，我喜欢干自己挣钱的事。现在市场这么活，挣钱多快呀，你看看咱村里打工的、办企业的都发家了。"

　　周小月轻轻地靠在王前进的肩膀上说："俺就喜欢有文化的，俺不喜欢挣钱的。"

　　周小月抬起头扬起脸来，含情脉脉地对王前进说，"前进哥哥，你去乡政府工作是不是就会不要我了？是不是那里会有更好的姑娘在等着你啊？"

　　"没影的事儿，八字还没一撇呢，你就放心吧。"

　　"前进哥哥，"周小月泪眼婆娑地搂住王前进的脖子说，"我喜欢你。"

　　王前进亲昵地对周小月说："喜欢我就跟了我吧，只要不嫌我穷，能过苦日子就行。"

　　周小月说："我不怕穷，咱好好地干活挣钱，日子会慢慢地好起来。"

　　王前进伸出右手，把周小月轻轻地揽在怀里，。周小月就觉得王前进的脸滚烫滚烫的，把嘴唇轻轻地贴在王前进的腮上，亲了王前进一口，顿时浑身发抖，整个人都陶醉了。

　　两个人就这样互相依偎着，有一搭没一搭地说着掏心掏肺的话，直到王丰收晚上回家，门"吱悠"地响了一下，周小月才觉得时间已经不早了，就跟王前进说："我得回去了，我爹应该出来找我了，你明天就要去乡里上班了，可千万别忘了我。"说完，抱住王前进的头，在额头上亲了一下。

　　王前进穿好了衣服，穿上鞋，就出来送周小月，把门打开，就看见王丰收已经到了堂屋的门口。轻轻地把房门关上，王前进就沿着王家胡同，蹑手蹑脚地把周小月送到了她的家门口，老远就看见周小月的母亲在等着周小月回家。周小月来到了家门口，冲着王前进摆了摆手。周小月的娘说："以后早点回来，一个姑娘家，到这个时候才回来，让人看见了会笑话你。"

第二十八章

　　刘赫森终于如愿以偿地被提拔到了乡里，当了副乡长了，令人出乎意料的是，赵荣进的儿子赵一鸣，被乡党委书记李志海从派出所的联防队长提拔到伏野地管区当了管区书记了，这小子入党转正刚满一年时间，就从一个农民身份的联防队长，一下子成了管几个村子的管区书记，这让镇上和村里的干部群众大跌眼镜。

这么大的跳跃到底是怎么产生的呢？打听来打听去，后来从张雨信的口中听到消息，大家才明白过来，原来赵荣进的儿子赵一鸣，找了个对象，是乡党委书记李志海的侄女李艳，李艳是醴泉乡中学的一个语文老师，李志海做媒把他的侄女许配给了赵一鸣了，这样的话，赵一鸣就成了李志海的侄女婿了，这样一来，赵一鸣从联防队长升迁为管区书记，就成了顺理成章的事情了。这时，人们才彻底明白了是怎么回事，觉得这样是非常合理的。

赵荣进跟乡党委书记成了亲家，工作干起来自然是越来越顺风顺水。李志海也时常地叮嘱赵荣进，做事要低调，要尊重乡里的其他领导、干部，和周围村子的书记、村主任们也要处理好关系，总之，做事低调谦和，不要让人觉得和乡党委书记成了亲家，就高人一等了，那样非出乱子不可。

赵荣进是何等聪明的人，他痛痛快快地对李志海说："你放心，你在这干党委书记，我肯定不会给你出一点难题。再说，你也知道，我想办的事情都已经解决完了，儿子你也给安排好了，村里的企业我也已经完成改制了，村集体那里，我已经交了承包费，和其他人也没有牵扯。换作别人，干也干不了啊，只有我能收拾这个摊子，把砖厂承包给我，我就栽上树。再者，我承包的村里那块地，是准备跟人家合伙办企业的，那块地的手续已经办完了；该交的钱我也已经给土管所交了。总之，你放心，咱成了亲家，我更不能给你添麻烦，你就放心好了。"

李志海说："该办的事情，只要符合规定的，你就找乡长，让他们给你解决，不该办的事情，一点也不要提，不能办的事情，不要去办，出格的事不能办。咱不能让人抓住咱的把柄。那样，咱俩要是陷在这里头，那麻烦就大了，这个你还不明白吗？"

赵荣进就说："明白，你放心好了。"

王前进跟周小月谈恋爱的事情，在村里不胫而走。王丰收觉得这件事情，应该尽快地给他们解决了，就跑到赵荣进家里，跟赵荣进商量。

赵荣进一听，说："这是好事啊，应该办，抓紧给他们办了，再说，这孩子也不小了。"

王丰收就挠挠头，说："咋办啊？弄这事我还有点头疼呢。"

赵荣进一看王丰收一筹莫展的样子，就问他："为啥难办啊，你是觉得没有钱啊，还是怎么着？"

王丰收就竹筒倒豆子地对赵荣进说："不光是钱的问题，钱是肯定不够啊，没有那么多的钱，现在咱村里光订婚，彩礼就得三四万块钱。"

赵荣进就问他："你手里头有多少钱啊？"

王丰收说："我现在啊，连一万块钱都拿不出来，我连借带划拉的，也就能凑个一万多块钱。"

赵荣进说："这个你不用愁，我先给你出上两万，等你跟孩子挣了钱再还我，前进不是到乡里头上班了吗？乡里头工资可是比村里的民办老师工资高，孩子上班挣钱了，还有啥问题，你说说，还有啥事？"

"还有啥事？"王丰收就说，"事情是明摆着的，你说这俩孩子，周小月呢，是周一本的闺女，咱让谁当媒人去说说这个事呢？谁跟周一本能说上话呢，这家伙这么刁。"

"还谁当媒人呢，叫竹花去说就行啊。"

王丰收等的就是赵荣进这句话，就借坡下驴地说："那咱说好了，这个媒呢，就是你跟竹花说了，那我回去准备点菜，请你俩喝点酒，晚上我买点烟，买点酒，买点糖和瓜子什么的，你俩先上周一本家去一趟，正式地跟人家提亲，问一问这事行不行，啥时候咱把这婚事定了。"

赵荣进说："行啊，那你回去准备菜吧，你准备好了，我们傍晚的时候就过去。"

王丰收说"好，我回去准备了啊，你待会儿早点去，咱提前商量商量。"王丰收说完话刚要走，赵荣进又把他喊住了："你从这里走，也去竹花家，跟人家说一声，就说你托媒人，让她给你当媒人，让人家晚上跟我一块去。"

王丰收说："知道知道，请媒人嘛，我肯定要去请她的。"

事情就是这么巧，王丰收刚要迈步出门，就和一脚踏进赵荣进家门的竹花差点撞了个满怀。竹花就微微地一笑，问王丰收："你这是干啥呀？慌里慌张的。"

王丰收赶紧说："哎呀，你来得正好，我再陪你进去吧，跟你说两句话就行，今天晚上你和赵书记到我家去吃饭啊，今天晚上咱商量个事儿。"

说完，王丰收就火急火燎地赶紧回了家，对媳妇儿说："赶紧烙饼、炒菜，把今天早晨买的芹菜和韭菜择吧择吧，我上经销点去买点菜，今天晚上咱给前进请媒人，得把前进的婚事给他定了。"

王丰收媳妇就说："咋这么着急呢，那媒人请的谁呀？"

王丰收掀开床上的褥子，从褥子底下拿出一摞钱，装在了口袋里就往外走，一边走一边对媳妇说："你甭管了，我都嘱咐好了，一会儿吃饭的就来了，再是，前进一会儿回来的时候，让他别出门了啊，今晚上有人吃饭，请媒人。"

王丰收骑着他的破自行车去经销点，买了两瓶齐邹酒篓。这种酒是县酒厂刚出的最新品牌，酒的包装是一个篓子的形状，一个瓶子能盛一斤三四两酒，这在当时是非常高的档次。王丰收又买了点花生米，还想再买些菜，一抬头看见经销点对面，刚开了一家小饭馆，就说："我先拿着酒吧，我去那小饭店报上几个菜。"

村里的这家小饭店是夫妻店，两口子开的，男的是在技校学了厨师技术，然后回家将自己的老房子改造成这样一家饭店，既能在他的小饭店里用餐，也能够往外边送菜，给周围的群众送餐的时候都是用4根铁条焊成的一个提笼，定几个菜就在菜上面再扣上一个碗，然后一摞一摞地放到了那个钢筋提笼里，骑着摩托车给需要的家庭送去。

王丰收转过身去走了十来步就到了那家小饭店门口，正好小饭店老板张永军要出去给人送菜，提了一笼有六个菜，一个汤，另外一边还放上了两捆新鲜的琥珀啤酒。

王丰收一把就抓住了张永军，说："你这菜是给谁送的？"

张永军说："东头大斗子家里头盖房子呢，今天晚上喝完工酒，让我提前把菜给他送去，他们今天晚上把那房子都拾掇好了，要喝点酒庆祝庆祝。"

王丰收一听是大斗子家盖房子，喝完工酒庆贺，就对张永军说："我知道，他那干活的还没收工呢，你晚上半个小时给他送也晚不了，你先把这些给我送去，我今晚上为孩子找媳妇正托人请媒，要是耽误了，我就找你算账，你抓紧给我送去，我马上给你钱。"

张永军一听，说："不是钱不钱的事啊，我怕给人家耽误事儿啊。"

王丰收就抓住张永军的摩托车，不让他走："你抓紧给我送去，要不我也不让你走，再说，我知道盖房子的饭什么时候吃，盖房子一般都得等到天黑以后他们才收工，然后洗洗澡，换换衣服，才沉住气喝酒，你就是晚上半个小时、一个小时，给他送去也晚不了，你抓紧给我送去，我家里等着用呢。"

张永军一看没有办法，就回过头来冲着他媳妇喊了一声："你抓紧另外拾掇菜啊，我回来以后再抓紧给他炒出来，你把那个猪头肉先给切一下，还有那个虾，放锅里热一热。"

回过头来，张永军就对王丰收说："你骑着自行车先回家吧，我抓紧给你送过去。"

王丰收说："不行，我就跟在你摩托车后头，咱俩一块走，你先给我抓紧送过去吧。"

张永军就笑着说："你咋这么小心呢？我抓紧给你送过去，把碗给你放好了，我回来还得麻利地给大斗子家做呢，有半个小时我就能给他做好，我就给他送去，耽误不了事，你放心就行了，走吧。"

张永军把菜放在了王丰收的桌子上，一大桌子菜是非常壮观的，王丰收又把刚买的两瓶齐邹酒篓，还有两捆啤酒放在了桌子跟前，一副请客的架势就显得非常生动气派。

但是，让王丰收大吃一惊的是，晚上来吃饭的客人里头，竟然还有周一本，也就是周小月的父亲，王丰收未来的亲家，他也跟着赵荣进走进了家门，喝酒来了。

这下让王丰收有点措手不及，不知道该怎么安排和处理了，本来他是请赵荣进和竹花坐在一起，说说让他俩去周一本家提亲的事儿，这样周一本来喝酒，也就没法说这事了，怎么上他家提亲呢？王丰收一时慌了手脚，但是，周一本进了他的家门了，也不能说别的事情，就赶紧说："好啊，欢迎大家，一块就座吧。"

每个人都找准自己的位置坐好了以后，赵荣进就冷不丁地冒出来一句话："王丰收，我看出来了，你那意思是，怎么把那周一本也请来了。我实话告诉你吧，刚才我跟竹花已经跟周一本讲好了，那俩孩子的事情，周一本同意了，你家里就等着出彩礼吧。"

听了这句话，王丰收和端着一个盘子往桌子上放的吴荷花俩人对视了一下，会心一笑，王丰收就说："这说媒还有这样说的吗，直接就当面锣对面鼓吗？"

周一本经常到王丰收家喝酒，两个人在村里头都是有头有脸的人物。周一本就主动地对王丰收开玩笑说："咋的？当面鼓对面锣地说不好吗，还用藏着掖着吗？俩孩子只要没意见，咱就没意见。"

"你看这媒说的，还没说到事上，就已经成了，今天晚上的酒肯定喝得痛快。"说完，王丰收就回头问媳妇儿吴荷花，"你没跟孩子说今天晚上要请客吗？"

吴荷花说："孩子还没回来呢，我咋跟他说呀？"

正说话的工夫，王前进和周小月两个人一前一后地进了王丰收的家，一看见一大桌子人正在那喝酒呢，两人吓了一跳。

赵荣进一看见他俩走进家门，就直接冲着王前进和周小月摆了摆手，说："你俩过来。"

两个年轻人一头雾水地走到赵荣进跟前，问："四爷爷，咋了？"

赵荣进干脆地说："我跟你们俩说清楚，今天晚上是你爹王丰收请我们来给你俩说媒的，今天晚上直接就把小月的爹周一本也叫到这里了，在这里一块喝酒，你俩呢，如果同意这个婚事，就给我们每个人端上一杯酒，就等于同意了，如果不同意呢，你俩就走。"

两个孩子高兴还来不及呢，就一前一后地挨个端了一杯酒，大家都痛痛快快地干了。赵荣进就摆了摆手，对王前进说："你和小月出去玩吧，上乡里头上班，给你咋安排的工作呀？"

王前进说："还没安排具体工作呢，让我跟着写史志的那个朱老师，现在写着醴泉乡乡志，正写材料呢。"

赵荣进就满心欢喜地鼓励王前进，说："好好写啊，在那里干事大有出息。"

有些事情，看起来非常传统，运作起来非常麻烦，但是，在某个有影响力的人手里，这么一弄，用新的方式办起来，反倒觉得是那么轻松，那么让人心满意足，那么让人对未来的生活充满憧憬和希望。

第二十九章

李志海去县里干土管局长了，乡长刘光明接任了乡党委书记。一时间，赵荣进好像是孩子断了奶一样，找不着方向了，觉得没有李志海给他在乡里头撑腰，自己干着好像底气不足一样，就去找李志海说道说道，也算给李志海送行。

李志海正好在乡政府家属院的家里拾掇着行李，一看见老赵走进了家门，非常高兴。

赵荣进就说："李书记，你这次到县里任职，是平调啊还是提拔呀？"实际上赵荣进是故意这么问的，他应该知道，乡镇的党委书记和土管局长是平级干部。但是，乡镇党委书记是一方的诸侯，管着这个地方的吃喝拉撒和发展大权，在这个地方是说一不二的，所以说权力非常大。去国土局，毕竟是管一个方面的工作，所以赵荣进小心翼翼地问李志海。

李志海却不以为然地对赵荣进说："这你就不懂了，这国土局的局长，他是管着全县的。只要是占地的东西都归土管局管的，你说是土管局的权力大还是一个乡镇的干部权力大？再说了，咱们乡的个体私营经济，现在正是发展的时候，用地这么多，谁家占地，如果有困难需要办啥手续，我去了以后，不更能给你们帮忙吗？你就说你们村吧，你办的那个钢球厂，他办的那个炼铝厂，还有果酒厂什么的，手续还没办完呢，我去这个国土局不正好给你们解决问题吗？"

赵荣进就说："我总觉得，你在这里，我干着踏实。"

"你就好好地干吧，"李志海就对赵荣进说，"刘光明书记年轻有为，他文化程度高，肯定有新思路，你一定要跟上趟，好好地把村里治理好，领着群众奔向幸福路。"

正说话的工夫，新任乡党委书记刘光明走进了李志海的家，说："李书记，车都准备好了，咱们到县里报到吧。"说完，刘光明就提起了李志海的一个行李包，帮着李志海往车上放，赵荣进也赶紧收拾了一下其他的东西，帮着装车。刘光明对赵荣进说："抽个时间你得请一壶酒啊，请李书记回来喝个酒。"

赵荣进不愧是老书记，反应非常灵敏："不光给他送行啊，还得给你祝贺呢，祝贺你当了党委书记。"

刘光明也高兴地说："咱是老哥们儿了，以后咱在一起工作，还是先给李书记送行。"

王前进和周小月要订婚的消息，不知怎的就传到了朱丽英的耳朵里了。

周末的时候，朱丽英回到了老家，就急匆匆地赶到了王前进的家里。王前进正好在他的小房间里整理着以前学校里的东西，看到一脸汗水的朱丽英，非常好奇地问："咋啦你这是？你不是今年上大学了吗？"

朱丽英因为走路走得急，又因为心里有想法，一副急切的样子，想说又说不出来，一时间憋得小脸通红，就单刀直入地问："王前进，我咋听说你找对象了，要结婚吗？"

王前进说："八字还没一撇呢，还结婚？我现在不是到乡里上班了吗？我把原来学校的一些东西整理整理，交给人家，你考到哪所大学了？"

朱丽英依然满脸通红地说："考上齐鲁音乐学院了，咱俩原先说好的，你不等着我大学毕业回来了吗？"

王前进苦笑了一下，说："我还等着你回来？你现在已经考上大学了，4年，毕业以后，你就到省里县里的单位上班了。我就是一个小学老师，到乡里工作就一个跑腿的，一个小职员，咱俩哪能是一路人呢？你肯定站得高走得远了，你现在就集中精力安排你的生活吧。"

说到这里，王前进又问朱丽英："一中的你那个同学叫什么猛呢？他也考上大学了吗？他不是对你挺好的吗？"

"周猛，他考上体育学院了。"朱丽英回答。

"那很好啊，"王前进说，"你和他这么般配，我听说他对你也很好，你们将来才有更大的发展前途呢，我就是一乡镇的小职员了。"

朱丽英听了王前进的一番话，心里落寞得不得了，就情绪低沉地说："我，还是喜欢你的踏实务实。周猛对我是很好，学习能力也很强，但是我心里还是放不下你。"

王前进听完，心里像打翻了五味瓶，脑子里翻江倒海地想了很多，但还是一脸淡定地说："你还是好好地去上大学吧，过几天就开学了，你前途无量，一定要珍惜啊。"

朱丽英伸出双手说："那让我抱抱你，也算是对咱们初恋一个交代吧。"

王前进往后一躲，摆了摆手，说："别了，你还是留着吧，给应该给的人留着吧，珍惜我们这段感情，走好以后的路吧。"

朱丽英只好一个人泪眼婆娑地往家走去。

大鹏的生意可是越来越大了。这不才两三年的工夫，大鹏就从废铁屑加工做起，逐渐建起了占地五六亩的一个像模像样的小企业，周围村子里真没有比他干得规模大的，大鹏一下子成了远近闻名的企业家。

就在大鹏传出要建一个轧钢厂的消息以后，整个醴泉乡像炸了锅一样。

要知道，大鹏虽然在部队当了几年兵，年龄也不小了，二十七八岁，但是在这个年龄能干这么大的一番事业，在这个山村来说还确实是不得了的事情。给大鹏说对象的也踏破了家的门槛，但是，大鹏自打见了周华一眼，心里头就真的忘不了，经常借着去县城买机器配件和别的什么机会，就到县棉纺厂找周华见一面聊聊天，但是，不再提曾经找对象见面的事情。大鹏也听说了周华和牛兵的事情，自己心里头也觉得周华已经在县城上班了，跟牛兵是很般配的一对，他在心里头对周华的那种爱慕、原始的喜欢，还是一直放不下，心里头酸酸的。

但是，聪明的大鹏自己知道已经到了结婚的年龄了，也明白自己这样下去肯定是不行的，到了该做出选择的时候，他和周华的事情应该是没什么戏了。

大鹏做的生意形势一片大好，但是，现在的困难也是明摆着的，大鹏想建一个轧钢厂，需要二三十亩地，这样就有一个需求，必须在原来的厂区的基础上，往东往南，再扩建上50亩地，建起一个生产车间，再建设一排仓库，才能满足这个轧钢厂的生产和经营需要。

这只是一方面的问题，另外呢，建这个轧钢厂需要大量资金，虽然大鹏这几年有了将近 300 万元的积蓄了，但是建一个轧钢厂至少需要 500 万元，那 200 万元的资金从哪里来？还是需要申请银行的贷款，如果从村里头农户的家里去借的话，是根本完不成这个资金筹集任务的，这确实让大鹏累得精疲力竭，一筹莫展。

不用说，有了困难还是需要找村党支部书记赵荣进。

赵荣进一看大鹏找到了家里，一问，是因为土地不够用，需要扩建厂房，脑筋一转，就说：我在你那厂附近不是有一个厂子吗？我把那个厂子转给你吧。"

大鹏说："那可好了，省得我再跑县城办手续，还是现成的院落，但是，你那个厂子有点小，还需要往南边再扩建上二三十亩地。"

话说到这个份上，大鹏的想法就有点天真了。

实际上，赵荣进本身建这个厂子的时候就是为了往外租，给别人使用，自己赚一个房租，因为办这个厂子的占地费和手续费，他根本就没花自己的钱，用别人的钱，捎带脚地就把他的事情给摆平了，这样呢，赵荣进如果把他这个厂子转让给大鹏，自己就实现了空手套白狼，这么一个周转，白白地大赚他一笔，自己根本就没有投资，至于地面上临时用石棉瓦搭建的房子，那根本就值不了几个钱。

但是，大鹏有大鹏的想法。这块地是经过上级批准的，拿过来就能用，省去很多的麻烦，建起厂子来也是非常节省时间，其实这一点他和赵荣进的想法倒是一致。

想到这里，大鹏就问赵荣进："那您这个厂子如果要转给我的话，得多少钱？"

赵荣进说："我这个厂子办好手续，连请客带送礼，一直到搭建起厂房，大约就花了十五六万块，我也不能白给你，你给我 20 万块钱就行了。"

大鹏一合计，心想：贵是贵了点，自己要是新建这样的厂房，也不过花四五万块钱，加上办土地手续七八万块钱，也就是十二三万块钱的事情，他要 20 万块钱，明摆着是宰自己一刀，但是，自己又不能不上这个道。大鹏想了想，就说："行是行，但是我现在想建厂子还得进设备，我投资太大了，一下子给你这么多钱，确实也拿不出来，我先给你 10 万块钱，剩下的 10 万，我到年底或者明年赚了钱的时候，我第一个还你行不行？"

赵荣进就说："行行行，咱爷俩没有不行的，你干啥事，我都全力以赴支持你。"

这样，事情就基本说妥了。

大鹏就说："我现在得把那块东墙扒掉，那么咱两个厂子就成了一个了，我先在你这厂子里头建那个轧钢区的生产车间，另外呢，你给我帮帮忙，在咱这俩厂子南边再给我征上二三十亩地，我在那边建存货的货场，还有职工宿舍什么的。"

赵荣进一口答应下来："没问题，我明天就开会，通知群众，商量一下给你征地的事，但是啊，征地钱还是得提前准备好，因为老百姓的事情不能耽误，说给老百姓付钱的时候，就得马上给，现在咱乡里头定的政策是，只要是企业占了老百姓的地，每年承包费是 1300 元 1 亩，也就是按一吨粮食的价格，补贴给咱们老百姓，让老百姓呢，虽然不种地，但也有 1300 元的收入，不能让老百姓吃亏，这是原则。"

大鹏一口就答应下来："行行行，你就给我操心就行了，我准备钱。"

大鹏走了以后，赵荣进心里暗自得意，这样的结果，对他来说是最合适的，这个账对他有百利而无一害啊。他就转念一想：我原先那块地给了大鹏了，这里头能挣个 10 万到 20 万的资金，大鹏还需要再征二三十亩地，扩大再生产。我何不借这次大鹏征地的机会，再顺手在大鹏的南边，多征出 10 亩地来，留着我下一步再做别的买卖，真是一举两得。

甭管咋想，赵荣进的小算盘是吃不了亏的。

第三十章

牛兵的眼睛疼痛感消失了，可以出门了，只是视力比较低，配上了一副厚厚玻璃片的眼镜，周华的任务除了每天正常上班，晚上就是陪着牛兵在小区里散步，一是锻炼牛兵的身体，让他的身体水平尽快恢复，二是让他适应在高度近视的情况下，晚上能够认清来回上班的路。

牛兵所在的无线电厂也已经进入破产重组程序，无线电厂合并到了县供销社系统，职工也转成了供销社工人。县供销社就在无线电厂旧址，新建了一个百姓供销大厦，里面的物品琳琅满目，商品丰富多彩，把改革开放以来的新产品、新成果都在百姓供销大厦里面展示，物美价廉，色彩斑斓。

单位为了照顾牛兵，就在供销大厦里头，给他安排了一个保安的工作，就是专门在每天早晨把门打开，然后在大厅里头巡逻，看看有没有吵吵闹闹的，扰乱经营秩序的。实事求是地说，单位就是为了照顾他，才设了这个工作岗位，原本这样的差事，根本不用安排专人，上班的职工捎带脚就可以完成。

有些事情的变化是非常快的。原先，周华是一个农村的丫头，进了城干了棉纺厂，因为她的户口跟着她的姨，转了非农业的户口，本以为，进了棉纺厂就等于吃上了皇粮，但是，归根结底还是农村的孩子，和出身城里的牛兵就有一定的距离。

但现在的情况不同了，牛兵原先家庭条件是非常优越的，但是目前的情况是，牛兵身体不是原来那样健硕和完美了，眼睛高度近视，身体因为受了伤害也非常虚弱，需要恢复。反而，牛兵的家人就觉得有点对不起周华了，所以，牛兵的父母就对周华格外疼爱，越来越好，事事都迁就着周华，怕周华一甩袖子离牛兵而去。

周华看到了牛兵的父母，对自己格外地照顾，心里头也十分感激，一个农村的孩子，在城里遇到了这么一个通情达理的人家，心里头也是十分满足，这就是农村孩子的淳朴与善良。现在，我们说某个人好或者某个人不好，大体的感觉就是对我们好的人，我们就说某个人好，对我们不好的人，我们也不会对他产生多大的友好。

就这样，周华和牛兵结婚的事情，就水到渠成地、自然而然地完成了。牛兵的爸爸高高兴兴地借了厂里唯一的一辆桑塔纳小轿车，红红火火地把周华娶进了牛家的门，并且牛兵的父亲专门给周华腾出来一间，在小院子带套间的房子，让他们两个人住了进去，作为他们的婚房，这在农村是不可想象的事情。人们也都对周华与牛兵忠贞不二的爱情表示十分钦佩。

大鹏建轧钢厂的事情，赵荣进跟乡里的领导汇报，刚上任的乡党委书记刘光明十分重视。刘光明就高兴地对赵荣进说："现在县里抓个体私营经济的发展，那是重中之重，你村里有这么好的苗头，有这么好的孩子，有这么能闯的干劲，这是咱们乡里头的大事啊。咱这样，乡里头专门成立一个小组，派上一个副乡长和经委主任，专门帮助他解决企业建设过程中遇到的问题，需要土地，帮他跑地，需要上电，帮他跑电，需要申请什么手续，帮助他办什么手续，总之，全力以赴地支持。"

赵荣进心里想，这倒省了不少的麻烦，不用去求爷爷告奶奶了，就对乡党委书记刘光明说："现在大鹏劲头很大，但是呢，没有什么筹措资金的门路，他还差着200多万块钱呢，你想办法协调一下银行，帮他解决一下。"

刘光明是个知识分子类型的乡党委书记，脑子灵活，对新生事物非常关注，马上快速反应，说："咱这样，老赵，你今天回去安排一下，明天我领着乡里的几个领导，加上农行和信用社的两个行长，咱们就到大鹏的厂里专门开一个现场会。现场帮他拍板定这几个问题如何解决，想办法用最快的速度把事情解决好，力争今年能够建成投产。"

赵荣进一听，党委书记的这个工作方法，那是雷厉风行啊，比原来他的亲家李志海安排工作时那个老谋深算，翻来覆去地考量，工作效率高得多呀，不禁给刘光明竖起了大拇指："刘书记，还是您的工作效率高啊，我回去就安排。"

赵荣进回到村里，就用村里的程控电话给大鹏手机打了一个电话，说："你申请的事情，我给你说妥了，你到村办公室来，咱俩商量商量吧。"大鹏说："我今天中午还去不了呢，工商所的金所长到我厂里了，我们在商量着办理营业执照的事情呢，你抓紧上厂里来吧，今天中午您做主陪，帮我感谢一下金所长，请人家吃个饭。"

赵荣进就说："我刚从你厂门口过来，骑着摩托车拐弯掉角的，要不我再回去吧。"说完，赵荣进又提上了他平常用的那个手提包，往大鹏的厂里跑去。

工商所的金所长也不是外人，村里头建铁木社的时候，金所长刚从工商学校毕业，分配到乡工商所，那个时候就经常到村里，赵荣进跟他非常熟悉。

赵荣进骑着摩托车"腾腾腾"地跑到大鹏厂里的时候，金所长在办公室门口迎接他，一下摩托车，金所长就说："赵书记啊，辛苦你又跑过来了。"

赵荣进说："你来了，为了我们企业服务，我能不过来吗？今天中午我请你喝一壶。"

金所长就说："不喝酒行不行？要是喝酒我得给家里打个电话，媳妇儿说下午让我去换煤气罐呢，我喝了酒就没法去了。"

赵荣进就说："打吧打吧，先打电话，大鹏厂里头前几天刚安了一部程控电话，直拨，用起来很方便，你家里安电话了吗？"

金所长就说："家里有，家里早就安了直拨电话了，有啥事的时候，你给我打电话就行。"

正说话的工夫，金所长的腰里的 BB 机"嘀嘀嘀嘀"地响起来。

金所长非常得意地从腰里摘下 BB 机，这是一款刚生产的崭新 BB 机，带汉字显示的，就炫耀似的对赵荣进说："你看看吧，这不，家里头给下通知了，今下午去给她买袋面，换一罐煤气。"说完就到大鹏的办公室里，准备给家里回电话。

大鹏一看，金所长也是挺忙的，就对金所长和赵荣进说："你们两位领导啊，真是我的贵人，我现在有困难了，这么上心给我帮忙，到时候我厂子建起来挣了钱，我先给你俩一人买一个大哥大，让你俩回电话的时候不用这么麻烦，有事情的时候找你们也方便。"

赵荣进其实早就从李志海手里弄了一个手机，但他不敢大张旗鼓地用，大鹏说给他买，他也不拒绝，就故作惊讶地说："这还了得，现在大哥大八九千块钱一个呢，你说你得干多少活才能挣这么多钱？"

赵荣进看了看大鹏的办公桌，上面摆了一桌子的材料，有账本，有公章，还有身份证的复印件和户口本，还有一些公司报表什么的，就问金所长："这样材料都行了吗？你俩的事儿忙完了吗？"

金所长就说："都准备好了，没事了，我回去以后，让所里的同志们给他把营业执照打出来就行了。"

"那咱就去吃饭吧，"赵荣进说，"我听说新龙饭店最近上的红烧排骨和红烧泥鳅不错，咱到那里去吃吧。"

大鹏神秘地对赵荣进和金所长说："哎，别去那里了，咱上西边那个火烧云酒店去吃饭，我听说那里来了两个服务员，长得挺漂亮的。"

牛兵和周华从县城坐公共汽车回老家去看望老人。一下公共汽车，周华就站在公交车站台上往南边看去，看见一片新建的厂房，红红火火、热热闹闹的样子，就自言自语："这可能就是大鹏的厂子。"

正说着话的工夫，一辆崭新的红色面包车"嘎"的一声，停在了周华和牛兵的跟前。

周华一看，原来是大鹏开着他新买的面包车，走到了他们的跟前。大鹏伸手拉下面包车窗的玻璃就问："周华，你俩这是回家看老人呀？"

牛兵眯了眯眼睛，再努力地睁了睁眼，一看是大鹏，不好意思地说："老长时间没回来了，陪着周华来看看家里的老人。"

"天这么热，抓紧上车吧，我把你俩送回去。"大鹏赶紧拉了面包车的车门，就招呼周华和牛兵上车。

大鹏一边开着车走在回村里的路上，一边跟周华和牛兵聊天："下午你俩什么时候回去，到时候给我打电话，我过去接你们，有时间的话，上我厂里来看看，我有什么事情的话，也给我帮帮忙，我现在厂子忙着扩建，需要人帮忙。"

牛兵说："哎呀，我就是一个商场的保安，我还能给你帮什么忙呢？你别笑话我了。"

"哪能这么说呢?"大鹏说,"你在县城生活了这么多年,有那么多的朋友,我指不定什么事情,就得找你帮忙呢。"

大鹏刚把牛兵和周华送到了家门口,刚要下来和他俩说几句话,腰里的BB机就响起来,车里的大哥大也急促地响了。

周华和牛兵两人对视了一下,看了看大鹏手里拿着的大哥大,心里羡慕不已,没想到,这个家伙几年的工夫,就混到这么好的状态。

大鹏摁下了大哥大的接听键,问:"咋了?我在村里呢,好的,那我马上回去,哦,你在厂里等我一下。"

大鹏回到厂里的时候,发现是赵荣进和国土所的所长到了他的厂里,在等着他。

"咋了?赵书记,有啥事啊。"

赵荣进对他说:"咋了?我好不容易把国土所的所长给你请来了,咱南边那片地不行了,非得用西边这块地,但是西边这块地呀,有一条排水的水沟,这也有点麻烦。"

"那咋弄啊?没有土地,我在南边的厂区建不起来呢。"

赵荣进干脆说:"南边不是有一片树林吗?树林西边有一条沟,你把那片树除了,和那条沟一块整平,你用那块地吧,那块地和我的厂子连起来就成一块了,你做轧钢厂的车间和仓库就行了。"

国土所的所长就说:"那片树林挡着山坡,如果除了那片树林,可别让它山体滑坡,要是滚下石头来,那就麻烦了。还有西边那条沟,那是排水沟,如果把它堵了,水就排不出去,不得冲到你厂里吗?"

赵荣进就说:"啊,别顾这个了,现在乡里都说了,发展经济是第一要务,只有发展才是硬道理,别的都是可以为发展让路,再说了,那片树林除了以后,南边是要留上院墙的,把院墙垒得结实一点,西边那个水沟呢,说是平了,把它盖到厂子里来,但是,底下用水泥管子把水顺出去,一个样,耽误不了泄洪。"

国土所所长一听,赵荣进分析得也有道理,就说:"那依着你吧,上面要求一切给个体私营经济让路,你拿好主意吧,反正,我该跟你说的,我都提醒你了,出了问题,我不替你担责任。西边那个水沟,埋水管子的时候,一定要粗一点的,山上这一股水肯定小不了。"

第三十一章

　　王前进到了乡政府的文化站上班。每天忙忙活活的，跟着史志办的朱老师走村串巷，整理着各村的文史资料，干得非常有劲。王前进家庭教育良好，又加上喜欢这个差事，所以干得让领导们非常地满意。

　　这天晚上，王前进回到家里，悄悄地拿出乡里给他新办的职工医疗手册，对他的母亲吴荷花说："娘，你看看，乡里还给我办了这样一个本子呢，说是到乡卫生院看病，不花钱。"

　　吴荷花看着儿子心满意足的样子，心里也非常高兴，就对儿子说："你得珍惜这一次到乡里工作的机会，好好地工作，你看你一到公家单位干事，里面的待遇就跟村里的老百姓不一样了，一定要好好地努力。"

　　赵一鸣当了管区书记，乡党委书记刘光明把他派到大鹏的企业，帮助大鹏做征地和建设车间的工作，明确表示赵一鸣帮大鹏把企业建起来投了产，他才能脱身出来，这是一项政治任务。和赵一鸣一同接受这个任务的，还有乡里分管企业的副乡长钱忠诚。

　　赵一鸣是赵荣进的儿子，他本身就是这个村的，对这个村的风土人情和老少爷们都非常熟悉，再加上赵荣进现在还是在职的村支部书记，爷俩操作这个事情，儿子反而成了领导了。明眼人都看出来了，让赵一鸣介入，就是因为这个村的征地是赵荣进说了算，他心眼再多，也不可能给自己的儿子使反劲儿。

　　钱忠诚是从鹤鸣乡调到醴泉乡当副乡长的，原先他在鹤鸣乡的时候就已经是副乡长了，所以这次到醴泉乡任职，属于平调，但是，鹤鸣乡是一个农业小乡，醴泉乡是一个工业乡镇，相对于农业乡镇来说，到工业乡镇任职，也属于对他的进一步锻炼和培养，所以，钱忠诚到醴泉乡工作，也非常上心。

　　钱忠诚今年 38 岁，红红的国字脸庞，带着坚毅和认真的表情，考虑周到，做事小心谨慎。

　　分工明确以后，钱忠诚就领着赵一鸣到了大鹏的厂子里。这次去的目的就是报到，说明乡党委明确了大鹏厂子这个新上轧钢项目，是乡里的重点工程，钱忠诚受乡党委政府的委托，专门负责这个项目相关手续的办理，帮助企业尽快地完善手续，实现投产，这样跟大鹏接头以后，大鹏有什么事情需要解决或者需要处理，直接找钱忠诚和赵一鸣就行了，然后村里的干部有支部书记和分管企业的干部靠上抓。

　　大鹏对乡里这么给力的支持，感到非常高兴。正说话的工夫，工商所的所长送营业执照来了，"名称大鹏轧钢厂，经营地点齐邹县醴泉乡。"钱忠诚一看，也非常高兴。钱忠诚本来在乡里头分管经济工作，不只是分管企业，也分管着金融工商税务等与经济发展有关的部门，所以工商所的所长也要把钱忠诚当成领导。钱忠诚就对他说："你们工商所的同志对企业这么负责，今天中午咱一块吃个饭吧。"

　　大鹏就抢着说道："村东头新开了一家饭店，里面的红烧肉做得很不错，咱今天中午就到那儿吃吧。"

　　中午吃饭是一件大事，必须跟村书记赵荣进打个招呼，正说话的时候，赵荣进也来到了厂里，就跟钱忠诚打着哈哈，开个玩笑，赵荣进就说："你是乡里领导，你看你安排的工作吧，把俺爷俩安排到一个工作点上，你说俺爷俩谁说了算？"

　　钱忠诚就开玩笑地说："谁说了算，还是人家赵一鸣说了算，人家是管区的书记，你是村书记，在家里你说了算，在外边工作的时候，就是人家赵一鸣说了算，人家是你的领导。"

　　赵荣进心里头非常高兴，但是，口头上还是抱怨，说："就你这么个分工法，弄得有些工作，俺爷俩不办也得办，不愿意解决也得解决。"

　　钱忠诚对赵荣进说："来的时候，刘光明书记没跟你交代吗？说你这段时间以抓村里的计划生育工作为主，新上的企业项目，由赵一鸣具体负责协调，如果有需要村里研究的东西，你再出面，给企业帮忙的事，就我们几个盯靠上了，你就集中精力抓好村里的计划生育吧，那个事情比起建企业来，一点也不轻快。"

　　"反正是六十四根线头，哪根线头也得牵着，哪根线头也跑不远，我是啥事也得管啊。"赵荣进感慨地说。

　　钱忠诚说，"不让你管，你还不乐意了，你是这个村里的书记，你就是这个村里的当家人，你说了算啊，你不管谁管啊？"

　　竹花的对象孙子宝，又一次被工商局的行政执法队抓获了，制造假酒被抓已经是第二次了。

　　这一次竹花长了个心眼儿，没到赵荣进家里去找他，怕赵荣进媳妇儿再嘟囔她，就在村办公室给赵荣进打了一个电话。不一会儿的工夫，赵荣进就骑着摩托车到了村委办公室。

　　赵荣进刚走进办公室的门，竹花一下子就搂住了赵荣进的胳膊，撒娇似的说："又让工商局的抓住了，你再给他说说啊。"

　　赵荣进见怪不怪地说："咋啦？又是造假酒啊？"

　　竹花说："可不，不干这个干啥呀？他想干别的又干不了，再说，咱这也不是假酒啊，就是用三块钱的酒兑十块钱的酒，用十块钱的酒兑三十块钱的酒，对人体没有害呀。"

　　赵荣进伸手摸了摸竹花的粉腮，挑逗地说："没啥事？没啥事咋又让人家查了呢，人家咋不查别人家呢？"

　　竹花摇晃着赵荣进的胳膊，说："你抓紧给他说说情吧，又拉走了一车酒，拉到工商局了。"

　　赵荣进说："肯定得罚款啊，你心里有个数吧。"

　　"罚款？"竹花说，"要罚款没有，有别的东西，你爱咋着就咋着，反正是没钱，你还得把酒给我要回来，别的我不管。"

　　"真的？"赵荣进轻薄地说，"真的是爱咋着就咋着？"说着，伸手往竹花的身上摸了一把，然后出了办公室门，骑着摩托车走了。

　　大鹏建轧钢厂的土地问题终于解决了。赵荣进就把自己原来占村里的那块地，转让给了大鹏轧钢厂，大鹏给了赵荣进20万块钱。

　　就算是这样，大鹏的轧钢厂还是土地不够用，需要在南边再征20亩土地，征出来的地，大鹏就把院墙一块垒起来，形成一个方方正正的像模像样的厂子。在大鹏轧钢厂的南边，还有临近卧狼沟的地方，还有一处长长的空闲地，这块空地大约有三四亩，赵荣进就借着大鹏征地的这个机会，顺手就把这个4亩地又和村里签了一个合同，算是自己承包下来了，这样，赵荣进虽然把原先的土地转让给了大鹏，换成了真金白银，但是，这么一倒腾，他现在又有了一块可以使用的土地了，"烧火拈钉子，捎带着搓经子"（经子，山东方言，麻线的意思），再也没有这么合适的。

　　对于赵荣进来说，赔本的生意他是不会做的，顺手就能占点便宜是他的强项。大鹏虽然知道那是自己在请客送礼，解决土地的问题，赵荣进是搭顺风车给自己弄了好处，但是，没有赵荣进点头，不给他出力，在背后捣乱的话，他的地肯定征不下来，征不下来，他的企业就没法建设，所以，对于大鹏来说，也是没有办法的办法，各取所需对每个人来说是最合适的办法。就这样办完了手续，大鹏还是要拿出钱来，让赵荣进帮他请客，请一下给他办理手续和帮了忙的人。

世上的事儿就是这样，好沾光的一直是在沾光，吃亏的总是吃亏，爷爷就是爷爷，孙子就是孙子。

第三十二章

晚上赵荣进回到家里的时候，就看见竹花和她的对象孙子宝在自己的家里，和自家媳妇儿有一搭没一搭地说着话。床跟前还放了两箱当地产的齐邹酒篓，还有一条茶花牌香烟。

赵荣进看了看他俩，又看了看在地上放着的酒，问："这是干啥呢？你俩。"

竹花的对象就抢着跟赵荣进说："哎呀，今天可多亏了你呀，要不是你，这工商局又得罚我们不知多少钱啊，还是你面子大呀，给你买了两箱酒，啊，感谢你一下子，首先咱说明白啊，这酒可是真的，这可不是假酒。"

赵荣进说："嗯，不会是你在家自己装的吧，假的吧，你小子还舍得下这么大本儿吗？"

竹花装作不情愿地说："你这话说得不对呀，这是俺对象从供销社的超市专门给你买的，你要是以为是假的，我们待会儿再拿回去就行了。"

赵荣进赶紧说："别别，好不容易能捞着你们给送箱酒喝，再让你们拿回去，那多不合适。"

说到这里，赵荣进就想了想，对孙子宝说："你琢磨琢磨，时间长了，你这么干下去也不是个办法，你说你，弄这个 3 块钱的酒装进 10 块钱的瓶，然后 10 块钱的，再装成 50 块钱的酒，你这么倒腾，一个是担惊受怕，再一个是你能挣多少钱？我今天在大鹏厂里，正好那个工商局副局长严正尚来了，我跟他说了说你这样的情况，人家副局长就是水平高，人家知道的事情也多，门道也广，你猜人家出了一个什么样的点子？"

竹花就问："什么样的点子呢？你得和人家说说，帮俺找个门路，以后光这样叫工商局逮住，也不是个办法呀。"

赵荣进就说："你这么办，现在市场都放开了，允许个体私营经济发展，你上工商局注册一个白酒厂，你去四川，那里有很多白酒企业，和外地联合经营生产白酒，你可以在咱们这个地方建一个白酒厂，挂上人家联营企业的名字，那样你生产的酒就成了合法的了。再者，你还可以有自己的白酒名字，也有了自己的产品，有了自己的企业，就能挣更多的钱，那样不好吗？"

一句话说得竹花两口子豁然开朗。

竹花就紧追不舍地问："你说的这事儿，是好事啊，是能赚钱，但是，建这么一个白酒厂得多少钱啊？咱没有那技术。再者，你又是说上四川上贵州的，咱哪有那么多的门道啊？咱又没去过，没头苍蝇啊。"

赵荣进就帮着竹华出主意："你这么办，没有钱建厂子，我可以帮你找银行贷款，然后呢，我帮你找工商局的人，让工商局的人陪着你，到四川找一家酒厂搞联合经营，那样你的酒厂就成了合法的了，也是工商部门支持的了，以后就不再查你了，你就放开手脚使劲儿干，想办法好好干，赚钱就可以了，那多好。"

竹花的对象就抢着说："那当然好了，那您帮我们想个办法，先帮我们联系联系工商所的人，让他们给我们和四川那边取得联系，看看有没有这样的办法，先明确人家同意不同意咱们联营，弄准了联营这个事儿，再建厂子也不晚。"

说到这里，赵荣进的媳妇儿从里屋出来了，就伸手一扒拉赵荣进，气恼地说："你说人家来感谢你，为了你给人家找工商局，为了他造假酒被处罚，你给人家解决了这事，你说这事就行了，你这个吃饱了撑的，又是给她出主意弄酒厂，又是给她出主意搞联营，你能办了这事吗？你他娘的没事干，闲得难受了是不是？你现在还嫌你的乱事不够多啊？"

竹花一听，赵荣进的媳妇儿明显不高兴了，就说："您咋能这么想呢？书记在村里是当家做主，给我们出主意帮我们发展是好事啊，你咋能不让他给我们管闲事呢，再一个说了，我们赚了钱，到时候也请你吃饭。"

赵荣进的媳妇撇了撇嘴，说："我可不吃你那饭，你那饭吃不起。"说完，扭头就出了门。

竹花两口子一看，再在这里也没有什么意思了，孙子宝说："是啊，我们回去还真得合计合计，到时候，您帮我们建一个小厂子，这样联营的话，有发展前途，也能稳稳当当地挣钱，也省得成天担惊受怕的，今天怕这里查，明天怕那里罚，弄得家里鸡犬不宁，没得安生。"

赵荣进每天骑着摩托车奔跑在乡里和村庄之间，来来回回的道路确实是坑坑洼洼的，赵荣进就心里想着得想办法弄点钱，把村里的路给修整一下。

赵荣进跑到大鹏厂里，跟大鹏商量村里要修路的事儿。大鹏直皱眉头，说："你也知道啊，现在我弄这个轧钢厂，忙得焦头烂额的，不光是没有时间，关键是资金，我也弄不出闲钱来呀。现在，我轧钢厂开业，设备刚进来，但是，还有300万的流动资金没有着落，没有这300万块钱，我怎么买钢坯呀？没有钢坯，我怎么生产钢筋？现在我愁得不得了，晚上根本就睡不着。"

赵荣进就说："你现在不是还差300万块钱的流动资金吗？我帮你想办法找银行给你贷款，但是，贷款到了以后，你得想办法从里头给我10万块钱，我把村里的路修一遍。"

大鹏说："那还了得嘛，我还没挣钱，我能给村里头先拿这么多钱吗？如果我赚了钱，村里要多少我就掏多少，现在关键是，我淘换钱还淘换不来呢！"

村里修路，大鹏觉得不做点贡献也说不过去，就缓和了一下语气："咱这样行不行？我厂里头有大小的车辆，拉货的车也有，铲车也有，你需要什么车的话，我安排司机和劳力去干活，但是，尽量不要从我厂里拿钱了，先别用我的钱了，我现在钱是不够用的。"

赵荣进一听大鹏把话说到这个份上，觉得也很有道理，就说："咱这么办，我呢，先帮你找乡里头和银行，帮你申请贷款。你呢，村里需要车什么的，你就免费出车出人帮忙。另外呢，你要提前打出预算来，得给我出上5万块钱，一分钱不出是不行的，要不然我心里没底，村里这路也修不了。再说你来来回回的，也得走那条路，如果路修不好，不光是老少爷们，对你厂里的生产也没有什么好处。再说了，老少爷们儿都知道你大鹏挣钱，你给村里头作点贡献，也是为你树立威信，这是好事啊。"

大鹏一个劲地点头："是好事，但是，我临时没有钱，我厂里正常生产用钱都不够。"

赵荣进一步不让地说："甭说你钱够不够的，你这个厂子现在一两千万的资产了，你还差那三五万的钱吗？你说咱村里头都是爷们乡亲，这么大的事你不作点贡献，村里就数你的企业大，你能说得过去吗？"

大鹏实在是拗不过他："啊，行行行行，你看着办吧，反正我顶多出3万块钱，你用车，到时候我就让司机开着车子给你、给村里帮忙，这样行了吗？"

第三十三章

乡党委书记刘光明决定要参加大鹏轧钢厂的开业典礼，不光是他要参加这个轧钢厂的开业典礼，县里还有一个副书记、分管工业的副县长，乡镇企业局的局长，工商局的局长也被他邀请来，参加这个轧钢厂开业。这对于醴泉乡来说，是一件开天辟地的大事，这个地方终于有了像模像样的企业了。

这样的话，大鹏轧钢厂开业的事情，就被列入了乡政府的重要议事日程。乡党委书记刘光明就叫来了副乡长刘赫森，还有政府办公室的小高，文化站的王前进，对轧钢厂开业的事情进行了安排。钱忠诚和刘赫森两个副乡长靠上抓开业典礼的事情，列出议程表，会议室里头的会标，文件的印刷，还有乡党委书记的讲话。另外，刘光明嘱咐财政所的老金去买了50个装大哥大电话的手提包，每个手提包里面，放一个水杯和一块做裤子的布料。开会的时候，把这些东西发到每个参加活动的嘉宾手里。并且刘光明单独叮嘱订购手提包的时候，一定要印上一行小字：醴泉乡大鹏轧钢厂开业纪念。

刚被提拔起来的副乡长刘赫森正好就分管着文化工作。

刘赫森就问书记："这个活动定在什么时间？"

刘光明就说："初步计划定在下周二的上午，你抓紧在下周一之前，把这些东西都准备好。另外还有一件事情，我让大鹏厂里面准备了，就是大鹏轧钢厂的门牌，一个木头牌子，上面要印上'齐邹县醴泉乡大鹏轧钢厂'，大约三米长、三十厘米宽这样子，将来开业典礼结束以后呢，就把这个牌子挂在大鹏轧钢厂的门口。"

刘赫森就问："这个轧钢厂的牌子咱就不管了，就是他厂里自己弄了。"

刘光明说："是，你准备手提包、水杯、布料，以及开会的议程和发言材料就行了，厂牌你也督促他一下。"

刘赫森想了想，就说："这样准备起来就不那么麻烦了，我先叫财政所的老金，今天就去县城，把手提包的事儿定好，两天之内，给我们送到乡里。王前进呢，开会的议程，你问一下刘书记，叫刘书记给你讲一下议程都有哪几项，列一个材料。另外呢，给刘光明书记起草一个在轧钢厂开业典礼上的讲话稿，让刘书记提前过目一下。办公室的小高负责找看大门的王师傅，写一个横幅，用红纸写，让厂里的人拿回去提前贴在墙上。

安排完以后，刘赫森就问刘光明："你考虑考虑还有啥事啊，书记。"

刘光明想了想，就说："还有，就是那天中午吃饭，你琢磨琢磨县里领导来了，咱是在乡里头找个饭店，让他们一块吃饭，还是怎么着。主要是咱乡政府这条街上也没啥像样的饭店。"

刘赫森一时拿不定主意，就说："那天中午除了县里来参会的领导，其他的都是什么人？"

刘光明说："县里原先计划来一个县委副书记和一个副县长，县委吴副书记有迎接上级来人任务，这样就来一个副县长，还有县府办公室来一个副主任，其实，这个副主任就是副县长的秘书。再就是企业局局长、工商局局长，我还准备看一下公安局局长能不能来，这是几位局长。另外呢，我想请一下，其他乡的党委书记、乡长，我们乡直单位的负责同志，还有各村支部书记，大约就是50个人吧。"

刘赫森一听，这个范围可是不小，就说："那这些人都要安排吃饭吧。"

刘光明抬头看了看刘赫森，点了点头，说："差不多，县里的领导需要安排．各乡镇的党委书记、乡长，我们得安排，你说乡直的这些单位，工商所、供电所、派出所等，都是为企业服务的，你还能差中午那顿饭吗，还能不安排吗？那么乡直单位这些负责同志都安排中午吃饭了，其他村的支部书记你能不管饭吗，还差那十几二十个人吗？"

刘赫森就说："是不差那一二十个人吃饭，另外，还有后勤工作人员，新闻界的、乡里面的工作人员，还有锣鼓队的那些少先队员，还有忙忙活活，抬桌子凳子的那些人。"

刘光明看了看刘赫森，就说："哎呀，咱自己的这些工作人员就安排在食堂，你让食堂改善一下伙食，让他们在食堂吃，人实在是太多了，安排不开呀。"

刘赫森想了想，说："是啊，光这50个人吃饭就是大问题，咱乡里也没有这么一个大点的饭店啊。"

刘光明想了想，说："干脆这样吧，你提前跟县招待所打个招呼，问那里有没有一个大厅能坐五六桌的，每一桌坐十个人这样的，或者说能不能安排五六个房间，我们干脆就在县招待所吃饭吧，那样保险。"

刘赫森说："保险是保险，但是，县里来的领导和各乡镇的书记，他们有车，那剩下的人呢，乡直单位的这些负责同志，还有各村的书记，他们咋去吃饭？"

"租车呀，"刘光明说，"来回跑齐邹城和咱乡里的不是有几趟公共汽车吗？租一辆公共汽车，用上一天，或者说用上半天，到时候，让司机中午十一点到我们乡政府，然后下午吃完饭回来，三点他们就没事了，看看多少钱，用他们一辆公共汽车，一辆车就能拉三四十个人，那样不就解决问题了吗？"

刘赫森琢磨了琢磨，也没有别的办法，就说："行，咱就这么办吧，我负责联系县招待所和公交车，让王前进和小高他们按照分工做。还有老金，你去买手提包。各人抓紧动起来，把这些工作在两天之内准备到位，我今天就去联系招待所和车辆。"

刘光明一看安排得差不多了，就说："行，我负责联系县里的领导，咱分头行动吧。"

说完了话，刘赫森刚要走，突然就想起点事情来，又转过头来跟刘光明说："嗯，书记，还有个事儿，你琢磨着是不是也需要打个招呼？"

刘光明问："啥事？"

"你说咱轧钢厂这么大的动静，县里领导也来了，是不是新闻单位也要跟他们说一声，到时候报纸和电视广播里头也要有点动静啊。"

"对对对对，"刘光明说，"哎呀，前天我还想着跟宣传部部长打个招呼，我先跟他们说一下，让他们到时候安排记者来。"

就这样大鹏厂子的院墙终于弄起来了，但是卧狼沟有一条水沟的分支，是在他厂子底下埋住了。埋这条水沟的时候，用直径一米的水泥管铺在下面，把从南山上下来的泄洪水及时顺出去，才能保证厂子不会淹，同时，也保证上面的几个村正常排水没有问题。

尽管这样，村里的老百姓还是不答应，觉得多少年形成的一条水沟，就这样被企业划拉进他的厂子里，排水就不那么通畅了，觉得如果堵塞了以后，村里水排不出去，会给群众生活带来不便。这次还真是幸亏了人家赵荣进让附近几个村书记，说好道歹地跟本村群众解释了解释。还有几个爱出头的村民，上蹿下跳，到处上访，大鹏单独地悄悄请人家喝了一顿酒，这样，才把院墙建起来。

万事开头难，大鹏建这个轧钢厂真是千折百回，受尽了磨难，现在想想，干一点事情，真的是太不容易了。

第三十四章

牛兵的眼睛虽然受了伤，视力比较弱，但是他的耳朵是出奇地灵敏，这一发现，让牛兵自己也感觉到不可思议。

这天，牛兵上了班，拿着一根橡胶棒，穿着保安的制服就在商场里巡逻。这时候的商场，人声嘈杂，摩肩接踵，因为是新开的一个大商场，本县的居民十分期待和好奇，来这里买东西的特别多，再加上这里的商品是非常齐全，价格也比较合适，所以来的人是非常多的。

牛兵巡逻服装片区的时候，戴着眼镜，仔细地看着各种各样的衣服，看一眼心里头也是热乎乎的，就觉得老长时间没有给周华买件新衣服了，想着发了工资的时候，给周华买一条碎花的裙子，就轻轻地走到卖裙子的那片地方，仔细地看着那件碎花裙。

突然，牛兵耳朵里就听见细微的"嗞嗞"冒气的声音。

牛兵停下脚步，顺着大厦的墙壁，一点一点仔细地听着，他就发现暖气管道有问题，有一根管道里边的一个焊接口开了，因为有压力往外"嗞嗞"地冒着空气，这个发现，让牛兵心里头高度紧张。

虽然牛兵因为眼睛不好了，在大厦里头当保安，但是，他在国有企业里头干过技术员，大局意识和素质还是比较高的。想到大厦的安全，牛兵仔细冷静地想了一下，顺手拿过来一根绑衣服的红丝绳，就系在了那根漏气的管子上。然后不动声色地回到了保安部，给大厦分管安全的副总经理打了一个电话，说这地方发现了一个漏气安全隐患。

季节已经是秋后，正好秋收秋种结束，庄稼颗粒归仓，地里的小麦也耩上了，人们有点时间去逛大厦了。这个时候也是大厦开始检修各种管道，准备给大厦供暖的关键时期，在维修供暖锅炉的时候，师傅们已经到大厦里面转了两圈，没有发现漏水漏气的地方，正开始打压试验的时候，牛兵发现了这里头的管道有问题。

值班经理赶紧和消防办师傅赶到大厅，牛兵领着工人找到那根红丝绳，让工人师傅看，工人师傅看了看，又侧着耳朵听了听，说："应该没什么问题。"

牛兵说："你再仔细地听一下。"

然后，换了一个工人师傅，把耳朵贴在了管道上，结果真的发现，里面的气体往外"嗞嗞"地渗，声音很轻，耳朵不贴在这管道上，还真的发现不了。

这让值班经理和修锅炉的工人师傅，大吃一惊，这一根管道是锅炉里出来以后，往大厦供热的主管道，管道压力大，水流量大，如果再加大压力，管道破裂的话，就有可能造成爆炸，大厦里面的衣服极有可能被烫坏，或者浸泡，造成损失，那麻烦可大了，想到这里，值班的经理非常感激地握住牛兵的手："你是咋发现的？"

"刚才巡逻到这里的时候，我突然听到非常细的声音传出来，我就仔细看了看，原来是这里有点问题，还是抓紧把它修了吧，要是出了大的麻烦，咱商场损失就大了。"

值班经理对牛兵认真负责的精神予以高度评价："咱公司就是缺少像你这样的人，我一定得向总经理汇报，给你奖励。"

牛兵谦虚地说："啊，不用不用，我在这里上班，这里就是我的家，我赖以生存的饭碗就在这里，我能不上心工作吗？我如果在这里不实心实意地干，对不起大厦给我开的工资，也对不起我的良心。"

在钱忠诚和赵一鸣的大力支持下，大鹏轧钢厂进展得非常顺利。

轧钢厂的原材料是钢坯，钱忠诚就跟大鹏商量："我妹夫和我妹妹在家也没啥事干，我让她俩呢，买一台废铁屑压缩打包机，让他们打了包以后卖给你，你电炉加工不是用废钢吗？不是加工钢坯吗？也让他俩挣一点辛苦费，你也省下打包的麻烦，也少占用你一部分资金，那样，你原先收废铁，然后再打包，打包了再加工，在这之前的这道工序，你就省下了，你就不用再投资买这个打包机，也省下收废铁的流动资金了，你没有那么多精力。"

企业做到这个程度，大鹏也在考虑这个问题，有一些粗放的、初加工的东西，就可以放到其他散户里头做，自己就不用再做这一些非常粗放的原材料加工，因为实在忙不过来，再说了，厂里的地盘就这么大，也没有太多的地方放这些东西。

大鹏就干脆地说："那好啊，钱乡长，你要是给我找这个下家，他能供应这个原材料，那就更方便了。"

就在一旁坐着的赵一鸣突然也发现了商机，就跟钱忠诚和大鹏说："在你厂子的南边，我不是还有一片空地吗，我在那儿建个小厂子，也给你加工这个废铁屑压块吧，雇上几个人就能干。"

钱忠诚一看，有点后悔，自己不该当着赵一鸣的面说这事，等于给赵一鸣提供了这样的信息，自己这么一说，本想给他的妹妹妹夫，揽下这么一个赚钱的门道，没想到又让赵一鸣沾了光，插上了这么一杠子。

大鹏看出了钱忠诚的心思，就对钱忠诚说："你妹妹自己一家供货，也供应不足，还要通过其他的渠道购买，谁干也是干，我买谁的也是买。"想在这里，大鹏就做了一个顺水人情，"都很好啊，只要是价格合适，质量弄得好好的，咱们目标一致，都是为了企业发展。"

有时候做生意就是这样，说着说着，聊着聊着，甚至在一旁听着听着，就可能发现了商机和赚钱的门道，你看今天，这样的渠道是不是就非常顺畅？

但是，问题也出来了，钱忠诚的妹妹她不是这个村的，所以他要么就是从这个村征地建厂，要么就是她在外头生产以后再拉过来，这样的话，倒不如赵一鸣提供材料来得及时，来得更加便捷。

不管咋说，他们是一条线上的蚂蚱，只要大鹏能赚钱，他们做提供原材料这个的工序，肯定也能赚钱，如果大鹏赚不到钱，他们也不可能赚到钱。

最关键的问题是，将废铁屑打成方块也是需要投资的，至少要买一台压块的压缩机，购买废铁屑原材料，还要有一块场地，钱忠诚就掰着手指头跟大鹏算账。

大鹏就说："这我就不能管了，我也管不了那么多了，你从哪里买打包机，你从哪里进铁屑，你在哪个地方建厂房，这些我都不管了，你用哪个村的人帮你干活我也不管了，我就是按一吨打好压块买你的，每买你一吨压块，我就给你 800 块钱，至于你买的是 400 块钱一吨的废铁屑，还是 700 块钱一吨的，我就不管了，挣多少是你的事情。"

钱忠诚本来心想，让大鹏给他的妹妹提供点流动资金，帮他们干起来，见大鹏说得这么斩钉截铁，再说他这段时间，帮着建这个轧钢厂，也看出来了，大鹏确实是投资投得已经筋疲力尽了，资金快到了山穷水尽的地步，也不可能再拿出钱来帮别人，想到这里，钱忠诚就说："好了好了，其他的事你甭管了，你到时候就跟他们签一个合同，让他们按时给你供货就行了。"

大鹏就非常痛快地说："咱说好啊，钱乡长，咱是这么好的朋友关系，我建厂子你也给我帮了这么多的忙，你让亲戚给我送这个压块原材料，我非常欢迎，但是，你千万要让他弄得质量好好的，里头别弄上一些废石头破砖块，还有废橡胶、棉线什么的，掺一些杂物，一个是显得做生意不仗义，再一个是，这样质量的铁块扔到电炉里头，容易炸炉，炉子一烧这些异物，它就会产生一些火花，有时候就会爆炸，如果电炉炸了，一台炉子就好几万块钱，咱这损失可就更大了。"

钱忠诚就答应着："那是那是，我这就给他们打电话，让他们开始准备买打包机，好好地干，你帮他们干起来，他们也是近水楼台先得月，沾你的光，也挣点钱。"

第三十五章

这一天一上班，牛兵就被供销大厦的经理叫到了办公室，说："你这段时间干得确实不错，大厦主人翁意识发挥得挺好，尤其是在巡逻的时候，发现了管道漏气的隐患，确实给大厦排除了有可能发生的一个大麻烦，是一个好员工，经过公司经理层研究，决定给你安排一个新的工作岗位，不再干这个保安了。"大厦经理仔细地问，"你在无线电厂不是管理过设备吗，主要管理的都是哪些设备呢?"

牛兵说:"我在无线电厂的时候,主要管厂里的起重机设备,仓库里有些不锈钢微丝焊接的电焊机,还有无线电极管焊机什么的。"

大厦经理就说:"那好,大小一个意思,设备管理是相通的。经理办公会商量了一个意见,决定把你调上来,当设备部副经理,同时呢,也是安全部的副经理。你每天的工作任务,就是对这五层大厦里头的设备进行巡检,发现安全问题及时上报,能处理的及时处理。"

牛兵就说:"我可能干不了这么大的事儿,我恐怕操不了这么大的心吧。"

大厦经理推心置腹、语重心长地说:"我看你能行,你有这份责任心。再说,你以前也有管理仓库物资和设备的基础,你先试着干吧。工资待遇呢,也不是你干保安一个月800块钱了,给你按这个部门经理算,一个月1600块钱。"

这番话让被生活打击得几乎丧失了信心的牛兵,重新振作起来了,尤其是经理对他的这番诚心诚意的信任和嘱托,让他十分地感动。

一下了班,牛兵就骑着自行车,用最快的速度回到家,找到周华,抱着周华的头,"呜呜"地哭出声来:"今天我升职了,我一个月挣1600块钱了,不是原先的800了,我能挣一个好人的钱了。"

窗外寒风凛冽,一阵小雪簌簌落下,仿佛也在为重生的牛兵,擦拭脸上曾经的忧伤。周华看到牛兵重新振作起来的样子,滚烫的眼泪止不住地流了下来。

时间过得好快,日子就这样悄没声息地一天天溜走,大家都在忙碌中,尽职尽责地挣钱养家,努力维持着一家老小的柴米油盐,尽力让每个人过得好一点。

一开始,大鹏的轧钢厂生产顺利,效益不错。可就在这一天夜里,出了大麻烦。

这年夏秋之间,雨水多,天气忽冷忽热。滔滔的黄河也伴随着降雨的增多,波涛汹涌,浊浪翻滚,一股莫名的力量在冲击着黄河的堤坝。

本来轧钢炉最怕这样的天气,偏巧,这天夜里,上半夜还好好的,天朗气清,可到了后半夜,工人也有点疲乏了,天气燥热得让人受不了。

一炉钢汁新鲜出炉,工人轻车熟路地缓缓放下吊钩,熟悉麻利地吊起钢炉,然后,行吊缓缓升起。一切顺利地进行。

突然,不知怎么回事,吊扣"吱嘎"一声就断裂了,工人四散躲避,一炉钢汁倾泻而出。突然的高温，熏得行吊上无处躲藏的工人"哇哇"大叫。顿时，生产车间里乱了套，声音嘈杂，一时间大家都没了主意。

躺在厂办公室连帮椅上值班的大鹏，蹭地蹦了起来，赶紧叫电工断电，打电话叫救护车。

随后，乡里值班的领导，供电站的工作人员、卫生院的医护人员陆续赶到，刘光明也在第一时间赶到厂里，处理生产事故。

情况紧急，必须首先安排受伤员工的救治，刘光明指示，乡里的工作人员和厂里安排的专人，把受伤的四名一线工人，送到不同的医院紧急治疗，厂里有多少现金，先从厂里拿钱，如果厂里资金不够，从乡财政借钱，先给厂里垫付医疗费，必须把职工的抢救工作放在第一位，人命关天，这是最大的事情。

救护车一辆接一辆，鸣着笛走远了。

县安监局局长和县府办领导也来到了厂里头，要求刘光明抓紧在现场找一间办公室，开一个会议。乡里的全体干部和相关站所的所长也参加了这次大会。

刘光明在会上要求，这一次出现的突发事故，是一次重大安全事故，也是醴泉乡经济发展到一定程度，出现的与人民群众安全有关的一件大事。必须全力以赴，首先要保护职工的人身安全，然后把企业内部的安全隐患排查一遍。不只是大鹏这个企业，其他所有的企业一律停产进行排查，先别只顾着生产了，有毛病先把毛病治好了再说。

县领导对刘光明快速反应，采取紧急救援措施，处理安全事故的办法，表示高度的赞赏。要求在全县对此类企业和相关的产业，进行一次安全排查，确保不再出现类似的情况。

开完会议，县领导表示："让县直来的各局长和乡里的领导干部，分别盯靠那四个受伤住进医院的工人。如果有什么家庭困难或者是治疗中遇到什么问题，当即解决处理，该拍板的现场拍板！"

事故处理分工落实的会议结束了，大家抓紧分头行动。时间已经到了下半夜一点多钟了，刘光明刚走出大鹏的办公室，就听见天上"轰隆"一个炸雷，瓢泼大雨顷刻而下。

一直在一旁陪着刘光明处理事故的赵荣进，突然想起来一件事情，就赶紧嘱咐大鹏说："你到西南角那个地方看看，水管子千万别让它堵了，如果水管子堵了，排不出水去，南边那块院墙就麻烦了。"

雨一阵紧似一阵，下得非常大。

黄河的千里大堤也在极力地坚持着，似乎快要经受不住这么巨大的洪水冲击，防汛形势岌岌可危。作为黄河支流的卧狼沟，本来就河道狭窄，地处低洼，从客观地理形势上也导致了洪水的形成，当下面临着非常大的泄洪危险。

赵荣进坐上大鹏的面包车，大鹏把雨刮调到最快的速度，开车跑到厂子最南边，去看看下水道的排水。

卧狼沟两边建的企业，堵住了一些分支水沟的排水，确实造成了非常大的隐患。大鹏厂南边的积水越来越多，当时下水道的水管，已经满足不了排泄这么紧急雨水的需要了。赵荣进和大鹏赶到南边墙跟前的时候，就听见"呜呜"的一阵洪水咆哮声，"轰隆"一声，就把大鹏的南院墙给冲倒了，大鹏的面包车被洪水冲出去老远，玻璃也摔碎了，车身也变了形。赵荣进和大鹏的脑袋都磕破了，整个轧钢厂一片狼藉。

真的是雪上加霜。

一场事故和一场大雨，不但让院墙倒塌了，让这个企业倒了，更让年轻气盛、踌躇满志的大鹏倒下了。

在卫生院病床上躺着的大鹏，一只脚上打着石膏，双手抱着缠了绷带的脑袋，放声大哭……

第三十六章

到齐鲁音乐学院念大学的朱丽英简直是如鱼得水。朱丽英在念小学、初中、高中的时候，学校里都是从农村出来的孩子，生活非常简朴，所以有些女孩子根本看不出漂亮不漂亮来。但是，上了大学就不一样了，可以穿自己喜欢的衣服，不用再穿颜色单一的校服了，又加上朱丽英念的是音乐学院，那是以形象和特长为主要特性符号的地方。朱丽英天生嗓音悠扬婉转，长相又非常甜美，一下子就受到老师和同学们喜欢。

入学以后，马上就要到元旦了。元旦的时候，音乐学院要进行一年一次的文艺汇演。朱丽英的导师周昆仑，让她准备演唱一首革命歌曲。学校里要举行大型的文艺晚会，对于民歌声乐系来说，唱红歌亮一亮嗓子，是新入学的大学生必修的课程。这是导师们考察新入学学生，参加社会活动、登台演出、现场发挥等各种素质的一个机会。像这样的机会，朱丽英肯定不会放过，本来她在这方面就有特长。

"唱什么歌合适呢?"朱丽英就跟周昆仑商量。

周昆仑说:"像你这嗓子这么亮,声音这么高,唱《映山红》是比较合适的。"

"夜半三更哟盼天明,寒冬腊月哟盼春风……"说着,两个人情不自禁地唱了起来,声音高亢嘹亮,余音缭绕,传遍了整个练音室。

唱了一段以后,周昆仑说:"你唱这个肯定行,不用音乐伴奏,到时候用钢琴伴奏就可以。咱们学院这个器乐系里头有很多小伙子,钢琴弹奏水平非常高,到时候让他们给你伴奏。"

朱丽英说:"你觉得刚才唱的这段能行?"

周昆仑说:"行,行,完全没问题。"

朱丽英高兴地说:"那就唱这段,我回去练练。"

一上班,刘光明就找来副乡长刘赫森和组织委员张雨信。

刘光明对他俩说:"你俩抓紧去找一下赵荣进,让他和你们一块到大鹏厂里看一下,鼓励他抓紧把厂子的生产恢复起来。"

刘赫森就说:"如果是找赵荣进,我跟张雨信主任去就可以,但是,要是找大鹏的话,因为他是企业家,还是让分管企业的钱忠诚乡长一块去吧!"

刘光明一听,脸色一沉,就说:"我还不知道钱忠诚是分管经济工作的副乡长?他不是在县城学习了嘛!还得去开个会,这两天他来不了。但是,咱这事情不能再等了。如果再等的话,大鹏轧钢厂长时间拖着恢复不了生产,对咱们来说,不光是一个经济上的损失,关键还有对外宣传方面的损失,还有政治方面的损失。让县里的领导和群众,认为我们不是扎扎实实为企业服务、为群众服务的,你俩先去找赵荣进,跟他去一趟吧!"

张雨信就请示刘光明说:"我们去,如果厂里提出有什么困难,怎么答复呢?"

刘光明就说:"你就明确告诉他,如果缺少资金,我负责帮他找银行贷款;如果与电力部门或者其他部门打交道有什么困难的话,我帮他解决。只要他小子能瞪起眼来,再把厂子干起来就行。"

两个人赶到村里的时候,赵荣进正好指挥着一辆压路机,在修村内的道路。赵荣进老远就看见了张雨信和刘赫森,冲他俩摆了摆手。刘赫森跟张雨信走到跟前的时候,正好看见在一户人家大门口的一个过堂里头,支起了一张小方桌,方桌上放上了喝水用的茶壶茶碗,看来老乡们对村里筹集起钱来,给老百姓修路的事,还是非常欢迎。

正说话的工夫，周一本"呼哧呼哧"地跑了过来，对赵荣进说："朱四九门口那里，有个一米多的台子，应该给他拆了，但他就是不拆啊！你说咋办？咱总不能再在他这个地方拐个弯吧？前天我们在通南胡同的时候，想把那个胡同取一个直，让胡同南北一条线，不光好看，而且群众走起来也顺，竹花那口子孙子宝在那里，就是不让拆，你就说拐个小弯，现在群众都骂咱了，说是咱村修的街，遇到亲戚就拐弯啊！"

赵荣进冲周一本挤了挤眼，说："你咋这么多废话呢，你就不会沉住气说吗？单独找朱四九来拉拉，朱四九那小子，总是有点事的时候，就和村里对着干，找碴儿，他咋这么多事呢？，修，就比不修强；修，就比原先坑坑洼洼的强，你把朱四九给我叫过来，叫他上这儿来找我，我跟他说说。"

周一本一摊手，说："让他来他不来呀！他要来的话，就不这样做了，你还是抽空到他家去一趟吧！"

赵荣进指了指周一本的鼻子，说："你啥事也干不了，到了关键时候你就拖后腿，脱套子。"

说完，赵荣进就让刘赫森跟张雨信坐那儿喝水："你俩先在这儿喝点水，我和老周到朱四九家里去一趟，不能让他一个人把工程拦住，工程好不容易干成这样，没法干活，那可不得了，全村老少爷们都支持，还能让他一个人给搅和了不成？"

刘赫森一看，就说："要不今天你先修路吧！我和张主任先回去。"

赵荣进就说："没什么事，我安排好了就没事了，你俩在这里等我一会儿就行，你们来找我不是还有别的事情吗？我回来再跟你们说，你俩先在这儿喝点水。"

第三十七章

朱丽英学校的文艺晚会就要在今天晚上举办了，她和老师同学们正忙活着在化妆室里化妆，突然有一个同学拍了拍朱丽英的肩膀，说："外面有人找你。"

朱丽英大吃一惊，原来是周猛找到了朱丽英的大学。

朱丽英兴奋得不知说什么好，就问周猛："你咋突然来了呢？也不给我发个信息，打个电话也行。"

周猛高高的个子，英勇威武的身躯，确实让人喜欢得不得了。周猛笑眯眯地说："我们学校提前放假了，我们是体育学院嘛，冬天一般没有什么比赛，我就过来看看你。"

朱丽英就把手里的衣服递给了周猛，说："你来得正好，帮我拿着这棉衣吧！我先跟同学们化妆，待会儿你再把这棉衣给我，中间我穿一下，你今天就当当我的助理，晚上演出完了，咱一块去吃饭啊。"说完，朱丽英俏皮地伸了伸舌头。

朱丽英的男朋友找到了音乐学院，一下子让学校那帮大学生，吊足了胃口。周昆仑说："朱丽英，怪不得你这么情绪高涨，原来有一个帅气的男朋友啊！还是学体育的。"随后周昆仑就对大家说，"今天晚上，大家好好地演，演完了以后我安排地方，咱们请朱丽英的男朋友和大家一块喝酒祝贺，但前提是，要集中精力，先把今天晚上的节目演好。"

晚上的演出非常成功，由于周猛的突然出现，朱丽英在舞台上发挥得非常好，演出非常卖力。

演出结束以后，周昆仑真的兑现他的诺言，领着他的七八个学生和周猛，一起到大学门口的一家小酒馆，点了七八个小菜，还上了一盘龙虾，喝起酒来。喝酒的过程中，同学们就没轻没重地拿着周猛和朱丽英开玩笑，又是什么小两口，又是什么恋人，又是给他们租个宾馆，让他们出去住一宿。每每吵得厉害的时候，周昆仑都是一副长者的姿态，马上给他们叫停，说不能违反学校纪律，年轻人要自重，在关键时候要守住底线，考虑周到什么的，反正有一种说不出的对朱丽英的关心和保护。周猛隐隐约约地觉得，这里面有什么说不清道不明的东西，反正就是感觉到，周昆仑是在保护着朱丽英，这让他既放心又担心。

大鹏带着腿上的伤，一边跑医院给受伤的那几个职工送生活费、找医生，一边还要把厂子里倒了的院墙再修起来，把厂里的设备重新检修。累死累活，疲惫不堪，放弃的心都有。

乡里干部也非常清楚，大鹏的厂子要是倒了，那可不得了，这是全乡经济发展里头的大事。就大鹏的这个厂子，不但撑起了醴泉乡的"半壁江山"，更重要的是，他的厂子还养活了七八百个工人，每个工人背后就是一个家庭，好多人家指望着大鹏这个厂子生活。

还有就是相关的产业，比如说，有很多的货车给大鹏轧钢厂供应原材料，把生产出的产品往外面送，运费是货车司机们的主要收入，还有面包车和夏利小轿车司机，在大鹏厂门口做出租车生意，有一些来谈生意做买卖的，就靠这些出租车来解决交通问题，这些出租车司机，也依靠着大鹏这个轧钢厂养家糊口。

不光是这些，就拿赵荣进来说吧，赵一鸣在南边有一个打压块的厂子，给大鹏的企业供货，还有乡里的副乡长钱忠诚，他的妹妹和妹夫也给大鹏的厂子供应着原材料，指望大鹏厂里红红火火的，大鹏吃肉，他们也能弄碗汤喝。所以说，这个厂子的好坏，直接影响着很多人家的生活，乡里必须得让这个厂子东山再起，从头再来，涅槃重生，春风吹又生才行。

刘光明就觉得，应该找相关的人员，开个会商量商量，看看大鹏的身体恢复得怎么样了。如果身体恢复得可以，要尽快帮助他恢复生产，重塑信心，把这个厂子救活过来才行。

第三十八章

这世上有些事情，好事能变成坏事，坏事也可能变成好事。牛兵的眼睛，虽然因为突然出现问题，视力减弱，但是牛兵却好像突然有了特异功能似的，耳朵格外灵敏。在大厦巡查的过程中，发现了一个重大隐患，被任命为安全部的副经理了。这真是一个天大的好事，对于牛兵信心的恢复和精神的重塑，起到了非常大的作用。

也别说，牛兵还是非常争气的，在大厦里头，他领着办公室的两个人，把大大小小的设备和安全管道，逐一排查了一遍，并认认真真地建立了一整套档案，这让大厦经理大吃一惊。因为在这之前，大厦没有这么一套完整的档案，大厦经理心里觉得，这小子还真不是一般的人物。

随着工作的逐渐开展，牛兵的身体恢复得相当好了，眼睛又戴上了眼镜，再加上大厦的经理对牛兵格外喜欢和刮目相看，所以他完全能够胜任工作，工作起来也得心应手。这一天，大厦的总经理赵守根就把牛兵叫了过去。

赵守根对牛兵说："咱们大厦呀，想在齐邹城山南的地方，另外新建一个项目。新建项目的特色，不能和现在这个大厦的特色一个样子。现在大厦的特色是以中、低档消费群体为主，服装、日常生活用品，都是平民化标准。我们准备适应新的城区建设，在新城区建设一个带有宾馆和餐饮、金银首饰、高档服装，相对来说档次比较高的、综合的新大厦，我们给它起一个名字叫'新世纪'。"

牛兵原先是在国有企业工作，知道国有企业的势头和规模。所以他对新上项目也是司空见惯，但是一个大厦的总经理，突然跟他一个小部门的副职商量这样一件大事，让他确实有点摸不着头脑。牛兵就问赵守根："这个想法很好，思路也很好，我在里面能起什么作用呢？你打算安排我在哪一方面工作，我就在哪一个方面认认真真地干好。"

赵守根抬头看了看牛兵，一脸真诚又聚精会神的样子，一字一句地对牛兵说："让你担任哪一方面的工作？起什么作用？我们董事会经过研究，准备让你来担任这个新项目的负责人，把这个项目的建设交给你去主持。"

这下可着实把牛兵吓了一跳。

牛兵因为消息来得比较突然，一下子没缓过神来，就结结巴巴地说："我，我能胜任干这么大的工作吗？我可没有干这么大工作的经验！"

赵守根盯着牛兵的脸，认真地说："想干就能干好，你就说你想不想干。首先，我告诉你，这个差事是一个苦差事，要没白没黑地盯住这个项目，里面的困难是你现在所想象不到的，包括批地的问题，项目可行性研究报告的审批，要跑县里的部门，还有工地上的设备、工人、生活、电力什么的，全套的东西你都要负责，你想招人你就招人，你想从咱们大厦里面挑人，你就挑人，这个差事你敢不敢承担？"

牛兵犹豫了一下，说："不敢，我没那胆量，我觉得我干不了这么大的事情，咱别把项目干砸了，再出别的麻烦，我也对不起你对我的信任。我知道你是想培养我，让我干点事，但是让我挑这么大的担子，我是真的有点怵头啊！"

赵守根沉思了一会儿，说："你觉得干不了就算了，你愿意怎么干你就怎么干吧！今天等于咱哥俩白拉了。"

牛兵出了大厦总经理老赵的办公室，一边走一边在琢磨，赵守根说今天下午等于咱俩白拉了，好像还不是说放弃的意思，看那样子是鼓励他，想让他接手这样一个大的项目。实际上，牛兵心里也是想干成点大事的，但是他觉得心里还真是没底，弄这么大的项目，自己能不能坚持下来，心里头确实有点打怵。

王前进结婚的那天，乡里还真的去了不少干部，村里的赵荣进和竹花那帮村干部，也都去捧了场。平常干点啥事都小心翼翼的王丰收，千算万算还是闹出了笑话。

按照农村的风俗，结婚的时候是要摆很多桌酒席的，王丰收就提前和七大姑八大姨打了招呼。王前进和周小月的同学，也在那一天，在王前进家里同时给他们把客人请了。这样一来，主要是王丰收家里买菜、置办桌椅板凳就可以了，不用让周一本家再准备这些东西，周一本也觉得非常合适。

但是这一天，周一本非要去王丰收家坐席，赵荣进就跟王丰收说："他愿意来就来吧，我也是好不容易把他约过来的，这样两家合一家了。"

这样的话，麻烦就来了。周一本来参加他俩孩子的婚礼，虽然他是村里的副职，但是，他是周小月的父亲，王前进的岳父。那天他是亲家，是主客，那他就得坐第一把椅子，也就是农村酒席上的上首。这样，乡里的干部和赵荣进就不能坐那个重要位置。赵荣进倒好说，他是村里的书记，那天乡里来了客人，他主要是起陪客的作用。但是，乡里的领导怎么安排呢？赵荣进和王丰收琢磨来琢磨去，就把周一本安排在另一桌的上首椅子上，让乡里的干部坐在主房里头的主桌上。

乡里的干部来的是刘光明书记，还有钱忠诚、刘赫森两个副乡长。刘光明就主动提出来，说："今天有没有更主要的客人？咱是入乡随俗啊！要是有别的客人的话，还是让人家客人坐在这个桌上，我们就是来喝喜酒的，在哪里喝都行！"

赵荣进就和王丰收赶紧解释说："都已经安排好了，也提前和亲家商量好了，亲家在另外一个房间里坐主桌，乡里的领导们坐这一桌就行。"

一开始的时候气氛融洽。

酒过三巡。王丰收和家里的人，就忙着来来回回给乡里的领导、周一本、亲戚朋友、街坊邻居和厨房里做菜的大师傅敬酒。

周一本在村里，刚开始的时候干村委委员，后来干村支部副书记，和村里的老少爷们处得关系比较融洽。村里的老百姓也都知道周一本的底细，知道这小子好占点小便宜，是心胸比较狭窄的一个人。于是有人就跟周一本开玩笑说："周一本，今天中午你坐的这一桌不是主桌，而是偏桌，那个主桌让人家乡里的领导坐了，你周一本不如人家的官大。"

一开始，周一本根本就不拿这话当回事。因为他知道，他本身是村里的干部，对乡里领导非常尊重，又加上是自己闺女的喜事，他还是比较谨慎和守规矩的。

还有几个人和他开玩笑，说的也都是这个意思。话听多了，周一本脸上也多少有点挂不住了。再加上敬酒的人越来越多，周一本又不能说不喝，因为他跟村里的老少爷们太熟悉，只要敬酒他就喝。酒越喝越多，不一会儿，周一本喝得基本上就带点醉意了。

小月听说自己的爹在那桌喝得差不多了，就过去劝他："今天少喝点，这不是在平常啊！"

周一本说："没事，没事。"

说话的工夫，按照农村风俗，四炒、四炸、四冷荤、四大件等这些菜，按先后顺序登场，全部都上到了酒席上。这在醴泉乡是非常讲究的一件事情，醴泉宴席也是远近闻名的一个酒宴，菜品丰富，分量很大，味道很足，具有别样的地方民俗特色。

醴泉乡位于齐邹西南部，东为青龙山、会仙山，分别与黛舟乡、黄山乡、鹤鸣乡为界，西部和南部隔长白山与章州市相邻，北为明礼乡。面积五十四平方公里，人口三万五千多。境内南部为山区，北部为平原。地形大势，南高北低，属温带季风气候，四季分明，降水较充沛。交通便利，主要道路路面硬化率百分之百，寿济路和济青高速路相傍贯东西。

这个地方的旅游资源还相当丰富，有三个山会，三个旅游风景区，以民营经济发达为主要产业特色，不仅如此，这里还有不少美食，特产丰富，小米、柿饼、炒鸡远近闻名，最有影响力的，当数具有传奇色彩的非物质文化遗产——"醴泉宴席"了。

关于醴泉宴席，还真的有一段故事。相传，嘉靖皇帝亲生母亲，是河南乌龙镇平民李凤姐。在被正德皇帝遗忘的情况下，她含辛茹苦将儿子养大。嘉靖即位后，亲自赴河南迎接李凤姐回宫，庆祝母亲的五十大寿。回京路上，要经过齐邹醴泉乡，遭遇瓢泼大雨，嘉靖只得在龙怀村北的万寿寺歇脚暂住。谁料这连阴雨好几天都没停，二月二十八日的太后寿辰，只能在醴泉乡过了。

皇帝正在为寿宴过于简单而发愁时，万寿寺住持自告奋勇，请来各村的老厨师各自献一道美食。在嘉靖帝怀疑的目光中，各路大厨各显其能，用当地仅有的食材组成了满满一大桌的"醴泉宴席"。太后李凤姐尝后，大加赞赏："醴泉宴席，百里不同。"从此，"醴泉宴席"成为当地特色美味而闻名遐迩。

五百年来，经历代大厨的创新完善，"醴泉宴席"形成了今天四炒、四炸、四冷荤、四汤碗、八行碗、四大件，总共二十八道菜的基本格局。冷热搭配、荤素搭配、精细搭配。可见，这宴席是醴泉人多年积淀的集体智慧。

"四冷荤"指的是凉拌牛肉、鸡胗、肚子、烤肉。再添上鸡蛋卷，撒上香菜，这四道凉菜像是画卷一样在八仙桌上展开了；第二主题叫作"四炸"，指的是鱼、虾、藕盒、肴豆腐。这炸鱼寓意着年年有余，而肴豆腐则是选用醴泉优质大豆磨出的细豆腐；"四汤"指的是四个小汤菜，食材有长丸子、莴笋、芹菜、香菜；而"四碗"则是红烧肉、排骨汤、肉丸子汤和鱼汤；"八行碗"指的是长丸子汤、大鱼汤、红枣莲子汤、鸡蛋汤、椰子肉、扇贝汤、鸡汤、圆丸子汤。行碗里的汤都是原味老汤，它们是醴泉厨师以几十年，甚至是上百年的秘方精心熬制，才有的好味道；"四大件"指的是宴席最后上的四个大碗，其中第一个大件盛的是红烧肘子肉。这肘子肉是整个宴席高潮的标志性食物，上了这大碗肉，主人家就需要挨桌敬酒了。宴席可不只是吃饭那么简单，里面有文化，有人情，满是讲究。菜咋上，筷子咋动，啥时候敬酒，都显示着一家、一村人的教养、素质。

当地的人们将"醴泉宴席"的做法，代代传承下去，他们除了给村里忙活喜宴，有的在齐邹各村开饭庄，有的在齐邹县城当厨师，甚至有的将"醴泉宴席"开到了其他县市。这些饭店生意越来越好，常常是宾客爆满。

古往今来，醴泉宴席代代相传，也形成了独特的饮食文化，经久不衰。醴泉宴席以自然传承的形式，不断改进和完善，深得人们喜爱。乡民说，吃上一次醴泉宴席就像是过大年了。

这时候，到了酒席的另外一个阶段，什么阶段呢？就是酒席的主菜和凉菜，按农村宴席的全部规模都上完以后，厨师要做上两锅至三锅的大锅汤，给帮忙端菜的、提水的、搬酒的乡邻吃。大锅汤是用白菜、炸肉、粉皮，豆腐，还有香料什么的做成的。一般情况下，一家有喜事，都得五六十口人吃大锅汤。这时，有人把大锅汤从炉子上端到了院子里，下面用三块砖把大锅支起来。忙忙活活的服务人员，和家里的男女老少，准备拿碗舀大锅汤开始吃饭。

就在这时候，上来酒劲的周一本，就感觉到一阵一阵的尿意，他从房间里转出来，就要上厕所去。

家里有喜事的时候，农村的这个茅厕，都是要提前打扫得干干净净，来的亲友客人们使用完后，每天都要用新土敷上，保持清洁干净。

周一本晃晃悠悠地从房间里出来，王前进的哥哥王胜利就赶紧跑过去，轻轻地扶着周一本向茅厕走去，怕他跌倒了出洋相。到了茅厕跟前，周一本回头冲王胜利笑了笑，说："没事儿，我还没喝多呢。"

就这样，王胜利就在茅厕门口等着周一本，等他解决完了以后，好再把他送回餐桌旁。

周一本酒喝得确实不少了，一阵一阵的酒气"呼呼"地往上蹿。最后，周一本还是双手解开了皮带，画圈似的在那撒尿。

忽然，一小阵儿凉风吹过来，周一本一阵儿地迷糊，身体就往前倾斜，一看就要掉进茅坑里，就伸出腿来想蹬到对面的墙上，用两条腿叉住。他没想到的是，解手的地方，离对面的墙，还有两米的距离，实在是叉不住了，就听见"扑通"一声，周一本一下子就掉进茅坑里。

这还了得，亲家掉进了茅坑。

王胜利一下子叫过来几个人，赶紧把周一本从茅坑里拉了上来。周一本的鞋上、裤子上，到处都是脏东西。这样子，实在是没法上屋里去了，王胜利就给他提了一桶水来，周一本用那桶水洗了把脸，醒了醒酒，又找了一块破抹布，把鞋上和腿上的脏东西擦了擦，赶紧和王胜利说："这次丢大人了，你抓紧找个车把我送回家吧！"

王胜利还要喊几个人帮他扶住周一本。这时的周一本已经歪倒在墙上，还强打精神对王胜利说："你小点声，别让人知道了，赶紧把我送回家吧！"王胜利就找了一件衣服，蒙住周一本的头，两个人低着头，好像是找什么东西一样，悄悄地从忙活的人群中出了大门口，坐上了王胜利的面包车，"呼"的一下子开走了。

坐席的客人找不到周一本，就问王前进："你岳父去哪儿了？"这时候，王胜利就赶紧过来说："家里有人找他，我送他回家了。"客人们都知道是怎么一回事，肯定是喝醉了，就笑了笑，说："回去就回去吧。"

事实上，世上确实没有不透风的墙。后来周一本在闺女的宴席上掉进茅坑里的"伟大壮举"，还是让村里的老少爷们知道了。打那以后，村里人只要看见周一本喝酒，都嘱咐周一本："你可少喝啊，可别再掉到茅坑里。"成了全村老少爷们的笑柄。

第三十九章

下了晚自习，朱丽英一个人疲惫不堪地往宿舍走。回学生宿舍要穿过一片小树林，小树林的旁边，有一片教师家属院的房子。突然，朱丽英就听见两个人吵吵闹闹的声音，其中一个男的，听着声音好像是她的导师周昆仑。

就听见周昆仑在低声下气地哀求着说："别闹了，孩子还在家里学习呢，咱快点回去吧！"那女的显然是周昆仑的妻子，就不依不饶地谩骂着周昆仑："每月就这么点工资，还成天装模作样的，人家都下海到公司里挣大钱了，你还在这里当这个老师有啥用？"

周昆仑忙着给自己的妻子解释："现在培养学生的任务这么重，咱就是学的这个，别的咱也不会呀。"

周昆仑的妻子说:"我不管,人家有的咱也得有。你看人家和你一块毕业的,都买上小轿车了,住上别墅了,你看你还是每月两千多块钱的工资,还成天领着一帮小姑娘到处跑来跑去,你活得挺潇洒呀!"

朱丽英慢慢地走过去,喊了一声:"周老师。"这样,才把他妻子无休无止的谩骂声给叫停了。

周昆仑显然是晚上出去喝了点酒,因为时间稍微晚了点,妻子就不让他进门了。

一看见有女学生来找他,周昆仑的妻子更来气了,就大声地喊道:"你给我走,别回家了,你愿意上哪儿就上哪儿去!"说完,把门"砰"的一声关上了。

周昆仑回过头来,冲朱丽英无可奈何地摇了摇头,说:"哎呀,我只能先到办公室去凑合一宿了。"

周昆仑垂头丧气地转过身来,往办公室走去。朱丽英一看到自己尊敬的周昆仑落魄成这个样子,就十分心疼地说:"周老师,我陪你走一走吧。"

周昆仑说:"别啊,你快回去休息吧,明天还要上课呢!"

"没事,耽误不了明天上课,我陪你走一走吧,到你办公室的时候我再回来。"

就这样,朱丽英陪着周昆仑走在校园里的小路上,周昆仑眼里充满了委屈的泪水,十分无奈和心酸。就在这时,突然听到身后急促的脚步声,朱丽英一回头的工夫,就感觉到脑袋"嗡"的一声,一下子就晕了过去,摔倒在地上。

原来是周昆仑的妻子,看到两个人一前一后地走远了,又泼妇一般地追上来,顺手捡起了一块砖头,一下子就砸在朱丽英的脑门上。朱丽英感觉到一阵眩晕,就摔在地上。

朱丽英醒过来的时候,已经躺在了音乐学院附近一家医院的病床上。

牛兵的公司要让他去负责新项目的事情,得到了父亲和周华的强烈支持。这一天晚上,周华和牛兵去棉纺厂父亲的家里吃晚饭,在餐桌上,牛兵就跟他的父亲说起了这件事情。

周华就给牛兵打气,说:"这在你人生中可是一件大事!现在如果你不去拼一拼、闯一闯,是没有出路的。你看咱们工作的地方是国有企业,国有企业还要寻找新的出路,更不用说那些没有资源、没有背景的。农民开着三轮车做个体户,骑着自行车带着两个篓子,到处卖农产品,做买卖。你有这样的机会，让你大显身手，施展你的能力，这是天大的好事啊！"

牛兵的父亲大牛师傅，经过深思熟虑，帮牛兵分析这件事情："一定要好好对待！如果这个机会牢牢抓住，发挥好，就能够干出一番名堂。当然，要是干不好，给人家大厦造成损失，人家也饶不了你。我觉得，按你现在这股子拼劲，再加上平常你仔细认真地对待工作这个劲头，还是能够干好的！"

说心里话，牛兵不是不想接受这个任务，只是觉得自己的能力确实有点欠缺，他心里正在纠结着，到底是应该做还是不做。

第二天，大厦的总经理赵守根打电话给牛兵，牛兵以为赵守根是要跟他谈接手项目的事情，心里头设计了很多种方案，准备去汇报一下这些方案。

当牛兵走进赵守根办公室的时候，同样在办公室里坐着的，还有一个领导模样的人。赵守根就介绍："这是咱们县工业局的刘局长。"

牛兵非常礼貌地冲着刘局长点了点头。刘局长说："你坐吧。"牛兵坐下后，赵守根就对牛兵说："刘局长这次来，就是想从咱这个地方抽调一个人，到各公司、各厂区检查安全设备的运营情况。你考虑一下，你有没有这个想法，借调到县工业局去干这个差事？"

牛兵一下子就愣在那里了，本来心里头有很多的想法想和赵守根汇报，但是没想到冷不丁又来了这么一下，他一时措手不及，就慌张地脱口而出："赵总，你不是说要让我去负责山南新大厦的项目吗？怎么把我又是借调出去检查了呢？"

赵守根笑了笑，说："你不是不愿意干吗？那项目你说你干不了，这困难那困难的。你干不了这，干不了那，你出去检查企业的安全情况，这你可干得了啊。你只能干这个，别的大事你也完不成。"

牛兵一听就急了："你咋能这么说呢？我还没干，怎么就说我干不了呢？"

赵守根就继续用语言来刺激牛兵："不是你干得了干不了的问题，你说你不想干啊，主要是现在你出去检查安全设备情况，我好安排其他同志，一个是负责新项目，一个是负责公司的设备安全运行。"

牛兵这下听懂了赵守根的计划，直接说："那不行啊，我不出去检查，我还是接手新项目。"

工业局的刘局长一看，冲着赵守根会心地笑了一下，说："先谈你的吧，你抽不出人来，我就再从别的地方找人。你回去琢磨琢磨，想干的时候再跟我说。"

赵守根说："那就得让牛兵自己拿主意了。你愿意干，你就出去检查，你如果想负责新项目，那你就拿好主意。"

头一天晚上，牛兵有自己的父亲和妻子给自己撑腰壮胆，早就在心里暗暗地下定决心，要大战一场。又加上今天赵守根的激将法，他就直接表态，说："干脆我就接受新项目了！"

赵守根明确表态："那这样好了，你如果想干这项目，就把你手头的工作交代，让天天跟着你的小杜接手你那一套，你明天就到我这里报到，我们就到工地去看现场，那块地的登记手续应该也快下来了，从明天开始，你就负责这件事情。大厦里头给你调出来一辆桑塔纳轿车，当作你的工作用车，你看看还要从哪里抽调两个人，给你配一下小工作班子？"

牛兵说："好了，我今天头午安排一下工作，下午我就过来报到。你先给我配上一个安全帽吧。我天天往工地上跑，得注意点安全。"

"那好了，这个简单，门口就有，你抓紧准备准备干活吧！"赵守根说完这句话，牛兵就冲着刘局长点了点头，走出了赵守根的办公室。

实际上，三个人都心照不宣。牛兵今天去赵守根办公室发生的这些事情，其实是赵守根和工业局刘局长早已准备好的一场双簧戏。

朱丽英住院的消息，传到了同学们耳朵里。同学们轮流到医院里去照顾朱丽英。同样是学民族音乐的同班同学曲玲玲，悄悄地对朱丽英说："俺们这些人早就听说了，周老师的老婆在医院工作，天天守着一些病人，也是非常辛苦。她脾气不好，经常跟周老师又吵又闹，弄得周老师身心疲惫。同学们和学校里的老师，都没人愿意和他们打交道，因为一打交道近了，周昆仑的媳妇儿就要跟人家吵闹，弄得人家上不来下不去，快难受的。"

朱丽英埋怨曲玲玲，说："你咋早不给我说呢？我可不知道，我要早知道这事，我躲着走啊，你看她用砖头把我头打破了，缝了七针呢。"

曲玲玲逗朱丽英说："没事，头上破一点没事，没把你的脸划破就不错了，划了脸那可麻烦了，以后唱歌咋上台呀！"说着，还伸手摸了摸朱丽英的脸蛋儿，弄得朱丽英哭笑不得。

朱丽英就说："以后我还得躲她远远的，可不能再招惹她了，真要命啊，太狠了！"

第四十章

大鹏的轧钢厂凤凰涅槃一般重新又干起来了。倒了的院墙倒是好垒，只是下面的水沟还真是个麻烦。大鹏决定弄一个挖掘机，在厂房的跟前挖出一条水渠来，把水给顺出去。这是个长远的办法，建厂的时候就应当想到这一点，弄一个不留后患，省得下大雨，再把院墙给冲倒了。

四个工人连住院费带误工费、生活费补贴什么的，就花了大鹏将近四十万块钱。电炉和机器设备又进行了更换和维修。大鹏的厂里真是雪上加霜，产生了资金危机。乡党委书记刘光明就安排钱忠诚和刘赫森他们，帮着大鹏到信用社和农行，又贷了二百万块钱，这样才让厂子起死回生。

这天上午，钱忠诚坐着乡政府给经济发展办公室配的一辆面包车，就来到了大鹏的轧钢厂里头。他一边走，一边打着电话："行行行，我跟厂里的负责同志说一下。"

说完，钱忠诚把翻盖的摩托罗拉手机"啪"的一声，潇洒地关上了。

大鹏一看钱忠诚来了，赶紧起身把他迎进了办公室："你这新手机款式挺好啊，这是谁给你买的？"

钱忠诚装着一副不愿意的样子，说："还谁给我买的？原先我自己不是有一部平板的按键式手机吗？我是拿那个手机，跟白酒厂刘志猛换的，他前天刚买了一个新的翻盖小手机，在我跟前炫耀呢，我就跟他换了。"

大鹏就说："人家不是冲着你炫耀，他肯定是故意给你买一部新手机，想给你，又怕你不要，人家就跟你换一下，这样就合理了。他怕你老人家收别人的东西犯错误，你不是当官的吗？"

钱忠诚就说："对对对，你说的这话有道理，现在企业都这么困难，咱是帮企业发展的，不能占企业的便宜，现在厂里准备得咋样了？"

大鹏双手一抱头，"哎呀"了一声，说："你看，这一下子弄得我心力交瘁呀！光这四个工人就花了我四五十万了，你说我干这企业，没白没黑地这么弄，一出事就是大麻烦，还真是挺要命的。"

钱忠诚指了指他手中的手机，说："刚才保险公司的经理，给我打电话说的就是这事，你考虑一下，如果你觉得合适，人家保险公司准备给你做一个保险业务，就是意外伤害保险。如果企业里头出现了职工受到人身伤害这种情况，住院也好，误工补贴也好，保险公司可以进行理赔。"

大鹏就问："咋弄啊，这个保险？"

钱忠诚说："具体的没讲，你要是有时间，我就让他安排业务员来跟你说一下。大体的办法，就是你每年要给职工交上一万至两万的保险费，然后，保险公司给你把电炉前的这几个工人，做一个意外保险，如果出了意外事故，就会给你进行赔偿。"

一听说入保险又要钱，大鹏的头一下子就大了，赶紧说："咱过几天再商量这事吧，我现在实在是拿不出钱来弄这个，我先把生产恢复起来再说吧。"

重新干起来的大鹏觉得，企业有点风险还真是麻烦，手里头没有点资金，感觉总是让人牵着鼻子走。于是，他决定以高于银行的利息在邻里乡亲之间，募集一部分民间资金。这样手里有余钱的就可以存到他的厂里，每年结一次利息，谁用钱的时候就把利息和本金一回清还，这样才能有一部分用作流动资金，也能承担一部分风险。如果银行撤资或者遇到什么重大项目的时候，也能够缓解压力，不至于厂子因为资金缺少就停产，那样也不是个常法。

于是，大鹏就起草了一个民间借贷的宣传材料，找了赵荣进在村里给大伙说道说道，有闲钱的可以存到他的厂里。就这样，如果谁家姑娘有对象给的彩礼钱，或者谁家小伙子出门挣了钱，就把剩余的闲钱悄悄地存到大鹏厂里头，大鹏每年给一点利息，这件事对老百姓来说，也是非常合算的一件事情。

那么，这个做法是不是合适的呢？钱忠诚和赵荣进就开导大鹏："现在做买卖、做生意、办企业，你什么也不用怕。上面说了，集中精力抓经济，一心一意奔小康，什么赚钱干什么，怎么赚钱怎么干，放心大胆地干你的买卖就行了！只要挣了钱，就是英雄好汉，没有什么合适不合适的，上面提出口号了，先发展后规范，先上车后买票。"

话已经说到这个份上了，大鹏脑袋一下子豁然开朗，也就没有什么顾虑了。

曲玲玲陪着头上缠着绷带的朱丽英在医院病房楼前的小花园里散步。

朱丽英摸摸头上已经基本愈合了的伤口，缓缓地说："这个疯女人还真是不得了，以后千万得躲着她走了。"

曲玲玲是朱丽英最好的朋友，也心疼地说："这事赖我，那两天我去省电视台帮忙，和他们组织那个歌手大奖赛，在家的时候忘了给你嘱咐这事了。"

"哪能赖你呢？"朱丽英说，"躲了初一躲不了十五，反正该遇上的事，就是命中注定的事。再说，咱们成天跟着周昆仑学习，在一起的时间这么久，他媳妇儿如果是这样的人的话，早晚得出这样的事，不冲着我来，她也得冲着别的同学来。"

两人正说话的时候，周昆仑拎着一提兜樱桃，来看望朱丽英。曲玲玲老远就看见了周昆仑，就冲着周昆仑轻轻地喊道："周老师，我们在这里。"

小广场里面有一张石头的圆桌，还有四个石墩子。周昆仑就和曲玲玲她俩一块坐在那里，一边聊天一边吃着樱桃。

周昆仑愧疚地对朱丽英说："丽英啊，这次真的是太不好意思了，你说我对象，她鼻子不是鼻子脸不是脸的，根本不问青红皂白，就来了这么一下子，你可千万别跟她计较，她现在就是一个神经病，她的更年期综合征太严重了，见谁都这样，你千万得原谅她。"

朱丽英非常大度地摆了摆手，说："算了，反正也没造成多大的恶果，过几天头发长出来就好了，我再戴上几天帽子，就这几天。但是，你千万得嘱咐她，以后看见我，千万别再给我动手了，我真受不了。"

周昆仑脸上一副无奈的表情，苦笑着对朱丽英说："我要是能把她说得按我的思路走的话，还能出这样的事吗？我在大学里当老师，天天给人家讲道理，自己的老婆却管不了，你说我有多失败呀！"

朱丽英一看，刺激到了周昆仑的软肋，就赶紧劝他："周老师，你也不用那么自责了，好在没惹出大的麻烦来。"

周昆仑就说："你住院花多少钱，我已经交上押金了，去算账的时候，我给你一块结了账，你就别让家里人担心了，没给家里说吧？"

朱丽英说："没跟家里说，又没什么大不了的，今天就出院了，你也不用太当回事儿，我也有新农合，还能报点钱。"

这已经是黄昏时候了，天渐渐地凉了起来，一阵微风吹过，朱丽英浑身一阵地抖，周昆仑就说："咱赶紧回病房吧，别感冒了。"周昆仑站起来，伸手去拉自己的衣服，一不小心用手碰着了朱丽英伤口附近的头发，朱丽英就"嗖"的一下子，露出一副痛苦的表情。周昆仑赶紧双手抱着朱丽英的头，问："没事吧？"朱丽英扬起脸来，两眼深情地望着周昆仑，然后轻声地说："没事，没事。"

在一旁的曲玲玲看到这样一个场景，心里就"咯噔"一下子，凭着女人直觉，暗道：这两个人怕不是好上了吧？

第四十一章

牛兵万万没想到，他接手的这个项目非常重要，被列为县里的重点工程，是县里的领导们非常重视的一个项目。

梁州县城中间有一条主路，在路的中段是商业大厦，是一个六层楼的大超市。改革开放以后，有做小买卖的，有从事各种生意的，经济十分活跃，老百姓手里逐渐有了钱，购买力是非常旺盛。县里的领导就考虑，再在南部新区新建一个商业中心，不但要通一条商业步行街，还要在商业步行街周围打造一座新的、功能比较全的，集休闲娱乐、文化购物、饮食服务一体的商业中心，牛兵负责的新世纪大厦就是其中的重头戏。

项目开工的那天，县里的分管县长、商业局长和土管局长等，几个关键部门的头头，都来到了现场。现场机器声隆，鞭炮齐鸣。单位安排牛兵代表公司向现场的领导和工人们汇报项目建设的具体情况。这是牛兵第一次在这么重要的场合，闪亮登场，正式亮相。

竹花家的酒厂干得也是顺风顺水。赵荣进从县工商局找了一个朋友，他那朋友是工商局质检大队的大队长严正尚，让他陪着竹花的对象孙子宝去了一趟四川，和四川的一家小酒厂，签订了一个合作开发白酒的协议。这样回来以后，竹花就注册了"齐邹县醴泉白酒厂"，把原来造假酒的那套工艺，规范包装了一下，就算成了一个正规的、合法的白酒厂了。

开办白酒厂可不是一件小事，里头的规范非常严格，一个是要有实验室，要有这样那样的仪器，对生产出来的白酒和原材料能够进行有效的检测。再是还要有酒窖，对自己收购的高粱发酵，然后加工生产白酒，那才是合格的白酒生产工艺。除此之外，还要有非常规范的生产线、罐装系统的整套流水线，才能算是一个合法的白酒生产厂家。

赵荣进为了竹花这个白酒厂，跑前跑后，又是忙着贷款，又是忙着征地，又是给她协调搞合作经营，真算是呕心沥血。明眼人都知道，赵荣进给竹花帮忙，跟给自己帮忙是一个道理，没准这家伙又在这里头参股了，反正这几年新设的项目，没有他不插一杠子的。

但是，让人感到出奇的是，竹花的白酒厂，从四川引进了酒的勾兑工艺以后，生产的白酒在当地供不应求。生产线上的白酒只要一装箱，就有人在等着用车往外运，效益非常理想。还没有两年的工夫，白酒厂的投资和银行贷款就还上了，连她自己也感到非常吃惊。

事情就是这样，群众的学习能力和模仿能力是非常强的。一看到竹花的白酒厂能够产生这么大的效益，又没有什么高科技含量，呼啦啦地，附近的村子一下子又冒出来好几家类似的白酒企业，商标和酒的品位跟竹花的白酒厂都差不多，包装相似，工艺相近，价格不高。这样，竹花的市场和效益一下子受到了影响，但是，也拿人家没有办法，走的都是工商局审批的路子，用一个方子抓的药，你的白酒厂合法，人家的厂子也合法，允许你干，就允许人家干，你用的那些门道，人家也是用的那些门道。

就在这样一种大气候的带动下，全乡出现了大大小小的多个企业：炼铝的，炼铁的，打毛球的，造酒的，造纸的，炼油的，到处污水乱流。

时间长了，废水积聚多了，就会发出一些臭味，对周围环境造成污染，沟边的树都黄了，叶子掉了，原来河里还有鱼虾，现在也不再生长了，这让周围的群众非常不满。

刘光明也发现了这样一个情况，就紧急召开乡村工作会议，安排部署。因为县环保局和县里的其他部门，也是经常来检查，这个弄法确实不行。

不行就不行吧，上有政策下有对策，对小企业经营者来说，有的是办法，小有小的好处，小巧玲珑，善于隐蔽，很多时候，有些不规范的东西就发现不了。

但时间一长，来找麻烦的多了，竹花的丈夫孙子宝就觉得有点烦气了："你说干点买卖，是上头也来查，群众也来找，这污水还没处放，我不排放到水沟里排放到哪里？"

有一天晚上，孙子宝在车间后面的一片小树林里转悠的时候，突然发现，树林子里头有一口废弃的枯井，应该是生产队的时候打的，浇地灌溉用的一口大井。时间一长，大井塌方，里面已经没有水了，四周也被长起来的杂草和树木遮住了。

孙子宝往下一看，大井非常深，黑咕隆咚的。他突然就想到：把生产车间产生的污水，排到这个枯井里头，不就行了吗？一个是这里能盛不少的污水，再一个是，这样就不用往外面水沟里排了，省得四周的群众说七道八，给自己厂里找麻烦。也让村里的干部和工商局的干部，好给自己打掩护，好好地干自己的企业，安安静静地赚钱。

选择好了地方，拿好了主意，孙子宝就把竹花悄悄地叫到了小树林里。竹花一看，就问："你这要干啥呢？老夫老妻的，这是玩哪一招呢？"这时，孙子宝就指了指小树林南侧的一口枯井，说："咱用这个地方就能解决了污水的排放，省得往那废水沟里排，让周围的这些人老是给咱告状，说咱们排放污水污染环境，咱把污水排在这口枯井里头不就行了吗？"

竹花回头一看，说："行啊，这法子好啊！但是，咱千万不能告诉别人，也不能让来检查的人到这个地方看，咱买一根水管子，埋到地下，让别人看不出来。外人问的时候，咱就说这段时间生意不好，买卖没法干了，咱厂里头不用排那么多污水了，别让四周的人产生那么多疑惑，省得那些同行挤兑咱，挣钱是硬道理，说别的都是白费。"

孙子宝听了老婆的一席话，暗暗地佩服，这老婆，真是为了赚钱，啥事儿也能办得出来的好料啊。

第四十二章

钱忠诚上了班以后，党委书记刘光明就把他叫到办公室，说："今年咱整个乡的经济发展形势非常好。你准备起草一个文件，我们要成立一个制止'三乱'办公室，对那些到咱们乡里来乱检查、乱罚款、乱摊派的要坚决制止，给企业创造良好的发展环境，不检查就是保护，不管理就是发展。"

钱忠诚就问刘光明："这个制止"三乱"的领导小组的组长是您亲自担任吗？"

刘光明说："这还有问题吗？我担任这个领导小组的组长，乡长、党委副书记，分管治安的副书记，分管企业的副乡长，分管电业的副乡长，都在里头担任副组长。公安、派出所、供电所，工商所、经济发展办公室，包括土管所等部门，都是领导小组的成员。制止'三乱'办公室，就设在你那个办公室，你兼任办公室主任。总之一个目的，就是制止那些乱到企业来罚款、来检查、来收费的，今天给企业找这毛病，明天给企业挑那这毛病的那些单位，来到这里检查的，必须到这个办公室来报到，经同意以后才能去检查，不同意的一律不允许检查。"

钱忠诚一听，这可是个大事，就犹豫了一下，问刘光明："咱这么弄，上面同不同意呀？"

刘光明说："你甭管了，这个我已经请示上级了，文件里头明确地提出，只要是对经济发展有好处的，一律开绿灯，要先上车后买票，先发展后规范。咱这是保证企业发展，给群众创造幸福生活，这没问题，你起草就行了。"

"好的。"钱忠诚答应一声，合上笔记本，就要往外走。

这时刘光明又把他叫住，说："你稍微等一下。"

"还有事啊，书记？"

刘光明就对钱忠诚说："你拟定一个名单，我们要开一个表彰优秀个体私营企业的大会，表彰十个到二十个优秀企业家。只要纳税多的，给我们作贡献大的、养活职工人数多的企业，我们要大张旗鼓地表扬。甭管他的企业是大是小，也甭管他的企业冒烟不冒烟，只要赚钱，只要缴税，我们就大张旗鼓地表彰。你要提前订好大红花和肩上披的那个绶带，我们要给这些企业老板披红戴花，鼓励他们多挣钱、猛挣钱。甭管咋说，挣钱才是硬道理。现在我们的思想必须要转变。要想着为群众办好事，没有钱，说别的都是白费。比方说前段时间，我们乡里的这条主路维修，不还是借机关干部的钱吗？每个机关干部工资那么低，还每人集资两千块钱。我们也知道，机关干部都不容易，但是，没有别的办法，我们没有钱啊，发展了企业，发展了经济，赚钱交了税，我们就有钱为大家办事了。什么修公路，什么建学校，我们还不知道把钱用在刀刃上，用在为群众办好事上吗？你抓紧把这两件事情落实一下！"

"好的。"钱忠诚一听乡党委书记的态度这么明确，那就只有抓好落实了。

王前进和周小月结婚以后，王丰收和村党支部副书记周一本成了亲家，越走越近，和原先在一起工作的状态就不一样了，隔三岔五地两个人就坐在一起喝点小酒，非常亲近。这让赵荣进有点不爽，以往的时候，这两人都是听他的，天天往他家里跑，到他家里蹭吃蹭喝。现在他俩成了亲戚，经常单独在一起交流了，就不再往他身上贴了，这一下就削弱了他的影响力。赵荣进就琢磨着，得给周一本和王丰收点颜色看看，让他俩知道，在龙怀村马王爷是谁，是谁脑袋上长着三只眼，谁在村里说了算，说话办事得看谁的脸色，让他俩知道点好歹。

王前进在乡文化站干得好好的，赵荣进就跟乡党委书记刘光明去要人，非要让王前进回村里帮忙不可，说是村里头需要写文章的年轻同志，目的很简单，就是拖王前进的后腿，不让王前进再在外面发展，回村里头，听他的摆布。

刘光明有刘光明的考虑，他站在全乡的高度上考虑问题，再者，王前进在乡里头正干得风生水起，他能轻易把他放走吗？就说："你村里那么些干部，学校里还有老师，还能干不了吗？你写什么东西啊，黑板报吗？你不知道我现在正用人吗？再说这孩子表现得非常好，我还准备把他调到其他办公室呢！"

刘光明这么一说，让赵荣进心里更不痛快了。王前进在乡里混得不错，大有发展前途。赵荣进想采取釜底抽薪的办法，把王前进抽到村里工作，这样就在自己的掌控之中了，好让王丰收和周一本看着自己的脸色办事。但他一看刘光明的目的，明显不能用这样的方法。心里头不禁暗暗地盘算：得采取别的办法，对王丰收和周一本进行适当的控制。

赵荣进自打看见钱忠诚换了新手机，心里就痒得难受，自己花钱买，又舍不得。心里就盘算着，想让大鹏或者是村里办企业的那些个老板，给他买一部和钱忠诚一样的带翻盖的摩托罗拉手机，上面有一根天线，打电话拉出来的时候，大约有十厘米长，下面一个小翻盖，用手指一拨拉，里面的按键是不锈钢的，闪闪发亮，打电话的时候从口袋里拿出来，十分潇洒。

谁愿意当这个冤大头，给自己买新手机呢？赵荣进还是琢磨着，从本村里头这几个干企业的小老板身上榨点油水。

县里抓的项目，进展是非常快的，因为县城南部建设的这个新世纪商厦是县里的重点工程，土地手续和资金都没有问题，采取先占后批的办法。土地是相中哪个地方就在哪个地方建，建完了把这个地方测量一下到底占了多少亩地，再补一个手续，县里的领导签字入档，就算是完结了。因为县里要干这样一个工程，各个单位都开绿灯。

牛兵忙得溜溜转，白天黑夜全靠在了商厦的工地上。

"周老师最终还是离婚了。"

当曲玲玲把这个消息告诉朱丽英的时候，朱丽英还是吓了一跳。

朱丽英问曲玲玲："周老师离婚以后住在哪里？"

曲玲玲说："周老师还是住在咱学校里面的房子里，他前妻已经搬出去了。周老师在白云山下还有一套房子，他们协议离婚，他前妻要了那套房子。"

"那孩子跟谁了？"

曲玲玲说："孩子跟谁都是一样的，反正两人都没时间管，我听说孩子判给娘了。"

朱丽英拉住曲玲玲的手说："周老师现在在哪里？咱俩去看看吧！"

曲玲玲看见朱丽英着急的样子，说："周老师可能是在家吧，我听说这两天他生了一场大病，不知道去没去医院。"

朱丽英不等曲玲玲说完，就转身飞快地向周老师家跑去。

到了周老师家，敲敲门，里面没有人应。朱丽英转身回来找曲玲玲，和连呼哧带喘跑过来的曲玲玲撞了个满怀。

曲玲玲边喘着粗气边对朱丽英说："别在这里找了，我刚才看见咱班的孙辅导员了，他说周老师去医院了，最近几天胃疼、哮喘，反正浑身都不得劲，已经喘不过气了，在学校附近的医院住院了，咱们去医院吧！"

结婚以后的王前进，工资低，老婆小月又没有工作，日子过得紧紧巴巴的。这天晚上，王前进的哥哥王胜利来到了王前进家里串门聊天。

王胜利虽然年龄也不大，但是，在村里摸爬滚打了这么多年，对农村的风土人情非常了解，有丰富的社会经验。王胜利当年初中毕业以后就没再上高中，跟着爹出门闯荡，到东北劈过铁，在外地工厂里干过装卸工，总之，脏活累活都干过，挣的钱都是用一滴一滴的汗水积累起来的，在村里是踏踏实实挣钱养家的一个人。王胜利也是一个热心人，知道走过来的路子非常不容易，就觉得王前进现在结婚了，起点也不错，在乡政府干了临时工，是一份体面的差事，再说，将来还可能有大的发展。王胜利就觉得应该再鼓励鼓励他，让他好好地在外面闯出点名堂来，有点出息，给这个家庭增光添彩。

王胜利的媳妇也是本村的，离着王胜利的家只有两条胡同，也就是三四十米的样子，娘家姓张，是一个大家族的人家。

周小月看到自己的大伯哥王胜利和嫂子张菊花来到了自己的家里，就忙着给他们冲水沏茶。

周小月热情地对嫂子说：“你咋不早点来俺家吃饭呢？让前进和哥哥喝点酒，在一块聊聊天，多好啊！”

张菊花心直口快，就直接说：“你哥是想早点来你家，蹭点酒喝呢，是我不让他来的，我说咱吃了饭一块去吧，你俩刚结婚一年，事情那么多，再忙这忙那的，真不够麻烦的。”说着张菊花看了看周小月隆起的肚子，关切地问，“现在几个月了？”

周小月脸一红，说：“还有不到一个月就到预产期了。”

“那你得去医院检查呀，现在没有在家生孩子坐月子的了，人家医院里头有专业的医生，还是尽早地上医院里头检查检查吧。我听人家说，有一个叫皮淆（音 shao，山东方言，水桶的意思）的东西，坐一坐就知道生男生女。”

王胜利笑了笑，说：“啥东西也不懂，那是 B 超，还皮淆，这 B 超不是用来查生男生女的，而是检查胎儿发育正常不正常的，你咋啥东西也说呢？”

放下暖瓶的王前进拿了一个马扎，坐在了王胜利的跟前，说：“去检查了，今天头午，我开着三轮车拉着她上卫生院检查了一下，人家医生说都很正常，到时候，就到咱乡卫生院里生孩子就行，那几个医生我也都挺熟悉的。”

张菊花就说：“你可得好好当回事啊，生孩子这事可了不得。再说你俩也都老大不小了，早就该要个孩子了，你没看人家赵荣进家里的孙子都三四岁了！”

王胜利就说："你少说两句吧，咱这家庭能跟人家赵荣进家相比吗？人家干大队书记干了这么多年，和乡里各个方面的干部关系处得那么好，人家孩子就是不到年龄结婚，别人都能给他想办法办到。"

王前进听了这话，是越说牵扯得越多了，就赶紧跟他俩笑着说："咱也甭跟别人攀比，咱过好咱的小日子就行。"

王胜利就给王前进分析，说："就目前咱村里这个情况看，人家赵荣进是村里的大队书记，是咱村里的第一家庭，是要钱有钱，要势有势。人家孩子也到乡里面当了管区书记，还有几个小厂，自己家里还有企业。妇联主任竹花一直和赵荣进黏黏糊糊的，竹花的生意也沾着他不少光，办了个假酒厂，今日让公安局的查住，明儿让工商局的查住，但是不管怎么查，人家就抱住赵荣进这条大腿，小企业干得风生水起的，每年挣不少钱。"

王前进想了想，说："是啊，人家都是有钱有势的好家庭啊。"

王胜利继续给他分析，说："再就是你岳父，在村里虽然说一直干着支部副书记，是村里三把手这样一个位置，但也是老百姓眼里当官儿的，老百姓都高看一眼。所以，你娶了人家小月，你得对人家好好的，实际上你沾了人家很大的光呢。"

听到这里，周小月脸上悄悄地一红，非常骄傲地看了王前进一眼。王前进就顺坡下驴地说："是啊，是沾了人家的光啊，我在乡里头做事，经常有人说认识俺家老丈人。但是，不管咋说，俺老丈人就是一个农村会计出身，总之，不如人家大队书记那么厉害，那么显赫呀。"

王胜利就说："你现在在乡里头干的是文化工作，虽然不如人家赵荣进的儿子赵一鸣干管区书记那么硬气，腰杆子不如人家那么壮，但是，你就得根据你的特长好好地发挥，你只有自己干好了，别人才能瞧得起你，你现在就比一般的孩子机会多。"

王前进苦笑了笑，说："哥，你还不知道吗？现在我在乡里头一个月才一两百块钱的工资，人家谁瞧得起呀！你看，现在都集中精力抓经济，什么赚钱干什么，怎么赚钱怎么干，没有人愿意去干这样一份小差事了，都愿意自己做生意、做买卖。有钱的人家去干企业，一个月就挣个三千五千的，甚至多的能挣一两万，谁还在乎那三百二百的工资啊！现在我也愁死了，我正琢磨着将来有了孩子，我这点工资都不够我们三口人生活的，这可咋弄啊？我都想着谁要是有赚钱的门道，我跟着谁再干点买卖，也挣点钱，要不我养家糊口都成问题。"

"按说是这么个理。"王胜利对王前进的想法进行了肯定，"是这么个办法，你的工作现在听起来是挺好听的，在乡政府大院里头工作，但是工资太少了，生活没有着落。咱这个村你又不是不知道，一口人才三四分地，靠地里的庄稼根本就吃不饱。你现在琢磨琢磨，咱的房子还得翻盖。别人都有摩托车骑了，咱还是骑自行车，人家都有汽车做生意了，咱还是小推车往地里推种子推粪。就目前咱这情况，在村里头是直接落伍了，必须得想点办法做点买卖。"

王胜利的肯定和鼓励，坚定了王前进要往个体经济上发展的想法。他自己觉得，确实要拿出点时间来做买卖，赚点钱了，要不然真的是没法生活了。

第四十三章

乡里个体私营企业表彰大会顺利召开了。毫无疑问，以大鹏为代表的一批优秀的企业家，在会上受到了表彰，披红挂彩，光鲜夺目。更重要的是，这些企业得到了上级领导的极大的关注。甚至县委书记在到大鹏轧钢厂现场观摩的时候，直接表态："像这样的企业要大力扶持，要钱就扶持贷款；要地就让镇上和村里给他协调用地，发展规模越大越好。是英雄是好汉，经商赚钱干干看。只要赚了钱就是英雄好汉。现在国家的政策允许一部分人先富起来，谁有能力先富起来，谁就是带头人，谁就是模范，谁就应该受到表扬。"

这一下，在全县和整个醴泉乡掀起了一场轩然大波。原先还是偷偷摸摸干的个体经济，如今蔚然成风。乡亲们整个把从事经商、做企业、做买卖当成一股时尚。谁家如果没有个赚钱的头项，没有个赚钱的门路，那是十分丢人的事情。家里除了那些老人和生病的以外，妇女劳力都到厂里打工去了。整个醴泉乡出现了"经济能人办工厂，有志青年闯市场，妇女劳力打工忙"的喜人局面。

这种形势对人的刺激和鼓励是相当大的。就在这样一种环境下，在乡政府干临时工的王前进，心里也开始蠢蠢欲动。晚上回到家，就和自己的哥哥王胜利商量，怎样才能从目前这种情况下突围出去，寻找一条能够适合他们赚钱的门路。

买汽车，买公共汽车！

买一辆大巴，做公共汽车拉客的生意，专门跑醴泉乡到县城的这条路线，肯定能赚钱。

王前进和王胜利弟兄两个翻来覆去地考虑了半天，这个生意确实是不错，于是两个人拿定了主意。

现在的情况是这样的：醴泉乡从事个体生意的小商贩格外多，去县城进货或者是买什么东西，办个事情，都需要搭乘公交车。现在的公交线路，一共就是两辆车，四五十分钟才能有一趟，非常麻烦，还耽误事。如果自己买一辆大巴做公交车，就能达到半个小时一趟，群众的出行就更方便了。再说，现代人出行坐公交车已经成为一种时尚，风雨无阻，肯定能挣钱，是旱涝保收的一个生意。

事情是明摆着的，肯定是一件好事。如果真正能实现购买大巴从事公共汽车生意的话，是保证能赚钱的。但是摆在面前的问题是：购买汽车的钱从哪里来？

钱！干什么都要先说钱！没有钱，希望和梦想都无从谈起。

钱的问题确实困扰了当时个体经济的发展，那怎么办呢？乡政府就在县里的指导下，建起了一个农村土银行——基金会。一方面吸收那些闲散的社会资金，比农业银行和信用社的利息都高出一些。这样一来，到基金会存款的人就多了起来。另一方面，如果谁需要短期的小额贷款，比如说三万、五万、八万的，就可以从乡里的基金会里面去贷，当然它的利息要比农业银行高，最多的时候甚至到了两分钱的利息。尽管这样，还是让投资做生意的群众，觉得非常方便。

这时候，王前进的优势就发挥出来了。王前进把自己和哥哥准备买汽车拉客的想法，和乡里的领导说了。党委书记刘光明听了王前进的想法，非常高兴，根本就没加思考，一下子就表示了支持："让乡里基金会贷给你十万块钱，买这样一辆汽车大约也就是八九万块，剩下的两万块钱，交这费那费的就足够了，保证能让你把这个买卖干起来。"

这一下让王前进高兴得不得了，自己在乡里干临时工的作用终于发挥出来了，就觉得自己也能办大事情了。回到家里，王前进就去和哥哥王胜利说了现在的情况。王胜利也是非常高兴，就和王前进合计着："车买了以后，咱得先雇个司机，然后让你嫂子张菊花在车上卖票，现在周小月如果能上车卖票是最合适的，但是，她马上就要坐月子了，生孩子是第一位的。"

"对对对，"王前进一听哥哥的分析，也高兴得直点头。这时候，王前进就对他哥哥说："我听说到菏泽的一个驾驶员培训学校，去学上一个月或者是半月二十天的，就能拿到汽车驾照，要不你去学一个驾照回来开车，还省得雇个司机，那样不是更合适吗？"

王胜利说："行是行，一个是咱再凑凑钱看看，我听说学个驾照得六七千块钱；再一个是贷款的事，这样就先不着急了，别贷出款来了，买不了车还得给人家涨着利息。"

王前进说："行，那我张罗这贷款的事，你呢，了解了解，看看有没有和你一块去考驾照的，你先把汽车驾照考出来。"

哥俩把该想到的事情都合计好了，王前进负责张罗钱的事，王胜利就约人一块去学汽车驾驶。

商量完这事，王前进刚要回家，王胜利又问了一句："我听说买车得交车船税、搞营运证什么的，还得办手续，你明天还得先去问一问派出所和车管所这些单位，看看还有什么手续需要办。"

"我先抓紧打听打听吧，咱先把手续办好，把钱弄好，千头万绪的，说起来容易，办起来麻烦得很。这个买卖好做，就是这些查车的官老爷难伺候。"

第二天，王前进来到了乡里，就对刘光明书记说了和哥哥合伙买车拉客的事情，已经商量好了，问是不是还有其他的手续要办。刘光明书记就说："我给你问一下交通管理所，好像他们那边得给你办理车船使用税和营运证，税务所那边可能得收钱，但不知道具体每月收多少钱。反正是手续办不全，在路上净是查车的，你也没法跑。"

正说话的工夫，基金会的主任老穆来到了刘光明的办公室。

刘光明就指着王前进对老穆说："老穆，你来得正好，我跟你打个招呼啊，前进这个孩子，响应国家号召，要在业余时间搞个体私营经济发展，他准备买辆汽车拉客，你琢磨着这个生意咋样？"

老穆说："挺好啊，现在已经有两辆车跑着了，如果再增加一辆车的话，就怕交通局不同意，这得先跟交通局打个招呼。"

刘光明大包大揽，说："这没关系，我去跟交通局协调这事。现在关键是群众往县城跑，两辆车是忙不过来的，再加上一辆车确实有必要，就是再加一辆车都不一定能跑得过来。前进有这个想法，咱得支持。"

老穆随口附和着书记说："支持！支持！"

刘光明见老穆接了他的话茬，就顺风下坡地给老穆施加压力："你既然说支持了，王前进买车资金还不够，你得给他提供点资金呀。"

"你说的事，我表示支持就行了，合着你在这还打了个埋伏啊，刘书记。"老穆一听，自己中了刘光明的埋伏了，就打趣地说。

刘光明对老穆说："你就甭管有没有埋伏了，前进这孩子在咱乡里干工作，在办公室里也是兢兢业业的一个好孩子，他有想法，咱确实应该帮他一把。"

基金会主任老穆说："帮他一把行是行，但是，这个月资金确实没有指标了。咱原先账上积累了四五千万的资金，但是，让大鹏的轧钢厂就贷了两千万去，其他的散户，酒厂贷了五百万，塑料厂贷了两百万，还有毛球厂贷了二百万。反正账上的钱没有多少了，如果老百姓有来取存款的，咱给人家兑现不了，那就麻烦了。"

刘光明说："那可不行，首先得保证平常老百姓存的钱，人家啥时候来取，啥时候都能取得出来。"

说到这里，刘光明就对老穆说："你说这事咋办呢？他需要的资金也不是很多，十万块钱就够了。"说着，刘光明看了看王前进，王前进非常诚恳地冲着老穆和刘光明点了点头。

"十万块钱是不多。"老穆说，"按说这个月，也能给他匀出来。咱这样吧，这个月不能再用流动资金了，在下个月月初的时候，我先给他做个计划，叫他下一个月再贷款。"

其实这个计划，也正符合王前进当前的实际情况。因为哥哥王胜利还没考出汽车驾驶执照来，他还不能马上去买车。再说，从哪里买车，买什么样的车，他和哥哥还没有打听和考察，还需要时间，早把钱贷出来还得涨利息。这样下一个月，他把准备工作做好以后，再贷出钱来是正合适的。想来，这还真是幸亏他在乡里头干临时工。

刘光明就鼓励王前进说："你觉得咋样啊？下个月，让老穆主任给你想办法贷上十万块钱，利息也给你弄得不那么高，你反正刚开始做买卖，还说不定挣钱不挣钱的，得尽量照顾才行。"

王前进听到这里，对乡党委书记刘光明是非常感谢，对基金会的主任老穆，也是非常感激，就泪眼婆婆地说："刘书记啊，你和穆大爷真是给我帮了大忙了，这样我一下子就能解决了大问题，等我哥哥的汽车驾驶证一考出来，我们就马上贷款，买车。"

老穆一听，就说："咋的？你哥哥还没有汽车驾照啊？那你买了车怎么跑啊？现在干交通运输，尤其是公共汽车，没有驾驶证可不能上路啊！这可了不得，这是人命关天的大事。"

王前进一脸愁容地说："是啊，这不让我哥先到菏泽紧锣密鼓地去学习驾驶，尽快考个驾照嘛。"

话说到这里，老穆突然眉头一皱，想法来了，就说："咱这么着吧，正好我儿子从菏泽驾校学车，已经拿了驾照，在家里还没有车开呢。下个月，我给你把钱贷出来，你先去买车，让我儿子先给你开着，觉得他给你开车合适，你就用他，什么时候你哥把驾照考出来了，咱就让你哥开，我再给我儿子找个别的活儿干。"

王前进听了，心想：这明摆着是一种交换啊，还用说吗？让他儿子给自己开车，是肯定得同意的事情，如果不同意，那自己到基金会贷款的事情就实现不了了。王前进在乡里上了两年多的班，也了解乡里干部的工作作风，提出来的事你就得答应，你不答应，就结下了梁子，以后就是想缓和也不行了，再说，当前如果马上买车，就能接着投入运营，马上赚钱。

想到这里，王前进就一口答应下来："那敢情好了，去买车的时候，让你家的小穆哥，和俺们一块去就行了，也让他熟悉熟悉车况，把车开回来，也能尽快地把买卖干起来。"

听到王前进答应得这么痛快，老穆心里头也觉得非常顺心、高兴。他就对王前进推心置腹地说："既然前进你这么爽快，是这么一个明白人，咱这样，你给小穆的工资也好，生活待遇也好，我就不管了，你小哥俩去商量着办。咱这么着，你们抓紧商量买什么样的车、需要多少钱，实在不行，我通过拆借的方式，从别的乡里基金会给你借，也得给你把贷款解决，这样行了吗？"

看见了吧，事情只要是和自己挂上了钩，解决起来就非常痛快。

王前进一琢磨，这倒算是一个意外的收获，就说："那我回去，先让我哥和你家小穆哥去买车，我不能天天盯在车上，我还得在乡里上班，刘书记还给我安排了好多的材料，我得写好，完成任务，我不能离了岗位。"

刘光明对王前进的表现是非常满意的，既耽误不了工作，又积极地在经济建设中发挥着作用，还真是个聪明的好孩子。

第四十四章

离婚后的周老师，还是逃不了他老婆的折腾，她隔三岔五地就到学院里头，骂骂咧咧地闹上一顿。周老师百口难辩，无可奈何。

在学院里头实在是待不下去了，周老师就给学院的领导，打了一个停薪留职的报告，准备下海到齐鲁明星歌舞团当音乐指导。

歌舞团是一个新生事物，改革开放的窗户一打开，人们对歌舞娱乐的文化需求就日益增大。就这样，出现了好多的草台班子组成的歌舞团。有的在学校里学了几天唱歌，就跟着唱《东北风》《信天游》《冬天里的一把火》

《迟到》等一些流行歌曲。

周老师的一个同学,大学毕业以后,被分配到一个县里的文化馆。他的同学,就在县里组织了一个歌舞团,有十来个跳舞的,有七八个唱歌的,买了一些叮叮当当的乐器,还有一些花里胡哨的服装,就领着到乡镇和村里头演出,演一场也能挣个千儿八百块。

周老师把决定辞职的消息,告诉朱丽英和其他同学的时候,他们真的是吓了一跳。朱丽英马上就毕业了,周老师准备送走了这一波学生就下海,到老同学那里参加他的歌舞团。朱丽英和曲玲玲决定,晚上和周老师到学校附近的大酒店去聚会,为周老师送行,也为了和即将毕业的同学,互相道个别。

大酒店就在学校的旁边,周老师和朱丽英一行七八个人,很快就到了。酒店的老板跟学校的老师同学们都非常熟悉,甚至有的学生就在酒店里打工,勤工俭学,以此来解决学费的问题。

不一会儿,服务生就拿来了一个有夹子的本子让他们点菜。朱丽英心情本来就不是很好,就随意地说:"你看着上吧,今天晚上主要是喝酒,拿啤酒来吧。"

二十多瓶啤酒,一会的工夫就喝光了。周老师已经喝得满脸通红,嘴里开始含糊不清地说着一些话。朱丽英突然站起来,端起酒杯,说:"周老师,我跟你喝一杯,我提议,大家一起唱一曲《送别》为周老师送行。"说完,朱丽英就带头轻轻地唱起来:

长亭外,古道边。
芳草碧连天。
晚风拂柳笛声残,
夕阳山外山。
天之涯,
地之角,
知交半零落。
一壶浊酒尽余欢,
今宵别梦寒……

这首歌是李叔同填的词,本来就写得非常凄凉和委婉,在这样一个场景下唱起来,顿时让人觉得非常伤感。唱着唱着,朱丽英再也唱不下去了,声音哽咽地哭出声来。她实在不愿看到她亲爱的周老师是这样一个处境。情到深处,朱丽英突然一头扎进了周老师的怀里,放声大哭起来。

历经了沧桑和曲折的周老师,轻轻地拍打着朱丽英的肩膀,说:"别这样，我们都是为了更好的生活，我下海去给人家打工，也是为了挣更多的钱，我还会回来的，有事情我会去找同学们的，你们马上就要毕业了，也会到各个地方发挥你们的特长，做出新的贡献，我祝福你们。"

牛兵当总经理的大厦正式开业了，锣鼓喧天，鞭炮齐鸣，到处红旗招展。几座崭新的大厦，在齐邹县南部新开发的地方建起来了。

孙子宝的酒厂又被工商局的执法队给查着了。本来孙子宝和四川的酒厂联合经营，经营的范围，人家是有规定的，只生产那些档次比较低的，一瓶酒四五块钱的低价酒。但是，孙子宝和竹花发财心切，恨不得一下子就发起来，就借着人家联营厂的商标和产品，什么挣钱就生产什么，什么产品好卖就生产什么产品。还是被联营的四川酒厂给查出来了，找到了齐邹县工商局，要求对孙子宝的酒厂进行查处。这一下可让竹花和孙子宝慌了手脚，就赶紧跑到了赵荣进的家里，让赵荣进给托人摆平这件事。

本来赵荣进给竹花帮了很大的忙，又是帮她贷款，又是帮她批地，又是帮她联系工商局的人，找联合经营的对象。孙子宝仗着竹花在村里干着妇联主任，和赵荣进在一个班子里工作，又有不清不楚这一层关系，也没给赵荣进送礼。赵荣进就觉得自己费力不讨好，费了这么大劲，操了这么多心，没捞着一分钱，心里不平衡。

这不正好，竹花和孙子宝又慌慌忙忙地找到了他的家里。

赵荣进看见他俩慌忙的样子，就问："你咋知道人家四川的人找你来了？"

孙子宝就说："已经给我们打电话了，让我们提供证据。再说，我们已经有一车货让人家给扣住了，在县工商局里头呢，如果不去处理，人家就要来逮人了。"

他俩越着急越紧张，赵荣进心里头越沉住气，他就琢磨着，这次非让这两口子出点血不可。

想到这里，赵荣进就对竹花说："上次县工商局陪你对象孙子宝到四川搞联营的那个大队长严正尚，现在当副局长了，当时人家帮你办了那么大一件事，就应该给人家买点东西、送点礼，回报一下人情。人家给咱帮了那么大忙，又没有一个说法，以后再找人家，他还能再帮咱们吗？实在是张不开这个口。"

竹花就急切地说："这不才找你吗？让你出面去跟人家说道说道，你在咱乡里、在县里不是有头有脸的人物吗？"

赵荣进就直来直去地说："再有头有脸的人物空着手去给人家说，不拿着钱、不给人家买东西也是白费，空手套白狼，就这么豁出老脸来去跟人家说，我觉得恐怕没什么效果。再说这次，听你这么一说，麻烦还真是不小。"

孙子宝这几年干白酒厂赚了不少钱，他自己也在考虑：如果这次不拿出点钱来打点打点，还真的是干不下去了，只是一味地借着赵荣进这张老脸，不去花钱，是摆不平这些事情的。于是，孙子宝就直接说："我先给你拿上一万块钱，该给人家买点东西，你就买，该和人家喝酒，你就跟人家喝。反正不管咋说，千万别让人家把我给逮了。"

说完，孙子宝从随身携带的黑皮包里，拿出来两条石林烟和一万块钱的现金，放到了赵荣进的桌子上。竹花看了看钱和香烟，又斜着眼睛看了赵荣进一眼，很不情愿地说："甭管咋说，俺们就把这事托付给你了，你就给俺们操操心，摆平就行。"

赵荣进说："能不能摆平，不是我说了算的。再说，你把这些钱放在我这里，也不是给我的，我用这些钱，能给你解决了这事，我就给你解决，要是解决不了，我就再把钱还给你，你愿意咋办就咋办，你愿意找谁就找谁！"

孙子宝一听，赵荣进好像是不乐意了，就赶紧赔着笑脸说："书记，你别跟竹花一样，她一个女人家说话倒三不倒两的，你就尽心尽力地去办，如果钱不够，咱再想办法，尽量别让他给罚了。"

赵荣进就帮着孙子宝分析："你琢磨琢磨吧，你现在有一车酒让人家给查住了，小辫子让人家抓住了，你说人家能不对你进行处罚吗？罚一万是他，罚五万也是他，这只是其中的一件事。要是只处理货那还成了好事呢！就怕你生产假酒，让人家四川的厂家找上门来，说不定人家要带人走，然后处理人，那咱就麻烦了。要是这样的话，以后你这酒厂能不能干，还说不定呢！"

竹花听了赵荣进的一席话，顿时紧张起来，问："那咋办呢？不让干可了不得，不让干咱吃啥？孩子还寻思着下半年要把房子翻修一下呢。"

赵荣进就说："我只能去说道说道，看看人家到底是一个啥办法。"

孙子宝就对赵荣进说："那你抓紧去吧，你看看是给人家买点东西还是怎么着，总之要往好里去处理。"

赵荣进想了想，说："你现在给人家送烟送酒什么的，根本就没法送，给人家放在哪里，能放在办公室吗？满街过道，人来人往的，人家也没法收你的礼。上次工商局严局长来的时候，相中了一部翻盖的小手机，要不就给他买一部手机吧！"

孙子宝赶紧说："哎呀，你应该买什么东西，就抓紧买吧，你看着办就行啊！"

一场自编自演的小戏演完，赵荣进心里头一阵窃喜。总想着让谁给他换一部新手机，这个想法马上就要实现了。想到这里，赵荣进就心花怒放，对孙子宝和竹花说："你俩回去等信吧，我马上到乡里去一趟，我约上分管企业的钱忠诚乡长，让他和我抓紧去县工商局，和人家商量商量。"

竹花和孙子宝就说："那俺俩回去等信儿了，最好把那车货也给要回来呀，反正是工商局没收的，这些货他们也没有什么用，在咱手里，咱就能换点钱。"

赵荣进就装着不耐烦的样子，说："啊，知道了，总而言之，你是不想吃亏啊，我尽量给你办吧！"

第四十五章

王前进和王胜利合伙买的汽车终于上路了。从醴泉乡出发，一直到齐邹县的公交站，中间一共是十五个站牌。王胜利发现，进县城的人，除了到购物中心购物的以外，乘客主要是去买家具的、买服装的。

这天，司机小穆早早就出发了，中间站牌捎上了几个人，终点站正好是新开业的新世纪商厦。去的顾客非常多，公共汽车顶上和车厢的过道上都放满了刚买的货物。有的顾客上不来，还在下面骂骂咧咧的。

这时，一辆送货的小车把货给拉到公共汽车跟前，送货的人就和司机发生了口角。这个大厦的经理就是牛兵。这天正好是周末，周华来大厦看望牛兵，顺便来看看大厦里面都经营了些什么。这一天也正好是王前进的新汽车开运的第一天，两个人就在大厦的门口突然相遇了。

为了庆祝大厦开业，大厦管理层请了一个歌舞团，新星歌舞团里头，在唱着《迟到》《信天游》《冬天里的一把火》什么的，都是当时非常流行的歌曲。

齐鲁音乐学院停薪留职的周老师，就是在这个歌舞团里头当着导演和领队，正在卖力地跟着他们一起演出，遇到一些地痞小混混，调戏剧团的女演员，周昆仑正义感十足，他能看得下去吗？就一身正气地制止这些小痞子，但是这些小痞子是本地的，穿着花里胡哨，本来就流里流气的，还在乎周昆仑这些"外来的和尚"？你来我往，言语激烈，比比画画，几下就打起来了。

被打得满脸鲜血的周昆仑，也一并被叫到了城关派出所里。城关派出所位于梁州县城的北部，管着周边这个地方十几个居民区和村庄，管辖的片区主要的是县城。这一片区里，商厦、店铺、学校、游乐园非常集中，所以管理难度是相当大的，打架斗殴、小偷小摸的事儿时有发生，经常有报案的。城关派出所的十几个民警，天天忙得焦头烂额，疲于应付，捉襟见肘。

派出所里的民警对这些小痞都非常熟悉，他们难缠得很。一个民警就把周昆仑叫到了另外的一个办公室，让周昆仑在一个脸盆里洗了把脸，对他说：这几个小家伙是这条街上的几个痞子，家里都是有钱的、有背景的，你也别在这儿招惹他们了，他们有的都进拘留所好几次了，天不怕地不怕的，你们收拾收拾东西，抓紧走吧，我们派出所呢，保证你顺顺利利地离开咱们齐邹城，千万别在这里演了，这几个家伙，如果今天把他们拘留了，他们出来以后，非找你拼命不可，如果不把他们拘留，他们今天还会给你捣乱，反正横竖你都沾不着光。"

周昆仑一脸苦恼地说："那咱就不能安安稳稳地演个戏？本来我们没犯啥法呀。"

这时城关派出所的一个所长模样的人就走了进去，说："你们是没犯啥法，你们是正常的演出，合法的演出，你们没有什么不对，但是，你们遇着这么一帮臭小子，你怎么对付他们？你们几个都是文弱的演员，还有好几个是女孩子，你们打又打不过他们，不是明摆着吃亏吗？"

"这不我们才找你们派出所来了吗？你们派出所，得给我们做主啊。"

"是啊，"派出所所长说，"是找我们来了，你说现在他们就是跟你打了个架，如果拘留他吧，还得做鉴定，证明你是不是构成轻伤；如果不拘留他吧，罚他两个钱把他放了，他又得找你们的麻烦。干脆这样吧，我们先把这几个家伙扣在这里，扣上他们几个小时，你们利用这段时间，抓紧收拾你们的东西，离开这个地方，我们把他们放了的时候，他们再追你们，也就追不上了，你们这样还能安安稳稳地离开齐邹城。我们要是把他们拘留了，三五天总得放了吧，我把他们放了，他们还得找你的麻烦。"

周昆仑实在是无可奈何，说："啊，行行行，我们抓紧收拾东西走，我们有一辆大面包车，还雇了一台三轮车，把我们的东西拉到齐东县吧。"

"别别，别上齐东县，这几个小痞子和齐东县的两伙小混混有联系，你别到那里去，到那里更麻烦，你还是回济南吧，你直接回济南省城吧，那是你的老家，老根据地，你在那儿先休整一段时间再出来吧。"

周昆仑一脸哭腔地说："那咱就只能这样了，咱就对这些痞子一点办法都没有吗？"

派出所的所长也无可奈何地说："有，我们会对他们进行罚款处理，让他们家里的人来领人，给他们一定的教训。我们处理他，我们没事，我们代表政府。但是，你不行，你是个体演员，你要是继续在这里演出，他们就找你报复。我们这是为了你好，保证你的安全。"

周昆仑一边用手按住了额头上渗血的伤口，一边冲着警察点头致谢："啊，那谢谢你，我回去抓紧收拾东西。"

走出来派出所的大门，周昆仑欲哭无泪，自言自语道："出门谋生，怎么这么麻烦，正常的经营怎么就这么难呢？"

派出所的同志也是非常无奈，周昆仑走了以后，派出所的所长和民警相视一眼，无可奈何地摇了摇头，说："这帮臭小子，实在不行，该劳教的还得劳教。这样下去，这个地方就没有人愿意来了，还怎么发展？老百姓的日子，连安稳劲儿都没有了。"

这天晚上刚回到家，周小月就做好了饭，等着王前进了，炖了一棵自家地里种的大白菜，甚至还放上了一方豆腐，那锅里头还熬了热腾腾的小米粥。

一边吃饭，王前进一边对周小月说："今天乡里头安排了一件事，可愁死我了。"

"咋了？"周小月一边递给王前进一个白面的馒头一边问。

"乡里头南边山区几个村子，那道路一直没修成柏油路，乡里头想给那几条路铺上油，中间还有一座桥，但是现在乡里账上没有钱，让全乡的机关干部和各村的支部书记给财政上集点资，像我们这些职工，每个人要集资 2000 块，副乡级以上的干部是 3000 到 5000 块。咱现在甭说 2000 块了，连 100 块钱咱都没有啊，咱从哪儿弄这些钱给乡里集资呢？"

周小月一看自己的丈夫为难发愁成这样，就劝说道："你先别着急，先吃完饭，别想这事，吃完饭以后咱再琢磨琢磨。不管咋说呀，你在乡里头干着工作，好不容易有这样一份差事，乡里头有困难了，让我们集点资，我们也不能袖手旁观，啥事不管吧。"

"关键是咱没有地方去弄钱啊。"王前进说。

坐在饭桌另一头的王前进父亲王丰收说："一共多少钱？"

"2000 块。"

"我去年卖地瓜和玉米的钱还有 800 块钱，我给你再凑上 200 块钱，我先给你出 1000 块，剩下的你和小月再想想办法。"

王前进一听，还是自己的老爹支持他的工作呀，就说："行行行，那俺们自己再想办法。"

吃完了饭，周小月麻利地把桌上的碗摞起来，放在厨房门口的一个大盆里，洗得干干净净的，放在饭桌上，又把锅洗干净了，放在灶上，接着就赶紧倒换着洗了洗手，来到了自己的屋里。这时，王前进躺在床上皱着眉头，正琢磨着，咋想办法解决集资的事儿。

周小月轻轻地走过去，靠在了丈夫的身边。王前进伸出右手，把周小月搂在了怀里。周小月轻轻地对丈夫说："别着急，你忘了，咱在结婚的时候不是还给了俺爹1000块钱的彩礼吗？在俺爹那里，我抽空去跟俺爹借钱，我就问他能不能给咱帮忙，解决点钱，让你度过眼前这一关。"

王前进睁开疲惫的眼睛，深情地看了看自己的媳妇儿，叹了一口气，说："你看我上的这个班儿吧，没挣着钱，还得让家里人替我操心出钱，我真的太失败了。"

"没事没事，人都往好处想，往好处走，以后的日子还长着呢，慢慢地就好了，你在这躺一会啊，我回娘家去一趟。"

说完，周小月站起身来，要回娘家去借钱。

王前进赶紧站起身来，跑到了厨房门口，厨房门口有一只大瓮，大瓮里头有王前进刚从单位承包的鱼塘里分的几条大草鱼，就从大瓮里头挑出来两条大鱼，用麻绳把鱼头捆住，对周小月说："你回娘家，给家里老人拿着两条鱼。"

周小月说："不用不用，家里有啊，要是拿鱼的话，不如你和我，咱俩一块去，你就说是你单位分的，不更好吗？"

生性腼腆的王前进不好意思地说："哎呀，去借钱，我真的是开不了这口，我去是不是有点难为情啊？"

"没事没事，去了以后，你就跟俺爹在那说话，我悄悄出去问问俺娘，看她手里有没有钱，要是有钱的话，我就说跟她借点钱，要是没有，咱也不说了，再想别的办法。"

"好吧，那我换件大背心，这样子光膀子去，可不大像样啊。"王前进说。

第四十六章

干轧钢厂发了家的大鹏，突然发现，自己在农村混得再好，也不如人家城里人过得舒坦。你看人家城里人，到处都是饭店，晚上可以下馆子。大鹏的厂子虽然赚钱，但是，每当有什么像样的接待任务，还是得到县城的饭店。

再是，大鹏因为自己没能到县城上高中，没能成了县里的工人，打心眼里觉得自己比别人矮一头，于是就琢磨着要在县城里买一套房子。

大鹏开着新买的桑塔纳轿车，去县城的安居小区看房子。到了小区，大鹏停了一下车，到门口一家商店买了一包烟，就等他在建设局的一个朋友过来，一块去看一下房子。

正在这时候，赵荣进和工商局的严正尚副局长也来到了这个小区。关键是这时候，赵荣进和严局长两个人，手里都拿着一部新买的翻盖小手机，两人正在交流着说："这个是用来发短信息的，编好了短信息，一摁就发了，然后'啪'的一下子把翻盖盖上。打电话的时候，从这里把那个天线抽出来。"从表情上就能看得出来，两个人对新手机是爱不释手。

大鹏一看见赵荣进老远走过来，就说："赵书记，你俩这是干吗去了？"

赵荣进在这个地方冷不丁地看见大鹏，吃了一惊，赶紧把新手机装起来，就问大鹏："你来干吗呢，大鹏？"

大鹏说："我等一个同学，陪他来这里看看房子，你呢？"

赵荣进就含含糊糊地说："啊，正好工商局里的一个领导，我朋友，也到这里来看房子，我是陪他过来的，咱一块看看吧，这里的房子多少钱了？"

大鹏说："我听我朋友说，这里房子到了一千多块钱一个平方呢，一百多个平方就得十几万块钱。"

赵荣进连表扬带夸奖地对大鹏说："你这几年又没少挣钱，你也在这里买一套房子吧！再说你也买车了，来回也挺方便的，还是在这里住上档次，体面啊。"

不一会的工夫，大鹏的同学也走过来了，一看都是熟人。大鹏对工商局的严局长非常熟悉，因为大鹏干的是轧钢厂，是企业，工商局经常到企业去检查、指导工作，严局长握着对企业的审批权限，所以企业的厂长、老板对严局长都是高看一眼。

大鹏的同学在建设局当办公室主任，这些盖楼的开发商经常用得着他。所以大鹏在县城买楼就去找他同学帮忙，让他和开发商打交道，肯定能从里头得到便宜。开发商安排了两个工作人员专门陪着他们去看房子。

赵荣进和严局长跟在大鹏和他同学后面，从一楼一直看到了四楼。这套房子是东西两户型设计。里面有三个卧室，一个客厅，一个餐厅，带一个洗手间。其实，四层的楼房即使没有电梯也是很方便的。在房子后面有一排平房建成的储藏室，面积大约十几平方米，谁家买房子的时候可以顺便挑一个，储藏室就不再另外算钱，算是房子的配套。

让人比较关心的就是房价问题。

严局长就问："像这样的房子多少钱一平？能给我们优惠到怎样的程度啊？"工作人员就说："这房子是咱们棉纺厂自己开发的，是专门拿出来给在县城里头工作但没有住房的职工们建的，所以叫安居房。这些房子现在买是有补贴的，价格是一千三百四十八元一平方。如果你们要买的话，就按这个价钱，已经非常便宜了，就算是按职工价买的。实际上，我们还没有对外卖的房子，你们能够买得着，也算是领导照顾你们了，你们肯定也是托人了。"

严局长跟赵荣进对了对眼神，大鹏跟他的同学说："反正不便宜呀，行啊，按说，这个价格也是能够接受的。"说完，大鹏抬起左手，看了看手表说，"十一点多了，咱先去吃饭吧，吃完饭咱商量一下，再跟人家卖房子的说买不买。"

大鹏就跟严局长和赵荣进，还有开发商的那两个工作人员说："咱一块去吃饭吧，这条街上有好几家饭店呢，我都去过，饭菜挺不错的。"

县城的安居小区，位于齐邹县城偏东边的一个地方，它的附近是齐邹市棉纺厂、齐邹市无线电厂和齐邹市汽车运输总公司。因此，这个地方居住的普通工人非常多。县里为了解决这些普通职工的住宿问题，改善职工的住宿条件，于是就开发了这样一个楼盘。采取政府补贴、土地划拨的方式，建起了十栋职工宿舍楼，然后，以成本价卖给职工。

这个安居小区的门口有一条南北向的大街，这条大街上有很多各式各样的饭店，有新疆烤羊肉、兰州拉面、陕西羊肉泡馍、博山酥锅等各个地方的特色小吃。

吃饭是非常简单的，大鹏领着严局长和赵荣进他们几个人，到了绿洲大酒店，找了一个房间，点上了几个小菜，边喝着啤酒，边商量着买房的事。

严局长说："我下午的时候，再找开发的老板问一下，看看房价能不能再降一点。"

建设局的同学就说："依我看，先别找了，根据我掌握的情况，是县里不让房子降价，再说，这些房子主要是卖给一线职工的，不是一线职工还得让别人给顶替名字。我觉得现在的重点是，只要能把房子落到自己的名下就很好了，先别牵扯过多的人了。如果牵扯的人很多，知道的人越多，越有可能买不成。"

大鹏就问他的同学："依你的意思，是怕夜长梦多啊？"

"是啊，下午抓紧跟他定了，这里主要问题是，房款能不能分成两年或三年付清，如果这样能行的话，就有了缓冲的时间。要是一下子拿出一二十万块钱来付上，也是够你受的。"

大鹏说："对呀，你问一下我们能不能分成三年给他。我们平常做点生意，攒点钱的时候，就还一部分，那样是最合适的了。"

其实，大鹏拿出二十万块钱来，买这样一套房，根本就没什么问题，但是，做生意的人就是这样，能少花一分钱就少花一分，能够分期付款就分期付款，总之，把资金留在自己的手里，他才觉得是合算的。

大鹏的同学说："行，下午的时候，我去专门问一下，要能行的话，我建议你们还是抓紧定下来。"

话说透、说明了以后，吃饭就快了。最后大家都喝了一杯啤酒，大鹏的同学就说："咱这样吧，回去抓紧商量，商量好了以后咱们抓紧定下来。"

严局长是老谋深算的工商局领导干部，他一听话说到这里，就对大鹏的同学说："那我也不再托别人了，我们就把这件事情一块托付给你了，你给办好了，到时候我请客啊。"

赵荣进就赶紧讨好地说："还用你请客？你这么大的领导，大鹏在这是干啥的？你平常对大鹏这么照顾，给他帮了这么多的忙，还要你请客吗？"

大鹏赶紧接上话茬，说："就是就是，有我呢，你甭管，吃饭喝酒的事算我的，咱干企业还能赚不出吃饭的钱来吗？"

赵荣进吃完饭还没回家，竹花的电话就又打过来了。

赵荣进拿起崭新的手机，看了看严局长，说："你看看，你看看，我说她把我逼到要命的份上了，你再不给我办，再不给我解决，我是真的没有办法了。"

大鹏一听，赵荣进跟严局长有话要说，就冲他的同学摆了摆手，说："好了，咱俩去结一下账，严局长他俩有事，让他们聊聊吧。"

严局长一看赵荣进态度非常诚恳，再加上今天该送的礼、该买的手机都已经到位了，就对赵荣进说："还是那个生产假酒的事吧？"

赵荣进说："可不是，天天找我，我实在没有办法了。她在村里当着妇联主任，给我当兵，我不给她管，谁给她管？"

一边说着话，赵荣进一边把竹花打进来的电话给挂断了。他对严局长说："你看着办吧，你看咋弄，关键是四川那头的厂家不是找来了吗，你看怎么给她摆平。"

严局长说："四川那边好办，他知道白酒厂子在哪里呀，我们不陪他去，不跟他一块去处理，他自己怎么处理？他能把人带走吗？他上哪里去找人？但是四川那边咱也得给人家一个说法，要不然人家不撤兵。"

赵荣进就说："那咋办？我给你点钱，你请人家吃个饭，和人家说说。"

严局长就说："咱这么办，四川那边，我就说已经罚了款了。明天你让当事人到我的办公室，写下一个保证书，说以后不再冒牌生产人家的东西了，然后让他交上一万块钱的罚款。我就对四川那边的厂家说已经处理了，罚款也罚了，保证书也写了。四川那边的人如果想拿走这一万块钱的罚款，我就给他扣下。我就说我们这边处理这个案子，出动了不少人，也动用了车辆什么的，花了不少钱，我们留下五千块钱，把剩下的五千块钱给四川那边，然后把这个保证书也给他，他就能回去交差了。"

赵荣进说："行，明天我让他去找你，写保证书和交罚款，但是你得保证，别把人给扣在那里。"

严局长说："要是不放心，你可以来呀，你陪他来吧，反正你好人做到底，明天给他把这事解决了。"

赵荣进说："行行行，但是，他临来的时候给了我一万块钱，让我给他处理这事。咱买手机花了七千多了，还有两三千块钱，要不我把这两千块钱给你，你想办法给他摆平算了，你再罚他一万块钱，他从哪里弄钱呢？"

严局长一听，眼一瞪，说："你闹吧，他犯了这么大的事，如果处理不好就要带人走了，罚他五万块钱也不算多，你就跟他说得另外罚五万块钱，让他准备钱好了。"

赵荣进一听，严局长有点不高兴了，就说："好了，还是按你的意思说吧，明天我让他带着钱来处理，你看着给他办吧。"

严局长一听赵荣进服软了，觉得自己刚才说的那句话也有点过分，人家本来已经请客、买手机，花钱不少了，这么办事有点过，于是就态度缓和地对赵荣进说："咱是老哥俩了，你亲自出面给他处理这事，我能不好好办吗？明天你干脆让他再带上五千块钱来，你就说处理这事没有两万块钱拿不下来。他不是已经给你一万了吗？到时候我一块处理，看看给四川那边多少。如果剩下钱，我就再退给你，剩不下钱的话，咱再说，这样行了吧？"

说着话的工夫，结完账的大鹏走了进来，说："咱今天还是各走各的吧，如果定好了，明天我再给严局长打电话，咱再过来定房子的事。"

严局长说："行行行，我们也没啥事儿，一块走吧。"

往回走的路上，竹花的电话又打了过来。赵荣进本来为了给她办事，一中午看着人家脸色，碰了一鼻子灰不说，还弄得自己心里挺窝火的，就没好气地对她说："我一会儿就到家了，你和孙子宝在家等着我啊，我跟你说说你这事儿是怎么处理的。"

刚回到家里，赵荣进就看见孙子宝和竹花俩人，急得像热锅上的蚂蚁。赵荣进还没坐在椅子上，孙子宝就急切地问："咋办了那事？"

赵荣进气急败坏地对孙子宝说："咋办了？你等着人家来抓你吧！明天下午你把东西收拾好，你跟人家回四川去坐牢吧！"

竹花说："那还了得吗？俺们托你办这事，你得想办法给俺们办了。刚才工商局又打电话了，催着让我们去工商局处理这事。"

赵荣进端起竹花送来的茶杯，喝了一口茶，喘了一口粗气，说："累死我了，以后这样的事你别再找我了，好好地干你的买卖，做你的生意。你说你惹这么大的麻烦，让我去求人拜佛，还让人家给批了一顿，弄得我灰头土脸，以后我再也不捣鼓这样的事了。"

孙子宝就低头哈腰地说："你就说咋办吧！你咋说咱咋办，反正别让他们把我给逮了去就行了，如果那样，咱的家庭就没法过了。"

"你有法过没法过那是你的事，你考虑考虑，你弄的这些酒商标、酒瓶子都是人家厂里的，和人家厂里出的一模一样，你卖酒挣了钱，人家厂里卖啥呀？你这不等于从人家手里头夺饭吃吗？再说，你自己还没有数吗，你卖酒挣了多少钱？"

竹花毕竟是女人，心直口快地说："哎呀，还赚多少钱呢，就是用他们的商标卖的这批酒，赚了连五万块钱都没有，要是早知道这样，就不惹这么大麻烦了。"

赵荣进一听，心里就有了底，就对孙子宝说："你这么办吧，今天中午，我请工商局的那个领导吃个饭，跟人家问一个实底，再加上咱给人家买了手机，还买了别的东西，好歹让人家帮着给出一个法子。"

孙子宝就说："你就说咋办吧！你花多少钱，咱出多少钱，千万别让他们把我逮了去，别惹出大的麻烦就行了！"

赵荣进说："我跟人家说了，工商局的严局长帮咱把这个事扛起来。明天我领着你到工商局做一个笔录，你得把这个经过写清楚，然后写一个保证书，保证以后不再侵犯人家商标权了，不再生产假冒的东西了。就是你写的时候，别写赚了多少钱，生产了多少货。你就说刚生产了这么一车货，挣不了三千五千的钱。"

孙子宝说："这个我知道，咱实际上就没挣到钱，也就是竹花在这瞎说挣这么多钱呢，挣了也不过就是一万块钱。"

赵荣进看着欲擒故纵的效果出来了，就对孙子宝继续说："明天头午，你开着你厂里的车过来接我，咱一块去。另外，你得给人家再交上三万块钱罚款，四川的厂家来人了，总不能这么空手回去吧！第一，你得保证不再生产了；第二，你给人家厂里造成这么大损失，你交点罚款，这样人家严局长才能给你处理，才能够把你保下来。"

竹花一听，"呀"的一声叫出来："还得缴三万啊！咱手里也没有这么多钱啊。"

赵荣进就说："那我就不管了，你愿意处理我就给你去处理，你不愿意处理，就等着人家来找你去处理。"

孙子宝就问竹花："咱家里还有多少钱，包括厂里的现金？"

竹花说："咱家里还有一万多块钱，厂里也不过一万多，两边加起来，也就是两万多块钱，如果再罚款的话，咱就得出去借了。"

赵荣进一听，事情应该能够解决了，就顺坡下驴地对她说："行了行了，先这样吧，你明天带上这两万块钱，我从家里再带上点钱，明天咱看看是个什么样的情况吧！如果一万块钱能说下来，咱们就能省下一万块钱，能少花钱最好，如果不用花钱，那么你俩更高兴。"

孙子宝一听，这事儿是非常麻烦，就自言自语地道："看来不花钱是不可能的了。行，明天我尽量多拿点钱。我现在回去先把这两万块钱装好，明天上午，麻烦你再给我们跑一趟，可别去了以后，罚款也交了，保证书也写了，人却不让走了。"

赵荣进说："那没问题，我陪你去是干啥的啊？我去不起作用了吗？我如果让他们把你带走，我能干吗？我的面子还有没有？就这么办吧！"

乡党委书记刘光明，把乡里的工作人员给调整了一下。在王前进和他的哥哥王胜利运作公交车这件事上，刘光明发现王前进原来还有经济管理的头脑，就把王前进调到乡里的经委干副主任了。由普通的员工提拔到副股级这样一个岗位上来，对于王前进来说，真的是一个全新的挑战。

刘光明原以为，赵荣进的儿子赵一鸣，让他在自家这片区当管区书记，应该是一个不错的选择，对工作熟悉、了解，便于开展工作。但是时间长了，刘光明就发现，因为赵荣进在这里干着支部书记，村里的干部都把赵一鸣当成像自己的孩子一样对待，所以，他干起事来还是伸不开手脚。于是，刘光明就把赵一鸣调到了山区的一个片区当了管区书记。那里村少，经济发展相对落后，但是，很有发展前途，让他到那里锻炼一下。

这样一个普通的调动，在龙怀村可了不得，大家都以为是周一本的姑爷王前进被提拔了，赵荣进的儿子赵一鸣则被调到落后的地方工作了。这样，周一本的风头就有点往上升，弄得赵荣进闷闷不乐，以为自己在什么地方得罪了刘光明。于是赵荣进就想了个法子，得给刘光明惹点麻烦，让他知道知道我赵荣进的厉害。

第四十七章

这一天早晨，刘光明刚一开门，突然就进来了老两口，坐在了他门口的沙发上。

刘光明就问他们："你们两个有啥事啊？是哪个村的？"

大爷就说："俺是龙怀村的，俺来问一下，俺爹当年在抗日战争时期打过鬼子，为啥就不是烈士？俺村里姓赵的那个人家，抗日的时候去世了，人家就是烈士。俺就来问一下，同样是打鬼子，为啥待遇就不一样呢？是俺俩没本事，让人家瞧不起呀，还是欺负俺们家老实啊？"

刘光明就耐心地对老两口解释："你老两口说的这事啊，我还真是没法用一句话答复，我得找民政所的老张，跟他了解了解情况，让他给你解释解释，看看有什么办法帮你解决，行不行？"

老头站起来，情绪激动地说："我们已经找了好多回了，老是推过来推过去的，不给我们解决。要是再不给我们解决，我们就上县民政局去。"

刘光明就耐心地说："现在不是还没给你处理嘛！如果给你处理了，你不满意，那咱再说，你现在就要一天内解决，那能行吗？再说，已经过去这么多年了。"

听刘光明这么一说，老头的情绪更激动了："这么多年了，为啥不想着给俺解决，非得等俺找了来才给解决？反正今天不给俺们说清楚，俺们就不走了，哪里也不去，就在这里。"

正在这时候，办公室的小高提了暖瓶来给书记送水。刘光明就说："你打个电话，叫民政所的老张和龙怀村的书记赵荣进到我办公室来一趟。"

老张一溜小跑，不一会的工夫就到了书记的办公室，一边挠着头一边对书记检讨说："他这个事情还真是麻烦，咱们乡这一级，根本没有这个权力，给他解决不了啊！"

刘光明明显带着不满意地说："你解决不了，找县民政局，到县民政局给他查一查文件，像他这种情况怎么给他解决，或者怎样照顾照顾也可以。"

刘光明政策性非常强，政治素质非常高，处理问题当机立断，并且头脑灵活，马上就给了老张一个台阶，让老张抓住。

老张一听书记对他进行暗示了，就对那两位老人说："你俩干脆到我办公室吧，我给你们和民政局联系联系，看看哪个部门管这事，如果他们办公室里的科长们做不了这个主，我抽空去局里找局长，问问你这个事情怎么办。如果能办，咱马上交材料办，如果不能办，我也给你俩一个答复，行不行？"

两位老人死活不走，说："我们不走，跟你说了多少回了，你就不给解决啊！书记一找你了，你又说上县里给我们办。我们到你那里以后，你不给办，我们再回来找书记，书记就跑了，我们上哪里去找人呢？这回好歹找着咱书记了，我们就不走了，不给解决哪儿都不去！"

赖皮赖成这样了，刘光明也没有办法，就抬头问在门口等着的小高："没给赵书记打电话吗？"

小高说："我给他打电话了，听着声音挺低的，说是在县城办事呢。"

刘光明气得伸手摸起了桌子上的直拨电话，就打给赵荣进："你去哪里了？你村里有一个找到我办公室了，一直跟我闹，我一下子又没法给他解决，让老张跟县里商量个方案，再答复他，跟他说了半天，还是不走，你就抓紧来看一下吧！"

电话那边，赵荣进急切地说："我刚才到县农行给人家办了一个贷款，刚才小高给我打电话的时候，我正跟人家说着话呢，我现在往回走，快到乡政府了。"

打完电话，刘光明又对两位老人说："你们沉住气，这件事情拖得时间不短了，没给你们解决，是我们工作有疏忽，我们马上采取措施，给你安排专人负责这件事，问问能不能给你们解决。如果不能，也给你们一个明确的答复，好不好？你俩今年多大年龄啊？"

老人就说："我今年七十，我老伴今年六十八。"

刘光明和蔼可亲地说："家里几个孩子啊？"

老人说："就两个姑娘，都出嫁了，家里过得唧唧歪歪的，日子也好不到哪里去，再说都有孩子了，都挺累的，就是给人家打个工挣个小工钱。"

说着话的工夫，赵荣进风风火火地就到了书记办公室，一看见那两个老人，蹭的一下子火就上来了："谁让你俩到这里来的？"

两个老人听到赵荣进这么说，立即站起来，说："咋的，这里还来不得吗？"

赵荣进说："不是跟你们说了吗？有啥事在村里跟我说，咱在村里解决，你们找到这里，算是怎么回事啊？书记这么忙，不办公了吗？成天跟着给你们处理这些鸡毛蒜皮的事吗？"

老头一听也不乐意了："啥叫鸡毛蒜皮的事啊？烈士是鸡毛蒜皮的事吗？抗日战争打鬼子的时候牺牲了，算是鸡毛蒜皮的小事吗？你还大队书记呢，你说话这么没水平！"

刘光明看他俩接上火了，就赶紧给他们说和："这样吧，你们两个老人家，先跟着赵书记回去，让民政上的同志们问好了以后，再答复你，登门给你解决，行不行？"

老头犯了倔，说："哪里也不去，你给我解决了才走。"

这一下刘光明没了办法，就抬头看了看赵荣进。赵荣进伸手把那老头搀起来，说："行了，你别在这里闹了，回村里吧，有啥事我找书记，先让民政所张主任跟县里联系联系，看看怎么办。快跟我回去吧！我开着车呢。"

老头不情愿地跟着赵荣进出了门，临走的时候还对乡党委书记威胁似的说："如果他给我解决不了，我还来找你，咱这事没得完。"

出了书记的办公室门，走十几米远，就是民政所办公室。老两口又来到了民政办，对老张说："我们就在民政办待着，哪里也不去，不把问题解决了就不回去。"

老张一听怵头了，就说："我问好了以后，给你答复行不行？"眼睛看着赵荣进，一副求援的样子。

赵荣进就对老头说："别再麻烦了，我先拉你回村里头，你俩回去休息，有什么新情况，张主任肯定会找我，到时候咱一块解决，那行了吧？"

民政办主任老张冲着赵荣进摆了摆手，赵荣进就把那两位老人扶上了他的面包车，开着车出了乡政府的院子。

乡政府院子东边有一家桥头饭店，饭店里除了正常地招待来吃饭的客人以外，也打火烧，卖煎包，还卖扒鸡什么的。

赵荣进将面包车停在了桥头饭店的门口，就和蔼可亲地对上访老头说："三舅，我给你买只扒鸡，再买上点包子，你看看还需要买什么东西？"

老人对赵荣进说："甭买扒鸡了，我和你妗子也吃不了这么大油水，就买上两笼煎包吧。"

赵荣进就说："好嘞。"说着就从口袋里掏出来五十块钱，递给了桥头饭店的售货员，说："买上一只扒鸡，两笼煎包。"

赵荣进还没到家，竹花的电话又打过来了。

赵荣进一打开他的翻盖手机，电话就接通了，就问："有啥事啊？你那事不是给你办好了吗?"

竹花在电话里头发着嗔,说:"咱上回不是说扣的那车货,你想办法给要回来吗?"

赵荣进就说:"你别得寸进尺!好不容易把你这事给摆平了,还省了一万块钱,让四川那边的厂家不追究了,你还没够了,是不是啊?"

竹花在电话里嬉皮笑脸地说:"反正那车酒扣到工商局里面也没啥用处,你看看再上县城去的时候,跟你那局长朋友打打招呼,能要回来就要回来,要不回来就算了,反正是有枣冇枣打一竿子吧。"

"行了,我知道了,有机会再给你办。"说完,赵荣进就把电话"啪"的一下子扣上了。

用了好几天的翻盖小手机,赵荣进已经能够十分熟练地使用了,动作看起来是那么潇洒顺畅。

雪上加霜,周老师所在的新星歌舞团的人被派出所的人给叫走了,说是这歌舞团里头几个女演员在跳舞的时候,有脱衣舞的节目,这个节目属于扫黄的范畴。

朱丽英知道这个消息以后,急得不得了,就坐车回到了齐邹县城找到了大鹏,和大鹏说了这个事情的来龙去脉。因为朱丽英和大鹏在前些年有过一段特殊的经历,所以,大鹏看到朱丽英来找他,也十分上心。大鹏因为企业干得风生水起,在十里八乡也是一个小能人,乡里的干部也都高看他一眼。

大鹏就找到钱忠诚副乡长,就和钱乡长说:"我一个老师,领着一帮演员,组建了一个歌舞团,团里有一个节目说是有跳脱衣舞的,被东城派出所给弄进去了,咱得想办法把他给要出来。"

大鹏开着车,拉着钱忠诚副乡长和朱丽英,就到县东城派出所找钱忠诚的一个朋友。

钱忠诚副乡长坐在大鹏轿车的副驾驶座上,朱丽英坐在大鹏轿车的后座上,一路上钱忠诚回头看了朱丽英两三次,就觉得这姑娘长得又漂亮又有气质。就问大鹏:"你这女同学是哪里的?"

大鹏说:"哪里的?老家就是咱们这里的,现在在齐鲁艺术学院学唱歌呢。"

钱忠诚说:"我说呢,这气质!今天中午咱请你同学吃个饭吧。"

大鹏说:"你放心,你只要今天把周老师的事给解决了,我请你吃点好的。"

不谙世事的朱丽英也帮着大鹏说："领导，你如果今天把周老师的事给解决了，中午我请你喝两杯。"

人情社会就是这样，有些事情看起来很复杂很难办，但只要是合适的人物，出现在合适的地方，哪怕不合适的事情，解决起来，也是那么合适。

东城派出所的所长跟钱忠诚是一个村的，钱忠诚已经提前给他打了电话，所以，事情办起来就非常简单。

派出所让周老师歌舞团的人写下了一份证明材料和保证书，让钱忠诚在保证书上签了字，作为担保人。这样就把他们给放回去了，但是，不能在这个地方继续演出，必须转移到另外的地方，同时保证演出节目以前，一定要把节目审核好，不经过审核的节目，肯定不能出现在舞台上了。

朱丽英看到了从省城大老远来的心爱的周老师，脸也憔悴了，看上去疲惫不堪，心疼得不得了。她就对周老师说："实在没法干了，还是回去当你的老师吧！别这么辛苦了。"

周老师说："没事，挣钱是主要的，现在大家都赚钱，再说我还有孩子，我得让他们生活得好一点。"

朱丽英就说："我同学在县城里的饭店订了餐，咱们一块去吃饭吧！还有给帮忙的钱乡长，一块请人家吃个饭。"

周老师从口袋里掏出三百块钱递给朱丽英，说："今天我就不去了，你帮我请请那位领导，今天得亏人家帮忙，谢谢他了。"

看到周老师递过来的钱，朱丽英吓得往后一躲："吃饭的事不用你管了，你如果有时间你就去，没时间的话，我就和大鹏去请人家。"

周老师无可奈何地说："那就谢谢你了，我还得领着他们去收拾一下东西，下午，我们就要离开齐邹县城了，不在这里演了，你去忙你的事吧。"

望着略微驼背、沧桑疲惫的周老师的背影，朱丽英两行热泪刷的一下流了下来。

第四十八章

一大早，赵荣进就接到了严局长打来的电话，赵荣进巴不得和严局长处好关系，以后村里的企业出点问题，好让他给周旋、协调，以后用得着严局长的事还很多。

赵荣进打开他的翻盖手机，问道："咋了，局长？有什么事情吗？"

严局长就单刀直入地对赵荣进说:"今天中午你忙不忙? 咱找几个朋友喝点酒吧,我请客。"说完这些,又对赵荣进嘱咐说:"你把那个轧钢厂的大鹏厂长给我约上。上次买房子的时候,幸亏人家那个朋友,有些事情咱还没定住,咱再一块商量商量。"

"行啊。"赵荣进说:"那我先给大鹏打个电话,让他订个饭店,你几点过来呀? 我在厂里等你还是在办公室里等你啊?"

严局长吞吞吐吐地说:"今天中午我请客吧,你订好饭店,待会儿呢,我早一点过去和你商量个事。"

赵荣进就说:"你到我这个地方来了,我还能让你请客吗? 大鹏不请我就安排,再说大鹏干企业赚这么多钱,没有你的保护和帮助,能赚到钱吗? 让他请客是应该的,没事。"

"那好吧,你在村里面等着我,我待会儿就过去。"

接到严局长这个电话,赵荣进有点丈二和尚摸不着头脑,心想:以前说话比较硬气的严局长,这次语气咋这么柔和,这又是演的哪一出呢? 我还是先找大鹏把饭店定好再说吧。

刚要给大鹏打电话,大鹏的桑塔纳轿车就停到了村大队部的门口,急匆匆地往村办公室走去,一边走一边喊:"赵书记,赵书记。"

赵荣进看见大鹏走进了办公室,脸上也露出高兴的笑容:"你这是咋啦? 火急火燎的。"

"咋了? 你得抓紧帮个忙啊。"说着,大鹏从他的手提包里头拿出来两份材料,递给了赵荣进,说:"这是工商所给的两份材料,说是给企业办土地使用许可证,得盖村里的公章,还得你签字。"

赵荣进看到大鹏来求自己办事儿,就爽快地答应道:"行啊,企业干起来都不容易,再说咱的企业用地都是村里党员同意的,没啥事啊,盖就行啊。"

大鹏说:"行是行,土管所的人说还要交土地出让金和手续费什么的,说是得好几万块呢。你抽空到那里给我问一问,看咱能不能省点钱,少交点。现在企业这么难干,咱也赚不了多少钱,今天办这手续交钱,明天办那手续交钱,咱干企业的都有点受不了。"

赵荣进拉开抽屉,拿出了村里的公章,一边给大鹏盖上章,签好了字,一边对大鹏说:"行行行,你先把材料送过去吧,抽空我再去问一问,看看最少能交多少钱。"

大鹏接过盖好了公章的材料,说:"那我先去了啊,他们在等着我呢。"说完,抬脚就要出办公室的门。

赵荣进一下子喊住了他："你别急着走啊，你咋了？这事就这么急吗？还有件事跟你没说呢。"

"咋了，书记？"大鹏赶紧刹住脚步，回过头来问。

"今天中午工商局的严局长要来，让我单独约上你，今天中午一块吃饭，说有件事得在一块商量商量。可能是为了买房子的事，也到了应该定的时候了。"

大鹏一副无所谓的样子，说："我以为啥事呢，来就来呗！啥时候来啊？来了中午我管饭就行了，在哪儿喝酒？我负责请客。"

赵荣进一听，今天中午的饭钱有着落了，也就放心了，就装作轻松地对大鹏说："不是管饭不管饭的事儿，人家严局长今天中午来，说是要约上你，你安排好时间，今天一块陪他吃饭。"

大鹏一脸无可奈何地说："行是行啊，管饭、陪他吃饭都没问题，但是，我就怕今天中午有冲突，办房产证的这帮领导，也得请他们吃饭啊！要不咱就安排在一个地方吧，他们来了你也得出面，到时候咱俩互相串串桌不就行了吗？"

赵荣进一听，也只能这么安排，就说："行行行，那么安排在哪里呢？"

大鹏说："还是到村南头的火烧云饭店吧！那里面房间比较宽敞，我听说还来了两个新服务员，可陪着唱个歌跳个舞什么的。"

"好嘞，"赵荣进说："那我就给严局长打电话，让他中午到那里吃饭了啊。我在这里等着他，你抓紧去办你的事吧！"

大鹏从村办公室里走了没有十分钟的时间，赵荣进想回家里去拿点东西，还没等出门，工商局的严局长就来了。令人惊讶的是，严局长手里还拿了一条烟。

赵荣进就问严局长："你这是干啥呢，还拿着东西？要到哪里去看亲戚啊？"

严局长就笑着说："还上哪里走亲戚？今天就是来找你呀！到你这里来，我就是走亲戚，咱不是干兄弟吗？"

赵荣进一听，严局长今天说话的口气和态度，让他大吃一惊。尤其是严局长说"咱俩是干兄弟"，这在江湖可是非常铁的关系，这让赵荣进确实有点受宠若惊啊！

严局长一看赵荣进感动的样子，就顺手把那条"葵花牌"香烟扔给了赵荣进，说："放在你抽屉里吧！来个人的时候，你让人家抽支烟。这是前几天几个朋友去上海，从上海捎来的，这种烟，咱山东这地方没有。"

赵荣进欣喜若狂地拉开抽屉，把那条"葵花烟"放在了抽屉里，顺手拿出来一盒"石林烟"递给了严局长一支，给他点上烟，就问："你今天来还有啥事啊？你不是说有事商量吗？"

严局长悄悄地对赵荣进说："我就跟你说一句话，这次来呢，我找你有点事。咱在这里把事说完了，中午喝酒的时候就不说了，你帮我张罗张罗。"

赵荣进说："啥事？你说吧！"

严局长说："那天咱不是去看了那套房子吗？我也从侧面打听了，那套房子就是十三四万块。我找了个熟人，跟人家说了说，是分三年付清：第一年先交上五万块钱，人家就给钥匙，咱就可以装修房子了；第二年再交上四万块钱；第三年的时候，再交四万，这样就交清了，没有别的更好的办法。但是这件事，你先不跟大鹏说，大鹏肯定也找他的同学做这个工作了，可能结果是差不多的。今天中午，咱先套套大鹏的话，如果大鹏说的，和咱说的是一个法子，咱就说让大鹏去办，如果大鹏说的不是这个办法，咱再说。"

赵荣进就说："很好啊，这样的结果不挺好吗？压力也小了，还能把房子的问题解决了。没问题，今天中午咱就按你说的这个意思办，说说话就行了，没事。"

严局长说："这不是主要的，我实话跟你老兄说吧，这次来找你，是让你帮我解决困难的。"

赵荣进好像明白了点什么，但还是小心翼翼地说："你就直接说吧，到底有啥困难？只要能帮的，我肯定帮忙。"

严局长就推心置腹地对赵荣进说："老大哥，说实在的，咱这么直接的关系，别人我也不去找他，我怕说了，人家再给我出洋相，弄得咱里外不是人。"

赵荣进就顺着严局长的话往下说："咱哥俩啥关系，我们村这么多企业，出了问题不都是你给帮忙？咱们这么直接的关系，你有啥事直接说就行了。"

严局长一听，这情绪调动得也差不多了，就单刀直入地说："钱！买房子还缺点钱，你得帮忙给我借点钱用。"

赵荣进大大咧咧地说："我还以为啥事呢，吓了我一跳，你用多少钱？买房子不就是一开始先交五万块吗？你手里有多少钱？"

"实话跟你说吧，"严局长态度诚恳地说，"我手里直接就是一分钱没有，但是现在再不买这套房子，我孩子和老婆还在农村，要是孩子上城里来念初中，我连住的地方都没有，所以我非买这套房子不可。现在我手里也不过有五千块钱，我使使劲再借借同事的，能借两万。也就是说，现在买房子第一次交的这钱还差三万，你想办法给我在你们这里的企业里头，借三万块钱，我先把这房子的事办了。"

赵荣进就说："这不是很简单吗？今天中午吃饭咱和大鹏说一下，让大鹏先给你三万块钱，把这事办了不就行了吗？以后他有事，厂里出了问题需要帮他解决的时候，你就帮他解决，让他厂里也少受点损失，不就给他省出这三万块钱来了吗？"

严局长一听，赵荣进说得非常符合他的想法，就直接说："就这么个办法，今天中午的这场戏就由你来演了，甭管咋说，你想办法给我弄上三万块钱就行。"

"你甭管了，如果他不出这三万块钱，我从家里给你拿上三万块，也得帮你把这房子定了。你就把心放在肚子里吧！今天中午你只管喝酒。"

中午这场酒喝得有滋有味。大鹏跟土管所的那帮客人陪了一杯酒以后，就来到了赵荣进和严局长的桌上。这时候，严局长正在和服务小姐唱着："妹妹你坐船头，哥哥我岸上走……"

严局长一看见大鹏进来了，就赶紧停下了唱歌，坐在了酒桌上，说："来，大鹏兄弟，咱喝一杯！"

赵荣进一看大鹏来了，就对大鹏说："你那桌我过去表示一下吧！人家到咱这里来了，我不跟他们喝酒，显得我这个当支部书记的不近人情。"

大鹏就说："对呀，你不去不合适，你抓紧去吧！"说着，就把赵荣进的酒杯和筷子递了过去。严局长一看赵荣进要到另一桌去喝酒，就提醒赵荣进说："你去了以后少喝，表示两次酒就抓紧回来，咱来的目的是和大鹏兄弟喝酒，不是跟他们喝酒。"

赵荣进就说："知道，我只喝一杯酒，马上回来。"

赵荣进走进大鹏房间里的时候，看到乡里的土管所所长和几个年轻的大学生，喝酒的只有土管所所长和老土管员赵老三。

赵老三一看见赵荣进走了进来，就直接喊："你干书记就不得了吧！我们来你们村里干工作，也不接见我们，是瞧不起人还是怎么着？"

赵荣进赶紧赔着笑脸，说："哎呀，咱哥俩这关系，你到这里干工作和在自己家里还不是一个样吗？你咋说咱咋听。"

土管所所长老宋也笑着对赵荣进说："看来你和老三哥要是不喝一杯，说什么也是说不过去的。"

赵荣进笑着说："今天中午我本来是要赶过去，跟你一起到厂里的，县里工商局的局长来了，说找我有点事情，你说这么好的朋友关系，咱以前好歹处成这样，咱也不能断了线，还是得好好地陪人家。"

老宋和赵老三就说："那是，咱是老兄弟了，有事咱啥时候商量不了啊，主要还是陪人家县里的领导。"

赵荣进双手一抱拳："理解万岁！咱这样吧，那边的人也不多，我把人家闪得时间长了也不好，咱哥仨还有几个小兄弟一块，我两次把这杯酒干了，你们喝多少随意，我就表示感谢了，好不好？"

土管所所长老宋是个明白人，他也体谅在农村干支部书记非常不容易，下面一根针，上面千条线，天天要泡在酒壶里。他就对赵荣进说："你也不用喝那么多了，表示两次酒，你抓紧过去吧！过几天，咱还得商量商量村里这些企业占地交管理费的事。"

赵荣进十分感激地说："还是老宋理解我呀！咱这么着，我喝一半，你们随意喝，我跟人家还有件事没说清楚，还得过去。至于下一步叫村里这些企业交土地管理费和手续费的问题，你俩咋说我咋办，保证让你俩少跑腿、少费口舌。你把这些企业该交的钱跟我说，我去跟他们说，保证完成你说的任务，你放心就好了。"

赵老三一听，赵荣进是个明白人，就直接说："要是都和你一样干工作，我们该有多么轻松啊！咱这样吧，赵书记，我和你干了这一杯，让我们所长少喝点。"

说完，赵老三一扬脖子，把一茶碗白酒一下子就灌下去了。

老宋在一旁装作不高兴的样子，批评赵老三说："你和赵书记喝酒咋能这么喝呀！他还有一桌，他这么多事情，赵书记，你喝一半就行了，咱哥俩喝一个。"

赵荣进在这样的场合怎么能认输呢，就直接说："哎呀，老三哥他都能喝了，我能不喝吗？我不喝，他能干我的吗？"就直接端起酒杯来，捏着鼻子一口一口地把白酒喝了。

白酒喝得这么急，赵荣进实在受不了。赵荣进回到自己房间的时候，正看见严局长和大鹏两个人搂着脖子，在一口一口地喝酒。

赵荣进就问大鹏："你现在和局长喝到啥程度了？"

大鹏略带醉意地说："刚才局长和我说买房子，俺俩要买成对门，那太棒了。我能和局长住对门，对我来说是一件荣幸的事。那天，同学跟我说了，俺们这次买的房子，可以分成三年交钱：第一年交五万，第二年交四万，第三年把剩下的钱全部交清。我跟严局长说了，要是办，俺俩一块办，要是交钱，俺俩一块交。"

赵荣进心里别提多高兴了，顺着大鹏的话借坡下驴地说："你可别和他住成对门，他家里那么些送礼的，可别送差了，送到你家里。"

严局长一听这话，高兴地说："没事，送到大鹏兄弟家里，和送到我家里一样，俺们兄弟俩谁和谁呀！"

这时候，大鹏和严局长的感情正借着酒精迅速地升温，就对赵荣进说："俺哥俩是啥关系啊？马上就是对门了，比和你的关系还近呢。"

赵荣进就趁热打铁地说："你还和他对门，他还买房子，买了买不了还不一定呢！你以为他有多少钱，他每月就是那两三千块钱的工资，一下子交这五万块钱，他能交得起吗？"

酒酣耳热的大鹏，这时候突然来了豪言壮语："交不起怎么办？有我呢！差多少，我给他补起来呀！"

严局长等的就是这句话，这两个老家伙将一出双簧演得天衣无缝。就在这节骨眼儿，严局长突然站起来，拿起酒瓶，给大鹏把酒斟满，把自己的酒也斟满，伸出一只手来搂住大鹏的肩膀："有你这么个好兄弟，是我一辈子的福气啊！咱哥俩干一杯。"说完，满满的一杯白酒，一下子就灌到了嘴里。

大鹏仗着年轻好胜，顺着他的话往下说："就是，咱哥俩的关系，有啥事你说话。"说完，也把那杯酒干了。

酒局酒局，就这样，酒喝足了，话也说透了，人也喝醉了，事也办成了。

第四十九章

乡里头这段时间对全乡的水库进行了统一的整修。该修的修，该补的补，雨季马上就要到了，反正不能让大雨冲垮了水库。

乡党委书记刘光明安排王前进根据这个情况写一篇稿子，给县报社《齐邹日报》和齐邹人民广播电台寄过去，在报纸和电台上宣传一下醴泉乡整修水库的事情。

这样的稿子最好写了，有数字有做法，再是乡里也出了一个文件，根据文件上的内容修改一下，就把一篇六七百字的新闻稿子写好了。稿子写好以后，王前进就送到了刘光明的办公室。刘光明这时候正好不在，可能是到县里开会或者是下村去检查工作了，王前进就把稿子放到了刘光明的桌子上。

走出刘光明书记的办公室，王前进一看也到了下班的时候了，就跑回家。

看见哥哥王胜利和司机小穆在那里保养他的大巴，就赶紧放下摩托车跑过来给他俩帮忙。

小穆脸上的表情有些沮丧，王前进就问他："咋了小穆？今天有啥事啊？"

小穆一皱眉头，说："哎呀，别提了，今天开车从杏花桥上走，那个地方路窄，加上又下了点雨，不好走，让石头把车子磕了一下，我心疼得不得了。"

王前进就问："磕哪了？没事吧？"

这时候，王前进的哥哥王胜利走过来说："磕到底盘上了，没事，不耽误开。小穆是爱惜车，磕了一下，心疼得不得了。"

王前进就："没事就行，你这是在干啥呢？"王前进看到小穆在用一个长臂的扳手，一个一个地紧固着汽车轮胎的固定螺栓。

小穆说："我把这螺栓挨个紧一下，别再跑着跑着把轮胎跑丢了。人命关天的事，那可了不得！"

说着话的工夫，王前进就凑过去想给小穆帮帮忙，用脚一踩那长扳手的把手，没想到一脚踩空了，扳手的长臂一下子反弹过来，"啪"的一下子打在了王前进的牙齿上，把王前进的一个门牙打掉了，疼得王前进双手捂着嘴唇，一头拱在汽车旁边的树上，疼痛不已。

小穆和王胜利一看慌了神，赶紧跑过去，想看看王前进到底伤在哪里了。王前进双手捂着嘴不让他们看，好不容易把打掉的牙安在了原先那个地方，疼得王前进眼前直冒金星。

正在和面准备烙单饼的周小月听见了王前进"哎哟"的一声，赶紧放下了手中的活儿，急匆匆地跑了出去，问："这是咋了？"王前进一只手捂着嘴，一只手冲她摆了摆。周小月就扶着王前进，来到了自己的房间里。王前进平躺在床上，头部嗡嗡的直响。周小月说："我赶紧去叫村里的医生过来，给你打一针吧！要是伤了风，以后就麻烦了。"

一旁的小穆十分懊恼而后悔地说："今天就是太不顺利啊，你看看车磕了，又把咱们人伤了，你说我今天这是干的啥事啊？"王胜利说："你不用着急，咱先甭拾掇车了，先看看前进有没有事吧！快收拾收拾工具抓紧来家吧！"

打了一针破伤风的王前进，躺在床上休息了一会儿就恢复了神智。只是觉得牙丝丝地疼痛，总之没有什么大碍了。他就起身来到了院子里，听着王胜利和小穆分析今天出车的情况。

王前进咬着牙，还关心地问哥哥王胜利："今天咋样？"王胜利说："今天挣了四百多块呢，除了一百六十块的油钱，我们还另外开支了一百元的车船使用税和工人工资，还能净赚一百五十块钱。就这样，一个月也能挣五千块钱，一年就能挣五六万块。但是这个买卖就有一个毛病啊，风雨无阻，一年到两头，是天顶天这么劳累。"

王前进就说："星期六、星期天的时候，我替你盯车去卖票，你在家休息两天。"

王胜利说："那倒没关系，有小穆开车，你嫂子给他卖票就行了。小月在家看孩子就行，你的孩子还小。"

正说话的工夫，两岁左右的孩子，跑到了王前进的跟前。王前进赶紧弯腰抱起自己的宝贝儿子，想去亲亲他。亲了一口，又感觉牙疼，就"嗞溜嗞溜"地吸着气，缓解疼痛。

看见桌上有一支圆珠笔，王前进就一边逗孩子，一边说："来，儿子，我给你画上一块手表。"就把孩子胖乎乎的小手拉过来，在儿子的手腕上画上了一个圆圆的圈，里面画上了一条一条代表时间的杠杠，然后画上了时针，又画上了表带。对儿子说："你看你小子，有了手表了，长大了以后出去多威风啊！快快长大吧！"

周小月把刚擀好的饼，用饼批子挑着放在了桌子上的竹垫，对他们三个人说："你仨赶紧吃吧，趁热正好吃。"回头又对王前进说，"你吃完饭以后，别忘了吃药，明天再去卫生室打一针。"

王前进伸手撕了一块饼，有点热，又放下，然后又拿起来，塞到嘴里头："嗯，挺香的。"

买房子的事，手续办妥了。大鹏和严局长去缴房款的时候，是赵荣进陪着去的。路上赵荣进就对大鹏说："那天你可答应人家严局长了，说要是他交的房钱不够，你给人家凑齐啊，你还记得这事吧？""哎呀！"大鹏说："那天都喝蒙了，谁记得这事啊？我隐隐约约听着好像有这么一个说法。"

赵荣进就给大鹏做思想工作："那天，你知道严局长来是为了什么？他就是为了这事。他买房子的钱不够，想让你给他出点，算是借你的。你放心，他在工商局里管着咱们这么多企业，哪个企业不得放在他手底下？现在不是说指望他给你解决啥问题，现在的主要问题是，他不给你挑毛病、不给你罚款处罚你就算烧高香了。这次你多少得给他出上点房款！"

大鹏在社会上混了这么多年，自然知道工商局的厉害，就说："我知道，我有这思想准备。那天他不是说这五万块钱，他手里已经有三万了吗？我大不了把剩下的两万给他出上，这不就行了吗？"赵荣进一听大鹏这么痛快，自己心里头也就放心了。他一心想巴结严局长，就是因为严局长手里有处理企业的权力，这事搞定了，他在找严局长协调处理一些事情的时候就更方便些。大鹏直接表态，说："你放心就行，我替局长交上剩下的两万块钱。"赵荣进心里的一块石头终于落了地。

到了交钱的建筑公司财务室，严局长已经拿着厚厚的三摞百元大钞，在等着赵荣进和大鹏。大鹏就问严局长说："局长，你现在一共是多少钱？"严局长说："我这是三万。另外我包里头还有三千多，那……"大鹏说："也就是说交五万块钱的话，还差一万七千块钱。那我把剩下的一万七千块钱先给你垫上！"

赵荣进在一旁打着圆场，就对大鹏说："咱原先咋说的？原先你不是说给严局长出上两万吗？他的三千块钱还得装修房子、安电、安太阳能、买床、买家具什么的，不如你多给他出上点吧！反正以后有的是相处的机会，以后的路还长着呢！"

既然赵荣进这么说了，大鹏就说："行行行，我先给你出上两万，你把那三千块钱留着装修房子用吧！搬家以后，将来有了钱咱再说。"

交完了钱，从建筑公司出来，两个人拿着钥匙就到了他们的新房子。打开一看，这是一套三室两厅的房子，里面已经用涂料把墙面刷得干干净净，也安上了非常简易的木门，卫生间里也有一个非常简易的水槽。其实不用装修，就这样住的话也是能够居住的。如果想条件好一点，需要装修的话，那就得另外再进行投资。大鹏就对严局长说："我临时也用不着，我先不装修了，你要是装修的话你先弄吧！"

赵荣进看着这件事情处理得这么好，心里也非常高兴。他就对严局长说："局长，今天晚上我请客吧！"严局长说："你甭请客了，今天晚上长明机械厂的那个厂长请我喝酒，我跟他说了，我说有两个朋友要来找我说点事，今天晚上咱一块吃饭，就等于我请你们了。"

大鹏说："我就不去了，我还有很多事情，得回去。"

严局长装作不高兴的样子，说："那可不行，你今天晚上必须去，你给我帮了这么大忙，我主要是请你呢！再说，我今天还有一件事情要跟你说，这不老赵也在这里，这次，咱兄弟们处理的这件事情这么痛快，我也稍微给你一个回报，告诉你一个好消息。"

赵荣进就说："啥好消息？"严局长悄悄地对赵荣进和大鹏说："我先跟你们说，出去了不要宣传，县里要表彰一批优秀的个体户和私营企业，这拨优秀个体户、私营企业，受表彰的人员是有奖金的，可能每个人奖金一万元，个体户是五千元，咱这次先把大鹏给报上。"

大鹏一听，这个消息不错，自己给严局长出了两万块钱，就算是能回来一万，也是个好消息，自己心里非常清楚：出借的这两万块钱的房款，根本就没打借条，将来严局长也没打算还他，也不能做往回要的打算了。如果真的能通过官方奖励的方式奖他一万元，也算是对他有个补偿，大鹏觉得严局长办事还算靠谱。

想到这里，大鹏就对严局长说："严局长，你如果这么办事的话，咱以后就是哥们儿，当成亲戚走，有啥事你就说，需要钱还是需要车，咱厂里也有工人，需要干活什么的，你说一声，有啥事你尽管开口。"

这就是社会，这就是人情，这就是人与人之间的一种交流，各取所需，各自心安。就是在这样一种交流中，每个人与其他人都有了说不清道不明的微妙关系。

第五十章

王胜利的公共汽车终于走上了致富的道路，越来越赚钱了。因为从醴泉乡到县城，虽然只有二十公里的路程，随着县城里头大型商场、超市越来越多，去县城买衣服的、做生意的，甚至去县城买房子的人越来越多了。大家临时手里头还不是那么宽裕，买私家轿车的非常少，所以，公共交通还是主要的交通方式。

县交通局的汽车出租公司有两部长途车，穿越醴泉乡往省城济南。还有两辆小型的公共汽车，是定点从醴泉乡到县汽车站的。但就是这样的运输能力，还是满足不了群众来往交通的需求。王前进和他哥哥的公共汽车每一趟都是人挤人，人挨人，车厢爆满，所以生意是非常红火。每一趟车每个旅客收五块钱，一趟下来大约运载五十个人，就是两百多块钱。每天上午两趟，下午两趟，一天收入就有一千块钱。除了工人的工资，还有这费用那费用的，每天就能纯收入四百块钱左右，一个月赚一万块钱是非常容易的。遇上熟人，还少收一块钱，人家还觉得非常有面子。既团结了别人，自己也赚了钱，真是一门不错的生意。

星期天上午，王前进在家休息，就对王胜利说："今天让俺嫂子在家休息一天，我替嫂子去卖车票吧。我和小穆去就行了。"王胜利说："你去能行吗？

很多人都认识你，知道你在乡里当干部，别让人笑话你呀！"王前进就说："没事，只要赚钱就行，还管什么笑话不笑话的。"就这样，王前进上了自己的公共汽车，替嫂子卖票值班了。

一到村口，就看见赵荣进站在了村口那地方来回地溜达，看那样子像是等车。王前进就让小穆稍微停了一下，拉开车窗玻璃就问："赵书记，你要去哪里啊？"

赵荣进一看是王前进，就说："哎呀，我要去县城啊！我准备在这里截一辆顺路车，这个地方来回车挺多的，我看有没有认识的人，有我就搭个车去县城了。今天县工商局的那个朋友他母亲过生日，我得去喝喜酒。"

王前进拉开车门，就说："你抓紧上来吧！今天我值班。"

赵荣进上了公共汽车，迈过发动机顶盖，就坐在了副驾驶的座位上，从口袋里掏出了五块钱，递给王前进，说："来，买票。"

王前进伸出手来，把赵荣进递过来的钞票推过去，说："你别闹了，以前的时候，请你还请不上你呢，今天就等于请你坐车了。"

实际上，这也是赵荣进的意思，他就是想看一下王前进这小子还买不买他的账。王前进也不傻呀，自己虽然在乡里工作，但是，自己村里书记的面子还是要给的，天天回来在村里住，村书记坐车，还能要他的钱吗，这个道理他还是明白的。

个体户的公共汽车有一个最大的好处，就是灵活性大。隔着不远，就是一个停车点。中间如果有几个顾客在路边等车的话，就要停下车让顾客上来。能多拉一个是一个，能多拉一个就多挣一份钱。就这样，这一路上是三步一停，五步一歇，逛逛悠悠，跑得很慢，本来，正常跑起来半个小时就能到的路程，大约跑了五十分钟，好不容易到了汽车站。

下车的时候，王前进走下来和赵荣进说："你去给人家贺喜，喝完了酒，下午几点回村子？你要是回村子的话，坐我的车回去就行啊。"

赵荣进说："行行行，我尽量吧，你下午的这趟车往回返的话大约是几点？"

王前进说："两点半。"

赵荣进说："看看情况吧，如果没有车捎着我回去，我就还是到这儿来等着，坐你的车回去。"

"好嘞。"王前进说，"咱就这么说定了。"

正说话的工夫，就看见大鹏开着车，拉着钱忠诚停在了汽车站的出口。赵荣进看见大鹏站在车跟前，往四周张望，好像寻找人似的，就赶紧说："行行行，接我的车过来了，俺们三个一块去。下午要是大鹏开着车拉着我，就直接回村了，要是他还去买零件或者其他的东西，没法送我的话，我就过来坐你的车。"

下午两点半左右的时候，就看见大鹏搀着钱忠诚的胳膊，还有赵荣进，他们三个人在公共汽车大厅的一排连椅上坐着，云山雾罩地头一句脚一句地说着话。一看见王前进的车来了，就晃晃悠悠地上了王前进的车。坐好后，王前进就问大鹏："这是咋了？你的车呢？你不是有刚买的桑塔纳吗？"

大鹏满脸通红，酒气冲天，摆了摆手，不好意思地说："别提了，刚才我开车在拐弯的时候撞树上了，让汽修厂拉去修了，今天非坐你的车回去不可了，他俩的车票我一块买了。"

王前进一看是大鹏请客，心想：如果是钱忠诚或赵荣进请客，就不能收他们的钱了，大鹏请客就是另外一码事了。主要因为大鹏本来就是个大款，在城里、在乡里也属于有钱人，人家根本不差那三十二十的钱。再说了，王前进和大鹏也没有什么样的交情，没有必要免单。

大鹏掏出二十块钱递给了王前进。王前进说："干脆收你三个十块钱就行啊！甭按五块了，这么着就行。"说完，就去包里找零钱。大鹏说："哎呀，别找钱了，你今天把我们仨稳稳当当地送到目的地，送到我厂里头，这二十块钱就等于多跑路的钱了。"

王前进不好意思地说："这样合适吗？本来应该给你们免单的，你咱们都是熟人呢，不应该收你们的钱。"

大鹏是聪明人，也知道生意上的规矩，就和王前进说："这车也不是你自己的，你替你哥哥跑一趟不挣钱也不合适，还得养活司机，还有那么些费用。不给钱是不合适的，你就把这钱收了。"

王前进听了大鹏的话，也暗暗地对大鹏竖了个大拇指。像大鹏这样的情商，在社会上还真是一把好手。

王前进把钱装进了自己的挎包里头。大鹏就说："今天晚上，你把车交付给你哥哥以后，你骑车来我厂里，今晚上我请他俩喝酒，你来给我陪陪客人。你在乡里工作，也是有头有脸的人物，我厂里来了客人，你得积极地给我陪客才行呢。咱都是一个村的人，得互相帮助。"

王前进说："行行行，我回家看看，如果我哥没啥安排，家里没事，我就到你厂里去。我看看家里还有没有酒，我给你拿瓶好酒。"

王前进的汽车刚到家里头，就听见腰里的传呼机"嘀嘀嘀嘀"地响起来。王前进一看，原来是乡党委书记刘光明发来的，说是让他抓紧到乡里去一趟，乡里来人了。王前进就赶紧骑上摩托车往乡政府跑去。

竹花和孙子宝的那车白酒也从工商局里要回来了。工商局扣了他们两箱白酒，贴上了封条，说是作为样品，必须放在工商局里做一个档案。其他的货物，工商局要求，必须把酒瓶上所有的包装全部撕掉，然后贴上自己厂里的商标和包装才能正常销售。

因为前期的工作都已经做到了前头，赵荣进和严局长也把好话说尽，象征性地罚了两千块钱，就通知孙子宝，让他把剩下的货拉回去了。严局长再三地嘱咐他："这批货如果没有老赵给你说话，肯定是要被四川厂家拉走的，不光是拉走，还要对人进行处罚。就你这个弄法，以后是肯定不行的，要是再出了问题，就没人给你兜着了。"孙子宝一个劲地点头。

就这样，孙子宝在工商局里当场表态，写下了保证书，把所有的包装和商标全部更换，用自己厂里的标识出货。这样在赵荣进的保护下，工商局才把没收他的货给放了。

孙子宝对赵荣进是千恩万谢，没想到一个村书记能办这么大的事，还真是不得了。

王前进直接来到了乡党委书记刘光明的办公室。

刘光明就说："今天晚上你也跟着一块去陪县水利局的人吃饭，把你写的那材料拿着，他问情况的时候给他介绍介绍。"

王前进因为年轻，很少参加这样的场合，就问："我参加合适吗？"

刘光明说："没事，没事。"

第五十一章

时光荏苒，岁月如梭。就这样，时间一天一天地在宇宙长河中悄没声息地流逝。醴泉乡的民营经济和全国的形势一样，也在势如破竹地发展。每个从事个体经济的群众，都赚得盆满钵满，小日子过得朝气蓬勃。

牛兵因为建设超市商厦和从事超市行业成绩突出，被破格提拔为齐邹县商业局的副局长，同时兼任齐邹商厦的总经理。牛兵发现在山南新建的商厦东侧，还有一片大约七八亩的土地，他决定在征求职工意见的基础上，为职工建造宿舍楼。

这下，在全县职工系统里头炸了营，这是一个非常利好的消息。在当时，职工们上班都是租用附近农村的房子，有的在老家居住，骑着摩托车或者自行车来回上下班，非常不方便。再加上这几年职工们在厂里和商厦工作，也攒了一定的资金，买房子的积极性是非常高的。

牛兵的想法也得到了商业局局长苗小超和齐邹县领导的大力支持。土地已经划归了商业局，剩下就怎么运作、怎么建设的问题。牛兵就在商厦内部召开了领导会议，宣布了几条办法。就是职工自筹资金建设职工宿舍楼，按照参加工作时间的长短和在单位里担任的职务打分。每人先交五万元的报名费，分房的时候，商厦的总经理加三分；各营业部的分经理加二分；一般职工就得一分，按参加工作的工龄，每一年计一分。就这样按照打分的多少排序，挑房子。先看看交报名费的有多少人，然后做出计划，盖多少房子，再进行设计。

这个方案一出来，大家的心思是五花八门。有的觉得，在齐邹县城南建这样的房子，离老城区非常远，这个地方四周没有什么建筑，荒凉得很，买了房子还有什么意义？有的不是这样想，觉得南边一个发展空间比较大的地方，以后县里肯定要在这边投资建设学校和配套的东西，应该提前买房子。甚至一些在齐邹县城南的单位，都托人想跟着商厦的职工一块买房子，让商厦一些不买房子的职工，顶名给他们买。牛兵就觉得，这是单位的地方，不能让别的外来人员在这里买。

一切不出牛兵的设想，报名买房子的有二百多户了，按计划应该设计到三百到四百户这样的规模，才能够满足新职工进入以后买房子的需求。于是他们就紧锣密鼓地找设计单位和建设单位，批手续盖宿舍楼。

一说盖宿舍楼，四面八方的建筑企业就找到了牛兵的家里。牛兵家里一下子又像以前那样热闹起来。周华已经很多年没见过，这么多人陆续来家里找的阵势了，心里非常担心牛兵的工作。牛兵晚上回到家里，周华把做好的饭菜端到了桌上，就和牛兵心平气和地谈着心，说："咱这个家庭，这么多年了，也没有赚过大钱，也没犯过错误，就这么平平淡淡地工作着、生活着。现在，咱们孩子也上小学了，家里头也不需要很多钱。你被提拔，做了副局长，还当着大厦的总经理。你眼前弄得的这个项目，上咱家来的人，送礼的，送钱的，咱一分钱都不能要人家的东西，你可千万要把持住，咱们不收这些乱七八糟的东西。"

这么多年，周华陪着牛兵一路走过来，确实是非常胆小，也非常谨慎。她不愿意把家里的生活搞得乱了套，生出别的麻烦。

牛兵一边往嘴里扒拉着饭，一边说："你放心吧，咱是从苦日子里头过来的，咱知道钱是好东西，但是，咱也明白，这钱不是随便来的，一分一厘都是咱一滴一滴汗珠子换来的。"

周华说："你知道这个就好，现在咱家里也不缺什么东西，咱也别收人家的东西。"

有些事情说起来是非常简单，言辞大义凛然，但是真正做起来的时候，就非常难了。一个是你当着领导，你手里有资源又有项目，到你跟前去献殷勤换取利益的人是趋之若鹜，有的时候你躲都躲不掉。

这不，这一天，商业局的局长苗小超就给牛兵打电话，让他晚上到火烧云宾馆去吃饭。因为局长是一把手，牛兵在局里连二三把手都算不上，只能说挂了一个副局长的职务，商厦是商业局的下属单位，牛兵就是一个企业的负责人。对局长的安排，牛兵必须言听计从。下了班以后，就让商厦的司机把他送到了火烧云宾馆。进了房间，牛兵才发现，到的人中还有齐邹县副县长夏守海。

坐下以后，牛兵伸出手来和夏守海握了握手，夏守海笑容可掬地冲着牛兵点了点头，说："新提拔的商业局的副局长还是很有前途的，好好干啊！"这时，菜已经上来了，苗小超就对牛兵说："咱开始喝酒吧！"

夏守海就说："别呀！你还是先和牛局长把事情交代清楚，咱操作的时候别出现偏差啊。"

苗小超就对牛兵说："什么事情呢，就是你报的那个项目，建设局不是批了吗？周四，夏县长也给你在报告上签了字，咱这么办，你这批房子建设起来就非常快。因为地是我们商业局内部的，土管部门已经批划给我们了，建的时候多建一百多套房子，夏县长和商业局的领导班子，要从你那地方买房子时候，就跟我们职工是一个标准。"

牛兵一听，这应该没有问题。既然是商业局内部建设的房子，夏县长也是分管商业企业的领导，县领导和局领导从这里买个房子，和职工一个标准来，是非常合情合理的。牛兵就说："欢迎县里的领导和局里的领导跟我们职工住一块，大家有什么工作还好汇报，有什么需要协调的东西也能随时见到。"

苗局长回头对夏县长说："咋样，我说这家伙头脑挺活泛吧。来，咱先喝一杯！"说着，就端起酒杯，和大家一起碰了碰喝了下去。喝完第一杯酒以后，苗局长放下杯子，对牛兵说："这是其中的一部分人买房子，另外还有一部分，包括一些退了休的老干部，还有一些县里领导的亲戚。其他局的局长一些直系的亲戚也有跟我打招呼的，想从咱这个地方买房子。所以说，咱这个小区，成了我们县里最好的一个小区了。"

牛兵一听，这事情有点麻烦了，就吞吞吐吐地说："退了休的职工，如果是我们局的还能说得过去，如果是别的局的，还有别的单位的，都从我们这地方买，那咱操作起来成本就要增加，再说，管理也非常麻烦，这个确实是……"

局长就对牛兵说："你傻呀！盖三百套不行，就盖四百套，土地不有的是吗？又不用再花钱买，现成的，在这儿闲着，又没别的用处。交钱的时候都按一个标准来就行。你说，县公安局局长找我，我能不给他安排？还有教育局局长找我，我不让他买呀？都是在一起工作的，以后我们有事，也用得着他们。比如说，教育局局长要是找我们，想从这里买两套房子，我们同时也给他提个要求，在这个房子附近建一所子弟学校，让我们的孩子也有办法就近念书，那不是很好吗？都是互相帮忙的事情，是双赢的，这个问题你一定也要考虑好。"

牛兵一听，原先根本没考虑得这么复杂，三句话两句话也说不清楚，回去以后得和商厦的几个副总经理商量商量，好好地规划一下，到底有多少想从这买的。他就对局长说："今天晚上咱先别商量这件事情了，先把酒喝好了再说吧，县长在这等着，我们有啥难题，再找县长不就行了吗？"

这话让副县长夏守海听着非常地舒服，就说："好了好了，你们抽时间再商量，咱先喝酒吧！"说完，夏守海端起酒杯喝了一口，又放下，对牛兵说："你看一下，我要是买房子的话，啥时候我把那五万块钱给你交上？"

牛兵刚要说得商量后再说，还没等话出口，苗小超就说："你先甭管了，需要交的时候，我替你交上就行了，啥事需要你的时候，我再去跟你说，咱今天晚上主要是喝酒，别的事情啥也不用说了。"

王前进碰见大鹏的时候，是在县城建设局和商厦的十字路口上。大鹏开着车，去县工商局办理新上生产线的质量保证书。办完手续以后，出来正好碰见在十字路口等公共汽车的王前进。大鹏就摆了摆手，让王前进坐上了他的新桑塔纳轿车。

上了车以后，大鹏就对王前进说："那天晚上，让你去喝酒你不去，严局长和赵荣进俺们几个喝了个昏天地黑。"王前进就说："我准备去的，刚要从家里走，乡里的刘书记就给我发信息，又是让我给他印材料，又是陪着县水利局的一个局长吃饭，我冲茶倒水，忙了一个晚上，根本没吃多少东西。其实，我愿意是上你那里去喝酒的。"

大鹏就问王前进："你这是去哪里？咋还在这里等车呢？"

王前进说："今天早晨上了班以后，是坐着我家的公共汽车来的县城。刘书记让我给他上县府办送了一份履历表，然后我又跑到商业局，给刘书记送了一份材料。"

大鹏就问："上商业局送啥材料啊？"

王前进说："我听说是商业局要在山南商厦那边盖一批房子，商业局的局长答应了咱们乡里的刘书记，要给他弄一套房子，价格挺便宜的，和内部职工是一个价，让我来给他送那个报名表，我这是刚给他送上。"

"多少钱一个平方啊？"

"我听说是一千八百块钱一个平方。"

"可以呀，"大鹏说，"现在山南边那一片土地，我听说新高中和医院都要建在那个地方，将来那个位置可是黄金地段，在那里买房子绝对是一个好主意啊！肯定赔不了，能赚钱。我也从那里买套房子行不行吗？买了房子以后，下一步我孩子念初中的时候，我让他到那边去念书，不是挺好的吗？"

王前进说："这你得找个大官给你说说，我可办不了这事，我就是一个跑腿的，你得找乡里的刘书记。"

大鹏就问："工商局的严局长能不能办了这事？"

王前进摇了摇头，说："我估计够呛，我听说商业局领导的想法，就是各单位的一把手从那里买还可以给他照顾，可以运作，其他的我听说都够呛。"

大鹏听了若有所思，说："行行行，你今天给我提供这个情报就非常重要，今天回去咱直接到我厂里，我请你喝酒，其他的你甭管了，我找别人给我办。"

"你不是在县城里头已经买了房子了吗？你还再买这个有啥用啊？"

大鹏意味深长看了看王前进，说："你可不懂，现在挣钱不如买房子实惠啊！你记得早先的地主是怎么过起来的？不就是买地买房子吗？有了地有了房子，这才是有钱人家的办法，钱财就是这么积累的呀。再说，我原先买的那套房子是在城区东侧，有时候我去住上几天，不如南边的房子有发展空间啊！我打算再从这里买一个。你甭管了，我有我的想法。"

王前进白了大鹏一眼，说："你就是赚了钱烧的，主要是你赚的钱太容易了！"

第五十二章

朱丽英自打被分配到了齐邹县文化馆当了文化辅导员，生活过得四平八稳。但三十岁的大姑娘了，就是不结婚，这事弄得舆论沸沸扬扬。再是，她一有时间就请假，去帮着她音乐学院的周老师走穴演出，弄得单位的领导非常不满意。朱丽英就隔三岔五地用走穴赚的钱，给文化馆的馆长买点烟酒和新鲜的东西，来平复单位领导的情绪，她在文化馆也算是站稳了脚跟。

虽然大家都知道朱丽英和周老师心心相印，感情深厚，但是，当他俩结婚的消息传来的时候，大家还是惊讶不已。听说为了和周老师结婚，朱丽英和家里闹了好几年别扭，父母亲为了这事气得血压都高了，朱丽英的好友曲玲玲为了这件事，也没少跟给她的父母做工作。

通过组织歌舞团演出，周老师确实赚了不少的银两。随着形势的发展，乡村歌舞团已经没有多大的生存空间了，周老师就回齐鲁音乐学院，把停薪留职的手续停了，又回到学院，当他的老师了。四十六岁的周老师重新手执教鞭踏上了大学的讲台。

这样的生活和结局倒是非常美好，周老师回音乐学院上课了，朱丽英也生了一个女儿。但是朱丽英还是在齐邹县文化馆工作，原先他们从文化馆里分了一套小房子，在这里住了几年，生活也算平静。朱丽英上班，周老师组织歌舞团演出。现在周老师回到省城济南去上班了，两个人就算是两地分居。好在县城离省城济南也不算太远，有一个小时的车程，周老师就买了一辆帕萨特，周末就奔跑在家和学校的路上。

大鹏一大早就到了乡政府大院里头，找到了副乡长钱忠诚的办公室里。

刚冲了一杯茶，坐在办公桌旁的钱忠诚就问大鹏："咋样？厂里头生产挺正常的吧？"

"托您的福，厂里一切平安顺利啊！"大鹏坐下，从随身携带的包里头拿出了两包"555牌"香烟，就扔在了钱忠诚的办公桌上说，"这烟是从香港弄来的，不好买。"

"你小子好东西不少啊！你今天来有啥事啊？"

"没啥事，"大鹏说，"就来找你聊聊天，老长时间没看见你了，今天中午喝点酒吧。"

正说话的工夫，就听见一个巨雷"咔嚓"一响，一阵瓢泼似的雨从天空倾泻而下。

钱忠诚毕竟是乡里的副乡长，心头一惊，赶紧说："我得赶紧到刘书记办公室去一趟，今天有大雨，得到村里去看看那几处危房，千万别让那些土坯房倒了，里面没有人还说得过去，要是有人住着，伤了人，我们这些干部就得掉脑袋，那还了得。还有南边的水库，前几天县里刚来检查了，要是冲塌了，把北边那些庄稼毁了，也是不得了的事。"

说完，钱忠诚拎起门口的一把伞，就要往外走。大鹏一把就抓住了他，说："你先别走，我还有事没跟你说呢！"

孙钟诚回过头来，问："你还有啥事？我得先去跟刘书记说一声。"

大鹏就跟钱忠诚说："这样吧，你和刘书记汇报完了工作，不是要去村里检查房子和庄稼吗？你和刘书记说，今天中午你俩到我厂里去吃饭，我有事情找他，要跟他汇报。我就不在这里等你了，我回厂里头去准备。"

"啥事这么急？还非得今天中午办吗？"

"哎呀，到时候一块说吧！反正中午你在哪里也得吃饭，你就和刘书记到我那里去吃吧，有事你就给我打电话，只要保证你和刘书记去，其他人你爱约谁约谁，那样行不行？"

钱忠诚因为急着要去跟刘光明汇报雨情的事，就冲着大鹏摆了摆手，说："行行行，你抓紧走吧！我得去和刘书记汇报了。"

大鹏从乡政府出来，雨一直下着，大鹏打开雨刮，开着车，直接到了醴泉乡的一个室内农贸市场，买了点当地湖塘里头捕捞的泥鳅和黑鱼，还买了一只大公鸡，就开着车往厂里走，准备回去做中午饭的安排。就在这时候，手机响了，是钱忠诚打来的，大鹏只好躲在了一处屋檐下，一边避着雨，一边接听电话。钱忠诚说："刘书记安排完工作去县政府了，县政府那边有个会，开完会以后再说，不确定能不能回来吃饭。"

大鹏说："咱甭管刘书记来不来吃饭了，我买了黑鱼和泥鳅了，我把饭准备好了，到中午的时候给他打电话，他如果要来，咱们就一起吃，他不来咱们再约几个人喝酒，今天下雨，正是喝酒的天气。你忙完了抓紧到我厂里来就行了。"

钱忠诚就说："你不是主要想请刘书记吗？我们去吃了你的，不是白吃吗？又给你帮不上啥忙，我们又不干党委书记，你是请大官，又不是请我们这些没有用的人。"

大鹏一听，钱忠诚这是吃了他的干醋，就直接说："你别弄这些没用的，爱来不来，反正我都准备好了，你看看还约谁，你再约上几个乡里的领导吧！"

钱忠诚说："好了，你就在厂里等着吧！刘书记好吃猪下水，你给他去买点猪肚子和猪耳朵什么的，到时候放上点葱就行了，喝酒的时候弄两个下酒菜。"

大鹏说："我都准备好了，你就放心地来吧！今天中午还有两瓶好酒呢。"

大鹏回到轧钢厂，就把看大门的老李叫了过来。老李戴着草帽一溜小跑，跑道大鹏的车跟前。大鹏就打开车后盖说："老李你看看，今天中午有客人，你帮着食堂炖炖这泥鳅，他们没你这手艺。上次县里严局长来的时候，说你炖的泥鳅就是一绝。"

老李特别喜欢别人夸他有这手艺，就说："我不干是不干，但是，我要是一干，就比他们做得强。"说着，老李就把泥鳅和黑鱼拎进了食堂里。大鹏就把那只大公鸡扔在食堂的门口。

这时候，炊事员大老张也出来了。大鹏就说："老张，今天中午有一桌客人，让老李帮着你拾掇拾掇这些泥鳅，还有点黑鱼，你抓紧把这只大公鸡放了血弄好。"

大老张就问："大鹏，还准备其他什么菜啊？"

大鹏说："你上庄头卖熟食的那里去看看，有没有猪耳朵和猪肚子，买点猪下水；再一个是买点羊肉，买点羊杂炖个羊汤，今天下雨天冷，喝点羊汤暖和暖和；还有就是弄上几样青菜。今天中午大约有十来个人吃饭，把咱食堂那个房间收拾得利索一点。"

"好嘞。"大老张答应一声，拎着公鸡就往食堂走，到了食堂门口的时候，又转回头来问大鹏，"我先去买猪下水吗？"

说完这话，大老张回头看了看，大鹏早已经去了他的办公室。老张就赶紧放下公鸡，双手在围裙上擦了擦，把围裙放在食堂铝合金门的抓手上，穿上雨衣，骑着他的摩托车就出了厂子的院门。

乡党委书记刘光明在县里开了一个紧急的会议，内容其实也非常简单，就是汛期到来了，要各乡镇一定注意水库、塘坝的安全，还有庄稼的排水问题，千万不能出现房屋倒塌和庄稼被淹的情况。其实以前的时候，这种会议都是由乡长或者是副乡长参加，也就是说政府的领导干部参加和负责落实的。这几年，牵扯到民生问题的会议，都提高到把乡镇的党委书记列为第一责任人去落实，显得领导对民生工作尤为重视。并且在会议上，县委书记站在全局的高度分析了黄河流域的情况："因为黄河从我们县北侧穿过，包括黄河汛期的到来、水位上涨、两岸的房屋安全和庄稼安全问题，还有黄河上的浮桥，该拆除的也要提前拆除，千万不能造成河水堵塞，影响其正常地往下流动，造成不必要的损失。"

开完会的刘光明一看，手机上有一个未接的电话，还有一条短信息，是钱忠诚给他发来的，问他中午回不回乡里头吃饭，有个事情需要跟他汇报。刘光明往回走的路上，给钱忠诚回电话。钱忠诚说："大鹏轧钢厂里安排午饭了，说是让你回来到他那里吃午饭，中午有件事情跟你汇报一下。"

刘光明犹犹豫豫地说："其实会议早开完了，但今天中午工商局的局长让我到他那里吃饭，要不我直接约他到大鹏厂里吃饭算了！我跟他们联系一下，如果他们去我就约着他们一块去，如果他们不去，我可能就不回去吃饭了，你们在一起吃就行了。"

钱忠诚就说："这边可是都准备好了，你先跟工商局局长那边确定一下吧。"

大约十一点四十分的时候，刘光明的车直接到了大鹏的轧钢厂里。

一看是乡党委书记的车，大鹏和在办公室里喝水的钱忠诚就赶紧地迎了出来，问从车上下来的刘光明："你不是说还有别的领导吗？"

刘光明摆了摆手，说："是啊，我约人家来吃饭，人家说那边还有其他的人，我听了一下，是约了一帮做生意的，有油棉厂的，还有纺织厂的几个老板，我跟他们也不是很熟悉，我就回来了，有些场合不是很熟悉的人也不愿参加。"说完，刘光明就问大鹏，"今天中午还有其他人来吃饭吗？"大鹏看了看刘光明，说："没有啊，今天中午没约别人，就是我们几个，可能待会儿赵荣进还能过来。"

刘光明就说："你给赵荣进打电话，让他赶紧过来吧！咱抓紧吃饭，今天早晨就没吃，昨天晚上喝多了，早晨吃不下。"

说话的工夫，赵荣进那摩托车"突突突突"地停在了大鹏轧钢厂食堂门口。赵荣进从摩托车上下来，手里头拎着两瓶四特酒。

刘光明一看赵荣进来了，就说："走，咱抓紧上食堂吧！"边走着，钱忠诚边指着赵荣进的两瓶酒，说："呵，你这酒档次不低呀！从哪儿弄来的？"

赵荣进一听钱忠诚捧他的场，说他办事场面，就高兴地说："正乡副乡，四特尖庄，今天来的有乡党委书记，有乡长，都是领导干部，这至少得喝四特尖庄酒啊！"

几个人在食堂的圆桌坐好以后，刘光明的司机忙前忙后地放筷子，拿盛泥鳅的碗。就在这当口，刘光明就问钱忠诚："你不是说今天还有事商量吗？趁着还没喝酒，有啥事抓紧说，别喝完了酒忘了。"

钱忠诚看了看往桌子上端菜的大鹏，就对刘光明说："我没事，今天因为下雨，我们几个副乡长还有几个管区的书记上村里头看了看，有没有危房，庄稼淹没淹。是大鹏找你有点事，我问他他也没说。大鹏，你有啥事抓紧和书记说吧！说完了以后咱吃饭。"

大鹏把那盆泥鳅放到桌上，就说："也没啥事，咱今天中午就趁着阴天喝酒。"

刘光明说："别呀！你小子肯定有事，你抓紧说，你要是不说的话，咱酒喝也喝得不痛快。"

大鹏就一边拿起筷子，一边对刘光明说："咱先吃菜。说没事吧也有事，说有事呢，在您手里也不算啥事。"

刘光明说："你今天怎么吞吞吐吐的，咋这么多废话呢？有啥事你直接说就行了！"

这时大鹏才敞开了话匣子，说："啥事呢，刘书记，我听说商业局在南边商业大厦那个边上，建了一个住宅小区，房子挺不错的，位置也挺好。但是，我听说人家不往外卖，只卖给自己单位的职工，和县直乡镇的主要领导。我想从那里买套房子，我是想跟你们这些有头有脸的、高素质的人住在一起，也提高我的水平。"

刘光明拿起筷子，一边夹了一块猪耳朵填在嘴里，一边嘟囔着："我还以为啥事呢，先吃饭吧！下午我就给你办妥了，你不就是想从那里买套房子吗？我找个人给你顶个名不就行了吗？"

大鹏说："我就是愁着这事没人给我办呀！"

刘光明说："咱丑话说在前头，找个大厦的职工不买房子的给你顶个名字，早晚再把房子过户到你的名下，但是，你得给人家顶名的两万块钱。这东西都是有风险的，人家不能白给你承担这风险。再说了，你下一步还有更名过户，还有物业费怎么交等这些问题，人家都给你摆平。"

大鹏一听，这事没问题，就痛痛快快地说："哎呀，钱不钱的没事，两万就两万，你抓紧给我找个人办了这事就行，我相中那地方了，我听说那地方下一步还建所子弟学校，两个孩子如果在那里念书的话，能不能行啊？"

"你只要从那里买了房子就是那里的职工了，将来孩子在那里念书肯定是没有问题的。你放心吧，我心中有数。我一个亲戚，他有两个孩子正好在大厦上班，其中有一个孩子刚买了房子，再买房子实在是买不起了，我让他给你顶名。给你顶名以后，你给人家两万块钱，他正在装修，正好用得着这两万块钱呢！这样是两方都合适。"

赵荣进一听，就对大鹏说："你看看，你看看，今天中午你请的这顿饭多值啊！给你解决了这么大的难题。"

说完，赵荣进又回过头来对刘光明说："刘书记，要不你也给我想办法弄一套房子吧！"

刘光明就装作生气地说："人家大鹏不弄你也不说，人家大鹏说了你才弄，我哪有那么大的本事啊！人家就建这么个小区，我已经给人家要了两套房子了，再说你也用不着啊，你抓紧喝你的酒吧！"

第五十三章

赵荣进村里那两个为抗日战争牺牲的父亲申请烈士的老人又找到了乡政府。

刘光明拿着笔记本正要到会议室开会，他的办公室离着会议室大约有二三十米这样一个距离。会议室是由原来的一个大礼堂改建的，正走到半路上，龙怀村那两个给父亲申请烈士的老人，一看见乡党委书记刘光明，就"呼"的一下子搂住了他的大腿，不让他走了。

刘光明说："我还要去开会呢，你这是干啥呢？"

两个人搂住刘光明的大腿，一边一个，说啥也不让刘光明走，非要让刘光明给他解决他的父亲申请追授烈士的事。刘光明说："我没有那么大的权力，再说申请为烈士也不是一天半天就能办得到的事啊！"

说着话的工夫，乡里的干部和好多来乡里开会的村干部赶紧围了过来，过去拉那两个搂着刘光明大腿的老人。两个人抱得紧紧的，说啥也不让他走。刘光明就急得不得了，跟办公室的小高说："你抓紧叫赵荣进过来。"

早已经到了会议室的赵荣进，赶紧一溜小跑来到了乡政府的院子里。看见两个老人搂着刘光明的大腿，就说："不是早跟你们俩说了吗？在家等着就行了，咋又上这儿来了呢？啥事得有个审批的过程，不是你说是烈士就是烈士，你想啥时候批就啥时候批，再说乡政府能审批烈士吗？抓紧回去！抓紧回去！"

老头就对赵荣进说："我就不回去，你看现在'七一'党的生日刚过去，人家县里和乡里头走访，都走访那些烈士和老党员家庭，你说我们家老头也是在战场上牺牲的，咋就不是烈士呢？同样都是在战争中为国家作了贡献的，待遇咋不一样呢？"

这下刘光明才明白过来，两个人是在攀比，因为前几天走访的时候，乡里给那些烈属和在新中国成立前参加革命的老战士、老党员，每人送了一袋子大米和两桶油过去。刘光明就赶紧对赵荣进说："你让他俩抓紧回去，抽时间你再给他补上一袋大米两桶油不就行了吗？行了，行了，快回去吧！"

赵荣进伸手把老头就从地上拉起来，掰开他的手指头，说："你抓紧回去吧！不就是一袋子大米吗？我忙过来抽空给你送去！"

就这样两个老人才松开手，从地上爬起来。赵荣进冲他俩摆了摆手，说："别闹了，快回去吧！"老人气鼓鼓地说："抓紧点办事，要不然有时间还再来找你！"

赵荣进装作生气地说："你还没完了，你没看见领导正准备开会吗？还能天天光为了你这一件事忙活吗？你在家等着，上面有什么消息的时候就告诉你。"

看着两个人步履蹒跚地走出了乡政府大院，刘光明无可奈何地对赵荣进说："你得想个办法把他俩摆平，别让他们天天来找我，你咋个也和他熟悉呀，要是天天上我这来，我还有时间开会、有时间办公吗？"

赵荣进赶紧向书记赔不是，说："这些都怨我，我没想到他俩又来了回去跟他说说，让他别来找你了。那刚才咱答应他的事咋办呢？"

刘光明说："你说大米呀？"

赵荣进说："可不，咱跟他说了，他肯定找我要。"

刘光明指了指在一旁的民政所长大老张，说："你上民政所，给他领上一袋大米两桶油就行了，待会儿回去的时候，你就给他送过去，就说我给你安排的，那样不就行了吗？"

赵荣进想了想，说："那不行，我得让大老张跟我一块去。大老张去是代表乡政府，说明是乡政府给他送去的，要是我自己给他送去了，他还以为我给他买的呢，那他以后不还会找麻烦吗？"

刘光明说："行行行，好的，让老张跟你一块去。"

涨工资的消息让大家听了非常激动人心。随着省里各级新经济的发展，干企业的越来越多，税务收入也越来越多。乡政府就根据县里的要求，给在乡政府工作的每一位职工，平均涨上了三百块钱。这一涨就是原先工资的将近一倍，职工们的干劲就越来越大，乡党委政府说话也硬气了，干部职工的生活条件也越来越好。乡里就在乡政府一边的一块空地上准备给职工建设住宅楼。

这是一个让职工振奋人心的消息，想买房子的就赶紧到乡党政办公室报名。乡里头成立了指挥部，让一名副镇级的干部担任这项目的日常管理。

王前进和他的哥哥王胜利的车跑得好好的，这一天，司机小穆突然说不干了。

王胜利就问他："你干得好好的，怎么不干了呢？"小穆说他在乡里头干财政所长的老爹给他找了一份工作，他要上班。

这个消息弄得王胜利真是有点措手不及，就跟小穆说："你得帮我再坚持两天，要么就是我把驾驶证考出来以后，要么就是我再找一个司机，总得有人盯班，你不能这样说走就走，弄得我车没法跑了。"

小穆说："那我不管，那边等着我上班呢，我明天就不来了，今天你把工资给我结一下吧！"

王胜利说："现在给你结工资也没有那么多钱，我先给你两千块钱，剩下的到月底咱再结。你最好先不要辞职，咱们干得好好的，再给我盯两天班吧！"

小穆非常坚定地辞职了，王胜利实在也没有办法，就四处找人给他的车顶班。

小穆拿了两千块钱骑着摩托车走了以后，王胜利和王前进俩人一下子愣在那里。咋办呢？后来王胜利就想出一个暂时的办法，说："我也学了驾照，虽然驾照还没来，但是车我是能开的，明天，我先自己开着车，先坚持两天，等找到了司机就让人家上班。"

王胜利媳妇张菊花还一个劲儿地挖苦他，说："你咋学了这么长时间了还没学出来呢？"

王胜利一脸无可奈何，说："你还没看到吗？光为了做生意，哪有时间去驾校练车呀！"

第二天，王胜利就冒着没有驾照可能被抓的风险，壮了壮胆子开着车上路了。虽然王胜利没有驾驶证，但是他买车很长时间了，平常去给车加油、修车什么的，都是他自己开着车去的。对他来说，开车倒是没有问题，他对这辆车是非常熟悉的。客车到了接官亭的地方，前面突然出现几个交警检查车辆，他们晃了晃手中的停车示意牌，就把王胜利的车子给叫停了。

王胜利老远看见警车就慌了神，赶紧把车子刹得死死的。就这样还差点撞到查车的警察身上，气得那几个警察，使劲地拍打着他的车门，喊道："把行车证和驾驶证拿出来。"

王胜利老老实实地把行车证拿出来，恭恭敬敬地递到警察手里。

警察问道："驾驶证呢？"

王胜利说："驾驶证还没考出来呢。本来我的车是有司机的，今天人家不干了，我临时替他顶一天班。我开车也开了好几年，驾驶技术没问题，你们放心就行了。"

警察说："那不行啊，你无证驾驶公共汽车，像这类车辆不是你有驾照没驾照的问题，就是有驾照，你的驾照资质能不能符合开这类载人车辆还不一定呢！你没有驾照，谁让你上路的啊？"

王胜利说："那咋办啊？咱不能耽误了群众出行啊。"

警察说："那是你管的问题吗？你把你的事情弄好就行了。"

警察让王胜利把车上所有的乘客都喊下来，说："你没有驾驶证不能开车接送旅客，你的车辆也得放在交警队暂扣，等有了驾照以后才能开车上路，你得接受处罚。"

这一下子把王胜利弄懵了。王胜利就赶紧给王前进打电话，王前进从乡政府门口打了个出租车赶到了现场，就问警察："这事咋处理？"

警察说："你到交警队处理就行！车上的乘客，等下趟公交车来了，让他们乘坐下一趟车。"警察接着问王胜利，"车上的乘客都买票了吗？如果没买票的话，让他们坐下趟车，买了票的话，你把车票再退给人家。"

正说话的工夫，后面一辆崭新的、体形比较大的公共汽车开了过来。警察伸手把那辆公共汽车拦住，让乘客上去。突然，王前进眯缝眼看着这辆新公共汽车上的驾驶员，伸手抓了抓他哥哥的胳膊，说："快看！"

原来这辆新公共汽车是小穆刚买的，辞职第一天的小穆，在汽车的驾驶员座位上赫然坐着。这让王前进哥俩大吃一惊。

没有办法，乘客让小穆的车拉走了，眼睁睁地看着生意做不成，自己的车又让交警队的警察开走了，哥俩真的是欲哭无泪，感到非常迷茫。

王前进几乎是哭着找到了乡党委书记刘光明，和刘光明说了他的车被查的事情。

刘光明装作惊讶地说："你还没看出来吗？我以为你前几天就知道小穆他们家张罗贷款要买新车的事儿呢。"

王前进急头赖脸地说："我哪有那个脑子啊？要是早知道的话，让我哥提前找个司机，也耽误不了做生意啊！"

刘光明说："下午你去交警队找魏队长，我给他打个电话，让他抓紧给你把车放了。你回去以后，先让你哥找个有驾照的驾驶员。"

王前进把头点得跟小鸡啄米似的，说："行行行行，我去的时候是不是给人家买着两盒烟啊？"

刘光明一脸不屑地说："那还用说吗？你下午跟你哥一块去，找个驾驶员把车开回来就行，我给他打了电话了。"

第五十四章

在音乐学院当老师的周昆仑，真的是如鱼得水、顺风顺水的。随着经济条件的好转，农村的孩子考上大学的越来越多，出落得水灵灵的农村姑娘喜欢音乐的确实不少，她们声音甜美，长相清秀，能跨进大学校门是她们的追求和向往。这让音乐学院的生源进一步得到拓展。作为音乐学院的老师，周昆仑也非常高兴和欣慰。

这是一个周末。

朱丽英从齐邹文化馆请了半天假，来到了周昆仑在音乐学院的房子里。她做了一大桌子菜，等着周昆仑回家。菜摆在桌子上，孩子手里拿着一部游戏机，在朱丽英的跟前转来转去，在玩着《俄罗斯方块》。

周昆仑回到家，一看见朱丽英用心准备晚饭的样子，就有点好奇地问："今天这是怎么了？怎么弄得这么丰盛？"

朱丽英一边把小女儿抱了椅子上，一边给女儿抻了抻衣服，说："老长时间没在一起吃饭了，你在学校里有这么多事情，咱们一块在家吃饭也得吃得精致一点。"

周昆仑笑眯眯地对朱丽英说："不对，我呀，觉得你有事。"

朱丽英幸福地笑了笑，撒娇似的说："啥也逃不了你的眼睛。"

周昆仑说："对吧？有啥事就说吧。"说完，拿起筷子一边吃着饭，一边含情脉脉地等着朱丽英说事儿。

朱丽英说："其实也没啥事儿，就是咱老家有人托我一件事儿，你还记得当年我那个同学周猛吗？"

周昆仑说："记得呀，周猛不是追过你一段时间吗？你俩是高中同学，学体育的那个，他现在干啥了？在哪里工作了？"

"他现在在我们乡里的中学当体育老师了，他本身就是以特长生考上的大学，现在他的姑娘也马上高中毕业了，想学音乐。"

周昆仑吓了一跳，说："他孩子已经这么大了吗？学习也挺好的吧，咱们欢迎啊！"

朱丽英说："周猛结婚早，他的女儿今年就要高考了，想考齐鲁音乐学院，但是又怕专业过不了关。"

周昆仑犹犹豫豫地说："那咋办啊？专业课如果非常差的话，咱也帮不了她呀！她音乐知识、视唱这些基本的东西怎么样？她是学的器乐还是声乐？"

朱丽英说："一塌糊涂，什么练耳、视唱她根本就不会，她就是张嘴就唱，就是喜欢唱歌，用我们专业话说就是声乐，唱民族的，《在希望的田野上》《好日子》这样的歌曲。"

周昆仑说："那咱可帮不了，因为考音乐学院的时候，也不是我一个人给她考试，不是我一个人说了算的。再说，她唱歌的条件怎么样？嗓音怎么样？要是非常出众的话，也不是不可以脱颖而出。"

朱丽英拿出了手机，放上了一段音乐，说："你听听，这是孩子的声音。"

手机里放出来《好日子》歌曲。

周昆仑静静地听完，说："这孩子唱的感觉倒是不错的，嗓音也说得过去，但是还不够甜美，如果好好地打磨打磨，应该也是一个学音乐的料。"

朱丽英说："是学音乐的料，那你给她帮帮忙让她专业课过了，这样孩子有三百分的高考成绩就能够考上音乐学院了，这个忙你得给她帮了。"

周昆仑在静静地琢磨：这个忙咋帮呢？

朱丽英从座位底下拿出来一个盒子，盒子里面有两张卡，一张卡上标的是"齐邹超市购物卡"，上面印着两千元的一个金额；另一张卡是一个提货单，上面写着是"茅台酒，两箱"。

周昆仑一看，问："这是谁拿来的？周猛？"

朱丽英说："对呀，我说什么也不要，他给我送到文化馆，我实在推不掉，等你给他办完这件事的时候，我再给他把这俩卡送回去。"

周昆仑说："你跟他是同学，咱不能跟人家捣鼓这个，该怎么给他帮忙就怎么给他帮忙，礼咱是不能收的，必须给他退回去。"

朱丽英说："行，卡我给他退回去，但是，这事咱咋给他办呢？我咋跟他说呀？"

已经当了齐鲁音乐学院声乐教育系副主任的周昆仑，在招生的问题上还是有一定的话语权的，每年也都参加招生考试。他想了想，对朱丽英说："咱这么着，就你这一个学生咱给她办，以后千万不要再揽这些乱七八糟的事情了。"

朱丽英一看周昆仑理出了头绪，也轻松了不少。她拿起水杯喝了一口水，喂孩子吃了一口饭，又回过头来，对着周昆仑问："那你说咋办吧。"

周昆仑说："我先出上两道音乐知识和视唱的题目，你让这学生把它记熟了，到考试的时候，我提前先看看她的名字，把她要到我那个组里面，或者说，如果分到其他组的话，我跟我的同事还有其他的老师打个招呼，让他们给她提供考试题目的时候，拿出这两道她背熟的题目来，这样她的分数就会打上来。考演唱歌曲的时候，也尽量考她唱得熟练的。你先让她给我报上两首熟练的歌曲来，到考试的时候，让她取得最好的专业成绩。这样，她考上咱们音乐学院的可能性就非常大了。"

朱丽英高兴地说："这可太好了！这样我也能给周猛一个圆满的答复了。"

周昆仑一脸严肃地对朱丽英说："这可是违反原则的事，以后千万不要做了。你告诉周猛，这事就只能他自己知道，千万别告诉其他人，抓紧吃饭吧！"

王胜利的车明显干不过小穆崭新的公共汽车。同样的一条线路，小穆的车每次都是载着满满的乘客，新车里面比较宽敞，再说车里头也有空调、音乐，条件非常好，同样是花一样的钱，就没人去坐王胜利的车了。这一下，王前进和他的哥哥王胜利的车的收入明显少了一大截。幸亏他们买车买得早，把投车上的钱给赚出来了，但就这样的光景，也弄得他哥俩一筹莫展。

这一天下午，钱忠诚找到了王前进，说："晚上咱一块喝酒。"钱忠诚是副乡长，王前进是经济发展办公室的副主任，比钱忠诚级别低。王前进就说："那我安排一个地方，咱们一块吃饭吧！"

喝酒的时候，钱忠诚拐弯抹角地表达了一个意思："王前进，现在你的车是效益一天不如一天，为啥呢？你这车跑了五六年了，车况是明显不如人家新车好，再说你的车比人家的车小，里面的座位窄，老化得非常严重，所以干不过人家的新车。"

王前进正为着这事发愁呢，就说："钱乡长，你说咋办呢？我正为这事愁得不得了呢。"

钱忠诚一副肝胆相照的样子，对王前进说："你琢磨琢磨这事这么办行不行，你把现在你手里的这条线路和你的车一块卖给小穆，本来你这趟线路值十一万块钱，你就让他给你十三万或者十四万，多向他要上几万块钱，这对你来说是非常合适的，你把你手里的这个不良资产倒腾出去了，变成现金了，你再用手里的钱去干点别的生意。对于小穆来说也非常合算，这条线路就成了他自己的了，拉的客多客少，是坐大车还是坐小车，坐好车还是坐这个普通的车，都是他赚钱，这样做对你俩来说都合适。再说，为了这样一点事情，你哥俩心里头疙疙瘩瘩的也好几年了，这么一解决的话，我觉得是最合适的。"

这时候，王前进才知道钱忠诚是为了来给小穆做说客。但是人家孙忠成说的还是非常在理，车辆卖与不卖，你跑与不跑，主动权还真的就在自己的手里。想到这里，王前进就说："我回家跟俺哥哥商量商量。"

钱忠诚神秘地对王前进说："你跟你哥哥商量归商量，但是我给你出个点子：这段时间，你让你哥哥出车的时候，故意地跟小穆找碴，要么就是挡在他车前头，要么就是跟他争客人，反正是弄得小穆干得不那么顺手。和他闹上这么一段时间，让小穆觉得这事是非常棘手的，他就得想办法摆平你们哥俩，他只要想主动摆平，他自己就得做出牺牲。到那个时候，你再把你的车卖给他，或者是让他把你的线路买了，你就有了主动权了，你那样就能把你的车卖个好价钱。"

要不怎么说姜还是老的辣，在江湖上行走，还是得有点手腕。钱忠诚还真的是给王前进支了一个非常关键的招。

接下来的结论是显而易见的。王胜利每次早晨出车，就在公路头上等着小穆的车，小穆的车一去，王胜利就挡在他的车前头，反正就是闹得他干不痛快。再是王胜利的车跑了这么多年了，有非常多的熟客，他们专门坐王胜利的车，王胜利干脆给每一个熟客降了一块钱。原先的时候，跑一趟齐邹城是五块，现在降成四块钱了。小穆刚买了新车，投资那么大，又不愿降钱，这一下，弄得小穆的生意非常不好做。

实在没有办法的小穆，也找到了经验丰富的钱忠诚，并且拖上了大鹏和赵一鸣给他作陪，请钱忠诚给他出个主意。钱忠诚边喝着酒边对小穆说："你傻呀，你说你买了辆新车，刚投资了这么多，本钱你得好几年才能挣得出来，你和王胜利硬杠，你能弄得过他呀？他现在就是三块钱也能跑，也能赚钱，你降到四块钱也根本赚不着。"

小穆说："我知道啊，那咋办呢？"

钱忠诚对小穆说："你傻呀？趁着你老爹在乡政府干着，你使点劲儿，再筹划点资金，直接把王胜利的车和线路一下子买过来，这样你两部车跑这个县城，就垄断这个行业了。怎么干怎么赚钱，怎么干怎么熟悉，这个主意你脑子还想不过来吗?"

小穆一听,两只眼睛瞪得大大的,脑子里豁然开朗,说:"是啊,但是要买他的这辆车,得投多少钱啊?我这几年跟他的积怨这么深,他再漫天要价,狮子大开口,那我可受不了。"

钱忠诚貌似大大咧咧地伸手摆了摆,说:"你甭管了,我想办法给你摆平这事。但是如果你不想出血的话,那是不可能实现的。"

小穆赶紧双手抱拳施礼:"拜托您老人家了,钱叔叔!您在乡里头干了这么多年,您是老领导,你就帮我这个忙,想办法给我摆平这事吧!"

老谋深算的钱忠诚,把两头都拴得牢牢靠靠的,以后这事情解决起来就非常简单了,解决的结果一猜就能猜到。

王前进的客车连线路带车辆一共向小穆要了十五万块钱,钱忠诚做的中间人,让了小穆一万块钱,一共是十四万就成交了。这样,从醴泉乡到县城的这一条交通线路,两辆个体车辆就全成了小穆的了,没人和他竞争。王前进也拿着十四万现金,又和他的哥哥投资,和别人合伙干其他的生意了。

第五十五章

大鹏跟着商业大厦职工买房子的事情,得到了妥善解决。乡党委书记刘光明跟商业局的局长苗小超打了个招呼,给他从内部找了一个职工,给大鹏顶了一个名额,让他从大厦职工楼买了一套房子。

当刘光明在他的办公室里把这个好消息告诉大鹏的时候,大鹏是非常高兴的,就说:"刘书记,今天中午我请你吃饭吧。"

刘光明说:"不行,我今天还有事,县里有人来,抽个时间吧,我去你那里吃个饭!"

大鹏就顺势提出:"刘书记,那天你跟我说了一件事,说是如果从大厦职工楼这里买了房子,就可以当成是这个单位的职工,我听说人家这些工人买什么养老保险,到多少年的时候就可以退休,退休以后可以跟国家正式工人一样领退休金了,是不是有这样的办法?"

刘光明说:"有是有啊,但现在是非农业户口才能办理,农业户口能不能办理手续,我得问一下。你有啥想法?"

大鹏就谦虚低调地对刘光明说:"刘书记,我觉得吧,我现在年轻,做点生意还能赚点钱,但是到了年龄大了不能赚钱的时候,如果国家能每个月给我发点退休金，有点养老钱，也是很不错的。我想通过这个办法每年交点钱，到时候有个保障。"

刘光明说："你小子还真是想得挺全乎。咱这么着，最近正好县里有个政策，要办一批城镇户口，也就是说农业户口的可以享受和非农业户口一样的待遇。那样弄的话，你先把户口办成城镇户口，然后，再找一个单位给你办个招工，你就可以买上养老保险了，那样你交上多少年以后就可以领退休金了。"

大鹏说："那感情好了，你给我想着点，有这机会的时候帮我把这事也办了。"

刘光明说："那你先回去吧，至于人家给你顶名额的事，你抽空把这两万块钱给人家，发票抽空我给你拿过来。"

"好嘞，那我先回去了。"大鹏说着，从口袋里掏出来一张购物卡，就放在了刘光明的办公桌上，"我从水产公司给你买了点水产，你抽空过去拿吧，也不是值多少钱的东西。"

刘光明一边说："啥呀？不用这么客气。"一边就伸手把那张卡一拨拉，扔在敞开的抽屉里。

孙子宝的白酒厂这几年是红红火火的。关键是这小子做事低调，有时候出了什么麻烦事，就让自己干妇联主任的老婆竹花出头露面地去帮他协调，三下五除二就能摆平了。还真的把这小厂子弄得顺风顺水。

这一天，县质量技术监督局的巡查队又来到了厂里，竹花一看县局的领导来了，就打电话给赵荣进和副乡长钱忠诚。

今天带队来的是县局的队长宋令甫，老宋是专门负责查处这些企业不合格产品和违规生产的队长，和企业的这些老板都非常熟络。他们到厂里的时候才上午十点，孙子宝就问："今天有啥任务？如果没有任务的话，后边有一个小接待室，你们先去打一会儿扑克，我上车间里转一圈，如果没事，咱就去章丘的饭店吃饭吧。"

其实，宋令甫这次来，还真的没有啥事，就是正常的一个巡检。他就说："行行行，听你的安排，你先忙你的。"就对随行的队员说，"走，咱到后面喝点水，打会儿扑克去。"

宋令甫和他的队员往接待室走的时候，副乡长钱忠诚和赵荣进开着车也到了，几个人边说边笑地一起往接待室走去。宋令甫就说："要不咱到车间里去转一下吧，咱仨怎么也是来了，执行一下程序，检查一下。"

钱忠诚搂着宋令甫的肩膀说："检查啥呀？都是知道的一些事儿了，别掺和了，让他们该怎么干就怎么干吧！咱到后面接待室喝水去。"

孙子宝酒厂的接待室，是用三间房子装修成一个专门接待外来客人用的活动室。四周是一圈布艺的沙发，沙发前面的茶几上摆着时令的水果和茶具，在接待室的一角还摆放着一台大的电视机，电视机的旁边放上了功放机和话筒，能唱卡拉OK。

孙子宝办公室的小秘书阿秋过来给他们斟上了茶水，放在茶几上。赵荣进就对她说："你陪领导们在这喝喝水，唱唱歌吧！"

钱忠诚两眼眯缝成一条线，对阿秋说："你不陪我们在这唱歌吗？"

阿秋回过头来，笑眯眯地对钱忠诚说："我还上着班呢，你们领导在这玩吧。"

说完，阿秋扭着纤细的腰肢，一摇三晃地走出了办公室的门口，让钱忠诚和宋令甫看得心里直痒痒。

第五十六章

当大鹏真的要把自己的农业户口变成城镇户口的时候，刘光明就把大鹏单独叫到了自己的办公室里，语重心长地和大鹏说了一番话，让大鹏恍然大悟，思路豁然开朗。

大鹏没有别的想法，就是想入一个养老保险，但前提是必须在一个企业当工人，户口要迁为非农业户口或者是城镇户口才行。当大鹏真的要把户口迁出去的时候，刘光明就对大鹏说："你这件事情，一定要分好轻重缓急，看看哪一头子重。"

大鹏说："没有那么多的麻烦啊，不就是买一个养老保险的事吗？还有别的牵扯吗？"

刘光明笑眯眯地对大鹏说："大鹏，现在你考虑一下，你四十来岁年纪轻轻的，正是干事业的好时候，你分析分析，你们村里的赵荣进已经五十三岁了，再干上几年就快退休了。"

大鹏还是没听明白，就问刘光明："那咋了？"

刘光明说："你就不会分析一下，赵荣进再干上几年退休以后，你们村谁来当这个一把手啊？谁来说了算，就轮着你们这些年轻人了，你难道对当这个村干部没有想法吗？"

听了乡党委书记的这一番话，大鹏还真的吃了一惊，他还真的就没想到这事。他总是认为，自己是一个干企业做生意的人，把自己的厂子管好就行了，还真没想到要当什么村干部。他认为村干部就是一个专门的职业，是由专人来干这样一个行当的。

想到这里，大鹏心里还真的热辣辣了那么一阵儿。他就问刘光明："刘书记，你说我该怎么办呢？"

刘光明语重心长地说："实话告诉你吧，大鹏，不只是你，包括王前进的哥哥王胜利，还有你们村干酒厂的孙子宝他们，乡里把你们都列到了这个村的后备干部里头。你本人也要积极地向党组织靠拢，该入党的时候入党，该贡献的时候贡献，村里头有什么活动要积极地参加。"

大鹏说："是啊，前几年村里头修路什么的，我都掏钱，我就认为人家赵荣进和周一本他们干得好好的，需要钱的时候，俺们这些干企业的掏上俩钱就行了，其他的事儿，和我们没啥关系。"

"那可不一定，你们年轻人要有担当意识，要把村里头的事业该干的就得干起来，该担的就该担起来。"

说到这里，大鹏已经豁然开朗了，就说："这么说，刘书记，我还不能把户口迁到别的地方，如果我的户口不在村子里，以后我就不能在村里当干部了，因为我不属于村里的人了。"

"对呀，你寻思呢？"刘光明说，"你小子这不很聪明吗？"

大鹏就对刘光明坦诚地说："如果当村干部，我就得当一把手，我得说了算，我在厂里头干了这么多年，摸爬滚打的都是我自己一个人拿主意说了算的，要是跟着别人混日子，打下手，我还真的干不了。"

刘光明说："那就得看你小子有没有这威信，今天咱俩的谈话只有咱俩知道，你心里有个数就可以了，对外还不能宣传，你如果真的想干的话，我可以支持，离下一届选举还有两年的时间，你得有点动作，思想上有点准备。"

大鹏听到乡党委书记这番话，脑海是浮想联翩：我的天呀！难道我大鹏还有实现自身价值的这样一个渠道、这样一个途径吗？那么我不只是一个小小的企业老板了，我也成了一个当官的了。

想到这里，大鹏就感激地对刘光明说："刘书记，你真是我的恩人啊，你如果能帮我实现了这个愿望，那真是俺们家祖上积德呀！"

刘光明仍然微笑着对大鹏说："要是让你在村里当这个一把手，你想咋干呢？你能给村里带来啥好处？"

大鹏在社会上闯荡了这么多年，也是非常精明的，就说："我要是干了这一把手，首先我听你的，你让我咋干我就咋干，你让我办的事我首先办好，你不让我办的事我也不去行动，这样行了吧?"

刘光明说："你这法子不对呀，你干这个村里的书记或主任，不是我让你干的，是老百姓、是村里的党员让你干的，你干也不是为了我，你干是为了村里的群众，为了老百姓。你得这样考虑，你能给群众带来啥好处，有了威信人家信任你，才会选你。现在你也知道，村民委员会和党支部选举都是采取投票的方式，如果投票投不上，谁也帮不了你。"

"哦，原来是这样啊，那我还得好好地跟乡亲们拉拉。我要是当了这个村书记，先把村里的路统统修一遍，村西头那个电楼子也不行了，把那个配电室重新建一个新的，上一个功率大的，别再今日停电明日停电的，新盖的房子想用电还没有指标，再换一个功率大的变压器。"

"嗯，想法不错。"刘光明说，"你这个是说着玩的，说说好听啊，但是真要做起来，不是这么简单。修路不是一万块钱能办的事，换变压器也需要钱啊，你的钱从哪里来?"

"我出啊!"大鹏斩钉截铁地说，"我做买卖赚了钱，我去给老少爷们儿服务!"

刘光明说："你修一次路，换一台变压器，还能行，每年村里头那么多的工作，那么多的项目，村里又是搞绿化，又是搞建设，所有的钱都是你出吗?你这个法子不行，不能啥钱都是你出。给村里头捐一定数量的钱是可以的，但是，你还是得把村里头企业占地的承包费统统收起来，然后，把资金用在村里的建设上。再就是乡里头和县里头有什么政策扶持，到时候我也能给你帮忙。"

大鹏听了书记的话，心里头真的就犯了动弹："真没想到，在村里头干这个活，头绪还不少呢，你还真得帮帮我，咱是这么想的，能不能干得上，还不一定。"

正说着话的工夫，刘光明的手机响了，是县委办公室的王主任给他打电话，说下午的时候县委副书记吴长茂要到乡里来看个体私营企业。

放下电话，刘光明就对大鹏说："你先回去吧，下午县里有领导过来，我今天还要安排一下，县里的领导可能要去企业看看，你在厂里也做好准备，如果去你那里的话，我再给你打电话。"

这时，大鹏站起来就要往外走，刘光明叫住大鹏，说："今天我跟你谈的话，只限于这个办公室里，对外不要宣传，不要在村里瞎嚷嚷。这只是我在跟你了解思想状况，别的不要跟其他人说啊!"

"知道，好嘞。"大鹏说了一声，就要转身离开，刘光明又喊住他，说："有件事啊，我得给你打个招呼，你看能不能给别人帮个忙？"

大鹏说："你有什么事吩咐就行了，你只要说出来，没有不行的，肯定给他解决。"

刘光明轻描淡写地说："县委办公室的王主任，他的妹妹是开茶庄的，每年都让我给她联系学校或者企业帮她卖一点茶叶，你看你那里能不能帮她消化点茶叶？你现在有多少职工啊？"

大鹏说："行啊，现在厂里大约有一千多个职工，咱不能给每个员工都买，那得一千多斤，不能买这么多，咱先给厂里头中层以上的车间主任和班组长买，大约有六七十个人。先买他她六七十斤还不可以吗？"

"你帮她解决多少都行啊！一箱茶叶可能就是六十斤，要不这样吧，买上两箱，一箱你给厂里中层以上的干部分一下，另外留下一箱，你送个人什么的，眼看八月十五也快到了，要过节了。"

大鹏说："咋办都行，总而言之，厂里也需要这些东西。他们的茶叶卖多少钱一斤呢？"

"八十多块钱一斤，我给他打招呼，让他给你优惠，便宜点，让他少赚点。"

大鹏一听，肯定是刘光明当了好人了，也说不准就是刘光明的亲戚，让刘光明给企业打招呼，卖茶叶，刘光明打着别人的牌子在推销产品，说不定，他也能从里头捞点好处。大鹏想着下一步自己又是入党，又还有别的想法，都得通过刘光明来实现，刘光明既然能向他提出让他帮助解决卖茶叶的事情，他肯定是把自己当成圈内人了。想到这里，大鹏就痛痛快快地说："听你的，干脆买上两箱吧！你把我电话号码给他，让他给我打电话联系，直接开发票过来。我厂里用一箱就行了，另外一箱放在你这里，也快过中秋节了，需要送个人什么的，你用这箱茶叶送人就可以了。"

刘光明说："我可用不了那么多，我也没有需要，逢年过节有朋友过来或者亲戚过来，给我捎点来就够喝的了。一会儿还是送到你仓库吧，我用的时候再去找你拿。"

大鹏说："还是放你这儿吧，你用多少算多少，用不了的时候，剩下的我再拉到厂里头，放在办公室里和车间里，让员工们用了。"

说完，大鹏转身开着车回厂里了，路上大鹏的脑海里浮想联翩，想了很多。从小自己的家庭就非常一般，念书的时候没考上高中，自己从收废铁打毛球干起，辛辛苦苦拼搏了将近二十年，混得多少也有点名堂了，那么，赚了钱以后，自己的价值体现在哪里呢？还真是如刘光明所说，要通过当村干部去实现自己的抱负，把这个小村治理得干净漂亮，让老百姓住起来舒心方便，那才是一个人真正的活法。想来想去，大鹏热血沸腾，心潮澎湃。

大鹏的车进了厂里，手刹还没有拉起来，电话就响了。大鹏一看，是一个陌生电话，本来不想接听，又一琢磨，可能是刘光明的那个关系户，这么快就找上来了。一摁接听键，电话接通了，对方还真的是非常客气地说了通过刘光明卖茶叶的事情。大鹏就非常痛快地说："乡里的领导给我打招呼了，你明天把茶叶送过来就行，同时把发票开过来啊。"

说完刚要挂，又觉得还有一句话没说清楚，就跟电话那头的人说："给我送一箱茶叶来就行，另外的一箱你给乡里的刘光明书记送过去。"

电话里的那个朋友说："不行啊，刘书记单独交代我了，说把这两箱茶叶都送到你厂里，他说有啥事需要的时候再找你，他说已经和你说清楚了，那我明天把两箱茶叶一块给你送过去吧。"

大鹏一听，也不能再做别的安排了，就说："行啊，明天送过来吧！这样一共大约是多少钱啊？"

电话那头的人说："一箱是六十斤，两箱就是一百二十斤，每斤八十块钱，咱们就算七十五，这样总共是九千块钱。"

"行啊，行啊，"大鹏说，"明天你直接带着发票过来拿钱就可以了。"

电话那头的人一个劲儿地表示感谢："谢谢！谢谢了！"

第五十七章

龙怀村支部书记赵荣进提了一桶油，陪着民政所长大老张走访那两个上访的群众。村支部副书记周一本提了两袋大米，跟在了后头。

一进家门，上访的老头看见赵荣进就高兴地说："你咋来了呢？"

赵荣进热情地说："三舅，乡民政上的张主任代表乡政府来看你，给你带来了油和大米。你有啥想法就跟人家张主任说说，让他帮助你解决，尽量别再去乡政府找书记、乡长了，领导们都那么忙，别给领导们添麻烦了。"

上访的老头一看见大老张，就笑眯眯地说："我不是给乡里头添麻烦，你说俺家的老人本来就是在打仗时候牺牲的，为啥不给俺落实待遇？你说别人家有的东西俺没有，俺能甘心吗？"

周一本和赵荣进也顺着老头的话说："就是，心里有不痛快的事，和乡里的领导说说，也别着急，不要有空就找乡里领导，给人家耽误事。"

上访老头就说："我没别的想法，就是把俺家老人追认为烈士，给俺老两口也解决待遇问题。"

民政所所长大老张犹犹豫豫的，不敢表态，说："这事可不是我一句话就能说了算的，这事归县民政局管，得和乡里的领导汇报。但是你沉住气，我肯定会把你的事当成大事，上面一有答复，我马上跟你说。需要准备材料或者什么东西，咱就积极准备，能办下来咱尽量办下来，办不下来，咱再想别的办法。"

"你这个态度还是挺好的，这么说我就不用去找书记了，但是你不能给我拖下去，积极地给我办，争取早一天让我使上钱。"

大老张马上跟他表态，说："行行行，我一定尽快地帮你办，但是我可真的没法打这个包票，不一定就能帮你办成，只能尽我的努力。如果政策允许的话就能办成，如果政策没有明确规定的话，还真的办不了。"

上访的老头马上就出了新的招数，说："办不了也不要紧，你民政上不是办低保吗？你给俺老两口办上个低保也行，反正每月给俺俩发上点钱就行。"

赵荣进和周一本也顺坡下驴，顺口帮上访老人说话："这倒是个办法。"

大老张是民政所所长，他懂得低保的办法和规程，就直接说："那可不行，低保有低保的办法，现在如果啥事儿都用低保来摆平，出了问题咱就麻烦了，那可了不得。"

那老头接着又不耐烦地说："那我还是找，如果乡里不给解决，我就上县里找，反正这事我跟乡里头没完了。"

赵荣进一看老头又上了倔劲儿，也没有别的招数，就对大老张说："你先别跟他说这不行那不行，咱先帮他解决，尽量地照顾老人，这样不就行了吗？"

大老张也借坡下驴地对上访老头说："我尽快，努力给你老人家解决啊，你就等我的消息吧！你放心，如果真的有困难，咱肯定会想办法帮你解决，这个办法不行，再想别的办法，咋还没说到事上，说急眼就急眼呢！总而言之，这段时间不能再上乡里头去找书记、乡长了，你如果再去找书记、乡长，我们来找你就白找了，咱爷们儿的感情不就白处了吗？"

上访老头一听大老张说的话还是非常靠谱的，就语气缓和地说："你说的这话还在理，我就喜欢你这样的干部。行，我就听你的，这段时间先不去找他了，但是，一个月内如果不给我解决，我还去找。我不但乡里找，还去县里找。"

赵荣进听着，话也基本上说透了，就装作不耐烦地说："行了，别说了，咱今天就到这里吧！反正是近期不能再上乡里去找了，让张主任帮你先咨询申请一下，有啥情况，我到时候再来跟你说，我们先回去了。"

周猛的孩子考音乐学院，也顺利地通过了面试。

周昆仑提前把考试的两道视唱题《歌唱二小放牛郎》和《山丹丹开花红艳艳》两首曲子出好了，让周猛的孩子集中精力准备。面试的时候抽签，周昆仑一看是周猛的孩子，心里头就有数了，就点了《山丹丹开花红艳艳》让那孩子视唱，那孩子就非常流利地唱了下来。周昆仑对和他一起面试的老师说："你看这孩子，基本功很扎实，唱得很流利，咱得给她个高分。"一块面试的老师心里头有数，也心照不宣，谁的关系谁知道，就甭再提别的要求和毛病了，就说："你看着打分吧！反正满分就是二十分，要不咱就给她二十分？"

周昆仑心想：今天这个面试还没有给满分的，对，就给她十九点五分吧！其他的，今天有十分的，有十二分的，最多的也没有超过十四分，十九点五分就能保证她这次面试通过了。

面试通过的消息，周猛是第一时间就得到了。因为那天考试的时候，周猛就在学校的院墙外头，一直在等着他的女儿，看她的考试成绩。成绩出来以后，周猛就给朱丽英打了一个电话，说面试通过了。朱丽英高兴地说："祝贺！祝贺！孩子的成绩好，运气也好，你让孩子再集中精力准备文化课吧！"

周猛对朱丽英说："我晚上想到你家里去一趟，你们方便不方便？"

朱丽英在电话里就说："肯定不方便，我们住的这个小区就是在学校里头，那么多人。再说了，孩子已经顺利地通过了面试，就没有别的事了，你还是回家跟孩子谈谈，让她好好学习吧！"

周猛就问朱丽英："你啥时候上班？"

朱丽英说："明天我就回去了。"

周猛说："那我明天到文化馆找你。"

因为这件事情，朱丽英被周昆仑批评了一顿，朱丽英也觉得因为这么个事情，让正直的周昆仑做了违心的事儿，心里有点愧疚，周猛又说再去找朱丽英，朱丽英就有点着急地说："您甭再找我了，事情都已经圆满地办成了，孩子专业课也过了，你就放心地让她考试吧！咱都是一起长大的同学，没这必要。"

周猛一听，朱丽英是不乐意他再去找她了，可能是有什么不方便的地方。

他就对朱丽英说："我不光是找你对孩子的事情表示感谢，我还有件事情想跟你商量一下，你看你明天有没有时间，啥时候有空，我就去找你。"

朱丽英一听，周猛可能是真的有事儿，就说："我明天上午开完会以后，到吕剧团的排练中心辅导演员，在大剧场里，你要是真的有事的话，就到大剧场找我吧。"

第五十八章

赵荣进使上他的老舅和妗子给乡党委书记刘光明使绊脚、找麻烦的事儿，让刘光明有所察觉了。

刘光明就发现，只要有点事牵扯这个村子，赵荣进村的这两位老人就会去找他的麻烦，或者是缠着他让他走不开。总而言之，就是给他找麻烦，让他心里不痛快。刘光明就意识到，肯定是赵荣进为了显示他在村里的重要性，或者是引起乡里对他的尊重和注意，故意地使了这么一些歪招。刘光明想当面批评赵荣进，但没有办法把这事情挑明，不挑明就弄得他工作不舒服。刘光明就琢磨着，得想个办法把他彻底解决，他心里头暗暗的有了新的想法。

这天，刘光明正在安排新学校的建设问题，因为新的校址选在了龙怀村村南，没有占用他们庄的土地，赵荣进就认为村里老百姓没得到什么好处，就安排他的老舅和妗子去乡里头闹腾，让乡里再返回头来求他，让他摆平群众上访的事。

刘光明和乡里的几个领导和管区的书记正在开着会，因为追烈的事情，龙怀村的两位老人又找到了乡政府。刘光明一看，这事没有一个明确的办法，是不行了，就直接对两位老人说："你不是要申请追烈吗？这样吧，今天乡里安排出一辆车来，让民政所的大老张陪着你到县民政局去，当面找局里的领导和优抚股的同志，如果他们说你的事情能办，你就在那里把该办的手续办了，该写的申请写了；如果他们说不能办，那么你们再来上访的话，就属于无理取闹，那就要安排警察对你们进行治安处罚，不能再胡闹了！"

说完，刘光明拿起电话就给民政所主任大老张打电话，说："你抓紧到党政办公室来一趟，这边有点事情，你来给他处理一下。"又转回头来对在场的党委副书记说，"你安排一辆面包车，让大老张跟着两位老同志去一趟县民政局。"

两位老人一听，刘光明这次动了真格，心里头有点慌乱，但嘴上还是挺硬的，不服输，就说："俺们就得要个说法。"

刘光明一脸的严肃，但是仍然不动声色地说："你不是要个说法吗？这件事情国家是有部门管的，民政局就专门管着这事，今天让民政上的大老张跟你去，让县民政局的同志们给你介绍一个清清楚楚。"

两位上访的老人一下子慌了手脚，就赶紧吞吞吐吐地说："俺得回去跟俺村的书记赵荣进商量一下，别直接把我们弄到县城扔在那里，不管我们了。"

刘光明斩钉截铁地说："不用跟他商量了，跟他商量来商量去，还不是没停止找乡里的麻烦，你不是来乡里找吗？乡里就得负责把你的问题解决清楚，今天就安排专人给你把这事情解决了。"

说着话的工夫，车来了，民政所的主任大老张也过来了，就赶紧劝他俩说："你们抓紧上车吧，咱们去县城！"

两位老人吓得不得了，就赶紧往后躲："俺们今天可不去，俺们就是来找乡里，让乡里给俺解决。"

说着话的工夫，龙怀村的支部书记赵荣进，开着他新买的轿车也来到了乡里头，老远就大吆小喝的，边说着边来到了党政办公室的门口，对两位老人说："谁让你们来的？你们有啥事找村委，村里给你反映就行了，你们咋又来了？不是跟你们说好了吗？"

刘光明本来看着这事就觉得有点蹊跷，是赵荣进在背后导演的一出长时期的双簧，心里就非常气愤。赵荣进今天又来装好人，刘光明就不乐意了，就直接对赵荣进说："那不行，今天他们不想去也得去，三天两头上这里来找麻烦，来让乡里给他解决，批烈士这么大的事情，是乡镇一级的政府能解决的问题吗？县里有民政部门，是专门负责答复这类政策问题的，今天乡里给他派上一辆专车、一个专人陪他们去，不去是不行的。"

赵荣进一听，刘光明是真的生气了，就赶紧劝两位老人说："你们俩赶紧回去吧！坐我的车，有啥事我帮你们反映。"

说话的工夫，两位老人就赶紧往赵荣进的车跟前走，赵荣进走过去打开了车门。这时候，刘光明把赵荣进叫住，说："赵书记，你这样做是不对的，乡里已经安排车给他们去县里咨询、解决这个问题了，你把他们拉走算怎么回事？你这是要用你的车陪他们去县民政局吗？"

赵荣进赶忙解释说："刘书记，您甭管了，我把他们拉回村里，给他们做好工作，不让他们来乡里找了。"

刘光明非常严肃地对赵荣进说："该来反映的问题，我们欢迎来反映，我们又不是不给他管，怎么连往上反映的时间都不给？什么原因也不说，来了不是抱大腿，就是挡着不让人开会，影响了乡里的正常办公秩序。你在村里的工作是怎么进行的？你怎么给群众做的工作？你如果能搂他们的腰，不让他们来了，你就把他们拉回村里，如果他们再来，下一次我们一定安排警察对他们进行治安处罚，没有这么办事的。"

赵荣进一看，这事情做得有点过了，一出自以为天衣无缝的双簧演砸了。他就赶紧给乡党委书记刘光明道歉："刘书记，您别生气，是我工作没做好，没解释到位。回去以后，我好好地跟他们解释，有了政策的时候，再给他们落实。您放心吧，不要生气啊！"

说完，赵荣进把两位老人扶上了轿车，一溜烟地从乡政府跑了。刘光明回过头来，看着他们跑出了乡政府大院，又坐回了办公室里，就琢磨着这背后肯定有什么不地道的事。本来是件很简单的事情，只有在战场上牺牲的战斗员和指挥员，才认定为烈士，当时在地方上的村级干部根本就没有政策，给他解释清楚了，不是一样的情况，硬要攀比别人，又要大米又要油什么的，都给他答复了，还上这来胡闹。

第五十九章

周猛找到吕剧团排练大厅的时候，朱丽英正气呼呼地给演员们讲着指导意见。周猛看到朱丽英正在气头上，也没敢过去打扰她，就在排练大厅一侧的一个座位上静悄悄地坐下来。朱丽英讲完了，对演员们说："你们仔细琢磨琢磨，人物的性格和人物的动作怎样配合起来，才能体现这个故事的发展和高潮。要融入这个故事情节里头，才能把这个戏演好，各位演员自己体会一下。"

说完，朱丽英端起水杯喝了一口水，就往排练大厅的门口走去。周猛就赶紧站起来，跟在朱丽英的后面走出了大厅。

朱丽英还沉浸在刚才的情绪中没有出来，顺着刚才的话头对周猛说："你看这帮演员，都是院校毕业的大学生，这么一个反映农村生活的场景，就演不出那种活生生的滋味来，不知道在学校里这个表演是怎么学的！"

周猛也赶紧顺着她的话说："还是缺乏生活体验，应该让这些大学生回农村去体验体验。"

朱丽英喝了一口水，就问周猛："你抓紧说你的事吧，啥事？"

周猛就从口袋里掏出来一张购物卡，说："给你家孩子买了点衣服，抽空的时候你让她去试一试。"

朱丽英不耐烦地说："我就寻思你鼓捣这个，还有别的啥事？"

周猛冲着朱丽英笑了笑，不好意思地说："我寻思着你跟周教授说说，孩子上了学以后，能不能让她进学生会当学生干部，或者是早一点让她入党啥的。现在，在村里如果是个党员的话，可吃香了。"

朱丽英一听，哭笑不得，说："你这八字还没一撇呢，你先让她考上大学，剩下的事咱再说行不行？你咋把事想得这么长远呢，考上考不上还不一定呢？再说，你不知道，俺家的老周，他就是一个音乐老师，他还能管得了学生会的事吗？你真是洋相。"

身材魁梧的周猛为了孩子，还真的是抹下脸皮来了。他就说："有你和周教授了，说啥也能考得上，你就多操心吧！"

说完，周猛就把那个购物卡塞到了朱丽英的口袋里。朱丽英看了看，也没再说什么，就说："行了，你抓紧回去吧！中午我也不留你在这吃饭了，你看这帮演员还没排练完，我得等他们排练结束以后才能回家"

周猛说："不用，我寻思你如果有时间的话，我请你吃饭呢。现在反正也放暑假了，我没啥事，学校里也不忙。"

说到这里，朱丽英说话的语气缓和了不少，脸上也露出了笑脸，周猛就微笑着对朱丽英说："要不我再在这里陪着你排练一会儿吧，等排练结束了以后，咱俩出去吃水饺吧？"

"不用了。"朱丽英说，"我寻思着今天上午必须要完成这个情节的排练，下午还有别的排练任务。你今天不忙吗？"

周猛一听，朱丽英有点留他的意思，就说："我今天不忙，没啥事，我陪你在这里排练一会吧。我也跟你学学，我没上音乐学院也没当过演员，心里还有点遗憾呢！我要跟你学两招。"

朱丽英说："那好吧！我抓紧时间给他们排练，排练完了咱们一块去吃饭。"

给大鹏送茶叶的那个客户，第二天还真的准时来到了大鹏的轧钢厂。她悄悄地敲了敲门，问："大鹏厂长在吗？"大鹏正好放下手里的电话，摸起电脑跟前的鼠标，想浏览一下钢铁的行情，就说："进来吧。"

走进门的是一个三十多岁的青年女性，身材苗条，脸上带着迷人的笑容，说："你好啊！大鹏厂长。"

大鹏一看，笑着说："你是刘书记介绍来的？"

"是啊，"青年女子笑着说："我是刘光明书记的表妹，你叫我小柔就行。"

大鹏问："茶叶带来了吗？"

小柔赶紧说："在车上呢，给你一共带来了两箱。"说着，小柔又从随身的提兜里拿出来一盒非常精致的茶叶，放在了大鹏的桌子上，"这盒茶叶三两，这是龙井村里那六棵树上采摘下来的，是非常难得的清明节之前的茶叶，这个，你留着自己喝，来了客人的时候，就让他喝那两箱里头的。"

大鹏打开茶叶盒子，闻了闻，这茶叶还真的不错，就顺手放在了老板桌上。正在这时候，大鹏厂办公室的会计孙玫走进来让大鹏签字，要给供电所把电费打上，说是已经打电话催了好几遍了。

大鹏一边签字，一边就给孙玫说："你抓紧安排两个人，先把车上那两箱茶叶放在仓库里头，让办公室里造一个发放表，厂里所有中层以上的管理人员，每人一包茶叶，让他们来领，也可以给他们发到车间里头。"

孙玫说："好的，这里面的茶叶是已经包好的还是散装的？"

小柔赶紧回答："是散装的，还没有装起来呢，但是，包装袋里面都已经放好了。是这样的，一箱是六十斤，我给你们放上了六十五个包装袋，一个包装袋装一斤。"

大鹏摆了摆手，对孙玫说："你就让仓库里那两个仓管员，把这茶叶分一分，按一斤一包装好，然后，给管理人员发下去。这个暑期来了，温度这么高，让他们防暑降温。"

孙玫接受了任务，就抓紧拿着签好字的表，领着小柔去卸车了。把两箱茶叶卸在了仓库里头，叮嘱那两个仓管员，让他们把茶叶分好，然后分发到位。

一个人在办公室的大鹏接到了副乡长钱忠诚的电话，说是来了几个保险公司的朋友，要大鹏给他去陪一下客人。大鹏心里非常明白，陪客是虚的，让自己去给他结账是实的，因为副乡长每个月就是三千多块钱的工资，来了朋友如果请客的话，三几回就把他的工资给吃没了。所以钱忠诚来了客人，一般都是让企业的老板给他去陪客，吃完了饭的时候，谁去陪客，谁顺便把账就给他结了，这在场合上是非常正常的事。很多的场合就是这样，本来是一帮同学或者朋友喝酒，有一个当官的负责组织安排，在这样的场合上，总会出现一张或两张非常生疏的面孔，这一两个面孔生疏的人，他们参加这样的场合，只有一个目的，就是负责去买单。

对于这样的情况，大鹏已经司空见惯，轻车熟路，心照不宣了。

正在通电话的工夫，小柔拍打着两只手走进了大鹏的办公室。大鹏指了指墙角的脸盆，小柔洗了一把手，然后在毛巾上擦了擦。大鹏就在电话里跟钱忠诚说："行啊，饭店你定吧！你看看今天中午定在什么地方，我十一点半过去就行。"

说到这里，大鹏抬手看了看手表，说："现在已经是十点半了，再待一会儿我就过去。还有一个事儿，就是我这边也来了一个朋友，我带她一块去，咱们在一起吃饭吧，我就不在这边单独安排了。"说完，大鹏就冲着在一旁坐着的小柔点了点头。

小柔一听，大鹏非常热情地要给她安排午饭，就受宠若惊地摆了摆手，说："我不在这里吃饭了，不用这么麻烦了。"

说着话的工夫，大鹏就把电话挂了，回头对小柔说："发票在哪儿呢，拿过来吧。"

小柔把发票给了大鹏，大鹏在上面大笔一挥地写上自己的名字，就对小柔说："今天中午，咱们一块去吃饭，乡里的一个领导，他来了几个朋友，你要是不吃这顿饭，这个茶叶的账就不给你结了。"

这话说得让小柔心花怒放。小柔就越发嗲声嗲气地对大鹏说："哎呀，我早知有你这么好的一个人，我就应该早点来跟你交个朋友啊！我可找到好人了。"

大鹏也高兴地说："对吧？你先到隔壁去结账吧！结完账以后，回来咱们再喝点水，待会坐我的车，咱一起去吃饭。"

小柔没想到，今天来卖茶叶还能混上中午饭，并且事情办得这么痛快。心里不禁暗暗佩服他的表哥刘光明在这里的影响力大，同时也对大鹏处事的玲珑和干脆感到佩服和欣赏。要是自己能够攀上大鹏这样一个相当成功的农民企业家，这也是非常好的一个机遇，想到这里，小柔心里像乐开了花一样。

第六十章

自打小穆买了王胜利的汽车跑运输以来，这阵子生意是忙得不亦乐乎，真是拿钱拿得手软。因为除了国营的那两辆公交车以外，剩下的这两辆车都是小穆的，咋跑也是他的生意，怎么赚钱也都是他的。

没活干的王胜利只好又投奔了大鹏，在大鹏的车间里当了轧钢车间的运料员。

可就是这一天，突然得到一个消息，让小穆一下子慌了。

因为个体公交汽车的安全隐患比较大，再加上个体用的汽车，除了老、旧、破以外，司机还经常为了抢客而大打出手，影响了这个地方的治安秩序。县政府决定，对个体私营的汽车进行专项治理。具体的办法就是逐步地让个体私营的公交汽车退出市场，全部由齐邹县公交公司购买新车，把这块市场填充起来，个人经营公交汽车的办法将成为历史。

慌了手脚的小穆上蹿下跳，到处闹腾。他找乡里和县里的领导，问为啥要把他的车给停了，不让他的车跑了。乡里领导说这是县里的政策，乡级人民政府决定不了这样的事情。小穆就把车开到县交通局，堵住了交通局的门口。

交通局的领导出来跟他解释："不是不让你干，是县里统一这样一个政策，正在考虑车况比较好的车辆，县里统一回购，放到市场里面。对于那些比较破旧，不适合在市场上运行的车辆，就要进行报废处理。"

小穆两辆车，其中有一辆是新买的，时间还不长，可以由县里出资把他的车回购，在市场上继续运行，减少他的损失。

这样对小穆来说也算是比较合理的，小穆的想法是自己没有生意可做了，到口的肥肉又让国家拿走了，自己心里是非常不甘，尤其是还多花了不少钱，刚买了王胜利的那辆车和他的线路，这一下子多花的钱就打了水漂了，小穆被弄得窝着一肚子的火。他就把车放在交通局的门口堵着，不让交通局的人正常上班。交通局的领导就跟他解释，说："也不只是你一个人在经营个体汽车运输，全县十七个乡镇，还有四五十辆车，都像你这么考虑的话，那么交通局的人就没法上班了，你如果再这么闹腾我就要报警，进行治安处理了。"

小穆年轻气盛，正在气头上，哪听得进去，就和交通局的领导吵起来了。他越说越气恼，越说越离谱，最后和门卫厮打了起来。

和门卫打成一片的小穆，最终还是被公安局进行治安拘留了。拘留了十天，他的两辆车也被拖到了交通局的停车场里头。

小穆出事的消息很快就传到了村里。王胜利本来因为小穆从他的手里强取豪夺地把他的车弄走，心里一直不舒坦，这下好了，县里要统一把车收编了，小穆不让我干，自己栽里头了。王胜利思前想后，倒吸了一口凉气，还幸亏人家小穆把他的汽车买了，要是不买他的车，说不定这场倒霉的事就弄到他头上来，他的车开了好几年了，报废是肯定的了，那损失大了，还十四万块钱呢，五万块钱也卖不上。

因祸得福的王胜利，这几天突然变得心情好了起来。不只是因为车的问题，让他心里的一个疙瘩解开了，更重要的是，他在大鹏的车间里，因为工作能力突出，已经担任了烧结分厂的厂长了，年薪也能拿到一二十万。并且大鹏因为王胜利的弟弟王前进在乡里当着经委主任，与企业的关系相当密切，企业有什么事情，乡里为企业服务，也是王前进和他办公室的一项职责，所以大鹏和王胜利的关系是越来越近。

这一天下午三点，王前进接到了大鹏的电话，让他到厂里去商量事情，要早一点去，因为县里有人要来。

王前进正好要去找大鹏，因为县里要对各乡镇的经济发展新上项目情况进行年度考核。醴泉乡的基础设施投入数字，全指望大鹏给作贡献。乡党委书记刘光明就嘱咐王前进："一定要让大鹏报的数字体现乡里的发展，不要保守，思想要解放，胆子要大一点。"能听明白这句话的，就知道，意思是报数字的时候，一定要报得数字大，要达到现在的要求，年度考核要在全县争第一。

王前进到了大鹏厂里的时候，是下午三点多钟，大鹏正好陪着县里的两个人在喝茶。见到王前进，大鹏就赶紧站起来给他们互相介绍了一下："这位是王前进，俺们乡里经济发展办公室主任。这是县里的两位领导，一位是发改局的副局长，另一位是科长。"

王前进问大鹏："县里的两位领导来了，还和乡里的领导打个招呼吗？"

大鹏抬头看了看发改局的那位副局长，就看见发改局的副局长摆了摆手，说："不用，今天俺们来就当串门走亲戚，有点个人的事情，不是工作上的事情，不用和他们说了。"

听到这里，王前进就知道他们来肯定是有啥事情，就坐在一边，有一搭没一搭地听着他们几个在闲谈。说着说着，王前进就听明白了，县发改局的这位副局长来找大鹏，是因为他的一个亲戚卖起重机械，就是车间里头行吊这样的设备，看看大鹏在更换设备的时候，能不能买他的设备。大鹏就笑了笑，说："买谁的也是买，但是，他的产品一定要保证质量。再说，你们发改局有什么倾斜的政策，给我点技术改造的资金补贴什么的。"

县发改局的副局长就开门见山地说："这你放心，我这次为啥要来找你谈呢？主要原因，一是你能干事创业，有股子冲劲儿；再是你对工作对质量要求比较严格。咱兄弟几个关系都比较好，互相信任。这次乡镇企业的技术改造和新上项目有一块专项的补贴，就是每投资一百万的，补贴百分之十到百分之二十的资金。也就是说，你这次技改投入大约是二百万，就可以拿到二十万到四十万的补贴。"

大鹏说："行啊，反正我新上的这两个车间，现在基本是没有问题的，肯定投产，但是你得想法子把补贴给我落实好了。"

发改局的副局长就更加直白地说："如果没有补贴，我也不会向你推荐这个亲戚卖的行吊，买谁的不是买呀？谁的行吊不是行吊啊？咱是肥水不流外人田，咱不能把补贴给了别人。"

王前进这下听明白了，就插话说："对呀，这补贴给了大鹏和给了亲戚是一样的，反正，不能让别人拿了去。"

说到这里，王前进就想起乡党委书记给他安排的任务，就问大鹏："咱这次这两个车间的投资大约有多少钱？"

大鹏说："今年的投资总共能达到四千多万。就这两个车间，一个车间是七百多万，两个车间大约一千五百万。另外，我们新上的铸钢车间还投了两千万，总投资大约就是四千万。"

实际上，大鹏这样说的数字也是掺了水分的，目的是发改局给补贴的时候，能够多要一些。而事实上，投资根本就没有这么多。

王前进想起刘光明给他的嘱咐，就说："这个数字有点保守了，今年县里给我们下达的指标是：基建技改投入要达到一亿元，你们厂里就得完成这个指标，至少完成一个亿。然后其他的厂里，有新上罐装设备的，有新上储存设备的，有新上钢丝切丸和喷砂设备的，那些企业的投入，一共加起来大约一至两个亿。这样，我们今年全乡的技改投入就能达到三亿元，我们能稳拿全县第一。"

大鹏一听，说："咱虚的水分太大了，以后对企业没啥好处啊！"

王前进说："你这说法就不对了，思想保守。你算一下，你虽然说投入了四千多万，但是其他的土地占用了多少啊？那用电设备电力的配套多少啊？再说了，相应的车辆，还有其他别的投入，一个亿肯定不少。你思想保守，还不是那么开放。"

县发改局的副局长接着王前进的话题说："对对对，大鹏老总呢，就是思想保守了一点，现在县里要求的数字就是要大，大开发，大开放，大投资，大产出，才能实现大效益，就这样一种局面，你要和上面保持一致才行。再说了，现在全县对你们乡党委书记刘光明的呼声很高，说是刘光明因为发展民营经济，要提拔做副县长了，你们要围绕这个事做文章，给他的提拔和晋升创造条件才对。"

大鹏就笑着问王前进："这里头是不是也有这个因素？我也听好多朋友说了这事。"

王前进说："我不大好说，因为我在这给刘书记当兵，上面提拔不提拔的，我一个乡的中层干部，也不太清楚。"

大鹏对王前进说："肯定是为了这原因，要为了这个，咱就给刘书记把数字弄得像模像样的。你说吧，咱们报投入多少钱？一个亿也行，一点五个亿也行，剩下的我让会计把账做好，发票什么的都给它弄得天衣无缝，账目上要一致起来。"

王前进一竖大拇指，说："大鹏哥真是高手啊！考虑问题滴水不漏，要不咱刘书记咋一心就是扶持你呢！"

晚上准备吃饭的时候，大鹏说："正好，老长时间没约钱忠诚吃饭了，咱给钱忠诚打个电话，让他也过来吃饭吧！"

王前进说："好啊，我没啥意见，你愿意约谁就约谁吧，我们四个人吃饭也没意思，多约几个人吃饭还热闹。"

县发改局的副局长也说："老钱我跟他是老朋友了，挺好的，约吧！"

大鹏给钱忠诚打电话说得非常痛快。

钱忠诚说："行啊，你们几个人？"

大鹏说："我们就四个人。"

钱忠诚说："我们去两三个吧。"

大鹏说："行，那咱就是七八个人了。"

给钱忠诚打完电话，大鹏又拿起手机，拨了一个神秘的电话，声音比较柔和地说："今天晚上咱一块吃饭吧，我来了几个朋友，给我陪一下。"就听见电话里头一个女孩的声音柔柔地说："好啊，你把饭店和房间号待会发到我手机上就行，我打个车过去。"

大鹏也声音低低地说："不用到厂里来了，待会儿我们到县城找一家饭店，定好了以后，我把饭店和房间号发给你，你直接过来就行。"

王前进好奇地问："谁呀？"

大鹏不好意思地笑了笑，说："待会儿你就知道了，一个朋友，大家一块吃饭，凑个热闹。"

晚上吃饭的时候，钱忠诚不出预料地，领着白酒厂办公室的那个姑娘阿秋来了，大鹏打电话约的是到他厂里卖茶叶的小柔，这样，这个场合就变得暧昧和柔情起来，晚上喝酒就多了别样的味道。

第六十一章

曲玲玲到齐邹县当副县长的消息传出来，还真是一个重大新闻。

曲玲玲虽然是艺术学院毕业的学生，但是，省委选拔了一部分本科学历的大学生，到县和乡镇地方去担任领导职务，实际上对基层起的是一个指导或推动的作用。曲玲玲因为头脑比较灵活，知识比较丰富，就被推选到齐邹县副县长这样一个岗位。

考察结束后的曲玲玲，第一个电话就打给了朱丽英，说："今年省里一个政策，选拔到县乡工作的人员，把我给选上了，你猜我被派到什么地方了？"

朱丽英说："这还用猜吗？你只要是问我的话，肯定就派到我们县了。"

曲玲玲说："你真聪明，咱可能要在一个地方工作几年的时间了。"

"你到齐邹县来，是到乡镇呢还是到什么地方啊？是挂职还是担任实职？"

"昨天跟我们谈话的时候，说是担任实职副县长呢。"曲玲玲一脸忧郁地说，"我根本就不愿意到县乡去，家里孩子这么小，你也知道的，俺对象在重汽厂里头担任工程师，成天忙得不着家，孩子怎么办呢？可愁死我了。"

"那还用说吗？肯定得让你家的老人过去看孩子了。"朱丽英帮着曲玲玲出主意。

曲玲玲着急地说："俺对象那边的老人在农村还种着庄稼，再说，他们适应不了城市的生活呀，我父母给我弟弟看孩子，还真的是走不开。"

听话听音，曲玲玲这句话关键的内容就在"再说"两个字上，实际上，她不愿意让她对象的父母，也就是她的公公婆婆去看孩子。

朱丽英还是帮着曲玲玲想办法，说："你还是得让你公公和婆婆来给你看孩子，家里的地能不种就先别种了，让你哥哥或弟弟种着，也让两位老人出来散散心，帮你带带孩子。现在的关键是你除了让老人给你带孩子，没有别的办法，交给别人就更不放心了。"

曲玲玲说："我得先回趟老家，跟俺公公婆婆商量商量，尽量让他俩给带孩子，现在孩子上幼儿园，是正闹腾的时候。"

"那你先把家里的事情安排一下吧！正常上班了咱们见面再聊，你们县级干部一般都住哪里？"

"县里有周转房，在县政府安居小区里头。我们这些外地来的干部就住在周转房里，调走的时候，把房子腾出来，再交给县委办公室。"

"那行，你先忙吧！"朱丽英说，"你来报到的时候，第一时间先给我打个电话，我去帮你拾掇拾掇。"

"好的。"曲玲玲说："先别跟别的同学说这事啊，本来也不是啥大事，就是换一个工作岗位。"

朱丽英回怼了曲玲玲一句说："哎哟，你还以为你是什么大官吗？现在的干部非常难干，这责任大着呢！你来齐邹县工作试试吧，一定得小心。"

曲玲玲也不好意思地笑了笑，说："啥呀？我主要是怕惹麻烦，我根本就不愿意当这个官儿，你还不了解我吗？根本就不是操心的命。反正组织上也考察了，非要让我去，推是推不掉了，我听从组织安排，去了以后你得多帮我。"

小穆到县交通局闹腾的事情有了转机。小穆的考虑是，反正自己的车肯定没法干了，卖给县交通局，由政府统一回购以后，看看能不能再从县公交公司租回来，还是自己的车自己跑，上交一定的承包费；或者是自己给公交公司开车，还开自己的车。

这两个想法反映到交通局以后，局领导首先把第一个意见给否定了。也就是说政府统一把个体公共汽车回购以后，是不会再承包给个人经营的，如果那样的话，和让个人生产经营有什么区别？局里的目的就是统一管理，规范运行。第二个意见，县交通局倒是有了松口的意思，如果小穆还愿意开公交车的话，可以给他提供一个岗位，在体检和驾驶证符合规定的情况下，让他到公交公司专门当公交汽车司机。但是，车辆统一规划运营以后，采取投币的方式，车上没有售票员了，司机也不允许接触钱币，如果想自己卖票收钱，从里面捣鬼的话，这条路肯定是行不通的。

这下弄得小穆心凉了半截。原本想着还是和原先一样，玩这个汽车，收入的钱归自己，这想法肯定是不行了。如果想干这行的话，就是当个公交司机，每月挣两千块钱。

小穆就回家跟他的基金会主任老爹商量，老穆就说："你干别的也干不了啊，你就是喜欢开车，你还是先干着吧！"

为什么老穆现在说话的底气明显不足了，也没有和原先那样开疆拓土的那股干劲？原来乡镇的基金会清理核算以后都要注销了，上级不允许乡镇一级的政府，开办这样的业务，不允许开办金融实体。政府就是为群众办事的，不是挣钱的，这个必须进行整顿和统一清理。所有贷款项目也不能继续了，要坚决清偿。坚决按照上级的指示，该清账的清账，该讨债的讨债。让机关单位人员和农村干部欠基金会钱的，首先做表率还上，只有这样才能把基金会清理的工作做好。

老穆这下子也没了差事。原先手里头管着基金会好几千万的资金，找他帮忙的、贷款的、发展企业的，络绎不绝，逢年过节，家门口就像赶集一样。这一讨债就出了这样那样的差头，红脸的，骂娘的，反正弄得老穆灰头土脸。再加上自己给儿子贷款买的车，还有八万多块钱没还上，他急于和交通局把账算清，让交通局把儿子的车回购以后，把资金用于偿还基金会的账。

至于儿子的工作，现在实在是忙不过来。老穆就让儿子小穆先到公交公司报名，去当公共汽车驾驶员。

大鹏的车间需要增加一批设备进行焦化生产和电炉改造。成都的一家老板经过投标，中了大鹏需要购买的这些设备，但是在设备生产过程中，需要邀请购买方到厂里去参观一下，名义上就是进行产中的质量督导。大鹏合计来合计去，还是觉得有必要去一趟。那么让谁去呢？翻来覆去地考虑以后，大鹏决定还是自己亲自去一趟，让其他的人去还真的不放心，自己去吧，一路上也是孤孤单单的，那么让谁陪着去呢？

晚上大鹏悄悄地约小柔在县城一家小饭店吃饭，吃饭的时候，大鹏就和小柔提起了这件事情。小柔含情脉脉地说："我陪你去吧，我还没去过四川呢，峨眉山不错，听说还有小猴子，咱上那里去玩两天吧？"

"你咋跟你对象说呀？"大鹏就问小柔，"这么远，不是当天去当天回来。我们坐飞机过去，然后得住在那里，去厂里边去转上两天，看一下他生产的设备到底怎么样，我们要进行实地的监督和考察。这一批设备，关系到扩产以后，能不能正常运转的问题，质量是人命关天的大事。"

小柔轻柔地说："没什么事儿，我就陪着你去，你到厂里看设备，如果让我陪你去看，我就陪着你去，不让我陪着你看，我就在宾馆里头等着你，你什么时候回来，我就再陪着你回来，这样行了吧？"

"到时候我提前开上两个房间，咱俩一人一个。那样你可得跟家里交代好，别咱出去回来以后，你对象跟你吵架闹离婚什么的，咱可都有家庭，别闹得没法收拾了。"

小柔说："没事，我就说是你厂里要买一批茶叶，正好你也要去看设备，我就跟你一块去看茶叶了。"

大鹏说："你对象真的没事儿，他不会往别的方向猜吧？"

小柔说："没事啊，不用告诉他这么清楚，我就说去进茶叶就行了。"

"那我订机票了啊，明天咱就出发。"

大鹏和小柔上了飞机，直接飞到了四川的巴蜀机场。机场上已经停着接他们的车辆，上了车，一溜烟就把他们送到了宾馆，接站的老板，早已经为他们开了一个大房间，让他们住下来。

巴蜀机械厂的老板费城壮风风火火地赶到了宾馆，操着浓重的四川话，满面春风地说："大鹏老总啊，你们是先在宾馆休息一下，还是今天晚上去喝个酒啊？如果你们要休息，晚饭到二楼的餐厅去吃就行，餐券什么的都在这放着，明天晚上我们专门安排一个正式的场合给你俩接风。如果你今天晚上觉得可以的话，那咱就今天晚上。"

大鹏就说："我出来一趟时间还真是够紧的，厂里还有那么多事情，咱们就往前赶，明天就到厂里面去看一下情况，小柔还要到峨眉山去看一下那里的云雾茶什么的，准备买点茶叶回去。"

费城壮就说："行行行，那咱今天晚上正式安排宴会给你们接风，明天咱们到车间去转一下，后天我陪你们去峨眉山买茶叶、礼品什么的，你就甭管了，都是我的，我全部包了，我有准备。"说完，费城壮就要领着大鹏去餐厅。

大鹏赶紧把费城壮叫住："你抓紧到前台问一下，看看还有没有房间，把我这个大床房，换成两个房间，我不要这么大的房间，我跟小柔一个人一个房间，住着方便。"

费城壮说："没事儿，就住一个房间得了，我一块买单了。"

大鹏赶紧一本正经地说："不行不行，别开玩笑啊，我们不是一家子。再说，小柔这次来，是买茶叶上货的，买不少茶叶呢，你们不用管了，后天，我们自己行动就行了。你就安排好明天，咱们一是看那个风机，看看质量怎么样，它的风力能达到多少，电炉的温度要求是比较高的，要达到 1400 ~ 1700 摄氏度，这样的话，风机的风力肯定要达到标准，这是一个。另外呢，看一下你们的电炉，有没有五吨的或七吨的电炉？如果有的话，咱看一下它的充电效果和炉里铜管的厚度、密度什么的能不能达标。实事求是地说，这是我厂里今年采购的最重要的一批设备，质量上一定要把好关。明年我还采购，如果行的话，我还买你的，如果不行的话，将来就没法合作了，质量方面你得给我保证。"

费城壮一个劲地点着头，说："行行行，你放心，我们的质量全国一流，包括济钢、首钢、日照钢厂，还有河北的一些钢厂，都用我们的产品，你放心就行了，肯定没问题。"

一旁的小柔在静静地听着大鹏如数家珍般，像专家一样地和费城壮讲设备的特性和优缺点，还有提的那些要求是那么专业，那么经典，她简直佩服得五体投地，心里头对大鹏的崇敬感油然而生，打心眼里喜欢上这个成功的四十来岁的男人。

费城壮就说："你在这里稍微休息一下，现在是下午四点，你们洗个澡，休息一会儿，晚上六点的时候，我让办公室主任过来请你们，一块到蜀州大酒店，我们在那里吃晚饭。"

"不用那么客气，抓紧把房间给我调过来就行。"大鹏说，"晚上也别找很多人，咱们几个随意说说话就行了，别弄得那么复杂，我们主要是来干事的，不是来玩儿的。"

宾馆里的服务也确实是非常及时，调整房间非常省劲儿，把随身携带的皮箱提到另外的一个房间里头，就算是完成了。

六点的时候，大鹏房间的门就"咚咚咚"地敲响了。费城壮的办公室主任按时来到了大鹏的房间里，请大鹏和小柔上车去饭店就餐。

蜀州大酒店是四川成都的一家最大的豪华酒店。这个酒店有十八层，每个房间都非常大，配备了最先进的音响和灯光设置，房间里头的家具和餐桌也是用进口红木做的，气派高雅，雍容华贵。

大鹏一看见这阵势就头疼，对费城壮说："咱就是一个做买卖干企业的，弄得这么排场啥意思啊？咱就是吃个晚饭，多浪费啊。"

费城壮操着非常浓重的四川口音话："入乡随俗嘛！客随主便好不好，我们怎么安排，你们就怎么吃好这顿饭，这不就行了吗？再说，你是来我们厂购买设备的，是给我们送钱的，你就是我们的财神爷呀！我们就得像接天神般地把你伺候好才行啊。"

你看，南方人做生意就是讲究，赚钱就是硬道理，谁给他送钱，他就像接天神般地伺候，还真是有经营头脑，做得实在，说得也实在。

典型的四川辣菜，一道又一道地端上来了，盘子里面红火火的辣椒覆盖了一层，鲜艳热烈而又浓香扑鼻。白酒也上了桌，四川泸州老窖、郎酒随意喝。大鹏借着自己年轻力壮，又寻思着平常的酒量也不小，一开始没在意，端起来就喝。费城壮今天也带来了一个年轻漂亮的小姑娘，在一旁劝着大鹏喝酒。一个小时不到，大鹏就觉得脸上火辣辣的，酒劲儿就上来了，就说："不能喝了，咱抓紧吃饭吧！吃完饭赶紧回宾馆，别喝醉了耽误了明天的事。"

费城壮哪能让他这么轻易地就回去啊，就说："大鹏老总啊，咱哥俩还没干一杯呢，你到我们这个地方来，小庙终于请来了大神，咱哥俩暴露一下各自的性格，向他们展示一下咱们的友谊吧。"

大鹏一听，肯定是更凶猛的一轮来了，还是硬撑着说："咋暴露性格呀？咱哥俩合作，又不是第一次了。"

听到这里，费城壮笑了笑，对大鹏说："大鹏老总啊，咱这友谊不是一天两天了，咱哥俩痛痛快快地干一杯！"

费城壮说的干一杯，是真的满满一杯酒，端起来一仰脖子，一下子就干了。

这一下子，将了大鹏一军。

大鹏说："你这一下子干一杯，我还真的受不了，我还以为干一杯，就是咱哥俩表示一次呢。"

费城壮说："那咱哥俩的这感情以后还怎么往下处？要不这样吧，我再满上一杯陪你，行了吧？"费城壮说着又满上了一杯酒，端起来一次就想把它干掉。

大鹏一下子就摁住了费城壮端酒杯的手，说："别呀，我慢慢地喝，我分三次把这酒干了，行不行？"

费城壮慢慢地放下了手里的酒杯，赞许地说："这才是哥们。"

大鹏端起自己的酒杯，喝了有一半的酒，辣得他咳嗽了好几声。

小柔赶紧站起来走到大鹏的身后，轻轻地给他拍打了两下，就对费城壮说："费老板，这样吧，你不能再逼他了，剩下的这一半我替他干了，行不行？"

费城壮一看，小柔要替大鹏喝酒，就故意逗小柔说："那不行啊，你要是能替大鹏老总喝酒，那你也得满上一杯，咱俩先喝一杯。"

大鹏一看要牺牲小柔，就赶紧打住他俩的话题，伸手端起酒杯，说："我干，我干。"一仰脖子就把酒干了。

两次干了一杯酒的大鹏，浑身热辣辣的，一阵酒劲就上来了。那个热辣辣的劲头是从里边往外来的，就觉得脸是滚烫的，肯定是满脸通红了。

大鹏站起来，说："我先到洗手间去洗把脸，这酒劲实在太大了。"

大鹏一站起来就觉得腿软，差点要摔倒。小柔赶紧跑到他跟前，用肩膀把他的胳膊扛起来，说："不行，不能再待了，再待就走不了。费老板抓紧安排司机，先把大鹏老总送回去。"

一看小柔用肩膀把自己的胳膊扛起来，大鹏就觉得浑身软软的，一下子就没了刚才喝酒的那种英雄气概。

酩酊大醉，大鹏让这个坏坏的费城壮给灌醉了。

坐上奥迪一溜烟回到了巴蜀宾馆的房间里头，小柔就让司机走了。小柔使劲儿地把大鹏放在了床上，把他的西装和白衬衣给他扒下来挂在衣架上，又到洗手间里把随身带来的毛巾洗了洗，用温水给他烫了一下，然后一把一把地把大鹏的脸上、身上擦了个干干净净。这时的大鹏烂醉如泥，躺在被窝里呼呼大睡。

在一旁静静看着大鹏酣睡的小柔，心情是五味杂陈，格外复杂。本来想和自己喜欢的人一块出来旅游浪漫一下，一看这个劲头，说话都没有精神了，只好把大鹏扶起来，让他喝了几口凉白开，然后，又把他轻轻地放在床上，给他掖了掖被子，自己一个人回房间休息去了。

第六十二章

新一轮的农村换届选举开始。赵荣进这次感到了前所未有的压力，他说什么也没想到，大鹏在村委会选举的初选中，得了这么高的票数。还有王前进的哥哥王胜利，也以相当高的票数进了村委班子候选人名单。而在前些年这么多次的换届选举中，这是根本没有的事儿。以往的选举都是赵荣进自己拿主意，说让谁进村委班子，就让谁当这个村主任，是他一个人说了算，他在安排村里的政治格局。这一结果出来以后，赵荣进直接傻了眼。

年轻人挑战了老同志的绝对权威，这对赵荣进来说，是怎么也没有想到的，也是无法容忍的，赵荣进决定要对这样的局面进行纠正和调整。

当天晚上，赵荣进找到了竹花的对象孙子宝，让孙子宝进村委当村主任。不管谁干，也不能让大鹏当了这个村主任。

大鹏在村里深耕了这么多年，有很多的乡领导对他有好感，再加上他这些年干企业，赚了钱以后在村里投资修路，也积累了很多的人脉，群众对他的评价也是非常高的。如果大鹏当了村主任，下一步的党支部选举中，再进了支部，就有可能让大鹏干党支部书记。

想到这里，赵荣进打了个寒战，如果真的是那样，他在村里的势力一下子就没了，掌了这么多年的权也就丢掉了，那还了得。

赵荣进倒吸了一口凉气。

老谋深算的赵荣进，就挨个找他的亲戚联络，开始想办法。一个是周一本，另外一个就是孙子宝。周一本是村委班子里头的老同志，也是他的铁杆粉丝。但是，问题出在哪里呢？就是周一本的姑娘嫁给了王前进，王前进和王胜利又是亲兄弟，所以王胜利如果参选的话，周一本也会投他的票。必须得做工作，让周一本坚决按照他的想法，不给王胜利投票，这是一个事情。第二个就是孙子宝，因为赵荣进和竹花有不清不楚的关系，竹花和孙子宝是他的铁杆支持者，这样让孙子宝进村委当村干部，他们就会铁了心地选他，这样村委的三职干部齐了，就不用再增加其他的新成员了。

赵荣进挨个地找周一本和孙子宝谈话，让他俩把自己的亲戚和同学朋友挨个嘱咐，到时候就是投他们三个人，不能投大鹏和王胜利。

把一切安排妥当了以后，自认为没有问题的赵荣进就和乡里面打报告，选举按时进行。

第二天就要选举了，这天下午，大鹏给赵荣进打电话，让赵荣进到他的厂里去喝酒，说是乡里头来了几个人，让他去陪他们喝酒。赵荣进一听，心里也嘀咕，明天就选举了，这小子肯定是忙活着跑选票什么的，还有心思约乡里的领导喝酒呢。他就问大鹏："乡里头谁来了？"

大鹏说："刘光明书记和钱忠诚乡长说要来喝酒，没别的意思，他们单独让我约上你，还有其他的几个人，你看看再约谁吧。"

听大鹏轻描淡写的语气，他对明天的村委选举，好像是有一搭儿没一搭儿，根本就没拿这当回事。这倒让赵荣进心里头犯了嘀咕：去还是不去呢？如果不去，乡里来了领导自己就非常没有面子，境界格局不够高；要是去呢，今天晚上，他还准备到村北头和西头那几家亲戚家里坐坐，让他们明天给自己投票。

想了想，赵荣进就说："我在村里头还有点事，我安排一下，明天不是选举吗？我让他们准备好音响和桌凳什么的，我稍微晚一点过去啊。"

大鹏就一个劲儿地催："你让他们干就行啊！待会儿你早点过来。"

放下电话，赵荣进就找来了周一本和孙子宝，让他俩到村西头老赵和老王两大家族去做做工作。同时赵荣进还给他们拿出了一万块钱，说："你俩考虑一下，不行就给他们点钱，确保这两个大家族，朝着我们的方向来，不能出现麻烦。"

安排好了以后，赵荣进就从家里拿了两瓶黄河醇，开车去了大鹏的厂子里头。这时候钱忠诚和党委书记刘光明也刚刚到，几个人打着哈哈，落座以后就在大鹏的食堂里喝起酒来。

让赵荣进始料不及的是，在他们喝酒的时候，村里头已经像开了锅一样，沸腾了起来。

大鹏约赵荣进在厂里头喝酒，乡里的领导也没有人故意地提这个话题，只是说："咱们痛痛快快地喝酒，明天选举成功以后，咱们再约起来喝一个尽兴。"

大鹏早已经把他提前安排好的人马分成了三路。一路是大鹏以请乡里的领导和赵荣进喝酒为名，把赵荣进安顿在他的厂里头，看住他，让他整个晚上哪里都去不了，也做不了工作。再一路是王胜利负责他的亲戚和朋友，主要是老王家和老周家里头的选票一并统计好，挨个地做好工作。因为老王家族是王胜利的本家，老周家族是王前进岳父的家族，所以说这俩家族应该是没有问题的。但是前提工作也必须做细，挨家挨户地嘱咐。

还有第三路，大鹏已经做好了功课，孙子宝和竹花已经和大鹏达成了协议。因为孙子宝在干酒场的过程中，大鹏给他提供了六十万的周转资金。再是孙子宝因为酒厂造假被上级部门处理过，在村里的口碑也不是很好，进村委班子根本没戏。大鹏就承诺，还是让竹花在村委里干，原先竹花是村妇联主任，这次让她进村委当村委委员。大鹏给孙子宝分析他家的情况，是十分到位和贴切的。孙子宝一看大鹏的经济实力和人脉，加上平常在村里的威信，这一次选举是胜券在握。明着孙子宝是听了赵荣进的安排，自己参与竞选。但是，孙子宝知道自己本身就不利索，再加上他也没有那么大的能力，同时他也认为赵荣进年龄大了，干不了几年了，所以，从心里头就投奔了大鹏。

实际上，孙子宝和竹花心里也非常清楚，如果不和大鹏搭成一伙，大鹏他们当选了，竹花的村妇联主任也干不成了，那样，在村里就彻底没有地位了。如果他们跟了大鹏，还有着非常大的胜算，这和赌博是一样的，这里头有一定的风险。

大鹏安排孙子宝和竹花按兵不动，让竹花不动声色地和那些重点的妇女选民交流交流。到选举的时候，全力以赴地选大鹏、王胜利和竹花三个人。

当天晚上被大鹏送到家的时候，家里头还有好几个人在等着赵荣进。当他的那一帮亲信看他喝得烂醉如泥，并且是满面春风的大鹏把他送回家去的，就知道这次选举肯定没戏了。

这天夜里，差不多四点多钟的时候，赵荣进终于酒醒了，坐起来喝了点水，就知道昨天晚上肯定被人算计了。于是，他抄起电话打给周一本，问道："情况有没有什么变化？"

周一本说："你咋才清醒过来呢？村里头这么多乱事，你咋能喝成这样呢？"

赵荣进说："我咋喝成这样，还不是因为你那宝贝女婿吗？在大鹏那里，乡里的刘书记、钱忠诚跟我喝酒就够呛了，王前进还抢着给我端酒敬酒的，把我给灌醉了，今天的选举没事吧？"

作为个人，周一本本来是想跟着赵荣进再干几年，但是，以他这么多年的经验来看，事情非常清楚，大鹏和王胜利已经把村里都摆平了，反正说与不说，结果都是一样，赵荣进这次肯定选不上了。

但是，周一本这个老江湖，不会把话说得那么直接和绝对。想了想，周一本就跟赵荣进说："你还不知道呢，昨天晚上，他们这帮年轻人在村里搞得很猛，挨家挨户地串门，这次肯定会有麻烦，你心里头可得有点数。"

赵荣进是个明白人，他在平常就已经看出很多的端倪，这次竟然是这样的苗头，想了想，赵荣进对电话那头的周一本说："没事的，咱们上村委吧，到那里我打电话了解一下情况。"

赵荣进来到了村委，周一本已经早早地在村委等着他了。两个人说了几句话，赵荣进就开始打电话给在村里的那些亲戚朋友。孙子宝不一会儿也赶到了村里，三个人分析了一会儿，赵荣进就说："看来这帮小子是花了钱了，肯定想通过买票的形式拿下这事儿。"

孙子宝和周一本不敢对这个观点进行表态，只是说："反正花钱不花钱咱没看见，咱也没法说，但是，他们几个拉帮结派的到处串门，这肯定是事实。如果不给选民打招呼，不给群众打招呼，谁会去选他呀？这还不是秃子头上的虱子——明摆着吗？"

情况基本上是明朗的。第二天开会的时候，选举会之前有一个述职的过程，要上届的村委会主任在会上把村里的情况汇报一下，总结几年来的工作。

赵荣进坐在桌子后头，拿着准备好的稿子，高谈阔论，声色俱厉。站在台下的群众，有些就在起哄，冲着台上的赵荣进吵吵："别说这些大话了，这些年光在这里占着位置不办事，光说话不干活，就别干了，别在这里屎壳郎支桌子——硬撑了。"

赵荣进听见这话，一开始装作没事的样子，稍微停顿了一下，面部表情严肃地看了看在场的群众。

下面的群众继续起哄，赵荣进气急败坏地说："谁在这儿胡闹？再胡闹，叫派出所把他带走。"

这句话不说还不要紧，一说这句话，就惹得群众骚动起来，尤其是一帮年轻人，过去就把他桌子给抬起来了，赵荣进被吓得赶紧躲在了办公室的里间，不出来了。

会议没法进行了，在场的乡干部就请示乡党委书记刘光明。刘光明说："就按照选举法，谁是村里的选举委员会主任，谁就主持村委会选举仪式。"

早已推选好了的村选举委员会主任周一本就坐在了主持席上，向大家宣布："选举大会正式开始。"宣读选举办法和选举职数以及一些法律程序。

就在这时，在主席台上坐着的赵荣进突然站了起来，对周一本说："我先说两句，在选举之前，我表明一下我的态度。"

赵荣进突然站起来的这个动作，让在场的人也吓了一跳。大家都在聚精会神地看着赵荣进，看他要弄怎样的招数和套路。

就听见赵荣进对着话筒说："因为年龄问题，我申请退出村委会选举，大家就不要投我的票了，投那些年轻同志的票，让年轻同志来带领咱们村干事业。"

这句话一出口，群众中一片哗然。

奇怪的事情发生了，就看见会场上，三三两两地准备参加投票的选民，离开会场往家走。不一会儿的工夫，会场上就剩下不到一半的人了。这下让大鹏和乡里头来组织选举的工作人员也慌了。

这一下，把大鹏的计划和节奏直接打乱了，他慌忙地从会议主席台上跑下来，跑到了村委院子的门口，挨个拽着大家问："到底怎么回事？你们这是去哪儿？"

往回走着的群众摇着头，没有人回答，也没有人解释。就这样，院子里头走了很多的人，眼看着在场的群众不到一半了，这样的话，选举就没法进行了。

赵荣进坐在主席台上，不动声色地看着眼前发生的一切，心里想：你小子还给我来这一套，我玩这个东西都玩了多少年了，还弄不过你？

会场上的选民不到半数了，选举工作没法进行。现场的工作人员就向乡里头打报告请示："这事咋办呢？"

乡选举委员会给了答复：村里的选举领导小组可以商量一个办法，现场来投票的带着选民证，采取委托人的办法，可以直接投票。没到现场投票的，选举委员会安排专人采取流动票箱的办法，到每家每户去组织投票。只要参加投票的人数达到了法定的要求，能够选出村民委员会成员，就是合法的。

赵荣进本来是想通过到现场选举的人数不够这个缘由，把大鹏提前做好的工作给他搅黄了。没想到乡里又来了这么一个答复，这下赵荣进又沉不住气了，就直接对乡亲们说："咱村参加投票的人数不够，没法投了，村委会的选举没法进行，以后抽时间再进行吧！现在不能进行流动票箱选举。"

副乡长刘赫森代表乡政府来组织选举工作，就说："你可以看一下选举办法，选举办法里头有这条，如果到场的群众达不到选举人数的，可以采取流动票箱的办法。刚才咱们在现场已经通过这个选举办法，这是合法的，不是你一个人说否定就能否定的，我们要按法律进行。"

没有办法，只能采取这样的方法进行了。于是周一本以村民选举委员会主任的身份，组织了村里的十来个人，都是各个家族威信比较高的代表人物，拿着流动票箱走街串巷，到各家各户进行流动投票。

大鹏悄悄地从主席台的一侧溜到了后面，单独叮嘱了一帮小伙子，让他们跟着流动票箱的工作人员，远远地跟着，不要到跟前。你如果到跟前，人家就说你干扰选举，这事就麻烦了。也可以骑着摩托车走过来走过去地观察，营造气氛，制造压力，总而言之，尽量地让每家每户把我们想选的人选上。

就这样，整个选举过程一直持续到晚上七八点钟，月上柳梢，挑灯夜战，总之，选不出人来不能结束。接下来的事情就非常地顺理成章了，大鹏以高票当选为村民委员会的主任，王胜利和竹花当选为村委会委员。

计票结束以后，大鹏借着闪闪烁烁的灯光，老远就看见赵荣进一个人没精打采地从会场里往外走。大鹏就把赵荣进喊住："别走啊，今天晚上咱和乡里来的人一起吃个饭吧？这么晚了，大家还没吃饭呢。"

赵荣进回了回头，尴尬地笑了笑，说："我回家拿点东西，吃饭就不必了，再说乡里头有工作要求，选举期间一律不允许请客。"

说到这里，在村里监督选举工作的副乡长刘赫森接着说："不能聚餐，这是乡里头定的纪律，咱不能因为换届选举有了新同志而违反了规定，那就麻烦了，各人回家吃饭就行了。抓紧把相关的材料准备一下，马上给乡里报过去。"

赵荣进回到家里，一头就插在了床上的被窝里，心里那个窝囊劲儿就甭提了，他自己也知道，昨天晚上，让大鹏给玩了阴的了。

第六十三章

曲玲玲到齐邹县当副县长的事情，是在全县的领导干部会议上公布的。随后县人大常委会就进行了必要的选举程序，正式任命曲玲玲担任了副县长，在县里分管了文教卫生和计划生育工作。

文化馆的馆长老李不知从哪里得知了一个消息，朱丽英和刚来的分管副县长曲玲玲是大学的同学，于是就拼命地往文化局打报告，文化局党组经研究决定提拔朱丽英担任了文化馆的副馆长。文化局局长就问老李："你这次推荐朱丽英担任文化馆的副馆长，为啥这么积极？"老李说："朱丽英有资源，往县里要点资金、跑个项目什么的，比咱们近便多了。"

朱丽英担任文化馆副馆长的当天晚上，就请文化馆的老李，并且约了文化局的局长和副局长到家里吃饭。让他们感到惊奇的是，分管文教卫生的副县长曲玲玲竟然在朱丽英家里，并且坐在主陪的位置上。

这一下子他们都知道，曲玲玲跟朱丽英的关系确实是非常不一般，外界的说法，并不是无稽之谈。

当天晚上喝酒的工夫，"当当当"地门响了，朱丽英开门一看，原来是她的同学、醴泉乡常山管区的书记王前进来到了她的家里。正好赶上了酒局，王前进也没怎么客气，就拿了个凳子坐在一起喝起酒来。因为王前进和朱丽英是初中同学关系，打小就在一个村住着，并且两个人是非常地要好。

这样的场合喝起酒来就非常热闹了。有县里的领导，有局里的领导，还有文化馆的文艺专家，还有乡镇的干部，五花八门，语言丰富多彩。

年龄大了又落选了的赵荣进，这一次窝囊得够呛。手里的权力就这样冷不丁地被大鹏夺了过去，这个窝囊气还真的是咽不下去。但是，又没有别的办法，是老百姓和村里的党员选举出来的。自己窝在家里根本就不愿意出门。

这天上午，刘赫森给赵荣进打了个电话，说："待会儿我们几个上你那儿去坐坐。"

赵荣进接完电话就赶紧穿好衣服，把房间里的卫生稍微整理了一下，插上了电水壶，烧了一壶水。收拾完这些的工夫，就看见大鹏领着乡党委副书记刘赫森来到了他的家里。赵荣进看见大鹏心里虽然别扭，但是没有办法，毕竟是人家大鹏现在主持着村里的工作，无论在一些语言上、面子上都说得过去。他就赶紧赔着笑脸说："来吧，进屋里坐。"

房间的正当中，放了一张一米多见方的木头方桌，四周是一圈马扎。就这样，几个人坐在马扎上，冲上了茶水，边说话边在那里喝茶。

已经担任了乡党委副书记的刘赫森就对赵荣进说："甭管咋说，这次选举，你高风亮节，把机会让给了年轻人，让年轻人锻炼锻炼。你在会上也主动宣布，因为年龄大了退出村里的领导岗位，这件事情上群众和乡里的领导对你的评价是非常高啊。"

赵荣进心知肚明，嘴上也顺坡下驴地说："年龄大了，干不动了，就得让年轻的同志多锻炼锻炼，把机会让给年轻人，我们就应该做好传帮带的工作。"

大鹏是个聪明人，知道赵荣进心里不痛快，不能呛着他，得穿靴戴帽地捧着点才行，就当即表态，说："今天来呢，一个是刘赫森书记代表乡党委来传达一个意思，我已经找了刘书记好几次了，就是解决你的退休问题。光荣退休，这个是政治待遇，将来我会在党员大会上，进行一个说明。现在就是等乡党委的一个批复，这是一件事情。你对这件事情还有什么看法，还算满意吧？"

赵荣进这几天正琢磨着要去乡里头解决退休的问题。自己在村里干了将近三十年，虽然说干了两届的支部委员，但是，其他的时间除了当村委主任就是支部书记，基本上在村里都是担任主要职务，应该给予他退休待遇。他随即问道："那我这退休是按多少年的工龄计算呢？"

大鹏就说："你担任村委委员按副职算干了多少年，然后村委主任当了多少年，支部书记当了多少年，这个县委组织部都有规定，到时候，计算好了，统一给你一个说法。还有补贴，按照县里的规定，应该给你多少就给你多少，这个你放心就行了。村里头没钱，乡里头没钱，我自己拿钱，也得把你的退休问题给你解决好。"

听到这里，赵荣进有了几分放心，就说："这样的话，我就不用管了，就等着你和乡里的领导帮我解决吧！我也不用去乡里头找了，我也不单独再找你了，大鹏。"

"不用找我，到时候我找你就行了。"大鹏痛痛快快地说。

刘赫森也当即表态："就是按大鹏书记说的这个意见，乡里头正在安排专人给你查你的工龄，计算好了以后再同你对头，你确认好了给你办理退休手续，到时候还给你发一个光荣退休的证书呢！咱得喝点酒祝贺祝贺啊！"

赵荣进这时候也露出了笑脸，说："那是，得祝贺祝贺。我这六十的小老头了，光荣退休，还给我这么高的荣誉，我应该请客。"

刘赫森也打着哈哈说："请客？不用你请客，让大鹏请，谁让他是你培养的干部，接了你的班呢。"

大鹏接着表态，说："对对对，我请。"

话说到这个程度，大家心里头都比较亮堂了，赵荣进也觉得气顺了不少，就对刘赫森和大鹏说："今天中午我报点菜，咱在家里吃呢，还是到外面饭店里头？我请大家吃饭。"

刘赫森说:"不用着急吃饭,今天还有一件事情让大鹏给你说一下,你考虑考虑。"

"说吧。"赵荣进觉得自己反正是已经退休了,"你有啥事尽管说,正好我愁着没地方说话呢。"

大鹏从随身携带的提包里头拿出来一张纸,递给赵荣进,让赵荣进看一下。赵荣进仔细地看完,抬起头,眼睛睁得大大的,对着大鹏说:"这事儿,这样合适吗?"

大鹏一脸诚恳的表情,对赵荣进说:"合适,你考虑一下吧。"

小穆到县公交公司开公共汽车的事情也说妥了,每月三千多块钱工资,还给他办理了养老保险和意外保险什么的。小穆上了班以后,感觉到非常轻松愉悦。因为这一下子不用自己操心了,那时加油,修车,驾驶员的工资,开支多少,能赚多少,都得精打细算,还有平常又是去交养路费,又是这费用那费用的,都是一笔不小的开支。这下好了,省了老多的麻烦。现在上班就是按时开着车到公交公司,领了车钥匙,把车打扫干净了,然后定点出车。下午的时候,按时收车,把车放在公交公司院子里,就妥当了。中间的操作,完全按照操作规程来进行,车子到站点,该上车的上车,该下车的下车,一切都是顺风顺水,风平浪静。这让老穆也省了不少的心。

第六十四章

大鹏递给赵荣进的这张纸上到底写了什么东西,让赵荣进表情是这样的惊愕?

原来大鹏给赵荣进的这张纸,是招聘赵荣进到他的厂里办公室工作的一份待遇合同。因为赵荣进在村里退休了,大鹏准备把赵荣进聘到他的工厂里头给他当办公室的顾问。上级来人或者有会议任务和观摩任务什么的,让他给做一些工作,大鹏每个月付给赵荣进三千块钱。这一下子,让赵荣进有点措手不及。他自己怎么也没想到,都退休了还值这么多钱,就一个劲儿地对大鹏说:"这样做合适吗?"

大鹏态度诚恳地邀请赵荣进,说:"不管咋说,我知道,这次选举,我当选了,你可能心里有点不痛快,咱爷俩呢,没有说不过去的事。咱现在当着刘书记的面把这事说清楚,党员和群众他们支持我一把,让我干这个书记,也是因为您年龄大了，把这个岗位让给我，我感你的恩。为了表达我对你的诚意，我给你提供一个岗位，也算是你到我厂里来给我帮忙，拿一点报酬也是应该的。"

刘赫森一看，这时候苗头很好，气氛非常融洽，就推波助澜地说："赵书记，你觉得大鹏这个法子，对你还有什么说不过去的事儿吗？"

赵荣进心里头非常感激，就说："哎呀，这样可太好了，这真得谢谢你俩啊！"

说到这里，大鹏站起来和刘赫森说："咱这样吧，让赵书记考虑一下，如果行呢，明天就去厂里上班，如果不行呢，你就给我打个电话说一声。"

刘赫森一个劲儿地给他俩往好处说和，就说："没啥不行的，老赵，我看这事咱就这样吧，你明天准备一下，就到大鹏轧钢厂里去上班。"

到了这个时候，老谋深算的赵荣进还想玩一把欲擒故纵。他就装作思考了一会儿，说："这事我得等孩子回来跟他商量一下，看他同意不同意。"

刘赫森在一旁笑了笑，说："他的意见你就甭管了，我已经跟他谈好了，为什么你刚才说要准备在这吃饭我没答应呢，你儿子早在饭店里给我们安排好饭了。今天晚上我们去跟他喝酒，你如果没事咱就一块去，你儿子已经同意了。"

赵荣进说："那我就甭说别的了，明天我看一下，如果家里没啥事，我就到你厂里去，我能干得了我就干，干不了你也别太勉强。"

大鹏笑了笑，说："好了，那咱明天见吧。"

回去的路上，刘赫森对开着车的大鹏说："你今天看见了没有？姜还是老的辣。老赵这老狐狸，心里头恨得牙根儿痒痒，但是，人家表面就是一副乐呵呵的样子，让你猜不透他心里到底咋想的。你小子还真得和他好好相处，让他逐渐地把以前的一些小疙瘩解开，这样你工作才好干。如果他怀恨在心，在心里还是放不下，这个书记，也够你小子干的。他虽然上了年龄，你以为是虎老了不吃人了，但是，这个时候，他是最贪恋这个权力的，他能心甘情愿地放弃了吗？是你小子把人家逼得辞的职，不是人家心甘情愿辞的。"

大鹏一边开着车，一边和刘赫森开玩笑，说："刘书记，你说赵荣进这个老狐狸心眼儿多，你琢磨琢磨，一个人让别人看出他心眼儿多了，那还叫心眼儿多吗？真正有城府、心眼儿多的人，是玩了心眼儿，还让别人看不出他心眼儿多，认为他实在，这才是高手啊。"

刘赫森一听大鹏这通绕口令式的体会，就说："啊，甭管咋说，你好好地对待赵荣进，你村里就能安稳，你别以为他退休了，他也有他的市场，毕竟干了这么多年了。"

"知道，我肯定会对他好好的，我这不是让他到厂里给我帮忙，说是帮忙，你还不知道吗？他会啥呀？除了会喝酒，他能干得了啥工作呀？我让他到我厂里来的目的：一来呢，是给我帮帮忙，来人接待迎来送往的，我给他开点工资；二来呢，我也把他给看住，省得他到处乱跑给我惹麻烦，我是这么个想法。"

刘赫森想了想，说："你小子想得不错，得好好地拢住他，好自为之吧！"

王胜利虽然进了村委班子，但是，他实际的身份还是在大鹏的轧钢厂里当着分厂的厂长。他主要的时间和精力还是在厂里。说白了，村里的决策还是大鹏一个人说了算，王胜利端着大鹏的饭碗，对大鹏的决定自然是言听计从。

大鹏新官上任的三把火，头一把就是把村里的变电室里的旧变压器给更换了。因为原先的变压器是 125 万伏的，明显不能满足村里的日常生活用电需要。大鹏就从自己厂里拿出来二十万块钱，买了一台新的 250 万伏的变压器，给村里换上。就这样，家家户户买冰箱的，买洗衣机的，换新电视的，用电都没有问题了。绝对不会出现晚上吃饭的时候，因为电力负荷过大，正用电的时候就跳闸的情况。村里的老百姓对大鹏的看法是越来越好。

孙子宝虽然没有进村两委，但是，竹花还是担任着村妇联主任，并且这次顺利地进了村委班子，比原先的位置更加牢固了。

这天晚上，竹花思来想去，总觉得这次换届选举没给赵荣进出力，弄得她跟赵荣进的关系有点紧张，至少赵荣进觉得面子上很不好看。她就和孙子宝说："咱俩上老赵家去坐坐吧。"

孙子宝说："咱吃了饭去吧，吃了饭从咱厂里给他拿箱酒，去坐一坐。"

竹花说："行。"

俩人在家吃完了饭，孙子宝开着车放上了一箱梁州大曲，就到了赵荣进家里。

这时赵荣进正好在吃晚饭，刚满上了一杯白酒，桌子上有几碟炒菜，还有一盘猪耳朵。

赵荣进一看他俩进了家门，还放下了一箱白酒，就笑眯眯地招呼两人到桌子跟前坐下，和孙子宝说："正好我刚满上酒，想喝点酒，还没人陪，我儿子刚从乡里下班回来，说是又要回去开会，看见没人陪我喝酒，就想陪我喝一杯，喝了酒开车我也不放心。正好你俩来了，让孙子宝陪我喝点。"

孙子宝就赶紧说："我吃了饭了，我俩过来坐坐，老长时间没过来了，寻思你这段时间怎么样啊，心里头也老惦记着。"

赵荣进说："没事，我好着呢。哎呀，别说废话了，抓紧过来坐吧。"

孙子宝看了看竹花，两人拿了两个马扎就坐在了桌子跟前，赵荣进就抢着给孙子宝满酒。

竹花看了一眼孙子宝，说："哎呀，你还喝吗？你还开着车，待会咱得到厂里值夜班。"

孙子宝就赶紧推辞，说："不行，我得开车呢。"

赵荣进一看是竹花给他插了一杠子，不让孙子宝喝，就冲着竹花一瞪眼，说："咋了？我这不干书记了，还说了不算咋的，让孙子宝陪我喝一杯还不行吗？"

竹花一看，也没有办法了，就说："喝吧，喝吧。"

说着话的工夫，一杯白酒就下了肚，孙子宝脸上热辣辣的。竹花就赶紧叫停，说："哎呀，你俩喝一杯就行了，别再喝了。"

这时，赵荣进又拿起了酒瓶子，给孙子宝往杯里倒。孙子宝赶紧捂住酒杯，说："哎哟，不能喝了，我还得回去值班呢。"

赵荣进说："咋的，嫌我这酒不好吗？你不是拿梁州大曲来了吗，要不咱喝你的酒？"

孙子宝一看，本来是送给赵荣进一箱子酒的，如果当着他的面拆开了，就显得不好了，还是得喝赵荣进家里的酒。

没有办法，孙子宝就又满上了一杯。两人有一搭没一搭地说着话，竹花就跟赵荣进的媳妇儿在一旁唠着闲嗑。

赵荣进的媳妇儿连讽带刺地对竹花说："这下你行了，又是村干部，又是妇联主任，在村里成了大干部了，以后俺家老头子又没权力又没势的，得指望你罩着他呢。"

竹花一听，明显是在讽刺她，就说："本来俺就是来看看老叔，我是在他手下培养起来的，我能不听他的吗？他甭说不干书记了，他就是啥事也不管了，我也得有事再找他问一问，请示请示，让他帮我出点子呢。"

赵荣进的媳妇儿一听，竹花说的话是好听，就没头没脑地说了一句："你说得好听啊，说是啥事还得问问他，你跟俺家老赵是一个心眼吗？关键的时候你不是叛变了吗？如果不是你在这次选举里头投降了，大鹏他能这么顺利地当选吗？你还有点良心吗？"

赵荣进一听媳妇儿的话，虽然说的是个正理儿，也是自己想说的，但是，在心里藏着行，自己在家里唠叨两句也可以，放在桌面上是千万不能这么说的。他就赶紧把他的媳妇儿叫停："你这是说的啥话呀？那是群众的意愿，他们愿选谁就选谁，他们有他们的主意，你咋能这样说竹花呢？"

媳妇儿听赵荣进批评她，就生气地一扔筷子回屋去了。赵荣进赶紧招呼孙子宝说："咱喝咱的酒，你甭管她，为了这点事，她唠唠叨叨好几天了，没事，不影响咱爷俩喝酒。"

孙子宝一看，酒也没法往下喝了，就跟赵荣进说："这样吧四叔，咱爷俩喝了这杯酒，我也得回去值班了，以后有啥事呢，你给我打电话，我就马上过来，有啥困难，你说就行。"

赵荣进就客气地说："没啥事儿，咱还是好爷们儿，有啥事儿咱还是多商量商量。"

从赵荣进家出来的时候，竹花和孙子宝一路上嘟嘟囔囔地说个不停。竹花就对孙子宝说："你看看，你看见这个结局了吧？实际上，今天晚上就不应该去，你看他对咱俩的意见多深啊！"孙子宝说："你今天不去，明天不去，你早晚得有这么一回。你说他落选了，咱可不能不去看看他呀。原先的时候，咱入党指望人家，咱办酒厂征地啥的，也指望人家，厂子里出了啥事也让人家给咱跑，咱不能忘了人家的本，人家对咱批评两句，说两句，咱也得受着。"

竹花说："是啊，咱其实想的也没错呀，就是因为他年龄大了，肯定选不上了。你说咱俩再投他的票吧，如果他当选不了，咱又没投人家大鹏的票，咱在大鹏那里也是赚个王八蛋，那样就是两头都不落好了。这样，虽然赵荣进对咱临时有点看法，但是，大鹏那边咱把家里的票都投了他了，至少大鹏对咱还是没有别的想法。这个办法就是至少两头着一头了。"

孙子宝说："你傻呀，你认为大鹏是个傻瓜吗？他在这关键时候能把赵荣进拉下马，他就不是一般的人。你就不会用脑子想一想，你原先是赵荣进班子的成员，今天跟着人家干，明天跟着人家干，啥事都找人家做，别人都认为，你肯定是赵荣进的人，你说这关键时候，你冷不丁地投靠了大鹏，大鹏他对你的人品就那么满意吗？他就那么把你当成自己人了？他肯定认为你是见风使舵，到了关键时候你看出了门道，要知道赵荣进大势已去了，你才投奔了他。你以为我平常不跟你说，我就不懂这个吗？"

听了孙子宝这一番话，竹花大吃一惊。她根本就没想到，平常窝窝囊囊唯唯诺诺的男人，还有这么一套理论。她原先的时候，就以为孙子宝只是在厂里头没白没黑地干活、为她挣钱的这么一个工具，还真没想到他能把村里各家的门道都看得这么清楚。

想到这里，竹花就问孙子宝："你说得这么明白，你这么有脑子，你说，下一步该怎么办啊？"

"傻了是不是？"孙子宝说，"你不分析一下，现在村里的班子一共几个人？大鹏是书记兼村主任，周一本是副书记，你和王胜利是委员，人家王胜利还当选为支部委员，就你自己是村委委员。王胜利你还没看出来吗？他在大鹏厂里担任的是分厂厂长，每个月的工资就是大鹏给他发的，端的是大鹏的饭碗，能不死活跟大鹏是一伙吗？周一本虽然是副书记，是赵荣进原先的班子成员，但是，周一本是王胜利的弟弟王前进的岳父，他能不和大鹏是一伙的吗？人家都有利益关系和亲戚关系，他们本身就是一个圈子的人。那么就剩下你自己，咱是干自己的企业，干自己的买卖，咱和人家大鹏根本就不相连。人家干轧钢厂，咱干的是白酒厂，根本不相关的企业。平常咱和人家也没啥交集，这次人家把你拉上让你当村委委员，一个是原先你当着村干部；另一个是，班子里头必须有个女同志。再说，你的家族也大，你如果投靠了他，他把你拉过去，显得他也有水平、有威信。这班子里头的四个成员，就你自己是外人。你还没看出这里头的门道吗？"

听君一席话，胜读十年书。

孙子宝的这一番透彻的分析，让竹花还真的是倒吸了一口凉气。因为原先的时候，大鹏也是想着必须得把竹花拿下，因为她就是赵荣进班子的核心成员。其实大鹏想的真是没错，她在赵荣进的班子里头说话真的是管用，有时候赵荣进还得看她的脸色，她在这个班子里头沾了不少的光。但是，现在她的靠山和背景消失了，新班子里头她是一个另类。竹花的那种失落感、焦虑感、孤独感，"呼"的一下子就涌上了心头。

"那下一步该怎么办呢？"竹花听了之后，一筹莫展。

孙子宝说："女人就是女人，怎么办？咱能有别的啥办法呀？现在大鹏刚组建了班子，他现在需要的不是钱也不是物，他企业干这么多年，咱乡里就数他的厂子最大，他还差钱吗？他现在缺少的就是支持！就是坚定支持他的人。你这么办：一个是你在这个班子里头不能像以前一样了，你得收敛着点，说话得注意点，干工作认认真真，多跑腿儿，少说话。他在会上一安排工作，你马上表示同意。他在班子里头征求意见要求举手的时候，你就第一个先举手，坚定地表示支持。这是一个办法；第二个办法，就是抽时间约着大鹏到咱家来吃个饭，跟他交交心。以后呢，多在一起交流交流，沟通沟通，这样才能赢得人家对你的信任，你的工作才能干得舒心，才能干得快乐，才能干得长久，才能干得稳当。"

竹花听了丈夫孙子宝的话，一个劲儿地佩服，说："对对对，你说得对。咱这么着，最近这几天村里挺忙的，过几天，我看大鹏要是不忙的话，我就约他来咱家吃个饭，喝点酒。咱又不是没有好酒，到时候你和他好好地喝点。"

竹花有竹花的想法，听孙子宝给她把情况分析得这么到位，竹花的想法也油然而生：既然自己能把叱咤风云的赵荣进拿下，我就不信，这样的办法再拿下大鹏还有什么困难。想到这里，她就对丈夫孙子宝说："你也不用着急，你沉住气，慢慢地我就会把工作顺当好，你放心就行。"

第六十五章

赵荣进的儿子赵一鸣在镇上担任管区书记，也有三四年的时间了，工作上干得勤勤恳恳，任劳任怨，也算是在一个地方干出了一点名堂。再加上赵一鸣自己还干着一个废铁屑打包厂，给大鹏和周边的几个企业送原材料，所以，私下里没看出赵一鸣和大鹏有什么矛盾。反倒是平常的时候，两个人还会在一起吃吃喝喝，坐在一个场合上有说有笑，谈天说地。

乡镇政府的换届选举，是非常敏感的，县委组织部在调查的时候就发现，有几个乡镇的管区书记在农村影响比较大，有的甚至先后干过两个管区的书记。如果这些人私下里操纵选举，想当个副乡长的话，很容易就能选上，这是违反组织纪律的做法。县委组织部就决定，把这些有危险倾向的管区书记做一下交流。

赵一鸣就不知不觉地交流到了邻乡鹤鸣镇，继续担任一个管区的书记。这样一来，赵一鸣刚到一个新地方，对这里的风土人情，根本就不熟悉，没有人脉和资源，所以，他在这个地方再操纵什么选举，是不会弄出名堂来的，他把自己的工作熟悉了就不错了。结果就是赵一鸣原先所在的管区，也就是自己老家所在村的管区，再有多少同学朋友，也没有什么意义了，他连这个地方的选民都不是了，根本就没有选举权和被选举权了，所以说，再想当什么官儿根本就是天方夜谭。唯一的选择，只能在新的地方踏踏实实地干好自己的工作。

　　这对于赵荣进来说简直是一个新的开始。他本来以为自己不担任村支部书记了，地头蛇的优势没有了，就盼着儿子在乡政府干出点名堂，不仅能给他光宗耀祖，还能有个靠山。这下儿子交流到了其他的乡镇，担任一般的同职干部了，自己只能规规矩矩。老老实实在大鹏厂里头赚点工资，继续维持着自己的脸面和人脉。

　　县委组织部组织了一个培训班，对新任村党组织负责人和新调任的管区书记，进行党性教育和集中培训，培训的地点就在县委党校。这个培训班政治要求非常高，一律住在学校，不允许回村，上课的时候点名，培训结束后，还要写出总结和体会。

　　工商局的副局长严正尚听说大鹏到县里学习了，又加上他当选了村书记，所以在大鹏去县里学习的当天晚上，给他打了个电话，说："这两天，你哪天晚上有空，咱一块吃个饭，一来给你表示一下祝贺；二来呢，你在县城里学习，我要给你接个风。"

　　大鹏说："我得看一下学校的要求，如果不让我们出来吃饭的话，我们就得规规矩矩的，按学校的纪律要求就餐。我刚干这个村书记，如果违反了工作纪律，那肯定是要受处分的，那可不得了，我在乡里头和村里还怎么干啊？我现在刚上任，还没什么威信，我得把自身做得正正当当才行。"

　　严局长说："那好吧，我等你的电话，你什么时候有空，能够出来吃饭，你就给我发个短信或者是打个电话，我就安排好。其他的人呢，你负责约。"

　　大鹏说："好的，我再看看参加这次培训的还有熟人没有，如果有的话，我也约着他们一块出去吃个饭。如果不允许的话，我也给你发个短信。"

　　第二天党校开课，大鹏就发现赵一鸣也参加了这个培训班。在上课的间隙，大鹏就问赵一鸣："你这次这样算是交流到了鹤鸣镇，提拔了没有啊？这次来培训，是不是干组织委员了？"

　　赵一鸣说："哪呢？还是干管区书记，在会仙管区干管区书记。"

　　"这样离提拔也很快了，你到了鹤鸣镇工作，你那个厂子谁干了？"

　　"我去年就承包给俺姐夫了，让姐夫拾掇着厂里的事儿，每年他给我交点承包费就行了。因为那厂子和设备都是我投的资，这几年，好不容易把贷款给还上，还没见收成呢。现在干企业也不是啥好活儿，挣钱也不像以前那样好挣了。"

　　"对对对，这个办法就不错，你把厂子包出去，这样也省心，你能集中精力在新单位干工作。要不然你两头牵扯着，哪一头也干不好。"

赵一鸣从口袋里掏出一根香烟递给大鹏。大鹏说："我不抽烟。"赵一鸣就自己点上烟慢吞吞地抽着。大鹏就问他："今天晚上有没有说咱这班不能出去吃饭？刚才一个老朋友说，今天晚上让咱出去喝点酒。"

"没说呢，"赵一鸣说，"这个得待会儿问一下，要不学校晚上查岗的话，找不到我们，也是很麻烦的。组织部本身搞活动，要求就非常高，还是问好了再说吧！"

两人正有一搭没一搭地说着话，正好县委组织部组织科的科长，拿着准备在课堂上发的材料经过他俩。大鹏就问："孙科长，晚上我们住下的学员能不能出去吃个饭？我这边有一个亲戚，是一个长辈，我寻思着来到县城了，晚上想到他那里去坐一坐，和他一起吃个饭。"

孙科长就对他说："你去行是行，但是，不允许喝酒。晚上还得按点回来，要求是九点以前，最晚十点，必须要到宿舍休息，我们要按时查岗。如果到时候回不来，就要通报批评。你可知道，组织部的通报批评，可不是闹着玩儿的。"

"行行行。"大鹏说，"我们很快就会回来，晚上我和一鸣出去一趟，我就等于向你请假了啊。"

说完，上课铃响了，老师往教室门口走去。大鹏赶紧到教室里坐在自己的座位上，用手机给严局长发了一条短信："晚上见"。

被大鹏招到厂里工作的赵荣进，从支部书记的岗位上退下来，往年神经紧张，工作的弦每天绷得紧紧的，连轴转的日子一结束，才觉得浑身非常疲劳。到了大鹏厂里，大鹏安排他负责来人接待，聊聊天。再就是有时间的时候，到厂里督查一下各车间的管理人员上班情况。说白了，就是给赵荣进安排了愿意干就有活干，不愿意干就没事干的这样一个闲差事。总之，大鹏每月给他发点工资，把赵荣进安顿下来，让他别在村里上蹿下跳的。这对于年龄已到六十的赵荣进来说，也确实是一个最好的归宿。

赵荣进没事就到车间里头跟那些车间主任和分厂的厂长闲聊。车间主任和分厂长他们都忙得很，乱七八糟的事务很多。但是，赵荣进担任着一个督察的职责，又怕他给写在小本本上，向大鹏汇报，让大鹏扣他的奖金和工资，所以各分厂的厂长也都怕赵荣进三分。尽管这样，赵荣进在巡查的时候，还是能听到一些厂长，在背地里说大鹏又是怎么样发福利发得少，又是怎么样延长工作时间，工人们累得不得了。赵荣进心里就暗暗琢磨：原来在厂里头意见不是那么完全统一，也不是都和大鹏一股劲儿，敢情在厂里头的职工，他们也都有自己的小算盘。

一开始的时候，赵荣进发现了苗头，就跟分厂的厂长和职工同志们正面地交流和启发他们，要求他们和企业保持一个想法，心往一处想，劲往一处使。毕竟端着谁家的碗，就服着谁家管。这么容易拿着大鹏的工资，从他干了这么多年村干部的素质来讲，他还是非常顾全大局，维护这个企业集体形象的。

时间一长了，分厂的厂长们和赵荣进交流得多了，发现赵荣进也想和这些年富力强的厂长们处理好关系，分厂的厂长们也都把自己心里的话跟赵荣进说。

有一天，轧钢分厂的厂长李新国上班后，灰头土脸地在车间里指挥装卸钢坯。赵荣进戴着安全帽到了轧钢分厂，正好李新国安排完了装卸钢坯的东西，回到他的用玻璃和铝合金做成的一间隔板房里头。刚坐到办公室里喝了一口水，赵荣进走了进来，笑眯眯地说："刚才我看见你在车间里头，还真是忙活得不轻。"

李新国又忙又累，正在气头上，就发牢骚说："本来这批货傍晚才发货，你说这个大鹏，非让今天中午以前就必须把它装上发走，逼得我们这些一线工人，为了干完加班加点。那个开行吊的师傅，今天早上五点就到了车间里头，你说这不要人命吗？这真的是为了赚钱不要命了。"

赵荣进顺坡下驴地说："可不是，有时候大鹏还真的是不管这些职工的死活，这么个干法，单纯地追求企业效益，不让职工休息好，还真的不行，出了问题就麻烦了。"

李新国见赵荣进和他说的话是一个频率，就对赵荣进边捧边吹地说："你在村里当了一辈子村书记，你咋给他来干这活呀？我听说这小子在背后玩阴的，把你给拱下去了。"

赵荣进一听李新国是拿自己不当外人，就故作高深地说："哎呀，也不能这么说，他愿意干就让他干吧！反正农村干部也不是那么好干的。"

李新国说："那事不能这么说呀，你干得好好的，在村里的威信这么高，大鹏就是有点钱，他使坏背地里捣了鬼，把你给弄下去，这口气你就能咽得下去？"

说到这里，赵荣进觉得扯得有点远了，就赶紧把李新国叫停："你可别这么说啊，咱都是拿着人家大鹏的钱，咱们赚的钱都是人家大鹏给发的。你在厂里头还担任着分厂的厂长，怎么能和大鹏不一条心呢？你这个想法可是非常危险啊！你说的这些话只限于我自己知道，别人可千万不能说了啊，要是让大鹏知道了，他非把你给开了不可，把你饭碗给砸了！"

李新国说："我也就是跟你说说，我替你打个抱个平。"

"别，你别替我考虑了，我现在这状态挺好的。"赵荣进说完，抬起身来就往外走，边走边说，"以后这话不能说了啊，千万记住。"

第六十六章

商厦的职工宿舍区的房子盖好了，每家每户都去结算房子款。商业局局长苗小超就觉得，这几年商业公司赚钱也不少，再加上还有县里不少的领导在这里居住，又是面向内部职工建的宿舍楼，就觉得可以用这几年商业运转结余的资金，垫付土地使用转让金或者是工程款什么的。总之，就是给住房子的出点钱，让职工得到一点实惠。

对于这个主意，买房子的人是非常赞成的，县里的几位领导也跟着沾光，没人不同意。刚到齐邹县当副县长的曲玲玲，也在商业局局长苗小超的安排下，以职工的价格从这个小区买了房子。但是这样的做法，不能一个人说了算。苗局长就决定找几个副局长开一个办公会商量一下，定下来以后，做一个会议纪要放到局里的档案里头。就说是土地转让金因为是局里的商业用地指标，不用再另外拿钱了。等于把这块钱让利给了买房子的职工，这样每家每户就省了三四万块钱，让买房子的职工感觉到大大的优惠。

身为副局长兼商业大厦总经理的牛兵，在向买房子的职工讲述这件事情的时候，职工们是一阵欢呼雀跃。牛兵就要求他们说："这件事情对外不要宣传，因为大家有买房子的，也有没买房子的，没买房子的就享受不到这个优惠，享受不到这个优惠，他们就会有攀比的想法。这个也怨不得别人，政策都是一样的，房子大家都可以买，只是有的人买了，有的因为种种原因没买。没买的在这件事情上就不要攀比了，将来再建房子的时候，或者再有什么政策的时候，还会给大家创造条件，让大家得到更大的实惠。"

但是，这样的情况问题就出来了，让利给本单位的职工和县里的领导，包括乡镇的书记、乡长从这里买房子的，也享受这样的优惠，还有一个就是像大鹏这样的企业老板，也通过这样那样的关系从这买房子了，那怎么掌握呢？

意见也出来了，后来商业局开局长办公会，统一了意见：甭管是谁买的房子，买房子都是顶本单位职工的名字，所以，政策都是一样的。每套房子都有优惠，但是，顶本单位职工名字购买的，外单位的职工，要把这块优惠给本单位的职工。也就是说没买房子，给别人顶了名的能赚到三万块钱。这样的意见，对于大鹏这些外单位的职工跟着本单位职工买房子的也觉得沾了光，就痛痛快快地给顶名字的三万块钱。

接着，房子的分配成了问题，那么谁先挑选房子呢？刚开始的时候，局里研究的意见就是局长、副局长、股长，按照职务来分。首先有一个加分项：局长加五分，副局长加三分，股长加二分，一般的职工就没有加分；另外再按照工龄，每一年加一分，比如说二十年就加二十分。这样的话，按照得分多少的顺序来挑选房子。

问题又出来了，那么外单位的人来买房子的也得有本单位的人跟着打分，然后再跟着挑房子。就这样，有的职工嘟嘟囔囔地说："凭啥局长就得多加五分，咋不多加十分呢？有些老职工还不如一个副局长呢！"不管咋说，没有绝对合理的事情，后来就决定了，就是按这样的办法来分。

分完房子的每家每户在表上签字以后，房子的钥匙就陆续下发了，房子的合同也在房管局备了案，就这样，想住房的就可以进行装修入住了。

在党校进修的大鹏和赵一鸣，应工商局严局长的邀请出来就餐。大鹏就给小柔打电话，让小柔也到酒店里陪他吃饭。

晚上吃饭的时候，打扮得花枝招展的小柔非常惹人关注。令人想不到的是，工商局严局长也约了局里的一个同事，一个年轻漂亮的女孩子，陪着过去吃饭。同时参加场合的还有严局长的其他同事，一共七八个人。热热闹闹的一个晚宴就拉开了序幕。

酒过三巡以后，没轻没重的玩笑就开始了。严局长说："今天晚上，我得单独跟小柔干一杯，这两年，大鹏这企业干得不错，人也精神，得亏了小柔照顾得这么好，我得替俺兄弟谢谢你呀！"

小柔端起了酒杯，扭了扭腰肢就到了严局长的跟前，说："哪能这么说呢，大鹏哥干的事业这么成功，有你和各级领导的帮助，才使厂子干得这么顺利。今年大鹏哥也当了村里的书记，还不是托你的福吗？"这话让严局长听着非常顺耳，就和小柔轻轻地碰了碰杯，然后"嗞喽"一下子就喝了一大口。严局长喝得脸色涨红，眼神也变得迷离起来，伸手就轻轻地碰了碰小柔的脸颊。就在这时候，严局长跟前的那个女同事站起来，轻轻地拽了拽严局长的胳膊，让他坐下："您坐着喝就行，别跟人家小姑娘这么动手动脚的。"

大鹏一看，这姑娘明显是吃醋了。他就站起来，也凑到跟前，和严局长说："来，我要跟您局里的这个美女喝一杯。"

就这样，剩下赵一鸣就跟工商局的其他同志忙着推杯换盏地表示。

酒场快散的时候，赵一鸣就提醒大鹏说："大鹏，咱在学习班可有要求啊，不让喝酒别喝多了，回去让辅导员逮住了，咱就麻烦了。少喝点，咱早一点回去，别出了洋相，这刚上任就出了洋相，你可吃不了兜着走。"

大鹏抬头看了看手表，一看时间也不早了，九点多了，就说："对，要求我们九点回宾馆住下，我们现在不能再喝了，抓紧吃饭吧！"就在这时，严局长带来的那个漂亮的女孩子端着酒杯走到大鹏跟前，轻轻地拍了拍大鹏的肩膀，说："大鹏老总啊，我跟你单独表示一下。"说着，她轻轻地趴在了大鹏的耳朵边说，"待会我给你留个电话。"

小柔转过头去看的工夫，那个美女对大鹏已经说完了这些话。大鹏说："好啊，以后有啥事的时候，我好麻烦您，你待会儿把电话给我，打到我手机上，我手机号码是13……"

那姑娘回头一看，见小柔两眼直勾勾地看着她，就撒娇似的对大鹏说："哟，你看看小柔姑娘这表情，是不是还不让给你打电话呀？咱就是一个朋友关系，没别的事。"说着就拿起了手机，又问了一遍大鹏："你的电话号码是多少？再说一遍，我打给你。"

这一通电话倒腾结束以后，菜饼就上来了，几个人抓紧吃饭。大鹏喝得也有点晕晕乎乎的，小柔就赶紧扶着他从电梯里下来，打了一辆出租车就往宾馆赶去。

大鹏和赵一鸣赶到酒店的时候，正赶上孙科长要到宾馆里查夜。孙科长老远看见了大鹏和赵一鸣要进宾馆，大鹏回头一看，也看见了孙科长，就抢着跟他说话。孙科长冲他摆了摆手，那意思是：你抓紧回你的房间去吧！你还以为我没看见你喝酒了吗？你快回去安安稳稳睡你的觉。大鹏一看孙科长的表情，就冲着孙科长抱了一下拳，心存感激地转身回宾馆房间了。

送完大鹏，小柔坐上出租车也赶紧往家奔去……

第六十七章

自打牛兵当了商业局的副局长以后，周华家里的日子确实是越来越好了。曲玲玲到县里担任了副县长，县委给她分工，负责文化旅游这方面的工作。曲玲玲就发现，齐邹县的南部山区有待开发，如果整合几家有钱的企业，把闲散的资金用到山区的民宿和旅游开发上，不仅能促进当地的经济发展，而且可以给当地人提供更多的就业机会。于是曲玲玲就整合她分管的经贸局、商业局、物资流通公司等几个单位的分管负责同志，到青岛、沂蒙山和卧牛山等民宿旅游开发比较好的地方去学习和参观。

商业局安排了牛兵去参加县里外出的这个考察活动。

这是一个周末。早晨六点钟，一辆大巴停在了县政府的门口，七八个县直单位的分管负责同志，手里提着包、拿着水杯和移动电话，陆陆续续地上了大巴。

县里给曲玲玲配了一辆工作用的帕萨特轿车，按原计划，曲玲玲坐在这辆轿车上，在大巴的前面打前站，联系前面相关的参观点。当然，联系参观点这些打电话的具体工作，是由县府办的一个副主任去做，也相当于给曲玲玲配了一个专职的秘书。曲玲玲因为刚到齐邹县工作，自己就觉得工作要务实一点，踏实一点。她就对县府办的副主任孙波说："我还是和大家一块坐大巴，你呢，坐在这个小车上联系，把前面那几个点按顺序计划好，我们争取两天的时间看完，晚上住在哪里，你可以提前安排好。"孙波说："我自己坐这个车也有点超标啊，要不你安排一个人，我和他一起坐这个车。"曲玲玲就说："行啊，让文化旅游办公室的朱丽英过来，跟你一块负责联系这件事吧。"

其实朱丽英和曲玲玲是同学关系，这事情大家都心知肚明。是曲玲玲把朱丽英从文化馆借调到县文化旅游开发办公室的，下一步的工作重点就是开发南部山区的民宿和文化旅游项目。

安排好了以后，曲玲玲就拿着她的手包和水杯，坐在了大巴的第一排座位。第一排座位前面有一个平台，平台下面是放矿泉水桶的一个箱子，上面能够放手机和水杯，在大巴里头就显得稍微方便一些。上了大巴，曲玲玲就对各局的分管局长打了个招呼，说："我陪大家一起，咱们一块坐大巴。"

局长们抢着跟曲县长打招呼，一场专门为了山区文化旅游开发的考察活动，正式地拉开了序幕。

车行在路上确实有点枯燥，几个分局长就和曲玲玲有一搭没一搭地说着话。经贸局的副局长曹凤友就对曲玲玲说："曲县长，咱这次去参观学习，像您是从省城来的人，对他们那个地方熟不熟啊？你去过没有啊？"

曲玲玲说："我曾经去过卧牛山那地方，那地方的山跟我们这个县里的山差不多，也是有山有水的地方，但是，他们在山里有平台的地方，建起了表演和演出歌舞的综合舞台。比如说蒙古族的舞蹈，还有少数民族的泼水节，非常有民族特色。大约二三十分钟的路程，就有这么一个地方，丰富多彩，特色鲜明，我们确实应该跟人家学习学习。在有水的地方，他们建起了风格特异的民宿，住起来非常方便。大家去看一下，在那里住一晚上是非常舒服的。我们齐邹县这个文化旅游发展的方向，就是得让来的游客，既能看得见山，看得见水，还能坐得下来。还有重要的一件事情，就是饮食服务要有特色，能吃上和其他地方不一样的东西，这可是一个大文章。我们把心思投到这一个方向上，才能有大的发展，有了大的发展，我们才会有大的收益，才会赚到钱，老百姓才能从我们的旅游开发里头得到好处，这才是我们最终的目的。"

说到这里，牛兵就插话说："你说的这个思路是非常好啊，曲县长，但是，我们经贸局和商务局这些局是搞经营的，有一些资金的储备是不错，但是，我们主要的任务是在流通方面发展，就这么冷不丁地把钱投入到这个文化旅游方面，合不合适啊？现在政策允许不允许？"

曲玲玲就对牛兵说："牛局长，就拿你们商业局来说吧，你们商业局有商业大厦等下属十好几家经营日常生活物资的经销企业，也就是说，大超市、大厦每年的收入都非常稳定和可观，那么，你们这些收入除了分红和给职工发放工资以外，结余的部分，你们既不能拿来吃了喝了，又不能买车，超标准用车更不行，那么这块闲着的资金怎么用呢？就得用于发展新的项目上。"

"你今天仔细看一下人家这边的文化旅游项目，你可以搞一个商业文旅综合服务中心，或者是一个民宿发展服务基地。那样的话，你商业的整体运作模式就出现新的亮点，就会在全省的商业系统里，亮出新思路、新方法、新动作，就会走在前头。同时，还能安排大量的职工进行就业和再就业，包括新招纳的一些年轻的职工，到我们新的文旅项目上来，这才是我们的发展方向。关键是我们也为社会作了贡献，给政府缓解了压力，现在就业形势这么紧张。反正把项目搞起来，只有好处没有坏处。"

这段话对牛兵的启发非常大。因为牛兵的人生经历就是这样的：身体经受伤害后，从一个普通的工人成了一个普通的保安、安全检查的工人，然后又承担了新的项目建设，一步一步地走到商厦总经理和商务局副局长这样一个岗位上。对建设项目的认识和重要性的考量，他比别的局领导考虑得要深，体会也深。只有项目才能发展，才能激活资源，才能使人才脱颖而出。

想到这里，牛兵就对曲玲玲说："曲县长，这个项目确实是可以考虑，咱今天先学习，到时候还真得论证一下。"

说到这里，曲玲玲的手机响了，是前面帕萨特上的朱丽英打过来的。说是到卧牛山还有十五分钟，卧牛山所在县的刘副县长，在卧牛山接待中心的门口等着接待曲县长，让曲县长心里有个数。

曲玲玲就说："咱一开始不是说不麻烦人家当地的领导嘛！大家都挺忙的。"朱丽英在电话里说："给那边县政府发了一个函，那边说是安排对等接待，你心里先有个数吧，把你的衣服整理一下，也和车上的同志们说一下。"

放下电话，曲玲玲就和车上的同志们打了个招呼："卧牛山的刘县长在前面等着接待我们，大家整理一下，准备进入工作状态。"

眼看着就到了卧牛山，山上人来人往，游客很多，老远就看见接待人员在那等着了。突然，牛兵的脸上滴下豆大的汗珠，随行的人员看见牛兵非常痛苦地捂着肚子，就赶紧问道："咋了牛局长？"

曲玲玲赶紧回过头来，看着满脸痛苦的牛兵，就一个劲地问："到底咋了这是？"牛兵捂着肚子咬着牙痛苦地说："哎呀，可能是阑尾炎又犯了，疼得厉害。"

车也到站了，接待的人员一下子就围了过来。曲玲玲简单地跟来人握了一下手，就说："车上有点紧急情况，我先处理一下。"当机立断地让帕萨特司机抓紧过来，把牛兵送到附近的医院去检查一下，并让同行的朱丽英陪着牛兵去看病。负责接待的刘县长也安排了当地的一个工作人员，陪同朱丽英和牛兵一起到医院进行检查。帕萨特车一溜烟地开走了，曲玲玲才和接待的刘县长接上了头，说："你看看，车刚到这里就出了这么一个状况，咱还是抓紧进入学习状态吧！"

负责接待的刘县长就非常客气地和曲玲玲握了握手，说："我们县里的条件比较差，你们齐邹县是全国的百强县，经济条件好，有大企业，我们应该多向你学习。"曲玲玲见刘县长这么客气，自己心里也非常自豪，但还是非常谦逊地说："我们今天来就是向刘县长您学习取经的，您一定要把您开发文化旅游的妙招和经验传授给我们。"

刘县长说："那咱先游览吧！咱们边游览边交流。"

牛兵和朱丽英几个人到了附近的一家医院，医生简单地听了一下，肯定地说："就是阑尾炎在作怪，急性阑尾炎可能又犯了，如果你想在这儿做手术的话，就在这儿做，如果想回齐邹县医院做手术，就给你打一针止疼药，先止住疼，然后抓紧回齐邹县医院住院。"

牛兵龇牙咧嘴地说："你先给我打一针，不疼了再说，我肯定得回去做手术，家里还有好多人呢，我自己在这里也不行啊。"

就这样，医生给牛兵打了一针止疼的药。过了十几分钟的时间，牛兵的身体就基本上恢复了，浑身酸痛，一点劲儿都没有，但刚才疼痛难忍的地方是不疼了。牛兵就让朱丽英给曲玲玲打电话，问问是不是让车把他送回齐邹县，让朱丽英和当地县政府的那位同志住下参加集体活动？

曲玲玲思考了一下，在电话里就和朱丽英说："牛兵自己回齐邹城，让司机送他没问题，但是，他在路上能不能受得了啊？如果受不了的话，还是需要人陪着他回去。还是你陪着牛兵回齐邹城，让当地县政府办公室的那位同志，打个车赶到卧牛山就行了。"就这样，牛兵坐了齐邹县政府的那辆帕萨特轿车，快马加鞭地回到了齐邹城，住进了齐邹县人民医院。

本来挺好的一场旅游式的参观学习，牛兵一下子成了去住院的了，好事没捞着，还差点在外地回不来了。

第六十八章

孙子宝的白酒厂是越干越困难了。现在市场上打击假冒伪劣产品的力度越来越大，一些小的厂家利用贴牌经营、挂靠经营的办法根本就行不通了。再加上本来建设规模就小，占地面积小，没有酒窖加工的车间和工序。实际上就是从外地拉来了酒精或者是高度酒，到自己的罐装线上进行灌装，是非常简单的罐装和贴牌生产的一个过程，现在这样的生产办法是明令禁止的。所以说像这样的酒厂，在醴泉乡的四五家都无法再生产下去了。

面对这样的情况，孙子宝打算投资一百万新上酿造车间，建一个有规模、符合标准的白酒生产企业。后来那几家跟风上的所谓的白酒厂，根本没有能力再建设这样的酿造车间，就无法继续生产了，必须关停。这样的状况，孙子宝以为这个地方没有跟他竞争的，他的生意就会好起来，其实外面有生产能力的白酒酿造企业非常多，竞争也非常激烈。还打算不打算干下去，继续投资从事白酒生产，还是重打锣鼓另开张，从事别的行当，这是摆在孙子宝和竹花面前的一个大问题。

麻烦还是接二连三地来了，没法生产，企业效益不好，只是其中一个问题。更麻烦的是，就在孙子宝夜里把企业的一些废水往厂里的枯井排的时候，被环保局的人当场查住。当天夜里，孙子宝就被带到了派出所。

这可不得了，这让竹花一下子慌了脚丫。她赶紧跑到了大鹏的厂里找到大鹏，说："这可咋弄啊？"

这时的大鹏正好在和赵荣进、小柔商量着过年给职工发放福利的事，没想到竹花一下子跑了进来。赵荣进一听是白酒厂又出了问题，就赶紧找了一个借口，说："我到车间去看看。"

因为在原先的时候，只要竹花家里有这些乱七八糟的事情，都是赵荣进给处理的。现在赵荣进下台了，不再担任村书记职务，处理不了这些事情，所以找了个借口走了，办公室里只留下了大鹏和小柔。竹花转到大鹏的老板椅后面，用肩膀扛了一下大鹏，撒娇地说："书记啊，人被派出所给带走了，你得抓紧把他给弄出来呀。"

大鹏一看竹花又来她的老一套，就看了看小柔，小柔的眼睛直勾勾地盯着他俩。大鹏就很讨厌地冲着竹花说："你离我远点，有啥话就正儿八经地说，这是干啥呢？你先回去吧，我知道这事了，我一会儿就到派出所去问问，看看咋处理。"

这时的竹花像表演似的，脸上由晴转阴，又是抹眼泪，又是带着哭腔，说："你要帮帮俺们，你可抓紧时间去问问，要是他们把孙子宝带走了，俺家里就没法过了。"

大鹏头也没抬，冲着竹花摆了摆手，说："行行行，你赶紧回去吧，我马上就去。"

竹花从大鹏的办公室里刚一出去，小柔就站起来对大鹏说："我看着这个女人可不像个好人，你可别上了她的钩，别让她把你给卖了！"

大鹏一边拿起了他的提包和手机，一边拿起车钥匙，对小柔说："我知道，我还不了解她吗？她原先在村班子里头就是这么一个风格，就指望这个活着了，不捣鼓这么两下子，她家里就没法过了，我不会上她当的。但是，她在村里给我当着村委委员，她家有事了，我得给她帮忙去处理，我先去了。"

小柔就说："你去忙吧，我就不在这里等你了，我回齐邹城了。"

大鹏回过头说："要不你等着我回来，在厂里吃了饭，咱们一块回齐邹城。"

小柔赶忙说："不了不了，我回去，家里还有事，孩子上晚自习，我得去送他。"

乡里的经济情况明显好转，乡政府的日子也随着好过起来。税收增加了，财政明显有了结余的资金。乡党委书记刘光明就想着：是不是应该给乡干部改善一下生活条件，发点福利什么的？

刘光明考虑着现在生活条件越来越好了，可以给每个职工发上一套西装，包括领带、衬衣、全套的，那样机关干部上班的时候统一着装，看起来整齐，也美观大方，出去集体活动也更加正规。这确实是让职工满意，也能代表乡政府形象的一个办法。于是，就在班子里头召开了一个内部会议，采取什么办法呢？刘光明还是觉得应该请示一下县里的领导，毕竟这么大范围地发放福利，如果没有县里的某个领导给表个态，将来出了问题也是不好交代的。

找谁合适呢？刘光明就觉得找县委副书记吴长茂最合适。

县里的领导是这样排序的：县委书记是一把手，县委副书记、县长是二把手。后面还有两个县委副书记，一个副书记分管党务，另一个副书记分管乡镇基层和政法。吴长茂就担任着县委副书记，分管乡镇基层和政法工作。刘光明就打算和吴长茂说说这件事，寻求一下支持。

"好啊，这是个好事。"吴长茂听刘光明说完他的打算，就直接表态，"像你这个乡的情况，人口不多，三万人，一百多个机关干部。机关干部的人数也不是很多，每个职工要是配上一套西装，精精神神的，的确代表你们乡里的形象。再说你们乡这么多的民营企业，每年有很多的收入，这些钱不用在职工和群众上，用在哪里？没有问题，我支持。"

这话可让刘光明吃了一颗定心丸。刘光明就顺坡下驴地问："吴书记，我们要买的话买什么颜色的？买多少件？这个预算大约定在一个什么数上？你给指导指导，参谋参谋。"

吴长茂看似轻描淡写地说："要说买什么颜色，买多少件，这个事我还真的是不知道，你说我整天工作上的事还忙不过来，我哪有空弄这个呀！我妹妹倒是在滨州开了一家卖红豆西装的专营店，她懂行，要不我给你个电话，你咨询咨询她？"

刘光明一听吴长茂这话，新的思路马上就出来了，说："好啊，吴书记，你给我她的电话，我找她联系一下，如果你支持我们做的话，我们从她那里订就行了。"

吴长茂见刘光明迅速理解了他的意图，就故作姿态地说："我可没说让你从她那里买啊，买谁的都可以，千万别买贵了。如果同样的价格质量却不好，或者说你多花了钱，那样不只是浪费了你们乡的财力，更重要的是让人家以为你傻，你不懂得这个行情，你吃了亏还不知道，可不能那样。你咨询咨询她，至于从哪一家专卖店订西装，你和乡里其他领导再商量商量。我给你提个建议啊，尽量让办公室和财政所的同志们办这个事儿，让他们具体操作，咱们当领导的不能直接插手这个采购工作，你千万记住，当领导的千万不能管钱。"

刘光明理解领导意图的能力还是比较高的，再加上刘光明现在还在拼命争取着齐邹县副县长职务，他就指望着现在这几个县委书记给他往上撮合，就这样购买西装这一件非常简单的事情，他还不知道怎么做吗？

想到这里，刘光明心里就暗暗拿定了主意：既然吴书记表态了，说了这个意思，买西装肯定是要从他妹妹那里买的。同时刘光明还琢磨着，这件事情不能再向其他领导请示了，如果再请示其他的领导，他们再说出别的供应商，那这件事情简直就没法办了，花钱办事就冲着一个人来，人情就送给他一个人得了。

想到这里，刘光明就对吴长茂说："吴书记，你放心，至于订哪家供应商的服装，我们还得多考察一下市场，多了解一下。再说，我们这次要求是非常高的，要求供应商带着技术人员和测量工具到我们乡里，专门安排个房间，给我们每个职工量好尺寸，量身定做。服装既要做得合身，还要价格便宜、质量好，这样才能达到我们的要求。"

"对对对，"吴长茂说，"就是要提高标准，把事儿办好。这样吧，我把她的电话号码给你写在一张纸上，你抽空联系她一下，咨询谁能达到这样的标准。千万不能看某个人的面子，我的面子也不要照顾。至于买谁的和我一点关系都没有啊，我只是给你帮忙，让你少走弯路。"

"知道，知道。"刘光明说，"谢谢你啊，吴书记，到时候也给你做一套西装，你为了我们乡镇的工作操了这么多心，你也是我们的当家人啊！"

"不用，不用。"吴长茂礼貌地推脱说"我有西装，我参加活动多，平常就有几套西装在办公室里挂着，需要用的时候，随时就能穿上。"

"好嘞，那咱就这么说定了啊。"说完，刘光明拿起他的手包和桌子上吴长茂给他写了电话号码的纸，悄悄退出了吴长茂的办公室。

第六十九章

牛兵在县医院输了一天液就准备回家了。周华劝他在医院多住两天，牛兵说："没事啊，单位还有那么多事情，再说我要是住院时间长了，单位上这个来那个去的，够麻烦的。还是回家吧，晚上我再来输上两瓶就好了。"

出院的时候，牛兵就问大夫："我这是不是急性阑尾炎啊？"大夫就说：

"什么阑尾炎？你阑尾在啥地方啊？阑尾在右边的下头，你按一下是在下头还是在上面？"牛兵伸手摸了摸肚子，是在肚子中间靠右的一个地方。大夫就说："对吧？这个地方是胆囊，你胆囊有点发炎，是不是一按就有点疼？"

牛兵说："对对对，当时疼得我都受不了了。"

就这样，周华从医院门口打了辆出租车，陪着牛兵回家了。

回到家，周华问牛兵："你确实没事吧？"

牛兵说："我要是有事能回来吗？我不在医院多待两天吗？"

"那是咋了呢？那天你可把我们吓坏了。"

关上了门，牛兵神秘地说："你不知道，那天去的那个地方我早就去过，文化旅游搞得确实不错。曲县长是个年轻人，干事创业的劲头相当大。她当了副县长想干出点成绩，这就需要我们局里投资，然后才能出效果。那样显得她才有水平、有能力，才能够提拔和上升。"

周华就不解地问："这不挺好的吗？领导能提拔，你们也能出项目，也能出成绩，你不跟着沾光吗？"

牛兵说："你傻呀？投这个项目说得挺好，说是投三四百万就行。你是没看那个项目的规模，和咱们这个山区的条件是天壤之别。咱们这光秃秃的山上有什么东西？除了那些自然生长的槐树和杨树，山上什么都没有。人家那地方全是国槐、银杏什么的高端树木，到处都是观光旅游的资源。要是建设得像了样，没有三个亿、五个亿的资金，绝对无法实现。你说这钱让哪个单位投啊？我们单位是干商厦、干零售企业起家的，一分一分的钱挣起来的，我们能把钱投到这么一个大的项目里头？如果投了以后赔了怎么办？我对这三百多个职工怎么交代？"

这时候周华好像明白了点什么，说："哦，那你的意思，你这病就是装的吧？"

牛兵像孩子一样地笑了笑，说："咋能这样说呢？是这样，我这一路上琢磨着这事，咋能够从里头脱出身来。出发前一天晚上，我不是吃了一点韭菜水饺吗？到了半路上，肚子有点疼，后来，确实受不了了，坐小车就回来了。这样一来，他们也不会怀疑我是故意逃了，我也不打听当时的活动情况，脑子里装的东西越少越好。到时候再开座谈会，我就说我不是很了解这个情况，如果真正需要投资，得再去这些地方学习考察，如果就这样投资，也确实有点盲目。我三拖两拖的，就把这件事情拖没了。这样的结果，他们也不会对我说什么不满意的话，我也能得到自保。"

听了牛兵这一番话，周华笑了笑，说："还是你小子的心眼儿多。那如果外面有人问起这个项目来，还不能说你不愿意上，还得说这项目是挺好的，紧答应，慢动弹。你别说，还确实是个好办法。至于到时候你的态度如何，支持不支持，咱自己知道就行了。"

牛兵听了周华这番话，惊讶地说："呵，进步不小啊！"

孙子宝还是让公安局的给带走了，根据群众举报，环保局核实，孙子宝长期往废井里头排放工业污水，经过检查形成事实，确实行为十分恶劣，要进行刑事拘留，并且进行重罚。大鹏前前后后跑了五六趟环保局和公安局，怎么协调也不松口，还真是说不下去了。这一下，大鹏也有点紧张了。

大鹏因为刚当上村书记，确实想在群众中树立威信，要想树立威信，就得给群众把那些难题和硬骨头拿下来。一上来就遇到孙子宝这样一件事情，还真的让他非常棘手，但是，越棘手难办，才越能体现出自己的能力和水平。大鹏心想：自己就是搭上点车钱、油钱和饭钱，也得把孙子宝给弄出来。

咋把孙子宝弄出来呢？大鹏就在琢磨。

找刘光明！实在没有办法，还是得找乡党委书记刘光明，他是乡里最大的官，他肯定有办法。

其实这个情况，只要从乡里头带人走，都是需要跟乡政府对头的。刘光明早就知道这件事情，他也知道大鹏刚当了村书记，肯定会来找他的。刘光明也想解决这件事情，他心里明白，大鹏虽然竞选上了村里的书记，如果乡里都不支持，照样是干不上的。刘光明看见刚进门的大鹏就笑眯眯地说："咋啦？刚上任的书记是来汇报一下工作？"

"唉，你别拿我开涮了，刘书记，你抓紧给我想个办法吧！你说竹花在村班子里头，也属于老干部了，她和她的对象孙子宝干的这个白酒厂也有十几年了，算是老企业了，反正有些经营不规范的地方，那是大家都知道的事情。但这次环保局和公安局的人把他抓走，我去跑了好几趟了，好话说了千千万了，还说不下来，你千方百计给我摆平这事儿，要不我在村里头就一点威信都没有了，我可咋干下去？"

刘光明就拿着大鹏打趣说："你不是挺厉害的吗？以前有啥事的时候，和人家喝点酒，给人家拿钱砸一下子，不就能把事情解决了吗？"

大鹏这次是直接服了，就对刘光明告饶说："唉，真是办不了，不是钱不钱的问题，看来得豁出您的老脸来了，还是您的脸面管用啊。"

"咋的，现在非得用我的面子不可了？"刘光明问。

"离了你，现在直接是地球都不转了，你在咱乡里头是一把手，你在咱齐邹县，也是一言九鼎的人物啊，现在只有你能够救他一命了。"

说完，大鹏从提包里头拿出来两万块钱现金放在了刘光明的桌子上，说："你抓紧跟人家去喝点酒，商量商量这事吧，越快越好，抓紧想办法把孙子宝放出来。你得给我留个面子，让我继续在村里头干下去，我要是干不下去，不还得给你找麻烦吗？"

刘光明伸手拿起了他那只黑色的手提包，把两万块钱装到了手提包里头，说："你可以回去了，我现在就到县里去，正好县委副书记吴长茂找我有点事情，我到吴书记那里说完事，就去给你办这件事，行了吧？你抓紧走吧，我马上出发。"

吴长茂的妹妹吴丽丽，早就给他的哥哥打了电话过去，说是醴泉乡的党委书记刘光明，安排人从她那里订了一百二十套西装，让她安排人去乡政府给职工现场测量胸围、腰围什么的，量身定做。

吴长茂就说："行，我知道了，你给他们做得好好的就行，钱打到你账号上。"

吴丽丽就对她的哥哥说："这套衣服算多少钱合适？"

吴长茂就问："他订了多少套？每套是多少件？"

吴丽丽说："他给每个职工定了一件西装上衣，两件衬衣，一条领带，两条西裤，还有一条腰带。"

"没定皮鞋吗？"吴长茂问。

"没有，他们就说了这样一个方案。"吴丽丽回答。

"这样的话，你预算一下，成本大约是多少钱？"

吴丽丽想了想，说："一件西装上衣是四百，两条西裤是四百，然后衬衣是一百一件，大约也就是一千到一千一百元。"

"你给他们提一下建议，问一问他们还要不要皮鞋，如果不要皮鞋就按两千元一套，如果要皮鞋的话就按两千二百元一套，你给他们把这个价报过去就行。"

吴丽丽觉得吴长茂说得有点狮子大开口，利润太高了，就有点犹豫，于是就试探性地问她的哥哥："这个价位行吗？"

"行行行，你不用管了，你就跟他们说，结账的时候按这个价格结账就行了。"

吴长茂嘱咐妥他的妹妹吴丽丽和刘光明商量好西装的事，还没有半个小时的时间，"当当当"一阵敲门声，刘光明就走进了他的办公室。

吴长茂就要打电话给办公室的秘书，给刘光明沏茶。刘光明就对吴长茂说："吴书记，甭喝茶了，我今天来找你有急事。"

刘光明就说："服装的事我们确定好供应商了，我们班子成员，还有他们几个办事的也都统一好意见了，这件事情你就不要过问了，跟你也没什么关系。"

吴长茂心里早就有数了，就说："你们自己掌握好就行，我只是给你当参谋，具体怎么弄还是你们说了算，我可不掺和这些事。说吧，有啥急事？"

刘光明伸手从他的手包里头拿出来一万块钱现金，就放在了吴长茂的桌子上。

"这是要干啥？"吴长茂装作惊讶地说，"咱们之间可不能捣鼓这个啊！咱们都是共产党员，咱得把关系弄得干干净净的。"

刘光明装作着急地说："吴书记，今天晚上你得帮我请个客，请公安局局长和环保局局长。我班子里头一个成员，她家里开了间酒厂，酒厂的一些废水往枯井里头排放，让环保局和公安局的人逮住了，然后把她的厂长也逮了起来。现在关键是这个厂长的老婆是村里的一个干部，通过她的村书记找到我，在乡里头连哭带叫的，家里头也没法过了。你想想办法，给我摆平这事。你是县委的主要领导，正好是分管政法的，你说的话肯定管用。"

吴长茂这才松了一口气，说："我以为啥事呢？我可以给公安局的王局长打个电话，你去找他不就行了吗？大不了罚款处理一下。"

"行啊，咋不行啊，关键你得给他打电话呀！我去找他人家，肯定不给我面子。"

"好的，我现在就给他打个电话。"说着，吴长茂拿起办公室的电话，给县公安局的王局长拨去。年轻的公安局局长很迅速地接起电话来，恭恭敬敬地对吴长茂说："吴书记，您有啥指示？"

"你那里是不是从醴泉乡逮了一个干企业的厂长啊？"

"是啊，吴书记，咋了？他主要是违反了环保法，他往井里排放污水，让环保局给查处了。这事肯定得处理，说不定还得负刑事责任。"

吴长茂就对王局长说："这事你还真是得动点脑子。这一个事，他的乡党委书记找我来了，对乡里一般干企业的来说，要是企业经营不规范，一有毛病就带人走，那么企业就没法干了，这个确实影响地方的稳定；再一个是，如果按我们县里的规定，从保护企业发展、推动经济发展这个角度，你看能不能给他找一个合适的办法，把人给放了？"

王局长在电话里犹豫了一会儿，说："那只能是进行罚款处理了，全县通报一下子，让有这样行为的收敛收敛，我们也是为了企业的发展保驾护航，为了保护这个地方的环境。"

吴长茂说："是啊，必须保护好环境，保护好群众的基本生活条件。"

话锋一转，吴长茂接着说："但是，集中精力抓经济，一心一意谋发展的大主题，我们也是要进行保障的，你看着办吧！反正，总的原则，既要保障了企业发展，又要保护了这个地方的环境。尽量把人给他放了，罚点钱没关系，我让刘光明去找你，你想办法和环保局那边沟通一下，尽快地给他处理了这事。得让企业家心里头有底儿，有咱们县委给他们保驾护航，他们才能够大胆地发展，才能大胆地赚钱、缴税，支援国家建设。"

公安局王局长直接表态，说："行啊，你让刘书记来吧，我现在正在办公室呢。"

刘光明冲着吴长茂作了个揖，就说："还是你厉害，还是你说话管用，我现在就去找王局长。"

吴长茂叫住刘光明，说："先别走，你把你的钱拿走。"

刘光明转过身，走到吴长茂的办公桌前，拉开抽屉，把桌上的一万块钱给他扔到抽屉里，说："你这么大的人情，抽时间也得跟人家吃个饭，喝酒的时候用这钱就行了，还能让你再搭上钱吗？你这就给我帮上大忙了，我先去了啊。"

第七十章

刘光明找到县公安局时候，王局长正在办公室里等着他。

刘光明推开王局长的办公室，看见王局长转过来转过去，一副气呼呼的表情。他就小心翼翼地和王局长开着玩笑："咋了局长，我上这儿来还不欢迎啊？"

王局长没头没脸地就给刘光明来了一句："你有病啊你？"

刘光明说："我没招你惹你啊，咱哥俩这关系，大早晨的咋还火气这么大呢？"

"你还知道咱哥俩关系好啊，你是不是有病？"王局长问，"刘光明，天天开会，咱哥儿俩坐一块，喝酒的时候称兄道弟，你咋有事的时候不直接找我，却找到吴书记那里去？有事你直接找我，还不一个样吗？你找他干啥，他能把人给你放了吗？有啥事咱哥俩商量，不比你找别人强吗？"

刘光明一听这话，心里就有了底。他就一个劲儿地赔不是，说："都怨我，都怨我。今天早晨还真不是为了这事去找他，吴书记为了乡里综治中心的事情找我，让我们乡当试点，我就顺便说起这事来了，他就给你打电话，其实，我根本就没想让他管，我本来打算直接来找你，都怪我。这样吧，今天晚上我安排一场，算我赔罪，请你喝酒行了吧？"

"你早就该请客了，老长时间没请了，你抓紧安排吧！"

崭新的成套西装，很短的时间就发放到醴泉乡机关干部职工的手里了。大家都非常高兴，他们穿上板板正正的衣服，每个人都非常精神。乡里头也出台了一个规定，每天大家都必须穿着工作正装上班，出发或者到村里入户的时候要亮明身份，让群众知道你是来干啥的，在群众中的工作形象要维护好。

这一下子，本来是每个职工意外收获了一身衣服，都感觉是一件好事，现在来了这么一番要求，反而成了一种束缚，职工被弄得都很不自在。有时候，甚至不是很乐意穿这么严肃和正统的衣服，更重要的是，这样的衣服穿的时间长了，需要干洗。送到干洗店的时候，老板用手一摸就说："这批西装看起来外形美观，但是，面料质量非常一般，洗的时候担心洗坏了，变了形。"

在乡里头兼任经济发展办公室副主任的王前进，领着办公室的两个同志做统计报表，要把今年新上的基建项目和技术投资的设备做一个详细的登记。一来是上面要这个数字，二来是乡里头也要掌握一下今年全乡一共投资多少钱，新上了多少项目和设备，新盖了多少厂房。大鹏因为还有村里的事儿，就让赵荣进和王前进商量着办这件事情。需要厂里会计参加的话，就让赵荣进通知他，让他帮忙统计数字，提供材料。

王前进和赵荣进看着一帮的会计在统计报表，整理材料，两个人坐在一旁的沙发上，一边喝着茶，一边聊着天。王前进就十分钦佩地对赵荣进说："四爷爷，您还真了不起，您原先在咱村里是一把手，上了年纪，光荣地退出了领导岗位，把岗位让给了大鹏，您还能到他的厂里来干办公室主任，真是高风亮节，胸怀宽广，一般人还真做不到您这水平。"

赵荣进装出一副无所谓的样子来，说："年龄大了，我到厂里来也是给大鹏帮忙，做一些搭把手的活，根本也干不了啥重要的事。实际上大鹏是给我一个岗位，怕我在村书记的岗位上这么多年，退下来以后没事干，心里烦躁，人家大鹏实际上是照顾我。"

王前进心里头暗暗地对赵荣进竖起了大拇指。原先的赵荣进可不是这样的人，他在位的时候，在村里说一不二，威风凛凛，哪家有事他总得插上手，总得他拿主意。谁的家长里短，谁家盖房子、上项目都得经过他同意，可谓是权倾一时。但是没想到，他在从村书记的岗位上退下来以后，能有这样的心态，还真是了不起，一般人的话，早就心里头窝火，受不了了。

想到这里，王前进由衷地对赵荣进说："四爷爷，您还真是个高人，您今年六十岁了吧？"

赵荣进笑了笑，说："今年六十一了，虚岁六十二啦，老了，干不动了。"

王前进接着上面的话茬说："您看您六十岁都多了，还是这么精神焕发，精力充沛，在咱村里头简直是个宝啊！我还真得向你学习。我们这一代人到您这个年龄，还不知道身体能不能像您这么壮实。您说您平常喝酒那么猛，您的身体咋保养得这么好呢？"

"就是心态好呗！天天快快乐乐的、高高兴兴的，别那么愁眉苦脸，没什么大不了的事儿。发愁也是一天，快快乐乐地工作、生活也是一天，我就这么过来的。"赵荣进畅谈自己的体会。

"这我还真得向您老人家学习啊！"王前进佩服地说，"你看我今年也三十多岁了，您老人家好不容易把我推荐出来，在乡里头干文化工作。后来又干这经济发展工作，算是有点眉目了，但是，我有时候就是患得患失，遇到工作有难题，就非常着急烦躁。"

"你着急，也是得干那些活，也得完成那些工作任务，你不着急，沉住气，也是那些工作任务，你着急有什么用啊？快快乐乐的，该吃的时候吃，该睡的时候睡，没什么大不了的事！"

闲扯了半天，赵荣进觉得到了安排午饭的时候了，就说："今天中午咱们在食堂吃吧。我让食堂里的师傅提前准备点菜，给大家炖上一条黑鱼。"赵荣进想到更重要的事情了，就对王前进说，"工作是工作，关键是中午得吃得好好的。"

王前进说："我们回去吃就行啊，离乡政府就是十分钟的车程，又不是很远，别给企业添麻烦了。再说，咱们都是本村的，省下一分是一分。"

赵荣进就笑着说："哎呀，大鹏还在乎咱们那口吃吗？一年光产值就好几个亿，利润好几百万，挣这么多钱，还能管不起我们饭吗？中午你们就在这儿吃吧，我先去安排一下，你和这帮会计先抓紧把表册整理好，我让他们安排在食堂的 1 号大房间里头，那里头还有一个卡拉 OK 呢，吃完饭的时候，有喜欢唱歌的可以唱唱歌，在那里娱乐娱乐！"

"行行行。"王前进说完就站起身来，凑到整理表册的会计们跟前，轻轻地问，"差不多了吧？整理好了以后，大家喝点水休息一下，待会儿咱们一块吃饭。"

菜上了桌的时候，大鹏从村里开完会回到了厂里，一屁股就坐在了房间的副主陪位置，招呼着让赵荣进坐在了主陪的位置。大家都按职务的高低和年龄大小，自觉地找了座位坐了下来。

王前进一看这个座次，确实非常有讲究。因为在习俗上，做主陪的一定是主家。坐在主人的位置就表示要当家作主，在这个场合是有绝对发言权、话语权的，也就是说这桌的节奏和最想表达的内容，是由这个主陪掌控的；副主陪的作用就是负责满酒倒茶，做服务工作，在语言上和场合综合气氛的协调上配合主陪。

王前进一看大鹏让赵荣进坐在了主陪的位置，显然是把赵荣进尊为这个厂子的主人。也就是说，他是拿赵荣进当一个长辈，把他放在了令人尊重的位置，这让王前进对大鹏刮目相看。大鹏的这个做法，实际上也让大家提升了对他的评价，同时，赵荣进也觉得大鹏拿自己不当外人，打心眼里佩服。

一圈人坐定以后，赵荣进抱着非常歉疚的态度，像演戏一样，把准备好的词说一遍："你说我一个老同志，退了休了，人家大鹏书记又把我给聘来给他帮忙。我一个老头子了，要能力没能力，要业务没业务，但是，大鹏就是让我来这里坐一下班，每个月给我发点工资，实际上，是照顾我这个老头子。甭管咋说，今天坐在这个主陪位置，我就代表大鹏书记，给大家敬一杯酒，感谢大家到我们厂里来指导工作，有啥工作安排尽管说，大鹏事情多，我陪着大家，有啥事需要找技术人员或业务人员的时候，我给大家找人，来，我们大家喝酒。"

这番话让大鹏十分受用，他也感到十分踏实和放心。一来自己是厂里的董事长兼总经理，企业是他自己的；二来，自己又当选了村支部书记，村里还有一套工作。厂里一般的接待工作，让赵荣进负责协调和张罗，自己心里也是非常放心。从这一点来说，大鹏对赵荣进还是非常满意的。他就站起来，说："今天中午，我还有一个场合，我给大家敬一个酒，就得到桥头饭店去一趟，乡里还有几个领导在那儿等着我呢。王前进主任也不是外人，咱们也是一个村的，我把这桌就交给您和老赵书记了，你俩帮我张罗张罗，和几位领导好好喝几杯。喝完酒以后，咱这房间里就有卡拉OK，刚上的设备，大家可以唱一唱，音响非常地好。"

说完，大鹏端起酒杯，跟大家一一碰了碰，一扬脖子干了一杯酒，抱了抱拳，就撤了。

这世界上的事情就是这么奇妙，原先的时候，大鹏就是一个小企业家，赵荣进是村里的一把手，握着重权。但是，随着年龄的增大，山不转水转，赵荣进退出了政治舞台的核心位置，大鹏走上了前台，一个不自觉的换位就形成了。但是，赵荣进却是城府在胸，把一些东西都藏在了心里。表面上仍然踏踏实实地为大鹏工作着，有时候让人觉得很纳闷，他是怎么翻过被大鹏逼宫、赶下台的历史一页呢？这一口冷不丁猛来的气，他是怎么咽下去的？他怎么能够顺利地接受这一段挫折，来了一个九十度的大拐弯儿，把自己的生活和工作，调整到这么流畅的状态呢？思来想去，这还真是个了不起的人物。

第七十一章

一轮铜盘似的圆月挂在天上，八月的夜晚秋风凉爽，天朗气清。

大鹏让轧钢厂办公室的几个年轻小伙子，在院子里支起一张方桌，让食堂里的师傅准备了一桌饭菜，大鹏和办公室的同事们一起提前过八月十五中秋节。特邀参加的还有乡里值班的刘赫森、王前进、周一本和竹花。

看到这样的场景，赵荣进心里头很不是滋味。因为以前的时候，他担任村党支部书记，乡里的干部和村干部，是要到他家里去吃饭的。他做主陪，他负责张罗晚上的酒菜，有一种当家做主的滋味。现在的情况是人家大鹏是村里的支部书记，又是厂里的厂长，是大鹏做东，张罗着让乡里的干部和村干部到家里来吃饭，他是一家之主。而此时的他，只是大鹏厂里一个打工的。

忙活着把菜端到桌子上以后，赵荣进就拿了一个马扎，到食堂里跟炒菜的师傅准备一起吃饭。刘赫森一看桌子上没有了赵荣进，就对大鹏说："老赵干吗去了？"大鹏这才发现，赵荣进已经躲到别的地方吃饭了，就赶紧跑到食堂里，一把抓住赵荣进的衣服，说："你咋能在这里吃饭呢？这不出洋相吗？你抓紧回去。"说着，把赵荣进拉到了院子里的那张大方桌上，并且把他按在了紧挨着乡党委副书记刘赫森的一把椅子上。

刘赫森说："你干吗去了？找你找不到，耽误了大家喝酒。"

赵荣进不好意思地说："哎呀，我这么大年纪了，你们年轻人喝酒，酒量大，我又不怎么喝酒了，喝也喝不过你们，我吃一口饭，就回去休息了。"

"这哪行呢，"刘赫森说，"我们就是来找你喝酒的，你躲得远远的给我们难堪，显得我们没喝过酒吗？都是老朋友了，哪能这么处理呀！你忘了当年你当书记的时候，我是怎么帮你的了？那时候我干管区书记，咱哥俩天天在一块呀，我来喝酒了，还不陪我怎么着？"

话说到这个份上，赵荣进也无话可说了。他就说："来来来，咱喝酒喝酒，马上就八月十五了，咱也喝一个团圆酒。"

刚要喝酒，突然村里的胖婶找到了大鹏的厂子里，火急火燎地说："不得了了，大鹏，俺家老头子干完活刚到家，晕倒在家里了，赶紧过去看看吧！"

人命关天，饭也没法吃了，大鹏就让赵荣进和乡里的干部在那里吃饭，自己开车拉着周一本，去了胖婶的家里。

只见胖婶的丈夫躺在院子里，双手搂着他那棵槐树，一个劲儿地在犯迷糊。大鹏就赶紧地把胖婶的丈夫背起来放在车上，开着车和胖婶还有周一本向县医院跑去。

县医院急救中心的医生们一边忙活，一边问胖婶："他回家以后吃什么东西了？"胖婶说："还没吃呢，是刚回到家里。"

医生也是一头雾水，说："他也没吃什么东西，那他家在什么地方？四周有什么水污染没有？"

大鹏说："他家离着一个电镀厂非常近，那个电镀厂有污水排出，有时候排的那个烟雾就有一股味儿，闻起来让人非常难受。"

医生说："抓紧化验血，可能就是因为这个原因中毒了。"

验血的结果是非常明显的，就是因为这个电镀厂又是排放废硫酸，又是使用汞除锈什么的，污水排放严重，对人体危害相当大。这个胖婶子的丈夫可能就是吸入了硫酸雾什么的，而造成了急性中毒。经过医生的输液输氧抢救，他终于缓过神来了。胖婶就问她的丈夫："你到底咋了？"

胖婶的丈夫有气无力地说："还咋了？我不是在咱的地里打棉花柴吗？在那儿干了一下午活，就寻思着在那个水沟里头洗把手，一洗手的时候，里头一股臭气涌上来了，一下子把我噎得够呛，我就赶紧往家跑，哎呀，一进家门就受不了了。"

"你硫酸气体中毒了。"医生说，"如果不及时治疗，将来会有后遗症。得抓紧进行氧气疗法，进高压氧舱治疗一段时间。"

这个消息可是不得了。大鹏一听村里的几家电镀厂惹出了麻烦，心里想：还真得嘱咐一下，千万不能往水沟里头乱排了。再说，这个气体毒性太强了，不光是外面的群众，在里面干活的工人，那更得注意戴上防毒面罩什么的，如果出了问题还真是大问题。大鹏就嘱咐胖婶的孩子说："这件事千万别让别人知道了，这牵扯到咱村里的经济发展，先好好看病吧！"

从八月十五的晚上一直忙活到八月十六的下午，大叔的病情终于稳住了。大鹏这才对胖婶说："我先回去忙忙村里的事，我看这边也安稳住了，你先在这里陪着大叔，家里的孩子们也都过来了，有事的时候再给我打电话，我会及时赶来。"

胖婶拉住大鹏的手千恩万谢，说："这次幸亏有你，要不是你，恐怕你大叔就过去了。"

尽管大鹏一直在隐瞒着村南头有两家电镀厂的事情，但还是拐弯抹角地让乡党委书记刘光明知道了。刘光明就把大鹏叫到他的办公室，狠批了一顿。

刘光明说："你村南头有这样的企业，你为啥不敢向乡里汇报？你知道不知道，这样重污染的企业，必须经过上级的审批，你咋能想咋干就咋干，你还成了天王爷吗？在你村里，你说了算，可你敢违背国家的法律吗？"

大鹏委屈地说："刘书记，你这样批评我，我可有点接受不了啊！我要是知道他们干这个，我能不向你汇报吗？再说了，现在也没有规定说啥活让干，啥活不让干，现在不是说'不管东西南北风，咬定发展不放松'嘛！'什么赚钱干什么，怎么赚钱怎么干'，不是提倡这样的口号吗？"

"我说你小子怎么这么大胆！"刘光明说，"你思想还停留在那个无序发展的阶段，还想怎么就怎么干！现在中央的要求是科学发展，你一定要按照适合群众人居发展的要求建设企业，对污染型的企业，一律不允许上。我们都设了门槛了，不管哪里的项目，不管怎么赚钱，只要污染我们的土地，污染我们的空气，就不允许他在这里建设和发展了。你怎么还不明白呢？就像你轧钢厂这样的企业，排放都受到环保和上面这么多部门的制约，你还不清楚吗？"

大鹏的脑子是够活泛的，眉头一皱，就想出一个办法，说："刘书记，要是我通知这些企业不让他们干了，他们就把账记在我头上了，那我在群众里头就没法混下去了。再说了，我刚当上这个村书记、村主任，还指望着将来这些家族里头的党员投我的票，这些家族的选民给我支持呢！要是我通知他们，给他们停了，那不是给自己砸饭碗吗？"

刘光明一听，就明白了大鹏的意思，故意地问大鹏："那你说咋办？让谁来给你擦屁股？"

大鹏知道是刘光明故意逗他，就说："刘书记，你这么明白，这个事儿你还不知道咋办吗？你让县里执法部门的人员来呀，他们执法，来下发通知，让这些企业停产整顿，顺理成章啊。如果执行的时候出现问题，比如说群众不让执法人员进门，或者出现别的事情，我再出面给他们协调。"

刘光明说："合着就是我们赚孬种，你去当好人，是不是啊？"

"话也不能这么说啊。"大鹏说，"你说我一个村干部，我能有多大的能量啊？你还不知道吗，都是你一手把我提拔起来的，你就看着群众把我淹死吗？"

"行了，你小子别在这里耍心眼了。"刘光明对大鹏说，"你先回去吧，这几天公安和环保，还有安全上的人来，他们联合下发通知的时候，你要做好配合工作。如果群众有闹事的，你可别说我不客气啊，到时候该带走的带走，非得杀鸡儆猴地逮两个不可。"

大鹏装作哀求的样子，对刘光明说："你最好还是手下留情，尽量给他们留一条活路。老百姓也不容易，你说他集全家的力量，划拉起几个钱来，好不容易做了这么一个生意，要是一下子把他的老窝给端了，他的日子怎么过？他能不急眼吗？"

刘光明冲着大鹏摆了摆手，说："行行行，你先回去吧，我知道了。这个我有数，我在这里当党委书记，我还不知道怎么关心老百姓？怎么让老百姓过的日子好一些，为官一任，造福一方，我能不知道这个道理吗？"

第七十二章

大鹏走到村委办公室门口的时候，看见两个妇女在门口拉拉扯扯的。大鹏就问："咋了？一大早上的，这是干吗呢？"

这时候村妇联主任竹花也来到了村委门口，准备上班。竹花是村里的妇女干部，对村里的女同志都非常熟悉，就问："你俩这是干啥呢？你俩又去赶集了，是吧？"

赶集是农村妇女的主要活动，竹花一看这俩女同志就是经常在集上逛悠的集串子，肯定是俩人又在街上买东西，发生了什么纠纷。

其中一个女同志就对竹花说："今天早晨，我相中了一个小摊上的豆子，我本来想买回去以后煮煮，煮熟了再放上白萝卜红萝卜腌咸菜用，嗨，没想到她也非得买回去出豆腐，本来我花二十八块钱就能买了，她非得三十块钱买走，你说我能让给她吗？我出了三十二块钱，多花了四块钱，你说我冤不冤？"

大鹏本来这段时间就为乱七八糟的事伤了不少脑筋，听了这番话，实在是哭笑不得，就对那个女同志说："你是不是多花了四块钱？"

"是啊！"

大鹏一拉随身携带的手包，从里头拿出五块钱的纸币递给她："我给你五块钱，这样行了吧？你比原先还多挣了一块钱，等于你买豆子少花了一块钱，行不行啊？"

那女同志一把抢过了五块钱，嘴里嘟嚷着："不是钱不钱的事，是她办事不行，也就是看在大鹏的面子上，要不是大鹏当书记，我跟她没完。"说完，扭了扭屁股，提着她的豆子回家去了。

另一个女的不干了，说："大鹏，这样不行啊，我没买到豆子，还受了一顿气，合着你让她白赚了五块钱，我生的闲气就算了吗？"

竹花一听，就气不打一处来，哭笑不得地说："不算了怎么着？你又没花钱，也没买豆子，你就是跟人家抬杠，还有理了是不是啊？总不能你啥也没买，再给你五块钱啊？"

"行行行，给我五块钱我就走，要不我就在这里跟你闹腾个没完。"

"我老天爷呀！"急得大鹏一拍脑子，"我再给你五块钱。"说着，从手包里又拿出来五块钱递给了那个女人，女人才心满意足地回家去了。

竹花就冲着大鹏发牢骚："你这个弄法不是个办法呀！谁来闹腾闹腾你就给他俩钱，你哪有那么多钱给别人啊？"

大鹏正忙着一堆事情，还捋不出个头绪来，就不耐烦地对竹花说："行行行，哎呀，别计较了，无所谓了，花钱买平安吧！"

大鹏和竹花刚在办公室的座位上坐下来，就听见门口一阵汽车响，乡党委副书记刘赫森火急火燎地来到了村里。

一看见刘赫森走进办公室，大鹏赶紧站起来就问："今天有啥急事，这么早就来村里了？"

刘赫森火急火燎地说："你抓紧在村里找上十户人家，待会儿县里文明办和农业局的人来村里搞一个民意调查，看看乡里和村里的工作干得咋样。你一定要找上十户说话靠谱，对村里和乡里工作支持的，要是给说漏了，这个麻烦就大了。这两个部门就在咱乡里查一个村，就是你村，代表咱乡里头承担这个检查任务。要是检查结果不好了，你瞧着点，刘光明书记不批你一顿才怪呢！关键是不能给乡里头抹黑。"

大鹏说："我还以为啥事呢，不就是个民意测验嘛，找上几个懂事的、讲大局的群众，到这里来说说不就行了？"

"不是到这儿来说，是必须要入户调查，他们是要入户的。"刘赫森再三给他强调，"你抓紧时间安排人吧！"

大鹏说："这好办！"就和竹花说，"你安排周一本家、王胜利家，还有赵荣进家，把我们这些班子成员的铁杆家庭先通知一下。还有那几家干企业的，这些经常找我们村干部解决问题的，给他们下个通知，让他们待会儿接受调查的时候，就是灶王爷上天——光说好不说歹。"

竹花就问："这个办法行是行，还有前段时间那两个县里罚款的电镀厂，还跟他们说吗？"

大鹏想了想，说："其实跟他们说也没啥事，他们前段时间捅了那么大的娄子，咱都让乡里帮他们摆平了，不就是罚了他们几个钱吗？又没给他们取缔了，应该是没啥问题的。"

大鹏又仔细琢磨了琢磨，说："哎，咱还是别惹这麻烦了，万一有一个钻头不顾腚的，说三道四，咱就麻烦了。再是，你找找那两个干饭店的，我们经常到他们的饭店里头去吃饭；还有就是咱村小学，咱们刚给他提拔了当小学校长的；还有那个当电工的。总之，跟咱村里头联系密切的，给他们下发通知，看看谁在家里头，让他们在家里等着。待会儿调查的人来了，如果乡里头有主要的领导来，我就陪他们去，要是不让村干部去呢，你就陪着他们，暗暗地领着他们到这些家庭。总而言之，一定要调查出一个好的成绩。"

"好嘞，"竹花答应了一声，"那我骑电动车先去转一圈。"

说完，竹花骑着电动车就出了村办公室，下通知去了。

安排完了工作，刘赫森就要回乡里头，再三地叮嘱大鹏说："你一定要把这项工作做好，你别以为就是一个普通的调查，这个文明办和农业局对乡镇的考察是最关键的，牵扯到年底打分。如果他们给你打的分低了，我们就是再找他们也补不上，你还是重视这项工作吧！我先回乡里头等他们了啊，他们来了的时候我就给你打电话。"

说完，刘赫森就要走，大鹏就把他喊住，说："你先别走，刘书记，我有件事还要跟你商量呢。"

刘赫森就回回头，问："啥事呀？"

"我想发展几个党员，现在不是要求从民营经济企业家里头发展党员吗？我村里有两个干企业干得挺好的，还有王成功，在我的厂里也干了七八年了，担任着中层管理职务，给我干着分厂的厂长，挺上心的，他就是王前进的堂哥，政治思想觉悟也很棒，我想发展他们三个入党，你得想办法给我要指标解决这件事。"大鹏就对刘赫森提了一个要求。

"只要符合条件，咋不行啊？"刘赫森的表态很明确，"但是你的村里头一下子发展这么多党员，恐怕没有这么多的指标啊。再说，你当村书记才一年多的时间，一下子就发展这么三个，培养也培养不过来呀！你最好还是陆续地发展，今年先发展一个，明年再发展一个。抽时间咱再仔细商量吧，今天先把这项工作应付好了再说，我先走了哈。"

临出门，大鹏还趴在刘赫森的车窗上说："我刚才跟你说的这事儿，你可当个事儿啊，要不我就再去乡里头单独找你。"

刘赫森拉开汽车的窗玻璃："知道了，行行行，我想着呢，你先把今天的活儿给我干好吧！"

第七十三章

汛期到来了，县人武部组织基干民兵，到黄河岸边进行防汛抗洪的演练。乡党委书记刘光明就让大鹏组织他村里的年轻党员和共青团员们，作为基干民兵，选上 20 个人，到黄河岸边参加演练，迷彩服和鞋子都给他们买好了。

大鹏觉得头疼，就说："现在大家都各人做着各人的买卖，各人做着各人的生意，哪有这么多年轻力壮的闲人啊？"

刘光明说："你说这话不对啊，你是村里的书记，民兵连的指导员，再说，你不是觉得自己在村里威信挺高的吗？不是挺能的吗？你怎么连这么几个人都组织不起来呀？你本事不是挺大的吗？

党委书记一连串的发问，把大鹏问蒙了，说："关键是我不想让他们牵扯这么大精力。每个人都有每个人的家庭，都干着买卖，挣钱也不容易。"

"你这么个想法，那就更不对了，"刘光明在给大鹏上课，现在国防建设和防汛抢险的演练，是非常重要的政治任务，你以为是你一个村子的小事吗？不管咋说，这样的任务，是必须完成的。明天下午两点半全部赶到乡里，乡里有专车，民兵连连长带队，乡武装部部长领你们一块去。"

"行行行，您甭管了，我保证完成任务就行了。"大鹏一听，实在是没有办法推脱了，就硬着头皮答应下来了。

答应下来了，大鹏就在思考：这个事儿怎么弄的？让谁去呢？大鹏就打电话让竹花和王胜利，到他办公室商量这事。

竹花就说："哎呀，你如果去不了，事儿这么多，让俺家孙子宝招呼几个人去，应了这个差事就行了。"

"关键不是三个两个人啊，乡里要求得去 20 个人。"大鹏就问王胜利，

"你那分厂里头，这两天忙不忙？"

王胜利说："正在生产那一批铸钢件，辽宁那边的厂家催得还挺急呢。"

大鹏想了想，对王胜利说："嗯，你去干这个事儿是不合适，耽误了厂里的生产，咱们关键还是得挣钱啊，不挣钱说别的都是白费，要是把你抽出来干这事儿，就影响生产了，你先忙你手里的事。那你琢磨着，还有谁去合适呢？"

想到这里，大鹏突然好像想到一个人似的，就问王胜利和竹花："哎，你俩现在掌握的，有没有想要入党或者积极要求进步的人，咱把这些年轻的同志派上。"

"有，咋能没有啊，"王胜利说："我们分厂里头那两个组长就积极要求进步，还是从职业学院毕业的中专生，有技术有文化的。"

"把他俩抽出来，去进行一天的演练，能不能行啊？"

"行行行，没问题，他们一个是配料员，一个是在化验室，安排好了以后，参加演练没问题。"

大鹏想了想，干脆说："哎呀，别再弄得这么麻烦了，村里干个体的、做买卖的、跑车的这些人，根本抽不出人来呀，干脆从咱厂里找上 20 个小伙子，你领他们去弄上一天吧。"

这时，竹花也有了主意，自打孙子宝给竹花分析了村里的形势以后，竹花越发觉得在平常的工作中，跟着大鹏工作，心里头没底。原先她是赵荣进的人，是赵荣进的班子成员，这次赵荣进退休，大鹏当了支部书记，她也想很快地融进大鹏这个核心圈里头，正愁着没有靠近的机会，这时的竹花想了想，就对大鹏说："别光从你厂里抽人，一下子抽这么多人，影响干活。我跟孙子宝说说，也从俺酒厂里抽上几个人，你厂里少出几个人，要不一下子抽的人多了，厂里没法生产。"

听了竹花这样一番话，大鹏回过头来仔细地端详了一下竹花，突然发现，竹花的形象比以前好看多了，就说："你这觉悟不低呀，行啊，那就从你厂里抽上五六个人吧。正好呢，那样也不叫王胜利去带队了，直接叫孙子宝带队，明天下午的时候，用你厂里的面包车，加上我厂里的面包车，咱把他们送到乡里头，这样不就完成任务了吗？"

把这个任务捋顺了以后，大鹏就深有感触地说："你们看看，咱几个当的这个村干部，有多么冤枉，上头有任务咱们就得完成，想完成任务，还没处找人的，咱们就得从自己厂里抽出人去干这活，实际上，等于咱给他们开着工资，让他们去给村集体执行这个任务，你说咱这损失找谁来解决？要不是咱当这个村干部，咱也不会这么做呀。"

这一下返回头来了，竹花和王胜利就劝大鹏："啊，甭管咋说了，当村干部就是得贡献啊，别的，你也没有什么选项。"

事情商量妥当了的时候，大鹏的电话响了，是乡武装部部长打来的，大鹏就把他安排的情况跟武装部部长说了说，第二天下午把人送到乡政府。武装部长就直接说："你甭再找车把人送过来了，干脆这样吧，我呢，今天先把那个迷彩服和解放鞋给你送过去，明天下午两点你把人员集合起来，在你的村委里头，我安排好了大巴直接过去，接着你的人到黄河边去演练就行了"

大鹏说："那倒好了，省得我再找车，还是你考虑得周到。"

回到家的竹花，把村里商量从他厂里抽上几个人去黄河演练的事，给孙子宝分析了分析。竹花就说："你别看着从咱厂里抽上五六个人去黄河边演练，认为是吃了亏。你仔细想想，大鹏让你带队参加这个活动，明摆着是和咱的关系往好的方向发展，拿咱当成自己人。再说了，大鹏现在在村支部书记的岗位上，干的时间还不长，他肯定要培养一批自己的人，这样他才能够坐稳，咱呢，也正好需要这么一个靠山，你说你吧，窝窝囊囊的一辈子了，让你当书记你也当不了，你连个党员都不是。咱原先是依靠着人家赵荣进，现在人家赵荣进下台了，咱不跟着人家大鹏混，跟着谁呀？"

孙子宝就不愿意听竹花给他讲这些大课，唠唠叨叨地说个没完，就十分烦躁地说："你别唠叨了，行不行啊？不就是明天领着人去抢险抗洪演练吗？明天下午我去不就行了吗？"

"不光是你去，你还得给他找上五六个人呢。"

"还出人？咱厂里头什么情况你还不知道吗？一共就五六十个职工，出车的司机，看发电机的，再就是流水线作业的，基本上全是女孩子，男职工本来就少，上哪儿弄这么多人？"

"让电工老郭，维修的王军，再加上开车的那两个司机，这就四个了，实在不行，把检验室里的那两个中专生带上，总之，这次任务非常重要，不是说抗洪抢险不抢险，咱关键是通过这件事，能把大鹏摆平了，让大鹏知道，咱是跟他是一伙的，那样以后工作起来也顺手了，明白了吗？这里头有大道理。再说了，你这次出了事，公安局把你弄进去，还是人家大鹏找人把你放出来的，人家安排的事，你总得支持一下吧，这里头有个人气的问题。"

"行了行了，别唠叨了"，孙子宝不耐烦地说，"你甭管了，不就是再给他凑上五个人就行吗？我给你把这事办好了就行了。"

经管站到村里头查账的时候，大鹏才知道，村干部在代销点和饭店里，还赊了这么多账呢。

大鹏让周一本和竹花在村子附近的几个饭店和村里的经销点里头，捋了捋账，一共三万多，大鹏就问："咋花了这么多钱呢？都是啥账啊？"

周一本说："好几年的账呢，村里又没有钱给人家，上头来人不得和人家吃饭啊？村里雇人分地、过年过节的时候，找人给军烈属写春联、给五保户家里修房子，什么事不得找人，找人就得管人家饭，乡里头不管哪个部门来个人，中午了，你能让人家回去吃饭吗？咱们大小是个单位，管不起饭，那是非常丢人的事情啊，咱这才花了多少钱，才三万多块钱，有的村十几万呢。"

大鹏翻了翻代销点里的那些白条，饭店里的那些账单，有的是送到竹花家里的，有的是送到周一本家里的，也有的是送到赵荣进家里的。

大鹏一看这情况，也没有办法处理了，肯定得认账了，因为都是村干部吃的饭，花的钱，你如果不认账，那他们就跟你闹翻了，不认也没有办法，只能慢慢还。

但是，以后的日子，如果还是这样放任自由，谁也能给村里记账，谁出去也能上饭店里吃饭，花了钱打白条，那还得了！想到这里，大鹏就说："以后，上面来人接待，需要开支什么的，必须要跟我说啊，从现在开始，村里没有一分钱的招待费，找谁办事，招待费自己出，只要当村干部，就得负这个责任，以后不准给村里记一分钱的账。"

周一本本来就是老资格的村干部，听到这里就明白了，这是要对他进行限制，心里非常不痛快，就发牢骚说："行行行，以后都听你的，有啥接待都找你，我们也都不管了，你说了算。"

大鹏心里也有点不耐烦，本来村里就没钱，还这么个吃法，他就有点反感，但是，碍于面子，没好意思直说，一听周一本还这么没好气地嘟囔，就反驳他："你看，你还发牢骚了，我不是没说你别的吗？村里的事情，又不是你一个人的，咋还说个没完呢？再说了，我又没说是你给村里赊的这些账款，又没责怪你，你心虚什么啊？我当了书记，规范一下还不行吗？"

"没说不行啊，"周一本说，"都听你的，你咋说咋行，你不是书记嘛。"

竹花一看，两个人上了脾气，就赶紧打圆场："行了行了，以后有啥事的时候，我们都注意点，该和书记说的，提前打招呼，工作上也不耽误事，上头来人了，你不让人家吃上饭，这也说不过去，咱孬好是个村呀。"

大鹏也听明白了，实际上，竹花和周一本在这一点上，利益和意见是一致的，因为他知道，他们俩都在村里担任副职，就指望着有点事情的时候，把买东西和饭店的账记到村里账上，自己工资那么少，要是再自己拿钱吃饭、买东西，根本就没有账算，当干部为了啥呢？当个村干部，不就是为了占村里点光吗？

想到这里，大鹏语气缓和地说："以后大家商量着来吧，有特殊情况就跟我打个招呼，上头来的人该接待还得接待，和我说，我出钱，别给人家饭店打白条。总之，从现在开始，不能给村里记一分钱的账，村里一分钱的招待费也不能有。"

顿了顿，大鹏又问："咱这些欠账，咱从哪里弄钱给人家结清啊，咱村里账上还有没有余钱？"

周一本一听大鹏语气缓和下来了，自己也不能再动情绪了，总而言之，在一个班子里工作，还是得迁就人家当书记的，就轻言慢语地说："村里哪还有钱？现在，咱村里的就剩下账了。"

"那咱村里承包出去那么多土地，土地承包费不是一年有一二十万吗，咱这些钱都去哪了呢？"

周一本说："是承包出去不少土地，但是，你想想，你的厂子有几年没交承包费了，没交承包费，村里就没钱，咱开支怎么办？只能记账。"

"我厂子这两年没交承包费，是村里没通知交纳呀，要是通知我，我肯定交了，以前那几年我每年都按时交。"大鹏也在分析着原因。

周一本一看大鹏还是有点嫩，对村里的情况不太了解，就心平气和地对大鹏说："对这个情况，你就外行了，你还不看不出来吗？赵荣进年龄大了，还想再干一届，不想退下来，想干几年怎么办？就得团结村里的党员和群众，团结这些干企业的老板，让这些人都投他的票，他就不好意思地下硬手法敛承包费，因为从谁的手里头敛钱，谁就肯定会翻脸，谁就会对他不赞成。所以说这几年就没敢下通知收钱，没敛起来钱，村里的日子才这么难过呢。"

大鹏说："那不行啊，占着村集体的地，就应该上村集体交钱，村集体的周转和这么多事业，还需要花钱呢，村西头这个变压器换了是不假，那些电线杆子歪的歪，烂的烂，都应该重新更换一下了，还有村北头那几条路，你看坑坑洼洼的成啥样子了，都得给他们修一修。不行，咱得把这钱敛起来，把这钱收起来以后，除了还这点小账，剩下的先把村北头那几条路给修了"。

一说村北头修路，周一本倒是非常同意，因为他家就住在那个地方，再者，他已经向村里反映了好多次了，因为赵荣进和竹花在村东头住，不和他一个方位，他那边的路好与坏，跟赵荣进出行影响不是很大，所以，赵荣进一直不给他修，不往那个地方花钱。这下大鹏说要敛起钱来先给他们修路，一下子调动了周一本的积极性，周一本当即表态，说："这个办法对头，就应该把欠的承包费一块收上来，把这三年的一块补齐。"

大鹏一看周一本非常支持这个举措，就对周一本说："那咱晚上开个会吧，让王胜利也过来，竹花，还有那几个组长，你通知一下，让他们一块来吧，咱一块商量商量。再是，你今天抽个时间，把那个账目捋一捋，看看咱村一共有多少户欠村里承包费的，每户欠了多少钱，咱一块弄个清楚，到会上分一下任务，看看咱们怎么收合适。"

第七十四章

周昆仑在音乐学院里越干越顺畅，如鱼得水。实际上，周昆仑根本不愿意做这些替人作弊、安排学生的事儿。他只想把自己的专业搞好，把学生教好，在教书育人方面做出一些成绩，培养出几个优秀的学生，但是，社会上的一些渗透，不允许他这么干净，不能让他独守清高，保持个人这么纯洁，这么一尘不染，自打他给周猛安排了那个学生之后，找他送学生的、通过朱丽英送学生的，还有通过他的学生曲玲玲送学生的，格外多起来，尤其是这个曲玲玲，自打当了齐邹县的副县长，一些同事和朋友找她的格外多，她呢，有这样一个老师当音乐学院的声乐系主任，也是非常关键的人物，所以，她时不时地找周昆仑，协调送学生的事情，弄得周昆仑进退两难，非常勉强。

这个周末，朱丽英开着车回到位于济南的家里，刚把书包放在鞋柜上，周昆仑就从书房里走了出来。

一看朱丽英非常疲惫的样子，周昆仑伸出双臂，抱了一下朱丽英，非常心疼地问："怎么啦？文化馆的差事还这么累吗？"朱丽英说："不是光文化馆的活，曲玲玲不是到了县里，干副县长吗？把我借调到旅游开发那边了，其实，我根本不愿意去那里，我在文化馆辅导学生就挺好的，也挺省心的，她非让我帮她去搞旅游开发，你说我不帮她吧，也说不过去，哎呀，帮她吧，我身体还真的受不了。"

周昆仑就说："啊，能干多少就干多少吧，尽量抽空休息一下。"

朱丽英就问周昆仑："丫头呢，孩子放学了吗？"

周昆仑指了指书房，说："在里面写作业呢，我刚跟她讲了一下二次函数，哎呀，现在这么一看，孩子的作业咱还真的是做不了呢，现在让我们重新考大学，我估计都够呛，不一定能考得上。"

朱丽英说："我去看看。"

"嗯，"周昆仑一把拉住她，"先别了，正集中精力做她那张试卷呢，你在这稍微喝点水休息吧，"说着，周昆仑端起了一个水杯，递给了朱丽英，随后拉着朱丽英在沙发上坐下，周昆仑就问朱丽英，"曲玲玲告诉你了没有？"

"告诉我啥呀？"朱丽英问。

"曲玲玲说她分管的那个体育局还是教育局有一个副局长的孩子，今年想考音乐学院，让我给他关照一下，我怎么给他关照啊？哎呀，这样太烦人了。"

朱丽英说："没跟我说，她怕一给我说了，我再给她推，不给她管了。我不愿意给你揽这样的活儿。"

"算了吧，算了吧，先别说这个了，你先休息一下吧，我做饭，做完饭以后，咱们和孩子到泉城广场去溜达吧，别这么累。"

政策的推进力度还真的是非常大，国家逐步加强对民营企业生产经营行为整顿治理。对于一些污染项目和高耗能项目，国家设置了严格的门槛，环保要求更加严格，老百姓反映强烈的、乱排乱放、烟尘乱飞的企业，不符合要求的项目根本没法生存。

这样一来，大鹏和孙子宝经营的一众企业就非常不适应了，尤其是环保的要求和土地政策的要求，让这些企业负责人始料未及，还真的是措手不及。

在乡党委书记刘光明的办公室里，大鹏一听土地又出问题了，要进行清理，一下子头都大了。

大鹏一脸不耐烦地对刘光明说："这个样子麻烦大了，原先的时候，咱以为只要是乡里头批了，乡长同意了，上的项目就是合法的，现在这么看来，还是得县这一级以上的部门批了才行呢。"

"这就是要求啊，"刘光明说，"国家批准，不是乡镇政府批准，这一级只是地方啊，不代表国家批准，我们这一级权力是非常小啊。"

"那咋办呢？"大鹏说，"咱企业占的这些土地，只有一开始的那块地是有国家土地审批手续的，其他的都是租的，租的村里的，还有农户的，要是把我们厂拆了，那咱的损失可大了，直接要命啊。"

"我找县里沟通一下，看看咋办吧。反正国家有要求，红线是不能突破的，这个规定很严格，不管你是什么项目、什么企业，只要占地不合法都必须把土地给倒出来。"刘光明思考了一下说。

大鹏就催促刘光明："你抓紧问问吧，这可不是闹着玩的，不只牵扯我一个企业，好多厂子都是这样的。"

大鹏和周一本、竹花、王胜利利用晚上开会，专门商量清理承包费问题，清理了一下，占村集体土地的一共是38户，这38户，有4家轧钢厂，6家炼铝厂，两家酒厂，剩下的都是一些废轮胎加工的小厂，还有打包的、打压块的，反正就是一些加工型的企业，甚至里头还有两家收酒瓶子的。

大鹏问："这些企业最长的有几年没交承包费了？"

周一本就拿起台账说："你看这两家收酒瓶子的，赵荣进的侄子，还有那些收废旧轮胎的，已经七八年没交承包费了，酒厂和轧钢厂也有两三年了。"

"这些承包费，如果我们收起来约有多少钱，你算了没有啊？"大鹏就问周一本。

周一本大体地看了一下账本，说："这些企业的承包费，要是收起来的话，大约有30多万。"

大鹏往座椅上一靠，双手抱了一下头，说："这些钱要是收上来，真给我们解决大问题了，不但能把村里以前的陈账清理一下，还能把村北头那两条路给修了，这下咱村里的面貌，就能发生根本性的变化，这钱非得收上来不可。"

快嘴快语的竹花就说："以前的时候，也不是没想收，只是收的时候吧，牵扯到的人不是这个亲戚，就是那个亲戚，不好意思抹下脸皮来，才收不起来的，反正打算收，你就得惹点气。"

"咋能是咱惹气？咱们代表村集体，这些占了村里土地的，就应该交承包费，不交承包费，欠着这么多钱，村里没钱给群众修路，办不了事情，群众不得埋怨我们吗？我们当村干部，我们的责任在哪里了？就这么一个办法，这次非收上来不可，明天你把那个书面的通知，分成三个片，让各片的片长给他们送下去，限定5天之内交上，交不上的，对不起，我们就交给司法部门了，让司法部门起诉，让司法部门依法给收缴了，到那收缴的时候，有罚款和滞纳金什么的，那就怨不得我们了，反正该交的钱得交，早交的能少交，晚交的根本也沾不到什么光。"

竹花不想去得罪人，看了看周一本，说："如果让司法部门统一起诉交的话，那直接交给司法部门，让他们给咱代收就行了。咱村里头下通知也得罪人啊，你让他们掏钱，他们就不高兴。"

"话不能这么说呀，"大鹏说："面上的通知，我们还是要下，绝大多数人是通情达理的，他们占了村里的地，让他们交承包费天经地义、合理合法，你放心，这38户下完通知，至少有25户会痛痛快快地交上，剩下个10户8户的，那几个调皮捣蛋的，咱再交给法院也不晚，你抓紧准备下通知吧。"

第七十五章

滔滔黄河，宽广而敦厚，以自己的博大胸襟，养育了这方土地上的儿女。也因为自己的宽宏与波澜，时常上演一出出汹涌澎湃的活剧，使两岸人民也在时时提防活剧带来的惊喜和不安。每到雨季，暴雨成患，山洪暴发，都会汇集到黄河中来，使黄河的防汛安防成为重中之重。

孙子宝领着醴泉乡的队伍，参加全县防汛演练，乡武装部部长喊着嘹亮的口号，带着整齐划一的队伍，从黄河大堤上冲下来，每人扛着一个装满沙子的泥龙袋子，放在要决口的黄河堤坝上，就等于是在垒起一道新的堤坝，这就是今天的防汛演练的项目。

任务明确了以后，指挥部总指挥下了一道命令："洪水来了，情况紧急，马上就要决堤了，大家要迅速地把冲开的这个口子堵上，一定要速度快。"

接到命令以后，孙子宝带领他的小分队就齐刷刷地进入阵地，弯腰扛沙袋，然后百米冲刺地往这个堤坝口上送沙袋。

巍巍堤坝，滔滔黄河。

口子实在是太大了，孙子宝的小分队干了一个小时了，还是没看见口子要合拢的样子。演练总指挥一看，情况不理想，兵力不够，又赶紧调来了一支队伍，配合着孙子宝的小分队，一块儿堵住这个堤坝口。刚来的这支队伍是一支年轻的、刚参加战斗的队伍，精神头十足，体力也充沛，一下子就生龙活虎地干了起来，这一下让孙子宝他们跟不上了，孙子宝心急地抓起一个沙袋，大喊一声："同志们冲啊!"就一下子跳进了堤口，忽的一下，孙子宝就听见自己的腿"嘎吱"地响一声，一下子就趴在了堤坝的沙袋上。

孙子宝就觉得腿可能是折了，紧接着一阵阵撕心裂肺的痛。

跟孙子宝一块来的同村民兵一看情况不妙，就赶紧把沙袋放在一边，几个人把孙子宝从下面抬了上来，孙子宝的腿明显疼得不得了，这时参加演练的急救车赶了过来，大家把孙子宝抬上了120急救车，车子鸣着笛，往县医院跑去……

电话早已经打到了醴泉乡龙怀村，乡党委副书记刘赫森、村支书大鹏，陪着竹花到了县医院急诊室门口，一看见孙子宝被人从车上抬下来，竹花号啕大哭，大鹏一下子就把她拉在了一边："你哭什么哭，人这不好好的，这不还活着吗？先看病要紧，这不是哭的时候。"

竹花就赶紧趴到了孙子宝的脸上，问孙子宝："疼不疼？"

孙子宝咬着牙说："疼，疼得厉害。"

竹花问："哪条腿？"

孙子宝疼得龇牙咧嘴，说："左腿，可能是摔断了。"

竹花赶紧安慰他说："没事没事，死不了就行啊，医生肯定有办法，腿拾掇拾掇还能使啊。"

几个医生一通紧锣密鼓地忙活，主治医师说："赶紧去拍片做 CT，看看到底是哪个地方，抓紧给他做手术，用钢钉固定的办法给它固定好了，这样恢复起来也快。"

手忙脚乱了一阵，拍片做 CT，确诊了，就是孙子宝的左腿胫腓骨骨折，是从高处跳下来的时候，断骨又形成错位，必须动手术把那骨头复位接好，然后固定住，肯定要在医院住上一段时间了。

手术做完的时候，已经是晚上 9 点了，大鹏就把竹花叫一边，说："你在这儿照顾孙子宝，我问一下人家医生，请人家医生出去吃个饭，你说人家从下午一直忙活到晚上了，手术就做了五六个小时，我得请人家吃个饭。"

竹花就要从口袋里掏钱，说："我给你钱，你去。"

大鹏说："你就别来这一套麻烦了，哎呀，你把病号照顾好就行了，我过去跟刘赫森书记说一声，他在那副院长的办公室呢，我看你家里人也来了，你和你弟弟他们，主要照顾病号吧。"

说话的工夫，刘赫森陪着骨外科的主任张长丁就来到了病房，手术室的医生们把孙子宝安排到了病房里头，护士们手脚麻利地给他打上了消炎的点滴，就走出了病房，大鹏就赶紧把主治医生叫到了走廊边上，说："时间这么晚了，咱一块出去随便吃口饭，我们也没吃，你们医生们也辛苦了。"

医生们都说："哎呀，不用不用啊，我们是应该的。"骨外科主任张长丁跟刘赫森是同学，张主任就对医生们说："你们几个抓紧准备一下吧，房间定好了，就在那个上善若水大酒店，301 房，我们先去等你们，你们大约几个人？"

主治医师就跟主任说："我们还去吗？"

主任说："去吧，没别人，是我同学，约上他们一块去吧，我跟我同学，加上村里的书记，三个人，你们四五个人一块去吧，做手术的，还有麻醉的。"

主治医师一看再推脱也不好了，说："你们先去吧，我们换好了衣服洗把手，看一下病号再去，留下值班的医生，我们大约就5个人。"

上善若水大酒店，坐落在齐邹县城的东部，在步行街的东头，是用一排商品房改造的，下面的一层是酒店的吧台，2楼和3楼是包间。酒店的四周有烟酒专卖店，还有经营水果、水饺、馄饨的铺子，还有一些火锅店什么的，反正是以餐饮业为主的这样一条步行街。

医生们都到齐了的时候，大约是晚上九点半了，应该快到了关门打烊的时候了，这时老板就通知后厨里的大师傅们马上烧菜，菜很快就上齐了。乡党委副书记刘赫森就坐在了主陪的位置，大鹏坐在副主陪的位置，刘赫森就问他的同学："咱是先吃口菜还是先喝酒啊？"

张主任说："先让他们吃口饭吧，你看都累成啥样了，哎呀，我们这帮医生真是天顶天地这么忙，实在是太辛苦了，大家先吃口饭吧，吃口菜。"

狼吞虎咽地吃了大约五六分钟的饭，这时，刘赫森端起酒杯来说："今天非常感谢医生们，把我们这个病号给安排得这么好，我得给大家敬杯酒，谢谢大家呀。"

这时，其中的一个医生说："我今天晚上不能喝酒，我得开车去接学生，唉，我抽根烟吧，哎呀，可累死我了。"

大鹏赶紧把玻璃桌上的两包苏烟，用转芯给他转一包过去。"那怎么办呢？"刘赫森看了看张主任。张主任说："他不喝就不喝吧，他孩子念高中了，待会儿他去接学生，时间太晚了，咱们少喝点吧。"

时间确实有点晚了，大家只顾着吃饭，也没有几个说话的，平常喝酒的那些豪言壮语也都没有出现，大家互相表示了一下，喝了大约两杯酒。

一看场面是挺清冷的，骨外科张主任就开始讲他的医学理论了。

张主任点上了一支烟，猛抽了一口，吐出了一个烟圈，对刘赫森说："你们这些当官的，都懂得养生了，现在我告诉你，身体要健康，得注意什么呢？千万要记住，一定要少抽烟少喝酒。"说完，张主任又猛抽了一口烟。

刘赫森笑了笑，说："你这还少抽烟、少喝酒呢，你现在都喝了两杯了，你说这个啥用啊，哪次喝酒你少喝了？"

张主任说："我喝多少没关系，我是医生，我心中有数，我是说你们这些当官的，得少喝酒少抽烟，我是为你的身体考虑，来吧来吧，大家一块喝一杯。"

医生的话，对于指导大家维持身体健康是非常有益的，所以，刘赫森坐主陪的这一顿饭，一共是 10 个人，6 个喝酒的，才喝了 4 瓶白酒，抽了 2 包香烟。

孙子宝前前后后养病养了 100 多天，终于能拄着双拐一瘸一拐地上厂里上班了。

麻烦事又来了，虽然竹花在村里干着工作，不好意思说要补偿的问题，但是，孙子宝是村里安排他执行任务，去参加防汛抢险演练的，村里又是接受的乡里任务，那么问题就来了，孙子宝形成伤残以后，谁来承担这个责任，谁负责给他一定的补偿？虽然孙子宝和竹花碍着面皮不好意思说，实际上，大鹏心中有数，肯定得给孙子宝点钱，或者给他落实一个什么样的待遇，对他进行一定的补偿。

乡里八点半召开各村书记参加的会议，大鹏就提前了半个小时，到了刘光明的办公室，把情况跟刘光明说了一下。

刘光明问："这孙子宝他的家属现在不是干着村委委员吗？"

大鹏说："是啊。"

"她有啥想法？要求非常强烈吗？"

大鹏清楚，刘光明是想看竹花的态度，就说："其实家属也没吵没闹啥的，也没提过分的要求，基本上就没提。但是我能看出来，人家也是在等着我们给他一个说法，前前后后看病花了 5 万多呢，也不是个小数目。像这种情况是不是能够办个伤残，给他落实个什么待遇？反正，今回这小子伤得不轻啊。"

刘光明像是自言自语，又像是对大鹏说："你琢磨一下，他不是国家公职人员，又不是村干部，就是一个民兵，给他点钱吧，他家里干着厂子，也不困难，不给他点钱吧，是因为公家的事伤着身体了。这件事儿，我们确实应该给他一定的补偿。"

大鹏想了想，说："要不先给他办上低保吧，每月给他发上点钱。"

"那哪行呢？"刘光明说，"他家里开着厂子，又不困难，你说要给他办个低保，不让别人笑话吗？好了，咱这事这么办，你呀，跟竹花从侧面说一下，看看有啥要求，咱想办法先把医药费给人家解决了，新农合那边给他报了多少，还剩下多少，先给他解决了。另外呢，从村里或者从乡民政上，看看按照困难群众走访的路子，给他点钱，想办法摆平这事。"

"嗯，"大鹏说，"这样也行啊，我先跟竹花商量商量试试吧，应该问题不大。"

　　说完了这些话，大鹏心里头基本上也有数了，就开玩笑似的对刘光明说了一句："你看看这个孙子宝，当时我们就劝他，干企业就好好地干，不能往水沟里、枯井里头，乱排放污水，惹着水龙王，早晚得吃个苦头，你看这话应验了吧，他到黄河边上执行任务，肯定是水龙王认出他来了，把他给伤了一下，这小子这回是接受教训了。"

　　刘光明听了大鹏这句话，也深有感触地说："当然，我们不能搞封建迷信，但是，自然界的一切东西，世界上的万物都是有主的，千万不能放弃了对大自然的敬畏之心，随意乱排乱放，只顾眼前，想怎么干就怎么干，老天爷早晚会跟你算账的。"说到这里，刘光明话锋一转，"你做工作的时候，不能跟人家这样讲啊，还是尽量以安抚为主。"

　　"知道知道，"大鹏一边说着，一边抬起手腕，看了看表，"时间到了。"就急匆匆往乡政府会议室走去。

第七十六章

　　赵荣进在大鹏厂里风平浪静地干着闲差，时间一长，大鹏也忘了是自己把赵荣进赶下台去的。赵荣进虽然不直说，心里却一直放不下这事儿。

　　醴泉乡新建幼儿园终于投入使用了。这一天，要举办新幼儿园开园典礼，出人意料的是，县委副书记吴长茂竟然出现在开园典礼仪式上，这让人非常地闷，本来就是一个小小的幼儿园，怎么会惊动县委的主要领导干部呢？

　　下通知是早上8点，全乡中层站所长和各村支部书记都到现场参加这个活动，大鹏就开车顺路，接上了几个乡干部一起到了幼儿园，还没到开会的时候，幼儿园老师们和教委领导，就安排他们先在幼儿园里头转一转，参观一下新幼儿园的设施。

　　现在的工作安排部署就是这样的，一般的乡镇会议只要是有点规模的，都要通知中层站所长、乡直各单位负责人，加上村支部书记，也就是七八十个人这样的规模。如果遇到国家省里重要会议，还会要求全体机关干部参加，反正总体来说，只要有活动，就得有一定的人员参加，才能像个样子。从理论上说，让应该知道这个会议精神的同志都参加，让有一定职务的同志露个脸，但实际上，有很多同志与这项工作没有什么关系，但是，没有办法，现在就是这么一个工作方法。

让大鹏大吃一惊的是，这个新建幼儿园的副园长竟然是小柔。大鹏一下子就明白了，肯定是她表哥刘光明给安排了这样一个差事。

小柔笑眯眯地看着大鹏，说："大鹏书记啊，我们新建的幼儿园咋样啊？"

大鹏满脸堆笑地说："可了不得，这下子得投了一两千万吧，真是乡里的大手笔呀。"

"不只是投入大，我们这个幼儿园是按省级幼儿园的标准来建设的，里面的电脑操作室、演出排练室等设施，都是省内一流的，咱们农村的孩子也能接受和城市孩子一样的教育。"

听了小柔这么内行的介绍，大鹏由衷地佩服，这个姑娘还真是不得了，两人边说着边到了一个墙角，大鹏悄悄地问小柔："你咋上这儿来了呢？"

小柔笑了一笑，对大鹏说："我原先就有教师资格证书，俺表哥说，成天到处跑，做生意，到处卖茶叶挺辛苦的，给我找了一个固定的活，慢慢地有一个稳定的差事，将来养老的时候，能发点退休金。"

"行行行，"大鹏高兴地说，"这主意不错，这样也给你找了一个稳定的工作，你也成了国家正式干部了。"

小柔莞尔一笑，说："啥呀，还正式干部，就是招聘的幼儿教师罢了。再说，俺们这里有园长，我只是在这里当幼儿教师，还没具体分工呢。"

"你分工好分啊，有你表哥，你想干啥就能干啥，好好地干吧，咋没早告诉我呢？"

小柔笑而不语。

说话的工夫，吴长茂就到了会场，乡党委书记刘光明陪着走进园长办公室，小坐了一下，同时来的还有副县长曲玲玲，她来很正常，她是分管教育的副县长嘛。

很简单的幼儿园开园仪式结束后，刘光明就说："你们县里主要领导来一趟不容易，咱到几个上规模的企业去看一下吧。"

"那行啊，"吴长茂说，"正好我今天上午没有会，下午两点，市里有几个领导过来，咱抓紧吧，去看上几个企业。"

曲玲玲说："我还有点事得回去处理，谈民宿项目的大学教授来了，我得陪他到民宿建设点去看一下，你们去看企业吧。"

刘光明看了一下吴长茂，吴书记说："行啊，让曲县长先回去忙吧，咱们抓紧走吧。"刘光明就跟副乡长钱忠诚说，"你抓紧通知大鹏，到他的厂里去看一下。"

大鹏正好就在钱忠诚的后头，一听这话就走到跟前，马上说："好的，我马上回厂，我在厂门口等你们。

　　竹花找到大鹏厂里的时候，正赶上吴长茂去大鹏的厂里视察，大鹏就安排竹花："你抓紧到食堂看看还有什么菜，今天中午如果领导们在这里吃饭的话，菜要是不行的话，你就先去买点，你看看赵荣进在不在那边，在的话就让他把那间接待室拾掇出来，我先陪县里和乡里的领导到厂区里转一转。"

　　本来竹花找大鹏是为了她对象孙子宝受伤的事，虽然出院了，但是，医药费花了5万多，确实没有着落，急得抓耳挠腮，想让乡里和村里给他解决，但是，大鹏一直就是不吭声，也没有说法，竹花碍于和他都是村干部的面子，又不好意思急眼，所以只好一趟一趟地找他，刚找到大鹏厂里头，正好遇到县里和乡里领导检查指导，所以只好先给他帮忙了。

　　吴长茂是老牌的县领导，对到企业视察和摆拍照片上镜头是非常有经验的，只见吴长茂站在车间的门口背对着一台生产设备，和门口的一个技术人员就聊起了天，问技术人员："现在的生产是不是正常啊？"

　　技术员戴着头盔，手上一副油脂麻花的手套，满脸笑容地说："生产很正常，车间工人每天都进行安全培训，按照操作规程来，请领导们放心。"

　　吴长茂一看大鹏车间里的工人，精神状态非常好，安全措施也比较齐全，心里也比较放心，就对随行的刘光明说："你看这样的企业才是比较规范、有发展势头的企业，如果企业不把安全放在前头，再怎么赚钱，出点问题、出点事故就不得了，在这方面多投入，认真抓好，才是明智的选择，这个企业的老板是个明白人。"

　　刘光明一听吴长茂对企业评价这么高，自己脸上也金光灿烂的，就顺他的话说："这个企业的老板不只是一个搞企业的，还同时担任村里的支部书记和村委主任，村里的工作搞得也非常好啊。"

　　吴昌茂高兴地说："就得抓这样的典型，推广宣传，让这样的人才脱颖而出啊"。

　　说到这里，吴长茂见电视台记者摄像拍照都进行得差不多了，就对刘光明说："时间也不早了，我得回去了，下午上头还有接待任务，中午有人等着我呢。"

　　大鹏一看吴长茂和刘光明要撤退，就赶紧凑跟前说："各位领导，厂里已经备了午饭，就在这里吃个职工餐吧，咱们别回去了。"

　　吴长茂看着大鹏就高兴地说："你这厂子，一定得好好地干啊，今天中午，我还真是非常愿意在这里，和职工们一起吃个午餐，但是市里来了几个领导，在齐邹宾馆，我今天中午必须参加这个接待活动，我真愿意和工人同志们在一块吃个饭啊，实在是不好意思了，我先去完成这个任务吧，我们都是国家工作人员，服从工作安排是第一位的。"

刘光明赶紧接了话茬，一边打着哈哈，赔着笑脸说："你看县里的领导就是忙啊，为了群众，为了企业，争取支持，总而言之，都是为了这一方百姓啊，那么咱就让吴书记先去陪市里领导吧，给我们争取更好的环境。"

司机已经把车调整过来了，车头已经冲向了厂门口，吴长茂走到车跟前的时候，刘光明先把他的车门打开了，伸出右手遮挡在车的上方，吴长茂冲大家摆了摆手上了车，然后小车一溜烟地走了。

送走了吴长茂，大鹏就对刘光明说："他走他的吧，今天中午咱在这儿吃饭吧，我让竹花去买菜了，赵荣进也把那个房间整理好了。"

刘光明抬起手，看了看时间："嗯，十一点了。"就和随行的钱忠诚、刘赫森和管区书记王前进说，"啊，在这儿吃吧，反正这个点回去也干不了啥活了，大鹏书记，你把中午饭安排好吧，粗茶淡饭就行啊，别弄得那么复杂，炖个白菜汤，炒几个小菜就行。"

"好了，"大鹏说，"这你甭管了，总而言之，我们不浪费就行了，按农家菜来吧。"

中午吃饭的时候，本来气氛是挺快乐的，快吃完饭的时候，突然，刘光明好像认出了竹花，问："这个女同志是不是孙子宝他对象啊？"

竹花赶紧站起来说："是啊，刘书记，我刚才想给您敬个酒，也没有机会，我敬你一杯吧，您看俺家的孙子宝让您操心了。"

竹花说到这里，刘光明不接茬也不行，谁让他主动地说起孙子宝来呢，刘光明就说："哦，现在咋样了？"

竹花泪珠就掉下来，说："啊，现在恢复得差不多了，自己在家，能挂着双拐来回走了。"

大鹏一看，赶紧接话茬，说："唉，没啥事了，刘书记咱先吃完饭吧，有啥事的时候我再跟您汇报。"

刘光明一看不表态也不行了，就赶紧对竹花说："你一定照顾好他，跟大鹏书记说，有啥困难一块商量商量，有需要乡里帮你解决的，乡里帮你解决一下。"

大鹏害怕竹花提出别的要求，也害怕刘书记乱表态，让他收不了场，就直接叫停："今天中午咱先不说这事了，抽时间我把一些想法再跟你汇报，咱今天中午先吃饭。竹花，你也先吃饭吧，先别伤心了，反正人又没啥大事了，快好了。"

就这样，在两头为难的情况下，这个顿中午饭好歹吃完，临走的时候，竹花在房间里头拾掇桌椅碗筷。大鹏送刘光明上车的时候，刘光明悄悄地问他："孙子宝这个情况，到底花了多少钱？"

大鹏就说："你先甭管了，你先回去休息吧。"

刘光明对大鹏说："不是不管，按说人家去防汛受了伤，最起码医药费得帮他解决，你看看差多少钱，你去找我，乡里头帮他解决解决。"

大鹏一听乡党委书记表态这么干脆，就直接说："你要这么说的话，这事就好办了。你先回去休息，我看看他一共花了多少钱，到时候我再去找你吧。"

送走了刘光明，回到房间，竹花还一个人在那里"吧嗒吧嗒"地掉泪。大鹏就说："甭为了这事伤心了，反正不在这个地方出事，就在其他地方出事，这人就是这样的命运，受了点伤，怎么了？又没有别的毛病。再说现在不是好了吗？我问你，孙子宝看病一共花了多少钱？"

竹花一听，大鹏好歹问到实质问题上了，就说："一共花了5万多，医院里报了19000块钱，还有32000块钱，单子都在这儿，没处报呢。"

"那你明天把医药费单子，还有打车的费用，租车的，还有电话费什么的，你把那单子一回给我拿过来吧，我给你想办法处理，你看你着急的。"

说到这里，竹花心里有了底，脸上的表情平和多了，看了看房间里头没有别人，就暧昧地对大鹏说："你要是给我处理好了这件事，大鹏，我好好地谢谢你。"说着还用膀子扛了大鹏一下子，弄得大鹏十分反感："你把孙子宝照顾好就行了，别弄这个了，啥时候了，还真是的，你抽个时间把单子给我拿过来吧。"

吴长茂出现在醴泉乡一个普通的幼儿园开业活动上，给了刘光明很大的面子，刘光明心情非常愉悦和激动，因为有了县委副书记为他站台，他自己觉得面子上非常有光彩，乡里大大小小的事情都有县里领导支持，所以说，刘光明也觉得底气很足，在别的乡党委书记面前，也觉得非常有面子。

现在的工作就是这样，虽然同样是为老百姓办事，同样是办一个幼儿园，或者是建设一个新项目，相关的局长参加，是一个层次，县委副书记、副县长参加是一个层次，能把县委书记和县长请了去，那绝对是最高的档次和礼遇，说明这个乡书记、乡长，是非常有影响力的，因为只有最有实力的乡领导，才能把县里两个一把手请到现场。

但是，通常的情况是，县委书记和县长是不会参加这样一个普通的幼儿园或者一个小公园、一小企业的开业典礼的。这样的话，把县委副书记和副县长，请来参加一个幼儿园开园典礼，那也是高水平、有能力的乡党委书记才能办得到的。

想到这里，刘光明莫名其妙地高兴，所以，中午在大鹏厂里吃完饭，非常乐意帮助大鹏解决孙子宝的问题。在大鹏厂里检查指导工作，吴长茂表现出这么高的兴致，给了企业这么高的评价，他觉得大鹏给他的脸上增光添彩了，所以，他就主动地问起了孙子宝的情况，并且直接表态，要帮大鹏把孙子宝的医药费解决了，也等于给大鹏撑腰壮胆，让大鹏在这个村里干起工作来，对群众说起话来，底气十足，这对于政界来说，是一个各方都赢的良好效果。

第七十七章

大鹏到刘光明办公室的时候，正赶上刘光明通完了电话，刚把他那个红色话筒放在了话机上。

刘光明的办公桌上放着一份"关于同意撤销醴泉乡，设置礼泉镇的批复文件"，申请了这么多年，马上就可以撤乡设镇了，说明这个地方的经济发展和社会事业，达到了一定的水平，刘光明感到非常高兴，不管咋说，这个地方撤乡设镇是在刘光明的手里实现的。

"咋了，这么快吗？今天就是为了孙子宝的事吧？"刘光明问大鹏。

大鹏说："哪能呢，还能这么办吗？得考虑好了我才能给他拾掇，我寻思着有件事向你汇报一下，你帮我解决。"

"啥事啊？你说吧。"刘光明说。

"这不厂里占了几片地嘛，县国土局的人天天来要求复耕，弄得我没有心思干工作，厂里头的工人也是心神不定的，你得帮我协调协调国土局，让他们给我想办法解决了，办成建设用地或者什么的，别老是找我麻烦。"

刘光明沉思了一下，说："这次土地卫片拍出了镇里头好几块不规范的用地，还真是挺麻烦的，2010年前占的地还好说，后来占的这些地，都得该拆的拆，该复垦的复垦，恢复到原来的地貌。"

"那咱的地方基本都合法呀，咱都是2010年前的，后面那个车间是2013、

2014年建的，你得想办法把这件事给弄一下啊。"大鹏非常着急地说。

刘光明突然问大鹏："你和李志海还有没有交往？"

大鹏说："根本就没有交往，原先人家李志海在这里干党委书记的时候，我只是干企业，还没担任这个村书记，一般的情况下，人家有检查任务到厂里头走马观花走一趟，人家主要是和村书记打交道，我根本和人家没有过深的交情啊。"

"这事非得找他不可，"刘光明沉思了一下说，"如果不找他，找县里的领导，县领导说了话，最后还是得找李志海，国土局这边给办理手续，也就是说不管咋转悠，李志海这里是转不过去的，必须得从他这里走。"

"那就是你的事了，你跟他搭过班子，再者，你和他关系也不错。你找他，他肯定给你面子啊。"

刘光明瞥了大鹏一眼，说："现在情况不一样了，你根本不知道，随着时间的变化，思想也变化了，现在一般的情况，找他办事，他根本不答应啊，哎呀，非常麻烦，再说他原来是乡党委书记，我是乡长，有些事情我还得尊着他。"

"那我不管，"大鹏说，"我最大的本事，就是找你，你就是我的靠山，你想办法给我解决这件事。"

刘光明沉思了一下，又顿了顿，说："这事这么办，我呢，约上吴长茂书记，再约上李志海，跟他们吃个饭，把这事含蓄地说一下，看看怎么解决，有了信我再通知你。"

"行啊，这办法好，我先给你点经济支持吧，你好跟人家喝酒啊。"

刘光明说："不用，我车上还有酒，你甭管了，我自己安排吧。"

"那我可就回去等信了。"大鹏说完站起来就要走。

"你先等等，还有件事没跟你说呢。"刘光明叫住刚要走的大鹏。

大鹏转过脸来，往回走了几步，走到了刘光明跟前。刘光明站起来，用比较低的声音和大鹏说："上次县委副书记吴长茂到你厂里检查的时候，提出了一个问题，就是厂里的安全帽和职工工作服啊，有的都很旧了，有的都坏了，这个看起来不是很规范。提个建议啊，你统一给你厂里安全员，更换一下工作服和安全帽，包括一线的工人也得给他配上工作服，这个非常重要，现在检查就检查这个东西，如果安全措施不到位的话，下一步罚款是非常重的。"

大鹏说："这都是小事啊，这个还不好办吗？现在那卖工作服和安全帽的天天跟在屁股后头，"说到这里，大鹏突然好像明白了什么，就问李光明，

"你是不是有这方面的渠道，卖工作服和安全帽什么的？"

刘光明一看大鹏明白了，就直接对他说："你还不知道吗？吴长茂的一个妹妹就是专门经营服装的，原先是经营机关干部和职能部门的制服西装什么的，现在扩大经营了，也卖这个工作服、劳保用品，消防器材什么的，那天呢，他透露了一下这个意思，没说非让你买呀，这个你自己拿主意，参考参考这个意见。"

"哎呀，咱俩这么多年的关系了，你还不放心吗？你就不用在这拐弯抹角了。"大鹏就直接说，"这个我还不明白吗，我傻啊，还是怎么着啊，咱现在还求人家办事，给人家送钱，还怕人家不要呢，买人家点工作服，这不很正常吗？你有没有联系电话呀？你把电话给我，我安排个人给他联系联系，我让老赵给他联系就行，联系好了就买，给职工们换一遍。"

刘光明在他的办公桌上一个笔筒里头拨拉了一下子，就找到了一张名片，上面写着"吴丽丽"，是一个女企业家，刘光明就把这张名片递给了大鹏："这是联系电话，你有什么事情跟她联系，但是，咱把话说到前头，这不是人家吴书记的意思，也不是我的意思，是你根据市场需求，需要你就买，不需要你就不买，你如果买她的合适，你就买她的，如果买她的不合适，你就买别人的，这个没有强求的意思啊。"

"哎呀，"大鹏说，"知道，知道，你就不要绕圈子、拐弯抹角了，咱们都是多少年的朋友了，有啥话你直接说就行了，我安排个人买她点货不就行了吗？再说，咱厂里也需要这些东西。"

说到这里，大鹏心血来潮，因为有些领导推荐的货品，质量倒是说得过去，关键是价格太高了，比外面市场上卖的东西贵得多，不买吧，领导又不高兴，买吧，确实得多花好多钱，其实，这背后的猫腻大家都知道，肯定是人家客户把一块大蛋糕送给领导了。但是，企业是追求利润的，你这么明显地强取豪夺，弄得做企业的确实非常难受，不买又不行，买吧，心里确实不痛快。

想到这里，大鹏就发牢骚，说："现在的关键是，买他她的东西比买外边的东西贵很多，哎呀，我知道应该怎么做了，我明白了，你放心吧，咱就买她的就行了。"

刘光明一听，大鹏这次确实有点反常，不像以前那样逆来顺受，那么痛痛快快地接受了，知道这件事情有点强买强卖的意思了，就缓和地和大鹏说："这个你自己拿主意，不是说非让你买，也不是说非让你买她的，买不买你自己拿主意，你掂量着来吧。"

刘光明说话的语气里头明显带着威胁，充满着不确定因素，弄得大鹏心里头十分别扭，大鹏又绕不过他这道关，心里头就烦气得不得了，但是，脸上还得强颜欢笑，说："行行行，买谁的也是买，买吧买吧，你不用管了，这事跟你没关系，不是你说的，也不是你安排的，你还是抽空去给我办那块地的事吧。"

两个人一番不是非常愉快的谈话结束了，刘光明和大鹏都各怀心思。刘光明为了讨好县委副书记吴长茂，拼命地拉拢着乡里的企业，买他妹妹的衣服，还有工作服、器材什么的，给吴长茂创造经济效益，目的很简单，就是让他在刘光明提拔和任用上提供方便和支持，这是显而易见的，要不他拼命地巴结吴长茂，有什么意义，或者说，这里头还有刘光明的什么利益输送也不一定，大鹏想到这里，就琢磨着，反正是在人家手里头捏着，不买人家的东西又不行，多花点钱就多花点钱吧，花钱买平安，想到这里，大鹏心里稍稍平静下来。

临出门的时候，大鹏又问刘光明："刘书记，孙子宝那事找谁处理呢？"

刘光明说："你去找民政上的大老金吧，让他从救助里头把剩下的医药费给孙子宝解决一下，大约还需要多少钱？"

大鹏说："2万多。"

刘光明对大鹏说："你琢磨一下，你跟大老金商量一下，老金民政上的资金，最多的一次性救助，可能不会超过一万块钱，实在不行，就是今年给他一万，明年的时候，再给他解决一万，分两次给他解决了。"

"分两次也行啊，"大鹏说："不管咋说，咱俩当着人家竹花的面给人家表的态，说得那样坚决，咱得尽快地给人家一个说法，要不，咱给孙子宝办上个低保吧，那每月给他发上个百儿八十的钱，他确实是因为工伤造成生活困难，没有生活来源了。"

刘光明冲着大鹏摆了摆手，说，"你跟老金去商量，你俩看着办吧。"

大鹏说："我去找大老金，我就说你点了头啊，让我跟他说一声，叫他给我办。"

第七十八章

财政所所长大老张出事的消息传出来的时候，还真的让镇上的干部大吃了一惊。人们说什么也没想到，他竟然挪用了四百万的财政资金用于炒股，这就让人纳闷了，这公家的钱还能当成自己家的，想怎么用就怎么用呢？

有一段时间兴起了炒股热，镇上不少干部在业余时间偷偷地在炒股，有的还真从炒股里头赚了万儿八千的，这一下子就引起了大家的兴趣，疯一样地往里头投。有的还托人，让别人帮忙炒股。大老张就是在这样一种环境下开始炒股的，其实就他本身来说家庭条件并不错，儿子也上了班，每个月有四五千块钱的工资，他自己的工资也不低，根本用不着再想别的招数，增加新的收入，但是，一看到人家炒股赚了钱，就眼红，自己心里痒痒。

尽管这样，只是用自己的钱炒股的话，那还勉强说得过去，但是，他瞄准了公家的钱。原来，财政所的资金都在银行里头存着，大老张是财政所所长不假，财政所里头一共三个人，他同时还管着书记、镇长和镇政府的财务公章，别人办业务的时候都需要到他那里盖章，他就琢磨着在支票上盖上镇长的手章，还有他财政所所长的印章，加上镇政府的财务公章，就能拿出钱来。尤其是一开始的时候，大老张从银行里头拿了 10 万块钱，让张店的一个朋友，给他买了一只股票，结果一下子赚了 2 万多，这让大老张头脑呼的一下子就热起来了，之后是 10 万、20 万、30 万，最多的时候，一次性从里头挪用了 50 万，但是，再后来的时候，套在那只股票里头，根本就提不出现钱来了，这一下，大老账慌了脚丫，加上县乡对公款账户进行清理，县里组织纪委、财政、审计、监察等部门进行联合清理，这一下子大老张头上汗都下来了。结果很明显，大老张的荷叶包不住粽子了，只能跟着检查组乖乖地走了。

但是，钱怎么追回来呢？这让镇上领导非常头疼，就因为这个，刘光明也受了县纪委的一个处分。本来刘光明就要到县里任职了，这一下子弄得他的政治生涯又按了暂停键，刘光明气得不得了，但是没有办法，管理失察，自己确实应该承担责任。

于是，刘光明决定对镇上一些很长时间没有调整工作人员的岗位，进行一次合理的调整，把一些长期掌握着一定资源的中层干部进行一下交流，同时进行一下财务审计，千万不能再出现财政所所长大老张这样的情况。

朱丽英担任齐邹县旅游局副局长的消息传出来的时候，大家都没有一个感到奇怪的，因为前段时间曲玲玲把朱丽英借调到旅游开发办公室，大家都隐隐约约有这种感觉，因为朱丽英和曲玲玲是同学，两人关系非常不一般，这是大家都知道的，所以说，现在提拔干部，前期的一些工作安排，还真的是有所铺垫的。

村里企业占地承包费收缴的工作，还真是不太顺利，下了通知以后，村里的 38 户就交了 20 户，还有 18 户没交上来，大鹏和周一本、竹花、王胜利，分头单独做工作，又交了 10 户，还剩下 8 户。大鹏说把那 8 户挨个捋一捋，看看到底是谁，这不捋不知道，一捋一顺还真的发现，这里头还有几户，十来年没交过承包费，这可是一个大问题，这一下子让他们补上这 10 年的钱，就是一二十万块钱，他们能交得起吗？

关键是这里头有赵荣进，原先他占了村里 5 亩耕地，在大鹏的南边建了那个废铁屑加工厂，卖给了大鹏以后，大鹏就按照协议，自己往村里交承包费。

后来，大鹏扩大生产又征地的时候，赵荣进顺坡骑驴，又顺手在卧狼沟附近，从村里头占了 4 亩地，把它圈起来，转手承包给了一个跑运输拉铁屑的，让他在那里停车和装卸货，这 4 亩地自打承包了以后，赵荣进就没到村里交过承包费。这下麻烦了，每年的承包费是四五千块钱，这 10 来年时间，就有 5 万块钱的承包费了，这次大鹏非常认真，想把这项工作搞好，琢磨着谁能和赵荣进聊聊，让赵荣进补上承包费。

大鹏找到周一本，让周一本旁敲侧击地和赵荣进说说，让赵荣进把承包费自觉地交上。周一本说："我和他在村里这么多年，一直给他当副手，我能去说这话吗？我一说这个，他不跟我急眼？"

"那让谁去说说呀？总不能咱绕过他去，别人都交了，就他自己不交啊，这不合适。"大鹏就问周一本。

"竹花呀，"周一本十分肯定地说，"让竹花说肯定行，我们去说都没戏。"

大鹏想了想，说："哎呀，你以为利用竹花和他这种关系，跟他说说，他就能交承包费吗？肯定不行啊，你考虑的这个法子不合适，啊，你别管了，我跟他说吧。"

周一本心想：你愿意和他说，你就去说，反正我不去惹这个瘙蛱子毛。

大鹏抽了一个吃晚饭的时候，赵荣进要下班回家，大鹏就叫住赵荣进，说："有件事我跟你商量商量。"

赵荣进隐隐约约也能感觉到，大鹏是想说这个土地承包费的事，就问："啥事？"

大鹏说："南边伏野地卧狼沟跟前那一块地的承包费，还一直没交呢，你得跟那个承包租赁你院子的说说，让他把承包费给交上。"

赵荣进一开始就含含糊糊地说："啊，交就交吧，没事，你在村里也应该能看到，我干了这些年，工资还没和我结清，到时候一块结算，多退少补就行了。"

大鹏没想到赵荣进会说村集体还欠他钱的事，只是一门心思地想着，把承包费收上来，就说："咱这次关键还是得把欠村里的承包费先收上来。"

赵荣进一听这话，明显有点不乐意，说："村里还欠我好几万块钱呢，我工资大约三四万块钱，还有东边修桥的时候，我垫了一万多块钱，南边修水沟，我还垫了一万多，村里至少欠我五六万块钱，你收了村里的这些承包费，正好，先把村里欠我的这些钱给我结了，我现在没有钱，我这么大年龄了，有时候看病花钱，还得跟儿子要，你正好收着村里的承包费，村里也有钱了，先把欠我的这五六万块钱给我，我手里也活泛些。"

"给你结了不要紧，"大鹏一听，必须得和他周吴郑王地说开这件事情，"那这承包费怎么办呢？"

赵荣进说："承包费？谁占地谁交啊。"

大鹏说："那谁占的地呢？"

赵荣进说："那个玩车的占着呢，找那玩车的要就行了。"

大鹏一听，这里头有赖皮了，就对赵荣进说："这村里头签合同的时候，是你签的，你又转租给别人，是两码事啊，但这个承包费，还是你到村里去交一下。"

赵荣进打心眼里就没打算跟大鹏清算村里的这些账，也没打算给村里交这个承包费，就转回头去说："啊，行了行了，今天先说到这儿吧，抽空的时候再算吧，反正是村里欠着我钱，以后再说吧，我今天晚上回去还有事，家里有人等着我呢。"

赵荣进没头没尾地说完这话，就回家了。第二天他也没到大鹏厂里上班。大鹏就琢磨着是不是自己在哪个地方惹恼了赵荣进，弄得赵荣进不高兴了，就打电话给赵荣进："今天咋没上班呢？"赵荣进说："今天感冒了，难受得不得了，哎呀，我可能没法到厂里上班了，身体真的适应不了厂里的工作，你还是抓紧再找个人吧，我去了也给你帮不上啥忙，也干不了活啊，白赚你这工资，有些活儿，你也不好意思安排我，我还是不去了。"

意思很明白，就是辞职了，不再到大鹏厂里上班了。

其实，大鹏心里恨不得赵荣进不干了，他去了也没有多大的意思，也干不了多少活，他原来的目的是让赵荣进在厂里头，他能天天看见他，能把他安顿住，不让他到处说三道四，其实，通过这两年时间，这个任务已经完成了，所以，两个人心照不宣，自动地解除了这种劳动关系。想到这里，大鹏就含糊地说："啊，你只要能来，还是尽量来吧。"

"不去了，"赵荣进在电话里说，"去了也干不了活啊，在那里老是碍你的事，你就别打我的谱了，你该找谁就找谁吧，我不再去了啊。"

就这样，承包费没收上来，赵荣进和大鹏以一种成年人的方式，体面地拉开了距离，大鹏心里头"咯噔"了一下，一场新的较量可能就要开始了。

隔了两个星期，赵荣进还是没有来厂里上班，大鹏就约上党委副书记刘赫森，和几个村干部，晚上到赵荣进家里喝酒，通知提前跟赵荣进说了，赵荣进从村里小饭店报了一桌菜。

坐下喝酒的时候，大鹏就说："本来是想让你到厂里帮上几年忙，你又不干了。"

明眼人一听这话，就非常清楚，实际上，赵荣现在再想去，大鹏也不用他了。

大鹏一句话，就把这个事的盘子给定住了，赵荣进是聪明人，就顺着话茬说："哎呀，我去了以后也没啥用处，光给你添乱，给你帮不上啥忙，你再雇个年轻的，能干点活的，那样对厂里有帮助。我呢，在家里也休息休息，我整天支吾着，在厂里也累得够呛。"

刘赫森说："你看，你俩配合得多好啊，老书记和新书记互相尊重，互相补台，有什么事儿，还互相惦记着。"

有些话，真的适合在酒桌上说，喝着喝着就说起了村里承包费的事，刘赫森就说："这次你们村清理土地承包费的尾欠，这一块工作在全乡开了一个好头啊，刘光明书记对你们评价很高啊。"

赵荣进明显已经有点醉意了，就接着刘赫森的话茬说："是啊，真好啊，村里收了承包费，我在村里干了20多年，还欠着我好几万的工资，还有我给村里垫支的两三万块钱，村里收了钱，先把欠我的钱给我清了，我年龄大了，到了需要钱的时候了，还是人家大鹏办了点实事啊。"

大鹏一听，这不行啊，本来该收的钱还没收上来，赵荣进应该交的承包费还没交，上来他就惦记着村里收的这点钱，合着自己辛辛苦苦地弄一阵子，等于给他收的呢。

想到这里，大鹏就说："行了行了，今天咱不讨论这事了，还有几户人家没交上来，大约还有10来万块钱承包费，再不交的，我们下一步就要交给司法部门了，让法庭开始起诉了，钱收上来，该给人家群众兑现的，该还人家账的，一起还了。"

赵荣进一听，合着是不交承包费就要起诉他，明显是冲着他来的，就"嗷"的一嗓子，说："起诉就起诉，谁怕谁，村里欠我的钱也得还我，不还我，我也起诉。"

大鹏一听，针锋相对的话来了，就不再往下说了，对刘赫森说："咱今天晚上到这吧，刘书记，有啥事明天再说吧，今天咱不讨论这事了。"

酒是没法喝下去了，周一本赶紧扶住快要倒下的赵荣进，把他扶到椅子上坐下，让赵荣进老伴过来照顾着，其他的人赶紧穿衣服，收拾东西，就离开了赵荣进的家。这时候，还听见赵荣进在他屋里头大声吆喝："欠我的钱也得给我，不给，我也告状、打官司，毛病不少，想找我的毛病，还让我交承包费，村里欠我钱咋不说呢！"

根本没喝醉的大鹏，听了这话，心里就明白了，这是明显的叫板，不想交承包费，看来，这里头有点文章要做了。

送走了镇上和村里的干部，赵荣进的媳妇儿就过来批评他："你这老东西，在这大吃小喝的干啥呀？你喝点酒就弄这个，你喝醉了是不是？"

赵荣进端起桌子上的茶碗，喝了一口，轻轻地对媳妇儿说："你知道啥？还想跟我弄这个，想让咱交承包费呢，毛病真不少。"

第七十九章

和赵荣进的梁子是结下了，大鹏心里想的还是咋样才能让赵荣进把承包费交上，两人还不至于闹得更僵，毕竟在一起相处了很长时间，再者说，还是自己强硬地把人家赵荣进赶下台的，他心里肯定有点别扭，大鹏打心眼里也觉得对赵荣进有点歉疚，实在不好意思对赵荣进下狠手。大鹏就琢磨着，还是让别人做一下他的工作，以一团和气收场最好。

那找谁呢？

大鹏心里就想着，赵一鸣是比较合适的，赵一鸣在鹤鸣镇干管区书记，他们是从小长起来的。再者，赵一鸣和大鹏在县委组织部组织的学习班上，相处得还不错，赵一鸣去做他父亲赵荣进的工作，应该是比较合理的。

大鹏开着车，到了鹤鸣镇的会仙管区，找到赵一鸣的时候，赵一鸣正好在给村干部开会，说着土地承包费尾钱清缴的问题，他在会上要求："按照县里统筹安排，只要是欠着村里承包费的，不管是占着村里土地的，用着村里设备的，还是承包村里林地和鱼塘的，都要把尾欠的承包费交上，道理很简单嘛，你用着别人的东西，你不给人家交钱行吗？公家的东西、集体的东西，就能随便占用吗？"

讲到这里的时候，大鹏来到了赵一鸣会议室门口，赵一鸣一看见大鹏来了，就冲他摆了摆手，赶紧收尾，对参加会议的村书记说："大家回去以后啊，抓紧开一个两委会，村干部统一一下思想，该下通知的下通知，该登门做工作的登门做工作，大家回去抓紧安排吧，今天的会议就到这里，有啥需要管区和镇上帮忙解决的，抓紧提出来，别等到最后完不成任务了，才说这原因那原因，现在我们不讲理由不讲原因，就是要结果，把工作干好，把钱收上来就行。"

看着三三两两的村支部书记离开了会场，赵一鸣拿起了他的水杯，把一个大的笔记本夹在了胳肢窝，就出了会议室的门，伸手握住了大鹏的手："来来来，到我的小办公室来吧，我这边还有一个单间的办公室呢。"

说话的工夫，赵一鸣就打开了他自己所谓的办公室，实际上，这是一个连带着宿舍的综合办公室，里面放着一张床，床上放着赵一鸣的被褥，在窗户底下放着一张办公桌，一侧有一个书橱，里面放着赵一鸣吃饭的饭盒，还有一些洗漱用品什么的。

大鹏一看，就说："你这办公条件也挺简陋的呀。"

"啊，能正常工作就行，中午的时候，有个地方休息一下，现在还追求什么高档和豪华嘛，我们都是为群众服务的，来来往往的都是一些群众，我们也没条件弄得多么奢华。再说了都是穷苦孩子出身，没那么多讲究，这样就挺好的。你咋样？这段时间挺忙的吧？我听家里老爷子说，他不在你厂里干了，他说腰疼得直不起来，想在家里头休息，他不愿干就不干吧，你也别再勉强他了。"

说到这里，大鹏对赵一鸣顾全大局，体谅别人的做法，由衷地佩服，就对赵一鸣说："哎呀，我这次来呀，就是想跟你沟通一下，给你解释一下，你说老爷子在我那里干得好好的，突然间一下子就不干了，弄得我措手不及，我现在找人都找不到，我也上他那里劝他，让他再回去上班，说啥也不干了，那天晚上差点和我掀翻了桌子。"

"他就是这么个脾气，"赵一鸣赶紧给他的父亲打圆场，"上了年纪吧，他有时候着急上火的，你不能跟他一般见识。"

"哪能呢，我尊重他还来不及呢！我怎么能跟他着急上火呀？但是现在啊，我来的目的是想跟你商量一件事，一是你劝他一下，看他还想不想回去上班，如果他想回去干的话，那就不让他干这个办公室的工作了，干点别的也行，我给他发点工资，让他生活得好一点，不就行了吗？也替你解决一些经济负担嘛。"

"不用不用，他不干就不干了，你别再动员他了，他也跟我说了，也没别的意思，你们在一起处得也挺好的，我也挺放心，我也挺感谢。今天中午我刚开完了村书记会，中午的时候，我安排一个地方吃饭，我再约上几个村书记，你们在一起还能交流交流。"

大鹏说："不用不用，我还有别的事情要回去处理呢，我跑过来主要是跟你说一下，老爷子回去上班这个事，他如果真的不愿意回去呢，你也让他放下心，如果有啥事需要我办的话，尽管说。没有别的事情的话，我就回去了啊。"

赵一鸣说："你来了得在这儿吃个饭啊，你说你专程大老远过来，如果不管饭，我回家以后老少爷们儿怎么说我？"

"没事儿，我主要是因为还有个事儿得赶回去，我还得再安排一下村里尾欠清缴。你没啥事儿的话，我先走了啊。"说着，大鹏拿起钥匙就往他的车跟前走。

赵一鸣就跟上大鹏的脚步，陪着大鹏往车跟前走，顺口就问了一句："你这次来没有别的事儿啊？还有其他事儿吗？"

现在这社交就是这么微妙，有的时候最重点的问题，也是在最后环节，轻描淡写、有意无意地透露出来，然后装作没事的样子。其实这才是需要解决的最关键的问题。

就在这个时间点，赵一鸣一问大鹏还有没有别的事。大鹏一看到了火候，再不说就得上车走了，就装作突然想起的样子，说："家里老爷子原先在卧狼沟东侧，就是我厂子的南边，有四亩地，是企业用地，已经占了好多年了，但是，承包费一直没交，这次清理承包费尾欠，跟他说了，说了以后，老爷子说，他在村里担任职务，工作了好多年，村里头还欠他好几万块钱，还有老爷子给村里干工程垫支了好几万块钱。老爷子的意思呢，这次承包费不想交，村里收了钱以后先还欠他的钱。我觉得，这样的话，村里的其他干部不一定同意。再者，我把这块钱收上来，主要是想把村北头那两条路修了。前天我约着镇里的几个领导，到家里跟老爷子喝酒，喝着喝着我看老爷子情绪不对，不高兴，我也没再说别的。你回家的时候，跟他商量商量，尽量先把承包费完成，或者说先交一半也行，其他的呢，我们陆续解决，至于他的工资呢，我让村的会计拢一拢，也分期分批地给他。"

"啊，"赵一鸣轻描淡写地说，"哎呀，我以为啥事呢，没事没事，我回家劝劝他，让他交上，一共多少钱？"

"大约 5 万多块钱。"

赵一鸣装作没事的样子，说："哦，还不少呢，也没事，我回家和老爷子商量商量，如果他手里没钱，我给你交上 2 万块钱，也得把这事让你面子上过去，你放心就行了。但是，你可想着点，如果村里有余钱的话，也给老爷子兑现点工资，他毕竟工作了这么多年了，也不容易。"

"行行行，"大鹏一听，赵一鸣是个明白人，非常通情达理，说话办事果断，就对赵一鸣说，"您你这样的说法，让我心里头真是非常痛快啊，你抽时间回家吧，我请你喝酒。最近这几天你最好回去一趟，先给村里交上点承包费，我好对其他人有个交代，那我先回去了啊。"

"好的，那以后再来的时候，我再请你啊。"赵一鸣说。

看着大鹏打开了驾驶室的门，坐在了驾驶室，车玻璃摇下来，冲自己摆了摆手，要走的时候，赵一鸣又对大鹏说："要不这样，不是一共 5 万块钱的承包费吗？我回家的时候给你交上 2 万，剩下的 3 万，能不能用老爷子的工资抵账，抵上 3 万，我让他把原先欠他工资的单子找出来，给你送过去。那样的话，也等于他这一次交够了 5 万块钱的承包费，你在公布账目的时候，跟村里的干部说的时候，也好讲这件事情。"

大鹏被八面玲珑的赵一鸣这么一说，还真的一下子反应不过来，就对赵一鸣说："你说的也是个办法。要不这样，我回去跟他们商量商量，你最近有空的时候，你就回去，咱们做一个了结，那行了吧。"

"好的好的，你等着我就行了，我明天后天还有会议，还得上村里去督导这个承包费收缴，大后天就是周六了，周末我怎么着也得回去待上半天，我周六回去找你吧。"

"那样的话，周六，你回来喝酒。周六中午，什么事情我也不安排了，等着你。"大鹏高兴地说。

第八十章

形势发展得真是非常快，中国共产党第十八次全国代表大会召开了。中央八项规定，把全国的党员干部管理，提高到一个新的水平，这一下子，那些适应不过来的干部，真的慌了手脚。

这天上午，镇党委副书记刘赫森在例会上，带领全镇机关干部和各村党支部书记，学习了中央八项规定，并且要求大家，认真地遵守，切实转变工作作风。

开完会的时候，党委书记刘光明就把刘赫森叫到了办公室，说："这次县委要对各乡镇的班子进行调整，你心里要有个数。"

刘赫森小心翼翼地问："书记，我是不是有什么样的调整？"

"是的，"刘光明说，"要对你进行提拔重用了，你在这个副书记的岗位上也干了三四年，干得非常妥当。县里有这个计划，要提拔一批年轻的干部，放到主要领导岗位上来，你心里要有个数，最近这段时间，一定要把握住自己。十八大开了以后，八项规定要求是非常严格。你没看见吗？不管哪一级领导干部出去考察，都不允许封路，什么警车开道，都没有了。原先的时候，有领导出去视察工作，都得警车开道，现在不允许这样的工作作风了，就是轻车简从，悄没声息地、认认真真地，帮助群众解决实际问题。"

"行，我知道了。"

话音刚落，县委组织部副部长姜新民走进了刘光明的办公室。刘赫森一看，赶紧开门退了出去。姜新民就对刘光明说："组织全镇的机关干部，对你们班子进行考察，推荐一个正科级的干部，还要推荐两个副科级的干部，这个，你心里都有数了。前段时间，你到组织部，咱们几个都对头了，这次县里也有个初步意见，主要任务就是刘赫森提拔到正科级，直接担任党委书记。"

刘光明能把他的副手推到一把手位置，自己心里也非常高兴，就对姜新民说："那我怎么安排，是和上一次说的一个样吧？"

姜新民说："你这个年龄，提副县级干部是有点困难。再者，也不是咱县里说了算的事。这样，临时让你当县招商局局长。有机会的时候再给你解决这个副县级。"

"行行行，那咱先开会吧。"刘光明说完，就拿起电话打给刘赫森，"20分钟以后，组织全镇的机关干部到大会议室开会，推荐考察提拔干部。"

刘赫森安排办公室的同志下通知，就赶紧跑到了刘光明办公室问："这次推荐干部，是不是还要和中层站所长打个招呼？让他们在推荐的时候，好有个数，嘱咐一下机关干部，咱别再推荐得乱了套，让县委组织部的领导也看着没头没脑，显得我们班子也不团结。"

刘光明说："对对对，你通知各站所长，到隔壁的小接待室吧，我跟他们讲一下。"

副科级干部和各站所长都到了接待室，党委书记刘光明就比较含蓄地跟他们讲："这一次县委组织部来，对我们镇班子考察，要推荐一名正科级领导，还有两名副镇长的人选，党委经过统筹考虑，推荐正科级的，就是镇党委副书记刘赫森，还有那两个管区书记推荐副镇级。各站所长回去跟自己站所的同志们悄悄地打个招呼，这个也不要做记录，不要出去宣传，就是推荐的时候得显示出我们这个地方团结、心齐，这样才能让我们这个地方出人才，要是各人推各人的，推不出人选来，那样我们都耽误事，将来是会吃亏的。"

开会推荐的结果是显而易见的，推荐票非常集中，然后就是谈话和了解情况，这一通忙活下来以后，考察情况没有问题，公示表就贴在了镇服务大厅公示栏里。

上午谈完话，时候就不早了，组织部的同志在镇机关招待所里吃工作餐。刘光明就说："咱今天中午还喝点酒吗？"组织部副部长姜新民说："你这是胡闹啊，你没看见吗？现在八项规定要求得这么严，工作日一律不允许喝酒。再者，我劝你啊，把你食堂的这些烟和酒全都撤了吧。幸亏这事是组织部来考察干部，要是纪委来考察或者有什么工作，你要是说喝酒的话，就是违反纪律了。"

"啊，好好好，"刘光明一开始还没意识到问题这么严重，就说，"好，你说不喝咱就不喝，那就上菜吧。"

菜是一道接一道的，上了十道菜的时候，姜新民就说："不用再上菜了，吃不了浪费。现在县里也正在制定标准，上级来人工作接待，工作餐一律不允许超过标准。你说咱中午一共五六个人，上了这么多菜，后面还有菜吗？"

刘赫森坐在副主陪的位置上，说："一道红烧泥鳅，还有一道当地的水产黄河鲤鱼。"

"胡闹！"姜新民说，"这些菜我们就已经吃不了了，还上什么黄河鲤鱼啊，我们能吃多少，就上多少，吃不了不造成浪费吗？别上了啊。"

刘光明一看那菜，确实不需要再上了，桌子上已经满了，就让刘赫森跟食堂师傅说其他菜别上了，以后来了客人再说。一顿本来很丰盛的午餐，菜还没上完，就已经吃饱了。姜新民和刘光明握了握手，和县委组织部的两个同志就回县城了。

刘赫森公示了正科级干部，心里头非常高兴，但是，他知道，越在关键的时候，越要小心。一下午，刘赫森躲在办公室里就没敢出去。

傍晚的时候该下班了，刘赫森开着自己的车回县城，一路上，清风徐徐，花香阵阵，小河里流淌着快乐的山泉水，和刘赫森的心情一样，温馨舒畅。

路上，在县委办公室当秘书科科长的同学，给刘赫森打电话："你这正科也公示了，今天晚上咱们几个同学凑凑吧。"

"俺们党委书记嘱咐我，不能出去喝酒，这一段时间哪里也不能去，低调一点，别出现别的差头。"

"咱同学们喝酒，还有啥事吗？就咱四五个人，我上步行街那边找一家小饭店，咱们静悄悄地喝点酒，不就行了吗？"

人生得意须尽欢，被提拔了，刘赫森心里高兴，也想喝点酒，心里舒坦，但是呢，又不愿意让别人知道，要是有人知道的话就麻烦了。想到这里，就说："千万别约其他的人，咱三四个同学就行，我从家里拿酒。"

刘赫森的同学就说："你别拿了，我还有一瓶好酒，就咱三四个人，一共喝个一两瓶酒就行，每人喝三四两，少喝点，喝完酒，咱们就自己回家了，静悄悄地来，静悄悄地回。"

"好了，"刘赫森说，"那我就自己步行过去，离家很近的，你订好了房间的时候给我打个电话。"

晚上聚起来的时候只有5个人，刘赫森和县委办公室的那个同学，另外，还有一个在黄山中学当老师的，还有一个在烟草公司当副经理的，另外一个是民政局的一个副科级干部，就他们5个，在学校的时候就是非常好的关系。县委办公室当秘书科科长的同学，拿了一瓶像铜壶一样包装的好酒。另外的几个同学呢，有拿酒的，烟草公司的那个副经理，拿了两包软中华烟，反正东西都是凑的，四五个人，晚上就点了几个非常清新素雅的小菜，也没上什么大鱼大肉的荤食，几个同学就非常高兴地喝起酒来。

房间里有一个叫小青的服务员，在给他们满酒倒水服务，小青同时服务着两个房间的客人，一会儿到他们这个房间里面倒点酒，满满水什么的，需要什么东西就给他们提供服务，一会儿就到另外一个房间忙活一阵，穿插进行。小青到他们房间的时候，就看着那个铜壶，那个酒的包装确实是非常吸引人，让小青看得非常着迷，他从来没见过这样包装的酒。

县委办公室当秘书科科长的那同学就非常自豪地问服务员小青："咋了小姑娘，你是头一回见这样的酒吧？"

小青说："还真的是，这是啥牌子的，黄河醇啊？我看这上面写着'黄河醇'。"

"对，黄河醇，"县委办公室当秘书科科长的同学说，"这是我北京的一个朋友专门给我捎来的，这个包装是不是挺漂亮的？"

"是啊，"小青说，"待会儿我给这个酒瓶子照张相，发到朋友圈，让我的小伙伴们见识见识。"

刘赫森马上制止，说："照相可不行，你只能拍这个酒瓶子，千万别拍上我们几个人。"

"好的。"说着，小青就把那个酒瓶放在了桌子上，转过来转过去，换了好几个角度，拍那个酒瓶。

给酒瓶拍完照片的服务员小青，心满意足地给刘赫森他们几个又满了一圈的茶水，就到隔壁的房间里头去服务了。

无巧不成书的是，隔壁房间的客人正好是县纪委副书记周正武，正和家里老人在那儿过生日吃饭，兄弟姐妹给老母亲过了一个简单的生日，没有喝酒，桌上放着一个蛋糕，每个人面前是一杯果汁。

小青忙着给周正武的那桌上菜，就问周正武："您这桌不喝点酒吗？你们有这么高兴的事儿。"

周正武说："老人过生日，我们大家都没有喝酒的习惯，虽然是个高兴的事儿，还是以节俭为主。"

快嘴的小青就说："你看你们这桌是一个高兴的事，人家隔壁那桌也是一个高兴的事，人家喝的那瓶酒，哎呀，真是好啊，我还从来没见过呢。"

周正武是从部队转业回地方的干部，在部队上见多识广，自然见过很多的好酒，就笑着对小青说："啥好酒啊，茅台啊，还是黄河醇呀？"

"我不知道呢，我不懂这个，"小青说着就打开了自己的手机，让周正武看。周正武一看，这是纯正的国宴用酒啊，包装的档次、酒的质量都是非常高的，并且，这种酒是限供的酒，一般到不了地方来，它的价格也是非常高，隔壁的这桌人是哪里的，有这么重要的客人吗，非得用这么好的酒吗？周正武凭着职业的敏感就觉得不是一般的场合，就问小青："你没听出来他们是干什么的吗？"

小青说："我可听不出来，我就听着，说是有一个准备提官儿的，也不知道是哪里的。"

周正武就和小青说："你把照片再拿过来给我看一下。"

小青打开智能手机，把照片显示出来。周正武仔细看了看，就拿出自己的手机翻拍了一下，翻过来覆过去地看，只是一瓶酒放在桌子上，但是，桌子上的玻璃倒映出了一个人头，他把手机倒过来一看，原来是醴泉镇准备提拔正科级的干部刘赫森。

周正武心里就想：这个刘赫森哪里来的这么好的酒啊，什么重要的场合，非要喝这好的酒？这和八项规定的要求，反对享乐主义和奢靡之风是非常不符合的，准备提拔的干部怎么能摆这样的排场呢？

想到这里，周正武就把手机收起来，对小青说："好了，你去忙吧，我们这里没事了，你去他们那桌服务吧。"

一切风平浪静，什么事也没有，小青就出去忙了，一顿饭就这么悄没声息地吃完了。

第二天一上班，不得了，刘光明用极严肃的语气给刘赫森打电话，说："你抓紧到我办公室来一趟吧。"

刘赫森走进刘光明办公室的时候，见县纪委副书记周正武还有纪委的一个同志坐在那里，脸上略带严肃表情。刘赫森心里头有点忐忑，找了一张凳子坐下，问刘光明："有事啊？书记。"

"让周书记问你吧。"刘光明说。

周正武脸上的表情稍微缓和了一下，心平气和地问刘赫森："咋样，这段时间工作挺忙的吧？"

刘赫森知道这肯定不是他想问的话，只是一个套话和前奏，就对周正武说："啊，反正是镇上正常的工作吧，给群众服务的工作，事情挺多的。"

"那得注意劳逸结合啊，该工作的时候工作，该休息的时候休息，晚上如果没有特殊要求，没有紧急的工作安排，喝点酒是可以的。最近这几天是不是跟什么重要的人物喝酒？或者是有什么客人来了呀？"

这下就把刘赫森问懵了，刘赫森说："没有啊，这段时间我一直在镇上工作呢，也没有出差，外面也没有什么重要的亲戚和朋友来，都是一些在单位上班的、务农的、在厂里打工的、普通的工人什么的，没有啊。"

周正武的脸色稍微严肃了一些，说："没有？那昨天晚上，你跟谁在一块喝的酒啊？"

"哦，原来是为了这个，"刘赫森一琢磨，如果是为了这个他就放心了，"就是跟几个同学，有县委办公室的一个，还有一个是烟草公司的，还有一个学校当老师的，就这几个同学啊，没有别的。"

"真的没有别人啊？"周正武问。

"没有外人啊，就我们四五个人，那喝的酒都是同学们自己从家里拿的。"

"喝的是什么酒啊？"周正武问。

"哎呀，你问这个，我还真的不懂，都是同学们从自己家里拿的，我根本就没回家，我自己直接就到了那家小饭店里头了，他们提前订好了，就是几个同学坐一坐，吃完饭以后我去算的账，一共才花了三百多块钱。"

"没用公家的钱是对的，喝酒也是喝的自己的，这个没有问题，但是，喝的是什么酒啊，什么牌子的酒啊？"

刘赫森一听，可能是因为那把铜壶，刘赫森还真的不知道那瓶酒值多少钱，只知道是一个黄河醇的品牌，就实事求是地说："我还真的不知道那酒是怎么回事，是同学拿去的，一个跟铜壶差不多的样子，说是黄河醇的品牌。"

周正武听了，语重心长地说："小森呀，你能够实事求是地讲，说明你本质上是一个好同志，这个没有问题。但是，你知道那瓶酒值多少钱吗？那瓶黄河醇是特供的，这个高档酒，一瓶酒就值两千多块钱。你们几个同学聚会，能喝这么高档的酒，这不是享乐主义，是什么呀？这不是追求奢靡之风，是什么呀？我们党历来反对这些，在这个节骨眼上，你怎么能够喝这样的酒呢？你心里怎么想的，你这么点思想境界都没有吗？"

周正武语重心长的这一番话，让刘赫森倒吸了一口凉气，一阵冷汗刷地就从后背上流了下来。

"周书记，我还真的不知道，这说明我这个政治定力和敏锐感，还真的是不行，这次我真的闯大祸了。"

"不是说有什么麻烦啊，"周正武说，"我跟光明书记也是老朋友了，我为什么专门来给你提醒这件事呢？现在这个节骨眼上，第一个是你不能请客，第二个是你不能追求高档次的享受，一定要勤政为民，节约节俭。俗话说，'三年不喝酒，买头大水牛'，咱们得继续保持勤俭节约过日子，这样才能当一个好干部。"

顿了顿，周正武缓和了一下语气，说："我这次来呀，就是给你一个提醒，谈话就咱们几个人知道，这个还没有造成其他影响，你自己心中有数，一定要洁身自好，不要再惹什么麻烦了。"

刘赫森心里头感激得不得了，就说："谢谢，谢谢周书记，我一定听你的话。"

周书记走了以后，刘赫森真的是如坐针毡，心里头五味杂陈，你看一个简单的喝酒场合，惹了这么大的麻烦，这还了得！

但是，令他始料未及的麻烦又来了，服务员小青拍了照片以后，发了朋友圈，在他的朋友圈里头说："大家猜一猜这是什么酒？"下面跟帖的朋友这个说这是一瓶好酒，那个说是一瓶高档酒，还有的说，喝这个酒的人，可了不得如此等等，引发了好多的评论。

最要命的是，转发的这张照片被组织部的一个同志看到了，也从照片里玻璃板反射的影像，看见刘赫森的身影，这下麻烦大了，组织部决定要和刘赫森单独谈话。

结果不言而喻，刘赫森提正科级的事给他叫停了。原因就是他参与了不该参与的场合，参加了享乐主义和奢靡之风的活动，和我们提拔干部的原则不符合，所以，他的正科级干部这次不能提拔了。

刘赫森心里这个窝火就不用提了。

考察公示期到了，县委组织部召开新调整干部会议，接到参会通知的刘赫森，还抱有一丝希望，以为对他喝酒的事既往不咎了，可能还会按照原先的计划，给他安排工作。

宣布的时候，做了这样的安排，刘赫森任文化旅游局党组成员、副局长，不再担任醴泉镇党委副书记，表面上看起来，刘赫森是从镇上的干部调到县直的局里头任副职领导了，级别还是一样的，有的干部还认为是组织上照顾刘赫森让他进县城了。但是，明眼人一看就知道，虽然级别是一样的，刘赫森这次没能提拔为正科级的干部，实际上，已经被组织上靠边站对待了。

同时被否定的还有王前进，王前进也没能得到提拔，原因是王前进根本就不是组织部考察的干部，他根本进不了考察名单，他身份不是公务员，属于镇政府自己招聘的合同制人员。

这让刘光明始料未及，尽管这样，刘光明也被县里正常地调整为县招商局局长，从醴泉镇党委书记的位置上调走了。

县里为了加强醴泉镇的工作，把县委组织部副部长郑学平派到醴泉镇担任党委书记，县民政局的一个副局长孙伟，到醴泉镇任副书记，兼任镇长。这一下子，醴泉镇领导班子的一二把手换了一个遍，群众都在瞪着眼看着这个新的领导班子怎样带领这艘大船乘风破浪地前进。

第八十一章

刘赫森到文化旅游局任党组成员、副局长的消息，很快大家都知道了。朱丽英也在这次调整中被提拔为文化旅游局的副局长，排在了刘赫森的后面，都属于曲玲玲分管的干部了。

弄得刘赫森非常纳闷的是，他在县委办公室干秘书科科长的这个同学，他的那瓶铜壶酒是从哪儿来的呢，这个酒有那么值钱，有那么难喝吗？

县委副书记吴长茂被查的消息传出来以后，刘赫森才明白，原来，他的这个秘书科科长同学，是给吴长茂当秘书的。吴长茂因为长期利用特殊关系人，一个是他的妹妹吴丽丽，另外一个是在景区里当导游的情妇，常年帮他收受贿赂和敛财，给企业增加负担，被举报查处了，弄得他的这个秘书也是惶惶不可终日，没过几天，他的这个秘书、铜壶的主人，也被县纪委叫走了。

晚上，朱丽英叫刘赫森到自己家里去喝酒，说是丈夫周昆仑回来过周末，曲县长到她家里玩。刘赫森就从水产店买了两条黑鱼，还买了几斤新鲜的基围虾，去了朱丽英的家，几个人就在一起吃饭、聊天、喝酒。

喝了一杯酒，刘赫森就不无感触地说："哎呀，还幸亏是组织上给我叫停了，要不是因为这瓶酒出了问题，以后继续和我这个同学在一起处的话，还不一定能出什么事呢，平常看不出有啥不一样的，就知道他出手阔绰大方，手里头也有好酒好烟的，没寻思他背后竟有这么多事儿。"

曲玲玲作为县里的领导，对自己要求比较严格。去朱丽英家吃饭，是因为同学关系，还能够到家里一起吃个饭，换成别人约她出去吃饭，她肯定是不会去的。

曲玲玲就跟刘赫森分析："你难道还看不出来吗？他一个县委办公室秘书科的科长，就是一个副科级的干部，每月的工资就是四五千块钱，他哪来的钱买这么好的酒啊？再说，他这个酒有钱没处买的，齐邹县城里头有卖这酒的吗？肯定是他给领导当秘书，人家送给领导的酒，有时候，领导就顺手送给他了，他就拿着到处显摆。你看，没事找事了吧！"

"是啊，他这个弄法还真是不得了，不该要的钱，不该喝的酒，还真的是不能动一指头。这次县里的吴书记到底是啥事啊？"

刘赫森一问这话，曲玲玲赶忙给他打住，说："不该讨论的事情，就不要讨论了，上级纪委肯定拿到了确凿的证据。没有确凿的证据，能把一个县级的领导干部，从会场里头带走？你想一想，问题能小吗？现在，在上级没有结论之前，千万不能讨论。你就说说你现在到了文旅局，根据你的分工，你想干点啥吧。人家朱丽英前段时间跟着出去考察学习，把旅游这块工作已经掌握了，你们文旅局咋给你分的工啊？"

刘赫森说："让我分管文化馆、图书馆和美术馆，重点是文化活动和文明创建。"

"这事很重要啊，平常你一定得跟这些创作人员多聊聊，多沟通，鼓励他们创作优秀作品，把我们县里的特色项目宣传出去。"

他俩说话的时候，朱丽英端着煮好的虾汤放到了桌子上，坐在主陪位置的周昆仑，打开了一瓶本地产的齐邹特酿，说："咱今天晚上跟县长喝点酒吧？"

"您老人家就别跟着起哄了。"曲玲玲说,"您是老师啊,我们都是您的学生,您咋能也称呼我为县长呢?您要不是我的老师,今天晚上,都不敢到这儿来蹭饭呢。俺们同学朱丽英高攀你,成了我师娘了,你说这辈分咋论呢?"

朱丽英一听这话,曲玲玲是拿她开玩笑,说自己嫁给了自己的老师,也一边开着玩笑说:"咋叫?该咋叫就咋叫啊,咱俩原先是闺密,现在也是闺密,你老师也是我老师,关键现在不光是我的老师,还是我的老公呢。"

大家都哈哈地一笑,坐在一起其乐融融地端起杯来。

笑了一会儿,曲玲玲嘱咐大家:"以后刘赫森这个事,在其他场合不要讨论。因为甭管咋说,就因为一瓶酒出了这样一个麻烦,也不是什么好事。再说,后续发生的这些事情,也不是我们所能够预料和估计的,不能评论的事情就不要评论,不该讨论的事情就不要讨论了。"

大鹏到镇上开会的时候才知道,现在计划生育的二胎政策已经放开了。只要符合条件的就允许生第二个孩子,不像原先那样生男生女都一样,每对夫妇只能生育一个孩子。这个突如其来的政策变化,让村里的干部顿时有点懵,就考虑着回去怎么跟村民们传达这个意思。

其实,计划生育政策调整的消息,早就已经在网络上预热和炒作,说是要放开,只差全国人民代表大会通过了。这样经过会议确定,政策放开了以后,群众的心里就踏实了。那些想再要一个孩子的家庭,就开始到计生部门和医院里咨询。

村民代表会按时召开,大鹏拿着一个本子和一摞文件来到了会议室里,给参加会议的村民代表认认真真地读了一遍。

一下子炸了锅,村民代表就在会议室里窃窃私语起来。上点岁数的就在会议室里嘟囔:"你说我们这一批70后的人,每人就一个孩子,想再要孩子吧,年龄大了,没法要了,身体不允许,经济状况也不行了,早调整过来的话,我们早就生了。"另外一个说:"对呀,你说我们这些人吧,现在想生都超龄了。"

嘟嘟囔囔的声音越来越大,大鹏就在主席台上敲了敲桌子,说:"大家都别吵了,国家只要是推出这样的政策,就是分析了国家的实际情况,这个时候放开生育政策,肯定有这时候的道理,大家就不要讨论了,符合条件的就申请,不符合条件的还是不行。再说上面的文件也规定了,以前的那些超生的,违反计划生育政策的,该处理的还是要处理,该罚款的还是要罚款。没交够罚款的,如果不交,还是要提交法院申请执行。也就是说原先生育的按原先的政策，现在准备生育的按现在的政策，情况不一样，用的政策也不一样。大家想一想，我们现在，还能用新中国成立前的政策吗？不能用了吧？用现在的政策，解决现在的问题，这个大家都不用讨论了。"

这下村妇联主任竹花有了工作干了，找她申请填表、咨询政策的人越来越多了。

赵荣进的事情还真的是让大鹏有点头疼。本来大鹏通过赵荣进的儿子赵一鸣，把土地承包费的问题解决了，给赵荣进顶了三万块钱的账，等于还了赵荣进三万块钱工资，让他在厂里沾了不少的光，村里也没吃亏。

但是，赵荣进总是对大鹏把他掀翻马下这一节耿耿于怀，觉得大鹏做得不地道，竟然给县纪委打电话告大鹏，说大鹏厂里生产经营不规范，违法生产地条钢，乱批乱占耕地，有不正当的男女关系。

民不告，官不究。纪委一查，搅和得大鹏干起工作非常不顺心。大鹏气恼的是，赵荣进在厂里干了这几年，给他开了七八万块钱的工资，不但不感恩，反而觉得自己掌握了一些大鹏非法经营的事情，县里的人一拨又一拨地到厂里检查、核实、调查，大鹏百口难辩，天天忙着应付这个，弄得焦头烂额。

冷静下来，大鹏觉得这事不行，得采取办法，让组织上给他一个说法，还他一个清白。

大鹏找到新上任的党委书记郑学平的时候，郑书记刚从新中学工地上回到办公室。

郑学平是从县委组织部副部长调任醴泉镇党委书记的，这个人作风严谨，横平竖直，非常认真。郑学平一上任，第一时间就了解到，有信访案件反映，大鹏轧钢厂经营不规范，生产假冒劣质钢材，作为村书记，滥用职权，拉帮结派，这还了得？郑学平早就想找大鹏谈谈，刚从工地上回来，洗了把脸，大鹏就来到他的办公室。郑学平拿起水杯喝了一口水，坐在椅子上喘了一口气。

"你觉得写举报信的人是谁？"郑学平就问大鹏。

大鹏说："不用猜呀，肯定是赵荣进这个老家伙，因为当年我把他赶下台，一直怀恨在心，造谣说我经营不规范。生产经营的事儿，他根本就不懂，原先的时候大家都是这么生产的，地条钢、螺纹钢的问题，还有生产工具的落后，这算什么事啊？我们都是在逐步地整改，逐步地进步。现在厂里根本没有那样的生产办法了。"

郑学平就问他:"你咋知道是赵荣进的?"

大鹏说:"这还用问吗?肯定就是他,我在村里头根本没得罪其他人。"

郑学平摇了摇头,微微一笑,说:"那可不一定,这事你还得好好地琢磨琢磨。"

听了郑学平的这句话,大鹏心里头已经怀疑,问:"难道还有别人吗?"

郑学平高深莫测地说:"你以为呢,你觉得你在村里做得那么正,一点毛病也没有,那么让群众赞成吗?"

大鹏一听就慌了脚丫,急忙对郑学平说:"郑书记,你得想办法帮我洗了这个冤啊,如果大家都认为我做得不周正,我在村里还有威信吗?"

"查账!"郑学平斩钉截铁地说,"不光是你,全镇所有的村都要查一遍,查一个干干净净,让干部光明磊落地干事创业。干干净净的干部就还他一个清白,有问题的干部让他承担责任,违纪的干部坚决查处。"

"对对对,这个办法好。"大鹏说,"查账我不怕,我在村里干了这几年,一没有贪公家一分钱,二没有沾群众一点光。我敢说做得光明磊落、坦坦荡荡。"

郑学平虽然到醴泉镇的时间不长,但是,对全镇的情况也有个大体的了解。他就对大鹏说:"但愿结果能够像你想象的这样。但是,你心里得有个数,是啊,你干企业,是赚了不少钱,在经济问题上,可能没有那么多麻烦,不贪不沾,不和群众争利益、抢好处,这一点,应该没有什么问题。但是,你想没想过,家族势力影响利益分配的问题?还有你的个人生活方面,是不是也一点问题没有啊?现在对农村干部的管理,也提高了标准,八项规定要求全党同志都要遵守,你有没有奢靡之风、享乐主义?"

大鹏一听,这下麻烦了,不无为难地说:"要这么说的话,哪个干部能够过关啊?谁没喝过茅台酒,谁没有请客吃饭什么的?这在社会上,都是一些很正常的事情啊。"

"这就错了。"郑学平说,"你以为很正常,说明你在很长一段时间内,就是这样做的。真这样做了,跟八项规定的精神就不相符合了。也就是说,你把一些党内不正常的东西,当成正常的了,不应该做的事情,司空见惯了,前天的事情,你听说了没有?"

"咋了?"大鹏问。

"咋了?鹤鸣镇的一个司机到县政府取文件,顺路到一个快递点,去取了一个快递,被县纪委的同志盯上了。"

"这不很正常吗?"大鹏说,"又没多走路,又没耽误工作,连三分钟的时间都用不了。"

"不对了吧，这件事情被县纪委盯上以后，全县通报了，给这名司机党内警告处分。为啥呢？因为他公车私用了。镇上的车是公家车，用公家的车去办公家的差事，你咋能中间给自己家干私活呢？工作的时间应该用到工作上，怎么能给自己家干事呢？"

"啊？"大鹏嘴张得大大的，"现在要求这么严吗？我还寻思着过几天我弟弟结婚，从镇上借几辆车用呢。要是这么弄的话，哪个干部身上能一点问题没有啊？"

"就这么严格，和中央保持高度一致，遵守八项规定，要形成自觉，你千万记住，低调地工作，认真地工作，规范地工作，千万要把群众的利益放在第一位，这样才能不出现问题。"

听完郑学平的一席话，大鹏心里翻江倒海，好像明白了很多东西。他就对郑学平说："书记啊，这么说，以前做的很多事儿，还真不敢说是全对的，要说违反规定犯错误，还真说不准。这样的话，谁也不敢说就一点问题没有呢。"

"认识到了吧？"郑学平说，"认识就是进步，你还真得好好思考思考，把认识提高到和中央保持高度一致上来。"

顿了顿，郑学平接着说："你说的事情，我已经知道了，你先回去吧。最近，我正在安排农村整顿和管理规范，我把你的想法融入我的工作中来。"

从郑学平办公室回到村里，大鹏的心里久久不能平静。这么多年，处心积虑地从干企业一直到当村书记，自己认为，只要肯努力，肯拼搏，就能干出一番事业；只要不从村里贪一分钱，群众拥护，就能当一个好干部，现在看来，境界太低了。眼下，整理村里账目就是一件大事。这么多年了，村里好不容易把承包费收起来了，正准备修路，又要把以前的账重新查一遍，肯定会查出这样那样的问题。牵扯到以前的干部，肯定又要出麻烦，牵扯到现任的干部，事情就会更复杂。这下让大鹏真的感觉到，当个村干部是相当不容易，还真不是个简单事儿。

第八十二章

王前进这段时间也非常郁闷，本以为在镇上干了这么多年，工作上也是兢兢业业，也担任过文化站站长，后来又干管区书记，因为工作优秀，也轮到了被提拔，群众也推荐了，本以为要前进一步，没承想因为身份不合适被叫停了。思来想去，王前进觉得应该和党委书记郑学平汇报一下自己的想法。

"咋的？最近是不是有点情绪啊？"郑学平早就发现了王前进这个苗头，就问坐在沙发上的王前进。

"主要是干管区书记这几年累得慌，寻思着换个岗位。"王前进嘟嘟囔囔地说。

"是不是提拔没有指望了，想找一个轻快的活干啊？打退堂鼓了，是不是啊？"郑学平一眼就看出王前进的心思，干脆利落地对王前进说，"政策对你们非常严格，实际上，仔细想一想，如果在一个岗位，或者一个领域中，确实出类拔萃，有的是提拔的渠道。再说，现在逢进必考，你也可以通过考试，进入公务员队伍，然后进入提拔行列。"

王前进说："已经超龄了，我都四十好几了，年轻的时候又没有这样的政策，现在也没啥希望了，家里的孩子上学需要照顾，老人也需要照顾，我就寻思着，找一个比较轻松的岗位。"

"那你说吧，你愿意去哪个站所、哪个办公室？哪一个单位轻松呀？哪个单位也不轻松，实事求是地说，现在镇上工作压力非常大，每个人都担着一份责任，哪里有轻轻松松就能干的工作？"郑学平给王前进做思想工作，看着王前进不说话，郑学平又给他描绘蓝图："你仔细想一想，现在有这样一份工作干着，有这样一份责任担着，人生是不是更有价值和意义？你就没想一想，像你这样的身份虽然得不到提拔，但是，还仍然能够在镇上干着管区书记这么重要的岗位，这个责任担当是不是值得？党委对你的这份信任，是不是值得珍惜？如果遇到一点不如意、不顺心的事，就撂挑子，散摊子，那么你这个共产党员是不是合格，我们真的要重新检验一下。"

郑学平的话声音不高，但是非常严厉，让王前进听起来觉得分量非常重。王前进在这样一个节骨眼上要撂挑子不干了，显得心胸狭窄，境界不高，确实是不怎么合适。想到这里，王前进就对郑学平说："书记，我再回去想一想，可能我心里有点小疙瘩，不影响工作。"

"那就回去，好好琢磨琢磨，把工作捋一捋，把心思用在工作上，用在照顾家庭上，别用在其他地方。"

出了郑学平办公室的门，王前进脸上说热不热，说凉不凉。自己觉得有点画蛇添足的味道，不找他吧，心里头不是个滋味，找吧，什么便宜也没捞着，还挨了一顿批评。总之，王前进的心里五味杂陈，什么滋味也有。

从二楼领导办公区域走下来，王前进一抬头看见了火急火燎上楼的大鹏："你这是干啥？着急忙慌的，屁股上着火了咋的？"

大鹏边走边问："书记在不在？有麻烦了。"

王前进指了指党委书记办公室，用手摆了摆，大鹏就明白了，三步并作两步走，急急忙忙地去找党委书记郑学平。

郑学平刚把王前进送走，喝了一口水，坐在他那把椅子上要稳定一下情绪。自己就想着：没想到王前进这小子想法挺多的，一门心思想提拔一个副镇长什么的，现在当领导干部就这么容易吗？那些知识层次高的，学历合适的，身份正好的，还提拔不起来，能通过这样的方式提拔干部吗？看来，他还没弄明白当前的工作特点和方式方法。

大鹏敲了敲门，郑学平说："进来吧。"话音未落，大鹏就像旋风一样，进了郑学平的办公室。

"咋的了这是？咱平常不是挺有礼貌的吗？咋这样就闯进了我的办公室呢？"郑学平对冒冒失失的大鹏上来就是一顿批评。

"不得了，郑书记。"大鹏干脆就没坐在椅子上，站着就跟郑学平说。

"咋了？"

"查账查出赵荣进不少问题，今天把赵荣进传去谈话了。"

"谈就谈呗，谈话不是很正常吗？有问题讲清楚了不就没事了吗？有问题讲不清楚，应该承担责任的，就必须承担责任，这是工作的一贯要求，有什么不妥当的吗？"郑学平心平气和地对大鹏说。

"那咋行啊？要是谈出问题来，可就麻烦了！我听说，那些年有交承包费的，交给老赵个人了，他没上村里交，要给他定性为贪污，损害群众利益。这样子的话，恐怕就要受党的处分了。"大鹏着急地说。

郑学平说："对呀，损害群众利益，拿了不该拿的钱，就要承担责任！不光是受党纪处分，如果情节严重，还要承担法律责任，说不定还要判刑呢！怎么了，这样的政策，有什么不妥当吗？"郑学平仍然心平气和地说。

大鹏一听郑学平是这样的态度，有点慌不择路地说："那可了不得，郑书记，要是村里出现了问题，把赵荣进给处理了，别人还以为我对赵荣进报复呢，赵荣进家里的人，还不跟我拼命啊？那我在村里头还有威信，还能够干下去吗？"

"你身为村党支部书记，应该和党委、和中央保持高度一致。你看看，你今天这个态度，是什么原则，什么觉悟啊？党员出现了问题，违反了纪律，按照党纪国法进行处理，那是必须的，是应该的，你怎么还这样考虑问题呢？"郑学平毫不放松地说。

"我听您的意思，好像这事您早就知道了。"大鹏这下才明白过来，看来审计组找赵荣进谈话，准备对赵荣进违纪的事情进行处理，是向党委书记郑学平汇报了的。

"对呀，怎么了？重大问题向党委书记汇报，这是组织原则问题。他们向我汇报，我知道了这件事情，我同意他们这样做。这是我履职尽责的一个方面，我应当表明态度，违纪的党员不处理，怎么能清洁我们的队伍？怎么使我们的队伍在群众面前树立光辉形象？"郑学平义正词严地说。

"还光辉的形象？这么一下子不是给我们党组织抹黑吗？"大鹏着急地说。

"抹黑？重要的是，任凭它发展下去，破坏我们党的威信，会给我们造成大损失，损害群众的利益。"郑学平对大鹏说，"这件事情，你一定要认真对待，回去以后积极配合。检查组把账目捋清楚了，该处理的问题处理好了，对你下一步工作有好处。不只是赵荣进，你在前些年的工作中和个人生活中如果有问题，也必须在这个阶段交代好、汇报好。不光是像赵荣进这样退下来的村干部，就是在职的干部，有问题也必须进行处理。"

大鹏听了郑学平的这一席话，惊出了一身冷汗，忙不迭地点着头答应："是是是，我回去以后积极配合检查工作，我也得把我的一些情况捋一捋，把账目往来也清理一下。"

"这就对了嘛！"郑学平心里想，还到我这里来讨便宜要说法，想让我开什么口子，这纯粹是胡闹。

大鹏顺手从口袋里掏出一个信封，信封里头装着一万块钱的现金，看着郑学平的脸，轻轻地放在了他的办公桌上。

"啥东西啊，这是干啥？"郑学平知道大鹏玩的是什么套路，就面色严肃地问。

"给您提供点活动经费，支援一下，您去县里给我周旋周旋吧！赵荣进这个事给他消化了，你总得跟县领导和管这事的吃个饭吧？吃饭的时候，总不能让你自己来掏钱吧？"

"我吃饭还用花你的钱吗？我有工资，再说了，在这个节骨眼儿，是不允许打招呼说情的，事实明摆着，黑的还能说成白的吗？"郑学平仍然在和大鹏讲着道理。

大鹏一看郑学平不接受这个礼金，就搪塞着找台阶，说："先放在你这里吧，吃饭花钱的时候，你就用这个钱，用不了的时候，咱们再一起喝酒，当做喝酒的经费。"

"大鹏啊，"郑学平语重心长地说，"一个人，如果不能自带光环照亮别人，至少不产生黑暗就好，不能再捣鼓这一套了！再弄这个，就是害干部，误干部，就要出大问题了！这么着，你现在拿回去，我就当没有这么回事，如果你不拿回去的话，我就把它交给纪委书记，他找你的时候，别说我不给你留面子。"

话说到这里，大鹏像触电一样，一下子就把信封抓在手里，装进了自己随身的挎包里，风一样地出了郑学平的办公室。

大鹏一边擦着额头上的汗，一边拿着手包，低着头往前走，一下子把迎面的来的钱忠诚顶了一个趔趄。

"你这干吗呢！"钱忠诚说，"你这么大个人了，毛手毛脚的，就不会小心点！"

大鹏一把把钱忠诚拉到了走廊前的一个台阶口，悄悄地说："我跟书记说了一下检查组找赵荣进谈话的事儿，让书记给我去摆平一下，把这事大事化小，小事化了，书记把我批了一通。咱新来的这个书记是油盐不进、荤腥不沾啊！我想给他点经费支持一下，让他到县里给我请个客，通融一下这事，他说什么也不要，这一下子可难办了。"

钱忠诚冷笑了一下，说："你小子，我还不知道你呀，你在玩趁火打劫、借刀杀人的游戏吧？"

大鹏一听钱忠诚这么说，就有点急眼了："你咋能这么想呢？本来村里头出了事，我就急得够呛，你不帮我想个法子，还想看笑话呢！"

钱忠诚笑了笑，说："你拉倒吧，我还不知道你小子那点鬼把戏，你肯定是想借着党委书记这一股子劲儿，把你的事儿摆平。你快忙你的去吧，我有事儿找书记。"

大鹏一看钱忠诚一副老奸巨猾的样子，知道他一肚子鬼点子，藏了半天的小心机让他给看破了，实在对付不了他，就嘱咐钱忠诚说："你别乱说话啊，别给我添乱！"

第八十三章

　　王前进没事儿找事儿地找党委书记郑学平，提出调整岗位的事儿，郑学平没给他喘息的机会，在党委会上提名调整了几个干部，其中就有王前进，管区书记不让他当了，调到了信访办担任副主任，负责群众上访事务的接访工作。也就是说，原先是管着几个村党建、村务指导工作，现在是只负责全镇上访群众诉求的转办处理，都是一些鸡毛蒜皮的事。王前进就觉得，还不如干管区书记呢，但是，他自己提出的调整岗位，郑学平顺水推舟地给他调了，他又没办法再说出别的理由。

　　这一下子，王前进就觉得他的这个欲擒故纵、以退为进的招数玩砸了。这个党委书记还真的跟原先刘光明的办法不一样，还真是说到做到，出手就是狠招。

　　调整了以后，王前进空缺的这个位置，郑学平安排党政办一个叫孙元青的副主任去填补了。孙元青是从部队转业回来的一个年轻的干部，原先在部队上担任营级干部，本来就享受副镇长级别的工资，回到地方上工作以来勤勤恳恳，雷厉风行。并且，还有一个长处，孙元青在处理工作时非常谨慎，考虑问题也非常细致。这次把孙元青派到管区当书记，他也是踌躇满志，意气风发，干劲十足，明显比王前进合适得多了。

　　这一下弄得王前进失落感不小。他也在考虑，如果不认真工作，不好好地干，将来的出路更窄。王前进在镇政府干了这么多年，非常明白他的处境和下一步的出路。他痛定思痛地进行了反思和计划，还真的要把眼前的工作干好，那才是唯一的出路。这个党委书记可不是打马虎眼儿的，还真不是请客送礼、拍拍打打就能说得过去的，郑学平还真不是一个见风使舵、混社会的人。

　　王前进到信访办上班第一天，就接到了好几个人反映赵荣进在担任村党支部书记期间，有些土地分配不公，还有贪污受贿的问题。王前进一看，这些事情根本就不是自己能够处理和分化的，就向分管的党委副书记钱忠诚汇报。钱忠诚老生常谈地说："哎呀，这些都是老皇历了，你回复一下就行了。"

　　王前进很认真地对钱忠诚说："我觉得这事应当向党委书记汇报一下，如果党委书记不知道的话，出了大麻烦，我可担不起这个责。反正，我向你汇报了，你跟党委书记汇报不汇报，我就不管了，将来追究责任的时候，你别说我没跟你说啊。"

和钱忠诚汇报完了以后，钱忠诚完全不觉得这件事情重要。王前进就想着应该和龙怀村的党支部书记大鹏通个气，和他说一声。他就打通了大鹏的电话，说："你要是有时间的话，就到我这里来一趟，有个问题需要你核查一下。"

大鹏非常关注赵荣进事情的进展，一听说有个线索上的问题，急急忙忙地开着车，十来分钟的时间就到了信访办王前进的办公室。王前进拿出一张批办单对大鹏说："你看一下，群众反映赵荣进的问题还有这么多呢。"

大鹏一看，是反映赵荣进的，不是反映自己的，稍稍放心："哎呀，我以为啥事呢，我这几天就为了这个老家伙忙活了，为了这事，找党委书记都说了好几次，让郑书记帮我上县里做工作，把案底给他销了。"

"那可怎么办？我还需要不需要把这个材料让郑书记过目一下？"王前进问大鹏。

"必须的啊，和郑书记汇报，得让他知道啊，要不然，书记不知道这事儿，思想上没压力，这事儿处理不好，不还得举报吗？你得第一时间先拿去让书记看看。"大鹏催促着。

综合治理服务中心在镇政府东边有一个专门的院落，从服务中心到镇政府，步行的话，大约十几分钟的时间。也就是说，王前进如果不是自己开车，或者是骑电动车，到镇政府找领导的话，大约需要步行十几分钟。

大鹏为了节约时间，就对王前进说："你抓紧带好材料，上我的车，我把你送到乡里，你跟书记说说，让他安排个工作组也好，或者是派专人也好，抓紧把这件事情给处理处理，省得群众还来信访，我都吃不消了。"

"好的。"王前进一边说着，一边从桌子上拿好文件，跟在大鹏的后面。一开车门，坐上了大鹏的车，大鹏猛的一踩油门，"嗡"的一声，车像疯了一样，往镇政府跑去。

走在路上，大鹏心里在想：非得给党委书记施加点压力不可，还群众举报呢，我还不知道这封信咋来的吗？这些东西，这些证据，村里账目上的这些数字，不是我给他提供，他哪能这样清楚？这次非把这个老家伙彻底弄憋了气不可，让他再在外面说三道四的，还想给我使绊子，我能让他过得安生？

小柔给大鹏打电话的时候，大鹏正好在会议室里开着会，正在听领导讲话。突然大鹏的手机响了一下，大鹏吓得赶紧挂断。这时，主持会议的领导就朝这个方向看过来，大鹏赶紧把手机调到静音状态，随后给小柔回了一条短信:"正开会呢,待会儿我把电话给你打过去。"

"待会儿我过去找你有点事儿。"小柔回短信说。

"那好,我回厂里面等着你。"大鹏回个短信。

几个副镇级干部,走马灯似的,在会议上把分管工作安排了一遍。会议结束了,大鹏就想着要赶紧回去等着小柔,不知道小柔找他有什么事。

大鹏站起身来,拎着自己的手包,伸手从裤兜里掏车钥匙,就急匆匆地往回走。还没到会议室门口,分管妇联工作的副镇长卢明月把他喊住了:"大鹏书记,你稍微等一下。"

"咋了领导?"大鹏回过身,侧了身子跟卢明月说话。

"今天上午那个活动,刘丽萍跟你说了吗?"卢明月问。

"没有啊,咋了?"

刘丽萍是醴泉镇的妇联主席,在镇政府工作了将近二十年,担任妇联主席七八年的时间,工作非常有经验,对每个村的美丽家庭建设和妇女干部状况了如指掌。

卢明月一听刘丽萍没有跟大鹏说,可能是把工作安排给了龙怀村的妇联主任竹花了,就对大鹏说:"那么,可能是刘丽萍把工作任务给你村的妇联主任竹花了。是这么个事,今天上午,县妇联要来看几个美丽家庭,反正咱镇上就数你村在这项工作上搞得好,咱就定到你村了。你回去也跟竹花对对头,安排一下,他们大约十点就到。"

大鹏摁了一下手机的开关键,屏幕就亮了起来,一看九点半了,就说:"哦,基本上快到了,我抓紧回去,让竹花安排几户,咱得认真地对待。"

卢明月马上跟上表扬:"你看人家大鹏书记,考虑问题就是讲大局,你抓紧回去安排吧!"

从会议室出来,往车跟前走的时候,大鹏就用手机给竹花打电话,说:"刚才卢镇长跟我说了,今天县里有到咱村参观检查的,你知道这事吧?"

竹花在电话里说:"知道知道,我都安排好了,有几户我也都嘱咐了,让他们打扫好卫生,把该摆的鲜花摆好,门口、路上也都让保洁员给清理了,你就放心吧。"

"那就好,那就好,我厂里还有点事,你那边有啥事的时候,再跟我说,没事儿你接待好他们就行,如果书记、镇长来的话,给我打电话,我抓紧赶过去。"

"好了。"竹花在电话里说,"我现在正在东头菊花姐姐家,忙着和她打扫卫生呢。"

大鹏回到自己的厂里，刚把车停下，就看见小柔开着自己刚买的那辆红色别克车，急匆匆地到了大鹏办公室跟前的垂槐下面。

　　大鹏看着急匆匆过来的小柔，就问："咋了这是，这么着急呢？"

　　小柔轻轻地拽了拽大鹏的衣袖，指着办公室门口说："抓紧过来，上你办公室再说。"

　　进了大鹏的办公室，小柔着急地说："刚才公安局经侦科的人让我去了一趟。"

　　"去干啥了？"大鹏问。

　　"说是有人反映你行贿受贿，还有作风问题，问我在给你厂里卖茶叶过程中，有没有你支了钱，我把茶叶送给县镇领导的事情。还有就是问你生活作风上和我有没有牵扯。"

　　大鹏问："你咋说的？"

　　"没有啊。肯定是这么说啊，本来就是没有嘛。"

　　"那就没啥事了，这样说就行了，咋急成这样了？"

　　"我就觉得，是不是有人把你给告了。你心里得有点数啊，千万不能让人抓住把柄，你现在企业干得这么好，又当着村里的书记，肯定有人巴不得你出事呢。"

　　"送茶叶卖月饼什么的，就是一个企业行为，你愿意卖多少钱，我愿意买不就行了吗？它不存在受贿不受贿的问题，我出钱，让你把茶叶送给别人，我傻吗？你又没给村里头干什么工程，然后给我送钱送礼什么的，企业上的事儿，没事儿，你就说没有就行了，本来就没有嘛。"

　　"对对对，我就是这么说的，本来也没啥事儿。"

　　小柔提醒大鹏说："是不是赵荣进的儿子赵一鸣，那天晚上在一起吃饭的时候，他看出咱俩的关系不正常了？"

　　"这种事情别人有知道的吗？只要你不说，我不说，别人能知道咱俩什么关系吗？别人爱怎么猜，咱只要不说，就啥事也没有，你还真是闲着没事呢，有病吧？"

　　小柔心里想了想，就说："也是啊，我说他们咋没再问别的事情呢。"

　　大鹏说："有人举报，是肯定的了，不用怀疑，保证是赵荣进那个老家伙，说我经济问题、作风问题，胡说八道。你现在就记住一个办法，出去少说话，少参加一些乱七八糟的场合，只要有人说起这件事来，你就一言不发，一个字也别说就行了，没啥事儿，你放心就行。你早点回去吧，上你的班就行了，现在上班就够忙的，还嫌事情不多吗？你闲得慌。"

听了大鹏的一通分析，小柔的紧张情绪才算缓和过来，就非常小心地问大鹏："你琢磨着，真的没事啊？"

"没事儿，没事儿。"大鹏说，"你放心就行了，你在这儿说完就算了，回去以后少说话，这段时间也别上我这儿来了，有事的时候给我打电话就行，电话也少打，明白了吗？"

"知道了，知道了，那我先回幼儿园上班了啊。"

说完，小柔抱着大鹏的脸亲了一口，然后拿着钥匙，开着她的别克车回幼儿园上班了。

小柔走了以后，大鹏陷入深深的思考，看着眼前的局势，绝对不像自己想象的那么乐观。看这个意思，赵荣进已经对自己展开全面的反扑了。

第八十四章

大鹏村里的旧村改造和山乡民宿项目在稳步推进着。农村的工作就是这个样，村干部在前面冲锋陷阵，为群众服务，干着工作，总有几个人在背后说三道四，推三阻四，使反劲儿，搜集黑材料，告黑状。总而言之，搅得你干不痛快，有些工作，巴不得你就别往下进行，才能达到他的理想。其实，有的事情还真没牵扯他，没动他的利益，村里老少爷们儿，大多数人都是非常赞成的。

比如说，大鹏依托村里北依黄河、南靠青山，风景秀丽的自然条件，发展民宿和旅游是多好的主意，多好的办法呀！再说，搞开发用的资金和经费，都是大鹏开着自己的车跑省城、跑县城、跑镇上要来的。但是，就有个别的人因为占了他的地，或者需要拆迁他的旧房子，狮子大开口地要补偿，达不到他的理想，就使着绊子，唱反调，不让项目往下推进，弄得大鹏是费尽了口舌，想尽千方百计地做他的工作。总而言之，大鹏就是一个目的，把项目干成，让老百姓的日子过得更好一些。

但是，给他使绊子的人，还是坚持不懈地无中生有，中伤抹黑，用信访的形式告他，从而牵扯他的精力，让他静不下心来干正儿八经的事业。

大鹏也想明白了，"听见兔子叫，还能不种豆子了吗，"也有好心的镇领导和同志们私底下对大鹏说过，"你得抓紧把赵荣进这个问题给解决了，要不然他死活缠着你，你干不成别的事啊！"

大鹏只是笑笑，说："现在这样挺好啊，有他这么天天地告我，别人就没有精力再往里掺和了，要是一个村子没有一个对立面，没有一个人在那挑毛病，那样干起来多没劲啊！"

赵荣进的问题很容易就查清了。赵荣进在职期间，长期占用集体资产，收受贿赂，侵占村集体资金，数额较大。但是，接受审查以后的赵荣进，在其儿子赵一鸣的大力支持下，痛痛快快地把该交代的问题交代清楚了，组织上决定对他进行从宽处理。

但是，他所犯的错误是非常严重的，虽然不对他进行"双规"了，因为，他把所有违纪的资金和该给集体退赔的款项都已经退赔了，态度比较好，所以，决定给他开除党籍处分，不移交司法部门处理了。对于这样的处分决定，赵荣进应该烧高香了，没让他进去，就已经是照顾他了。

事情终于过去了，偷鸡不成反蚀了一把米，没汆了粮食把口袋也丢了，赵荣进大病一场。不知是什么原因，腿就站不起来了，后来，去省城住院，是严重的股骨头坏死，只能坐轮椅了。

一个人生活的赵荣进，因为儿子赵一鸣在外地工作，没有时间天天照顾他，所以赵一鸣就和赵荣进商量着，把他送到黄河边上的一家敬老院里。这里风景优美，空气清新，环境非常好。医生和服务人员也是经过专门培训的，让他在那里安度晚年，里面有专门的医生和厨师，能一天三顿吃上热乎乎的饭，总算是有了生活的着落，赵荣进终于静下心来，安度晚年。

干啥的说啥，从县民政局下派到醴泉镇担任镇长的孙伟，决定先到村里了解了解困难群众的情况，就约了民政所所长张学，一块到大鹏的村里走访困难户。

穿过了一条小巷，在胡同的最里面，一座土坯房就映入了一行几人的眼帘。

民政所所长原先当过这个管区的主任，叫张学，非常熟悉这一户的情况，就赶紧给镇长介绍，说："这是老两口过日子，有一个姑娘出嫁了，老两口身体还不太好，住着这样三间土坯房子，生活是比较困难的。"

说话的工夫就到了院子里头。两位老人正在土坯房门口，坐着马扎晒太阳。一看见有人来了，就赶紧站起来，佝偻着身子拄着拐杖，看样子身体确实是不太好。

孙伟就赶忙地说："大娘，你们坐着聊天就行，我来看看你们。"

同行的大鹏赶紧介绍："这是咱们镇长，刚到咱们这里工作，就来看望你们，最近生活咋样啊？"

"挺好啊，挺好啊。"两位老人赶紧说着好听的话，"多亏村里和乡里照顾我们啊，要不俺两个生活还真是困难。给我们办了低保，每月给我们发上好几百块钱呢，我们吃馒头、吃鸡蛋就有钱了，真得感谢共产党啊，谢谢乡里和村里的干部。"

村里的群众对撤乡设镇不是非常敏感，有时候还是把新设立的醴泉镇称为乡里。

孙伟看了看大鹏，心里也非常高兴。看来村里的干部照顾这困难老人，还是真的不错。

说话的工夫，大娘就掀开了门帘，对大鹏说："大鹏啊，你和乡里的领导到屋里来坐一下吧。"

孙伟迈步走进了大娘的土坯房里。虽然是一座土坯房，但屋里头拾掇得干净整洁，老人说话也是非常得体。孙伟不由对村风民风感到欣慰。

一进房间，孙伟抬头就看见，有一个长方形的镜框，挂在了房间墙上的正中，镜框的里面装满了大小不一各式各样的照片。孙伟看着这些有点年头的照片，对大娘说："这是您年轻的时候和孩子们一块照的吧？你几个孩子啊？"

大娘说："就一个闺女，早出嫁了。"

突然，孙伟从相框里头发现了一张照片，这张照片上有一个长相英俊的大学生模样的男孩子，引起了他的注意，就问道："这个是谁啊？怎么这么熟悉呢？"

大家一看孙伟对这张照片产生了浓厚的兴趣，就都凑了过来。大娘突然兴奋了起来，就说："这是俺女婿，这是当时他俩订婚的时候，我们全家一起照的照片。"

"你姑爷是不是叫牛志海呀？"

"是啊，你咋认得他呢？"大娘非常高兴地说。

"他现在在市发改局干着科长呢，是正科级的干部了。你姑娘现在在哪儿上班呢？"

"她还在医院呢，在县医院化验科当医生呢。"

孙伟若有所思地说："哦，我知道了，您和大爷主要就是没人照顾，单独生活。两个人在家多注意安全，用电用火的时候，一定要看着点，自己做饭，千万要注意安全。"

叮嘱完这番话，孙伟就往外头撤离。大鹏和民政所所长张学就跟在后头走出了院子。临走的时候，大鹏还嘱咐两位老人："你俩别出来了，在院子里头好好地待着就行啊，不用送了。"

从大娘家走出来，快到村委办公室的时候，大鹏还在眉飞色舞地跟镇长介绍情况："你看咱们村的这些困难群众，都是没人照顾的、生活有困难的。"

说到这里，孙伟停下了脚步，说："咱刚才去看的这一户，这两位老人，他们家里生活困难吗？困难在什么地方？"

大鹏说："平常没人照顾他俩的生活，他俩自己做饭，能不困难吗？"

"咱现在说的困难，主要是经济困难，没有经济来源，没有固定的收入。当然没有赡养人，也是一个重要的方面。现在他俩的情况，是有赡养人，女儿在医院上班，属于国家正式职工，姑爷是国家正式干部，还是领导干部，你说他俩能没有赡养能力吗？这样的家庭还能入低保吗？你说，你这不胡闹吗，你！"

大鹏一听蒙了，说："这样的条件要是不够的话，那咱村里也没有几户能符合低保条件啊。"

"有几户算几户，如果没有够低保条件的，就不能硬纳入低保，有一户算一户，有十户算十户，没有就算了。刚才这户，这样的条件确实是不行，这个弄法可真是胡闹。"

孙伟说完，就对陪同一起来的民政所所长张学说："你把全镇的低保名单挨个摸一遍底，不符合条件应该停的就得停了，这属于套取国家资金。把不应该发的资金发到群众手里头，也是不合适的，更不用说发到一些国家干部的家属手里，你把这个名单报给我一份。"

大鹏这下子懵了，问："如果这不合格，那也不合格的话，现在这条件，哪里有绝对的贫困家庭啊？"

大鹏本来寻思着新来的镇长到村里检查工作，在这个节骨眼上露两手，让新来的镇长刮目相看。没想到碰了一鼻子灰，让镇长批了一顿，还得把一些工作进行整改。

孙伟把了解到的情况向党委书记郑学平汇报了一下，说："得把各村的低保统一整治一下。要是这样下去，有些国家干部的亲属也吃着低保，对群众的影响简直是太坏了！再说，现在我们资金有限，应该用在刀刃上，家庭确实困难的让他们吃上低保，那才是我们应该做的。"

郑学平当即拍板，说："该规范的规范，该整改的整改，这件事情，谁在里头违法乱纪、枉法徇私，也一并处罚，让纪委的干部也介入，一并参加清理整顿。"

第八十五章

收到郑学平要到厂里去的消息后，大鹏还是高兴得不得了，就打电话给钱忠诚，说："中午我们是不是要安排生活呀，让郑书记在厂里吃个饭吧？"

钱忠诚说："我看够呛。郑书记这个人四平八稳，原则性非常强，他一般情况不在企业吃饭，你先别准备了，待会儿我问他一下，如果他愿意在你厂里吃饭的话，我再给你打电话，你先买点菜，准备着也可以。你先嘱咐一下厂里的安全员什么的，先让他们把工作服、安全帽给穿戴整齐。现在这安全生产不光是副镇长分管了，党委书记、镇长都是第一责任人，现在抓安全必须抓生产，抓生产必须抓安全。党政一把手都要对这项工作负责。再说，郑书记这个性格，你也知道了，他做事非常讲原则，非常认真，你千万别让他给你挑出什么毛病来。要是你厂里真有什么不规范的地方，他肯定得批评你，可够你受的。"

"那啥时候来啊？"大鹏就问。

"现在县委宣传部的几个领导，正在办公室里跟他们谈话，抓一个文化三下乡新时代文明创建活动。我估计，一会儿县委宣传部的领导，肯定要到村里头看一下，看完了，时间要是早的话，就上你厂里去，晚了就改成下午。"

"那我就只能在厂里头等着了。"大鹏说，"你确定来厂里的时候，先给我打个电话，我好有个心理准备。"

"好的。"刚说完这句话，电话里就传来了郑书记喊钱忠诚的声音："我说，钱书记，抓紧陪着领导去龙怀村吧，去看一下他那个文化大院怎么样。"

大鹏猛地听见县委宣传部的领导要到村里看文化大院，赶紧开着车就往村委办公室跑去。

一边开着车，大鹏一边打电话通知周一本和竹花，抓紧往村委赶。竹花说："我现在就在村委办公室呢，我在整理美丽家庭的一些材料，这是咋了，这么急？"

"县委宣传部的一帮领导，郑书记陪着他们往咱们村走着呢！你抓紧把办公室稍微整理一下，我现在往那里赶着，马上就到。"

其实，大鹏的企业离村委并不是很远，也就是十分钟的车程。但是，大鹏把拖鞋换下来，穿上皮鞋，然后穿好西装开车往村里走，就这么点时间，县领导已经在郑书记和钱忠诚的陪同下，到了村委门口。大鹏老远就看见县里和镇上的领导从车上走下来，赶紧把车停下，拉上手刹，往办公室的门口急急忙忙走去。一路走得急了，没看见有一个台阶，一下子"扑通"翻了一个跟头。

钱忠诚赶紧把他拉起来，说："你这是玩的哪个样式，领导们来看文化大院不假，你也不用弄这个传统文化礼仪呀，迎接客人还行这种跪拜礼吗？那都是多少年的事了？"

大鹏一听钱忠诚拿他打趣给他解围，就伸手摸了摸膝盖，说："哎呀，我膝盖疼，刚才下车走得有点急，你看，让领导们看笑话了。"

县委宣传部的一个科长围着村委大院转了一圈，看了看，说："这个地方条件很好啊，有个院子，南边还有健身器材，你们村党建引领方面的牌子还是挺好的，这本身就是一个新时代文明实践基地，咱这个村在这方面是有基础的。"

大鹏听县里领导对他表扬，心里暗暗地松了一口气，也不觉得膝盖摔得疼了，就眼睛直直地看着郑学平。郑学平问宣传部的科长："孙科长，您看下一步应该怎么做？您给点一点，我们好按您的要求准备和打造。"

"这样吧，"县委宣传部的科长说："有一个标准，我待会儿让办公室的同志把那个材料发给钱忠诚书记，你按照材料的要求，把该准备的准备好。省委宣传部领导来的时候，这个点咱们一定要经受住检验。"

大鹏一听，这不是一件简单的小事啊，还承担着下一步给县里当试点，迎接省委宣传部的任务。他就对郑学平说："郑书记，您怎么安排，咱们就怎么干，您提什么要求，我们就按照您的要求去落实。"

"行啊。"郑学平说，"县里的领导还有什么具体的要求？还到其他的单位、其他的村去指导一下吗？"

孙科长说："今天先不去了，咱就弄这个点。这个点弄好了以后，你把其他村的干部组织起来，在这个村里开一个现场会，让全镇其他村都按照这个模式，把新时代文明实践中心搞起来。把文体活动、书画创作、戏曲演唱、广场舞比赛、老人讲故事等活动组织起来，搞得红红火火、热热闹闹的。咱们再组织全县的现场会，让全县其他乡镇的书记、乡镇长和分管领导到这个地方来参观一下，在全县推开，这样才能迎接省里对咱的检查。"

"这么一说，还成了大动作了。"郑学平说，"那我们还真得好好地研究一下，别弄得不像样，给县里抹黑。弄就弄好它，不弄就连拾掇也不拾掇。"

"那我们先回去了，郑书记，您抓紧安排落实吧，反正，他们十月底就来，现在已经是九月十五了，满打满算的话，还有一个半月的时间，你一定得把这个活干得漂漂亮亮的！"

说完这些话，孙科长一行四人坐着一辆公务车就回县城了。留下党委书记郑学平和副书记钱忠诚，还有管区书记孙元青在村委大院的门口。

看着县委宣传部的车走远了，郑学平回过头来就问钱忠诚："你觉得，今天县委宣传部的领导，他们看出问题了没有？"

一句话问得钱忠诚一头雾水："没有啊，没看出来。"

"没看出来？"郑学平说，"你没发现人家孙科长再三强调，一定让咱们抓好落实。人家说的是，我们的基础条件不错，说我们房子有了，场地也有，但是，该打造亮点的东西，该有的标识内容没有，也就是说，我们基础的条件挺好，有些活干得不漂亮。简单地说，就是有条件，不会干。"

一听这话，大鹏就感觉出是在批评他，脸上热辣辣的一阵儿，就自己检讨，说："是啊，是啊，郑书记批评得对，怨我，企业牵扯了我很大的精力，下一步我真得往村里的工作上多靠一靠，时间上多盯一盯。"

这时候，不知深浅的竹花插话，说："实际上，俺书记也知道应该咋干，也知道场地应该用水泥硬化，但是，哪里来的钱呢？今年，好不容易把承包费收起来了，还了以前的账，修了几条路，那十几万块钱，根本就不够，剩下的，还是人家大鹏书记垫的呢。"

大鹏一听竹花插话了，就烦躁地说："你知道啥呀？村里的工作不这么干能行吗？哪个活、哪个项目是等有钱了才能干，老百姓能让你这么干吗？"

大鹏和竹花一唱双簧，郑学平也知道确实困难。村里想把工作干好，没有钱，没有资金，想干也没法干，只能是村干部自己往里头垫付。但是，时间长了，村书记也受不了。

想到这里，郑学平就说："行了，行了，咱们甭在这讨论了。"就问钱忠诚，"你不是说要去看企业吗？"

钱忠诚这才回过神来，对大鹏说："你企业那边正常生产了没有啊？咱们请郑书记到你厂里去指导一下吧！"

"好啊，我正在等着呢，咱一块去吧。"大鹏说，"让郑书记坐我车呢，还是开着镇政府的车去？"

郑学平摆了摆手，说："咋来的咋去，抓紧走吧！"

到了大鹏厂里的时候，厂里的职工在车间里正在紧张有序地忙碌着。每个人工作服穿得都整整齐齐，头上也都戴了头盔，墙上的安全管理规定都非常到位，郑学平看到这些也非常满意。走到电炉车间的时候，看到一个管理模样的人在指挥生产，郑学平就对大鹏说："他在厂里担任什么职务啊？"

大鹏说："他是这个车间的主任。"

"你喊他过来，我跟他聊两句。"

车间主任是一个年轻的同志，也就是三十七八岁的年龄，黑褐色的皮肤，一顶安全帽戴在了头上，露着两只眼睛和两排白白的牙齿。一看见是大鹏和领导来检查工作，就跑步到了他们跟前问："董事长，有啥吩咐啊？"

郑学平就插话说："今天咱们在车间里的工人一共有多少人呢？"

"三十六个。"车间主任回答说，"其中操作行吊是两个人，他们属于空中作业，特种岗位；在电炉一线生产的是十七个，其中有一个是化验配料的技术员；另外分两组，两台电炉每组是八个人，其他的职工，有统计员、驾驶员和装卸工。"

郑学平非常满意地点点头，说："看来你对这个车间非常熟悉啊！"

"现在咱这么生产，一个月工资能拿多少钱？"郑学平显然对这个车间的生产情况非常感兴趣，想了解一下一线工人的待遇情况。

"基本工资是五千，我们是按产量来分配效益工资的，每个职工大约八千至九千，炉前的那几个重体力的工人，每个月能拿到一万多块钱。"

"这很不错，在一线工作的同志确实非常辛苦，就应该有一个比较高的收入才合理呀！"

"那你呢？你每月能拿多少钱啊？"郑学平笑眯眯地问车间主任。

车间主任笑了笑，露出了一排白白的牙齿："我应该也能拿一万块钱左右，我还有个车间主任的安全奖，如果这一个月，车间里没有发生任何安全问题，就有两千块钱的奖金，生产好的时候，我能拿到一万一到一万二千块钱。"

"那很不错啊！"郑学平满意地说，"每月扣你养老保险能扣多少钱？"

"这个养老保险的事儿……"车间主任犹豫了一下，明显对这件事情不是很了解。郑学平一看，可能这里头存在问题，就没再问下去。他冲着大鹏看了看，那意思是让大鹏给他一个回答。

大鹏赶紧往前迈了一步，对郑学平说："书记，我们现在正在研究这个方案，看看一线的工人和这些老职工，怎样把他们的养老保险给他们买起来，把前面工作的那些年再给他们补一下。这样将来他们退休的时候，也有一个着落，老来能有一个保障。"

一听这样的解释，郑学平就不用再问下去了，情况很简单，肯定是没给职工买养老保险，在厂区转了一圈，就回到了大鹏的办公室。

茶水已经端上了茶几。

大鹏知道，郑学平心里肯定对企业不给职工买养老保险的事情不满意，但是，他也不主动解释这件事情，总而言之，是没有落实到位。郑学平的工作作风就是这样，你不能用任何理由来搪塞他。你把工作落实了、解决了，才是他要的效果。

突然间冷场了几分钟，郑学平端起茶杯喝了一口茶，钱忠诚一看有缓和的余地，就对郑学平说："郑书记，大鹏厂长想请你在这里吃个饭，你看在时间上合不合适啊？"

"合适。"郑学平说："没有什么不合适的。我本来是非常高兴的，想来这里吃个饭，你说我们在这里吃饭，人家工人在车间里头干活，我们每个月拿着几千块钱的工资，是不如职工的工资收入高，但是，我们每月都有单位给我们缴医疗保险、养老保险，我们退休的时候，还照样有工资待遇。你看厂里的这些职工，他们工作多么辛苦，汗流浃背的，戴着安全帽，穿着工作服，工作服都成黑色的了。我们只为了追求效益，不愿意拿出钱来给职工上养老保险，将来职工老了以后怎么办？我们应该多这样考虑问题，企业将来才会有更大发展。"

一天挨了两三顿批评，大鹏实在憋得难受，就对郑学平说："郑书记，你甭老是批评我了，你说职工的养老保险，我现在正准备着，再用一两个月的时间，只要顺当了，我就给他们缴上，该补的给他们补上。在企业里头职工很复杂，有的干上一年就走了，有的干上两年走了，走了以后在家待上两年，到别的厂子不挣钱又回来了，你给他买了养老保险，他根本不一心一意地跟你干。"

"因为这就不给人家交保险了？"郑学平问。

大鹏赶紧说："都怨我，郑书记，你批评得对，行了吧？这保险不保险的，跟你在这吃饭，没什么关系啊？你就在这里吃顿饭吧，咱又不是吃不起，再说你在这吃个饭，又不用给村里记账，也不用到村里报销，我自己请你吃个饭，还不行吗？你来咱们镇当书记，来了好几个月了，我还没请你吃个饭呢，这事我确实是不大占理呀！"

钱忠诚也帮着大鹏说话："就怨你，你说书记来了这么长时间了，你就不会主动跑到书记办公室里热情一下吗？你小子还算个场面人呢。"

郑学平看着钱忠诚给大鹏帮腔，也就不好再继续说下去了，就用缓和的语气说："我今天来，真打算在这里吃个饭呢，但是，县里一个副县级的干部，让我给他去陪一个客人，说是要上咱这儿投资，算是招商引资活动。我如果不去，县领导怪罪不说，关键是，他如果真能引来项目，帮助咱们发展，我不去陪就失去一个机会。我先去忙那一头子，有时间的话，我约上钱书记，专门到你这里来喝酒，行了吧？你好好干就行，你放心，你只要好好干，遵纪守法地干，我是支持你的。"

一听郑书记还有一个招商引资的场合，大鹏也不好再勉强了。他就对书记说："那最近啥时候有空，你一定过来吃个饭，给我个面子。"

郑学平笑了笑，说："行行行，吃饭就是吃饭，不存在面子不面子的，咱都是一样的，把群众希望咱做好的事情，给人家做得漂漂亮亮的，对得起老百姓，对得起老百姓的信任，这不就行了吗？哎呀，吃饭不吃饭的，不是主要的事。"

第八十六章

曲玲玲抓的山区旅游开发和民宿的项目，还真的是有模有样的，出了样板间和样板点了，这一下子，该投资的时候没投的牛兵，倒是心里犯了动弹。

牛兵有事没事地就到曲玲玲办公室坐一会儿，啥话也不说，就在那里坐着，一会儿，曲玲玲就说："你今天没啥事？跟我去看一下民宿吧。"

牛兵说："好啊，坐您的车还是坐我的车呀？"

曲玲玲说："你公司里头不是有一辆商务车吗？咱坐你那商务车去转一下，看看就行，现在用公务车非常麻烦，纪委的同志天天盯着，如果公车私用或者什么的，还得找这个谈话，找那个了解情况的，弄不好就受处分，让人家司机也不好交代。"

"好啊，坐我车吧，我让司机把商务车换过来，咱们去转一圈儿。"

走在路上，曲玲玲就跟牛兵介绍她的旅游发展思路："依托黄河，我建设一个黄河生态文化园区，把黄河村庄的变迁来历、古迹文物体现出来，这是一个景区。第二个景区就是在南部山区，依托醴泉镇独特的人文环境和自然景观，打造一个乡村振兴民宿旅游区。"

曲玲玲说的这两个景区，是黄河流域典型的北有河南有山这样一个特殊景观。如果真的把项目建成，就能够融合齐邹县的古村落文化和山居文化，进一步开发乡村振兴创新模式，增加黄河印象和醴泉记忆，让农民在青山绿水现代版古村落里，开辟出新的增收门路。到那个时候，这个地方就会出现民宿小镇、康养小镇、文艺小镇、生态小镇。

蓝图好啊，让我们心潮澎湃，耳目一新啊。牛兵听了曲玲玲声情并茂的介绍，充满干劲和信心。

"但是，"曲玲玲话锋一转，"纸上画藤不结瓜，关键还得靠大家实干啊。"

说话的工夫，他们就到了千年古刹醴泉寺的脚下。

这座醴泉寺位于齐邹市长白山中，建于南北朝时期，距今已有1500年的历史，是一个叫庄严的法师创建的，当时名为龙台寺。

在唐朝的中宗年间，长白山醴泉寺建成的那一天，寺东的杂草丛中、乱石潭里，一道细泉挤石而出，细流淙淙，水质甘甜，伴随着"叮叮咚咚"悦耳的声音，非常奇特奇妙。唐中宗非常高兴地给这道泉子起了一个名字叫"醴泉"，意思是这道泉子的水甘甜清澈。

自打有了这个醴泉寺，尤其是有了这道甘甜的泉水以后，来来往往的京官在去山东巡查的时候，就要到这道泉子去看一下，到寺里去烧一炷香，一来是因为皇帝赐名，这地方肯定是风景秀丽，人文独特，人们慕名而来；二来是为了焚香诵经，祈求平安的。这样一来，京城的官员越来越多，就在现在的大明湖附近建起了驿馆，供来往的官员休息和补充给养，时间一长，驿馆的周围也建起了各类的饭店旅馆，聚集了各种门类的手艺人，有玩杂耍的、打把式卖艺的、抬轿子的，跑洋车的，卖小吃的。逐渐地就形成了一个有一定规模的小城镇，因为坐落在济水之南，所以，人们就把这个刚形成的小镇就叫作济南，也就是现在山东省的省会，于是就有了一个说法："先有醴泉，后有济南"。

站在醴泉寺的台阶上，曲玲玲就对随行的各局领导说："现在，我们北边这一片原生态村落，就是历史悠久、古色古香、原汁原味的古村落，如果把这片古村落开发出来，打造成一个像模像样的、让人们能够在这里休闲娱乐的、家庭式的民宿群，那绝对是一个新型的文化旅游项目。"

一句话说得随行人员心潮澎湃，牛兵说："咱们去到村里看一看吧。"

"先别急着去，我把想法给你说完了，你就知道你对哪一块有兴趣，往哪个方向发力，朝哪一个方向投资，你就有了底儿了，你心里头就有规划了。"

曲玲玲站在台阶上，双眼看着远方："从这个地方往北走，大约有三四十公里，就是我们的滔滔黄河，万里黄河是我们的母亲河、营养库、中华魂。黄河文化是我们中华民族的根，黄河流域孕育了我们的民族魂，孕育了我们的民族精神，我们要依靠黄河，做好黄河的大文章，把黄河岸边的村落，打造成具有文化底蕴、具有人文内涵的村落，那该是多么有意义的事情啊。"

一行人，就来到了村里，随便走进了一户人家，去感受一下人文环境。

这是一着四合院式的土坯房子，房顶原先是山里的茅草铺的，现在改成了红色的瓦，土坯房虽然年代久远，但冬暖夏凉。现在是 9 月，天气非常炎热，但在房间里却很凉爽。院子的西南角有一眼水井，水井上有一根石头做的桩子，上面横亘着一根直径大约 15 厘米的木杆子，杆子上面有一个辘轳，是典型的农家汲水用的水井。

牛兵走到跟前，伸手去抓住辘轳的木把，试着打水的时候，突然发现井口的石块上面有密密麻麻的汉字，原来这井口是用年代久远的石碑砌成的，这让牛兵感到非常惋惜和遗憾。

蹲下身来，牛兵用手边的笤帚轻轻地拂去了石碑上的浮土，上面刻满了字，横平竖直，造型端庄，这是重修醴泉寺的碑记，上面印着密密麻麻的一些名字，字体隽秀整洁，内容清晰可见，是明清时期一些乡绅和财主捐款捐物重修醴泉寺的一个碑铭。

牛兵感叹地说："在这个村里每走一步，实际上都是在丈量古文化的厚度啊。你看，我们随便走进一个老乡家里，就能看见古文化的遗址和闻到浓浓的书香味儿。"

第八十七章

周昆仑刚回到家，早已经等在家里的朱丽英问："咋样了，你干副院长的事公示了吗？"

"还没，早着呢，刚谈了一次话。"周昆仑说。

"不年不节的，怎么冷不丁地又调整干部呢？是不是院里出啥事了？"朱丽英问。

"原先分管招生的音乐学院副院长冯志耀被'双规'了。你在音乐学院上学的时候，他是声乐系的副主任，后来一步一步地当上了音乐学院的副院长，他负责招生。听说，他在招生的时候，收礼收得太狠了，有很多的学生收了礼进来，根本就唱不了歌，弄得学校风气出了大问题，举报信满天飞，实在没有办法了，把他给逮了。"周昆仑说。

"哦"，朱丽英若有所思地说，"这么说这个副院长，还是一个危险的岗位呢！"

"你寻思啥呢！"周昆仑说，"现在当领导干部纯粹是一种高危职业，更何况咱屁股底下也不那么干净，咱在招生的时候，也给别人开过后门啊。当然，咱招的学生还是比较优秀的。我都考虑了，我不一定够格。"

"哎呀，你别考虑那么多了，"朱丽英说，"你这就算是干净的了，你处事多小心啊，你不就是送了俩学生吗？还是我逼着你送的，没有人能像你这么坚持原则了。"

"今后，说啥也不能捣鼓这个了，能考上的就考上，成绩好的、业务好的、专业过关的，就让人家上大学，专业过不了关的，考不上，就不能乱开这个口子。现在我算是看明白了，不是上面要求得严，而是我们自我管理太松懈了，教育的公平就是这么被打乱的。仔细想想，确实是不应该。"

"那咋办啊？你跟人家省委组织部咋说的？"朱丽英问，"你这个音乐学院的副院长，好像是副厅级的干部吧。"

"有副厅级的，也有正处级的。咱甭管这些了，咱确实也不是当官的料，也没长当官的样子。我给组织部谈话的说了，我在招生工作里头也有开后门的现象，我不一定够格，不能带病提拔，我早就推掉了。"

"不干就不干，"朱丽英说，"别当副院长了，再整天提心吊胆的，带学生也带不好，当院长也当不好，那更麻烦，还不如当一个老师，带几个研究生好呢。"

"组织上已经通知我了，准备给我公布一个院长助理，就是享受副院级的待遇，然后呢，我还是干着声乐系的主任，主要是带学生，招生这一块安排其他的副院长管。"

"那也行，"朱丽英说，"总而言之，还是小心点，以后千万别掺和这些乱七八糟的事了。我自己也得控制控制，不能管闲事了。"

"早就给你说过"，周昆仑对妻子说，"别再管这些闲事，现在教育公平是最大的公平，一旦开了后门，收了学生，他又没有真才实学，早到社会上，不是误人子弟吗？确实是一个良心买卖，以后千万别管这些事情了。"

停顿了一下，周昆仑又说："你现在好赖也是一个副局长，是一个领导干部了，你就得以身作则，正正当当的，千万不能让人家说出什么不恰当的评价来。现在当干部，确实应当把心放在正当之中啊。"

"对对对，"朱丽英说，"我们走到这一步，也非常不容易，得珍惜现在的生活呀。"

中央八项规定出台以来，上级党委的巡查工作开始了。所有的乡镇，所有的局级单位和学校都要统一地巡查一遍。本来商业局推荐干部，准备把牛兵推荐为正局级的干部人选。没承想巡查工作一开展，就把商业局在商厦生活区建职工宿舍楼的问题巡查出来了，说是在给职工建宿舍楼的过程中，动用了公款，也就是说用商业局和商业大厦的单位资金，为职工宿舍楼支付了一部分设计费用和监理人员的工资，这部分费用应该是"羊毛出在羊身上"，要列在职工宿舍楼的成本里头，不应该用单位的经费列支。对于这个问题，单位的主要负责同志，要承担领导责任，更重要的是当时谁负责建设的这个项目，谁就要负直接责任。这一下子，牛兵被追责是在所难免，跑不了了。

纪委和监察部门的谈话，一轮又一轮地进行着，把牛兵谈得焦头烂额，像放在火炉上烤一样难受。牛兵就向纪委的同志汇报："当时建设这个小区的时候，已经向上级主管局的领导汇报了很多次，局领导也向县里领导做了详细的汇报，应该没有什么问题，原先都是这么运作的，一开始建设楼盘的时候，房子还没建起来，还没分到职工手里，这职工怎么会交钱呢？只有运作的时候，用公家的钱先把设计搞起来，把项目审批下来，然后才能建设。"

"那不行，"纪委的同志说，"一开始有一部分资金是垫付，项目设计费用和审批规划图纸什么的，一块把手续完善起来，但是，楼盖起来以后，应该是有专门资金的，用卖商品房的款项把这个钱给还上，'称盐的钱不能用在打油上'，你要认识到，这里头是犯了错误的，这个必须要进行清退。"

牛兵说："那麻烦大了，三百多户人家，还得把这些钱均摊了，每户还得多交一万多块钱呢。"

"该交的就得交，该承担的就得承担，你自己盖房子，设计图纸的费用，你不自己出钱，让别人给你出吗？商业局给你出的，你不就是以为自己是商业局的下属单位，当时有权力动用这个资金，就这么用了吧。这是违反纪律的，如果这一次追不回来的话，就是违反法律，你要承担法律责任。"

这下，牛兵听明白了，那得下通知，让他们每个人再交上一万多块钱，把这个窟窿堵起来了。

"那是啊，你抓紧啊，把这件事情整改到位，给你半个月时间，你把这事情办完，然后呢，我们再进行纪律处分，嗯，不处理是不行的。"

"啊！"牛兵嘴张得大大的，"把这钱还上，不就行了吗？还得处理我们的同志吗？那干脆谁也甭处理了，处理就处理我吧，这个项目就是我弄的，当时我是商厦总经理，别再牵扯其他人了，给我处分，给我处罚，我认了。"

"好，你这个态度还是不错的，"纪委的同志说，"你能认识到问题，勇于为自己的过失担责，接受处理，这个做法是对的。我们可以向纪委领导汇报，看能不能对你从轻处理。但是，前提是你要在最短的时间里把这个钱补上，把钱存在银行里，存到商业局的账户上，把这个账摆平，就算是整改了，把相关的材料证明补齐，我们好给你往上解释，咱们都是体制内的人，我们也不想为难你。但是，巡查就是巡查，检查就是检查，处理就是处理，这是按照上级的要求来的，不能徇私情，别弄那些拉拉扯扯、遮遮盖盖，这次巡查就是要出出汗、红红脸。"

"行行行，"牛兵说，"明天我就召集住户开会，让他们抓紧把欠的钱补起来，不能沾公家的光，自己住房子就应该自己花钱，这些设计费用也是房子的成本，让公家掏钱，就是沾了集体的光，不能再错上加错，我得马上整改。"

"嗯，对对对，认识很到位，抓紧整改吧，越快越好。"

第八十八章

二胎政策放开以后，大鹏的媳妇儿又生了一个宝贝女儿。这让 40 多岁的大鹏真是喜出望外呀。喝满月酒那天，村里的几大家族的主要领头人都来给大鹏贺喜，说大鹏到了这个岁数有了"小棉袄"，真是上天赐给的一个惊喜呀。大鹏也高兴得不得了，非常豪爽地在会仙楼安排了 20 多桌酒席，请镇上的干部和各村书记，还有村里各个家族的代表，整个场面其乐融融，快乐无边。

别看大鹏平常大大咧咧的，在村里也是谁家有事跑在前头，谁家有红白事儿他都抢着随礼。这次大鹏媳妇生了姑娘，他还真是非常地注意，有来往的、有礼尚往来关系的，他才接待，没有什么关系的，他一分钱也不要别人的。再说，大鹏自己有企业，也不稀罕这俩钱，他就是担心有人借这件事情，背后再给他指指点点。

不出大鹏所料，闺女的满月酒喝完了还没有三天的时间，纪委就找上门来了，说是大鹏借生闺女这个机会，大肆地敛财，大摆酒席，违反了有关规定，把大鹏给闺女办满月酒的账本子也带走了，弄得大鹏好不心烦。

纪委的同志还走访了和大鹏关系不错的王前进、钱忠诚他们。大鹏生了闺女的第二天，就和钱忠诚商量一些朋友亲戚怎么招待，他们肯定要来祝贺，请钱忠诚给他出点子。老钱提醒大鹏，肯定不能一下子就把这些客人同时请了，要分期分批地进行，每次安排上五六桌，这样就出不了大问题。

这个地方有一个风俗，就是谁家有红事喜事的时候，就要提前两天扎上大棚，扎上红门，放上音乐，热热闹闹的，让四邻八舍都知道，俺家里娶媳妇了，或者是生了孩子什么的。并且，自己本族还要出上几个勤快麻利的人做大锅汤，就是用猪肉白菜粉皮豆腐，炖成一锅热乎乎的营养丰富的杂烩汤，来捧场的街坊和朋友，每人一碗，吃得津津有味，笑语连连，有烟火气，有人情味，还有朋友的亲情在里面，这种民俗是非常接地气的。

钱忠诚和王前进也不例外，因为他俩跟大鹏的关系不一般的铁。王前进又和大鹏是一个村的，吃大锅汤的时候呢，他俩就找了一个晚上，来大鹏的家里，每人盛上了一碗大锅汤，坐在房间里吃大锅汤。大鹏就张罗着让厨师炒了几个小菜，还弄了两盘猪肚子和猪耳朵，几个村干部陪着钱忠诚和王前进，有滋有味地喝了点小酒，就算是表示祝贺了。

这个时候，老谋深算的钱忠诚就对大鹏说："你明天中午不是要待客吗？要请同学和亲戚什么的，明天中午吃饭，我们就不参加了，一个是中午没法喝酒，再一个都是亲戚朋友，因为工作原因也不好出面，以后有空的时候，咱们再一起喝酒。"临走的时候，钱忠诚还给大鹏留下了300块钱，算是对大鹏生了闺女的贺礼了。

举报大鹏大操大办闺女满月酒的人，看来非常熟悉大鹏的人际关系和亲属的情况，捎带脚地就把钱忠诚和王前进给举报了，说是钱忠诚和王前进那天中午也去大鹏订的酒店喝满月酒了。纪委的同志就打电话让老钱到纪委办公室说明一下情况。

钱忠诚早就料定这一招，所以他提前一个晚上和王前进到大鹏家里，简单地吃了一碗大锅汤，没有在第二天去喝满月酒。这样，钱忠诚成功地回避了一个参加违规场合的风险。

纪委的同志调看了酒店的监控，也从侧面了解了情况，确实没有证据证明，钱忠诚和王前进那天中午出现在满月酒现场，所以这个追责就不成立了，钱忠诚躲过了一劫。

经过重重的谈话和调查了解以后，大鹏给闺女办满月宴的情况也查明了，那天镇里的干部确实是没有参加的。但是，村里的干部和他直接服务对象，有的以前是没有来往的，也给大鹏随了不大不小的礼。就这个问题，纪委对他进行了诫勉谈话，提醒他违规来往也是违反纪律的，是不允许的。这一次就给他一个批评教育，不进行纪律处分了，让大鹏记住这个教训，以后做事要严格遵守规定和法律，千万不能有闪失。农村干部也是干部，不能拿村长不当干部，天天和群众打交道，更要给群众树立良好的形象和榜样。

大鹏终于松了一口气。但是，大鹏心里也非常清楚，要是以前干企业的时候，生了闺女肯定没有这么多随礼的人，就是有随礼的也不用担心纪委查，个体户嘛。现在情况不一样了，当了村书记，给村里干工程的，美丽乡村建设搞绿化的，都随礼，包括给村里修路的、卖变压器的，还有那些要占村里的地建项目的，如果他不担任这个村支部书记，那些人根本瞧不起他，根本就不会给他捧这个场，他心里非常清楚。当然，他在给闺女办满月酒的时候，有意识地没有把这些人的名字写在账簿上。那天，也没请这些随礼的到酒店去喝酒，他就是为了规避这上面的检查和风险，他目的是这阵风头过去以后，他会化整为零，在县城单独安排答谢。甭管咋说，总而言之，就是规避上级检查，使自己不出现违纪的现象。

想到这些，大鹏心里也暗暗地庆幸，自己在这件事情上没栽大跟头，还真得管住自己，守住自己的底线，千万不能逾越党纪国法这条红线。

牛兵虽然接下了这个差事，说是要把商品房的住户组织起来开会，把规划设计费的窟窿给填上，但是，他心里也有数，这事儿说说简单，时间过去这么久了，现在组织这些住户，让他们掏钱，他们心里肯定是不愿意、不痛快的。于是，牛兵就翻过来覆过去地琢磨着，怎样才能让他们把钱交上，把该整改的事情整改了，自己也能对纪委有个交代，争取从轻的处理，否则，这件事情还真是个麻烦。

翻过来覆过去，牛兵就琢磨出还是先去房管局，问一下这些房子的性质和房产证的办理进程到底是一个啥样的情况。

当牛兵找到县房管局李局长的时候，李局长一看见他，以一副非常兴奋的表情说："正好我要去找你呢，你就来了，啥事？你先说吧。"

"别啊，"牛兵说，"还是你先说，你找我啥事吧。"

牛兵经历的事情挺多，知道欲擒故纵的套路，先看看房管局局长有啥事，自己好有个底儿，然后进行应对。

房管局局长是个从部队回来的军转干部，为人豪爽，性子比较直，就急切地说："嗯，我正找你，啥事呢，就是你们商业局那两个小区的房子，不是一直没办理房产证吗？因为有些地方不规范，一直没给你们批。但是，现在情况不一样了，纪委巡视把我们查着了，说是办房产证有期限，两年之内必须给人家办，如果办不到，就说我们不作为，为群众服务意识不强，还要对我们进行问责呢。你抓紧回去，发动一下，让你们那两个小区的业主，都提供相关材料，把房产证给他们办了。"

牛兵一听，心想：这是个好事啊！以前的时候找你给人家办房产证，你推三阻四，挑这毛病那毛病的，反正就是拖着不给办，现在好了，让纪委一查，反而主动服务，抢着要给业主办房产证。

牛兵心里一阵高兴，但是，表面装作不配合的样子，说："你早干啥了呀，早就请你喝酒，让你给俺们职工办了，你就不给办。现在我办不了，要办的话，你们局里下通知，你给他们开会，让他们来办吧。"

"你这不是扯淡吗？你职工住房子，住的是你的房子，我给他们开什么会？我就是一职能部门负责办证的。你小子别在这儿给我耍赖啊，待会儿你跟着我去喝酒的。喝完酒以后，明天你就给我开会，让你们这些业主抓紧收起材料来，给他们办手续。"

"那我不管，喝完酒再说吧。"

"你别不管啊，"房管局局长大老李说，"你不管，这事咋弄啊？我让分管业务的科长过来，跟你说说这个情况，怎么准备手续，你得抓紧给他们开会安排。"

大老李一个电话，业务科长一溜小跑就到了办公室，一看是商务局牛局长来了，也高兴得不得了，说："你可来了，你抓紧把这事安排下去，要不然纪委就要对我们进行问责了，我们这些小兵可真是吃不了兜着走，现在动不动就上纲上线，说我们是漠视群众利益，对群众不关心什么的，再说得厉害点，就是违反八项规定，我们可受不了，你抓紧安排吧。"

牛兵一看业务科长着急成这个样子，心里头也暗暗有了主意，就说："你具体说一下吧，到底需要啥手续。"

"手续很简单，就是身份证户口本，还有就是房子交够钱的那个单据，把这些东西准备好了以后，过来签字就行，大概三个工作日，我们就把房产证打好了，抽空就可以领回去了，我们也可以送过去。"业务科长说。

牛兵想了想，说："你的意思是说，购房的时候，那个房款缴纳的单子是不是？"

"是啊，必须得有那个单子，如果是分三次交的款，就是三个单子全部拿来，要是分两次交的款，就把那两个单子一起拿过来。"

话说到这里，牛兵就觉得应该把最关键的问题提出来了，就看了看房管局局长大老李和业务科的科长，说："现在的问题是，原先局里和公司里头给业主建房的时候，一些设计费用还没有均摊到每个户里头，这块资金是让业主自己拿，还是局里头可以给他们支付？"

大老李说："你让业务科长给你解释解释，这我还真弄不清楚。"

业务科长好像突然想起什么事情来，立马说："对对对，纪委巡视的时候，也提出这个问题来，你们小区里头存在这事儿，应该把这块费用摊到业主的房子成本里头，每个人大约有五六千块钱要补缴。"

"咋能五六千块钱呢？"牛兵说，"三百多万块钱，三百来户，每户应该平摊一万多块钱啊。"

"不用不用，用不了那么多了，"业务科长就说，"原先的时候，契税是按3%预收的，现在成了1.5%了，也就是说，原先交了一万多，现在五千多块钱就行了，预交的那一万多块契税，现在还没给他们开税单，这一次呢，我们一并给他们开好了单据，还得退给他们五六千块钱，再补交上五千块钱就差不多了。"

牛兵的心里豁然开朗：这下子工作量轻松了不少，事情办起来也好解决多了。想到这里，牛兵就对大老李说："李局长，咱这事这么办，我回去得跟我们局长汇报一下，明天上午十点，召集业主开会。你呢，安排业务科长，如果有时间，你也过去，咱们一块给他们开个会，把政策讲清楚，如果不把这块费用交清，手续就办不下来，如果办不下来，契税享受的那五千块钱政策，就享受不到了，这样，单独再去办手续就麻烦了，从这个角度给业主讲一讲，督促他们尽快地在这两天把手续办了。"

大老李说："行行行，明天上午九点半，我和业务科长找你，你抓紧时间安排吧。"

牛兵站起来，把自己的手包拿在手里就要往外走，房管局局长老李就冲他喊了一声："那今天晚上去喝酒的事儿别忘了啊，你回去安排好了以后，我给你发短信，你直接到饭店，有好酒的话，拿两瓶好酒啊，我这两天正好还有点酒量呢！"

牛兵冲他摆了摆手，说："好嘞。"

第八十九章

曲玲玲带着文化旅游开发办公室的同志到黄河边考察文化旅游开发的事情。大河乡年轻的党委书记杨振华陪着在黄河大堤上缓缓而行。

黄河，我们伟大的母亲河，富饶而无私，宽广而又慈祥，滔滔的河水哺育着这方勤劳善良的人民。

正在黄河大堤考察的曲玲玲，突然接到了牛兵的电话，说是他也赶到了大河乡，找曲玲玲汇报点工作。曲玲玲就在电话里说："你不是在醴泉镇民宿建设现场吗，民宿搞得咋样了，你有啥急事啊？"

牛兵在电话里说："嗯，没事儿。正好我们到大河乡供销社这边，这边的超市有点少，群众买东西不太方便，我们准备在这里新开辟一个大点的超市。正好我听说你在这考察旅游开发了，我也跟你一块看看，学点东西，看看有没有商机，我们再投资开发一下。"

"那你来吧，我给你发个位置，你到黄河边来吧，我和大河乡书记在一起呢。"

几分钟的时间，牛兵就赶到了大河乡的梯子坝，老远就看见曲玲玲和黄河乡党委书记杨振华，坐在黄河边的石头上聊天，就悄悄地走过去，冲两人摆了摆手。曲玲玲指着一块石头，让牛兵坐下继续聊天。

曲玲玲帮着杨振华分析："杨书记，你看你们这地方，条件这么优越，大河过境，河水绕行，多么好的一个地方。并且有深厚的人文历史，如果不把这个地方开发出来，发挥引导群众、帮助群众树立更高境界的作用，还真是有点可惜了。下一步不管想啥办法，多方面筹措资金，搞一个黄河生态园，人文景观、自然景观、红色旅游融为一体，宣传新时代中国特色社会主义思想，让自然和人融为一体，宣传我们的团结奋斗的精神，这才是我们的方向。"

一句话惊醒了梦中人，杨振华是从醴泉镇的镇长调任到大河乡党委书记的，虽然时间不长，但是，到任以后，日思夜想，总是琢磨着怎样把这个地方搞好，怎样提升境界，带领群众走一条致富路、幸福路。

听了曲玲玲一席话，杨振华感慨地说："啊，这个思路对我们来说是一个大思路，是一个通向未来的希望之路啊。实现中华民族伟大复兴的中国梦，首先要让老百姓生活得更好、更幸福，这才是我们应当做的。群策群力，让老百姓参与到里面，让老百姓贡献智慧，出点子，出力气，一起建设美好家园。"

一看杨振华的激情这么高，思想认识也非常到位，曲玲玲非常高兴，就转过脸去对牛兵说："你那里的民宿搞得咋样了？现在，有没有什么新的意向？"

牛兵高兴地说："我们从村里的老百姓手里，回租了这些老房子、旧房子以后，老百姓每年都有收入了，也不用再为这些老房子、旧房子进行修缮和管理了。他们呢，还在我们搞民宿的这个基础上，恢复了原先的一些老布鞋、老粗布等老工艺品的制作。现在有了一个非常好的苗头，这个地方很可能形成一条民俗文化产业链。"

曲玲玲高兴地对牛兵说："你现在尝到甜头了吧。"

就这样，三个人有说有笑地聊了半个多小时，突然话锋一转，曲玲玲就对牛兵说："牛局长啊，有一个细节问题，我向你透露一下，你心里有个数。这次，预定提拔你当局长的事啊，因为原先为职工盖房子的事儿，有违规行为，要受点处分。这个局长暂时是干不成了，你还是踏踏实实地干点事业吧。"

"我知道了，"牛兵非常诚恳地说，"曲县长，我知道你对我好，情况我也早知道了，昨天也找我谈话了，我主动地提出来，要在这个岗位上多锻炼几年。以前的时候，工作凭自己的经验来，凭自己的想法来，实际上是不规范，是违反规定和规矩的，这样长期下去还真是不行。再者，现在我们局在您的领导下，参与了这个民宿的建设，目前看来，苗头很好，我也实在离不开。我想好了，也申请了，就在这个岗位上踏踏实实地干，干点实事儿，干点正事儿，让群众满意，那样心里才踏实。"

牛兵的这些话发自肺腑，情真意切，让人动容。杨振华不由得伸了个大拇指，说："这老牛党性觉悟高啊。"

话说到这里，曲玲玲突然接过话茬，说："老牛，不用说你个人提拔的事儿了。我实话告诉你吧，我来齐邹县当这个副县长，有的同志说，镀镀金，有了基层工作经历，然后就回省城或者其他地方，继续当县级干部。昨天省委组织部的领导找我谈话了，说是我在齐邹县工作期间，抓文化、抓旅游工作抓得好，也抓出了苗头和成绩，要破格调我到省文化厅干副厅长，你说，是不是好事？"

"好事啊，大好事啊，好多人巴不得有这样的机会呢，啥时候上任啊？"

曲玲玲说："告诉你吧，我也不走了。'到什么山上唱什么歌'，这个地方这么好，事业刚开头，我上哪儿去，哪儿有这么好的机会、这么好的平台让我发展，哪儿有这么好的群众、这么好的干部，和我们团结奋斗干点事业？我先把这几个项目搞好了再说，我来是干事的，不是当官的。"

杨振华站起身来，拍了拍身上的土，伸出右手，说："这么说，咱就铺下身子，扎根在这黄河边的土壤里，就像黄土地上一把厚重的犁刀，在这块土地，松土施肥，撒上种子，收获果实。"

三个人把手紧紧地握在了一起，深情地望着不远处，连绵不绝、滚滚向东流的黄河，憧憬着齐邹县美好的未来，憧憬着黄河岸边幸福生活的明天……

醴泉镇迎接巡查工作会议正在召开。党委书记郑学平在会上讲话："这次巡查，按照中央八项规定要求和省市统一安排进行，我们一定认真按照要求做好配合，对发现的问题，及时整改处理，对巡查中发现的问题和有关人员，该党内处理的党内处理，该法律处理的就交给司法部门处理，绝不姑息迁就，一定要借这次的东风，把乡镇工作该规范的规范，该整顿的整顿，切实把全镇的思想统一到中央精神上来。"

大会以后，巡查组就在二楼会议室安营扎寨了，然后，财政所、经管站等七站八所就把各单位的账目档案资料，按要求搬到了二楼会议室里，让县委巡查组的同志进行审计检查。

巡查的举报箱，也挂在了公示栏的旁边。

办公楼大厅里放了几盆绿植，枝繁叶茂，郁郁青青，虽时值秋末，但还是那么精气神十足。

时间过得真快，两个月的时间过去了。

这一天一上班，县纪委副书记周正武来到了郑学平的办公室，非常严肃认真地对郑学平说："有件事啊，跟你交换一下意见。"

"说吧，有啥事你安排吧，需要我们配合的，我们保证认真配合。"

周正武对郑学平说："我们决定对钱忠诚进行隔离审查，在巡查的过程中，群众对钱忠诚的举报、反映是非常强烈的，主要表现在吃拿卡要上，有工程他也要收人家的好处，管一个项目，他也要拿人家的回扣，虽然数量并不是很大，但是，影响确实很坏，没有他不想占的便宜，小官贪腐确实是一个苗头。我们决定对他进行审查，如果问题严重，就要依照法律进行处理。"

郑学平一听，这件事情够大的，就问："是不是留一点时间，我提前跟他谈一次话，治病救人，让他正视审查。"

其实，郑学平使的是一个缓兵之计，争取一点时间，他和钱忠诚说一下，让钱忠诚心中有数，该交代的交代，做好思想准备。

但是，周正武不给他这个时间，直接说："郑书记，这个程序就不用走了，直接宣布对他进行纪律审查，然后我们就带他走。"

"现在正开着会呢，是不是等会议结束以后再找他呢？"郑学平说，"他现在正在会议室，有一个维护社会稳定的会议，他可能正在讲着呢。"

县纪委副书记斩钉截铁地说："不，我们就是要在会场把他带走，对其他干部也起一个震慑作用，让大家知道，党的纪律是一条红线，确实是不能触碰的，这样，就会在起到一个活教材的作用。"

郑学平无可奈何地说："哎呀，你看，我到这个醴泉镇当党委书记，还没有几个月，就发生了这样的事情。不管咋说，我服从县委决定，该怎么办就怎么办吧。"

"当当当"，当会议室的门被敲响的时候，钱忠诚正在眉飞色舞地讲着"干工作一定要主动，宁可往前一步形成交叉，也不往后一步形成空当……"早有预感如惊弓之鸟的钱忠诚，往会议室门口看了看，有两个人站在门口，便停下讲话，站起身来，迎着那两个人走过去，没想到，纪委两个同志直接走进会议室，站在主席台一旁，从随身携带的挎包里，拿出来一张通知书，对钱忠诚说："钱忠诚，根据县纪委研究的意见，对你进行隔离审查，跟我们走吧。"

这突如其来的一幕，让在场的农村干部和机关干部惊得目瞪口呆，没想到现在对干部的管理审查这样严厉，真是不留情面，还真是不得了，不敢腐不想腐的警示作用，太震撼了。

就这样，醴泉镇党委副书记钱忠诚，从会场上被纪委带走了。

钱忠诚被带走以后，醴泉镇干部群众中直接就炸了锅，群众对贪腐的行为恨得咬牙切齿。机关干部平常也知道，这个钱忠诚唯利是图，见钱眼开，还没想到问题竟然这么严重，大家在心里头，一方面对钱忠诚犯错误感到惋惜，另一方面对纪律的敬畏也油然而生，感到非常可怕，党的纪律还真不能触摸，一旦违反纪律，后果真的不堪设想。

郑学平借这件事情的特殊关口，在全镇机关和农村干部中，开展了警示教育，以这件事情作为反面教材，举一反三，对单位个人存在的问题进行剖析，有则改之，无则加勉，敬畏纪律，尊重法律，千万不能由着自己的性子来，以为分管一块工作，想怎么干就怎么干，愿意怎么来就怎么来，任性用权，肆意用权，那样的办法是行不通了，一切按规矩来。

黎明的小村是十分安静的。只有几个院子里冒出缕缕的炊烟，早已经醒来的大公鸡，勤劳地"喔喔"地啼叫着。

大鹏趁着早晨还没有上班的时候，来到了村东头孙大爷家里。

孙大爷今年73岁，是一个孤寡老人，在生产队里的时候就是一个老把式，赶马车、种庄稼是一把好手，上了年纪了，一个人生活，腰酸腿疼，村里给他研究了好几次，要给他办上低保，但是，老人家就是不愿意给政府添麻烦，说自己还能劳动，给人家打工，看大门，挣了钱就能维持自己的生活。大鹏昨天在村里走访的时候，听乡亲们说，孙大爷最近腿有点骨质增生，站不起来了，非常不放心，就去看一下。

推开孙大爷木头大门的时候，孙大爷正好挂着拐杖在他的土坯房门口倒垃圾。一看见村支部书记大鹏走进了院子，就用非常弱的声音问大鹏："大鹏啊，你咋这么早来了呢？"

"昨天，我听门口的人说，你这几天骨质增生腿疼，现在咋样了？你自己能不能照顾自己生活？如果照顾不了的话，我就向镇上申请一下，咱进敬老院吧，敬老院一天三顿饭有人给你做，有房间被褥什么的，给你准备好，比在家里舒服。"

"不用不用，不用给政府添这么大的麻烦，我自己还能够做饭，你看，前几天周一本给我送了这么多煤炭，我点炉子就够了，今冬冻不着。"

"但是，你这样一个人在家，我确实不放心啊。你考虑一下，你要是愿意去敬老院呢，我就找镇上，把你送到敬老院，要是不愿意去敬老院，那个低保钱，我让民政上的同志再给你调整调整，多给你发点钱。"

"现在这样就挺好了，低保一个月发300多块钱，这么多钱，我咋花呀？我一个老头子，一天三个馒头就够了，政府这么照顾我，你还隔三岔五地往我这里跑。我没事，你们年轻人忙，村里事儿这么多，你还是照顾其他人吧。"

大鹏被孙大爷总是自己克服困难，不愿意给别人添麻烦的精神深深地折服。就对孙大爷说："大爷，我们这些年轻干部啊，就得上门为你们服务啊，如果你们哪一个人吃不上饭，因为天冷冻出病来，或者房子塌了伤着人，我们都要承担责任。当共产党的这个干部就是为群众服务，为群众着想啊，在办公室里等着老百姓来找我们办事，不合适啊！现在不是办事儿，现在是服务，是天天把群众的事儿挂在心上。这样才能符合中央的要求，才能让全村的老百姓都脱离贫困，过上小康的生活。我明天就去镇上，给民政上的同志反映一下，再争取点政策，把你的生活照顾好，你要是去医院看病，我就送你过去。"

"没事没事，我晚上的时候，烧点开水烫烫脚就挺舒服了，甭麻烦你们了，你去忙就行啊。"孙大爷一脸感激地对大鹏说。

大鹏把困难户孙大爷的生活安排好了以后，长出了一口气，仔细想了想，是不是还有什么事情需要解决，发现基本上没有了，他在心里暗暗下了一个决心。

第九十章

当郑学平接到县纪委办公室的电话，说是大鹏到县纪委反映问题去了，他还是大吃了一惊。郑学平当即给大鹏打了一个电话："你去县纪委干啥？你怎么这么点组织纪律性都没有啊，有问题先向党委反映啊，怎么直接到县纪委去了？"

大鹏在电话里吞吞吐吐地说："我主要是来咨询一个问题，心里有点事情拿不准。"

"抓紧回来吧，我在办公室等你。今天上午，我在会议室有个会，一会儿就开完了。你要是来得早，就在我办公室等我一会儿，我开完会早呢，就在办公室等你，你抓紧回来吧。"

去县纪委想咨询问题，还没有问成的大鹏，从县政府大楼台阶上迈下来，一缕明晃晃的阳光直冲他照射过来，刺得大鹏眼睛闪了一下，慌忙地把太阳镜戴上，整理了一下衣服，开车往回走。

因为有大鹏这个事儿悬着，郑学平也没有沉住气在会议室讲很长时间，大约讲了20分钟，明确了一下工作纪律要求，就委托镇长孙伟，把具体工作再在会上交代一下，自己就端了水杯，回到了自己的办公室，大鹏已经规规矩矩地端坐在沙发上了。

"你身为支部书记，有啥事不先向党委汇报，你跑县纪委干啥？有啥事啊？"

"自首。"大鹏说。

"自首？"郑学平大吃了一惊，好像是没听清大鹏说的话一样，就问，"到底有啥事啊？"

大鹏眼里闪着晶莹的泪花，对郑学平说："书记，最近发生了很多事儿，让人真的想不到啊，赵荣进开除党籍了，县委副书记吴长茂也法办了，钱忠诚也被带走了，现在这个反腐的形势和纪律要求，真的是非常严格。我也进行了反省，原先的时候吧，以为很正常的事情，现在看来，很不规范，很不规矩。比方说，八项规定不允许追求奢靡之风，但是，我们酒也没少喝，场合也没少凑。我就觉得，是不是应该跟上级组织坦白一下，汇报一下思想，是不是真的违反了规定，违反了纪律？"

听大鹏说完这句话，郑学平有点弄不明白，就说："你这不是'衙门口骂街，没事找事'吗？有事的躲还躲不及，怕别人知道，你倒好，你到底是咋想的，脑袋瓜子出问题了吧？"

大鹏沉思了一下，说："我原来以为，这么多年，求人办事，就是请客送礼花钱。给人家买点东西，给人家送点钱，是非常正常的事情。现在看来，确实是犯了错误，真的需要向组织坦白和说明啊。"

听到这里，郑学平一阵儿疾风骤雨般的批评就来了："说明？你上这儿来说明啊，你到处跑啥呀？你现在当的是村支部书记，你汇报工作，有啥事儿需要说明，来镇上，向党委说，和我说啊，你跑县里干啥呀？"

缓了一口气，郑学平平复了一下情绪，心平气和地对大鹏说："你先回去，这事儿啊，别盲目行动，别冲动，我向县领导请示一下，看看这种情况怎么解决。再是，我得和其他党委成员，商量一个方案，商量好了，到时候给你一个彻底的解决方案，行不行？"

回到家的大鹏，把这几年托人办事，请客送礼，需要说明事儿，包括承包费迟交、参与高消费场合等，逐一梳理，写了一份翔实的材料，把自己存在的问题进行了分析，主要是脑袋瓜子追求利益严重，啥事儿都从赚钱上考虑，思想认识根本就提不到理想信念的高度上来，认识模糊，动机不纯，应该怎么干、干什么事，不清楚，不明晰，染上社会上一些不良风气，经常参与一些吃吃喝喝吹吹拍拍的事情，思想觉悟不高，生活作风不够清朗。还有，就是处理问题习惯性地请客送礼，生活不检点，交往不正常。

大鹏把自己的情况理顺了以后，心里好像痛快多了，他长舒了一口气，端起桌子上的茶杯喝了一口水，就在这时候，郑学平给他打来了电话，让他到镇里头去一趟，大鹏就拿起刚写好的材料，准备去镇政府找郑学平。

此时，已经是晚上八点钟了，打开窗户，窗外清风徐徐，暖流阵阵，一丝丝晚秋的暖意扑面而来，一轮明月高高地挂在天上，发出柔和明亮的光芒，树枝在秋风的吹拂下，发出沙沙的声响。而此时的大鹏，却无心欣赏窗外的景象，感慨万千，浮想联翩，心情既阳光清朗而又思虑重重。

郑学平看见大鹏，就语重心长地说："大鹏书记啊，金篦刮目，涅槃重生啊！你能在这样一个关键时刻，认清形势，清除自己思想上的杂草，然后，再重启征程，难能可贵。能认识到自己的问题和不足，党委对你的评价是积极的。你这个做法也是脱胎换骨、翻晒思想的一个过程。共产党员，不怕困难，不怕挫折，也不怕犯错误，怕的是有问题不愿意改，不愿意面对群众，你这个做法非常好。咱这么办，我已经向县里请示好了，如果你的问题，没有大的原则性毛病，不严重的话，不会对你进行严苛的处理。你既然能想在思想上，把自己晒一下，在生活作风上，把自己晾一下，你就得光明磊落地把自己的事情说一个清清楚楚。"

大鹏深有感触地说："对照上级文件精神，按照你的要求，我确实做得很不到位啊，我打算把我的思想晾晒晾晒，暴露在太阳底下，把那些生了虫子的东西，晒个干干净净，那样，身体才会健健康康，轻轻松松。"

郑学平站起身来，双手握着大鹏的手，说："在当前的新时代，我们就是要光明磊落，堂堂正正，做得横平竖直，在老百姓面前才有威严，才有威信，才能有领导力，老百姓才相信咱。"

事情进展非常顺利。郑学平安排纪委书记和组织委员，与大鹏进行了多次深入谈话，认真分析了大鹏说的问题。除了大鹏对自己的分析以外，党委还认为，以大鹏为典型的农村党支部书记，还存在着大局意识不强，以村为单位的自我保护意识浓，对全镇一盘棋的维护力度不够，对群众的感情还不够深厚等问题，决定在全镇范围内开展一次农村党员学习活动。

鉴于大鹏自己反映的问题，镇里结合对龙怀村的账目清理，也给了大鹏一个结论，大鹏在担任村党支部书记期间工作认真，没有存在吃拿卡要的问题，也不存在侵犯群众利益的事情。也就是说大鹏的问题，主要是思想问题。因为大鹏本身自己有企业，收入也比较可观，村民们找他办事的时候，给他拿条烟送箱酒什么的，他都让他们原样拿回去。实际上，那些东西根本值不了多少钱，大鹏也不稀罕那仨核桃俩枣儿，用不着犯经济问题。

但是，毛病也是明显的，大鹏虽然不收别人的东西，他在办事的时候，给别人送的东西却是不少。在经营过程中，为了运作项目，办理土地手续和规避检查时，在与上级干部交流中，存在送礼和行贿问题。经党委研究，报县纪委批准，由于大鹏认识比较到位，态度非常积极，决定对他从轻处理，给予一个适当的党内处分，在村党支部会议上，通报一下就可以了，支部委员会一共三个人，范围很小，影响也很小。这样一来，既还了大鹏一个清白，也能把大鹏心里头的疙瘩解开。

但在这个时候，大鹏不同意这个处理结果，又找到了郑学平。

郑学平非常惊讶，说："从轻处理就是从轻处理了，还没说怎么处理，咋还闹情绪了呢？再说了，你自己心里头还没有数吗？你说的个人生活问题，这次在处理的时候都没提，你应该感谢组织才对。"

郑学平的意思是，给他一个处分，大鹏可能是对这个处理不满意，不服气，去找郑学平要说法。实际情况是相反的，大鹏在灵魂深处，想要一个彻底的说法，晾晒就要晒一个彻底，敢于揭丑，刀刃向内。

"那你说咋办吧，"郑学平说，"你有啥想法？"

大鹏面色凝重地对郑学平说："郑书记，不要在小范围通报了，就在我们村全体党员大会上，公布我的处分决定，也对全体党员进行一次警示教育，让党员同志们知道，别以为自己是普通党员、农村党员，认为手里没有权力，就是一个农民，便放松对自己的要求，就可以怎么合适怎么干，这样是不行的。遵纪守法，谨小慎微，党员就是党员，有要求，有义务，有纪律，不能由着自己的性子，我就是一个例子。"

闻过则改，善莫大焉！

"哦，原来是这样。"郑学平听了大鹏一席话，感触良多，八项规定真是灵丹妙药，大家的觉悟还是有进步的，"大鹏啊，你能这样想，真的是思想认识再造，灵魂重新打磨呀。咱这么办，让纪委书记和组织委员，在你村搞一期党性教育培训班，我去给你们村党员上党课。"

经历了心灵上脱胎换骨的大鹏，眼里噙满了泪水，自己一个人来到黄河边上，坐在被河水冲刷得干干净净的石头上，四周杨柳萋萋，河水滚滚，清风徐徐。

滔滔黄河卷着厚重的泥浆翻滚向前，泥沙横流，波涛汹涌。

大鹏就思考着自己这些年的奋斗历程，一个人真的有混沌不清、认不清道路的时候，从贫困走向富裕，从单纯走向成熟，从平凡走向辉煌，真正的成长是灵魂的成长，信念的成长，追求由小我变成大家，历经风风雨雨，沟沟坎坎，认识得到升华，胸怀豁然开朗，心里踏实多了。

已经做好了被撤职打算的大鹏，心情非常复杂，站起身来，要踏上回家的路，正在这时候，电话响起来，是郑学平打来的。

"在哪儿呢？大鹏。"电话里传来郑学平平静的声音。

"在黄河边上呢，书记"，大鹏回答，"心情挺复杂的，在这儿调节一下情绪，您打电话是不是告诉我，要停我的职了，我有心理准备，您说吧。"

"这个问题，还没有讨论。现在，我正式通知你，马上赶到会议室开会。"郑学平依然是沉稳的语气。

"是要在会上宣布对我的免职吗？"大鹏问。

"比这个事儿大，比这个事儿重要，你还是抓紧来吧。"

大鹏心里还是没底儿，就刨根问底地问郑学平："书记啊，你还是给我交个实底儿，我心里忐忑不安。我知道，有些事情做错了，但是，我正在努力地改正，你还是告诉我，今天开会到底有啥事，如果真在会上宣布撤我的职，我就不去了，还是给我留点面子吧。"

听了大鹏让人哭笑不得的这番话，郑学平在电话里轻轻地一笑，说："告诉你吧，在你们村伏野地这块地方，县里决定要上一个项目。县委张书记引进了一所理工类的大学，你们不是搞钢铁工业很有经验吗？张书记引进的这所理工类大学，就是侧重机械工业和铸造的，当然，也有社会管理等其他的专业。这所大学，决定就以你们村伏野地这个地方为中心，把周围这 1000 多亩地，进行重新整合。也就是说，这片土地上炼铝的、炼铁的、打毛球的、土法炼油的，那些污染性项目，都要清理出这个园区，在这片土地上建一所现代化科技大学，建一个大学城。"

说到这里，郑学平停顿了一下，又接着说："大学，是文明的加油站，进步的登山梯，培养人才的基地。你们这个伏野地的名字好啊，我们就是要把这个野蛮的、粗放的、高污染的、没有发展前景的行业规范起来，该出局的出局，该转行的转行，然后，我们集中精力建大学。我镇新中学的教学楼也建起来了，马上就成为大学附中，多好的事情啊。你抓紧回来吧，到会议室咱们一块商量，关键是这个项目，牵扯你们村每家每户，工作量非常大，你要有承担重大压力的准备啊。"

卸下思想包袱的大鹏，顿时觉得神清气爽，精神抖擞，热血沸腾。大鹏钻上了他的那辆帕萨特，然后摁下车窗玻璃开关，让车窗轻轻地滑下来，任凭拂过黄河浪花的风儿，夹杂着黄土气息穿窗而过，大鹏并没有急着开走，而是双眼深情地、静静地望着黄河。

放眼望去，宽广无垠的平原上，一条波涛汹涌的黄河喊着深情古腔呼啸奔腾，裹挟着浑厚乡情的泥土气息扑面而来，掠过两岸千里海棠和万亩花海，马不停蹄，滚滚向前，长长的身躯裹挟着厚重的泥沙，在巍巍长堤的护卫下，一往无前，日夜兼程，义无反顾，一泻千里地向东奔流……

初稿于 2022 年 11 月 6 日完成，一稿于 2022 年 12 月 21 日

后　记

这是一本注定写不完的小说。

这本小说在写完第八十章的时候，党的二十大召开，我对照最新的政策理论要求，把故事情节仔细捋了一遍，没有问题，是一部反映人民团结奋斗，歌颂党、歌颂人民，反映时代的正能量小说。

2020年年底，我在完成长篇小说《篱笆挡不住春天》以后，总觉得一些故事没有讲完，脑海中的那一些陈年往事，起起伏伏，层层叠叠，情景交融，若隐若现，一直映在眼前，有种不吐不快的感觉。

写《篱笆挡不住春天》的时候，就觉得多年的沉淀，雪藏在脑袋瓜子里，有点可惜，写本小说过把瘾吧，试一试自己的笔能不能写得了这种长篇作品。

结果，小说出版以后，各方推动支持，又辛苦了邹平人民广播电台三位播音员，用了好几个月时间把小说做成了有声作品，在电台播了好几遍。后来又被山东省委组织部的灯塔平台拿了去，放在"灯塔有声"栏目里播放。2022年的12月份，第八届"范公文化奖"评审委员会还给这本小说评了个一等奖。就这样，一本不大的小说就在一定范围内产生了影响，对我来说，真是一个极大的鼓励。

我向单位领导汇报了继续写小说的想法，请求把我的工作适当调整，留给我相对多的时间进行创作。我们党委书记非常支持，给我创造了理想的工作环境和写作条件，这使我得以放开手脚，集中精力开始了长篇小说《伏野地》的创作。

"伏野地"这个名字是我借用的。我家乡有一片土地叫"佛爷地"，小时候经常跟着母亲到那个地方去播种、收获。耕田的时候，双脚踩在耙犁上，抓住拖拉机的扶手，晃晃悠悠的，在肥沃的田野上跑来跑去，是我最大的乐趣。

我对这个地方是非常有感情的。

关于佛爷地的来历，我的印象是明朝的一个皇亲埋在这里，上面立着一些石头人像，因为石像很像超度灵魂的佛家人样子，所以，人们把这个地方叫作佛爷地。随着时间的流逝，地上的石像和石人都没有了，地名却留下了。

再后来，乡政府和派出所就建在了这块土地上，作为基层政府和治安部门的办公场所，维护着这方土地的稳定发展与和谐平安。

我很荣幸一直在乡镇政府工作，目睹并且经历了改革开放初期"摸石头过河"的探索发展，一直到现在的科学发展和规范发展这样一个过程。我的体会是，不管怎么个弄法，还是只有党的领导才能解决这里头存在的问题。《资本论》里头有一句话："问题和解决问题的方法是同时产生的。"那么谁是掌握这把钥匙的人呢？这把锁的密码是什么呢？答案非常简单，解决中国的问题，解决中国农村的问题，钥匙就是党的领导，密码就是听党话、跟党走。

伏野地，就是把一些粗犷无序的东西降伏，这就是小说名字的由来。

这本小说里头牵扯的人物很多，大家读了以后，觉得很多人物似曾相识，甚至一见如故，不免引起猜测。但是，我可以负责任地对大家说，没有一个人物和现实中的人物能高度吻合起来，真的没必要对号入座，素材看着都非常相似，这说明：我们，就是故事中的人物。

内容大家都看了，小说里的人物还是很富有智慧和策略的，情节一波三折，故事高潮迭起，所有的事情都是已经发生和正在发生的事情。

总之，这是一个没法讲完的故事，因为所有的美好都可能在明天出现，带给我们意想不到的惊艳和喜出望外的舒畅，那样，我们就更加期待有精彩美妙的故事发生，到时候再讲给大家。

是为后记。